Sophia Money-Coutts

Mein Herz ist vom Umtausch ausgeschlossen

Roman

Aus dem Englischen von Ivana Marinović

PENGUIN VERLAG

Die Originalausgabe erschien 2021
unter dem Titel *Did You Miss Me?*
bei HarperCollins, London.

MIX
Papier | Fördert gute Waldnutzung
FSC® C014496
FSC www.fsc.org

Klimaneutral*
Druckprodukt
ClimatePartner.com/14044-1912-1001

Penguin Random House Verlagsgruppe FSC® N001967

1. Auflage 2023

Redaktion: Lisa Caroline Wolf
Umschlaggestaltung: Bürosüd
Umschlagabbildung: www.buerosued.de
Satz: Buch-Werkstatt GmbH, Bad Aibling
Druck und Bindung: GGP Media GmbH, Pößneck
Printed in Germany
ISBN 978-3-328-10916-7
www.penguin-verlag.de

Sophia Money-Coutts ist Tochter eines englischen Barons. Ihre Familie führt die Privatbank »Coutts« – wo unter anderem die Queen ihr Geld anlegte. Sophia ist erfahrene Royal- und Promi-Redakteurin: Sie arbeitete für den *Evening Standard* und die *Daily Mail* und lebte zwei Jahre lang in Abu Dhabi. Heute schreibt sie freiberuflich und ist auch in Deutschland als Expertin für Adelsthemen gefragt – so gab sie *Stern* und *Gala* Interviews zum Megxit. Nach *Die große Liebe kann mich mal* ist dies ihr neuer Roman in deutscher Sprache.

Sophia Money-Coutts in der Presse:

»Witzig und prickelnd – das perfekte Buch zum Wegträumen!«
The Sun

»Sophia Money-Coutts ist die neue Königin der RomCom.«
Evening Standard

»Glückshormone in Buchform.«
RED

Außerdem von Sophia Money-Coutts lieferbar:

Kann ich jetzt bitte mein Herz zurückhaben? Roman

Darf ich dich jetzt behalten? Roman

Die große Liebe kann mich mal. Roman

Ich möchte ja nicht wie Abba klingen,
aber das ist für alle, die es gewagt haben:
Take a Chance on Love!

1

Um genau 06:10 Uhr klingelte wie jeden Morgen mein Wecker.

Handy! Wo war das Handy?

Meine Hand tastete den Nachttisch ab, während Gus mich unter der Bettdecke zu sich zog und dabei irgendetwas murmelte.

»Hä?«

»Endlich Freitag«, präzisierte er, während seine Finger meinen Bauch hinauffuhren.

Nachdem ich den Wecker zum Schweigen gebracht hatte, ließ ich mich auf das Kissen zurückfallen, denn ich wusste genau, was nun kommen würde. Sex – den hatten Gus und ich jeden Freitagmorgen vor der Arbeit. Schnellen, effizienten Sex, bei dem wir dem säuerlichen Atem des anderen geschickt auswichen, indem wir jeweils in die Schulter des anderen keuchten.

Samstagmorgens gingen wir in die Reinigung und besorgten uns Croissants in der französischen Bäckerei.

Sonntagmorgens kauften wir uns eine *Sunday Times* am

Kiosk, aßen Eier auf Sauerteig (Gus) und Eier mit Avocado (ich) in dem schicken Café gegenüber der französischen Bäckerei, bevor wir erneut bei der Reinigung vorbeigingen, um die Klamotten abzuholen, die wir dort am Vortag abgegeben hatten.

Und freitagmorgens gab es eben immer Sex.

»Das ist doch eine schöne Einstimmung aufs Wochenende, Nell«, hatte Gus einmal gemeint, als er mit einem zufriedenen Seufzer von mir heruntergerollt war, ganz so, als handle es sich bei unserem Sexleben um eine Spotify-Playliste.

Und so wanderten auch an diesem Morgen seine Finger, verlässlich wie ein Schweizer Uhrwerk, meine Rippen empor.

»Guten Morgen, Mr. Nippel«, sagte er und rollte meine linke Brustwarze zwischen Daumen und Zeigefinger hin und her wie ein Kind eine Murmel.

Nach einer halben Minute verlegte er seine Hand auf meine rechte Brust. »Und natürlich Mrs. Nippel«, fügte er hinzu, bevor er weitere dreißig Sekunden dort verweilte.

Ich vermute mal, dass es eben dieses präzise Timing war, das Gus auch zu einem so hervorragenden Hobbykoch machte.

Zufrieden damit, dass er beide Brustwarzen mit der gebührenden Aufmerksamkeit bedacht hatte, ließ er seine Hand zwischen meine Beine gleiten und fuhrwerkte dort mit der gleichen Energie herum, die er auch an den Tag legte, wenn er in seiner Sockenschublade kramte: konzentriert und hochentschlossen.

»Ist gut«, flüsterte ich, nachdem ich eine weitere Minute angestrengt zur Decke gestarrt und mich dabei gefragt hatte, welche Bluse ich fürs Büro in den Rucksack packen sollte. Ich griff nach seiner Hand, um sie wieder hochzuziehen. Meine Wahl war auf die weiße von Sandro gefallen.

Es war nicht so, dass mir Sex mit Gus nicht gefiel. Ich genoss es – vor allem am Anfang unserer Beziehung. Wegen ihm hatte ich schließlich erst kapiert, warum alle so einen Wirbel darum veranstalteten. Aber nach elf Jahren Beziehung gab es eben jene Art von Sex, um den man so einen Wirbel machte, und die Art von Sex, die man an einem Freitagmorgen vor der Arbeit hatte.

Und das, was sich da gerade abspielte, gehörte nun mal definitiv zur letzteren Kategorie.

»Oh. Sicher?«

Ich nickte.

Unbeirrt wälzte Gus sich auf mich drauf und ließ im Dämmerlicht unseres Schlafzimmers seine Augenbrauen verführerisch wackeln. »Gute Morgen, mein kleines *doudou*.«

Doudou war französisch für Kuscheltier. Ich hatte zwar schon früher Diskussionen mit Gus wegen seiner eigentümlichen Kosenamen geführt, aber er hatte nie Konsequenzen daraus gezogen. Er benutzte sie gern, um mich daran zu erinnern, dass er in Cambridge auch Französisch studiert hatte.

Verschlafen erwiderte ich sein Lächeln, woraufhin er mit einem Stöhnen in mich hineinstieß, bevor er den

Kopf auf mein Schlüsselbein fallen ließ und murmelte: »Ich habe ganz vergessen, dir zu sagen, dass heute Abend der Klempner kommt.«

»Um wie viel Uuuuuhr?« Ich schnaufte wie ein Akkordeon, und meine Stimme war ganz heiser, auch wenn das nicht an der prickelnden Erotik lag, sondern vielmehr an dem Gewicht seines Oberkörpers, das meine Lungenflügel zusammenpresste.

Vor ein paar Wochen hatte sich, direkt unterhalb der Duschwanne, ein feuchtes Quadrat an der Küchendecke gebildet, und Gus hatte darauf bestanden, sich selbst darum zu kümmern.

»Es ist definitiv die Duschwanne, die hat ein Leck«, hatte er stolz verkündet, nachdem er, begleitet von der Geräuschkulisse umkippender Duschgel- und Shampooflaschen, eine halbe Stunde im Bad verbracht hatte.

Gus war der kultivierteste Mann, den ich je kennengelernt hatte: Er hegte eine ausgeprägte Vorliebe für italienische Filme sowie französische Weine und verbrachte seine Wochentage in der Kanzlei damit, sich für irgendwelche IT-Giganten durch komplizierte Regulierungsvereinbarungen zu kämpfen. Nur handwerklich war er nicht besonders begabt. Vor ein paar Jahren hatte er, bei dem Versuch, ein IKEA-Bücherregal aufzubauen, das wir gekauft hatten, um seine wachsende Sammlung historischer Biografien unterzubringen, einen Schraubschlüssel mit einem Hammer verwechselt.

»Er meinte, gegen sieben«, keuchte er zwischen den Stößen.

»Ich komm wahrscheinlich später, hab einen Termin mit einer neuen Mandaaaantin«, schnaufte ich erneut, als mir die Luft aus der Brust gepresst wurde.

»Kein … Problem … ich … kann … hier … sein.«

»Danke«, ächzte ich und fuhr mit meinen Fingernägeln seinen Rücken auf und ab.

Seine Stöße nahmen an Tempo zu, und er stöhnte in das Kissen, auf dem mein Kopf lag. »Hast … du … für … Morgen … Mittag … im … Restaurant … reserviert?«

»Der Laden in Chiswick? Hm … autsch, Gus!«

Er stützte sich mittlerweile mit der Hand an der Wand hinter mir ab und ein paar Strähnen meines Haars hatten sich zwischen seinen Fingern verfangen.

Morgen waren wir mit Hector und Harriet zum Mittagessen verabredet, zwei von Gus' Studienfreunden aus Cambridge, die gerade erst ein Baby namens Homer bekommen hatten. Als Gus mir in einer E-Mail davon erzählt hatte, schickte ich ihm ein GIF von Homer Simpson zurück, woraufhin er mich in ernstem Ton darüber aufklärte, dass der Name eine Hommage an den griechischen Dichter der Antike sei. Als ob ich das nicht wüsste; Hector und Harriet würden sich nie im Leben auch nur eine Folge der *Simpsons* anschauen. Sie waren eins dieser Pärchen, die selbstgefällig damit prahlten, keinen Fernseher zu besitzen, so als würden sie sich jeden Abend gemeinsam hinsetzen, um in der *Ilias* zu blättern.

»Gleich … hab ich's«, keuchte Gus über meine Schulter hinweg.

Ich ließ meine Finger zu seinem Hintern hinabrutschen und zog ihn tiefer in mich hinein. Das sollte helfen.

»Ooooh«, schnaufte er und legte noch einen Zahn zu; sein Hintern hüpfte wie auf einer Sprungstange rein und raus, rein und raus. »Hab's gleich … hab's gleich … bin gleich … da.«

Ich wusste schon, was klappen würde: Ich krümmte die Finger, sodass meine Nägel sich in seine Pobacken gruben.

»Und … GESCHAAAAAAAAAAFFT!«, brüllte Gus, wodurch ich seinen heißen Atem an meinem Hals spürte. Er erstarrte über mir und brach dann, mit dem Gesicht voran, im Kissen zusammen.

Ich drehte den Kopf, um einen Blick auf die Uhr zu werfen. 6:19 Uhr. Perfekt. Um sieben würde ich im Büro sein.

Ich joggte immer zur Arbeit und hatte dabei einen Rucksack mit fein säuberlich zusammengerollter Kleidung umgeschnallt. Von unserer Wohnung in Clapham führte mich mein Weg zum Vauxhall-Kreisverkehr hoch, dann am Südufer der Themse entlang und über die Waterloo Bridge.

Von dort hatte ich meinen liebsten Ausblick auf die Stadt: zu meiner Rechten ging (an schönen Tagen) die strahlende Sonne über der St. Paul's Cathedral auf; zu meiner Linken war der Westminster Palace zu sehen. Dann lief ich geradeaus die breite vierspurige Kingsway hoch, auf der die Busse auf und ab donnerten und hinter der sich ein ruhigerer, gut versteckter Platz verbarg. Diesen Platz, eine etwas ramponierte Grünfläche, auf der Tauben unter den Bänken nach heruntergefallenen Krümeln pickten, konnte ich von meinem Büro aus sehen. Die Wegstrecke betrug exakt fünf Meilen, nahm vierzig Minuten in Anspruch, und ich lief sie jeden Tag – egal zu welcher Jahreszeit.

Das Laufen hatte ich für mich entdeckt, als ich damals meine Stelle als Rechtsreferendarin antrat. Die Arbeitszeiten waren völlig irre, und ich benötigte tagsüber dringend frische Luft, ohne mich dafür zu lange von meinem Schreibtisch zu entfernen. Da ich keine Zeit fürs Fitnessstudio hatte, beschloss ich, morgens zur Arbeit zu joggen – es kam fast schon einer Art Meditation gleich.

Zuerst war es mir peinlich, plattfüßig und plump den Bürgersteig entlangzutraben, während die Tasche auf meinem Rücken schwer hin- und herschwang. Doch bald schon wurde ich besser, schneller; ich legte mir eine vernünftige Ausrüstung zu und schnallte meinen neuen Rucksack um den Bauch herum fest. Ich wurde zu einer Läuferin, die sich gewieft zwischen Pendlern und Touristen hindurchschlängelte, mal den Bürgersteig betrat, dann wieder verließ und dabei im Geiste die Ampeln bedrängte, doch bitte auf Grün zu schalten, damit ich nicht unnötig stehen bleiben musste. Meinen Kollegen gegenüber scherzte ich, dass ich wie ein Hund sei, mit dem man zu Beginn des Tages immer erst Gassi gehen musste. Was ich dabei unerwähnt ließ, war, dass durch das Joggen die Endorphine meinen gesamten Körper fluteten. Ohne sie wäre ich wohl kaum dazu in der Lage, es den ganzen Tag neben Gideon im Büro auszuhalten.

Gideon Fotheringham war mein Chef; sechzigjähriger Partner in der Kanzlei Spinks, mit einem Gesicht, das von ausgiebigen Mittagsessen so rot war wie ein rohes Steak, und blondem Haar, das nie einen Kamm zu sehen bekam. Er war ein abgehalfterter Gigolo, der im vergangenen Jahr knapp über 2,1 Millionen Pfund gescheffelt hatte. Wann immer uns ein potenzieller Mandant einen Besuch abstattete, scherzte Gideon, dass er sich auf Scheidungen »außergewöhnlich gut« verstehe, weil er selbst schon zwei hinter sich gebracht hatte. Kürzlich hatte er zum dritten Mal geheiratet, eine Frau in meinem Alter namens Ophelia, die über einen einstelligen IQ verfügte und einen Großteil ihrer Zeit damit verbrachte, sich den Kopf über Gardinenmuster für ihr Haus in den Cotswolds zu zerbrechen.

Darüber hinaus besaß Gideon auch eine Wohnung in South Kensington, die er angeblich unter der Woche nutzte, auch wenn er keineswegs immer dort übernachtete. Als ich noch Referendarin war, musste ich mehr als nur einmal morgens zu Tyrwhitt spurten, um ein frisches Hemd zu kaufen, da er die Nacht nicht zu Hause verbracht hatte. Und so hatte ich es mir angewöhnt, neue weibliche Referendare davor zu warnen, allein mit ihm in den Aufzug zu steigen oder im Vorstandszimmer zu bleiben.

Aber andererseits war Spinks & Co voller solcher Gideons. Es handelte sich um Londons älteste und traditionsreichste Anwaltskanzlei, die in einem denkmalgeschützten georgianischen Stadthaus residierte, das von außen durch schwarz lackierte Metallgeländer geschützt wurde und innen mit dicken, weichen Teppichen, schweren Mahagonitüren und Kühlschränken voller kleiner Perrier-Flaschen ausstaffiert war. Die Partner der Kanzlei waren allesamt weiße Männer in den Sechzigern, die Eton und Oxford besucht hatten; Männer, denen ab Freitagmittag ihm Vorstandszimmer Champagner serviert wurde. Doch auch wenn sie alt und traditionsbewusst waren, machte das ihre Methoden nicht zwingend ineffizient. Diese Männer waren Piranhas in Nadelstreifenanzügen, die sich auf die größtmöglichen Firmen- und Handelsfälle einschossen – und die meisten von ihnen gewannen.

An der juristischen Fakultät waren Plätze im Trainee-Programm von Spinks heiß umkämpft. Ich hatte mich nur beworben, weil Gus mir dazu geraten hatte, und sein Riecher erwies sich als richtig, als ich tatsächlich einen Platz ergatterte – sehr zu meinem Erstaunen, da ich davon ausgegangen war, dass die Kanzlei vorwiegend an den geleckten Typen aus meinem Studiengang interessiert sei, die in Barbour-Klamotten zu den Vorlesungen erschienen. Ich war bloß eine weltfremde Studentin, die in einem kalten, klammen Dorf in Northumberland aufgewachsen und vor ihrem Jurastudium noch nie in London gewesen war. Einen Vertrag mit Spinks an Land zu ziehen grenzte für mich an ein Wunder.

Nachdem ich als Referendarin drei verschiedene Abteilungen durchlaufen hatte, entschied ich mich dafür, mich im Bereich Familienrecht zu qualifizieren, da ich mit echten Menschen sowie Fällen, die das wahre Leben betrafen, arbeiten wollte, anstatt mich mit langweiligen Steuerregelungen und Klagen wegen Unternehmensbetrug rumzuschlagen, deren Klärung oft Jahre dauerte. Was wiederum bedeutete, dass ich mich hauptsächlich mit den Scheidungen reicher Leute befasste: Fußballer, die sich von Popstars trennten, und unbedeutende Angehörige des britischen Königshauses, die sich von Cousin oder Cousinen scheiden ließen; so Zeug eben.

Während ich am Fluss entlangjoggte, dachte ich darüber nach, was heute anstand: ein Treffen mit einer möglicherweise neuen Mandantin. Linzi Lemon war ein ehemaliges Model (auch bekannt als »Luscious Linzi«, aus den Anfängen ihrer Karriere als Mädchen von Seite 3), das beschlossen hatte, sich von ihrem Ehemann, einem bekannten Promikoch, zu trennen. Larry besaß eine Reihe italienischer Restaurants in diversen Einkaufszentren im ganzen Land und trat jeden Samstagvormittag in einer Kochsendung auf. Unglücklicherweise hatte Linzi ihren Larry kürzlich mit einem Gast aus seiner TV-Show dabei erwischt, wie er in seiner Garderobe etwas Unaussprechliches mit einer Zucchini veranstaltete, und daher beschlossen, die Scheidung einzureichen.

Die Lemons waren seit zehn Jahren verheiratet und hatten zwei Kinder; Lewis war neun und Liberty sieben Jahre alt. Soweit ich bisher in Erfahrung hatte bringen können, besaßen sie mindestens drei Häuser: in Battersea, in Poole und St. Ives. Ich hatte mir auch ein paar YouTube-Videos von Larrys Show angesehen und mich, angesichts seines karottenfarbenen Teints und dem basketballförmigen Kugelbauch, der über seine Schürze hing, gefragt, wie er es überhaupt schaffte, eine Frau zu verführen, geschweige denn unter Einsatz einer Zucchini. Aber nach mehreren Jahren Familienrecht brauchte es schon mehr als ein Gemüse-Sexspielzeug, um mich aus dem Konzept zu bringen.

Es stimmt schon, was man sagt, nämlich, dass Anwälte im Strafrecht schlechte Menschen von ihrer besten Seite erleben, Scheidungsanwälte hingegen gute Menschen von ihrer übelsten. Auch wenn sicher nicht alle unsere Mandanten das *beste* Beispiel für unsere Spezies waren. Eine Dame bestand mal darauf, sie wolle sich scheiden lassen, weil ihr Gatte ihren Hund nicht länger im gemeinsamen Bett schlafen ließ; ein anderer Mandant wiederum beanstandete, dass seine Angetraute für ein Facelifting nach Korea geflogen war, ohne ihm Bescheid zu sagen. Und vor ein paar Monaten erst kam eine in Tränen aufgelöste Französin zu uns, da sie auf dem Handy ihres Mannes Fotos entdeckt hatte, die verrieten, dass er eine Prostituierte in Chelsea aufgesucht hatte, die seinem Fetisch, sich als Baby zu verkleiden, eine Windel zu tragen und an einem riesigen Schnuller zu nuckeln, entgegengekommen war.

Ich arbeitete mittlerweile seit fast einem Jahrzehnt bei Spinks, hatte hunderten Mandanten zugehört, die mir die Gründe für das Scheitern ihrer Ehe darlegten, mich konnte also kaum noch etwas schocken.

Darüber hinaus macht es mir aber auch Freude. Es gefiel mir, Menschen aus ihrem Beziehungswirrwarr hinaus und zu neuer Freiheit zu verhelfen, sie in der Einsicht zu unterstützen, dass ein vor einem Priester abgelegtes Gelübde nicht zwingend bedeutete, dass man seine Meinung zu einem späteren Zeitpunkt nicht ändern durfte. Vor zwei Jahren hatte Spinks mich zum Senior Associate befördert, was wiederum den Ehrgeiz in mir entfacht hatte, bis zu meinem vierunddreißigsten Geburtstag im August der erste weibliche Partner in der Kanzlei zu werden. Jeden Morgen saß ich um Viertel nach sieben am Schreibtisch und kam normalerweise gegen acht, oft auch später, nach Hause. Ich ging auch am Wochenende ans Handy und ließ es nachts an, für den Fall, dass ein Mandant mich brauchte. Wenn ich mich nicht gerade im Büro aufhielt, überprüfte ich ungefähr im Dreisekundentakt meine E-Mails. Und wenn ich im Büro war, verließ ich den Schreibtisch praktisch nicht.

Als ich heute bei der Arbeit eintraf, herrschte noch Ruhe; das einzige Geräusch kam vom Quietschen meiner Laufschuhe auf dem Marmorboden des Empfangsbereichs. Auf der Treppe, die hoch in den dritten Stock führte, wo Gideon und ich uns ein Büro teilten, nahm ich jeweils zwei Stufen auf einmal.

Wenn ich »teilen« sage, meine ich, dass Gideon den Großteil des Raumes in Anspruch nahm. Aber er war noch nicht da. Vor zehn Uhr ließ er sich prinzipiell nie blicken. Und wenn er dann mal auftauchte, ließ er sich mit einem schweren Seufzer hinter seinem antiken Schreibtisch nieder, der so groß war wie ein Esstisch und von Bildern seiner fünf Kinder sowie der dritten Mrs. Fotheringham geziert wurde, bevor er den restlichen Tag damit verbrachte, mir Befehle rüberzubellen. Hinter seinem Arbeitsplatz hingen Sportaufnahmen aus seiner Schulzeit an der Wand. So sah es im Übrigen bei allen Partnern von Spinks aus. Während meiner Arbeit hier hatte ich gelernt, dass Männer egal welchen Alters, die eine Privatschule besucht hatten, unbedingt ihre Mannschaftsfotos öffentlich zur Schau stellen mussten, um so ihr Ego aufzupolieren.

Mein eigener, ungleich bescheidenerer Schreibtisch war hinter der Tür versteckt, stand aber immerhin gegenüber von einem breiten Fenster mit Blick auf den Platz, das ich oft aus Protest gegen all die Geräusche und Gerüche aufriss, die von Gideons Schreibtisch zu mir herüberdrangen.

Ich duschte und zog mich im Badezimmer am Ende des Flurs um. Im Büro hieß es für mich immer Hosenanzug oder Kostüm. Vor Jahren einmal hatte ich es gewagt, im geblümten Kleid zu erscheinen, woraufhin Gideon mich mit einem missbilligenden Blick gefragt hatte, ob ich zu einem »Teekränzchen« unterwegs sei, also hieß es danach wieder gedeckte Farben. Was mich jedoch nicht besonders störte. Da ich den blassen Teint meiner Mutter geerbt hatte, ließen mich zu kräftige Farben käsig aussehen. Außerdem hatte ich begriffen, dass man sich zwischen all den grauen Anzügen bei Spinks besser einfügte, wenn man selbst einen trug, zumal als Frau.

Ich band meine Locken im Nacken zu einem straffen Pferdeschwanz, verrieb eine Schicht getönter Feuchtigkeitscreme über meinen Sommersprossen, fügte einen Hauch Mascara hinzu, verstaute meine vom Joggen feuchten Klamotten im Rucksack und kehrte an meinen Schreibtisch zurück. Während ich mit einem Mausklick meinen Monitor zum Leben erweckte, griff ich nach meinem Telefon, um mir unten eine Kanne extrastarken Kaffee zu bestellen.

Das gehörte zu den weiteren Vorzügen, wenn man hier arbeitete – im Keller befand sich eine Küche, die auf Abruf Frühstück, Mittag- oder Abendessen von einer ständig wechselnden Speisekarte zubereitete, die jeden Montagmorgen per E-Mail an alle Mitarbeiter versendet wurde. Geführt wurde die Küche von einer Filipina Anfang sechzig namens Queenie sowie ihrer Nichte Carmelita, die wohl die beiden beliebtesten Mitarbeiter in der gesamten Kanzlei waren.

Dann setzte ich mich an meinem Computer und ging die von mir angelegte Akte zu Linzis Fall durch. Ein Großteil meiner Zeit ging dafür drauf, mich in komplizierte Scheidungsverträge, so dick wie gebundene Bücher, einzuarbeiten oder diverse Kontoauszüge und Steuererklärungen unserer Mandanten zu durchforsten. Aber da sie für gewöhnlich auch im Licht der Öffentlichkeit standen, widmete ich zudem einen nicht zu vernachlässigenden Teil meines Tages der Aufgabe, mich durch die *Daily Mail* zu scrollen, um dabei so viele Informationen wie nur irgend möglich über jene Menschen zusammenzutragen, die wir verteidigten – oder gegen die wir vorgingen.

»Guten Morgen, Eleanor«, grüßte Gideon dröhnend, als er einige Stunden später ins Büro geplatzt kam.

»Morgen«, murmelte ich hinter meinem Monitor hervor.

»Ist das nicht ein ganz wunderbarer Tag? Die Sonne scheint, der Himmel ist blau, die Vögel machen, was auch immer die Vögel so machen.«

Ich sah auf, als er seinen Mantel schwungvoll über den Kleiderständer warf. »Du bist aber gut gelaunt.«

Gideon ließ die Zähne aufblitzen. »Natürlich bin ich gut gelaunt. Eine neue Mandantin, will heißen, frischer Wind und Frischfleisch.« Er rieb sich die Hände und ließ sich auf seinen Stuhl fallen. »Könntest du Queenie anrufen, damit sie mir das Übliche hochschickt?«

Das Übliche bedeutete einen Cappuccino und ein englisches Frühstück, das er geräuschvoll an seinem Schreibtisch verputzen würde, während ich versuchte, mich auf meine Arbeit zu konzentrieren. Es war, als würde man einem Seehund beim Hantieren mit Messer und Gabel zusehen; und meistens verkleckerte er dabei Eigelb auf der Krawatte, was bedeutete, dass einer der Referendare losgeschickt wurde, um eine neue zu kaufen.

In solchen Momenten schwor ich mir, dass ich, sobald ich Partner in der Kanzlei geworden wäre, das Büro wechseln und meine Tätigkeit neben jemand anderem fortsetzen würde. Ich würde mir nicht länger das Malmen von Gideons Kiefer anhören oder mitansehen müssen, wie er sich jedes Mal, wenn er aufstand, in den Schritt fasste, um dort alles an den rechten Platz zu rücken. Zudem war ich skeptisch, ob er sich nach dem Gang aufs Klo die Hände wusch, und versuchte es daher zu vermeiden, an sein Telefon zu gehen oder einen seiner Stifte zu benutzen.

Bitte, bitte, *bitte*, lass mich Partner in der Kanzlei werden, betete ich innerlich, während ich unten in der Küche anrief – und dafür mein eigenes Telefon benutzte. Anfang

September wurden die Namen der neuen Partner bekannt gegeben, was, da wir heute den 15. März hatten, bedeutete, dass ich noch etwas mehr als fünf Monate vor mir hatte. Fünfeinhalb Monate, die ich noch neben dieser blonden Amöbe sitzen würde. Das war kein Problem für mich. Schließlich machte ich das schon zwei ganze Jahre, seit meiner letzten Beförderung. Was waren im Vergleich dazu schon fünf Monate?

Zwanzig Minuten später erschien Carmelita mit dem Frühstückstablett, und Gideon grunzte zum Dank.

»Ich übernehme bei dem Treffen das Reden«, verkündete er, nachdem sie gegangen war.

»In Ordnung«, erwiderte ich, ohne den Blick vom Computer zu heben. Das war bei potenziellen Mandanten die übliche Vorgehensweise: Gideon hieß sie bei Spinks willkommen und befragte sie vorsichtig wie ein Zahnarzt, der einen wunden Zahn untersuchte, nach den Umständen ihrer Trennung. Meine Aufgabe war es, ruhig dazusitzen und mir Notizen zu machen.

Ungeachtet seiner (zahlreichen) Fehler, erwies sich Gideon bei diesen ersten Treffen als überaus effizient. Er hatte eine autoritäre Ausstrahlung und war redegewandt, was dazu führte, dass man ihm auf der Stelle sein Vertrauen schenkte; außerdem wusste er, dass, wenn er sie dazu brachte, uns gegenüber persönliche Informationen preiszugeben, sie eher Spinks beauftragen würden, anstatt die Qual auf sich zu nehmen, dieselben schmerzhaften Details ein weiteres Mal mit einer anderen Kanzlei durchzugehen.

»Heute die sanfte Gangart, würde ich sagen«, fuhr er fort, während er eine Speckscheibe durchsäbelte. »Lass sie von Rosemary direkt hier hochschicken.«

Ich runzelte die Stirn. Das machte mich nun doch nervös. Die ersten Treffen mit potenziellen Mandanten fanden normalerweise im Vorstandszimmer statt, um sie dort mit der altehrwürdigen Aura von Spinks & Co zu beeindrucken. Die Wände des Raumes wurden von unbezahlbaren chinesischen Seidentapeten geziert, die der erste Besitzer des Stadthauses, Earl Macartney, welcher den ersten Botschafterbesuch Englands nach China anführte, im Jahre 1782 aus dem fernen Osten mitgebracht hatte. Die Mitte des Raumes wurde von einem riesigen antiken Tisch eingenommen, auf den die Ölporträts früherer Kanzleipartner herabblickten; und der Teppichboden war so watteweich und der ganze Raum so schalldicht, dass, wie Gideon gerne scherzte, auch der Premierminister sein Treffen darin hätte abhalten können.

»Und wer sagt, dass er uns nicht auch schon mal einen Besuch abgestattet hat?«, fragte er dann mit einem Augenzwinkern die potenziellen Mandanten.

Aber gelegentlich empfingen wir sie auch in unserem Büro im dritten Stock – vor allem wenn sie besonders prominent waren. Oder nah am Wasser gebaut. Die Frauen weinten oft während der Treffen, und ich wünschte mir innigst, sie würden es nicht tun. Das lag aber keinesfalls daran, dass es mir an Mitgefühl mangelte; ich fühlte sogar sehr mit allen, die in unser Büro kamen und sich wegen ihrer Ehe ausheulten, und ganz besonders mit den Frauen, denen übel mitgespielt worden war. Wir wussten schließlich alle, wie sich das anfühlte. Nun ja, zumindest die meisten. Obwohl bei meinem persönlichen Liebesdrama zumindest keine Zucchini involviert gewesen war. Es war Jahre her, seit ich so lange geheult hatte, dass mein ganzes Gesicht rot und geschwollen war und Mum mich zum Arzt schicken wollte, weil sie darauf bestand, dass ich eine neue Allergie entwickelt hätte. Aber meine Schwellung hatte nichts mit einer Allergie zu tun; ich fühlte mich nur einfach so, als hätte mir ein Holzfäller eine Axt in die Brust gerammt. Doch zu guter Letzt erwies der Schmerz sich als nützlich, weil er mich anspornte und mich dazu ermutigte, anderen Menschen zu helfen, die dasselbe durchmachten, insbesondere Frauen. Ohne ihn hätte ich mich wohl nicht für das Familienrecht entschieden.

Also nein, es waren nicht die Tränen unserer Mandantinnen, die mir zu schaffen machten, denn für die hatte ich durchaus Verständnis. Es war eher Gideons Verhalten ihnen gegenüber. Er nutzte es aus, wie verletzlich sie waren. Beim geringsten Anzeichen einer zitternden Unterlippe oder eines tränenden Auges rückte er auf dem Sofa näher und zauberte, einem Magier gleich, ein mit Initialen versehenes Taschentuch aus seiner Brusttasche.

»Hier, bitte, nehmen Sie das«, beharrte er dann.

Nachdem er diesen ritterlichen Akt vollführt hatte, landete er gelegentlich mit der einen oder anderen im Bett. »Das gehört zum Service«, hatte er prahlend verkündet, nachdem die Frau eines Goldman-Sachs-Bankers vergessen hatte, mich aus dem Cc einer an uns beide adressierten E-Mail zu entfernen, und darin verkündet hatte, dass sie »Gideon noch immer schmecken« könne. An diesem Nachmittag hatte ich einen ausgedehnten Spaziergang einlegen müssen.

»Hier drin, wirklich?«, hakte ich nach.

»Ja, warum denn nicht?« Ein Bröckchen von seinem Frühstück – vielleicht ein Stück Speck, vielleicht auch Ei oder ein Tomatenkern – flog aus Gideons Mund und landete auf dem Teppich vor meinem Schreibtisch.

»Nein, nichts. Nur so. Dann gebe ich gleich unten bei Rosemary Bescheid.«

Rosemary war die Empfangsdame, die seit nunmehr über vierzig Jahren für Spinks arbeitete und die männlichen Anwälte wie ungezogene Schuljungen behandelte; sie hatte die Statur eines Schlachtschiffs und niemand, nicht einmal Gideon, wagte es, sich mit Rosemary anzulegen.

Um elf Uhr erschien Linzi und wurde von einer Referendarin in unser Büro geführt. Sie hatte eine dichte Mähne mit blonden Highlights, Wimpern in der Größe von Schmetterlingsflügeln und ein Kinn, das schon jetzt verdächtig zitterte.

»Mrs. Lemon, wie schön Sie kennenzulernen«, grüßte Gideon und sprang hinter seinem Schreibtisch auf. »Ich bin Gideon Fotheringham, Seniorpartner bei Spinks in der Abteilung Familienrecht, und das ist meine Mitarbeiterin, Eleanor Mason. Treten Sie doch ein und nehmen sie Pla…«

Er wurde von einem Geräusch unterbrochen, das an einen gebärenden Wal erinnerte, als Linzi auch schon in Tränen ausbrach.

»Ach Gottchen, das tut mir ja so leid, Mrs. Lemon«, bekundete Gideon, eilte hinüber und legte einen Arm um sie. Er führte Linzi zu dem cremefarbenen Sofa vor seinem Schreibtisch und wedelte währenddessen mit der anderen Hand in Richtung der Referendarin, als handle es sich um eine lästige Fliege.

Während Linzi sich geräuschvoll schluchzend an einem Ende des Sofas niederließ, sah er mich mit geweiteten Augen an und nickte mit dem Kopf in Richtung Tür.

»Hier, bitte, nehmen Sie das«, fuhr er fort, nachdem er ein Stofftaschentuch aus seinem Anzug hervorgekramt hatte, und hielt es ihr hin. »Ich versichere Ihnen auch, dass es tadellos sauber ist, ha, ha!«

Linzi nahm das Taschentuch entgegen und lächelte ihn zaghaft aus tränenverhangenen Augen an; Gideon erwiderte das Lächeln strahlend, bevor er auf dem anderen Ende des Sofas Platz nahm. Ich schloss die Tür.

»Es tut mir ja so leid«, entschuldigte sie sich, bevor sie den Inhalt ihrer Nase in Gideons Taschentuch schnäuzte.

»Aber nicht doch, nicht doch«, antwortete er galant. »Das ist nun mal eine sehr belastende Situation.« Dann warf er mir einen ungeduldigen Blick zu und machte eine kritzelnde Geste.

Ich widerstand dem Drang, ihm meinen Hefter an den Kopf zu werfen. Ich kannte die mir zugedachte Rolle bei diesen Treffen – nämlich alles zu notieren, was gesagt wurde, sodass wir uns ein Bild von dem Fall machen konnten –, und dennoch kommandierte mich Gideon herum, als käme ich frisch von der Uni. Mit einem stummen Seufzen griff ich mir den Notizblock von meinem Schreibtisch und ließ mich dann in dem kleinen Sessel ihnen gegenüber nieder.

»Mrs. Lemon, dürfen wir Ihnen einen Kaffee anbieten?« Gideon hatte seinen verführerischen Tonfall aufgesetzt, auf den er zurückgriff, wenn ein Mandant ihm zu entgleiten drohte.

Linzi kräuselte die Nase. »Sie haben nicht zufällig Wodka da, oder?«

Er klatschte mit den Händen auf die Knie und brach in bellendes Gelächter aus. »Ich bin mir sicher, das lässt sich arrangieren.«

»Machen Sie sich keine Umstände. Das war nur ein Scherz. Und bitte, nennen Sie mich Linzi – *Mrs.* erinnert mich nur an diesen Perversling, den ich geheiratet habe.«

»Ach ja, genau, wo wir schon dabei sind«, erwiderte Gideon und verlagerte dabei kaum merklich das Gewicht, bevor seine Stimme eine Oktave höherrutschte. »Ich glaube, es könnte hilfreich sein, wenn wir Ihre Situation Schritt für Schritt durchgehen, um einige Details zu klären.«

Linzi schniefte und ließ den Blick nervös von ihm zu mir wandern. »Ich weiß nicht, was Sie bereits gelesen haben?«

Gideon winkte ab. »Bitte, machen Sie sich wegen des Mülls, den die Zeitungen so drucken, keine Sorgen. Wir wollen hier hören, was Sie durchmachen mussten, *Ihre* Geschichte.«

»Ich dachte, wir würden für immer zusammenbleiben«, begann Linzi, bevor sie einen raschen Blick auf ihre Hände warf und mit den Fingern an einer Ecke des Taschentuchs herumzupfte. »Es war eine Sandkastenliebe, verstehen Sie?«

Gideon nickte.

»Ich schätze, wir waren beide ziemlich jung, als wir heirateten, keine dreiundzwanzig. Aber wir waren ja so glücklich, zumindest dachte ich das. Dann kamen die Kinder.«

»Zwei Kinder, richtig?«

»Ja«, antwortete sie, »Lewis und die kleine Liberty. Die armen Mäuse, sie haben ja keine Ahnung von alldem … davon, dass ihr Dad ein betrügerischer Dreckskerl ist!«

Sie stieß einen weiteren Schluchzer aus, und Gideon rückte auf dem Sofa näher.

»Mrs. Lem… *Linzi*, es tut mir von tiefstem Herzen leid. Ich verstehe, wie schwierig das für Sie ist.«

»Schon gut«, nuschelte sie und putzte sich erneut die Nase. »Ich hatte nur nie geglaubt, dass er mir so wehtun würde. Das kann man sich als Frau nie vorstellen, wenn man in die Kerle verliebt ist. Man denkt einfach nicht, dass sie je etwas tun könnten, das einen verletzt, nicht wahr?« Auf der Suche nach weiblicher Solidarität warf sie mir einen Blick zu.

»Nein«, murmelte ich, »das denkt man nicht.«

»Sie sind also seit zehn Jahren verheiratet, ist das korrekt?«, drängte Gideon weiter.

»Zehn Jahre, genau. Zehn Jahre, und er zieht los und

macht so was! Und das wahrscheinlich auch nicht zum ersten Mal. Es ist nur das erste Mal, dass ich dieses verlogene Ekel dabei erwischt habe.«

Abermals wechselte Gideons Stimme in eine höhere Tonlage. »Guuuuut, könnten wir, falls es Ihnen nichts ausmacht, kurz ein wenig genauer darauf eingehen? Wenn ich recht verstehe, haben Sie ihn mit einer anderen in seinem Fernsehstudio erwischt, ist das korrekt?«

»In seiner Garderobe, mit einem Mädchen aus dem Publikum. Er …« Linzi senkte die Stimme zu einem Flüstern, »… er verwendete dabei … eine Gurke.«

Ich strich »Zucchini« auf meinem Notizblock durch und notierte stattdessen »Gurke«.

»Wie überaus unhygienisch. Das tut mir ja so leid, Linzi. Wirklich schrecklich, so etwas mitansehen zu müssen. Ich hoffe doch sehr, dass er nicht vorhatte, die Gurke im Anschluss noch für sein Gericht zu verwenden?« Gideon grinste in der Erwartung eines Lachens, doch Linzi und ich schwiegen nur, also räusperte er sich und fuhr fort. »Worüber wir uns jetzt unterhalten sollten, ist das Prozedere, dem Sie sich womöglich stellen müssen, sowie die von Ihnen angestrebten Einigungen samt Sorgerechtsbestimmungen und so weiter, falls Ihnen das recht ist?«

»Ich meine, wie konnte er das nur tun?«, fuhr Linzi fort. »Wie kann jemand, den ich so sehr geliebt habe und von dem ich glaubte, dass er mich liebt, etwas so … so … Grausames tun! Wie nur?«

»Es tut mir so leid. Ich weiß, wie sich das anfühlt«, beschloss ich mich nun einzuschalten. »Das ist schrecklich unfair und kränkend, gerade auch, nachdem Sie ihn so lange bei seiner Karriere unterstützt haben. Aber deshalb sind wir hier – um Ihnen dabei zu helfen, das Ganze so schmerzlos wie möglich hinter sich zu bringen.«

»Ja, danke, Nell«, sagte Gideon schnell, ließ seine Augäpfel als Zeichen stummen Tadels hervortreten und wandte sich dann wieder Linzi zu. »Bitte, seien Sie versichert, dass Sie sich in hervorragenden Händen befinden. Ich selbst verstehe mich ja ganz exzellent auf Scheidungen, da ich schon zwei hinter mir habe – ha, ha! Wenn wir uns jetzt aber einen Moment auf die angestrebte Einigung konzentrieren könnten, wäre das ganz großartig. Je früher wir loslegen, desto eher haben wir Sie aus dieser Situation rausgeholt. Kommen wir direkt zum Geschäftlichen: Liege ich richtig, wenn ich sage, dass Sie zusammen drei Immobilien besitzen?«

Linzi nickte, und ich beugte den Kopf wieder über meinen Notizblock. Nur noch etwas mehr als fünf Monate, rief ich mir in Erinnerung. Danach wäre ich Partnerin, könnte meine eigenen Mandanten betreuen und müsste nicht länger stumm neben einem Mann sitzen, der dem weiblichen Geschlecht und, ja, auch Ehefrauen gegenüber eine ähnliche Haltung an den Tag legte wie Heinrich VIII.

An diesem Abend kam ich erst gegen zwanzig Uhr nach Hause, nachdem ich den Großteil des Nachmittags damit verbracht hatte, unser Treffen mit Linzi schriftlich zusammenzufassen sowie ein Dokument mit den Mandatsbedingungen für sie aufzusetzen. Gideon wollte alle dreieinhalb

Minuten wissen, wann der Kram denn endlich fertig sei, bis ich ihm das Dokument zum Abnicken auf den Schreibtisch schob. Bevor sie den Vertrag nicht unterschrieben hatte, würden wir sie nicht offiziell vertreten.

Endlich, nachdem das Dokument in der Post lag, quetschte ich mich in die Northern Line, die mich im Schneckentempo nach Süden, zu unserer Wohnung in Clapham fuhr.

Gus verzog immer das Gesicht, wenn ich sie als *Wohnung* bezeichnete, und bestand darauf, dass es sich um eine »Maisonette« handelte, da sie sich über zwei Stockwerke erstreckte. Meinetwegen. Ich jedenfalls hatte noch nie gehört, dass jemand sagte: »Komm doch zum Abendessen in unsere Maisonette.«

Die Vorstellung, gegenüber vom Clapham-Common-Park zu wohnen und im Sainsbury-Supermarkt hinter australischen Mittzwanzigern und Männern, deren einzige Uniform aus Rugbyshirts bestand, anzustehen, hatte mir nicht sonderlich gefallen. Ich hätte lieber etwas näher am Fluss gehabt, aber am Ende hatte Gus sich durchgesetzt (»Es liegt an der Northern Line, Nell, perfekter Anschluss zur City«).

Und doch, obwohl die Wohnung im spießigen Clapham lag und wir sie vor fünf Jahren gekauft hatten, verspürte ich jedes Mal, wenn ich den Schlüssel in die Tür steckte, einen kleinen Freudenschauer darüber, dass sie uns gehörte. Sie erstreckte sich über die beiden oberen Stockwerke eines Reihenhauses: auf der unteren Etage befanden sich die offene Küche und das Wohnzimmer, darüber

Schlafzimmer, Bad und die Kammer, die wir großspurig als »Gästezimmer« betitelten, die aber nicht größer war als ein Schuhschrank. Es passte gerade so ein Einzelbett hinein, ansonsten war nur noch Platz für einen Papierkorb. Gus sprach immer davon, sein Arbeitszimmer daraus zu machen, aber das gehörte – neben Muttermaluntersuchungen und Zahnreinigungen – zu jenen Dingen, die wir einfach nie auf die Reihe bekamen.

Ich fand ihn in seiner liebsten Stellung vor: nämlich vor dem Weinregal hockend.

»Hallo, Liebling«, begrüßte ich ihn und ließ meinen Rucksack auf den Boden plumpsen. Der behagliche, vertraute Anblick war nach einem derartigen Tag ein echter Trost.

Gus drehte den Kopf und lächelte. »*Mon chou-fleur* ist wieder zu Hause! Also, ganz wichtige Frage, steht dir der Sinn eher nach einem französischen Pinot Noir oder einem wirklich netten Chianti?«

»Weder noch«, erwiderte ich und ließ mich kraftlos aufs Sofa sinken. »Ich fühle mich wie ein menschlicher Sitzsack, auf dem es sich ein verrückter Diktator den ganzen Nachmittag bequem gemacht hat.«

»Ah, in diesem Fall wohl eher etwas Stärkeres.« Gus stand auf und kam zum Sofa. »Es tut mir leid«, sagte er und beugte sich vor, um mir einen Kuss auf die Stirn zu drücken.

»Danke«, murmelte ich und lächelte aus der Horizontalen zu ihm empor. Mein netter, mein mich stets unterstützender Freund. Ich konnte mir nicht vorstellen, dass

Gus mich je betrügen würde. Dafür war er viel zu ehrenhaft. Er hatte nicht nur überaus klare Vorstellungen, was Mülltrennung betraf, sondern auch in Bezug auf Radfahrer, die bei Rot über die Ampel fuhren, und Leute, die die Busspur benutzten, selbst wenn es theoretisch erlaubt war. Ich hatte ihn tatsächlich noch nie auch nur fluchen gehört.

»Der Klempner ist da gewesen«, fuhr er fort, während er zu seiner Weinsammlung zurückkehrte. »Hat 236 Pfund in Rechnung gestellt, dafür, dass er eine Tube Zahnpasta rund um die Dusche ausgequetscht hat, aber er meinte, damit sollte es sich erledigt haben. Allerdings können wir heute Abend nicht duschen, da das Zeug noch trocknen muss. Wir hätten eine Ausbildung zum Klempner machen sollen, statt Jura zu studieren. Ach ja, wie lief es mit deiner neuen Mandantin?«

»Bis jetzt ist sie offiziell noch keine. Aber ich denke, das ist nur eine Frage der Zeit. Die arme Frau hat nicht aufgehört zu weinen, während Gideon um sie herumscharwenzelt ist; sie hat mir so leidgetan.«

»Weil er ihr auf die Pelle gerückt ist oder wegen ihrer Scheidung?«

»Wegen beidem.« Ich streckte meine Arme über den Kopf aus und gähnte.

»Zum Glück werden wir das nie durchmachen müssen. Lass uns diesen kalifornischen Zinfandel probieren. Der dürfte seinen Zweck erfüllen.«

»Hm«, murmelte ich, stumm hoffend, dass Gus nicht gleich einen seiner Vorträge über die Tücken und Gefahren der Ehe vom Stapel lassen würde.

Eines der ersten Dinge, die Gus mich hatte wissen lassen, war, dass er nicht an die Ehe glaubte. Das Konzept der romantischen Ehe, so erklärte er bei unserem zweiten Date, war in der Geschichte der Menschheit eine relativ neue Erfindung. Ihm zufolge hatten die Viktorianer die Vorstellung der Liebesheirat (anstatt pragmatischer oder finanzieller Erwägungen, wie etwa der Zeugung von Kindern oder strategischer Verbindungen) propagiert und damit die gesellschaftliche »Obsession«, einen Seelenverwandten zu finden, befeuert.

»Du glaubst nicht an Seelenverwandtschaft?«, hatte ich darauf gefragt, und meine Begeisterung für den bebrillten Jurastudenten, der in unseren Vorlesungen immer so intelligente Fragen stellte, hatte sogleich etwas nachgelassen.

Gus schüttelte den Kopf und fuhr damit fort darzulegen, dass er durchaus an die Liebe glaubte und auch daran, einen Menschen zu finden, mit dem er sich »ein Leben aufbauen« könne; er glaubte lediglich nicht an die zuckrige, idealisierte Form der Liebe, die auf Valentinskarten beworben wurde.

Einige Verabredungen später begriff ich, dass Gus' klare Haltung zur Ehe (und zum Fremdgehen) von seinem Vater herrührte, einem Zahnarzt aus Basingstoke, der mit seiner Arzthelferin durchgebrannt war und es seiner sitzen gelassenen Frau überlassen hatte, ihren siebenjährigen Sohn allein großzuziehen. Gus hatte sich geschworen, dass er seine Partnerin niemals so behandeln würde, genauso wenig würde er heiraten, um »den Erwartungen der Gesellschaft gerecht zu werden, wie eine Beziehung auszusehen hat«. Und da ich damals erst zweiundzwanzig und zuvor von der Liebe schmerzhaft enttäuscht worden war, hatte mir der Gedanke, nicht zu heiraten, in gewisser Weise zugesagt. Denn bei Gus klang es nach einer edelmütigen, einer intellektuellen Entscheidung.

Also hatten wir in besagtem Pub die Hände geschüttelt und auf jene scherzhafte und unerschrockene Weise, in der man bei zweiten Dates über derartige Themen sprechen kann, gelobt, dass wir niemals heiraten würden.

»Lass uns drei Kinder haben!«

»Lass uns aufs Land ziehen, wenn wir älter sind!«

»Bist du ein Katzen- oder ein Hundemensch?«

»Katze.«

»Okay, wir legen uns beides zu!«

»Lass uns *nicht* heiraten!«

Es war ein Pakt, der seither bestand, ein Versprechen, das wir uns vor elf Jahren gegeben hatten, als wir noch zu jung gewesen waren, um ernsthaft über eine Ehe nachzudenken. Gus nahm ihn jedoch nach wie vor so ernst wie einen seiner rechtskräftigen Verträge.

Vor vier oder fünf Jahren, als wir Ende zwanzig waren, hatten Freunde damit begonnen, kostspielige Reisen zu unternehmen und Fotos von Verlobungen auf Kanus und Skipisten zu posten. Gus hatte es den »Diamantrausch« genannt, als es damit anfing, dass wir pflichtgemäß die Wochenenden auf Junggesellenabschieden und, später dann, auf den Hochzeitsfeiern in wenig komfortablen B&B's verbrachten. Und wenn die Frischvermählten aus den Flitterwochen zurückkehrten, folgte noch ein

Abendessen, bei dem alle verzückt ihre Fotos bewundern mussten.

Bei den Verlobungsbesäufnissen oder Hochzeitsempfängen deuteten diese Freunde gern mit wackelndem Finger auf uns: »Ihr seid als Nächste dran!« Aber wir schworen immer, dass das nicht passieren würde. Immerhin hatten wir eine rationale Entscheidung getroffen, die uns von der Masse absetzte, erklärte Gus, wenn er sich in die Ecke gedrängt fühlte. Bewies es denn nicht gerade, sagte er mir oft, wenn wir allein waren, dass er und ich eine innigere Beziehung hatten als viele andere, da wir nicht das Bedürfnis verspürten, unsere Zuneigung öffentlich in einer Kirche vor hundertfünfzig unserer engsten Freunde zu bekunden?

Stattdessen hatte ich auf Gus' Vorschlag hin in der Kanzlei einen »Lebenspartnerschaftsvertrag« aufgesetzt, in dem sämtliche rechtlichen Details darüber, was mit unserer Wohnung und unseren Besitztümern geschehen würde, falls einer von uns genug haben sollte, geregelt wurden. Und das war doch fast schon so romantisch wie eine Hochzeit, oder?

Ich lag mit geschlossenen Augen auf dem Sofa und hörte zu, wie Gus den Schrank öffnete, um seinen speziellen Korkenzieher herauszuholen, den ich ihm vor zwei Jahren zum Geburtstag geschenkt hatte. Angeblich öffnete er die Flasche mit Druckluft oder so was in der Art, und Gus machte immer eine Riesenshow daraus, wenn er ihn verwendete: Er öffnete die Kiste wie eine vom Meeresboden geborgene Schatztruhe, entnahm ihr den Öffner, entkorkte die Flasche und polierte im Nachhinein den Korkenzieher sorgfältig mit dem dazugehörigen kleinen Filzlappen. Wenn ich allein zu Hause war, holte ich mir bei Sainsbury für gewöhnlich eine Flasche mit Schraubverschluss.

»Bitte schön.«

Ich öffnete die Augen und sah ihn mit einem Weinglas in der Hand über mir stehen.

»Danke, mein Schatz.« Ich schenkte ihm ein Lächeln, während ich danach griff. »Aber erzähl mal, wie ist dein Tag gelaufen?«

Ich hob meine Beine an, sodass Gus sich aufs Sofa setzen konnte, und legte sie dann wieder auf seinen Schenkeln ab. Das hier – der erste Schluck Wein an einem Freitagabend, der Alkohol, der in meinen Blutkreislauf überging, sowie das behagliche Gefühl, zu Hause zu sein und seine Hand auf meinen Schienbeinen zu spüren – war zweifelsohne der beste Teil der Woche. Er arbeitete als Unternehmensanwalt für eine amerikanische Kanzlei, was bedeutete, dass die Arbeitszeiten noch länger und die Mandanten noch fordernder waren als meine. Aber wir waren uns beide einig, dass das in dieser Phase unserer Karriere nicht anders ging; wir mussten jetzt ranklotzen, um dann mit etwas Glück, bald beide Partner zu werden.

Kaum dass wir uns an der Uni kennengelernt hatten, hatte Gus mir seinen Lebensentwurf präsentiert: Wir würden beide Anwälte in renommierten Kanzleien und dann zum Partner befördert werden, sodass wir uns das Leben leisten könnten, von dem er bereits in seiner Kindheit und Jugend in einer bescheidenen Ecke von Basingstoke geträumt hatte. Damals war er ständig gemobbt worden, galt als Streber, weil er keinen einzigen Fußballspieler der ersten Liga beim Namen kannte, dafür aber seine zwölf liebsten Generäle aus dem alten Rom aufsagen konnte.

Gus streckte mir sein Glas entgegen, und wir stießen an. »Ganz gut. Neue europäische Verträge mit Google, die alles enorm verkomplizieren, aber wir werden das Kind schon schaukeln. Apropos, ich habe ein Geschenk für Homer gekauft.«

»Ach echt, was denn?«

Er stellte seinen Wein auf dem Couchtisch ab, sprang auf und steuerte eine Papiertragetasche neben der Tür an. Ich kannte diese Tüten. Sie stammten von Frisbee Books, einem ziemlich chaotischen Laden in Chelsea, wo sich die Bücher vom Boden bis zur Decke stapelten und der von einem bärtigen Mann geführt wurde, der wie der Weihnachtsmann höchstpersönlich aussah. Es war Gus' Lieblingsbuchhandlung, und wir statteten ihr samstagvormittags oft einen Besuch ab, wo er in der Geschichtsabteilung stöberte, während ich mich auf die Suche nach Thrillern begab.

Als ich noch klein war, so ungefähr zehn, hatte ich damit angefangen, mich in Mums Schlafzimmer zu schleichen und mir heimlich ihre Liebesschmonzetten auszuleihen, die sie in der Nachttischschublade versteckte. Sie trugen Titel wie *Eine gefährliche Liebe* oder *Das Schloss am See* und handelten für gewöhnlich von Heldinnen mit Namen wie Diana oder Arabella, die schnell in Ohnmacht fielen und gerne Männer mit dichten Augenbrauen, einem Kinn wie Superman und stattlichen Herrenhäusern ehelichten.

Die Wirkung, die Mums Bücher auf mich gehabt hatten, war vergleichbar mit diesem wissenschaftlichen Experiment, bei dem man ein Mentos in eine Flasche Coca-Cola wirft. Meine romantischen Gefühle explodierten regelrecht, und ich entwickelte ein komisch-kribbeliges Gefühl in der Bauchgegend für Phillip Schofield und Tim Vincent von *Blue Peter* aus dem Kinderfernsehen. Es mussten noch nicht mal echte Menschen sein. Auch Gaston, der Zeichentrick-Bösewicht aus *Die Schöne und das Biest* bescherte mir dieses seltsame Kribbeln.

Doch nachdem ich mir die Finger in Sachen Herzensangelegenheiten verbrannt hatte, war mir klar geworden, dass es nicht klug war, mir meine Vorstellungen von einer Beziehung auf Basis von Büchern zu bilden, in denen der Herzog das Hausmädchen auf einer Chaiselongue verführte. Und mittlerweile waren Thriller das Einzige, was ich nach einem langen Tag im Büro überhaupt noch verkraftete.

»Ich gebe dir einen Tipp«, sagte Gus, hielt mit einer Hand die Tragetasche hoch und vollführte mit der anderen eine schwungvolle Geste wie ein Schauspieler. »Singe den Zorn, o Göttin, des Peleiaden Achilleus …«

»Hä?«

Gus enthüllte eine gebundene Ausgabe der *Ilias*. »Nell, komm schon, das Zitat ist aus dem hier.«

»Das Kind ist drei Woche alt! Ich bin nicht sicher, ob der Winzling sich schon für antike griechische Dichtung interessiert.«

Wenn andere Freunde Babys bekamen, kaufte ich ihnen Mützen, die wie Erdbeeren aussahen, oder flauschige Kuschelhasen. Eine gebundene Klassikerausgabe schien mir selbst für Gus extrem.

Er schüttelte den Kopf. »Man kann nicht früh genug anfangen. Außerdem ist es ja nicht für jetzt, sondern für später gedacht. Ich habe damit begonnen, ihm eine Bibliothek anzulegen.«

»Eine *Bibliothek*?«

»Hm, ja, das Frisbee bietet diesen Service an. Ich war dort und habe erklärt, dass ich einen Patensohn habe und gerne eine Sammlung für ihn aufbauen würde. Also werden sie ihm zu jedem Geburtstag – ich habe ihnen das Datum gegeben – und jedes Weihnachten einen anderen Klassiker zukommen lassen. Das hier ist der erste, und ich meinte, dass ich ihm das Buch gerne selbst überreichen möchte. Aber danach erledigen sie die ganze Arbeit und schicken die Bücher direkt per Post. Ist das nicht genial?«

»Jaaaaaa,« erwiderte ich langsam und dachte dabei an meine eigenen Geburtstage und Weihnachtsfeste zurück, als ich noch klein gewesen war und auf einen neuen Nagellack oder einen Fünfer in einem Umschlag gehofft hatte.

»Was hättest du gerne zum Abendessen?«, fuhr Gus fort und stellte die Tasche ab. »Ich dachte, ich könnte mit dem Cheddar ein Käsesoufflé machen und dazu einen Rucolasalat.«

»Wir könnten was bestellen?«, äußerte ich vorsichtig. Wonach ich wirklich Lust hatte, war Pizza, aber Gus hielt nichts von Lieferpizza. Er hatte sogar mal gesagt, Lieferpizza sei »gewöhnlich«, und erklärt, dass keine Pizza in London so gut sei wie die Pizza, die man in Rom bekam. Genauso wenig mochte er indisches oder chinesisches Essen, das ihm auf den Magen schlug, aber hin und wieder konnte ich ihn überreden, zum Thailänder zu gehen.

Gus sah mich vom Kühlschrank aus stirnrunzelnd an. »Warum soll ich kein Soufflé machen? Ist doch viel netter. Außerdem gibt es da diese neue Doku, und ich dachte, wir könnten sie gemeinsam anschauen.«

»Welche?«

»Auf iPlayer – die über die Kommunisten in Kambodscha«, murmelte er in das Käsefach hinein.

Ich ließ den Kopf zurück aufs Polster fallen. »Yup, cool.«

Ich musste kurz eingenickt sein, denn plötzlich wurde ich davon wach, dass mein Handy im Rucksack vibrierte. Und das ziemlich beharrlich. Entweder rief jemand an oder schickte gerade neunhundert Nachrichten.

Tastend harkte ich mit den Fingern über den Teppich, um einen Schulterriemen des Rucksacks zu fassen zu bekommen, während Gus in der Küche zu Radio 3 mitsummte. Bitte, lass es nicht Gideon sein.

Es war nicht Gideon – es war meine Mutter. Erst kürzlich hatte ich ihr beigebracht, wie man Sprachnachrichten verschickte, in dem Glauben, sie damit von der Angewohnheit abzubringen, die Familien-WhatsApp-Gruppe mit schlechten Memes zuzumüllen (Zitate vom Dalai Lama, Bilder von Kätzchen in Teekannen, regierungskritische Verschwörungstheorien und so weiter. Was es auch war, Mum leitete es gewissenhaft weiter).

Doch bedauerlicherweise bekamen wir nun sowohl Memes *als auch* Sprachnachrichten, und da Dad und Jack nie antworteten, hatte ich das Gefühl, an ihrer Stelle darauf reagieren zu müssen. Außerdem hatte Mum die Aufnahmetechnik noch nicht ganz gemeistert und schickte dabei meistens zehn oder elf Sprachnachrichten hintereinander, jede davon ein neuer Gedanke.

Ich streckte mich wieder auf dem Sofa aus und spielte die erste Nachricht ab.

»Hallo, meine Süßen.«

Ich drückte bei der zweiten auf Play. »Ich weiß nicht, was ihr beide dieses Wochenende vorhabt.«

Die dritte: »Euer Dad und ich machen es uns zu Hause gemütlich. Vielleicht gehe ich mit dem Hund …«

»Ich habe zu früh auf Senden gedrückt. Vielleicht gehe ich mit dem Hund an den Strand – das ist es, was ich sagen wollte.«

»Aber ich habe auch schlechte Neuigkeiten.«

Ooh, ein Cliffhanger, dachte ich, bevor ich bei der sechsten Nachricht auf Play tippte. Wahrscheinlich hatte ein Fuchs sich eines der Hühner geschnappt. Mum besaß vier Hühner, die nach ihren romantischen Lieblingsheldinnen benannt waren: Fiona, Jane, Sandra und Violet. Ich hatte die Liebesschmonzetten aufgegeben, aber Mums Begeisterung blieb nach wie vor ungetrübt.

Doch es ging nicht um eines der Hühner.

»Lord Drummond ist gestorben«, fuhr Mum fort,

»vollkommen unerwartet, und die Beerdigung ist nächste Woche Mittwoch. Wäre nett, wenn zumindest einer von euch herfahren könnte, um an …«

Es folgte ein gedämpftes Geräusch, bevor ihre Stimme abermals ertönte: »Oh, dieses verdammte Ding. Auf jeden Fall findet sie nächsten Mittwoch statt, und ich denke, ihr solltet beide kommen. Ich werde mich nach der genauen Uhrzeit erkundigen und euch Bescheid geben, aber jetzt muss ich erst mal das Abendessen für euren Dad holen. Tschüss, meine Süßen. Tschüssi.«

Ich hob den Kopf und blickte über die Sofalehne hinweg zu Gus, der mit dem Rücken zu mir vor dem Herd stand und immer noch vor sich hin summte. Er schien nichts gehört zu haben.

Das Telefon zwischen den Händen, ließ ich mich zurückplumpsen.

Lord Drummond war der ehemalige Chef meines Vaters und inoffizieller König von Northcliffe, einem Dorf an einem windigen Küstenstreifen in Northumberland, wo ich aufgewachsen war. Wenn man durch Northcliffe hindurchfuhr, konnte man leicht meinen, dass es ein Nest sei, in dem nicht viel passierte. Und bis zu einem gewissen Grad stimmte das auch. Es gab eine große Dorfwiese in der Mitte, gesäumt von den typischen gedrungenen grauen Cottages, wie man sie in den meisten Dörfern Northumberlands findet, plus genau einen Pub, einen Laden und ein Postamt.

Sicher, der Strand war sensationell schön, ein Paradies für Wildtiere, das teilweise unter Naturschutz stand. Dort lebten Gänse, Austernfische, Otter, kleine braune, mit winzigen Härchen bedeckte Krebse, die Jack und ich früher bei Wettrennen gegeneinander antreten ließen; außerdem auch vereinzelt Hasen, die man hier und da durch das Dünengras hoppeln sah. Aber es regnete auch an dreihundertsechzig Tagen im Jahr, und abgesehen davon geschah dort nicht viel (für die Bewohner war es schon ein aufregender Tag, wenn der Spar die Puddingtörtchen im Angebot hatte).

Wenn man jedoch der Straße, welche sich über die weite Dorfwiese zog, in nördlicher Richtung folgte und den Blick nach rechts schweifen ließ, dann konnte man ein gewaltiges schwarz glänzendes Tor entdecken, das aussah wie die Festung einer alten Zitadelle. Das Tor sicherte die Zufahrt nach Drummond Hall, einem imposanten viktorianischen Herrenhaus mit Meerblick, das der Familie Drummond gehörte. Bis zu seiner Pensionierung im vergangenen Jahr hatte Dad hier fast vierzig Jahre lang in den Stallungen als Lord Drummonds Rennleiter gearbeitet. Zu meinen frühesten Kindheitserinnerungen gehörte der Geruch von Schweiß, Pferd und Huföl an seinem Kragen, wenn er abends in das Bauernhaus zurückkehrte, das wir auf dem Anwesen gemietet hatten.

Dass Lord Drummond gestorben war, war an sich schon ein Schock, denn Northcliffe war dermaßen klein, dass man nicht mal im Bett einen fahren lassen konnte, ohne dass jemand sich später im Pub darüber ausließ, und Dad hatte nicht erwähnt, dass er krank war. Oder? Ich presste die Lippen fest zusammen, während ich nachdachte. Vielleicht hatte er während einem meiner seltenen Anrufe ja doch etwas gesagt, und ich hatte es überhört?

Aber es war ein Schock, der, wie ich jetzt schon spüren konnte, den Weg für weitaus komplizierte Emotionen ebnete.

Einen Großteil meiner Kindheit hatte ich damit verbracht, in den Gärten und auf den Wiesen des Anwesens herumzurennen, da Jack der beste Freund von Lord Drummonds Sohn, Arthur – oder ganz einfach Art, wie ihn alle Welt nannte – war. Aber wenn ich als pflichtbewusste Tochter zur Beerdigung nach Hause fuhr – was ich vermutlich tun sollte, da ich mir nicht vorstellen konnte, dass sich mein Bruder dazu herablassen würde –, dann würde ich auch Art treffen und vielleicht sogar zum ersten Mal seit fünfzehn Jahren mit ihm reden müssen.

Bei dem Gedanken fing mein Herz an schneller zu schlagen, meine Brust ein einziges Durcheinander aus Schmerz und Erwartungen. Aber vor allem Schmerz, ermahnte ich mich streng. Ehrlich, ich hätte lieber einen Besen gefressen, als ihm nach all der Zeit gegenüberzutreten.

Ich plusterte meine Wangen auf und stieß dann langsam die Luft zur Decke hin aus. Falls ich das wirklich auf mich nahm, würde ich unbedingt dafür sorgen müssen, meinen besten Hosenanzug und einen extrem vorteilhaften BH einzupacken.

2

Der Zug nach Morpeth brauchte fast vier Stunden, wovon ich einen Großteil mit der Lektüre der gemeinsamen Kontoauszüge der Lemons verbrachte; doch wie immer legte ich die letzte halbe Stunde der Fahrt alles weg, was ich gerade tat, um aus dem Fenster zu blicken. Reisende, die noch nie zuvor hier gewesen waren, überraschte dieser Streckenabschnitt immer, fast als hätten sie erwartet, so weit oben im Norden nur noch den schwarzen Qualm von Fabriken zu sehen. Umso überwältigter waren sie dann von den goldenen Stränden und dem dahinter liegenden silbernen Meer. Im Sommer hoben amerikanische Touristen auf dem Weg zum Edinburgh Festival den Blick und riefen: »Harry, Darling! Schnell, pack die Kamera aus und schieß ein Bild vom Meer.«

Linzis Fall hatte mich leider nicht besonders gut ablenken können. Während ich die Auszüge und Grundbucheintragungen durchforstete, blieb mir jede Sekunde bewusst, dass der Zug mich im Eiltempo einem unangenehmen Wiedersehen mit Art entgegenfuhr.

Ab und zu hatte ich mir, obwohl wir uns seit Jahren nicht mehr gesehen hatten, vorgestellt, wie es wäre, ihm zufällig über den Weg zu laufen. In diesen Fantasien sah ich aus wie Nicole Kidman, die eine Anwältin in einer Netflix-Serie spielt: im maßgeschneiderten Kostüm, die rötlichen Locken zu einem lockeren Pferdeschwanz gebunden, aus dem sich ein paar Strähnen gelöst hatten, die mein Gesicht auf eine sexy Weise umspielten, aber keineswegs zerzaust aussahen, wie bei einer Erwachsenen, die ihr eigenes Haar immer noch nicht im Griff hatte.

»O mein Gott, Art, hey!«, würde ich sagen, auf der Straße stehen bleiben und ihn anlächeln. Ich würde nicht schwitzen. Ich würde nicht stammeln. Wir würden ein Gespräch führen, bei dem ich nichts Peinliches sagte oder tat, stattdessen würde es mir im Verlauf dieser zweiminütigen Begegnung gelingen, ihm reinzudrücken, dass ich ein tolles Leben führte, für Londons renommierteste Anwaltskanzlei arbeitete, seit elf Jahren mit Gus zusammen war und ja, ja, wir besaßen auch eine eigene Wohnung. Noch keine Kinder, nein, aber wir hatten immerhin zwei Schlafzimmer und einen Korkenzieher, der den Wein beim Öffnen belüftete.

Danach würde ich verkünden, dass ich nun zu meinem überaus seriösen Job in mein überaus seriöses Büro zurückmüsse, und Art als schluchzendes Häufchen Elend auf dem Bürgersteig zurücklassen, der sich verzweifelt fragte, wie er mich je hatte gehen lassen können.

Doch während meiner Fahrt nach Morpeth wurde ich zusehends unsicher, ob ich einen so selbstbewussten Auftritt hinlegen könnte. Mein Blick huschte unwillkürlich zur Notbremse am anderen Ende des Waggons, und mich überkam der gefährliche Drang, daran zu ziehen und rauszuspringen, um direkt den nächsten Zug zurück nach London zu erwischen. Dann ermahnte ich mich, mich zusammenzureißen. Art war in erster Linie ein Freund aus Kindheitstagen, und ich würde einfach seinem Vater die letzte Ehre erweisen.

Genau genommen war er vor mir mit meinem Bruder Jack befreundet gewesen, da die beiden gleich alt waren und als Kinder viel Unfug getrieben hatten; jedenfalls bis zu Arts dreizehntem Geburtstag. Danach wurde er auf ein Internat geschickt.

Das war der Moment, in dem ich begriff, wie sehr wir uns von ihm unterschieden. Oder zumindest einer der Momente. Bis dahin war mir die soziale Kluft zwischen uns und Art gar nicht aufgefallen. Als ich klein war und anfing, bei den Jungs mitzuspielen, wusste ich nur, dass Arts Haus größer war als unseres. Viel, viel größer. Drummond Hall verfügte über hundertzwölf Zimmer, die wie geschaffen waren für ausgedehnte Versteckspiele, was für gewöhnlich damit endete, dass ich heulte, weil ich keinen der beiden finden konnte. Darüber hinaus gab es auch einen Landschaftsgarten, dessen Grenzen wir irgendwie nie zu erreichen schienen, ein Heckenlabyrinth (in dem ich mich meist verlief, was ebenfalls mit Tränen endete), einen Butler namens Henry, einen Koch namens Frank und dann noch Arts Kindermädchen, die wir Nanny Gertrude nennen durften, einen Tennisplatz und nicht etwa nur einen, sondern gleich zwei große, mit Ornamenten verzierte Fischteiche, die so akkurat wie Kornkreise unterhalb der Terrassentüren auf der Rückseite des Hauses angelegt waren.

Es gab noch weitere Hinweise dafür, dass wir anders waren: Sie hatten ein schöneres Auto – besser gesagt, mehrere Autos, die Lord Drummond in einer riesigen Garage hinter den Stallungen aufbewahrte. Art hatte ein eigenes Bad und in seinem Zimmer einen Fernseher mit eingebautem Videorekorder, auf dem Jack und ich uns mit ihm die neuesten Filme anschauten, da er diese ebenfalls besaß. Er wurde auf die Privatschule nach Eton geschickt. Die Drummonds gingen jedes Jahr Skifahren. Aber Art selbst schien nie anders zu sein als wir, weder verwöhnt, noch versnobt. Er war ganz einfach mein Freund – bis zu dem Tag, an dem er es nicht mehr war.

Die Lautsprecheranlage des Zuges riss mich aus meinen Erinnerungen. »Meine Damen und Herren, in Kürze erreichen wir Morpeth. Bitte vergewissern Sie sich, dass Ihr Gepäck vollständig ist, und …«

Beim Anblick meines Spiegelbilds im Zugfenster schüttelte ich den Kopf, verärgert darüber, wie ich es hatte zulassen können, dass diese Erinnerungen mich einholten. Schluss mit der Schwelgerei, Eleanor Mason. Du gehst zur Beerdigung, verbringst eine Nacht bei deinen Eltern, und morgen früh kehrst du wieder ganz vernünftig und erwachsen nach London zurück.

Obwohl er fast vierzig Jahre für ihn gearbeitet hatte, schien Dad nicht wahnsinnig getroffen von Lord Drummonds Tod. Auf der Heimfahrt vom Bahnhof erklärte er, die Ursache sei ein Herzinfarkt gewesen, zu dem es vermutlich gekommen war, weil Lord Drummond sich mit seiner Geliebten, einer Dame, die in Alnmouth einen Hundesalon besaß, im Bett verlustiert hatte.

»Nicht die schlechteste Art abzutreten, was?«, fügte Dad laut lachend hinzu und klopfte begeistert mit seiner riesigen Pranke aufs Lenkrad.

Fairerweise musste man einräumen, dass Lord und Lady Drummond nicht nur ihren Angestellten gegenüber, sondern auch im Dorf eine recht unnahbare Haltung pflegten. Zwar waren sie de facto die Herren von Northcliffe, die in dem stattlichen Familiensitz residierten, glänzten aber meistens mit Abwesenheit, und auch sonst hatten sie nur selten mit dem Rest von uns zu tun. Ich bin mir ziemlich sicher, dass Lady Drummond uns für Bauern hielt. Sie vermittelte oft diesen Eindruck, wenn Jack und ich als Kinder im Herrenhaus auftauchten und nach Art fragten. Ihre Nase zuckte dann etwas angewidert, so als würden wir nach Pferdedung riechen. Was wir ja vielleicht auch taten.

Als Kind hatte ich Angst vor Arts Eltern. Lady Drummond war groß, dünn und hatte ein spitzes Gesicht. Sie war ein ehemaliges Model, das es aufs Cover der *Vogue* geschafft hatte, aber ich fand immer, dass sie wie ein menschliches Hermelin aussah, da ihre Nase bei allem, was ihr zuwiderlief, zu zucken begann. Und das betraf nicht nur Jack und mich. Die Liste beinhaltete auch Schlamm, dicke Menschen, praktisch alle Nahrungsmittel und jeden,

den sie als sozial tiefergestellt erachtete. Die Dorfbewohner nannten sie Lady de Vil, weil man sie immer nur in Pelz gehüllt zu sehen bekam – Fuchs, Hase, Chinchilla, ja, vielleicht sogar Hermelin. Als wir noch klein waren, verreiste sie auch ständig – nach London, Paris, New York oder in das neueste Spa in der Schweiz – und ließ Art bei Nanny Gertrude zurück, da Lord Drummond oftmals unterwegs war, um Pferderennbahnen in Frankreich, Dubai und sogar Australien einen Besuch abzustatten.

Wenn Lady Drummond ein Hermelin war, dann war Lord Drummond ein Dachs – kleiner, rundlicher und mit dichten schwarzen Augenbrauen, die beinahe miteinander verwachsen waren. Er trug ausschließlich Tweedanzüge, dazu hellgelbe Socken und stets irgendeinen Hut, um seine Stirnglatze zu verbergen – mal einen Trilby, mal eine Schiebermütze oder auch einen Panamahut. Nanny Gertrude war sein Kindermädchen gewesen, als er selbst noch klein war, und als Art zur Welt kam, stellte er sie erneut auf Drummond Hall ein – was wohl die vernünftigste Entscheidung war, die Lord Drummond je getroffen hatte, da sie Art so liebte, als wäre er ihr eigenes Kind.

Während ich so neben Dad im Wagen saß, fragte ich mich, ob ich bei der Beerdigung wohl Gelegenheit hätte, mich mit Nanny Gertrude zu unterhalten. Auch wenn ich sie seit Jahren nicht mehr gesehen hatte, lebte sie immer noch hier oben, in einem Cottage auf dem Anwesen, und musste mittlerweile über neunzig sein. Früher hatte sie die Figur eines Muffins, samt gewaltigem Busen, den sie stets mit einer pastellfarbenen Strickjacke verhüllte und an den sie uns mit schöner Regelmäßigkeit drückte. Normale Menschen hatten Höhenangst oder fürchteten sich vor Spinnen, aber Nanny Gertrudes größte Angst war, dass einer von uns sich erkältete, was, da wir in einem sturmumtosten Dorf an der Nordsee lebten, leider nicht abwegig war.

Als wir uns der Ortstafel von Northcliffe näherten, verlangsamte Dad das Tempo, und instinktiv wanderte mein Blick nach rechts zu dem kilometerlangen Sandstreifen und den sich darüber erhebenden Klippen. Von dort oben konnte man den ganzen Strand überblicken und den Leuten zusehen, die ihre Hunde Gassi führte, den Möwen, die in den flachen, von der Ebbe zurückgelassenen Pfützen umherwatschelten, und manchmal sogar dem einen oder anderen Kitesurfer, der die kräftigen Winde an diesem Küstenabschnitt ausnutzte.

Dort oben lag auch Drummond Hall, direkt auf den Klippen, mit Blick auf die wogenden Wellen darunter.

Dad bog von der Hauptstraße ab und hielt auf einem Parkplatz vor dem Pub.

»Moment mal, fahren wir nicht erst nach Hause?«

»Nein, wir essen hier zu Mittag, und danach geht's direkt in die Kirche. Ist das für dich in Ordnung, Kleines?«

»Oh, ach so, ja, kein Problem, das geht in Ordnung«, antwortete ich und strich meinen Bleistiftrock glatt. Ich hatte gehofft, zu Hause noch mein Make-up auffrischen zu können. Was war überhaupt die angemessene Menge an Make-up für eine Beerdigung, auf der man auch seiner ersten Liebe wiederbegegnen würde? Unschlüssig hatte ich heute früh in unserer Wohnung sämtliche Pinsel, Cremes, Paletten und Puder, die ich besaß, in eine Sainsbury-Plastiktragetasche gepackt, da nicht alles in meinen üblichen Kulturbeutel passen wollte. Ich war sehr skeptisch, ob es mir im Pub gelingen würde, mich zu Nicole Kidman zu stylen, aber ich würde es auf der Damentoilette auf einen Versuch ankommen lassen.

Der Pub trug den Namen The Drunken Duck und lag am Rande der Dorfwiese. Es war ein gedrungenes weißes Steinhaus mit strohgedecktem Dach, das vom ersten Lord Drummond erbaut worden war, und zwar zu einer Zeit, als die Dorfbewohner noch Hobbits gewesen sein mussten. Die Decke war derart niedrig, und die Holzbalken darunter noch einmal niedriger, sodass große Menschen sich für gewöhnlich beim ersten Besuch den Schädel anschlugen.

Aufgrund der kleinen Fenster wäre es im Inneren duster gewesen, aber Marjorie, die Frau von Terence, dem Wirt, hatte zwischen den Balken Lichterketten aufgehängt, und in der Ecke brannte immer ein Kaminfeuer, selbst an einem relativ milden Tag im März.

»Hallöchen, Liebes«, rief Mum und winkte mir von ihrem Tisch zu. Ich sage zwar »ihr Tisch«, aber in Wahrheit war es Dads Tisch. Denn dort, in der Ecke neben dem Feuer, saßen er und sein Farmerkumpel Roy jeden Abend, unterhielten sich über das Wetter und Roys Kühe. Mum blieb normalerweise mit einem ihrer Liebesromane zu Hause.

»Hi, Mum. Tolle Frisur!«

Seit ich denken konnte, hatte Mum – noch bevor sie ihre erste Tasse Tee oder unser Frühstück zubereitet, die Hunde gefüttert oder einen Schoppen Mais für die Hühner gestreut hatte – ihr dickes Haar zu einem Zopf geflochten und ihn dann über die Schulter geworfen, um es damit, wie sie sagte, »aus dem Weg zu haben«. Aber nun war der Flechtzopf Geschichte, und sie trug stattdessen einen schicken Bob. Eine dramatische Veränderung, die Mum bisher mit keinem Wort erwähnt hatte.

»Gefällt's dir?« Ihre Hände flogen Richtung Gesicht. »Fühlt sich ein bisschen kühl an im Nacken.«

»Ich find's genial. Sieht großartig aus. Dad, was sagst du?«

Aber er hatte bereits am Tisch Platz genommen und schaute zur Theke. »Ich glaub, ich nehme ein kühles Blondes«, brummte er.

Mum verdrehte die Augen, und wir umarmten uns, während ich das wohlbekannte schlechte Gewissen verspürte, weil ich nicht öfters zu Besuch kam. Erst mit den Jahren, seit ich mit den scheiternden Ehen anderer Leute mein Geld verdiente, war mir klar geworden, dass die Beziehung meiner Eltern hauptsächlich aus Gesprächen über das Wetter und Wilma, ihre struppige irische Wolfshündin, bestand. Es war ein Teufelskreis aus Schuldgefühlen: Ihre Beziehung deprimierte mich, sodass ich immer seltener nach Hause kam, wodurch ich mich aber nur noch mieser fühlte.

Ich hatte versucht, den Mut zusammenzukratzen und einen von beiden darauf anzusprechen; in meine professionelle Rolle zu schlüpfen und meinen Rat anzubieten. Aber zu guter Letzt hatte ich immer gekniffen und beschlossen, dass Dad doch nur einen Witz reißen und Mum es überspielen würde. Ernsthafte Themen wurden in unserer Familie, in der »Gefühl« als Schimpfwort galt, nicht angesprochen. Deshalb war es meiner Mum, als ich mir nach dem Debakel mit Art die Augen ausgeheult hatte, auch leichter gefallen, zu mutmaßen, dass ich eine neue Allergie entwickelt hätte, als die ungleich beunruhigendere Vorstellung zuzulassen, dass ich schrecklichen Kummer litt.

Wir setzten uns, während Dad Terence die Getränkebestellung zurief. Gus und ich hatten uns angewöhnt, unter der Woche nichts zu trinken, aber ich dachte mir, ein Gläschen Weißwein – sogar Terence' Weißwein, der nach zu lang in der Sonne gestandenem Apfelsaft schmeckte – könnte gegen die wirr herumschwirrenden Motten helfen, die sich anscheinend in meinem Bauch eingenistet hatten.

»Wie geht's dir, Liebes?«, erkundigte sich Mum, ihr Gin-Glas hebend.

»Mir geht es g…«

Ich wurde von Dads Willkommensruf unterbrochen, als Roy zur Tür hereinkam, gefolgt von seinen beiden Söhnen, Douglas und Jamie, mit denen ich aufgewachsen war und die jetzt beide auf dem Hof der Familie arbeiteten. Ich hatte sie noch nie zuvor in Anzügen gesehen. Es war, als würde man ein Trio von Gorillas beobachten, die sich für die Oper schick gemacht hatten.

»Hier drüben, Jungs!«, rief Dad, wild gestikulierend.

Sie kamen zu uns marschiert und bezogen am Nachbartisch Stellung.

»Jamie, drei Pints vom Tyneside«, wies Roy seinen Jüngsten an. Er warf einen Blick auf unsere Getränke. »Seid ihr versorgt?«

»Vorerst alles bestens«, erwiderte Dad.

Roy zog einen Holzstuhl unter dem Tisch hervor und setzte sich. »Schön, dich hier oben zu sehen, Nell. Ist lang her. Und Jack ist nicht gekommen?«

»Nein, nein«, warf Mum ein, »er hat in London zu viel um die Ohren.« Das war die Standardausrede meines Bruders, und Mum kaufte sie ihm jedes Mal ab.

»Ach, Schwesterherz, die Sache ist die: Das Frühlingsgeschäft steht an, fast jeder in London versucht gerade, ein neues Zuhause zu finden«, hatte er gemeint, als ich ihn vor ein paar Tagen wegen der Beerdigung angerufen hatte.

Ich hätte ihm ja geglaubt, wäre da nicht der Umstand gewesen, dass Jack der schlechteste Immobilienmakler von ganz London war. Ständig wechselte er seine Stelle, von einer Agentur in Fulham zur nächsten in Hackney und dann, glücklicherweise nur für kurze Zeit, nach Clapham South. Die Agentur lag nämlich in der Nähe unserer Wohnung und in dieser Zeit schaute er gerne vorbei, um es sich auf unserem Sofa gemütlich zu machen und Fußball zu schauen, da wir Sky Sports hatten. Seit etwa einem Jahr war er nun in einer anderen Agentur in Kennington tätig. Ich erfuhr nie genau, was passiert war, wenn er wieder mal den Job wechselte – er stellte es immer nur als vollendete Tatsache hin.

»Wie läuft's bei deinem schicken Job, Nell?«, erkundigte sich Roy. Seine rötlichen Wangen hoben sich zu einem Lächeln.

»Ganz gut, danke.«

»In letzter Zeit irgendwelche Promis vertreten?«

Ich lachte, um mein Unbehagen zu überspielen. Normalerweise vermied ich es, hier oben über meine Arbeit zu sprechen, weil die Kluft zwischen Northcliffe und meinem Londoner Leben so groß war, dass ich mich fast schon schämte, ganz so, als hätte ich meine Wurzeln verraten, indem ich eine wohlstandsverwöhnte Karrierefrau geworden war, die klare Meinungen zu den verschiedenen Londoner Postleitzahlen hatte und wusste, was eine Nocellara-Olive war. Bei Spinks roch die Luft nach Geld und Möbelpolitur; im Pub dagegen nach alten Bierdeckeln und Krabben.

»Nein, keine Promis«, flunkerte ich also, bevor ich das Thema wechselte. »Um wie viel Uhr ist der Trauergottesdienst?«

»Um drei«, sagte Mum, »also sollten wir bestellen. Sagt mir, was ihr wollt, und ich geb an der Theke Bescheid.«

Nachdem wir uns entschieden hatten, ging das Gespräch zu Lord Drummond über.

»Möge er in Frieden ruhen«, sagte Roy und hob sein zweites Glas Bier in die Höhe.

»Ja, ganz im Gegensatz zu dieser armen Frau mit dem Hundesalon«, fügte Dad hinzu und hob sein Glas.

»Bruce, muss das sein?«, fragte Mum.

»Ich sag ja nur, dass ich nicht glaube, dass sie jemals

wieder ruhig wird schlafen können, nachdem Lord D auf ihr den Löffel abgegeben hat«, führte Dad aus und zwinkerte mir zu, während ich versuchte, mir ein Grinsen zu verkneifen. Er liebte es, ein Publikum zu haben.

Mum seufzte, und wir gingen zu ernsteren Themen über. Was würde mit dem Haus passieren? Mit dem Anwesen? Würde Art aus New York zurückziehen?

Wann immer sein Name fiel, senkte ich den Blick auf die Tischplatte und gab mir Mühe, nicht übermäßig interessiert zu wirken. Dad war sich noch nicht einmal sicher, ob er und Mum weiterhin auf dem Anwesen wohnen bleiben dürften, denn auch wenn Dad in den Ruhestand gegangen und ihm eine lebenslange Rente zugesprochen worden war, gehörte das Haus immer noch den Drummonds.

Dasselbe galt für das halbe Dorf, denn die meisten von ihnen wohnten in Cottages, die zum Gut gehörten, und betrieben für die Drummonds entweder Landwirtschaft oder waren auf irgendeine andere Art und Weise für sie tätig.

Nachdem er das Familienvermögen geerbt hatte, hatte Lord Drummond sein Bestes getan, um es auszugeben. Vor ein paar Jahren kursierten Gerüchte, dass das Geld zur Neige ging, denn er hatte damit begonnen, Land, einen Großteil seiner Autosammlung sowie seine Pferde und Kunstwerke zu verscherbeln. Etwa zur selben Zeit wurde das Herrenhaus auch für die alljährlichen Besucher geschlossen, was im Dorf eine neue Welle von Spekulationen über die Ehe der Drummonds auslöste. Zwar hatte ich wirklich schöne Erinnerungen an das herrschaftliche Gebäude, aber während der letzten Jahre war es immer mehr vernachlässigt worden.

»Er wird euch doch bestimmt nicht rausschmeißen, oder?«

Dad zuckte mit den Schultern. »Keinen Schimmer, Kleines. Ich hoffe nicht, aber weiß der Himmel, was Art damit vorhat.«

»Wahrscheinlich verhökern«, murmelte Roy in sein Bier, womit er sich einen vorwurfsvollen Blick von Terence einhandelte, als dieser mit mehreren Tellern an den Tisch kam.

»Schau mich nicht so an. Wozu braucht ein feiner New Yorker so eine Hütte? Er wird sie an einen Bauunternehmer verschachern, wirst schon sehen.«

Ähnliches Gemurre über Lord Drummonds Sohn hatte ich bei meinen sporadischen Besuchen zu Hause schon oft im Pub gehört. Seit Art geheiratet hatte und nach New York gezogen war, hatte sich die Stimmung im Dorf gegen ihn gewandt. Die vorherrschende Meinung war, dass er sich die Tochter eines Millionärs geangelt hatte, sich nun zu schade für Northcliffe war, ein Leben in Saus und Braus in einem großen Stadthaus in Manhattan führte und vergessen hatte, woher er kam.

»Jetzt lasst ihn uns erst mal unter die Erde bringen, bevor du hier anfängst zu munkeln, was passieren könnte oder auch nicht«, sagte Terence zu Roy, während er mir meine Ofenkartoffel reichte. Ofenkartoffeln waren hier, wo das Bier gut, der Wein furchtbar und das Essen, je nachdem, welchen Koch Terence gerade beschäftigte, von schwankender Qualität war, eindeutig die sicherste Wahl.

Das Gespräch ging weiter, und Mum wechselte zu Northcliffes anderer großen Neuigkeit – der Eröffnung eines Cafés namens Thanks a Latte gleich neben dem Postamt.

»Ich gehe da ja jetzt schon seit ein paar Monaten hin; der Besitzer heißt Luigi, kommt aus Edinburgh und macht einen ganz tollen Flat White«, erklärte sie an mich gewandt, während sie ein einzelnes Blatt Petersilie von ihrem Käsesandwich zupfte.

Dad und Roy starrten sie argwöhnisch an, so als handle es sich bei Flat Whites um Massenvernichtungswaffen.

Abgesehen von dem schrecklichen Namen schien mir die Eröffnung eines Ladens in Northcliffe, in dem man einen Kaffee bekommen konnte, der auch tatsächlich wie Kaffee schmeckte, eine positive Entwicklung. Zwar servierte Terence im Drunken Duck ebenfalls Kaffee, man könnte aber genauso gut aus einer Schlammpfütze trinken.

»Solange er nicht damit anfängt, mir meine Stammgäste abspenstig zu machen«, knurrte Terence, der mit einer Flasche Ketchup zurückkehrte.

»Herrjemine, Terence, der Mann backt seine eigene Panettone«, erwiderte Mum ungehalten. »Ich glaube, um deine Käse-Fritten brauchst du dir keine Sorgen zu machen.«

Als ich noch klein war, kamen wir Weihnachten immer zu spät in die Kirche, da Dad ein Riesentheater um sein gebügeltes Hemd und seine Krawatte veranstaltete, sodass wir uns für gewöhnlich in eine der hinteren Reihen schleichen mussten. (Die Drummonds saßen immer ganz vorne, da die Kirche von ihren Vorfahren erbaut worden war und somit im Grunde zu ihrem Privatbesitz gehörte.)

Heute hingegen kamen wir zu spät, weil Dad und Roy auf ein letztes Bier bestanden hatten, bevor wir vom Pub herspaziert waren. Wir mussten uns also zu drei anderen Trauergästen, die ich nicht erkannte, wieder in die letzte Bank quetschen. Mum nahm als Erste Platz, gefolgt von mir und dann Dad. Roy und seine Söhne schoben sich in die Bank auf der anderen Seite des Ganges.

Ich beugte mich vor, um meine Tasche auf dem Steinboden abzustellen und unter meinen Platz zu schieben. Waren die Kirchenbänke irgendwie geschrumpft? An meinen Hüften spürte ich zu beiden Seiten die Wärme meiner Eltern und roch Dads Bierfahne. Ich konnte mich nicht daran erinnern, dass ich mir als Kind so eingequetscht vorgekommen wäre.

Während ich mit dem Fuß das Gebetskissen nach hinten zu meiner Tasche schubste, um mir mehr Beinfreiheit zu verschaffen, studierte ich den Gottesdienstablauf. Wenn ich einfach weiter starr nach unten schaute, würde ich ihn nicht sehen oder versehentlich seinem Blick begegnen, bevor ich nicht bereit dazu war. Ich brauchte mehr Zeit, um mich zu sammeln, mehr Zeit, damit mein Herz aufhörte, so laut zu klopfen, dass ich mich schon fragte, ob die Leute in den umliegenden Bänken es ebenfalls hören konnten.

Bumm, bumm, bumm.

Um Gottes willen, Nell. Das ist ein Gottesdienst, kein Bungeesprung. Na gut, eine Beerdigung. Aber trotzdem, bleib einfach sitzen und bewahre Ruhe. Was hatte die Dame von der Calm-App empfohlen? Gelegentlich, wenn es mit Gideon besonders schlimm wurde, hörte ich mir auf dem Nachhauseweg in der U-Bahn Meditationsübungen an: Box-Atmung, ja, das war's. Vier Sekunden einatmen, vier Sekunden anhalten, vier Sekunden ausatmen …

Neben mir rülpste Dad verhalten in seine Hand.

»Bruce!«, zischte Mum. »Nicht in der Kirche.«

»Verzeih, das war sehr ungezogen …«, fing Dad an, als ich im Flüsterton auch schon in den Reim miteinstimmte – ein Ritual, das er und ich, seit ich sprechen konnte, am Küchentisch abgehalten hatten und bei dem ich früher vor lauter Begeisterung immer gequietscht hatte. *»… das war mein Essen, ungelogen. Es kam kurz hoch, um Hallo zu sagen, und ist auch schon wieder zurück im Magen.«*

»Also wirklich, ihr zwei«, murmelte Mum, während ich die Lippen zusammenkneifen musste, um nicht loszukichern. Arme Mum. Sie hatte schon oft gesagt, dass sie nicht zwei, sondern drei Kinder hätte; da aber Witze die Hauptkommunikationsform in unserer Familie blieben, hatte Dad sich nicht groß darum gekümmert und weiterhin seine Clown-Nummern abgezogen.

In dem Versuch, einen der Situation angemessenen trauernden Gesichtsausdruck aufzusetzen, legte ich die

Stirn in Falten und sah auf die Schwarz-Weiß-Aufnahme von Lord Drummond in Anzug und Krawatte hinab. Laut dem darunter vermerkten Datum musste er auf der Fotografie dreiundsiebzig Jahre alt gewesen sein. Beeindruckend, in dem Alter noch die Energie aufzubringen, mit einer Geliebten im Bett herumzutollen. Aber von meinen Mandanten wusste ich, dass einige Menschen in diesem Bereich Erstaunliches vollbringen konnten. Tatsächlich schienen einige von ihnen – hauptsächlich die der männlichen Spezies zugehörigen – es mit zunehmendem Alter wilder zu treiben, meist in Schwung gebracht von den Pillen eines wohlgesonnenen Apothekers, ganz so, als würden sie spüren, dass ihre Zeit ablief. Es war der Dichter John Betjeman, der auf seinem Sterbebett gesagt hatte, er wünschte, er hätte mehr Sex gehabt. Es musste anstrengend sein, einen Penis zu haben. Dachten die Typen an nichts anderes?

Und warum dachte ich in der Kirche an Poeten und Penisse?, tadelte ich mich und wagte langsam einen Blick nach vorne. Die Kirche war rappelvoll, voller noch als jemals an Weihnachten, und da alle Schwarz trugen, war es viel schwieriger, einzelne Leute ausfindig zu machen. Ganz vorne fiel narzissengelber Sonnenschein durch die Buntglasscheiben ins Innere. Wann immer ich als Erwachsene zu Weihnachten oder zu Ostern nach Hause gefahren war, hatte ich es vermieden, in die Kirche zu gehen, um ihm dort nicht über den Weg zu laufen, was bedeutete, dass ich das Bild von Maria, die ihr Kind in den Armen hielt und traurig auf es hinabblickte, seit über fünfzehn

Jahren nicht mehr gesehen hatte. Dabei hätte ich es mit geschlossenen Augen zeichnen können.

Dann jedoch entdeckte ich ihn, weil er alle anderen überragte. Sein Gesicht hätte ich ebenfalls zeichnen können. Und obwohl ich die letzten Tage damit verbracht hatte, mich auf diesen Moment vorzubereiten, blieb mir für einen Moment die Luft weg. Er sah noch immer genauso aus wie früher – derselbe leicht zerzauste dunkle Haarschopf, dieselben breiten Schultern, auch die Gesten erinnerten an früher. Während der Pfarrer sprach, nickte Art, senkte dann sein Kinn und fuhr sich mit der Hand über die Stirn, als wäre er ganz mitgenommen.

O nein. Nein, nein, nein. Danke, aber nein. Es hatte mich ganze fünfzehn Jahre gekostet, die Gefühle zu begraben, die sich nun wieder in mir zu regen begannen. Ich würde definitiv kein Mitleid mit ihm haben. Na ja, vielleicht ein kleines bisschen. Immerhin war das die Beerdigung seines Vaters. Aber auf keinen Fall würde ich allzu viel Mitleid mit ihm haben, denn das, was er sich geleistet hatte, war unverzeihlich. Und ganz sicher würde ich nicht so viel Mitleid haben, dass ich am Ende noch wegen ihm herumfantasierte wie so eine verliebte Teenagerin.

Nell! Warum denkst du schon wieder an Sex? Herrgott noch mal. Ich schaute zu dem kleinen Jesuskind im Fenster. Tut mir leid, Jesus, ich hatte nicht vor, hier herumzusitzen, an Sex zu denken und dabei den Namen des Herrn zu missbrauchen. Aber das hier war eine verwirrende Situation für mich. Obwohl der Tod die Leute tatsächlich an Sex denken ließ – jedenfalls bin ich mir sicher, gelesen zu haben, dass der Tod auf manche wie ein Aphrodisiakum wirkte. Vielleicht kam das von Sigmund Freud. Ich seufzte lauter als beabsichtigt, und die Dame vor mir drehte sich um, als mein Atem ihren Nacken streifte.

Vielleicht war es eine schlechte Idee gewesen, sich zuvor ein Glas Wein zu genehmigen.

Art ließ sich auf seinem Platz in der vordersten Bank nieder, und ich bewegte meinen Kopf ein paar Millimeter nach rechts, um zu sehen, mit wem er zusammensaß. Mit *ihr*, so nahm ich an, und seiner Mutter. Ob sein Sohn auch da war? War er alt genug für eine Beerdigung? Immerhin blieb der Sarg geschlossen und nicht offen, so wie in Amerika. Ich hatte noch nie verstanden, warum jemand sich das wächserne Gesicht eines geliebten Menschen anschauen wollte, aber die Amis schnitten ja auch die Rinde vom Toastbrot weg, daher konnte man bei ihnen nie wissen.

Ich warf einen verstohlenen Blick auf meine Armbanduhr und überlegte, ob ich noch den letzten Zug nach London erwischen könnte. Eigentlich hatte ich bleiben wollen, Mum hatte bereits mein Zimmer hergerichtet, aber andererseits waren bestimmt schon unzählige E-Mails auf meinem Handy eingetrudelt, und morgen Nachmittag stand ein Treffen mit einem potenziellen Mandanten an. Vielleicht sollte ich kurz nachschauen, um sicherzugehen, dass er nichts Wichtiges geschickt hatte. Aber gerade, als ich die Hand senkte, um nach meiner Tasche zu tasten, bat uns der Pfarrer, uns zu erheben.

Er sprach, und wir sangen, dann wurde noch mehr gesprochen und noch mehr gesungen. Ich schenkte dem

Prozedere wenig Aufmerksamkeit, bis Art aufstand, um die Trauerrede zu halten.

Erst da wurde mir klar, dass ich mich damit getäuscht hatte, dass er so schien wie früher. Er war dünner, seine Wangen eingefallen. Unwillkürlich fragte ich mich, wann er das letzte Mal richtig geschlafen hatte, obwohl ich vermutete, dass die dunklen Ringe unter seinen Augen eher vom Jetlag als von chronischem Schlafmangel kamen.

Er sprach frei, senkte gelegentlich den Blick auf das Pult vor ihm, doch die meiste Zeit ließ er ihn über die versammelte Gemeinde schweifen. Wir mussten ungefähr zweihundert Leute sein, die hier drin eingepfercht waren.

»Ich hatte eine … durchwachsene Beziehung zu meinem Vater. Er konnte schwierig sein, aufbrausend und intolerant, und – Entschuldigung, Herr Pfarrer –, aber Gnade dem Gott, der es in seiner Gegenwart wagte zu erwähnen, er sei Vegetarier.« Hierfür erntete er höfliches, gedämpftes Lachen. »Doch er war ein guter Mann.«

Ich fragte mich, ob die Dame mit dem Hundesalon unter den Anwesenden war.

»Und auch wenn die letzten Jahre hart waren, so lag ihm dieser Ort sehr am Herzen«, fuhr Art fort. »Damit meine ich nicht nur das Anwesen, sondern alle, die hier leben. Kein leichtes Vermächtnis.«

Ich musste an das Gespräch im Pub denken. Könnte Art überhaupt hierher zurückkehren? Schließlich gab es doch noch sein Leben in New York. Hatte er diesen Ort nicht längst aufgegeben?

In den Monaten nach Arts Wegzug in die USA hatte Mum peinlich darauf geachtet, was genau sie mir erzählte. Dad wurde durch Lord Drummond über sein Leben auf dem Laufenden gehalten, und er gab sein Wissen an Mum weiter, die am Telefon lediglich ausgewählte Informationshäppchen fallen ließ. Art und Nicole seien in ein »extrem protziges« Stadthaus in Manhattan gezogen, berichtete sie einmal abfällig schnaubend, und Art habe begonnen, für die Bank seines Schwiegervaters an der Wall Street zu arbeiten. Deutlich behutsamer klärte sie mich auf, dass die beiden einen Sohn namens Felix bekommen hätten. In meinen Ohren klang das befremdlich, wo doch der Art, den ich gekannt hatte, ganz anders gewesen war. Dieser Art war schüchtern und von Flugzeugen besessen gewesen, hatte mehr mit Hunden als mit Partys anfangen können, und er hatte sich am liebsten mit uns und Nanny Gertrude in den Gärten des Anwesens herumgetrieben. Also tat ich so, als würde mich das nicht interessieren, und Mum, die spürte, dass die Erwähnung seines Namens für mich war, als würde sie fortwährend den Finger in eine Wunde legen, wechselte das Thema und sprach über ihre Hühner. Das war immerhin sicheres, weitaus weniger emotionales Terrain. Später dann lernte ich Gus kennen, und alle, ich eingeschlossen, waren froh, dass wir das hinter uns lassen und Art vergessen konnten.

Während ich ihn nun vorne am Rednerpult beobachtete, verspürte ich vor allem ein Gefühl von Verwunderung darüber, wie verschieden unsere Leben sich entwickelt hatten. Aber war das nicht der unvermeidbare Lauf der Dinge? Ich war gerade mal zehn gewesen, als meine kindische Schwärmerei für ihn begonnen und ich mir eingebildet hatte, wir wären uns so ähnlich. Und diesem Irrglauben hatte ich mich hingegeben, bis ich siebzehn wurde.

Erst nach jener Nacht war mir klar geworden, wie naiv ich, wie einfältig und süß meine Fantasien gewesen waren. Eigentlich hätte ich ihm dankbar sein sollen, dass er mich diese eine Lektion schon so früh gelehrt hatte: Die Menschen, von denen man es am wenigsten erwartetet, können einen am tiefsten verletzen.

Zu jener Zeit war ich natürlich alles andere als dankbar; ich war jung, eine Teenagerin, als er mir das Herz brach. Trotzdem hatte ich dadurch die Zeit gehabt, mir darüber klar zu werden, dass wir letztlich irgendwann immer getrennter Wege gegangen wären. Wie hätte es auch anders sein können? Damals hatte ich bei dem Gedanken, dass er mich so leicht hatte vergessen können, vor Wut innerlich gekocht. Aber heute verstand ich es: Die Jahre unserer Kindheit hatten sich überschnitten, aber das bedeutete nicht, dass dies auch für unser Leben gelten musste. Wahrscheinlich schnippelte selbst Art mittlerweile die Rinde von seinem Toastbrot weg, und ich könnte niemals mit einem Mann zusammen sein, der morgens nicht mal mit Toastrinde klarkam.

Er beendete seine Trauerrede und trat vom Pult zurück; dann erhoben wir uns, um erneut ein Lied anzustimmen. Bei dem Gedanken an den anschließenden Leichenschmaus auf Drummond Hall, bei dem ich es vermutlich kaum vermeiden konnte, mit ihm zu sprechen, machte sich eine krampfige Nervosität in mir breit. Wenigstens war meine Frisur seit unserer letzten Begegnung vorteilhafter, und ich hatte es mir abgewöhnt, meine Sommersprossen mit orangestichiger Foundation zu überdecken. Als Jugendliche war ich mir durchaus bewusst, und darum auch verunsichert, gewesen, dass Art wesentlich besser aussah als ich. Nanny Gertrude kniff ihn gern in die Wangen und verkündete, er würde sich »auf der Leinwand gut machen«. Und da Lady Drummond selbst ein ehemaliger Laufsteg-Star war, versuchte sie, ihn als Model in einer Calvin-Klein-Kampagne unterzubringen. Art war groß und damals schon wie ein Mann gebaut gewesen, aber er schwor, dass sein Interesse viel mehr Flugzeugen und seinen Piloten-Ambitionen galt und er nicht vorhatte, in die Fußstapfen seiner Mutter zu treten. Und doch schien er selbst sich seiner Wirkung auf Frauen nie bewusst gewesen zu sein – bis Nicole daherkam.

Gestern Abend hatte ich so lange darüber gegrübelt, was ich anziehen sollte, dass Gus mich irgendwann gefragt hatte, ob ich zu einer Beerdigung im Buckingham-Palast geladen wäre. Am Ende hatte ich mich für mein teuerstes Kostüm von Theory entschieden, das ich mir nach meiner letzten Beförderung gekauft hatte; dazu packte ich außerdem ein Seidentop sowie einen meiner besten BHs ein. Zwar kam mir der Gedanke, dass es unangemessen sei, bei der Auswahl eines Beerdigungs-Outfits so lange über die Unterwäsche nachzudenken, aber dies war nun mal nicht irgendeine Beerdigung. Und überhaupt gewährte ich keine großen Einblicke, kaum den Hauch eines Dekolletés. Ich wollte mich nur so selbstbewusst wie möglich fühlen.

Nell, hör auf, in der Kirche über deine Brüste nachzudenken.

Der Pfarrer spulte den Schlusssegen ab; dann verfolgten wir, wie Art und ein paar andere Männer Lord Drummonds Sarg gemessen über den Mittelgang nach draußen trugen, zu einer neben der Kirche gelegenen Grabstelle, von der aus man das Meer sehen konnte. Und da erblickte ich Nanny Gertrude, die, auf einen Gehstock gestützt, vor Art stehen geblieben war. Ihr riesiger Busen war geschrumpft, und sie war so krumm und bucklig wie ein Fragezeichen geworden, aber da war sie, immer noch auf den Beinen, immer noch die treue Seele der Familie. Sie begegnete meinem Blick und verzog das Gesicht zu einem faltigen Lächeln, das ich mit einem strahlenden Grinsen beantwortete, bevor mir wieder einfiel, warum wir hier waren. Howard, der schnurrbärtige alte Gärtner von Drummond Hall, stand direkt hinter ihr; er trug einen Anzug und die gleiche Tweed-Schiebermütze auf seinem Kopf, ohne die ich ihn noch nie gesehen hatte, ganz so, als wäre sie dauerhaft mit Sekundenkleber an seiner Kopfhaut befestigt worden. Mein Blick wanderte die Reihe entlang zu Lady Drummond, die in eine schwarze Pelzstola gehüllt war und ebenfalls keinen allzu traurigen Eindruck machte. Und neben ihr stand Nicole; sie trug ein Outfit, das der passende Aufzug für den Besuch einer Beerdigung, gefolgt von einer Oscarverleihung wäre: so ein

Wickelkleid, das sich um Brust und Hüften schmiegte, an einem Bein hoch geschlitzt; das Ganze garniert mit einem schwarzen Schleier, so als wäre dies ein sizilianischer Friedhof und sie die trauernde Witwe eines Mafiabosses.

»Ein anständiges Loch hat er noch nie verschmäht«, flüsterte Dad, als Lord Drummonds Sarg in die Erde hinabgelassen wurde.

Mum neben mir zuckte zusammen. »Bruce!«

Erneut biss ich mir auf die Unterlippe, um ein Grinsen zu unterdrücken.

Als wir über die östliche Zufahrt zu Drummond Hall spazierten, war die Sonne bereits hinter dem Herrenhaus untergegangen, und das letzte Licht wurde wie Laserstrahlen zwischen den Türmen und Schornsteinen gebündelt.

Ich gab jede Hoffnung auf, den letzten Zug nach London zu erwischen, und schüttelte, während wir über den knirschenden Kies schritten, amüsiert den Kopf bei der Vorstellung, dass ich mal auf einem so prachtvollen Anwesen gewohnt hatte.

Bei dem Gebäude handelte es sich um einen gotischen Backsteinpalast, der über so dermaßen viele Fenster verfügte, dass ich von außen nie ganz sicher sagen konnte, welches Zimmer sich hinter welchem befand. Arts Ururgroßvater, ein Kaufmann aus Tyneside, der sein Vermögen mit dem Import von Kakao gemacht hatte und so zum viktorianischen Schokoladenbaron aufgestiegen war, hatte den Bau im 19. Jahrhundert in Auftrag gegeben. Er wollte einen Landsitz mit Blick auf die Nordsee, der in erreichbarer Entfernung zu seinem Büro an den

Docks von Newcastle gelegen wäre; und aus seiner Vision wurde eines der größten Privathäuser, die in jener Epoche in England erbaut wurden – was schon einiges heißen will, in einer Zeit, in der im ganzen Land frischgebackene Baumwoll- und Zuckermagnaten darum wetteiferten, das prächtigste Anwesen zu errichten.

Durch die imposante, von Steinsäulen flankierte Eingangstür gelangte man in eine Empfangshalle mit hoher Gewölbedecke, und von dort in die Prunkzimmer, die Königin Victoria beeindrucken sollten, wenn sie auf ihrem Weg nach Balmoral beim Schokoladenbaron einkehrte und ihre Reise für eine Nacht unterbrach. Die Zimmer waren mit Seidenstoffen tapeziert, mit Antiquitäten vollgestellt und mit Ölgemälden und Porträts berühmter Maler behängt, darunter auch die Radierung eines pummeligen Engelchens von Michelangelo. Doch den prächtigsten Anblick von allen bot die Freitreppe mit ihrem Geländer aus massivem Silber, da Lord Drummond (RIP) schon immer gern auf dicke Hose gemacht hatte. Sie schwang sich von der Empfangshalle in den ersten Stock empor und war die einzige ihrer Art im ganzen Land; jedes Frühjahr kam ein Trupp speziell ausgebildeter Reinigungskräfte, um sie mithilfe von Zahnbürsten blank zu polieren.

Draußen hinter dem Haus erstreckten sich perfekt angelegte Gärten den Hang hinab wie Teppiche, doch es war die Vorderansicht, die jedem den Atem verschlug: Die Steinstufen des Haupteingangs waren zu den Klippen hin ausgerichtet, darunter der breite goldene Sandstrand und die wogende See – ganz so wie Arts Vorfahre es gewünscht hatte.

»Mit etwas Glück könnt ihr Dänemark sehen«, hatte uns Howard, der Gärtner, an klaren, sonnigen Tagen gesagt. Klein wie wir waren glaubten wir ihm und verbrachten Ewigkeiten damit, mit zusammengekniffenen Augen über die Wellen zu spähen. An anderen Tagen suchten wir den Strand nach Goldmünzen von einem Piratenschiff ab, das angeblich im 18. Jahrhundert in der Bucht gesunken war. Natürlich fanden wir nie eine; auch wenn Jack es einmal steif und fest behauptete, dabei entpuppte der Schatz sich bloß als rostiger Kronkorken.

Um die Stufen herum bildete sich eine Schlange, während alle geduldig darauf warteten, die Empfangshalle zu betreten.

»Meint ihr, es gibt Freibier?«, fragte Roy mit einem hoffnungsfrohen Blick zur riesigen Eingangstür.

»Ich schätz mal schon«, erwiderte Dad und löste seine Krawatte. »Ein großes Besäufnis ist genau das, was er sich gewünscht hätte.«

Roy nickte feierlich.

»Wir haben noch nicht mal zu Abend gegessen, außerdem hattest du gerade schon zwei Bier«, murmelte Mum, während wir nacheinander hineingingen.

Im Inneren war eine lange, mit silbernen Kannen, Tassen sowie Untertassen beladene Tafel aufgebockt. Der Rest des Saales wurde von runden, mit weißen Leinentüchern bedeckten Tischen gesäumt, auf denen sich Sandwiches und Kuchen türmten. Die Bar hatte man hinten, neben dem unbeheizten Kamin aufgebaut. Dad und Roy bahnten sich unverzüglich ihren Weg dorthin, während Mum und ich uns für eine Tasse Tee anstellten. Es roch noch genauso wie früher, nach Möbelwachs und altem Holzrauch, wenn auch die silberne Treppe keineswegs mehr glänzte und einen eher vernachlässigten Eindruck machte. In letzter Zeit hatte sie definitiv keine Zahnbürste gesehen.

»Sollen wir uns setzen?«, schlug ich vor, nachdem uns eine Kellnerin zwei Tassen gereicht hatte, und nickte in Richtung eines Tisches in der hintersten Ecke. Ich wollte den Raum im Blick haben, damit es keine Überraschungen gab. Ich wollte ihn sehen – aber ich wollte ihn auch nicht sehen.

Wir schlängelten uns zwischen den Leuten hindurch und nahmen Platz. Mum zog einen Teller mit Sandwiches zu sich heran, während ich mich umsah. Das letzte Mal, als ich hier drin gewesen war, war ich durch die Halle gerannt, um so schnell wie möglich von hier zu verschwinden.

Als ich zu der Tür blickte, hinter der sich die Abkürzung hinauf zu Arts Zimmer verbarg, fiel mir daneben ein Junge auf. Felix, so nahm ich an, da er Arts dunkles wuscheliges Haar sowie Nicoles blaue Mandelaugen hatte. Bei der Beerdigung hatte ich ihn nicht gesehen, aber er trug einen zu großen schwarze Anzug und wirkte inmitten dieses Raums voller Erwachsener, die ihn ignorierten, ziemlich verloren. Er musste schon fast ein Teenager sein, wurde mir klar, und damit ungefähr in dem Alter, in dem ich mich wie eine Klette an seinen Vater geklebt hatte.

»Hast du immer noch vor, über Nacht zu bleiben?«, vergewisserte sich Mum mit einem besorgten Unterton in der Stimme.

Ich löste den Blick von Felix. »Ja, natürlich.«

Der längste Zeitraum, den sich seit meinem Wegzug zur Uni hier verbracht hatte, waren, wenn's hoch kam, drei Nächte. Ich kam jedes zweite Weihnachten mit Gus zu Besuch, außerdem versuchte ich, zu Mums und Dads Geburtstagen herzufahren, aber mit meinem vollen Terminplan war das nicht immer möglich. Seit ich nach London gezogen war, kam mir Northcliffe zu klein vor. Und Gus war nicht unbedingt ein Landmensch.

Das erste Mal, als ich ihn während unseres Studiums mitgenommen hatte, um meine Eltern kennenzulernen, hatte Gus mich um drei Uhr morgens wachgerüttelt, die Nachttischlampe angeknipst und darauf bestanden, dass in unserem Garten gerade eine Frau abgestochen wurde. Ich hatte es mit einem Lachen abgetan. Im Januar war die Paarungszeit der Füchse in vollem Gang, und diese Schreie kamen von einer Füchsin beim Sex. Gus wirkte wenig überzeugt, legte sich dann aber wieder hin, nur um am Morgen nach draußen zu gehen und unseren verwilderten Rasen nach den Spuren eines Kampfes abzusuchen.

»Wunderbar«, freute sich Mum. »Und wie geht es Gus?«, fügte sie hinzu, als hätte sie meine Gedanken erraten.

»Er arbeitet viel, hat einen komplizierten Google-Fall an der Backe, der sich zieht. Aber doch, ihm geht es gut. Ich soll dich von ihm grüßen.«

Gus hatte mir, trotz des Falls, gestern Abend, während

ich packte, angeboten, mich zur Beerdigung zu begleiten, aber ich hatte beschlossen, dass er damit nur alles weiter verkomplizieren würde. Meiner Meinung nach waren es gerade unsere Unterschiede, die dafür sorgten, dass wir so gut zusammenpassten – ich kannte mich mit den Paarungszeiten von Füchsen aus; Gus wiederum kannte den Unterschied zwischen einem Cabernet Sauvignon und einem Merlot –, aber meine Eltern hatten mehr Vorbehalte.

Was hatten sie auch schon gemein mit einem Unternehmensanwalt, der auf feine Restaurants und antike Dichter abfuhr? Außerdem reagierte Gus allergisch auf Hunde, was in den Augen meiner Eltern einem Verbrechen gefährlich nahe kam. Ich war mir nicht mal sicher, ob Dad das überhaupt für möglich hielt. Die wenige Male, die Gus sich in den Norden wagte, nieste er ununterbrochen, und ich erwischte Dad oft dabei, wie er ihn aus zusammengekniffenen Augen musterte, als würde er bloß simulieren.

Dabei hatte ich mich gerade deshalb in Gus verliebt, weil er so anders war als alles zu Hause, anders als alle Leute, die ich in Northumberland gekannt hatte. Wir lernten uns in der ersten Uniwoche kennen und verbrachten schon bald unsere gesamte Zeit miteinander – um zu lernen, um in Pubs zu gehen, die das billigste Bier hatten, um Sex zu haben.

Ich hatte zuvor mit einer Handvoll Männer geschlafen, und es war vollkommen okay gewesen. Absolut in Ordnung. Allerdings hatte ich mich immer ein bisschen gefühlt wie ein reparaturbedürftiger Boiler, an dem herumgeschraubt wurde, und verstand darum nicht so recht, warum alle Welt so ein Theater darum machte – *das* war es also? Und warum bitte dachte der Durchschnittsmensch alle drei Sekunden daran? –, aber es war nett, danach dazuliegen und die Nähe eines anderen Menschen zu spüren.

Mit Gus war es anders – intimer, wärmer. Weniger wie ein Besuch vom Klempner. Er war der erste Mann, der mich zum Höhepunkt brachte, was mir wie ein Wunder erschien. Als ich danach auf meiner schmalen Matratze lag, Gus' Kopf noch immer zwischen meinen Beinen, da verspürte ich eine Art dankbares Staunen. Nicht mal ich hatte das bisher hinbekommen.

Ich habe mal gelesen, dass wir Frauen uns immer in denjenigen verlieben, dem das als Erstes bei uns gelingt, denjenigen, der unsere Schenkel erzittern lässt, bevor sie kraftlos zusammensinken; aber es gab natürlich noch etliche andere Gründe: Weil Gus außergewöhnlich intelligent war, weil ich mit ihm über Jura reden konnte, weil er gut kochen konnte und mich mit exotischen Speisen bekannt machte, die mir nie zuvor untergekommen waren. Bei einer unserer ersten Verabredungen servierte er mir eine Blume auf einem Teller und verkündete, es sei eine Artischocke. An einem anderen Abend machte er mir Spaghetti, unter die er knallorangene Klümpchen gerührt hatte, die ich erst für Tomaten hielt, die allerdings nach Fisch schmeckten. Seeigel, erklärte Gus triumphierend, die er am Morgen extra auf dem Borough Market gekauft habe. Sie waren ekelhaft, aber ich war gerührt, was für eine Mühe er sich gemacht hatte.

Es war keine märchenhafte Rettung, bei der ein Prinz eine

Prinzessin aus einem Turm befreit oder den Fängen eines feuerspeienden Drachens entreißt. Es ging alles viel langsamer. Außerdem sah Gus nicht wie ein Prinz aus. Er hatte eine hohe Stirn und glatt gekämmtes Haar, das er immer zur Seite scheitelte. Er war ein bisschen verschroben, mochte italienische Opernmusik und Geschichte. Seine Idealvorstellung eines perfekten Samstagnachmittags bestand darin, durch eine neue Ausstellung über die Ming-Dynastie oder Kaiser Hadrian im British Museum zu schlendern. Alternativ führte er mich in ein Programmkino aus, in dem wir uns einen obskuren französischen Film ansahen, und stöberten danach die Stände unter der Waterloo Bridge nach gebrauchten Büchern durch. Da ich in Northcliffe aufgewachsen war, wo das nächste Kino vierzig Minuten entfernt lag, war ich hin und weg von seiner Kultiviertheit.

Und nach und nach, während Gus mir ein anderes Leben, andere Möglichkeiten zeigte, passierte es immer seltener, dass ich beim Aufwachen als Erstes an Art dachte. Es war, wie aus einer Trance zu erwachen. Die Liebe fühlte sich anders an, als ich sie mir als Teenagerin erträumt hatte, aber mir wurde klar, dass das nicht schlecht war.

Nicht dass ich meinen Eltern irgendwas davon hätte erklären können. Denn wie gesagt, über Gefühle wurde bei uns nicht gesprochen.

Ich wechselte das Thema. »Morgen sehe ich übrigens Jack; er bringt seine neue Freundin zum Abendessen mit.«

Aufs Mums Gesicht erschien ein Lächeln. »Oh, wirklich? Wie schön. Wie hieß die gleich noch mal?«

Ich versuchte, mich zu erinnern. Emily? Esme? Emma?

Jack verschliss seine Freundinnen schneller als ich meine Haargummis (wohin verschwinden nur all diese Haargummis immer?). Vor der hier war er jedenfalls mit der blonden Annabelle, einer Grundschullehrerin, zusammen gewesen; davor mit der blonden Mimi, einer Innenarchitektin; davor ausnahmsweise mal mit einer Brünetten, allerdings fiel mir ihr Job nicht mehr ein; und davor wiederum mit Trixie, der blonden Burlesque-Tänzerin. Alles, was früher kam, verschwamm zu einer undefinierbaren Masse.

Jack behandelte Frauen, ähnlich wie seinen Job und seine Immobilienagenturen, als Hobby, während er von ihnen wiederum jene Menge Aufmerksamkeit erhielt. Wie Art, so wuchs auch er recht früh zu einem stattlichen jungen Mann heran. Doch im Gegensatz zu Art war er sich seiner Wirkung vollauf bewusst. In der Schule schien Jack genau die richtige Menge an Arroganz und Ignoranz auszustrahlen, um die Mädchen abwechselnd zum Lachen und zum Schwärmen zu bringen. Hätten sie mich gefragt, hätte ich ihnen gesagt, dass er gemein war, in der Nase bohrte und morgens ein stinkendes Badezimmer hinterließ, aber ich war mit den Mädels, mit denen er ging, nie sonderlich befreundet. Ich sah den Sinn darin nicht, da sie ja ohnehin nie lange bleiben würden. Und das galt auch heute noch.

»Fällt mir nicht mehr ein«, antwortete ich daher. »Fängt mit E an.«

»Rufst du mich danach an und erzählst mir, wie sie ist?«

»Mum, ich weiß nicht, ob das so viel Sinn macht. Wahrscheinlich gibt er ihr am nächsten Tag schon wieder den Laufpass.«

Sie schnaubte tadelnd. »Eleanor, sei nicht so hart zu deinem Bruder. Du weißt, dass er es schon immer schwerer hatte als du.«

Bei diesen Worten hätte ich am liebsten einen Schreikrampf bekommen. Jack hatte sich seit unserer Jugend nicht geändert. Er blieb ein gut aussehender Draufgänger, der sich durchs Leben trank und vögelte, und wenn ihn das gelegentlich in Schwierigkeiten brachte – bei der Arbeit, oder den Frauen –, tat er es einfach mit einem Schulterzucken ab und zog weiter. Der heutige Tag hatte mal wieder eindeutig gezeigt, wo seine Prioritäten lagen: Er war schlicht zu beschäftigt und zu geizig, um ein Zugticket für eine Beerdigung im Norden zu besorgen, aber nur allzu bereit, am darauffolgenden Abend Wie-auch-immer-sie-heißt zu einem Gratis-Abendessen bei mir mitzuschleifen. Typisch Jack.

Genervt griff ich nach einem Eiersandwich und biss beherzt hinein, sodass die Eiermayonnaise an den Seiten herausquoll und ein Kleckser auf meinem Schoß landete.

»Nimm doch eine Serviette«, sagte Mum und reichte mir ein durchweichtes Exemplar von ihrer Untertasse.

Und natürlich war das der Moment, als er an unseren Tisch kam, gerade als ich den Fleck in meinen Rock hineinrieb, die dicken Backen voller Sandwich wie ein Eichhörnchen, das sich auf einen langen, kalten Winter vorbereitet.

3

»Da wollte jemand Hallo sagen«, sagte Art und grinste mich an. »Genau genommen, wir beide.«

Ich versuchte, gleichzeitig zu schlucken und zu lächeln, wodurch ich, wie zu befürchten war, aussah wie einer der draußen in die Steinsäulen gemeißelten Wasserspeier.

»Nanny Gertrude!«, brachte ich hervor und sprang auf, um sie zu umarmen. Sie roch noch immer gleich, nach Rosenseife und Talkumpuder. »Du hast mir schrecklich gefehlt.«

»Ach, jetzt hör aber auf«, erwiderte sie verlegen, lächelte dabei aber übers ganze Gesicht, sodass ihre Augen sich zu Münzschlitzen verengten.

»Freue mich auch, dich zu sehen«, sagte ich etwas steifer zu Art und streckte mich zu einer weniger überschwänglichen Umarmung. Hoffentlich konnte er weder mein Herz in der Brust hämmern hören, noch die Eiermayonnaise in meinem Atem riechen. »Wie geht es dir?«, fragte ich, als ich mich wieder von ihm löste, doch dann fiel mir ein, dass das nicht unbedingt die passende Frage war, um sie jemandem bei der Beerdigung seines Vaters zu stellen. »Ich meine, mein Beileid.« Ich schluckte erneut.

Ich war die Begrüßung auf der Zugfahrt wieder und wieder durchgegangen. Ich würde total cool und gelassen sein, nicht im Entferntesten unbeholfen oder peinlich. Und doch stand ich nun hier und war unbeholfen und peinlich.

»Danke«, erwiderte er mit einem unverminderten Grinsen. »Ich war mir nicht sicher, ob du kommst. Ist Jack auch hier?« Der Blick seiner grünen Augen begegnete meinem, verriet aber keine Spur von Verlegenheit.

Als Jugendliche hatte ich das Gefühl gehabt, als könnte er direkt in mich hineinsehen. Auch jetzt war es wieder so, und diese Nähe, die Vertrautheit ließen mich wieder wie fünfzehn fühlen. Unter seiner Lippe konnte ich die Narbe erkennen, die er sich zugezogen hatte, als er als Kind auf dem Strand hingefallen war und sie sich an einem Felsen aufgeschnitten hatte. Nanny Gertrude war an jenem Tag außer sich gewesen. Hätte sie gekonnt, hätte sie ihn den Rest seiner Kindheit mit Helm herumrennen lassen.

»Jack hat es leider nicht geschafft. Zu viel Arbeit. Aber ich bin selbstverständlich gekommen. Wie geht es deiner Mutter?« Na also, das klang schon eher wie geplant. Gelassen, ruhig, nicht peinlich.

Er blickte über seine Schulter. »Gut, denke ich. Sie verbringt mittlerweile einen Großteil ihrer Zeit sowieso in London, also …« Er verstummte und blickte mich weiter völlig entspannt aus seinem offenen Gesicht an. »Wie läuft es so bei dir? Du siehst super aus. Du musst mir alles erzählen.«

»Hast du einen netten Jungen gefunden, der sich um dich kümmert? Einen netten Ehemann?«, schob Nanny Gertrude strahlend hinterher und klammerte sich dabei an Arts Arm wie ein Spatz an einen Ast.

Bevor ich antworten konnte, tauchte die sizilianische Witwe hinter ihnen auf. »Art, Liebling, bitte lass mich nicht mit diesen Einheimischen allein. Ich verstehe sie einfach nicht. Ich glaube, der Mann da drüben hat mir gerade Avancen gemacht.«

»Welcher Mann?«, wollte Art stirnrunzelnd wissen.

Nicole neigte den Kopf zum Kamin, wo Dad und Roy standen und vor lauter Lachen puterrot angelaufen waren. Dad hatte sich mit einem Arm an den Sims gelehnt; in der anderen Hand hielt er ein volles Glas Sherry.

»Mach dir wegen denen keine Sorgen«, beruhigte er seine Frau. »Erinnerst du dich noch an Nell?«

»Nein«, erwiderte sie schlicht, bevor sie mich von oben bis unten musterte, als wäre ich eine Schaufensterpuppe in eine Boutique. »Aber hi. Du siehst nicht aus, als wärst du von hier?«

»Ähm, doch, schon. Ich bin hier aufgewachsen, lebe aber jetzt in London.«

»Dann bist du also entkommen!«, sagte Art. »Wo genau?«

»In London?«

Er nickte.

»Clapham.« Wie immer, wenn ich das sagte, zuckte ich

innerlich zusammen. Ich sollte echt mal darüber hinwegkommen. »Wie lange bleibst du hier?«

Eigentlich hatte ich Art gefragt, aber Nicole antwortete an seiner Stelle. »Nur bis übermorgen – dem Herrn sei Dank! Hör mal, Art, Schatz, ich brauche den Schlüssel für den Safe, und Howard sagt, er weiß nicht, wo er ist, und deine Mutter kann ich ja wohl kaum bitten, da …«

»Schon gut, schon gut, ich kümmere mich darum«, unterbrach Art sie, und ich bemerkte, wie sich ein Muskel in seiner Wange ganz leicht anspannte, bevor er sich wieder zu mir wandte. »War schön, dich zu sehen. Tut mir leid, dass es so kurz war, aber vielen Dank, dass du den Weg auf dich genommen hast. Ihnen ebenfalls, Mrs. Mason«, fügte er hinzu und blickte an mir vorbei zu Mum, die noch immer am Tisch saß. »Bitte entschuldigen Sie, ich habe es noch nicht mal geschafft, richtig Hallo zu sagen, aber auch Ihnen vielen Dank fürs Kommen.«

»Ich fand's auch schön, dich zu sehen«, erwiderte ich, aber da hatten die beiden sich schon umgedreht und waren in der Menge von Trauergästen verschwunden.

Benommen saß ich da und starrte auf die Tischdecke. Das war's also. Tagelang hatte ich mich verrückt gemacht, und nun hatte unsere Begegnung keine anderthalb Minuten gedauert. Ich verspürte ein Wirrwarr aus Erleichterung und Enttäuschung: Ersteres, weil ich es hinter mich gebracht hatte; Letzteres, weil es so schnell und belanglos gewesen war.

Mum schob mir den Teller hin. »Nimm noch ein Sandwich.«

»Bin schon bedient, danke.«

Sie nahm sich ein Gurkensandwich, hielt es vor ihre Nase, um es zu inspizieren, bevor sie eine so krasse Bombe platzen ließ, dass ich erst dachte, ich hätte mich verhört. »Muss schon sagen, wenn ich mein Leben noch mal leben könnte, weiß ich nicht, ob ich noch mal heiraten würde.«

Ich drehte mich abrupt um. »*Wie* bitte? Das sind ja ganz neue Töne, Mum. Wann hast du das denn beschlossen?«

Sie kaute bedächtig ihr Sandwich und schluckte, bevor sie antwortete. »Ich habe gerade nachgedacht, über das, was Gertrude dich gefragt hat. Und ich bin zu dem Schluss gekommen, dass es sehr mutig ist von dir und Gus, es nicht zu tun, wenn ihr es nicht wollt.«

»Weißt du, was? Ich glaub, ich könnte doch noch was vertragen«, verkündete ich und griff nach dem Kuchenteller, da ich urplötzlich das Bedürfnis nach einem Zuckerschock verspürte.

Als ich meinen Eltern vor Jahren von Gus' Abneigung gegen die Ehe erzählt hatte, waren sie völlig überfordert gewesen, so als hätte ich ihnen offenbart, dass er nebenberuflich für die Chippendales tanzt.

In Anschluss folgten alle möglichen Fragen: Was war mit Kindern? Hatte das religiöse Gründe? Ob mir nicht bewusst sei, dass ich sie um eine Hochzeitsfeier brachte, da mein Bruder es ganz offensichtlich niemals auf die Reihe kriegen würde? Und so weiter und so fort, bis Dad sich zu der Frage durchrang, ob Gus womöglich schwul wäre. An dieser Stelle hatte ich mich geweigert, das Gespräch fortzusetzen. Es war unsere Entscheidung – na ja, mehr die von Gus als von mir, aber ich hatte dem zugestimmt. Seitdem verteidigte ich sie jedes Mal aufs Neue, wenn das Thema aufkam, und hatte mehrere Antworten parat, die ich nach Bedarf abspulen konnte wie einen Werbetext.

In ihrer Generation war das anders gewesen; man ging die Ehe praktisch ohne nachzudenken ein. Mum lernte Dad in den Achtzigern auf einem Dorffest in der Nähe von Northcliffe kennen. Damals war sie noch Kath Wesley gewesen, die Tochter eines Buchhalters aus Surrey, der in den Norden gekommen war, um einen Studienfreund zu besuchen. Sie witzelte gern, dass sie nie zuvor auf dem Land gewesen war, ein richtiges Stadtkind, die noch nie eine Kuh gesehen hatte. Alle Fotos aus dieser Zeit zeigen sie als astreines Modeopfer der Achtziger – Mum liebte Bryan Ferry und Duran Duran, trug Rüschenblusen, Lederjacken und superknalligen Lidschatten. Dad, der bisher nur die einheimischen Mädchen kennengelernt hatte, die vornehmlich in Rugby-Shirts herumliefen, war verzaubert von ihrer Andersartigkeit. Die Mädels aus dem Dorf hatten rote Apfelbacken und Erde unter den Fingernägeln; Mum hatte einen blassen Teint und erdbeerblondes Haar, das sie zu einem lockeren Zopf flocht.

Sie wiederum war hin und weg von der ursprünglichen Wildheit, nicht nur dieses Landstrichs, sondern auch Dads, der so anders war als die Buchhaltungsstudenten zu Hause in Godalming, an die ihre Eltern sie verheiraten wollten. Dad war groß, ungestüm, besaß nicht mal einen Anzug und stellte Mum auf jene unverfälschte, direkte Art nach, mit der er auch sonst alles in Angriff nahm. Er versprach ihr ein wildromantisches Leben auf dem Land, das ganz anders verlaufen würde als in der gepflegten Doppelhaushälfte ihrer Eltern, und damit war die Sache geritzt. Sie heirateten und zogen in das Haus auf Drummond Hall, wo Dad gerade erst einen Job als Stallbursche ergattert hatte, sich aber schnell hocharbeitete, da er fast genauso sehr von Pferden und Rennen besessen war wie sein Arbeitgeber.

Ich nehme an, Mum hatte sich so was wie *Unsere kleine Farm* ausgemalt – ein beschauliches Leben, das sie überwiegend damit verbrachte, in Rüschenschürze Marmelade einzukochen, so wie in einer ihrer Liebesschmonzetten –, aber die Realität sah ganz anders aus. Das Haus war kalt und zugig; ihren Mann sah sie den lieben langen Tag nicht, und wenn sie ihn sah, dämmerte ihr, dass sie nicht viel gemeinsam hatten. Dann bekamen sie in rascher Abfolge Jack und mich, was Mum eine Aufgabe gab; außerdem kümmerte sie sich um die Hunde, die Hühner, hin und wieder, als wir noch klein waren, ein Meerschweinchen sowie um Barry, die Schildkröte, die von einem zwielichtigen Marktverkäufer in Newcastle stammte, allerdings nicht viele der rauen Winter in Northumberland überstand.

Das, so war mir mittlerweile klar, war auch der Grund, warum sie diese Romane las. Mum tauchte in die Geschichten über gut aussehende, verführerische Männer und Heldinnen mit Kussmund ab, da die größte Aufregung in ihrem eigenen Leben darin bestand, ob Wilma bei der morgendlichen Gassirunde ihr Geschäft verrichtet hatte – oder eben wahlweise die Eröffnung eines neuen Cafés im Dorf.

»Moment mal, willst du damit sagen, du wünschst, du hättest Jack und mich nie bekommen?«, fragte ich, bevor ich in meinen Kuchen biss.

»Nein, nein, nein. Sei nicht albern. Ich möchte nichts rückgängig machen, es ist nur …« Mum hielt inne und sah zum Kamin rüber, wo Dad und Roy sich gerade von einem Kellner ihren Sherry nachfüllen ließen. »Die Ehe ist nur nicht alles im Leben, mein Schatz. Und jetzt mach, iss auf. Wir müssen deinen Vater nach Hause bringen, bevor es noch zu einem Zwischenfall kommt.«

Wir gingen denselben Weg nach Hause, den Jack und ich als Kinder immer gerannt waren. Besser gesagt, Mum und ich gingen – Dad hingegen torkelte die Auffahrt summend und in Schlangenlinien entlang. Ich warf einen Blick über die Schulter und fragte mich, wie lange es diesmal dauern würde, bis ich Drummond Hill wiedersah. Noch mal fünfzehn Jahre? Oder länger? Hing wohl davon ab, was mit dem Anwesen passieren würde.

»Das war's dann wohl«, sagte Mum seufzend.

»Hm«, murmelte ich in der Annahme, dass sie das Begräbnis, den Tag als Ganzes meinte, doch manchmal fragte ich mich, ob sie nicht auch hellseherische Fähigkeiten besaß.

Knirschend schritten wir über den gekiesten Weg und unter den Kronen der Lindenallee hindurch, die sich bis zum Haupttor erstreckte, überquerten dann die Landstraße und folgten ihrem Rand, bis wir den Feldweg erreichten, der zu Mum und Dads Haus führte.

Es war ein altes Bauernhaus aus grauem Stein mit einem verwilderten Garten voller Brombeergestrüpp und hohem Gras, da sich weder Mum noch Dad die Mühe machten es zurückzuschneiden. Ähnliches galt für sein Inneres; es herrschte ein wahres Chaos aus alten Ausgaben von Dads *Racing Post*, die sich auf dem Küchentresen stapelten, und allerlei sonstigem Kram, der einfach an das eine Ende des Esstischs geschoben wurde: ungeöffnete Post, Stifte, Hundekuchen, lose Batterien, Rezepte, die Mum aus Zeitschriften herausgerissen hatte, allerdings nie nachkochen würde, vereinzelte Handschuhe und Socken, eine leere Taschentuch-Box. Wir hatten schon immer Wolfshunde hier gehalten: zuerst Molly, dann ihre Tochter Luna, dann Minnie (einer von Dads witzigen Einfällen, da Wolfshunde so groß waren wie kleine Ponys) und nun deren Tochter Wilma. Es waren zottelige Hunde mit silbernem Fell und freundlichen Gesichtern, aber ihre Gegenwart zog eben auch nach sich, dass jede Oberfläche von einer feinen Schicht Hundehaar bedeckt war.

Im Obergeschoss sah es dahingehend etwas besser aus. Mein Schlafzimmer wurde von einer knallbunten Blumentapete aus den Siebzigern geziert, aber es war immer kalt, da es keine Heizung gab. Als Kind hatte ich mich im Winter nach dem Baden in ein großes Handtuch gewickelt und war über den Flur gewetzt, um mich so schnell wie möglich unter meiner Bettdecke zu verkriechen. Morgens war ich aufgewacht und hatte meinen Atem in Wölkchen in der Luft hängen sehen.

Mum schloss die Tür auf, und mir schlugen die miteinander konkurrierenden Gerüche von Frittiertem und der Wäsche entgegen, die zum Trocknen an einem Flaschenzug über dem Herd hing. Dad öffnete den Kühlschrank, nahm sich eine Flasche Bier heraus und ging ins Wohnzimmer, um sich im Fernsehen die Rennergebnisse anzuschauen. Mum erklärte, dass sie ein Bad nehmen würde. Somit blieben Wilma und ich allein in der Küche zurück. Sie erhob sich, um mich zu begrüßen, indem sie ihre Schnauze in meine Hand drückte; dann ließ ich mich unter einem Seufzer am Tisch nieder, und sie legte fiepend ihren Kopf auf meinen Beinen ab. Das arme Ding wollte unbedingt Gassi gehen, aber ich hatte keine Zeit für einen Strandspaziergang.

Stattdessen ließ ich sie in den Garten hinaus, hob mit spitzen Fingern eines ihrer schmuddeligen, zerkauten Spielzeuge hoch, das ursprünglich mal einen Dachs dargestellt haben dürfte, und warf das Ding weit in die Wiese. Wilma sprang in großen Sätzen hinterher, sodass die Vögel am Futterplatz auseinanderstoben. Dann griff ich mit einem unheilvollen Gefühl in meine Handtasche und zog mein Handy heraus.

Dreiundsechzig E-Mails seit dem Mittagessen. Von Pause konnte keine Rede sein. Ich vermutete mal, selbst wenn es die Beerdigung meines eigenen Vaters gewesen wäre, hätte Gideon es sich nicht nehmen lassen, mein Postfach mit banalen Anfragen vollzumüllen, die er allesamt selbst beantworten könnte, wenn er nur mal sein Hirn bemühen würde. Ich scrollte mich durch, um zu sondieren, was davon bis morgen warten konnte und was ich jetzt gleich beantworten sollte. Die meisten stammten von Gideon selbst. In einer stand, dass Linzi den Mandatsvertrag unterschrieben habe und wir mit dem Einreichen der Scheidung »in die Puschen« kommen sollten, damit Larrys Anwalt uns nicht zuvorkam; dazu noch ein paar Mails zu anderen laufenden Fällen. Ich musste noch mal einen Ehevertrag durchgehen, den wir im Auftrag eines steinreichen Mandanten aufgesetzt hatten, dessen Tochter sich mit ihrem Personal Trainer verlobt hatte; außerdem sollte ich Gideon vor dem morgigen Nachmittagstermin meine Notizen zu unserem neuen potenziellen Mandanten zukommen lassen.

Dabei handelte es sich um Prinz Rudolf III., einen Spross der liechtensteinischen Königsfamilie, der in London lebte und sich kürzlich von seiner Frau getrennt hatte. Bereits letzte Woche hatte er Gideon per E-Mail um einen Termin gebeten, und seitdem hatte ich stundenlang recherchiert. Hätte man mich davor gebeten, Liechtenstein mit einer Stecknadel auf der Landkarte zu markieren, ich weiß nicht, ob ich dazu in der Lage gewesen wäre. Jetzt wusste ich, dass es sich um ein zwischen Österreich und der Schweiz eingepferchtes, winziges Fürstentum handelte. Des Weiteren hatte ich herausgefunden, dass es der weltweit größte Produzent von künstlichen Zähnen war und sein Adelshaus als das reichste Europas galt. Prinz Rudolf war eines der jüngeren Mitglieder. Mit seinen vierunddreißig war er nur ein Jahr älter als ich und hatte seine deutsche Ehefrau – Wilhelmina, Gräfin von Holstein-Frankfurter-Schleswig – vor einem Jahrzehnt im Rahmen einer fürstlichen Hochzeit geehelicht. In sämtlichen Klatschblättern war über dieses Ereignis berichtet worden, und sämtliche britischen Royals, amerikanischen Präsidenten und omanischen Sultane hatten das Brautpaar mit ihrer Anwesenheit beglückt. Aber jetzt war Schluss, denn laut eines Online-Artikels hatte Gräfin Wilhelmina ihn dabei erwischt, wie er das Kindermädchen vögelte.

All diese Informationen hatte ich an Gideon weitergeleitet, der ein Treffen mit Prinz Rudolf für ein Erstgespräch anberaumt hatte. Dabei hatte er mehr als deutlich gemacht, dass wir einen so hochkarätigen Fall unbedingt an Land ziehen mussten und meine potenzielle Beförderung zum Partner davon abhing.

Als ich ein Scharren an der Hintertür hörte, blickte ich auf und ließ Wilma wieder in die Küche, wo wir gemütlich beisammensaßen, bis Mum runterkam.

Sie öffnete den Kühlschrank. »Wie hungrig bist du?«

»Nicht besonders.«

»AM VERHUNGERN!«, ertönte ein Ruf aus dem Wohnzimmer nebenan.

Mum überhörte es, während sie verschiedene Päckchen sowie Gemüse herausholte und schweigend zu schnippeln begann. Wilma trottete rüber, nahm zu ihren Füßen Platz und blickte hoffnungsvoll zu ihr empor. Beim Geruch von gedünsteten Zwiebeln kam Dad hereinspaziert.

»Was gibt's denn, Mausi?«

»Bolognese.«

»Klasse Zeug, da öffne ich doch vielleicht ein Fläschchen. Nell?«

»Nein, vielen Dank.«

Dad zog eine Flasche Wein aus dem Regal, entkorkte sie und schenkte sich ein Glas ein. »Weißt du, was ich mir heut überlegt habe, Kleines?«

»Hm?«, machte ich.

»Bist du sicher, dass du nicht auf Drummond Hall heiraten willst?«

Mum räusperte sich am Herd, während ich mein Handy in die Tasche zurückgleiten ließ. »Dad, machst du Witze?«

»Nein«, erwiderte er mit aufgerissenen Augen. »Ich weiß, du und Gus habt da eure Ansichten und so Zeug. Aber ich hab mir heut in der Kirche dann doch gedacht, wie toll es wäre, dich eines schönen Tages zum Altar zu führen. Hast du nicht immer davon geträumt, als du klein warst? Ich bin sicher, dass Art nichts dagegen hätte – also wenn er den Kasten nicht verkauft, mein ich.«

»Dad, komm schon, ich hab dir doch gesagt, dass wir das nicht wollen.«

»Wenn du möchtest, kann ich ja mit ihm sprechen.«

»Mit Gus?«

»Nein, mit Art.«

»Dad! Es reicht. Nein, vielen Dank. Wie oft müssen wir dieses Gespräch noch führen?«

Oft, wie es schien. Und obwohl ich die Argumente meines wohleinstudierten Textes von mir gab, meldete sich hin und wieder eine leise Stimme, die fragte, ob es womöglich nicht leichter wäre, einfach zu heiraten. Vielleicht sogar ganz schön? Etliche unserer Londoner Freunde hatten bereits Ja gesagt, und ihr Leben war auch nicht spontan in Flammen aufgegangen. Aber dann stellte ich mir vor, dieses Gespräch mit Gus zu führen, und verwarf den Gedanken wieder. Bei der letzten Hochzeit, die wir gemeinsam besucht hatten, hatte er meine Hand gedrückt und mir »Ich liebe dich noch viel mehr« zugeflüstert, als das Paar vor dem Altar – Freunde von der Uni – das Ehegelübde ablegte, und ich war wieder beruhigt gewesen. Gus liebte mich aufrichtig, und wir hatten die für uns richtige Entscheidung getroffen.

Aber Dad ließ nicht locker. »Ich sag ja nur, dass dein armer alter Herr nichts dagegen hätte, eines Tages ein paar Enkelkinder zu haben, und wenn heiraten bedeutet …«

»Das hatten wir doch schon. Heutzutage kann man Kinder haben, ohne verheiratet zu sein. Es ist sogar legal.«

»Aber wie sollen die Kleinen dann heißen?«

»Ich bin sicher, dass wir auch dafür eine Lösung finden.«

»Ich habe darüber nachgedacht, und man kann doch so einem Kind nicht eure beiden Namen aufhalsen. Der arme kleine Mason-Bickerton wird in der Schule doch windelweich geprügelt.«

Ich holte tief Luft, bevor ich antwortete. »Okay, vielen Dank, ich werde deine Bedenken an Gus weiterleiten.«

Ich rief ihn nach dem Abendessen von meinem alten Kinderzimmer aus an, damit Mum und Dad nicht mithören konnten. Unter mir vibrierte der Dielenboden vom Gemurmel der Zwanzig-Uhr-Nachrichten, die Dad immer von seinem Sessel aus verfolgte. Mum hatte sich mit einem Buch ins Bett verzogen.

»Hallo, *mon poulet*, wie war's heute?« Anscheinend ging »Huhn« bei den Franzosen unter Kosename durch.

»Hallo, Schatz, war ganz okay«, antwortete ich, lehnte mich auf mein Bett zurück und beschloss, Art nicht zu erwähnen. Hatte ja keinen Sinn, das Thema anzusprechen, wo wir uns keine drei Sekunden unterhalten hatten.

Am Vorabend, als ich gerade für die Beerdigung packte, hatte Gus gefragt, ob ich mit ihm reden würde. Den Blick auf meinen Koffer gerichtet, hatte ich mit »vielleicht« geantwortet und gehofft, er würde nicht weiter nachbohren. Zum Glück tat er das auch nicht.

Gus wusste von Art, weil ich ihm, als wir uns kennenlernten, alles erzählt hatte. Ich hatte ihm von unserer Kindheit berichtet, von unserer süßen Jugendliebe und was danach geschehen war; denn zu jenem Zeitpunkt war ich immer noch zutiefst verletzt gewesen – ein Vogel mit gebrochenem Flügel. Aber Gus hatte mir geholfen, darüber hinwegzukommen, und ich redete nicht mehr davon. Dieser Abschnitt meines Lebens schien so weit weg. Art geisterte zwar noch gelegentlich in meinem Kopf herum, doch das musste niemand wissen. Ich hatte nichts zu verbergen, es war bloß eine uralte Geschichte.

»Du klingst erschöpft.«

»Mir geht's gut. War nur ein langer Tag. Aber der Gottesdienst war okay, danach gab es Tee und Sandwiches, und dann sind wir nach Hause gegangen. Wie war dein Tag?«

Manchmal kam es mir vor, dass alle Beziehungen auf das hier hinausliefen: dass ein Partner sich beim anderen erkundigte, wie der Tag gelaufen sei.

Gus erzählte von Google, während ich zu den Leuchtsternen hochblickte, die Dad, als ich acht war, an meine Zimmerdecke geklebt hatte.

»Wie geht's deinen Eltern?«, erkundigte sich Gus, nachdem das Thema Arbeit abgehakt war.

»Wie immer. Dad hat zu viel Sherry getrunken und mich dann wieder mal gelöchert, ob ich nicht doch heiraten möchte.«

»Was hast du ihm gesagt?«

»Was ich immer sage – dass wir es nicht tun werden.«

»Gut. Ich verstehe nicht, warum deinen Eltern das immer noch nicht in ihren Kopf kriegen.«

Ich spürte, wie sich etwas in mir sträubte und sich meine Loyalität einmal komplett drehte – vorhin in der Küche hatte ich Gus verteidigt, jetzt war Dad dran. Lief das in allen Familien und in allen Beziehungen so, oder nur bei mir?

»Ich weiß, aber für sie ist das etwas anderes. In ihrer Generation hat jeder geheiratet. Und sie wollen nur, dass wir glücklich sind.«

»Wir sind glücklich!«

»Ich weiß, natürlich sind wir das. Es ist nur … eine Generationensache. Ach ja, wo wir schon bei Familie sind, würde es dir was ausmachen, morgen das Abendessen für Jack und seine neue Freundin zu übernehmen?«

»Wie es der Zufall will, habe ich das Lamm schon gekauft. Hat er dir eigentlich das Geld zurückgegeben?«

Ende letzten Jahres, als Jack gerade ohne Anstellung war, hatte er mich um einen Kredit gebeten. »Nur eine kurzfristige Leihgabe, Schwesterchen.«

Ich hatte es nicht geschafft, die Bitte auszuschlagen. Obwohl mein Bruder mich zur Weißglut bringen konnte, spürte ich auch immer ein schlechte Gewissen, wenn ich ihn sah. Im Laufe der vergangenen Jahre hatte ich mir ein gutes Leben aufgebaut – ich hatte einen klasse Job, eine eigene Wohnung, eine stabile Beziehung –, während er von einer Agentur zur anderen, von einer schäbigen Bude in die nächste wechselte. Also hatte ich eingewilligt. Doch seitdem hatte er die zehntausend Pfund mit keinem Wort mehr erwähnt. Mir machte das nicht so viel aus – irgendwann würde ich ihn schon darauf ansprechen –, aber Gus störte sich gewaltig daran.

»Nein, hat er nicht«, antwortete ich so locker wie möglich.

Gus seufzte. »Nell, er kann nicht so durchs Leben treiben. Im Ernst, es sind nicht nur deine Eltern. Auch du bist viel zu nachsichtig mit ihm.«

»Ich weiß, ich weiß, aber können wir uns ein andermal darüber unterhalten? Ich muss vor diesem Liechtenstein-Treffen morgen noch etwas schlafen.«

Es war eines dieser subtilen Beziehungsungleichgewichte: Ja, ich selbst durfte über meine Familie meckern, trotzdem würde ich sie jederzeit gegen Kritik von Gus in Schutz nehmen.

»Natürlich«, antwortete er. »Hat er euch offiziell mit dem Fall beauftragt?«

»Nein, leider noch nicht. Gideon hofft, dass er das nach dem morgigen Treffen tun wird.«

»Klar wird er das, weil meine brillante und umwerfende Freundin ihn davon überzeugen wird.«

»So ungefähr«. Ich lächelte ins Telefon und gähnte dann. »Okay, ich glaub, es ist Schlafenszeit für mich.«

»Ins Bett mit dir. Ich liebe dich.«

»Ich dich auch. Bis morgen.«

Wir legten auf, und ich blieb eine Weile so liegen und betrachtete die Sterne aus meiner Kindheit. Waren sie es, die mich so nostalgisch stimmten, oder war es der Tag als Ganzes? Ich spürte, wie Gefühle, die ich jahrelang in mir vergraben hatte, an die Oberfläche drängten wie Treibgut. Entweder das, oder Mum hatte zu viel Worcestersoße in ihre Bolognese getan.

Als ich am nächsten Morgen nach unten ging, stand Mum schon in der Küche. Dad hatte gestern Abend angeboten, mich zum Bahnhof zu fahren, aber Mum bestand darauf, dass sie an der Reihe sei, nachdem er mich bereits abgeholt hatte.

»Entschuldigung«, sagte ich, als sie sich an der Spüle umdrehte. »Ziemlich früh, ich weiß.«

»Sei nicht albern. Ich hab dir Toast gemacht.« Sie streifte die Gummihandschuhe ab und griff nach einem in Alufolie gewickelten Päckchen neben ihr. »Mit Marmite.«

Ich wollte nicht sagen, dass ich nicht frühstückte, sondern normalerweise nur eine Kanne von Queenies Kaffee in mich hineinkippte, also nahm ich das Päckchen und ließ es in meine Tasche gleiten, in der Hoffnung, dass es nicht über den Dokumenten auslief, die ich vor meinem Termin noch lesen musste. »Danke.«

Wilma erhob sich vom Hundebett und kam rübergetrabt, doch ich sprang zur Seite, da ich gerade erst ein sauberes Kostüm angezogen hatte. Ich stellte mir schon die Szene vor, wenn ich später in Gideons Büro einlief: »Hallo, Prinz Rudolf, schön, Sie kennenzulernen. Bitte verzeihen Sie den Hundesabber auf meinem Rock und den Gestank von Marmite; ich komme gerade frisch aus dem Irrenhaus meiner Eltern in Northumberland.«

Ich konnte es kaum erwarten, nach London zurückzukehren.

Wir setzten uns ins Auto, und Mum fuhr rückwärts um Dads alten Jeep herum und musste dabei einem Huhn ausweichen, das mit einem empörten Gackern davonrannte.

»Dummes Ding«, murmelte Mum. Dann schaltete sie das Radio aus. »Morgens kann ich das Geschwätz nicht ertragen.«

»Alles gut bei dir?«

»Alles super«, erwiderte sie, während wir über die Schotterpiste zur Hauptstraße holperten.

Einer alten Gewohnheit folgend blickte ich nach links, als wir die Kreuzung erreichten. Denn dort befand sich die Abzweigung, die zu Art führte.

»Okay, ich wollt nur …«

»Obwohl, da du es erwähnst, es gibt da etwas, worüber ich mit dir reden möchte.«

Zwar sprach Mum in unbekümmertem Tonfall, aber ich erkannte die Taktik: Es bedeutete, dass sie gleich was Ernstes ansprechen würde. Und ernste Gespräche führten wir in unserer Familie nur, wenn sie absolut notwendig waren – wenn Jack mal wieder gefeuert worden war oder Mum fand, dass Dad zu viel trank.

Heute Morgen, so vermutete ich, würde es wohl darum gehen, warum ich lieber früher als später an Kinder denken sollte. Oder vielleicht darum, nett zu Jacks neuer Freundin zu sein, was mich am meisten ärgern würde. Ich war immer nett zu seinen Freundinnen. Es war die Art, wie *er* sie behandelte, die problematisch war.

»Mum?«, hakte ich nach, als sie nicht fortfuhr.

»Ich habe beschlossen, mich von deinem Dad zu trennen«, verkündete sie so heiter, als würde sie erklären, sie müsse noch schnell zum Spar, um Milch zu holen.

»WAS?«

»Ja. Ich denke jetzt schon seit Monaten darüber nach, und mir reicht's. Das war's.«

»Das WAR'S?«

Sie nickte, den Blick fest auf die Straße gerichtet. »Ja, das war's.«

»Mum, was …? Wie kommt es …? Ich verstehe nicht, warum so plötzlich? Was hast du vor? Wo willst du hin?«

»Ich komme schon klar, genauso wie er, zumindest wenn er herausgefunden hat, wie die Waschmaschine funktioniert. Ich habe mein ganzes Leben damit verbracht, mich um ihn, um dich und um deinen Bruder zu kümmern, und jetzt möchte ich auch mal etwas für mich tun.«

»Und das wäre?«

»Ich weiß nicht! Reisen, Gesellschaftstanz, Italienisch lernen?«

»Gesellschaftstanz? Italienisch lernen? Mum, hast du eine Affäre mit einem italienischen Tänzer?«

»Red keinen Unsinn. Ich würde einfach gerne etwas anderes tun. Ich habe es satt, jeden Abend für deinen Dad zu kochen; jeder Abend ist gleich, jeder Tag ist gleich; ich habe die Langeweile satt, die fehlende Leidenschaft! Weißt du, was mir dieser Mann zum Geburtstag geschenkt hat?«

»Nein«, erwiderte ich schuldbewusst. Sie hatte erst vergangenen Monat, im Februar, Geburtstag gehabt, aber ich hatte es wegen der Arbeit nicht nach Hause geschafft. Darum hatte ich ihr einen Strauß Lilien zusammen mit einer Entschuldigungskarte geschickt.

»Einen Laubbläser«, sagte Mum und schlug mit der Hand aufs Lenkrad. »Einen Laubbläser! Was ist das bitte für ein Geschenk? Es ist noch nicht mal Herbst.«

»Vielleicht dachte er, du hättest Lust, dich dem Gärtnern zu widmen?«, schlug ich vor, auch wenn ich damit nicht mal mich selbst überzeugen konnte. Als Jack und ich noch klein waren, hatte Dad immer unsere Geburtstage vergessen und alles Organisatorische Mum überlassen; doch selbst für seine Verhältnisse war ein Laubbläser ein wirklich jämmerliches Geschenk.

»Nein. Es tut mir leid, Nell, aber ich brauche mehr als das. Ich werde nicht die nächsten zwanzig Jahre meines

Lebens damit verbringen, in diesem Bett zu liegen und jeden Morgen den Rennprognosen zu lauschen!«

Ich betrachtete durch das Fenster hindurch den rosa Sonnenaufgang, während ich ihre Ankündigung verdaute. »Hast du deswegen so darauf bestanden, dass ich zur Beerdigung nach Hause komme? Damit du es mir erzählen kannst?«

Sie zog die Nase hoch. »Nein. Ich fand, du solltest so oder so dabei sein.«

»Hast du Dad gegenüber schon was davon erwähnt?«

»Ich weiß nicht, ob ihn das überhaupt überraschen wird. Weißt du eigentlich, wann dein Vater und ich das letzte Mal miteinander geschlafen haben?«

»Nein, und wollen wir es bei der rhetorischen Frage belassen?« Ich warf einen Blick auf meine Armbanduhr: 7:03 Uhr – zu früh, um das Sexualleben meiner Eltern zu diskutieren.

»Das war an Heiligabend, vor vier Jahren, nachdem wir von der Feier bei den Drummonds nach Hause gekommen sind und er zu viel Glühwein getrunken hatte. Und es war nicht gerade besonders denkwürdig, da …«

»Danke, nein! Ich verstehe, was du sagen willst, Mum. Aber in einer Ehe geht es doch nicht nur um Sex. Ihr seid seit fast vierzig Jahren verheiratet. Warum willst du das alles jetzt aufgeben? Das verstehe ich nicht.«

Das entsprach nicht ganz der Wahrheit. Der rationale Teil von mir verstand vollkommen, warum Mum gehen wollte, ja, war beinahe schon erleichtert, dass sie etwas gegen die lust- wie lieblose Atmosphäre in dem Haus unternehmen wollte, damit sie und Dad nicht bloß stillschweigend nebeneinanderher lebten, in einer Art Zermürbungskrieg, der sich über die Jahre dahinzog, bis einer von ihnen schließlich das Handtuch schmiss. Aber auf emotionaler Ebene war ich deutlich aufgewühlter, als es bei der Arbeit der Fall gewesen wäre, wo ich meine Mandanten darin bestärkte, dass sie nicht für immer in einer unglücklichen Beziehung gefangen bleiben mussten. Denn wie sollte das überhaupt laufen, wenn meine Eltern getrennt lebten? Allein bei der Vorstellung, wie sie Dad ihre Entscheidung eröffnete, wie sich sein Gesicht dabei zu einem Weinen verzog, schnürte sich mir die Brust zusammen.

»Es muss doch mehr geben als das hier«, sagte Mum leiser, was ebenfalls ein Argument war, das ich verstand. Sie hatte die letzten vier Jahrzehnte in Northcliffe gelebt, und, abgesehen von dem einen oder anderen Urlaub, bestand ihr Leben aus Dad, uns, den Pferden und Hunden. Ich selbst hätte gehen wollen. Warum sollte sie es also nicht tun?

Als wir durch Morpeth fuhren, herrschte ein paar Minuten Stille im Auto, dann hielten wir an der Ampel, bevor wir zum Bahnhof abbogen.

»Wirst du es Jack sagen?«

Mum fand einen Parkplatz und drehte sich mit hoffnungsfrohem Blick zu mir um. »Ich dachte, du könntest es ihm erzählen, wenn du ihn heute Abend sowieso siehst? Ich will nicht, dass er sich aufregt. Du bist in solchen Dingen viel besser als ich.«

»In was für Dingen?« Ich spürte Wut in mir aufsteigen, dass sie es noch nicht einmal selbst schaffte, die Neuigkeit ihrem Sohn zu verklickern.

»Na, Scheidungen und der ganze Kram.«

»Ach, jetzt sind wir schon bei Scheidung?«

Sie warf die Hände in die Luft. »Ich weiß es nicht. Ich hab einfach die Schnauze voll.«

»Und wer bekommt Wilma?«, fragte ich hilflos und kam mir dabei eher wie ein Kind vor als wie eine dreiunddreißigjährige Frau.

»Das werden wir schon klären. Jetzt beeil dich, sonst verpasst du noch deinen Zug.«

Mum beugte sich vor, um mir zum Abschied einen Kuss auf die Wange zu drücken; und obwohl ich noch dasitzen und eine Million weitere Fragen hätte stellen können (Wo würden sie beide wohnen? Wovon würde sie leben? Was sollte mit den Hühnern geschehen?), öffnete ich die Tür und stieg aus.

Der Kaffee, den sie im Zug servierten, war so widerlich, dass ich meinen Marmite-Toast verschlang, um den Geschmack zu neutralisieren. Danach versuchte ich, mich auf meine Notizen zu Prinz Rudolf zu konzentrieren, doch meine Gedanken kehrten immer wieder zu Mums überraschender Verkündigung zurück. Ein Laubbläser – echt jetzt, was hatte Dad sich dabei gedacht?

Während ich einen Online-Artikel über die Affäre von Prinz Rudolf mit dem Kindermädchen aufrief (wichtige Recherche), fiel mir eine andere Schlagzeile in der Klatschspalte ins Auge: LORD DER VERSCHWENDUNG! schrie sie mir entgegen, daneben das Foto eines mir bekannten Gesichts.

Es handelte sich um Lord Drummond, eine alte Aufnahme zwar, aber unverkennbar er. Ich klickte auf den Link, und das Bild erschien größer auf meinem Display, darunter ein langer Nachruf, der detailliert die exzessiven Ausgaben Lord Drummonds für Pferde und Autos auflistete und darüber hinaus eine Quelle zitierte, die behauptete, er habe die letzten Jahre »das Familiensilber verscherbelt«, um überhaupt die Reparaturen an Drummond Hall bezahlen zu können.

Ich scrollte runter und erstarrte, als ich auf ein Foto von Art und Nicole bei einer Benefizgala in New York stieß. *Lord Drummonds einziger Sohn, Arthur, ist mit der New Yorker Bankierserbin Nicole Cargill verheiratet, deren Vater, Robert, ein Spross der Bankiersfamilie Cargill ist, führte der Artikel weiter aus. Das Vermögen der Familie wird auf 240 Millionen Dollar geschätzt, allerdings ist unklar, ob der neue Lord Drummond Zugang zu diesen Geldern haben wird.*

Es war nicht das einzige Bild von den beiden. Es gab mehrere, alle recht ähnlich: Art im Smoking mit Fliege; Nicole in einer Reihe umwerfender, bodenlanger Roben – eine mit winzigen Federn besetzte Kreation, ein Paillettenkleid, ein silbernes Kleid, das wie der Schwanz einer Meerjungfrau schimmerte. Und da war er schon wieder bei einer Veranstaltung namens White Ball im Rockefeller Center, dann beim Young Fellows Ball in der Frick Collection, der Art Gala im Met und so weiter und so fort. Die

Veranstaltungen sahen ganz wie die glamourösen Spendengalas aus, die ich aus *Sex and the City* kannte, und doch waren es echte Party, denn hier war der Beweis: Art und Nicole, die sich aneinanderschmiegten, das perfekte amerikanische Traumpaar, beide mit strahlend weißen Zähnen in die Kamera lächelnd. Es gab auch ein Foto mit Felix bei einem Benefiz-Baseballspiel, Arts Hand schützend auf der Schulter seines Sohnes ruhend. Laut eines zitierten Artikels der *Vanity Fair* belegten er und Nicole den 41. Platz auf der Liste der »erfolgreichsten Paare«.

Okay, ja, ich hatte Art schon ein-, zweimal gegoogelt. Aber das war Jahre her. Und damals hatte ich nicht viel mehr als einen Link zur Webseite der Cargill-Bank gefunden, wo sich ein lächelnder, professionell wirkender Art im Anzug präsentierte; dann noch einen anderen Link zu einer obskuren Webseite über die britische Aristokratie, die einen ausführlichen Stammbaum seiner Familie aufführte. Und zu guter Letzt sein LinkedIn-Profil – allerdings hatte ich es nicht gewagt, es anzuklicken, da mir ein Kollege mal verraten hatte, dass die betreffende Person sehen konnte, ob man herumgeschnüffelt hatte. In Anschluss hatte ich mit einem schlechten Gewissen den Suchverlauf gelöscht, als hätte ich einen Porno geguckt, und geschworen, nie wieder so selbstschädigenden Onlinerecherchen nachzugehen. Daher war ich auch nie über eines dieser Society-Fotos gestolpert, die allesamt die Kritik an Art, die ich im Pub gehört hatte, zu bestätigen schienen.

Aber immerhin sorgte der Artikel dafür, dass ich nicht mehr über den Laubbläser nachdachte.

4

Ein paar Stunden später kam ich in London an und erwischte die U-Bahn direkt nach Holborn. Vor der Kanzlei parkte ein riesiger verdunkelter Bentley im Leerlauf. Das war keineswegs ein ungewöhnlicher Anblick; unsere Mandanten besaßen oft Autos, deren Kaufpreis mein Jahresgehalt überstieg, doch in diesem Fall verriet das Nummernschild seinen Besitzer: RUD0LF3.

Rosemary lächelte mich über ihren Schreibtisch hinweg an, als ich an ihr vorbei zum Lift eilte. »Guten Morgen, Eleanor, er sucht schon wie wild nach dir.«

»Natürlich tut er das, danke«, sagte ich und verdrehte die Augen.«

»Guten Morgen!«, begrüßte mich Gideon dröhnend, als ich in unser Büro gerauscht kam – sein Versuch, einen Witz zu reißen, da es bereits 11:51 Uhr war.

Ich stellte meine Tasche auf den Schreibtisch und antwortete ungerührt: »Morgen. Bist du bereit? Sein Auto steht schon draußen.«

Gideon setzte sich aufrechter hin und fuhr sich mit den

Wurstfingern durchs wirre Haar. »Was? Ja, natürlich. Ich bin seit Stunden bereit. Wo hast du gesteckt?«

»Im Norden, wegen der Beerdigung. Ich hab heute früh den ersten Zug genommen.« Ich zog die Akte, die ich benötigte, aus meiner Tasche, schnappte mir einen Stift und hob meine Augenbrauen. »Sollen wir nach unten gehen?«

»Aber ja, im Norden, natürlich«, erwiderte er. Seine Hängebacken schwabbelten wie Gelee. »In Ordnung, gut, kannst du Rosemary anrufen?«

Ich beugte mich über den Schreibtisch, klingelte unten durch und bat Rosemary, Prinz Rudolf ins Vorstandszimmer zu führen, sobald er hereinkam; dann wuselte Gideon zur Tür hinaus, und ich folgte.

Unten angekommen nahm er seine übliche Position am Kopfende des Tisches ein, während ich hinter einem Stuhl zu seiner Linken stehen blieb. Das Vorstandszimmer mit seiner unbezahlbaren Seidentapete, in dem einige der größten Scheidungsfälle der Welt abgewickelt worden waren, hatte mir schon immer gefallen. Erst letztes Jahr hatte ich mitverfolgen dürfen, wie Gideon eine Einigung über vierhundert Millionen Pfund für eine Mandantin ausgehandelt hatte, die bis dahin mit einem ehemaligen Stellvertreter Putins verheiratet gewesen war. Als Dankeschön hatte sie ihm eine mit sechzig Diamanten besetzte Rolex geschickt.

»Frag mich, wie viel Uhr es ist«, forderte mich Gideon seitdem immer mal wieder auf.

Seufzend kam ich dann seiner Bitte nach, da ich bereits wusste, was drauf folgte.

»Drei Diamanten nach vierzehn Uhr«, antwortete er dann beispielsweise, bevor er bellend über seinen eigenen Witz lachte.

Dieselbe Mandantin hatte mir ein Glas Honig zukommen lassen, was nicht ganz dasselbe war, auch wenn er aus der Harrods Food Hall stammte.

»Wir sollten uns verbeugen, wenn er eintritt«, wies mich Gideon an. »Oder nein, das gehört sich nicht so. Ich mache den Diener, du einen Knicks.«

»Gideon, wir befinden uns im 21. Jahrhundert. Ich glaube nicht, dass wir uns wie unterwürfige Bauern benehmen müssen. Er ist ein Mandant wie jeder andere auch.«

»Ein potenzieller Mandant«, schnauzte er zur Antwort. »Und ich finde, dass wir das sehr wohl sollten. Der erste Eindruck ist …«

Er wurde durch das Eintreffen des Prinzen unterbrochen, der von einer Referendarin in den Sitzungssaal geführt wurde.

»Vielen Dank, äh …«, dröhnte Gideon, während er sich vom Stuhl aufrappelte.

»Sarah«, piepste die Referendarin.

»Ja, genau, vielen Dank, Sarah. Und Prinz Rudolf, sehr erfreut, wie geht es Ihnen? Gideon Fotheringham, zu Ihren Diensten.« Mit diesen Worten legte Gideon seinen Arm im rechten Winkel vor den Hosenbund und beugte sich langsam nach vorne. Als er sich wieder aufgerichtet hatte, war sein Gesicht vor Anstrengung noch rosiger als sonst. Sein Kopf erinnerte an einen Kochschinken.

Prinz Rudolf blieb mit einem amüsierten Lächeln an

der Tür stehen. »Mir geht es blendend, vielen Dank«, sagte er, bevor er eintrat und ihm zur Begrüßung eine Hand hinstreckte.

Sie schüttelten die Hände, dann wandte er sich mir zu. »Und Sie sind?«

Ich weigerte mich, einen Knicks zu machen. Das hier war ein Londoner Kanzleibüro, nicht Versailles. »Guten Morgen, Prinz Rudolf, ich bin Eleanor Mason, Senior Associate in unserer Abteilung für Familienrecht. Ich arbeite für Gideon.«

»Da kann sich Gideon aber glücklich schätzen«, erwiderte er schmeichelnd. »Und, bitte, für Sie Rudy.«

Er war attraktiver als auf den Fotos im Internet. Gute eins achtzig groß mit einem sonnengebräunten, markanten Gesicht, aus dem er sich die braunen Locken lässig nach hinten gegelt hatte. Besagte Locken umspielten auch den Kragen eines blassblauen Hemdes, das zwei Knöpfe weit geöffnet war, um ein Dreieck seiner ebenso gebräunten Brust zu enthüllen. Er sah aus wie ein Cowboy, der gerade seine ledernen Beinkleider abgelegt und sich für eine Geschäftsmeeting umgezogen hatte.

Plötzlich hatte ich das Bedürfnis, mich zu setzen.

»Kaffee gefällig, Prinz Rudolf … ich meine, Rudy?«, fragte Gideon

»Bitte«, erwiderte der Prinz, während er sich zugleich seines Sakkos entledigte und es über der Stuhllehne drapierte.

»Eleanor, kannst du das organisieren? Ich nehme einen Cappuccino.«

»Sicher«, erwiderte ich, stützte mich auf den Tisch und griff nach dem Hörer, um unten anzurufen. »Guten Morgen, Queenie, könntest du Carmelita hochschicken mit einem Cappuccino, einem schwarzen Americano und …« Ich warf Prinz Rudolf einen fragenden Blick zu.

»Americano klingt gut«, sagte er lächelnd. Er hatte einen europäischen Akzent mit einem leicht amerikanischen Einschlag, was durchaus Sinn ergab: Dank meiner Recherchen wusste ich, dass er zwar in Liechtenstein geboren, jedoch im Alter von acht Jahren auf ein Schweizer Internat geschickt worden war und später eine Universität in den Staaten besucht hatte.

»Zwei Americanos, bitte«, sagte ich ins Telefon, »in das Vorstandszimmer.«

Sarah, die Referendarin, zog sich zurück, schloss die Flügeltüren hinter sich, und wir nahmen Platz.

»Meine Frau meinte zu mir, sie habe die Besten engagiert« verkündete Prinz Rudolf nun plötzlich in wesentlich sachlicherem Tonfall.

Gideon lächelte. »Das kann sie gar nicht getan haben, denn das wären wir. Aber ich nehme an, Sie meinen, dass sie zu Farrers gegangen ist?«

Prinz Rudolf nickte.

»Die stellen kein Problem dar«, erwiderte Gideon unbeirrt. »Sie befinden sich hier in besten Händen. Ich verstehe mich außergewöhnlich gut auf Scheidungen, denn ich habe selbst schon zwei hinter mir, ha, ha!«

Prinz Rudolf lachte nicht. Stattdessen wandte er sich an mich. »Und was ist mit Ihnen?«

»Mit mir? Was meinen Sie damit?« Ich musste beinahe schon blinzeln, als sich unsere Blicke begegneten, weil er einfach so gut aussah. Es war, als würde man direkt in die Sonne schauen.

»Sind Sie verheiratet?«

»Nein, nein, Eleanor glaubt nicht an die Ehe«, schaltete sich Gideon dazwischen. »Sie ist da furchtbar modern. Also gut, schauen Sie, im Vorfeld sollten wir zunächst mal Ihre Situation durchgehen und einige Details klären.«

Prinz Rudolf wandte seinen Blick langsam von mir ab, sah zu Gideon und stützte die Ellbogen auf dem Tisch ab. »Selbstverständlich.«

»Sie und Gräfin Wilhelmina sind also seit zehn Jahren verheiratet, ist das korrekt?«

Er nickte.

»Sie haben drei Kinder?«

»Ja. Prinz Ludwig, Prinz Karl und Prinzessin Theodora – neun, sieben und fünf Jahre alt.«

Während sie sich unterhielten, machte ich wie üblich Notizen.

»Die hier in England leben und auch hier zur Schule gehen?«

Ein weiteres Nicken.

»Sie sind in London wohnhaft, und das schon seit Beginn Ihrer Ehe?«

»Ja.«

»Und zu dieser Trennung ist es gekommen, weil …?«

»Es ist nicht meine Schuld!«, sagte Prinz Rudolf, und eine tiefe Falte zeigte ich auf seiner gebräunten Stirn.

»Meine Frau und ich haben schon seit Jahren ein distanziertes Verhältnis. Die Zeitungen haben mich zu einer Art Playboy stilisiert!«

»Ach, die Zeitungen. Ignorieren Sie die, wir haben Leute, die sie mundtot machen können. Aber wir müssen dennoch wissen, ob etwas Wahres an den Berichten dran ist? Ob irgendetwas davon stimmt. Es ist überaus wichtig, dass wir alles wissen, was es zu wissen gibt. Keine Geheimnisse. Hier wird Sie keiner deswegen verurteilen, ich selbst ha…«

»Pfff! Es gab hier und da ein Techtelmechtel. Sie verstehen?«

Gideon nickte. Und ob er verstand.

»Aber nichts Ernstes. Das war doch nur, weil Willy immer so kalt ist. Wenn sie mich nicht dazu getrieben hätte, wenn sie mich nicht dazu *gebracht* hätte …«

»Das verstehe ich sehr gut«, sagte Gideon.

Während ich das Gesagte notierte, musste ich schon sehr die Zähne zusammenbeißen. Wollte er uns ernsthaft weismachen, dass seine Frau ihn in die Arme seines Kindermädchens getrieben hatte? Diese Behauptung nahm ihm gleich wieder ein wenig von seiner Attraktivität.

Nach einem Klopfen trat Carmelita mit dem Kaffee ein.

»Danke, Carm. Der Cappuccino ist für Gideon, die Americanos für uns«, sagte ich und nickte zu Prinz Rudolf.

Sie servierte den Kaffee und stellte noch einen Teller mit Shortbread auf dem Tisch ab, bevor sie die Tür hinter sich schloss.

»Das Problem ist«, fuhr Gideon fort, »und das ist Ihnen vielleicht schon bekannt, aber vor britischen Gerichten muss eine Partei ein Schuldeingeständnis leisten; und in Ihrem Fall liegen für Ihre Frau berechtigte Gründe vor, auf Ehebruch zu plädieren. Das sollte natürlich keinen Einfluss auf die finanziellen Entscheidungen haben. Im Großen und Ganzen interessiert es das Gericht herzlich wenig, warum eine Ehe in die Brüche geht, sondern nur, dass das Vermögen gerecht aufgeteilt wird.«

»Pffft!«, machte Prinz Rudolf abermals. »Von mir aus kann sie auf Ehebruch plädieren. Ich will einfach nur die finanzielle Situation schnell und diskret geklärt wissen.«

»Gut, dann kommen wir doch gleich dazu«, fuhr Gideon fort. »Falls Sie uns mit dem Fall betrauen, lassen wir Ihnen ein Dokument zukommen, das Sie ausfüllen müssen; dabei handelt es sich um eine finanzielle Erklärung, in der sämtliche Vermögenswerte offengelegt werden. *Alle* Vermögenswerte – sowohl hier als auch weltweit, verstehen Sie?«

Und wieder nickte er.

Die *Daily Mail* hatte berichtet, dass er fünfzig Millionen Pfund schwer sei, aber die Zeitungen lagen mit den Zahlen für gewöhnlich falsch und unterschätzten das tatsächliche Vermögen unserer Mandanten noch, da ein beträchtlicher Teil der Gelder im Ausland in irgendwelchen Fonds versteckt und fest in komplexen Strukturen angelegt war, die eben dafür sorgen sollten, dass sie nicht einfach so aufgedeckt werden konnten. Jedes Frühjahr veröffentlichte die *Sunday Times* ihre Reichenliste, und jedes Frühjahr wurde Spinks von Anrufen und Mails von Mandanten überschwemmt, die wissen wollten, was sie tun konnten, um von dieser Liste runterzukommen, da sie nicht wollten, dass ihre finanziellen Daten öffentlich abgedruckt wurden.

Prinz Rudolf begann, seine Besitztümer so schnell an den Fingern abzuzählen, dass ich kaum mit Notieren hinterherkam.

»Da wäre unser Haus in Kensington Gardens, eine Wohnung in Chelsea, das Haus in Oxfordshire, eins in Schottland, ein Apartment in New York und eines in Paris. Oh, und das Chalet in Zermatt. Plus ein Schloss zu Hause in Liechtenstein, aber das gehört eigentlich meinem Vater.«

»Sehr gut, denn in diesem Fall muss es nicht mit auf die Liste. Zumindest solange Ihr Name nicht auf den Urkunden steht. Und wie schaut es bezüglich Fonds und liquiden Vermögenswerten aus?«

Prinz Rudolf stieß die Luft zwischen den Lippen aus und wirkte plötzlich sehr konzentriert, als versuche er, eine Summe im Kopf zu überschlagen. »Wahrscheinlich um die zweihundert Millionen.«

»Pfund?«, fragte Gideon hoffnungsvoll.

»Nein, nein, nur Euro.«

»Gut, nun, Sie werden das alles in dem Formular offenlegen müssen, das Eleanor Ihnen zuschicken wird – sofern Sie uns beauftragen natürlich –, dann sehen wir, wie wir weiter vorgehen. Es sei denn, es gibt noch etwas anderes, das Sie wissen möchten?«

»Wie lange wird das ganze Prozedere sich hinziehen?«

Gideon lehnte sich auf seinem Stuhl zurück und breitete die Arme aus. »Das lässt sich momentan unmöglich sagen. Manchmal dauert es acht, neun Monate. Manchmal aber auch acht oder neun Jahre.«

»*Jahre*?« Prinz Rudolfs Augen wurden rund wie Golfbälle.

»Dazu wird es nicht kommen. Hoffen wir, dass die Angelegenheit einfach und unkompliziert über die Bühne geht.«

»Ich werde ihr das Haus in London anbieten und, sagen wir, zehn Millionen Euro.« Er hielt inne. »Und den Hund.«

»Das ist ein sehr großzügiges Angebot«, sagte Gideon bestätigend. »Wenn Ihre Sekretärin den offiziellen Mandatsvertrag noch heute unterschrieben zurücksenden könnte, legen meine Kollegin und ich umgehend los. In solchen Situationen ist es wichtig, die Oberhand zu behalten.«

Prinz Rudolf nickte und erhob sich, um sein Sakko überzuziehen.

Gideon tat es ihm gleich. »Es war mir eine Freude, Sie kennenzulernen. Eleanor wird Sie hinausbegleiten.«

Das Vorstandszimmer befand sich im ersten Stock, also deutete ich nach unten und ließ ihm den Vortritt.

»Sie glauben nicht an die Ehe?«, fragte Prinz Rudolf auf halber Treppe innehaltend, drehte sich um und ließ seinen Blick zu meiner linken Hand wandern.

»Ähm, nein, nicht wirklich. Muss wohl am Job liegen«, scherzte ich, wobei ich eine vage Handbewegung durch die Kanzlei machte.

Er hob wieder den Blick, schaute mir direkt in die Augen und lächelte. »Aber Sie sind in einer Beziehung?«

»Ähm, ja, doch, an die glaube ich durchaus.«

»Dann verstehe ich nicht, warum Ihr Freund eine so schöne Frau wie Sie nicht für immer an sich binden will?«

Unsere Mandanten flirteten gelegentlich mit mir. Manche Männer gingen da schneller zur Sache als ein Löwe in der Mittagspause. Sicher, sie machten gerade eine Scheidung durch, aber das hielt sie offenbar nicht davon ab, mir persönliche Fragen zu stellen oder mich auf ein Abendessen einzuladen, »um ihren Fall durchzusprechen«. Normalerweise lehnte ich höflich ab, und damit hatte es sich erledigt. Aber wenige waren dabei so direkt gewesen wie Prinz Rudolf eben.

»Tja, dann müssten Sie mich mal nach dem Aufstehen sehen«, rutschte es mir raus, bevor mir klar wurde, dass das exakt die falsche Antwort für diesen flirtgewandten Adligen war, der da vor mir stand.

»Schön wär's«, erwiderte er, bevor er sich wieder umdrehte und weiter die Treppe hinabging. »Aber Sie sind vergeben, gerade als ich wieder zu haben bin, wirklich zu schade, Eleanor.«

Ich tat es mit einem Lachen ab, war mir allerdings bewusst darüber, dass Rosemary uns von ihrem Schreibtisch unter der Treppe hören konnte.

Als wir unten ankamen, streckte ich meine Hand aus. »Vielen Dank für Ihren Besuch. Ich melde mich heute Nachmittag noch einmal bei Ihnen.«

Er nahm sie, hielt sie einige Sekunden zu lange, ließ dabei seinen Daumen langsam und bedächtig über meinen Handrücken gleiten und sah mir tief in die Augen. »Hoffentlich. Endlich einmal eine Frau, die mich aus der

Patsche holt, statt mich hineinzureiten. Das nenne ich eine angenehme Abwechslung.«

Damit grinste er verschmitzt und ging, ohne eine Antwort abzuwarten, zu seinem bereitstehenden Bentley hinaus.

Als ich mich umdrehte, um zum Aufzug zurückzukehren, hörte ich Rosemary kichern. Die Frau hatte die Ohren einer Fledermaus. »Wie sollen wir denn den da nennen – Märchenprinz?«

Sie spielte auf meine Angewohnheit an, Mandanten Spitznamen zu verpassen. So hatte ich einen schwierigen texanischen Ölmagnaten Knigge-Cowboy getauft, weil er nie Bitte oder Danke sagte und am Telefon immer auflegte, ohne sich zu verabschieden. Vor ihm war da Goldbärchen gewesen, der deutschen Haribo-Erbe, der Gideon und mir immer Päckchen mit Süßkram über den Besprechungstisch zugeschoben hatte, als wäre es Schmiergeld. Den Herzog, der sich von seiner zweiten Frau scheiden ließ, hatte ich Herzog Löwensenf betitelt, da er immer nur senfgelbe Socken trug; und die Russin, die Gideon seine Rolex geschenkt hatte, war einfach nur Ursula, weil sie ausschließlich Schwarz in Kombination mit knallrotem Lippenstift trug, wie die böse Hexe aus *Arielle, die Meerjungfrau*. Einige unserer Mandanten waren eigentlich ganz umgänglich, aber viele waren auch regelrechte Monster, und ich hatte vor einigen Jahren herausgefunden, dass Spitznamen dabei halfen, sie weniger einschüchternd und dafür menschlicher zu machen. Gideon wusste nichts davon. Rosemary war die einzige Kollegin, die eingeweiht war, da ich mir nicht sicher war, was die anderen von der Sache halten würden.

Ich lehnte mich an Rosemarys Schreibtisch und runzelte die Stirn. »Märchenprinz klingt irgendwie zu nett.«

»Er ist doch ein hübscher Kerl.«

Ich warf einen Blick auf meine Hand, auf die Stelle, über die er mit seinem Daumen gefahren war. »Ich weiß, aber er hat etwas … Gruseliges an sich.«

»Hm. Prinz Perverso?«

»Prinz *Perverso*?«

Sie nickte. »Finde ich passend.«

Als ich wieder oben war, setzte ich die Mandatsbedingungen auf und mailte sie an Prinz Perversos Sekretärin; danach knöpfte ich mir für den Rest des Tages den Ehevertrag vor.

Als ich an diesem Abend nach Hause kam – nachdem ich mich mit meinem Koffer und acht Milliarden anderer Passagiere in die U-Bahn hinein- und wieder hinausgekämpft hatte –, saßen Jack und seine neue Freundin bereits auf dem Sofa, während Gus am Herd stand.

Ich hatte meinem Bruder vorab eine Nachricht geschickt und ihm gestanden, dass mir ihr Name nicht mehr einfiel. Außerdem wollte ich ihm sagen, dass sie ab sieben vorbeikommen könnten.

Alles klar, Schwesterchen. Und sie heißt Emma. Sie ist Klimatarierin. Ich hoffe, das geht in Ordnung.

Was ist denn das?, hatte ich zurückgeschrieben.

Sie isst nur Lebensmittel, die dem Planeten nicht schaden, hatte er geantwortet. *Linsen und so Kram. Und kein Fleisch.*

Ich leitete diese Information an Gus weiter, der sofort wegen seines Ottolenghi-Moussakas in Panik verfiel. Er war besessen von Ottolenghi.

Fünf Minuten später schickte er mir eine Nachricht, um mitzuteilen, dass er ein veganes Moussaka-Rezept im Internet gefunden habe, in welchem Pilze statt Lamm Verwendung fanden – *gesetzt den Fall, dass Pilze dem Planeten nicht schaden?*

Ich antwortete, dass Pilze höchstwahrscheinlich recht bedenkenlos seien.

»Hallo, Liebling, willst du einen Drink?«, fragte Gus, als ich die Tür hinter mir schloss.

Ich lachte, als er sich vom Herd zu mir umdrehte. Über seinem Arbeitshemd und der Anzughose trug er die Schürze, die ich ihm letztes Weihnachten geschenkt hatte: NO BITCHIN' IN MY KITCHEN, stand vorne drauf.

»Trinkst du auch was?« Es war zwar unter der Woche, aber wenn Gus und ich beide damit einverstanden waren, durften wir unsere Regel brechen. Ein Abendessen mit Jack war oft der Anlass dazu.

Gus nickte.

»Wenn das so ist, dann ja, bitte«, sagte ich, schlang meinen Arm um seine Hüfte und küsste ihn auf die Wange. »Aber darum kann ich mich kümmern. Und Emma, hallo, schön dich kennenzulernen. Tut mir ja so leid, dass ihr auf mich warten musstest. Verrückter Tag.«

»Das macht überhaupt nichts«, sagte sie, blieb allerdings

auf dem Sofa sitzen, sodass ich ihr unbeholfen vom Kühlschrank aus zuwinkte. Klimatariern war es offensichtlich gestattet, Rotwein zu trinken, denn sie hielt ein großes Glas davon in der Hand.

»Hey, Bro, wie geht's?«, fragte ich meinen Bruder. Er hatte seine Füße auf dem Couchtisch abgelegt, was mich ärgerte, aber ich konnte ihn nicht jetzt schon anpflaumen. Ich war immerhin keine zwei Minuten in der Wohnung, das wäre ein Rekord.

»Alles gut. Wie war die Beerdigung?«

Ich wollte gerade wieder die Weinflasche zukorken, aber als er die Beerdigung erwähnte, kippte ich mir noch einen ordentlichen Schluck nach. »Kann ich jemandem nachschenken?«

Sie schüttelten die Köpfe.

Ich stellte die Flasche in den Kühlschrank zurück. »Es war nett. Alle Leute von früher waren da. Wir haben im Duck zu Mittag gegessen, später gab es einen Empfang auf Drummond Hall. Sonst nicht viel zu erzählen.«

Auf dem Nachhauseweg in der U-Bahn hatte ich mir den Kopf zerbrochen, wie ich Jack das mit unseren Eltern beibringen sollte. War ein Abend, an dem er seine neue Freundin zum Essen mitbrachte, wirklich der geeignete Moment? Ich schaute zu Emma, die genau seinem Typ entsprach, sich also praktisch nicht von seiner letzten Freundin unterschied. Blond und dermaßen dünn, dass ihr Kopf im Vergleich zu ihrem restlichen Körper unverhältnismäßig groß wirkte, mit riesigen Augen und Wimpern wie Spinnenbeinchen. Außerdem jung. Sie konnte höchstens Mitte zwanzig sein, wohingegen Jack bereits fünfunddreißig war.

»Hast du Art getroffen?«

»Hm«, machte ich, bevor ich mir einen ordentlichen Schluck Rotwein genehmigte.

Hinter mir jaulte Gus auf.

Ich wirbelte zu ihm herum. »Alles in Ordnung bei dir?«

»Hab mir den Finger an der Reibe geschnitten«, antwortete er und hielt ihn vor sein Gesicht, »aber, ich werd's überleben. Vielleicht gibt das dem Rezept ja die gewisse Note – geriebener Finger.« Erschrocken riss er die Augen auf. »War nur ein Witz, Emma. Da kommt kein Fleisch rein.«

Ich schenkte ihm ein mitfühlendes Lächeln, einmal wegen seines Fingers, aber auch weil Jack das Thema Art angesprochen hatte.

»Wie war er?«, bohrte mein Bruder unbeirrt weiter.

Das war so typisch für ihn, mich jetzt schon nach etwas zu fragen, von dem er wusste, dass es an mir nagte. Das machte er jedes Mal, wenn wir uns sahen. Und jedes Mal sagte ich mir: »Gib ihm noch eine Chance. So schlimm ist er gar nicht, außerdem ist er dein einziger Bruder, eigentlich liebst du ihn. Lad ihn einfach zum Essen ein, hab einen schönen Abend mit ihm und beweis dir damit, dass du einen ganzen Abend ohne Mordgelüste verbringen kannst.«

Aber jedes Mal ruinierte er alles. Ich warf einen Blick auf die Küchenuhr. Da hatten wir es – noch keine fünf Minuten, und ich verspürte jetzt schon jenen Ärger in mir aufsteigen, den nur Geschwister in einem auslösen können. »Es schien ihm ganz gut zu gehen; ich habe mich allerdings nicht lange mit ihm unterhalten.«

»Was hat er mit dem Anwesen vor?«

»Keine Ahnung.«

»Meinst du, er wird's verkaufen? Die Hütte muss ganz schön was wert sein, mit dem ganzen Land drum herum. Ich würd's tun, wenn ich er wäre.«

»Jack, ich hab keine zwei Minuten mit ihm gesprochen, und sein Vater ist gerade gestorben. Wir sind nicht die Details seines Erbes durchgegangen.«

»Ich überlege, ob ich ihn nicht anrufen soll«, meinte Jack sinnierend. »Vielleicht gelingt es mir ja, so eine Art Deal klarzumachen. Die Provision für den Verkauf würde gigantisch sein. Wahrscheinlich könnte ich mich sofort zur Ruhe setzen.«

»Wer ist Art?«, meldete sich Emma piepsend.

»Ein alter Freund«, erklärte ich, bevor ich mich wieder dem Herd zuwandte und das Thema wechselte. »Gus, kann ich dir irgendwie helfen? Soll ich den Tisch decken? Oh, nein, er ist bereits gedeckt. Sonst noch was?«

Aber Jack hatte nicht vor, dass Thema so leicht fallen zu lassen. »Art ist der Typ, von dem Nell als Teenagerin besessen war. Eigentlich war er ja mein Kumpel, zu Hause, in Northumberland, wo wir aufgewachsen sind. Aber sie ist uns ständig nachgelaufen, weil sie ihn vergöttert hat, was teilweise echt schon grenzwertig war. Sie hat sogar Fotos von ihm unter ihrem Kissen aufbewahrt.«

»Ooo wie süß«, sagte Emma.

»Jack …«, warnte ich.

»Und dann hat er ihr das Herz gebrochen, und sie hat ungefähr fünf Jahre nur geheult.«

»Ooo nein, das ist so traurig. Was hat er denn getan?«

»Egal, spielt keine Rolle«, sagte ich scharf und stellte mein Weinglas auf den Tisch. »Ich habe Neuigkeiten: Mum wird sich von Dad trennen.«

»WAS?«, rief Jack.

»Was?«, sagte Gus.

»Ooo nein!«, schob Emma hinterher.

»Mum hat es mir heute Morgen gesagt. Tatsächlich weiß Dad selbst noch nichts davon. Sie hat einfach beschlossen, dass sie genug hat.«

Jacks Gesicht verzog sich spöttisch. »Von *was*?«

Ich zuckte mit den Schultern. »Ich glaube, vom Alltag mit Dad, vom immer gleichen Trott.«

»Und warum jetzt? Hat Dad eine Affäre? O Gott, er knallt doch nicht etwa die alte Schachtel, die jetzt dort als Tierärztin arbeitet?«

»Geht es deiner Mum denn gut?«, wollte Gus wissen.

»Ich denke schon, und nein, Dad hat keine Affäre. Jedenfalls nicht, dass ich wüsste. Ich glaube, Mum möchte einfach etwas anderes machen.«

»Dann sollte sie mit Bridge anfangen oder mit Stricken!«, rief Jack. »Das ist es doch, was alte Leute tun, oder? Sie müssen sich doch nicht scheiden lassen.«

»Meine Eltern haben letzten Sommer ihre Rubinhochzeit gefeiert«, berichtete Emma. »Seit vierzig Jahren verheiratet.«

»Super, das haben sie gut gemacht«, sagte ich und nahm

noch einen großen Schluck vom Wein, überaus dankbar darüber, dass wir beschlossen hatten, heute Abend ausnahmsweise Alkohol zu trinken.

»Und wo will sie wohnen?«, fuhr Jack fort. »Und warum erzählst *du* mir das und nicht sie?«

»Keine Ahnung!«, erwiderte ich, während die Woge geschwisterlichen Ärgers weiter in mir anschwoll. »Du weißt ja, wie unsere Eltern sind, wenn es darum geht, etwas zu besprechen. Mum hat es mir heute früh im Auto erzählt, und ich habe versprochen, dass ich es dir sage. Aber Dad weiß noch nichts davon. Können wir es also erst mal für uns behalten? Ich rufe sie morgen an und lasse mich auf den neuesten Stand bringen.«

»Ich flipp aus«, sagte Jack und lehnte sich auf dem Sofa zurück.

»Ooo. Alles gut bei dir, mein Süßer?«, fragte Emma und streichelte ihm über den Kopf.

»Ja, es ist nur … schräg. Meine Eltern trennen sich.«

»Ooo. Das wird schon wieder, Baby«, sagte sie und drückte sein Gesicht an ihre Brust. »Ich werde mich um dich kümmern.«

Ich griff erneut nach dem Wein. »Baby« war ein völlig inakzeptabler Kosename für jemanden, mit dem man Sex hatte.

»Das Essen ist fertig!«, verkündete Gus.

Ich löcherte Emma mit Fragen, während wir Gus' vegane Moussaka verputzen (ein bisschen labbrig, wenn ich pingelig sein wollte, aber da er überaus sensibel auf jeglichen Mangel an Begeisterung hinsichtlich seiner Kochkünste reagierte, gaben wir alle begeisterte Geräusche von uns). Sie war jung, erst dreiundzwanzig, studierte Schuhdesign am London College of Fashion und wollte nach ihrem Abschluss eine vegane Schuhlinie auf den Markt bringen. Sie lebte in einer Wohnung in Bermondsey, die Jack ihr über seine Agentur vermietet hatte, und so hatten sie sich kennengelernt.

»Weiß dein Chef, dass du Kunden gewisse Vergünstigungen gewährst?«, neckte Gus.

»Was er nicht weiß, macht ihn nicht heiß«, erwiderte Jack grinsend. Diesen Grundsatz wandte er im Übrigen auf alle Beziehungen in seinem Leben an – beruflich wie privat.

»Wie lange seid ihr schon zusammen?«, wollte Emma wissen, als ich nach der Wasserkaraffe griff.

»Elf Jahre«, antwortete ich mit einem Lächeln in Gus' Richtung.

»Elf Jahre! Und wieso seid ihr dann nicht verheiratet?«

Ich fragte mich, ob elf auch die Anzahl von Gehirnzellen war, mit denen Emma gesegnet war. Warum halten die Leute es eigentlich für vollkommen angebracht, Menschen, die sie kaum kennen, solche intime Fragen über ihre Beziehung zu stellen? Ich ging ja auch nicht herum und quetschte die Leute über ihr Sexleben aus.

»Wir glauben nicht daran«, sagte Gus, bevor ich antworten konnte.

»Wie meinst du das?«, fragte sie mit einem glockenhellen Lachen. »Du willst echt nie heiraten, ein langes Kleid tragen, eine große Feier haben und all das?« Sie sah mich so verwundert aus aufgerissenen Augen an, dass es womöglich noch nicht einmal elf Gehirnzellen waren. Vielleicht eher sechs oder sieben. Vielleicht tat einem das Klimatarier-Dasein ja doch nicht *so* gut.

»Das ist genau das, worauf wir keine Lust haben«, erklärte Gus, erneut in die Bresche springend. »Die romantische Liebesheirat ist eine künstliche Erfindung, die erst durch die Viktorianer populär gemacht wurde. Und dann all diese pompösen Hochzeiten … im Ernst, das ist nichts weiter als Geld- und Energieverschwendung.« Er griff nach meiner Hand. »Wir haben nicht das Gefühl, dass wir das nötig haben, oder?«

Ich schüttelte den Kopf und lächelte Emma an.

»Ach du liebe Güte«, sagte sie, als hätte diese Bemerkung ihr Weltbild ins Wanken gebracht. Dann wandte sie sich an Jack. »Glaubst du etwa auch nicht an die Ehe?«

Jack tat die Frage mit einem Lachen ab, küsste sie stattdessen auf den Kopf und lenkte das Thema gewieft wieder auf mich. »Und ich dachte immer, du wolltest auf Drummond Hall heiraten, Schwesterchen?«

»Was ist das?«, fragte Emma.

»Das ist Anwesen zu Hause, wo wir früher gewohnt und wo Nells Schwarm gelebt hat, in diesem riesigen Schloss mit Meerblick. Jetzt komm schon, gibt zu, dass du immer davon geträumt hast, dort zu heiraten.«

»Nein, das habe ich nicht! Warum behaupten das alle ständig? Können wir das bitte einfach lassen?«

»Okay, ich sehe schon, ein heikles Thema«, sagte Jack. Am liebsten hätte ich ihn kräftig in den Arm geboxt – auch aus dem Grund, weil er recht hatte. Der Ausflug nach

Hause, der Besuch der Kirche und des Herrenhauses hatten eine Woge von Nostalgie in mir entfesselt, gegen die ich mit Mühe ankämpfte. In Gedanken spulte ich immer wieder die gleichen zwei Szenen ab: Arts Trauerrede am Pult und das Gespräch mit ihm danach. Ich hatte erwartet, dass es schwierig sein würde, ihn wiederzusehen, dass es mich wütend machen würde, aber das hatte es nicht. Stattdessen hatte ich eine alte, vertraute Sehnsucht danach verspürt, mehr Zeit in seiner Gesellschaft zu verbringen, genauso wie ich es mir als Mädchen gewünscht hatte. Aber nach zwei Tagen hier in London würde ich diese Gedanken wieder abschütteln können. Jedes Mal, wenn ich von Northcliffe zurückkehrte, braucht es ein wenig Zeit, bis sich der Staub gelegt und ich mich wieder in mein Londoner Dasein eingefunden hatte. Was ich jedoch gar nicht brauchen konnte, war, dass Jack weiterhin auf diesem Thema herumritt.

»Aber wenn er das Anwesen verkauft, wird dir das eh nicht mehr möglich sein«, fuhr er fort. »Ich werde ihn definitiv deswegen anrufen. Hast du noch seine Nummer?«

»Nein, natürlich nicht. Warum sollte ich seine Nummer haben?« Unter dem Tisch tastete ich nach Gus' Knie und drückte es.

»Mach dich locker, hab doch nur gefragt. Ich werde sie mir anderweitig besorgen. Und in diesem Sinne brechen wir besser mal auf.« Jack schob seinen Stuhl zurück und erhob sich. »Danke fürs Abendessen, Gus.«

»War schön, dich kennenzulernen«, sagte ich zu Emma,

während sie in einen rosafarbenen Mantel schlüpfte, der sie wie ein Bausch Zuckerwatte aussehen ließ.

»Ebenso«, piepste sie. Es war, als würde man mit einer Maus kommunizieren.

Ich drehte mich zu Jack um und umarmte ihn kurz. »Ich halte dich mit Mum und Dad auf dem Laufenden.«

»Ja, würdest du das tun? Ich versuche morgen, Mum anzurufen. Bei der Arbeit ist gerade die Hölle los.«

Das behauptete er ständig – dass er »viel zu eingespannt« sei, um noch so etwas zu tun wie seine Eltern anzurufen oder zu einer Familienbeerdigung zu fahren –, obwohl er nur von zehn bis siebzehn Uhr in einer Immobilienagentur arbeitete, wo er offenbar noch die Zeit fand, die Mietinteressentinnen zu verführen. Von meinem Privatkredit an ihn wollte ich gar nicht erst anfangen, das würde Gus, wie ich vermutete, ohnehin später noch tun. Wenigstens hatten wir hiermit das geschwisterliche Treffen für diesen Monat abgehakt.

Gus brachte die beiden zur Tür, während ich die verschmierten Weingläser vom Tisch räumte und die Spülmaschine befüllte. Nach den Treffen mit Jack fühlte ich mich zwar oft ausgelaugt, aber heute Abend war ich so müde, dass ich mich kaum noch auf den Beinen halten konnte.

»Soll ich dir ein Bad einlassen?«, schlug Gus vor, als er wieder hochgekommen war, und küsste mich auf den Kopf.

Ich lehnte mich an ihn. »Danke für alles.« Das war meine Form von Entschuldigung dafür, dass das Thema Art aufgekommen war. Manchmal fand ich es seltsam schwierig, mit Gus über meine Gefühle zu reden. Wenn er mal was getan hatte, über das ich mich ärgerte, konnte ich in meinem Kopf ganze Diskussionen mit ihm darüber führen, trotzdem war es mir unmöglich, die entsprechenden Worte über die Lippen zu bringen. Ich lag dann im Bett und versuchte, mich dazu zu zwingen, sie auszusprechen. Wie schwer konnte das schon sein? Es waren nur Worte. Aber es war, als wäre ich auf einmal stumm geworden. Bei der Arbeit hatte ich kein Problem damit, mit meinen Mandanten die intimsten Details ihrer Beziehungen durchzugehen; doch zu Hause, wenn es um mich ging, fiel mir das ungleich schwerer. Das hatte ich wohl von meinen Eltern mitbekommen; die beiden mieden sensible Themen, und ich hatte gelernt, es genauso zu tun.

Er küsste mich erneut auf den Kopf. »Sei nicht albern, es ist mein Job, mich um dich zu kümmern. Apropos, kein Wort von dem Kredit, ist mir aufgefallen.«

Ich seufzte und machte einen Schritt zurück. »Ich weiß, es war einfach nicht der richtige Moment.«

Gus verzog das Gesicht.

»Was?«

»Irgendwann muss er es zurückzahlen.«

»Was soll das? Natürlich wird er das.«

»Ich möchte nur nicht, dass du ausgenutzt wirst, das ist alles.«

»Ich werde nicht ausgenutzt! Er wird das Geld zurückzahlen.«

»Okay, okay. Ich geh und lass dir ein Bad ein.«

Ich lag in dem heißen Wasser und spürte die Gefühle in

mir herumpurzeln wie Lotteriekugeln. Ich wusste nicht, ob dies an dem Wiedersehen mir Art lag, an der Unabhängigkeitserklärung meiner Mum, dem Abendessen mit Jack oder an Gus' und seinem Gerede über das Geld, doch was ich wusste, war, dass eine ausgiebige Runde Schlaf in meinem eigenen Bett alles wieder ins Lot bringen würde.

In meinen feuchten Bademantel gewickelt kuschelte ich mich unter die Decke und drehte mich gerade auf die Seite, als ich sah, wie Gus sich auszog und seine Hose sorgfältig in seinen heißgeliebten Hosenbügler legte. O nein. Er war dabei, ohne Unterhose ins Bett zu gehen. Das war ein klarer Hinweis.

»Ich hab dich vermisst«, raunte er, während er zu mir unter die Decke schlüpfte.

»Ich dich auch«, sagte ich mit meiner schläfrigsten Stimme. Vielleicht gelang es mir, ihm so zu vermitteln, dass ich zu müde war, statt es ihm direkt zu sagen.

Seine Hand glitt unter meinen Morgenmantel, schlang sich um meinen Rücken und zog mich zu sich heran.

Ich gähnte und lächelte ihn unter halb geschlossenen Lidern an. Ich hatte zwar ein schlechtes Gewissen, konnte jedoch dieser Situation, während Wein und Moussaka in unseren Mägen hin- und herschwappten, nichts Verführerisches abgewinnen. Ich kam mir vor wie ein Wasserballon, der platzen würde, sobald ein erigierter Penis auch nur in seine Nähe kam.

Fairerweise musste ich einräumen, dass wir es diese Woche bisher nur einmal getan hatten, obwohl wir sonst zu den Zwei-bis-dreimal-pro-Woche-Pärchen gehörten –

freitagmorgens, samstagabends, gelegentlich am Dienstagabend, je nachdem, wie müde wir beide von der Arbeit waren. Außer wir fuhren übers Wochenende in ein schönes Hotel, dann machten wir es etwas öfter, manchmal sogar am Nachmittag.

In einer Unterkunft in New Forest, wo es Baumhäuser gab, hatte Gus darauf bestanden, dass wir es im Jacuzzi auf dem Balkon trieben. Diese neue Erfahrung war durchaus amüsant gewesen, obwohl ich mir Sorgen wegen Feigwarzen gemacht hatte, aber kaum, dass wir fertig waren, meinte Gus, wir sollten das Becken besser wieder verlassen und abdecken, da ein zu langer Aufenthalt wohl schlecht für den Blutdruck sei. Es ist eben wenig Erotisches dabei, seinem Lebensgefährten dabei zuzusehen, wie er splitterfasernackt die Plane über einen Jacuzzi zieht, als würde er sein Auto zudecken.

Mein Gähnen verfehlte seine Wirkung: Gus' Finger fuhren weiter meinen nackten Rücken auf und ab.

Es sollte ein Gesetz gegen Sex nach einem üppigen Essen geben.

Dann glitt seine Hand über meine Schulter und kniff in eine Brustwarze, die daraufhin hart wurde und mich dazu brachte, die Situation neu zu bewerten.

Vielleicht konnte ich das doch durchziehen. Wenn es relativ schnell ging und ich es schaffte, in zwanzig Minuten einzuschlafen, blieben mir immer noch über sechs Stunden, bis mein Wecker um sechs klingelte. Außerdem hatte sich nach Jacks Gestichel wegen Arthur ein Gefühl von Unbehagen in mir eingenistet, und hier war die Möglichkeit, Gus zu versichern, dass es nur ihn gab, dass er derjenige war, mit dem ich unbedingt Sex haben wollte, obwohl es schon 23:33 Uhr an einem Donnerstag und ich so müde war, dass ich mich ungefähr so fit fühlte wie eine Leiche.

Ich schob mein Gesicht vor und küsste ihn. Seine Zunge schmeckte nach Colgate.

Das schien ihn zu ermutigen, denn als Nächstes schob er mir den Bademantel von der Schulter. Ich wand mich auch aus dem anderen Ärmel. Nun waren wir beide nackt. Dann ging er dazu über, meinen Körper mit Küssen zu bedecken, von oben zwischen meinen Brüsten immer weiter nach unten. Sein Mund erreichte meinen Bauchnabel, während seine Hände meine Hüften umfassten, und ich weiß, dass hätte mich in Wallung versetzen sollen, aber was ich eigentlich dachte, war: Wenn Gus mich jetzt leckt, während ich so daliege, werde ich innerhalb von drei, vielleicht sogar zwei Minuten eingeschlafen sein, und das wäre für keinen der Beteiligten ein prickelndes Erlebnis.

»Schatz, ich habe morgen einen wirklich anstrengenden Tag vor mir«, murmelte ich, den Blick fest zur Decke gerichtet. Im nächsten Moment hätte ich mir die Zunge abbeißen können.

Gus hob den Kopf zwischen meinen Schenkeln wie Wilma, wenn sie von ihrem Hundenapf aufblickt. »Oh, okay. Willst du dein Spielzeug benutzen?«

Es handelte sich um einen kleinen lila Bullet-Vibrator, den wir vor einem Jahr zusammen bei einem Shoppingausflug bei Ann Summers gekauft hatten. Ich hatte Gus gesagt, ich würde nur dann in die neue Ausstellung über antike römische Münzen im British Museum mitgehen, wenn wir danach auch bei Ann Summers vorbeischauten. Gus hatte sich widerstrebend bereiterklärt und einen Großteil der zwanzig Minuten im Laden damit verbracht, die Dildos anzustarren. »Hast du gesehen, wie groß der da ist? Nell, schau! Schau mal, wie groß der ist! Und er hat Adern!« Er wollte es nicht zugeben, aber ich glaube, er hatte an den Dildos noch mehr Freude als an den Münzen – allerdings entschieden wir uns dann taktvollerweise für ein kleines Modell: den lila »Mini-Bullet«, den Gus zunächst für einen Lippenstift gehalten hatte.

»Nein, nein, alles gut, komm einfach her«, sagte ich und breitete die Arme aus, um ihn zu mir hochzuziehen. Ich spürte seine Erektion, die gegen meinen Oberschenkel stieß und dann in mich eindrang.

Er küsste meinen Nacken, dann hob er seinen Kopf, um mich anzusehen. »War nicht schlecht, die Moussaka, oder?«

»Äh-äh«, gab ich zur Antwort, schlang meine Arme um seinen Rücken und überlegte, ob ich mein Haar morgen erst im Büro waschen sollte.

»Obwohl ich, was veganen Käse angeht, so meine Zweifel habe.«

Wahrscheinlich ginge es auch noch Samstag. Ich durfte morgen früh nur nicht mein Trockenshampoo vergessen.

»Außerdem waren die Auberginen verkocht.«

»Es war gut«, versicherte ich ihm, während ich mich unter seinem Körper bewegte.

»Vielleicht mache ich aus dem Lamm dieses Wochenende Köfte«, schnaufte er. »Ich glaube … in … dem Buch … von … Nigella … gibt's … ein Rezept.«

»Hm, klingt lecker.«

Gus hielt inne und sah zu mir runter. »Du klingst gelangweilt. Gefällt dir das hier nicht?«

»Nein, nein, es ist toll, mach weiter«, sagte ich und verstärkte meinen Griff um seinen Rücken.

Er nahm seinen Rhythmus wieder auf. »Okay, dauert auch nicht lang, ich hab's bald.«

Ich hob meinen Mund an seine Schulter und küsste ihn zum Ansporn.

»Gleich hab ich's«, keuchte er.

Ich spreizte die Beine, damit er tiefer stoßen konnte.

»Oooo«, stöhnte er und beschleunigte sein Tempo. »Bin fast da, bin fast da, bin fast da! So gut wie da! Hab's gleich!«

Da setzte ich meinen alten Lieblingskniff ein, ließ meine Hände auf seinen Hintern fallen, packte ihn und drückte ihn in mich hinein.

»Ooooooo!« Gus stieß einen hohen Schrei aus, bevor er erschauerte und dann auf mir zusammensackte. »Das war toll«, murmelte er in mein linkes Ohr, bevor er den Kopf hob und die Stirn runzelte. »Findest du wirklich, dass das Abendessen gut war? Hat nicht ein bisschen Salz gefehlt?«

»Ja, wirklich«, antwortete ich mit einem aufbauenden Lächeln. »Versprochen.«

5

»Ah, Nell, guten Morgen, hast du schon die …?«

»E-Mails gesehen? Ja, hab ich.« Ich war bereits bei meinem dritten Kaffee, als Gideon am nächsten Tag ins Büro marschiert kam.

Zwar war Rudolfs Mandatsvertrag unterschrieben zurückgekommen, doch das Anwaltsteam von Gräfin Wilhelmina war schneller. Sie hatten bereits den Scheidungsantrag gestellt und die Forderungen ihrer Mandantin bei Gericht eingereicht: Sie wollte die Hälfte seines Vermögens und das volle Sorgerecht für die Kinder.

»Was bedeutet, dass uns eine Schlacht bevorsteht«, sagte Gideon, während er sich auf den Schreibtischstuhl fallen ließ und die Hände rieb. Ein langwieriger Streit war schrecklich für diejenigen, die von der Scheidung am stärksten betroffen waren: das Paar, vorhandene Kinder, verstörte Haustiere. Aber für die finanziell profitierenden Fachleute ein ausgemachter Glücksfall. Dies galt nicht nur für die Scheidungsanwälte, sondern auch für Notare, Therapeuten und, in bestimmen Fällen, auch Privatermittler.

Das hier war einer jener hochkarätigen Fälle, die Gideon liebte. Zweifellos hatte er bereits den Anzug für seinen Auftritt vor Gericht ausgesucht.

»Am besten, du schickst ihm unverzüglich alle relevanten Unterlagen, damit wir loslegen können«, befahl er.

Den Rest des Tages verließ ich den Schreibtisch praktisch nicht. Ich schickte Rudolfs Sekretärin die Formulare, meldete mich bei Linzi, die am Telefon heulte und mir erzählte, Larry habe sie gestern Abend, ebenfalls weinend, angerufen. Ich riet ihr, stark zu bleiben und die gesamte Kommunikation über uns und seine Anwälte laufen zu lassen, was herzlos klingen mag, aber nur dazu diente, die Situation für beide erträglicher zu machen – weniger emotional, professioneller.

»Es tut mir so leid … hm, ich weiß … ja, ich verstehe … hm, es tut mir ja so leid … Sie Ärmste, aber versuchen Sie doch mal, es als rein geschäftliche Angelegenheit zu betrachten«, schlug ich am Hörer klebend vor, während Gideon an seinem Schreibtisch die Augen verdrehte.

Nach dem Mittagessen telefonierte ich mit Mr. Jalal, dem Vater der Frau, die im Begriff stand, ihren Personal Trainer zu heiraten. Ich hatte einen Vertrag aufgesetzt, aber Mr. Jalal wollte nachschärfen, sodass bei einer Scheidung buchstäblich gar nichts für den Gatten raussprang. Pflichtgemäß hatte ich Mr. Jalal darauf hingewiesen, dass in Großbritannien kein Ehevertrag wasserdicht sei und die Richter ihn bei einer Scheidung lediglich »berücksichtigen« müssten. Doch er brüllte nur ins Telefon, dass ihm das egal sei und dass er ein unterschriebenes Dokument wolle, in dem sein zukünftiger Schwiegersohn keinen Cent bekam. Der arme Kerl, wenngleich ich Mr. Jalals Standpunkt ein bisschen nachvollziehen konnte. Darren hieß der Personal Trainer, den Mr. Jalals Tochter in einem Fitnessstudio in Knightsbridge kennengelernt hatte, und nachdem ich ihm telefonisch das Konzept eines Ehevertrags erklärt hatte, vermutete ich, dass sein Bizeps wohl größer war als sein Hirn.

Manchmal unterschied sich mein Job wahrscheinlich nur unwesentlich von dem einer Erzieherin im Kindergarten; denn auch ich verbrachte den lieben langen Tag damit, Streitereien zu schlichten; nur dass es in meinem Fall um richtig viel Kohle ging und nicht darum, wer als Nächstes im Sandkasten spielen durfte.

An diesem Abend kam ich vor Gus nach Hause. Das war mir freitagabends auch lieber, da ich ein Ritual hatte: Wohnungstür hinter mir schließen, Hosenanzug ablegen, BH loswerden, in elastische Klamotten schlüpfen. Danach goss ich mir ein Glas Wein ein und ging in das kleine Gästezimmer, wo ich die Schublade unter dem Bett öffnete. Besagte Schublade war mittlerweile ziemlich voll, sodass ich mein Glas auf dem Nachttisch abstellen, mich auf den Teppich setzen und meinen Fuß gegen das Bett drücken musste, um sie aufzustemmen.

Wenn das getan war, entnahm ich zunächst die Schals und griff mir dann eine von Dutzenden Brautzeitschriften darunter.

Obwohl Gus bereits vor elf Jahren erklärt hatte, nie zu heiraten, und ich zugestimmt hatte – obwohl er über die

Hochzeitslisten anderer sowie ihre »vorhersehbare« Wahl des ersten Tanzes spottete und behauptete, dass er, wenn er auf noch einen einzigen Junggesellenabschied nach Prag mitmüsse, eine fiese Infektionskrankheit vortäuschen würde –, hatte ich doch vor etwa einem Jahr eine seltsame Angewohnheit entwickelt.

Es begann mehr zufällig im Sainsbury-Supermarkt in der Clapham High Street. An einem Freitag hatte ich mich dort nach der Arbeit auf der Suche nach der *History Today* für Gus an der Zeitschriftenwand herumgetrieben, als mir eine Ausgabe von *Brides* ins Auge fiel. Ich bin mir nicht sicher, ob es der strahlende Ausdruck auf dem Gesicht des Covermodels war, ihr Vintage-Spitzenkleid oder eine der darauf abgedruckten Schlagzeilen – »WIE BEKOMME ICH HAARE WIE KATE MIDDLETONS!« –, jedenfalls nahm ich sie mit.

Ich schmuggelte *Brides* an die Kasse wie Hehlerware und hielt das Cover dabei an meine Brust gedrückt, damit niemand sehen konnte, was ich kaufte; und als ich sie sicher nach Hause gebracht hatte, blätterte ich sie in einem Zug durch wie ein Junkie, vollkommen hingerissen von den Kleidern und Torten der aktuellen Saison sowie einer Gegenüberstellung der Vor- und Nachteile von Sommer- und Winterhochzeiten.

Als ich Gus' Schlüssel in der Wohnungstür hörte, schleuderte ich die Ausgabe unters Sofa, schaltete schnell den Fernseher ein und tat so, als würde ich Bibel-TV gucken.

Doch damit war es um mich geschehen. Ich hatte Blut geleckt. Ich kaufte eine Brautzeitschrift nach der nächsten: nicht nur die *Brides*, sondern jedes Magazin, das ich in die

Finger bekam: *Perfect Wedding, Complete Wedding, What Cake?, Cosmopolitan Bride, Wedding Belles, Getting Married,* ja, sogar *Martha Stewart Weddings*, wenn mir eine Ausgabe unterkam. Ich kaufte so viele Zeitschriften, dass ich ein Versteck brauchte, und so kam das Gästezimmer ins Spiel. Da Gus es praktisch nie betrat, war es für das Vorhaben wie geschaffen. Ich verstaute sie im Bettkasten, deckte sie mit alten Schals zu und schlich mich nur an den Abenden hinein, an denen ich wusste, dass Gus spät nach Hause kommen würde.

Dann saß ich dort und las Artikel mit Überschriften wie »27 Ideen Pampasgras in Ihre Hochzeit zu integrieren!«, »Die passende Hochzeitstorte zu Ihrem Sternzeichen!«, »Was in Ihrem Hochzeitsbadekorb nicht fehlen darf«. Es war verrückt, das war mir klar, aber ich mochte es, und außerdem musste niemand davon erfahren.

Ich las von opulenten Kleidern und winzigen Häppchen. Ich schaute mir Bilder von Torten, Flitterwochenlocations und überglücklichen Paaren an, die sich gegenseitig strahlend in die Augen sahen. Mich interessierten sogar die Berichte über Anträge aus dem echten Leben. Wer hätte schon damit gerechnet, dass Disneyland Paris der beliebteste Ort für Heiratsanträge ist? Die Leute sind schon seltsam.

Ein Teil von mir liebte schlicht das Romantische daran, und nach einer langen Arbeitswoche, in der ich ausschließlich mit Mandanten zu tun hatte, die sich bloß noch wünschten, ihre Ehe zu beenden, empfand ich es als geradezu therapeutisch, durch diese Seiten zu blättern.

Irgendwo da draußen gab es also immer noch die Liebe. Außerdem enthielten die Beauty-Seiten ein paar wirklich hilfreiche Haartipps.

Trotzdem war mir meine Faszination aus zwei Gründen peinlich: Erstens, weil es nicht sehr empowered oder feministisch wirkte, und zweitens, weil ich wusste, dass Gus ausflippen würde; also behielt ich es für mich und gab mich diesem Vergnügen nur dann hin, wenn ich wusste, dass die Luft rein war.

So lag ich auch heute Abend wieder auf dem Gästebett und blätterte in der neuesten Ausgabe von *Brides* (»Kann ich zu meiner Landhochzeit zu Pferd erscheinen?«), bis mein Handy neben mir vibrierte. Es war Mum.

»Hallo, Liebes. Bist du zu Hause?«

»Ja, ich lese nur, ähm, eine Zeitschrift. Hast du's Dad schon gesagt?«

»Das werde ich noch, das werde ich noch. Es war einfach nicht der richtige Moment. Er ist im Pub, und ich musste heute früh nach Morpeth, um Staubsaugerbeutel zu besorgen.«

»Mum! Komm schon, das ist Dad gegenüber nicht fair, vor allem, da ich es Jack bereits gesagt habe.«

»Ach ja?«, erwiderte sie rasch. »Wie hat er reagiert?«

»Er wollte wissen, ob Dad eine Affäre hat.«

»Der! Wer würde schon mit dem eine Affäre haben?«

Ich griff nach meinem Wein. »Jack hat auf diese Frau aus der Tierarztpraxis getippt. Wie heißt sie noch mal?«

»Die! Dein Dad könnte schon was Besseres an Land ziehen.«

»Mum, ich glaube, wir kommen vom eigentlichen Thema …«

»Jack hat nicht mehr alle Tassen im Schrank. Die Frau geht stramm auf die siebzig zu. Und sie hat diesen schrecklichen Teint. Es kränkt mich jetzt schon, dass dein Bru…«

»Mum! Lass uns jetzt nicht abschweifen. Du musst es ihm noch heute Abend sagen.«

»Das geht heute Abend nicht, weil er erst in zwei Stunden beduselt aus dem Pub gewankt kommt, und das ist nie ein guter Moment, um mit ihm zu reden. Ich könnte genauso gut versuchen, mich mit Wilma zu unterhalten.«

Ich holte tief Luft. »Okay, in Ordnung, dann aber morgen. Mum, du musst es ihm dieses Wochenende sagen.«

Bevor wir auflegten, gab ich Mum noch mein Urteil über Emma ab (süß, etwas eigenartige Essgewohnheiten, hält sich wahrscheinlich nur ein paar Monate). Ich versuchte, mich von den Gedanken an meine Eltern abzulenken, indem ich über eine Frau las, die im Damensattel zu ihrer Hochzeit geritten kam. Aber mein armer Dad … er hatte ja keine Ahnung, was da auf ihn zukam.

Kurze Zeit später hörte ich Gus' Schlüssel, also verstaute ich schnell die Zeitschrift in der Schublade, bedeckte sie mit meinen Schals – mittlerweile war ich richtig geübt darin – und ging nach unten, um zu besprechen, wonach uns zum Abendessen war.

Am Samstagmorgen brachten wir unsere Klamotten in die Reinigung und entschieden uns, Kaffee und Croissants in der kleinen französischen Patisserie mit Blick auf den Park zu bestellen. Gus blätterte in der *Times* und gab immer wieder ein ungläubiges Schnauben von sich, während ich in der Beilage einen Artikel über den zunehmenden Gebrauch von Botox bei Teenagern las, der gleichermaßen öde wie interessant war, mich darüber hinaus aber auch auf die unerquickliche Frage brachte, ob ich nicht auch Botox nötig hatte. Wenn schon die Teenager das taten, was war dann mit uns Dreiunddreißigjährigen? Nicole hatte sich definitiv bereits Botox spritzen lassen, überlegte ich, als ich mir ihre glatte, glänzende Stirn bei der Beerdigung in Erinnerung rief.

»Was *tust* du da?«, fragte Gus, als ich mein Gesicht in die unterschiedlichsten Richtungen verzog und es mithilfe meiner Handykamera inspizierte.

»Findest du, ich sollte mir Botox spritzen lassen?«

Gus ließ die Zeitung sinken und wirkte entsetzt. »Was? Nein! Ich liebe dich so, wie du bist, samt Falten und allem Drum und Dran.«

»Oh, na vielen Dank auch.«

»So habe ich das nicht gemeint. Ich denke nur nicht, dass du an deinem Gesicht herumpfuschen solltest, weil es nämlich perfekt ist.«

»Hm«, machte ich und blickte erneut in mein Handy. Die kleinen Fältchen um die Augen waren mir vor ungefähr einem Jahr schon auf diversen Fotos aufgefallen; genauso wie mir nicht entgangen war, dass Gus' Haar an den Schläfen grau wurde. Es war nicht so, dass es mich allzu sehr störte; ich war noch nie besonders eitel gewesen. Es kam mir nur einfach verfrüht vor. Waren wir dafür nicht noch ein bisschen zu jung? Was kam als Nächstes?

Ein Treppenlift, der uns in unsere Wohnung beförderte? Ich blickte durch das Fenster des Cafés hinaus und malte mir das Leben aus, das vor mir lag. Plötzlich hatte ich das Gefühl, als würde ich auf einer dieser flachen Flugzeug-Rolltreppen stehen, unfähig abzusteigen: Arbeit, Beziehung, eine größere Wohnung, Kinder, zurück zur Arbeit, Rente, Tod.

»Aber wenn du die Stirn weiter so runzelst, machst du die Falten nur schlimmer«, ermahnte mich Gus. »Komm schon, Kopf hoch, wir haben das Mittagessen mit Jeremy und Tots, auf das wir uns freuen können.«

Gus' Annahme, dass mir das Mittagessen mit seinen Cambridge-Freunden irgendwie Auftrieb verleihen könnte, war geradezu niedlich in seinem Optimismus. Jeremy arbeitete als Regierungsbeamter, der ständig Bemerkungen über seine Treffen mit dem Premier und den Kabinettsministern fallen ließ, aber dann, wenn er gerade im Begriff stand, etwas wirklich Interessantes auszuplaudern, hochtrabend sagte: »Tut mir leid, aber ich habe schon zu viel verraten; ich sollte euch wirklich nicht so mit Gerede über die Arbeit langweilen.«

Tots, oder Totty (kurz für Charlotte), arbeitete als Innenarchitektin und hatte die vergangenen zwei Jahre penibel darauf geachtet, dass ihre Gelnägel tipptopp waren, nur für den Fall, dass Jeremy ihr einen Antrag machte und sie ihre linke Hand ablichten musste. Sie hatte von Anfang an klargestellt, dass sie nur so lange arbeiten würde, bis sie verlobt waren und damit loslegen konnten, Kinder zu bekommen. Ich fand beide ein wenig langweilig, aber wir hatten wegen der Arbeit bereits Jeremys Dinnerparty zu seinem Geburtstag verpasst, sodass Gus als Ersatz nun dieses Essen arrangiert hatte.

Wir trafen uns in einem neuen italienischen Restaurant in der Portobello Road, wo Totty reserviert hatte. Sie war immer scharf darauf, in die angesagtesten neuen Läden zu gehen, damit sie es danach auf Instagram posten und so beweisen konnte, dass sie dort gewesen war. Das war genau ihre Art von Location, wurde mir klar, als wir uns durch die Touristenmengen in Notting Hill auf das Restaurant zuschoben. Die Backsteinfassade war mit einem bunten Wandgemälde bemalt, und im Inneren schwirrten Servicekräfte umher, die wie Models aussahen; dazu lederbezogene Bänke, gedämpftes Licht und Palmen.

»Sind Palmen italienisch?«, murmelte ich Gus zu, während wir ihren Tisch ansteuerten. Sofort ermahnte ich mich, nicht so gemein zu sein. Jeremy und Totty waren total nett; sie waren bloß die Sorte Freunde, die man nur ein-, höchstens zweimal im Jahr sehen musste.

»Hallo«, grüßte ich breit lächelnd mit einem Wink, nachdem ich einen Palmwedel zur Seite geschoben hatte.

Totty stand auf und streckte mir ihre linke Hand entgegen, als ob ich sie küssen sollte. Die Nägel heute kaugummirosa.

Ich runzelte verwirrt die Stirn, und da wedelte sie direkt vor meinem Gesicht herum. Oh, na klar, da war er natürlich: ein funkelnder, rechteckiger Diamant – im Baguette-Schliff, wie die Zeitschriften das nannten – eingefasst von weiteren kleineren Steinchen.

»Wow, Leute! Herzlichen Glückwunsch!« Ich schloss Totty in die Arme, während Gus Jeremys Hand schüttelte und ihm auf den Rücken klopfte.

Totty quietschte so laut in mein Ohr, dass ich befürchtete, nie wieder normal hören zu können, dann nahmen wir Platz.

»Ich habe mir erlaubt, ein Fläschchen Pol Rog zu bestellen«, sagte Jeremy. »Ich hoffe, das geht in Ordnung.«

»Wunderbar«, sagte Gus.

»Meinst du, wir können ihnen erzählen, wie es dazu kam?«, fragte Totty mit einem flehenden Blick zu ihrem Verlobten.

»Liebling, du hast es doch schon allen erzählt, die wir die letzten Wochen getroffen haben. Nicht mal den Uber-Fahrer hat sie auf der Herfahrt verschont«, sagte Jeremy mit einem nachsichtigen Lächeln von mir zu Gus blickend.

Totty legte trotzdem mit der Story los und fuchtelte dabei mit ihren rosa Nägeln vor Begeisterung wild um ihr Gesicht herum. »Also, das war an unserem letzten Tag in Verbs; und wir standen gerade am Sessellift an, mit dem wir zum Mittagessen zur Pizzeria hochfahren wollten, wurden dabei aber getrennt. Also musste ich den Sessel hinter Jez nehmen, worüber ich mich erst mal ziemlich geärgert habe, aber dann, auf halber Strecke, fing der Franzose neben mir an, aufgeregt auf den Schnee unter uns zu deuten.«

Sie hielt inne und tauschte ein wissendes Lächeln mit Jeremy, während ich mich fragte, wie ich mich mit jemandem hatte anfreunden können, der Skiorten Spitznamen verlieh und Verbier »Verbs« nannte.

»Also schaute ich nach unten«, fuhr Totty fort, »und jetzt ratet mal, was in den Schnee geschrieben stand?«

»Das Ende ist nah?«, scherzte Gus. Mir war klar, dass er sich später unter vier Augen über dieses Gespräch auslassen würde. Zu den ersten Dingen, die er mir bei unseren frühen Dates erzählt hatte, gehörte, dass diamantene Verlobungsringe die Erfindung einer Werbekampagne waren. Da ich Zweifel an Gus' Behauptung gehegt hatte, recherchierte ich das und musste feststellen, dass er recht hatte. Im Jahre 1947 hatte eine Werbetexterin im Auftrag von de Beers den Slogan »Ein Diamant ist für immer« geprägt, um die rückläufigen Diamantverkäufe anzukurbeln, und erst dadurch war die Tradition entstanden, mit Diamanten um die Hand der Braut anzuhalten. Ich hoffte nur, dass man der Texterin für die Arbeit ihr Gewicht in, nun ja, Diamanten aufgewogen hatte.

»Nein, du Spaßvogel!«, erwiderte Totty. »Da stand: ›Totty, willst du mich heiraten?‹« Sie quietschte erneut.

»Glückwunsch, Leute. Das schlägt Disneyland Paris um Längen.«

Verwirrt sah sie mich an.

»Das ist anscheinend der beliebteste Ort der Welt für Heiratsanträge«, erklärte ich.

»Ein wirklich bemerkenswerter Fakt«, spottete Gus, während ein Kellner erschien und unsere Gläser mit Champagner füllte.

»Hab ich neulich wo gelesen«, sagte ich rasch, bevor ich mein Glas hob. »Auf euch zwei! Wie aufregend.«

Nach dem Mittagessen schlenderten wir durch ein teures Antiquitätengeschäft, wo Gus sich eine halbe Stunde lang mit Ahs und Ohs über einem Ledersessel erging, bevor wir uns dafür entschieden, dass er zu groß für das Gästezimmer sei. An diesem Abend kuschelten wir gemütlich auf dem Sofa, während wir uns einen alten italienischen Film ansahen; am nächsten Morgen gingen wir in das andere Café mit Blick auf den Park, wo wir die Sonntagszeitung lasen, bevor wir auf dem Heimweg unsere Sachen in der Reinigung abholten.

Alles in allem war es genau die Art von Wochenende, die man von einem Anwaltspaar Anfang Dreißig in Clapham erwarten würde. Ich konnte mich nicht mehr daran erinnern, wann ich damit aufgehört hatte, mir Gedanken darüber zu machen, ob ich es mir leisten konnte, zum Frühstück oder Mittagessen auszugehen. Als ich mithilfe eines üppigen Kredits zum Jurastudium nach London gezogen war, hatte ich immer die Frauen in der U-Bahn bewundert, die lange Wollmäntel und wunderschöne Stiefel trugen, deren Haar stets perfekt frisiert war und um deren Hals hier und da dezenter Goldschmuck aufblitzte, und mich gefragt, wie sie sich das leisten konnten. Sahen sie jeden Tag so aus?

Im Laufe der Jahre wurde ich zu einer von ihnen. Jetzt konnte ich jederzeit ein Geschäft von Whistles oder Reiss betreten und mir ein neues Kleid oder einen Pullover kaufen, ohne in Panik zu verfallen, ob ich den Rest der Woche noch Geld fürs Essen hätte. Mein Leben sah ganz anders aus, als ich es mir als Jugendliche vorgestellt hatte, als ich in Northcliffe auf meinem Bett lag und durch das Fenster in den Regen hinausgeblickt hatte.

Nur dass die Vergangenheit mich schneller wieder einholte als gedacht, denn Mum rief am Sonntagabend an.

Sie sei im Krankenhaus in Wansbeck, ließ sie mich wissen, weil Dad operiert werden müsse.

Ich lag gerade auf dem Sofa, wo ich mir eine Folge von *A Place in the Sun* ansah, und setzte mich bei dieser Nachricht kerzengerade auf. »WAS? Was ist passiert? Geht es ihm gut?«

Mum klang seltsam ruhig. »Es geht ihm bestens.«

»Er wird operiert, es kann ihm gar nicht bestens gehen.«

Gus, der am Küchentisch noch was für die Arbeit vorbereitete, kam zu mir geeilt und setzte sich auf die Sofalehne. »Was ist passiert?«, erkundigte er sich flüsternd.

»Er ist gestürzt«, fuhr Mum fort, »und hat sich das Bein an zwei Stellen gebrochen.«

»Was? Wie denn das?«

»Heute Vormittag hatte ich das Gespräch, von dem du meintest, dass ich es mit ihm führen sollte, woraufhin er davongestürmt und ins Duck gegangen ist; und bevor ich mich versehe, hämmert Roy an die Tür und erzählt, dass es einen Unfall gegeben hätte. Anscheinend ist er vom Barhocker gestürzt. Wie man sich dabei das Bein gleich an zwei Stellen brechen kann, ist mir zwar schleierhaft, aber jedenfalls hat dein Vater es geschafft, und deshalb sind wir jetzt hier.« Sie stieß einen erschöpften Seufzer aus, so als hätte Dad sich das Bein gebrochen, nur um sie zu ärgern.

»Was sagen die Ärzte? Wann kommt er raus? Was genau machen sie mit ihm?«

»Sie rücken alles wieder zurecht und machen dann einen Gips drum.«

»O Gott«, sagte ich erleichtert. »Und wann kann er wieder nach Hause?«

»Genau darüber wollte ich mit dir reden«, fuhr sie fort. »Es heißt, er müsse ein, zwei Nächte hierbleiben, aber danach darf er wieder nach Hause.«

»Okay, das hört sich nicht allzu wild an.«

»Aber ich werde dann nicht mehr da sein, also wird er jemanden brauchen, der sich um ihn kümmert.«

»Was? Wo wirst du denn sein?«

»Ich ziehe morgen oder übermorgen aus – tut mir leid, Liebes, aber ich halte es einfach nicht mehr aus. Du oder dein Bruder werdet für eine Weile nach Hause kommen müssen.«

6

Ich erreichte Jack erst am nächsten Tag.

Am Vorabend hatte ich ihn bereits dreimal angerufen, um mich mit ihm über unsere Eltern zu unterhalten, aber er war nicht rangegangen. Heute Vormittag rief ich ihn drei weitere Male an, trommelte dabei mit den Fingern auf den Schreibtisch und beschwor ihn ihm Geiste, endlich abzunehmen, bevor Gideon auftauchte und herummeckern konnte, weil ich private Anrufe tätigte.

»Hey«, meldete sich Jack lässig bei meinem vierten Versuch.

»Spar dir dein ›Hey‹. Hast du meine Anrufe von gestern Abend nicht gesehen?«

»Doch.«

»Und warum hast du dann nicht zurückgerufen?«

»Ich dachte nicht, dass es wichtig wäre.«

»Du dachtest also nicht, dass mein erster, zweiter oder dritter Anruf gestern wichtig sein könnten? Oder die drei heute Morgen? Aber beim vierten Anruf kam dir in den Sinn, dass du doch mal rangehen solltest?«

»So ungefähr, ja.«

Ich hielt kurz die Luft an, damit ich keinen Schreikrampf bekam. »Okay, Folgendes: Dad ist im Krankenhaus.«

»Wie bitte? Was ist passiert?«

»Das ist eben der Grund, warum ich versucht habe, dich zu erreichen. Er ist so weit okay, aber er hat sich das Bein an zwei Stellen gebrochen.«

»Wie hat er das denn geschafft?«

»Er ist im Pub vom Hocker gestürzt. Aber das ist noch nicht alles. Mum hat sich genau diesen Moment ausgesucht, um ihren Auszug bekannt zu geben.«

»Was? Wohin geht sie?«

»Keine Ahnung.«

»Aber wer kümmert sich dann um Dad?«

Nicht schreien, Nell. Nicht schreien. Tu alles, damit dein Geduldsfaden nicht reißt. Er ist dein Bruder, der einzige Bruder, den du hast. Wenn du ihn umbringst, wirst du dich ganz allein um deine Eltern kümmern müssen, und das wäre noch schlimmer.

»Deswegen habe ich dich ja seit gestern Abend siebenmal angerufen. Wir werden uns etwas einfallen lassen müssen. Also, ich habe mir überlegt, dass ich diese und vielleicht die folgende Woche hochfahre und bleibe. Danach kommst du und übernimmst?«

»Schwesterchen«, sagte er gedehnt, »die Sache ist, dass ich die kommenden Wochen wahnsinnig im Stress bin.«

»Ach, wirklich?«

»Ja, so richtig, *richtig* im Stress. Wie ich letzte Woche schon sagte, läuft gerade das Frühjahrsgeschäft, und in der Agentur ist die Hölle los. Gestern habe ich es erst um fünfzehn Uhr in die Mittagspause geschafft. Ein Besichtigungstermin jagt den anderen.«

»O nein, wie traurig«, antwortete ich tonlos, und versuchte, mich an meine letzte Mittagspause zu erinnern. War das 2016 gewesen?

»Und in dem Sandwichladen hatten sie keinen Schinken mehr.«

»Das ist eine Tragödie. Aber schau, wenn ich die nächsten zwei Wochen – zwei ganze Wochen – hochfahre, kannst du danach nicht auch deinen Beitrag leisten?«

Er seufzte. »Vielleicht. Emma und ich hatten uns überlegt, eine Woche nach Spanien zu fliegen, aber wir haben noch nichts gebucht.«

»Tja, wäre es dir vielleicht möglich, in nächster Zeit keinen Urlaub zu buchen, während sich unser Vater von einem zweifachen Beinbruch erholt, und bei meinem nächsten Anruf ranzugehen, damit wir dieses Gespräch fortsetzen können? Das wäre toll.«

»Und wie lange, sagen die Ärzte, wird er im Bett bleiben müssen?«

»Das weiß ich nicht genau.«

Nachdem Mum gestern Abend ihre Bombe mit dem Auszug hatte platzen lassen, hatte sie noch hinterhergeschoben, dass der Gips wahrscheinlich »ein paar Wochen« dranbleiben müsste, was bedeutete, dass man ihn im Rollstuhl nach Hause schicken würde, zusammen mit zwei Krücken, und dass irgendwann im Lauf der nächsten Woche ein Ergotherapeut das Haus inspizieren würde, um sicherzustellen, dass er sich ungehindert darin bewegen könne. Ich wusste jetzt schon, dass Dad das alles hassen würde.

»Außerdem«, sagte ich zu Jack, »ist sein Blutdruck anscheinend irre hoch, was kein Wunder ist. Er hat Tabletten verschrieben bekommen; und sie haben ihm geraten, weniger zu trinken.«

Er lachte ins Telefon. »Viel Glück damit!«

Schließlich brachte ich Jack wenigstens dazu, sich zu »überlegen«, in zwei Wochen nach Northcliffe zu kommen. »Aber ich muss Dad nicht den Hintern abwischen oder so, oder?«

Ich sagte, dass ich das nicht wisse, und legte auf.

Die nächste Hürde bestand darin, meine Abwesenheit mit Gideon zu klären. Theoretisch sollte das kein Problem darstellen. Ich konnte mich nicht daran erinnern, jemals auch nur einen Tag krank gewesen zu sein, und ich hatte bloß sporadisch Urlaub gemacht – meist nur eine Woche im August, wenn Gus und ich uns ein nettes Hotel in Südeuropa buchten und nichts anderes taten als zu schlafen, auf Sonnenliegen zu fläzen und gut zu essen, um nach frühen Bürotagen und späten Überstunden unsere Kraftreserven aufzutanken. Spinks war mir buchstäblich Hunderte von Urlaubstagen schuldig. Abgesehen davon musste ich für meine Arbeit nicht vor Ort sein, zumindest bis auf gelegentliche Gerichtstermine und persönliche Treffen mit Mandanten, aber dafür konnte ich auch kurzfristig nach London fahren.

Ich hatte mir meine Ansprache bereits zurechtgelegt, als Gideon ins Büro gewalzt kam.

»Guten Morgen, Gideon, könnten wir kurz etwas besprechen?«

»Kann das warten, bis ich gefrühstückt habe?« Er ließ sich so schwungvoll auf seinen Ledersessel plumpsen, dass das Polster unter ihm einen Furz von sich gab. »War eine heftige Nacht.«

Er sah aus, als hätte er einen Boxkampf verloren: die Augen blutunterlaufen, die Nase gerötet, das Haar büschelweise vom Kopf abstehend.

»Ich werde für eine Weile nach Hause fahren müssen«, fuhr ich fort, seine Bitte nach einem Frühstück geflissentlich ignorierend. Eine »heftige Nacht« bedeutete lediglich, dass er in einem Nobelrestaurant zu viel Rotwein gebechert hatte. »Nach Northcliffe, meine ich, zu meinen Eltern.«

Er sah mich aus zusammengekniffenen Augen an. »Schon wieder? Wer ist dieses Mal gestorben?«

»Mein Vater hat sich das Bein gebrochen und braucht jemanden, der sich um ihn kümmert.«

»Und wo ist deine Mutter?«

»Es ist kompliziert«, erwiderte ich knapp. »Jedenfalls dachte ich, ich nehme mir ab morgen zwei Wochen frei? Also, nicht wirklich frei, da ich per Handy und E-Mail erreichbar bleibe, aber ich würde zwei Wochen von dort aus arbeiten.«

»Zwei Wochen! Herrje, ich brauche mein Frühstück. Kannst du bei Queenie durchklingeln, damit sie es hochschickt?«

»Ja, gleich«, erwiderte ich in dem Bemühen, standhaft zu bleiben. »Aber können wir das erst kurz klären? Ich bitte selten um einen Gefallen oder irgendwelches Entgegenkommen, Gideon, aber diese Situation erfordert wirklich, dass ich nach Hause fahre; und arbeiten kann ich problemlos von dort aus. Den ganzen Papierkram für Prinz Rudolf beziehungsweise Linzi kann ich dort erledigen. Außerdem habe ich heute früh den Jalal-Ehevertrag überarbeitet. Es ist also alles unter Kontrolle.«

Er grunzte vage und kniff erneut die Schweinsäuglein zusammen. »Ich will ehrlich sein: Ich glaube nicht, dass das Timing besonders klug ist. Immerhin steht demnächst eine Entscheidung hinsichtlich der Berufung neuer Partner an.«

Ich holte tief Luft. Vier Sekunden ein, vier Sekunden aus. »Ich verstehe, aber leider hat mein Dad das bei seinem Sturz nicht bedacht.«

»Okay, okay, na schön, hab's kapiert, du kannst gehen«, antwortete er mit einem wegwerfenden Wink, »aber ich erwarte, dass du jederzeit erreichbar bist. Jederzeit! Kannst du jetzt vielleicht Queenie anrufen? Und sag ihr, ich brauch meinen Cappuccino extra heiß. Als Carmelita gestern damit ankam, war er *besten*falls lauwarm.«

Während ich am Abend meine Sachen packte, besprachen Gus und ich die Lage. Allerdings erwies er sich ebenfalls nicht als große Stütze. Männer, ganz ehrlich. Ich hatte mal was über eine matriarchale Gesellschaft in Südchina gelesen, wo die Frauen regierten, den Namen ihrer Familie weitergaben und zu den Anführern der Dörfer in der Region gewählt wurden. Ich gehe jede Wette ein, dass die mehr auf die Reihe bekamen.

»Jedenfalls habe ich Gideon gesagt, dass ich zwei Wochen wegbleibe«, erklärte ich.

»Dein Vater wird aber länger als nur zwei Wochen im Gips stecken«, antwortete Gus rechthaberisch und lehnte sich gegen das Kopfende des Bettes.

»Ich weiß«, erwiderte ich, während ich in der obersten Schublade nach Socken wühlte. »Wo sind meine ganzen Socken hin? Was mache ich bloß mit denen? Sie essen, oder was?«

»Ich habe recherchiert. Das kann neun bis zehn Wochen dauern.«

»Was?« Ich sah auf. »Mum meinte, nur ein paar Wochen. Das kann doch unmöglich so lange gehen?«

»Anscheinend schon. Oder zumindest besteht die Möglichkeit.«

»So lange werde ich nicht fort sein. Jack wird mich ablösen.«

»Hat er das zugesichert?«

»So ungefähr. Er meinte nur, er wolle Dad nicht den Hintern abwischen.«

»Das muss du aber auch nicht, oder?« Gus klang entsetzt.

»Nein! Zumindest glaube ich das nicht. Ich weiß nicht!«

Bevor Jack damit angekommen war, hatte ich nicht wirklich über meine pflegerischen Pflichten nachgedacht.

»Ich verstehe nicht, warum deine Mutter ausgerechnet jetzt ausziehen muss. Sie war doch fast vierzig Jahre bei ihm, was sind da noch paar Wochen?«

»Woher soll ich das wissen? Ich glaube, sie hat einfach die Schnauze gestrichen voll«, brummte ich in meinen Koffer hinein, zusehends genervt von seinen nicht gerade hilfreichen Fragen.

Er schüttelte den Kopf. »Deine Familie … ganz ehrlich.«

»He, das ist nicht cool«, protestierte ich und schlug mit der einzigen Socke, die ich finden konnte, nach ihm.

»Tut mir leid, ich mag es nur einfach nicht, wenn du nicht da bist.«

»Du könntest doch übers Wochenende zu Besuch kommen?«

Gus rümpfte die Nase. »Das würde ich ja gern, aber ich habe diese Google-Sache am Hals, außerdem werde ich sowieso nur die ganze Zeit niesen müssen.« Wegen der Hundehaare, meinte er.

»Du könntest ja was ganz Verrücktes tun und dir eine Packung Antihistaminikum besorgen?«

»Ach, Lämmchen, ich wünschte, ich könnte, aber ich kann mich nicht so einfach vor der Arbeit drücken.« Auch über »Lämmchen« als Kosenamen hatte ich mich beschwert, aber Gus hielt dagegen, dass das ein Zitat von Shakespeare sei, als ob sich damit jede weitere Diskussion erledigt hätte.

»Schon gut, schon gut.« Ich warf die einsame Socke in meinen Koffer. »Mach dir keinen Kopf. Ich fahre hoch und helfe Dad zwei Wochen allein dabei, ins Bad zu humpeln.«

Am nächsten Morgen erwischte ich einen Frühzug von King's Cross nach Morpeth und nahm dort ein Taxi vom Bahnhof direkt zum Wansbeck-Krankenhaus. Als der Wagen davor hielt, fielen mir diverse Begebenheiten meiner Kindheit ein, die mich hierhergeführt hatten – Nanny Gertrude war voller Panik mit uns hergefahren, als Art am Strand gestolpert war und sich das Kinn an einem Feuerstein aufgeschnitten hatte; ein anderes Mal hatte Jack behauptet, er wäre von einer Python gebissen worden, obwohl es sich bloß als Sonnenbrand entpuppte.

Ich hörte Dad schon, bevor ich ihn sah, da seine Stimme durch die ganze Station schallte.

»Wenigstens die Stimmbänder sind noch intakt«, witzelte ich, als ich den Kopf durch den Vorhang streckte, nur um ihn dabei zu ertappen, wie er erbost eine Krankenschwester anfunkelte.

Seine Haut sah grau aus, beinahe schon durchsichtig. Es war nicht nur Dad, der da mit Gipsverband im Bett lag, sondern auch ein alter Mann.

Ich beugte mich vor und drückte ihm einen Kuss auf den Kopf. »Hey, Dad.«

»Hallo, Kleines, was für ein verdammter Schlamassel, diese ganze Sache. Danke fürs Kommen.«

»Also, für mich sieht das alles gut aus«, sagte die Krankenschwester und schob einen Stift zurück in ihre Brusttasche. »Sie müssen nur Ihr Rezept in der Apotheke abholen, Mr. Mason, aber ansonsten sind sie hiermit entlassen. Und vergessen Sie nicht, dass in den nächsten Tagen ein Ergotherapeut bei Ihnen vorbeischauen wird.« Dann beugte sich vor und sprach lauter, so, als wäre auch sein Gehör in Mitleidenschaft gezogen. »Möchten Sie einen Krankentransport nach Hause?« Sie deutete mit dem Kopf zu einem leeren Rollstuhl, der auf der anderen Seite seines Bettes bereitstand.

Er starrte sie bloß böse an, also sprang ich ein. »Ja, ich denke schon, wenn es keine Umstände bereitet. Vielen lieben Dank.«

Die Krankenschwester nickte mir zu und ging davon. Ich nahm in einem violetten Sessel neben ihm Platz und betrachtete mitfühlend seinen Gipsverband. Er reichte von den Zehen bis knapp übers Knie. »Wie geht es dir?«

»Ging schon mal besser«. Dad deutete mit dem Kopf in Richtung Vorhang. »Die hat ernsthaft gefragt, ob ich eine Inkontinenzeinlage möchte. Ich hab ihr gesagt, dass ich mir das Bein gebrochen hab, nicht den Schwanz.«

»Alles klar, gut, okay«, erwiderte ich, während mir dämmerte, dass ich zwei Wochen mit Gesprächen dieser Art vor mir hatte. »Hast du Schmerzen?«

»Ach was. Die haben mir diese riesigen rosa Pillen gegeben; die Dinger sind so groß, dass ich sie kaum runterkrieg.«

»Meinst du, du kommst damit zurecht?« Ich nickte in Richtung des Rollstuhls.

»Muss ich wohl, bleibt mir nix anderes übrig, oder? Was für ein beschissener, gottverdammter Schlamassel.«

»Es wird schon alles wieder«, sagte ich, wenig überzeugend. »Hast du, äh, heute schon mit Mum gesprochen?«

Seine Mundwinkel sackten noch mal ein Stück herab,

und er starrte auf seine Zehen, die wie Cocktailwürste aus dem Gips herausragten, bevor er den Kopf schüttelte.

Ich hatte Mum aus dem Zug angerufen und erfahren, dass sie ihre Koffer gepackt hatte, um vorerst bei Elsbeth einzuziehen. Elsbeth war eine Freundin, die zehn Minuten landeinwärts von Northcliffe wohnte und mit der sie regelmäßig Spaziergänge mit den Hunden unternahm (sie hatte einen sehr ungezogenen Terrier namens Bingo). Aber ich war skeptisch, wie lange das gut gehen würde, zumal ich wusste, dass Elsbeth bei besagten Spaziergängen praktisch ununterbrochen über ihren Mann, Graham, schimpfte. Auf meine Frage, wie lange sie vorhabe, bei den beiden zu wohnen, blieb Mum vage, also startete ich noch einen Versuch, sie umzustimmen. »Mum, musst du *wirklich* ausgerechnet jetzt ausziehen, wo Dad den Unfall hatte?«

»Ja, das muss ich. Mein Entschluss steht fest. Außerdem wohne ich ja nur ein Stück die Straße runter.« Sie erklärte auch, dass Terence ihr geholfen habe, Jacks altes Bett ins Wohnzimmer runterzutragen, damit Dad dort schlafen konnte, bis sein Bein wieder heil war.

»Möchtest du darüber reden?«, fragte ich nun Dad.

»Nell, meine Kleine, wenn sie gehen will, ist das ihre Entscheidung. Ich werde sie nicht davon abhalten.«

»Warum nicht? Ihr seid so lange verheiratet. Das bedeutet doch was; eine Menge sogar.«

»Ach ja? Sagst du das auch den Leuten, die in deine Kanzlei kommen?«

Ich presste die Lippen aufeinander, bevor ich antwortete. »Das kommt darauf an.«

»Auf was?«

Ich wollte dieses Gespräch nicht führen, solange der Rest der Station mithören konnte, daher schlug ich vor, alles für die Heimfahrt vorzubereiten.

Was Stunden dauerte. Offenbar kam man schneller aus einer Ehe raus als aus einem Krankenhaus. Eine Krankenschwester half mir, Dad in den Rollstuhl zu hieven, und überhörte dabei demonstrativ sein Gemecker, dass er nicht wolle, dass irgendwer sein »Gemächt« sah; danach warteten wir über eine Stunde auf seine Blutdrucktabletten, Antibiotika sowie Pillen gegen die Schmerzen, die so groß wie Saubohnen waren; im Anschluss daran verbrachten wir wieder eine Stunde damit, am Haupteingang herumzusitzen, während wir auf den Van warteten, der ihn in dem Rollstuhl nach Hause bringen sollte.

»Dem Herrn sei Dank«, ließ Dad verlauten, als der Fahrer, ein netter Mann namens Ben, zum Abschied winkte und aus der Auffahrt zurücksetzte.

Ich öffnete die Haustür; Wilma kauerte sich auf ihre Vorderpfoten nieder und knurrte den Rollstuhl an.

»Also hat sie mir den Hund gelassen«, bemerkte Dad.

Auf dem Küchentisch lag ein Zettel.

Auflauf fürs Abendessen ist im Kühlschrank. Hab Wilma gefüttert, also lass dir von ihr nichts anderes erzählen. Nell, vergiss nicht, die Hühner einzusperren. PS: Die neue Staffel von Vera startet heute Abend um acht.

Ich lächelte bekümmert, während ich den Wasserkessel auf den Herd stellte. Mir war bisher noch kein Mandant untergekommen, der seinem Noch-Ehepartner eine Nachricht hinterlassen hatte, um ihn zu informieren, dass am Abend seine Lieblingsserie im Fernsehen lief. Vielleicht gab es doch noch Hoffnung.

»Scheiß drauf«, sagte Dad, als der Wasserkocher pfiff. »Schenk mir lieber was Ordentliches ein, Nell.«

»Du weißt aber schon, was der Apotheker zu deinem Blutdruck gesagt hat?«

»War das der Teil, wo er meinte, Whisky würde meine Knochen schneller heilen lassen?«

»Komisch, ich hab nur mitbekommen, dass er gesagt hat, kein Alkohol zu den Pillen.«

»Das ist mir schnurz. Jetzt mach schon, Kleines, da drin müsste noch ein Newcastle sein.«

»Mum würde das nicht erlauben«, sagte ich, während ich den Kühlschrank öffnete.

»Dann ist ja gut, dass sie nicht da ist.«

»Dad!«

»War nur Spaß. Komm schon, Nell, wenn wir nicht lachen können, wenn ich im Rollstuhl sitze und deine Mum mich verlassen hat, wann dann?«

Ich hielt ihm die Flasche hin.

Das würden zwei lange Wochen werden.

Im Wohnzimmer war eines der Sofas an die Wand geschoben worden; an seiner Stelle, mit Blick zum Fenster, stand Jacks altes Bett. Ich half Dad hinein und reichte ihm die

Fernbedienung, bevor ich wieder in die Küche ging, um mich um den Auflauf zu kümmern.

Wir gaben ein seltsames Duo ab: Dad aß im Bett, und ich balancierte, im kleinen Sessel daneben, einen Teller auf meinen Knien, während wir *Vera* schauten. Danach bestand er darauf, dass er beim Toilettengang keine Hilfe benötigte, und humpelte quälend langsam auf seinen Krücken zum Klo rüber.

Ich saß in meinem Sessel und zuckte bei diversen beunruhigenden Geräuschen zusammen – dem Klappern einer Wasserleitung, dem Rauschen eine Spülung, das sich anhörte, als würde sich Wasser in Kaskaden über den Boden ergießen, Dads gedämpftes Fluchen.

»Alles klar bei dir? Brauchst du Hilfe?«

Er brüllte zurück: »DENK NICHT MAL DRAN, HIER REINZUKOMMEN!«

»Schon gut, schon gut.«

Als er wieder auftauchte, musste ich lachen. Er sah aus, als hätte er geduscht. »Warum ist dein Haar ganz nass? Der Gips ist doch hoffentlich nicht feucht geworden, oder?«

»Alles bestens«, sagte er, auf Krücken zurückwankend, klang jedoch erschöpft. »Hilf mir nur da rauf, Kleines. Ich glaube, an diese Dinger werde ich mich erst noch gewöhnen müssen.«

»Natürlich«, sagte ich und ging neben ihm in die Hocke, sodass er einen Arm um meinen Hals legen konnte.

»Lässt du Wilma für mich raus?«, bat er, als er unter der Decke lag.

Ich nickte, gab ihm einen Kuss auf den Kopf und reichte ihm die Fernbedienung. »Willst du sie?«

»Nein, passt schon. Ich glaub, ich hau mich aufs Ohr.«

»Geht es dir wirklich gut, Dad?« Er wirkte plötzlich ganz eingefallen, wieder wie ein alter Mann.

»Ich komm schon klar. Gute Nacht, Kleines.«

»Gute Nacht, Dad. Wilma, auf geht's.« Ich tätschelte meinen Oberschenkel, damit sie mir folgte, dann ließ ich sie in die Dämmerung hinaus.

Während sie im Garten herumschnüffelte, glitt ein Zug Schwalben im Bogen über mir hinweg, und ich blickte ihnen seufzend hinterher, während ich darüber nachdachte, wie seltsam es war, meinen eigenen Vater ins Bett zu bringen. Dann rief ich Wilma ins Haus zurück und ging nach oben, um mir ein Bad einzulassen und die vierundsiebzig E-Mails durchzugehen, die Gideon mir an diesem Nachmittag geschickt hatte – jede einzelne mit einem roten Fähnchen versehen. Wie sehr ich den Tag bereute, an dem ich Gideon beigebracht hatte, wie man E-Mails markiert.

Als ich morgens aufstand, musste ich feststellen, dass in der Nacht ein Mord passiert war. Allerdings hatte das nichts mit Dad zu tun. Er schien wieder ganz die alte Nervensäge, als er zuerst nach Tee schrie, dann, dass der Tee nicht stark genug sei, bevor er, abermals schreiend, nach Toast verlangte. Es unterschied sich gar nicht so sehr von dem, was ich jeden Vormittag mit Gideon durchmachte, überlegte ich, während ich mich auf die Suche nach dem Marmite begab.

Der Mord hatte sich im Hühnerstall ereignet. Trotz Mums Notiz hatte ich es gestern Abend versäumt, sie einzuschließen. Und obwohl alle vier Hühner brav selbst zu Bett gegangen waren, war doch die Tür zu ihrem Verschlag offen geblieben, sodass sich wohl ein räuberischer Fuchs hineingeschlichen hatte und über die kleinste von ihnen, Sandra, hergefallen war. Sie lag schlaff im Sägemehl, während die drei anderen – Fiona, Jane und Violet – mit weit aufgerissenen Augen auf ihren Sitzstangen ausharrten und schockiert gackerten.

Mich plagte das schlechte Gewissen. Die armen Dinger – da hatten sie glücklich und zufrieden geschlafen und sich in Sicherheit gewähnt, nur um in den frühen Morgenstunden von einem Serienkiller heimgesucht zu werden.

Ich verließ den Tatort so, wie ich ihn vorgefunden hatte, und kehrte ins Wohnzimmer zurück, um Dad Bescheid zu geben, der von einem staubigen alten Tablett aß, das ich in der Küche gefunden hatte. Er warf mir über seinen Toast hinweg einen düsteren Blick zu.

»Was?«

»Deine Mutter wird gar nicht glücklich sein; sie hat dieses Huhn geliebt.« Er hob seine Tasse und wackelte damit. »Kann ich noch mal Nachschub haben?«

Ich machte mich auf in die Küche.

»Wilma müsste mal Gassi«, fuhr er fort, als ich mit einer vollen Tasse zurückkam. »Ach ja, meinst du, du könntest beim Spar vorbeigucken und mir die Zeitung holen? Er öffnet um halb acht.«

Ich schaute auf meine Uhr. Es war 7:28 Uhr. Normalerweise wäre ich jetzt schon im Büro, nachdem ich zuvor gejoggt und geduscht hätte; ich würde auf meinen Kaffee warten, um dann die To-do-Liste für den weiteren Tag zu erstellen und meine E-Mails zu überfliegen.

Doch heute Morgen hatte ich bisher noch nicht mal einen BH angezogen; ich war auch nicht joggen gewesen, dafür hatte Wilma mit ihrer feuchten Schnauze meine Pyjamahose vollgesabbert, während ich einen Toast für Dad zubereitet hatte, der jetzt von mir wollte, dass ich losging, um ihm die heutige Ausgabe der *Racing Post* zu kaufen. Darüber hinaus musste ich mich auch noch mit dem blutigen Tatort draußen auseinandersetzen.

»In Ordnung, dann werde ich jetzt duschen, mich anziehen, mit Wilma beim Spar vorbeischauen und mich, wenn ich zurück bin, um die Hühner kümmern. Sind alle damit einverstanden?« Ich sah von Wilma zu Dad.

Der nickte. »Wirf mir doch gleich noch die Fernbedienung rüber, Kleines.«

Ich überlegte, ob ich mit Wilma zum Strand gehen sollte, beschloss aber, dass dafür keine Zeit war. »Wir gehen morgen, versprochen«, redete ich ihr gut zu, als wir eine halbe Stunde später die Dorfwiese überquerten.

Während ich die Zeitungen und Zeitschriften inspizierte, erblickte ich Lucy.

»JIMBO, DU KOMMST JETZT SOFORT HIERHER, ODER ES GIBT HEUTE KEIN *PAW PATROL*!«, rief sie, als ein kleiner Junge in gelbem Anorak sich von ihr losmachte und davonlief.

»Hey«, sagte ich und winkte ihr etwas betreten zu.

»Nell!«, erwiderte sie, bevor ihr Blick auf die Zeitschrift fiel, in der ich gerade geblättert hatte. »Ach du liebe Güte, ist es an der Zeit zu gratulieren?«

»Äh, nein, ganz sicher nicht.« Ich legte die *Bridalicious* wieder zurück ins Regal. »Eigentlich habe ich die hier gesucht.« Ich griff nach einer Ausgabe der *Racing Post*.

Lucy war meine älteste Freundin. Genauer, sie war meine älteste Freundin gewesen. Wir waren gleich alt und nur dreihundert Meter entfernt voneinander aufgewachsen, da ihre Eltern das Postamt von Northcliffe betrieben hatten. Doch die räumliche Nähe war nicht der einzige Grund für unsere Freundschaft; an der Schule wollte sich sonst schlichtweg niemand mit uns abgeben.

Erna und Berta hatten sie uns genannt, da Lucy klein und rund war wie Ernie aus der *Sesamstraße* und ich neben ihr aussah wie eine Bohnenstange. Wir hatten nie zu den »Coolen« aus unserer Klasse gehört, der Clique von Mädchen, die hübsches Haar hatten, wussten, wie man mit Jungs sprach, und die Röcke ihrer Schuluniformen am Bund hochrollten, um sie zu beeindrucken.

Wir hatten kein hübsches Haar; ich war ein Rotschopf und wurde deswegen auch von allen »Pippi« genannt. Lucy, deren Eltern aus einem abgelegenen Dorf in den Highlands nach Northcliffe zugezogen waren, hatte den typisch gälischen blassen Teint und dunkles Haar, das ihr in einem schnurgeraden, wie mit dem Lineal gezogenen Pony in die Stirn fiel. Da wir beide also Außenseiter waren, klammerten wir uns aneinander. Fast jeden Nachmittag saßen wir nach der Schule in ihrem Zimmer über dem Postamt. Ich schwärmte von Art, und sie war völlig besessen von Take That und der Frage, ob sie wohl jemals Mark Owen heiraten würde.

»JIMBO, DU KOMMST AUF DER STELLE ZURÜCK!«, schrie sie erneut, bevor sie sich wieder zu mir drehte. »Sorry, Nell, es ist ein ständiges Chaos.«

»Kein Problem«, antwortete ich lächelnd, kam mir jedoch steif und förmlich vor, so als würde ich mich mit einer Fremden unterhalten und nicht mit der Person, mit der ich früher Kusstechniken diskutiert hatte. Als Jugendliche sahen wir uns Teenie-Filme wie *Clueless*, *10 Dinge, die ich an Dir hasse*, *American Pie* und *Eine wie keine* an und studierten dabei die Knutschszenen wie zwei kleine, übereifrige Anthropologinnen. Danach übten wir an unseren Händen, indem wir die Lippen gegen Daumen und Zeigefinger pressten und mit der Zunge dazwischen herumwackelten. Irgendwie fühlte es sich nie so aufregend an, wie es auf dem Bildschirm aussah.

»Ist das …?« Ich trat näher heran, um einen Blick in das Babytragetuch zu werfen, das um Lucys Brust gewickelt war. Mum hatte mir zwar erzählt, dass sie ein zweites Baby bekommen hatte, aber ich konnte mich nicht mehr an den Namen erinnern.

»Das ist Bonnie«, antwortete sie und drehte sich so, dass ich ihr winziges schlafendes Gesicht sehen konnte, das an Lucys Brust ruhte.

»Süüüüüß. Und wie geht es dir? Wie sind die Nächte?« Ich versuchte, meine Unbeholfenheit auszugleichen, indem ich Fragen stellte, die man Menschen mit Babys eben stellte.

»Nicht mal so schlimm. Sie ist pflegeleicht; es ist eher der da, der ein bisschen schwierig ist. »JIMBO OLIVER, LEG DAS ZURÜCK!«, brüllte sie, woraufhin ich über die Schulter blickte und den kleinen Jungen sah, der nun eine Dose in beiden Händen hielt. »Komm her.« Dann sah sie mich wieder an und lächelte. »Ich hatte mich schon gefragt, wann du mal wieder vorbeischaust.«

Nachdem ich einen Sommer lang mit Lucy durch Asien gereist war – der Sommer, nachdem wir mit der Schule fertig waren –, hatten wir uns auseinandergelebt. Ich zog zum Studieren erst nach York und dann für mein Examen nach London; Lucy blieb in Northcliffe und half ihren Eltern mit dem Postamt, bevor sie als Arzthelferin in der Tierarztpraxis anfing.

Zunächst hatten wir uns noch E-Mails geschrieben, aber nach einigen Monaten schienen mir die Themen auszugehen. Wir waren befreundet gewesen, weil wir aus demselben Dorf kamen und uns sonst niemand leiden konnte. Doch als das nicht mehr der Fall war, da ich an einem anderen Ort lebte, schien es nicht mehr so, als ob wir sonst noch viel gemeinsam hätten.

Als Erwachsene hatten sich zwar unsere Frisuren gebessert (Lucys Pony war nun weicher und umrahmte locker ihr Gesicht), unsere Freundschaft jedoch weniger. Unsere Leben hatten sich in entgegengesetzte Richtungen entwickelt, und jedes Mal, wenn ich sie traf, überkam mich das schlechte Gewissen. Lucy war mir gegenüber immer netter und großzügiger gewesen als umgekehrt, darüber war ich mir im Klaren. Sobald Art aus dem Internat nach Hause gekommen war, hatte ich sie fallen lassen.

Zwar hatte ich sie die vergangenen zehn Jahre einige Male in Northcliffe getroffen, aber wir hatten uns nie bewusst verabredet. Normalerweise waren es zufällige Begegnungen im Pub, wo wir uns dann kurz über die Arbeit unterhielten und uns erkundigten, ob es der Familie gut ging, bevor ich mich entschuldigte und an Dads Tisch zurückkehrte. Irgendwann hatte sie einen Typen aus der Gegend namens Mike geheiratet und vor ein paar Jahren Jimbo (eigentlich James) bekommen; und jetzt Bonnie.

Ich nickte. »Ja, doch, aber nur für zwei Wochen.«

»Geht es deinem Vater gut? Ich habe das mit seinem Bein gehört.«

»Er wird es überstehen. Er liegt im Bett und schreit nach Tee und seiner Zeitung. Wie geht's Mike?«

»Gut. Er arbeitet noch immer in der Fischerei. Gestern habe ich übrigens Colin getroffen, er macht auch immer noch das Gleiche.«

Colin war seit der Grundschulzeit in Morpeth hinter Lucy und mir hergetrottet, da er ebenfalls keine Freunde hatte. Er roch irgendwie immer nach gekochtem Schinken und war regelrecht besessen von Computerspielen, aber er war auch sehr süß zu uns und schenkte uns jedes Jahr jeweils eine Valentinskarte, die er mit »Alles Liebe, Colin« unterschrieb.

»Er ist gerade umgezogen und wohnt jetzt Richtung Saltwick. Er ist immer noch Single, der arme alte Col.« Sie lächelte und griff nach Jimbos Hand, als dieser seinen kleinen Arm um ihr Bein schlang.

»Jimbo, schau, das ist Tante Nell. Sag Hallo!«

Bei dieser Bezeichnung fühlte ich mich nur noch hilfloser, da ich nicht seine Tante war und er mich überhaupt nicht kannte.

»Hi, Jimbo«, sagte ich mit einem verklemmten Winken.

Er sah mich zwischen Lucys Beinen hindurch argwöhnisch an.

»Und, geht es dir gut, Nell?«, fragte Lucy mit schief gelegtem Kopf. »Du wirkst müde.«

Bei jedem anderen hätte mich die Frage gewurmt, ich hätte sie als Seitenhieb interpretiert und mir innerlich eine Notiz gemacht, eine teurere Augencreme zu kaufen. Aber Lucy war noch nie gemein oder boshaft gewesen. Ich bin mir noch nicht mal sicher, ob sie dazu in der Lage war. Als wir zwölf waren und ich mich nicht traute, Mum zu fragen, ob sie mit mir einen BH kaufen gehen würde, weil die Jungs, und sogar einige der Mädchen, angefangen hatten, sich im Turnunterricht über mich lustig zu machen, da schenkte Lucy mir einfach einen ihrer Sport-BHs. Als Molly, unser Hund aus Kindertagen, verstarb, bastelte Lucy mir auf einem großen Karton eine Molly-Collage für meine Zimmerwand. Einmal verbrachte sie geschlagene drei Stunden damit, mit mir den Strand von Northcliffe nach weißen Federn abzusuchen, da ich mir unsicher war, ob Art mich genauso mochte wie ich ihn, und ich deshalb unbedingt einen »Liebeszauber« ausprobieren wollte, von dem ich in einem Teenie-Heftchen gelesen hatte und für den man weiße Federn, eine Kerze und ein Haargummi benötigte. Als Lucy mit sechzehn mit Andrew Lewis zusammenkam und ich mir Sorgen machte, dass ich keine Ahnung von Sex hatte und mich blamieren würde, wenn Art in den Ferien nach Hause kam, gab sie mir anhand einer Dose Impulse-Vanilla-Kisses Blow-Job-Unterricht. Jahrelang ertrug sie es, dass man mit mir praktisch über kaum was anderes reden konnte als über ihn.

Ihre Frage entlockte mir ein Seufzen, da ich weder wusste, womit ich beginnen sollte, noch, wann mich das zum letzten Mal jemand gefragt hatte; da aber eine Antwort zu kompliziert gewesen wäre, beschloss ich, stattdessen einen Witz zu machen. »Eigentlich sollte ich dich das fragen, Luce, du bist diejenige mit dem Baby. Aber danke, mir geht's gut. Hab gerade nur viel um Ohren mit Arbeit und Familie … Ich schätze mal, du hast schon gehört, dass Mum die Koffer gepackt hat?«

Sie nickte. »Ja, tut mir echt leid.«

»Schon gut«, erwiderte ich mit einem Achselzucken. »Es ist wohl ein bisschen kindisch, sich als Erwachsener darüber aufzuregen, wenn die Eltern sich trennen. Vor allem, wenn man so einen Job hat wie ich, aber ja, auch das wird alles wieder.«

»Natürlich wird es das, und klar darfst du dich aufregen.« Sie verdrehte die Augen, als sei es absurd, so was überhaupt zu denken. »Hey, wenn du jetzt eine Weile hier bist, dann schau doch mal abends im Pub vorbei? Mum kommt am Donnerstag zu uns, damit Mike und ich was trinken gehen können. Das zählt hier oben schon als romantischer Abend, wenn man sich im Duck eine Portion Pommes teilt.«

»Ja, da hätte ich Lust drauf. Vorausgesetzt Dad gibt mir einen Abend frei.«

»Ich kann mir nicht vorstellen, dass er lange von seinem Stammtisch fernbleibt.«

Ich lachte. »Stimmt auch wieder. Aber hör mal, ich sollte ihm langsam seine Zei…«

Noch bevor ich meinen Satz zu Ende bringen konnte, platzte sie mit einer anderen Frage heraus: »Stimmt es, dass deine Mum bei Luigi einzieht?«

Ich blinzelte verwirrt. »Wer ist Lui…?«

»Er betreibt das neue Café im Ort«, erwiderte sie rasch, während ihr blasses Gesicht rot anlief. »Sorry, das ist wahrscheinlich nur ein Gerücht, du weißt ja, wie das hier so läuft.«

»Mum zieht bei Luigi ein«, wiederholte ich benommen. »Mum und Luigi? Luigi aus dem Café? Du meinst, da läuft was zwischen ihnen? Was Ernstes?« Ich streckte meine Hand aus, um mich am Zeitschriftenregal festzuhalten. »Ich dachte, sie wollte bei Elsbeth unterkommen. Aber die Leute sagen, sie ist bei Luigi eingezogen?«

»Ähm, nicht unbedingt die Leute«, antwortete Lucy, deren Gesicht jetzt ein knalliges Rot angenommen hatte. »Ich hab nur gehört, wie jemand es erwähnt hat. Ich kann mich aber nicht mehr dran erinnern, wer es war. Ich meinte nicht, dass *alle* das behaupten. Also eigentlich so gut wie niemand. Vielleicht war es ja nicht mal deine Mum, über die sie sich unterhalten haben? Wahrscheinlich ging es um eine andere Kath und einen anderen Luigi. Hier in der Gegend leben sicher jede Menge Kaths und Luigis.«

»Auf dem Land in Northumberland?«

Lucy kräuselte die Nase. »Vielleicht?« Da zerrte Jimbo an ihrer Hand. »Ja, gut, wir gehen gleich, okay? Tut mir leid, Nell, aber ich bringe den Kleinen mal besser nach Hause. War schön, dich zu sehen, und gib mir Bescheid wegen Donnerstag. Dann wollen wir mal, du Quälgeist.« Sie drehte sich um und eilte, ihren Sohn hinter sich herziehend, aus dem Spar.

Ich blieb noch einige Sekunden wie erstarrt bei den Zeitschriften stehen, bevor ich langsam zur Kasse trottete. Mum und Luigi? Mum und der Besitzer des neuen italienischen Cafés? Mir fiel ein, dass sie an dem Morgen, als sie mich zum Bahnhof gefahren hatte, vom Italienisch lernen gesprochen hatte – allerdings hatte sie da auch Gesellschaftstanz erwähnt, es klang also eher so, als hätte sie das nur so dahingesagt.

Seufzend reichte ich der Kassiererin die Zeitung und zahlte; draußen machte ich Wilma von der Leine los und spazierte über die Dorfwiese nach Hause, fest entschlossen, das Thanks a Latte an der Ecke keines Blickes zu würdigen.

Soll ich es Dad erzählen?

Soll ich es Dad nicht erzählen?

Argumente, die dafür sprachen, es Dad zu sagen: Er hatte das Recht, es zu erfahren; sonst würde es ihm bloß jemand anderes aus dem Dorf stecken.

Argumente dagegen: Wir sprachen in unserer Familie nicht über solche Themen; Mum sollte diejenige sein, die es ihm erzählte, falls es denn stimmte. Innerhalb der letzten Woche hatte ihn bereits seine Frau verlassen, und er hatte sich das Bein gebrochen. Eine weitere schlechte Nachricht konnte er wohl kaum noch ertragen. Er würde sofort nach einem Drink fragen, dabei war es gerade mal 7:53 Uhr.

»Ich habe Lucy im Spar getroffen«, begann ich und warf Dad seine Zeitung aufs Bett.

Er hob sie auf und begann, die Titelseite zu lesen. »Das ist aber nett. Wie geht's ihr so?«

»Ganz gut offenbar, aber sie hat da was über Mum gesagt …«

»Ach ja, was denn?«, erwiderte er, ohne den Blick von der Zeitung zu heben.

Meine Stimme wurde irgendwie quietschig. »Irgendwas von wegen Mum und, äh … dem neuen Café.«

»So, so? Ging es dabei um den Casanova und seine albernen Cappuccinos?« Er legte die Zeitung auf seinem Schoß ab, blätterte eine Seite um und hob sie erneut an. »Ich dachte ja, das würde nicht lange gehen.«

»*Was?* Dann stimmt es also? Und du hast davon gewusst?«

»Ja, Kleines, dann stimmt es wohl.«

Ich glotzte ihn sprachlos an, während er die Aufnahme eines stürzenden Jockeys inspizierte. »Ist das alles?«

Dad schaute auf und zog dabei die Augenbrauen ganz unschuldig nach oben. »Ist was alles?«

»Ist das alles, was du zu der Sache zu sagen hast, dass Mum mit so einem dahergelaufenen Italiener durchgebrannt ist?«

»Kleines, was soll ich denn noch dazu sagen?« Er brummte und wandte den Kopf wieder der Zeitung zu. »Wahrscheinlich hätte ich ihr eine von diesen schicken Kaffeemaschinen zum Geburtstag kaufen sollen.«

»Anstelle des Laubbläsers? Ja, das wäre möglich hilfreich gewesen.«

»Es gibt nichts, was ich noch tun kann, oder? Wenn deine Mutter gehen will, ist das ihre Entscheidung.«

Ich versuchte, tröstende Worte zu finden: »Vielleicht ist es ja nur eine Phase?«

Dad brummte erneut, was bedeutete, dass das Thema für ihn erledigt war.

Ich atmete aus und nickte zu seinem Becher. »Noch einen Tee?«

»Immer doch«, sagte er und hielt ihn mir hin. »Ich hab das ganze Theater um diesen Kaffee-Klimbim sowieso nie verstanden – Karamell dies, Vanille das. Was bitte ist an Tee verkehrt? Tee ist wenigstens ehrlich; Tee tut nicht so, als ob er was Besseres wäre.«

»Da bin ich ganz bei dir«, bestätigte ich und wollte nach dem Becher greifen.

Doch als meine Finger sich um den Henkel schlossen, hielt er ihn noch einen Augenblick länger fest. »Ich bin froh, dass du da bist, Kleines. Ich hab dich vermisst.«

Für Dad war das eine so radikal emotionale Aussage, dass mir die Tränen in die Augen schossen. »Ich dich auch«, sagte ich, doch dann fiel mir die arme Sandra ein, die noch immer draußen im Sägemehl lag, und der Moment war dahin.

»Was mach ich jetzt bloß mit dem Huhn?«, wollte ich von Dad wissen.

»Im Schuppen ist eine Schaufel. Du kannst sie doch im Blumenbeet vor dem Haus begraben?«

»In welchem Blumenbeet? Wir haben keine Blumen.«

»Du weißt schon, vor dem Haus, wo die Brombeersträucher stehen.«

»Ach, die Brombeersträucher. Ich wusste nicht, dass Brombeeren Blumen sind. Vielen Danke für den Tipp, Monty Don. Das mach ich glatt.«

Nachdem ich also, unter den neugierigen Blicken Wilmas, eine weitere Runde Tee aufgebrüht hatte, zog ich ein altes Paar Gummistiefel über, stutzte mit einer Küchenschere die Brombeersträucher unter dem Wohnzimmerfenster und grub ein kleines Loch, in dem ich Sandra beisetzen konnte. Das Ganze erinnerte mich an das Jahr, in dem wir Michelangelo, den Fisch, auf dem Drummond'schen Anwesen begraben hatten.

Ich schüttelte den Kopf, während ich mit meiner Stiefelsohle den Spaten in die Erde drückte. An den Fischteichen hatte alles seinen Anfang genommen, in dem Jahr, als ich elf und Art dreizehn geworden war. Es gab gleich zwei davon, die im Garten hinter der Küche des Herrenhauses lagen: große steinerne Becken, die wie überdimensionierte Suppenschüsseln aus dem geharkten Kies ragten; außen waren sie moosig, innen trüb und grün und voller Fische. Das Säubern der Becken war für Jack, Art und mich zu einer alljährlichen Tradition geworden.

Sie mussten mit Bürsten geschrubbt, und sämtliche Algen sowie die Schlacke mussten entfernt werden, bevor das Herrenhaus wie jeden März wieder für Besucher öffnete, die Interesse daran hatten, sich die Antiquitäten und Ölgemälde anzusehen und danach im Teesalon Scones mit Sahne zu verspeisen. Howard, der Gärtner, stellte uns die Arbeitsmaterialien bereit: Metalleimer, Angelkescher an Bambusstöcken, verschiedene Besen, eine alte Kupferbadewanne. Das mag sich wie eine Praxis aus dem Edwardianischen Zeitalter anhören, aber das Jahr, in dem Michelangelo das Zeitliche segnete, war das Frühjahr 1996.

Unbefangen, wie Kinder nun mal sind, zogen wir uns dazu immer aus – die Jungs bis auf die Unterhose, ich bis auf Schlüpfer und Unterhemd –, bevor wir mit der Arbeit loslegten. Zuerst füllten wir die Kupferbadewanne mithilfe der Eimer mit Wasser aus den Teichen; dann stiegen wir auf den Beckenrand, wobei unsere nackten Fußsohlen über die glitschigen Steine klatschten, und versuchten, die Fische mit unseren Keschern zu fangen. Das war gar nicht so viel anders als das Jahrmarktsspiel, bei dem man Enten an die Angel kriegen muss; wir zogen die Bambusstöcke durchs Wasser und hielten nach orangenen oder weißen Farbblitzern Ausschau.

Jack und Art führten sich wie kleine Gladiatoren auf, und der eine versuchte, den anderen zu übertreffen, indem er lautstark verkündete, wie viele Fische er bereits gefangen hatte, obwohl sie, was die Zahl betraf, beide flunkerten. Jack war immer schon ein guter Lügner gewesen; es schien in seiner Natur zu liegen. Art viel weniger. Ich wusste immer sofort, wenn er log. Oder zumindest glaubte ich das.

Sobald sie alle gefangen waren, brachten wir die Fische vorübergehend in der kupfernen Wanne unter und riefen Howard, damit der die schweren Propfen, die riesigen steinernen Badewannenstöpseln glichen, aus den Teichen zog, sodass das alte Wasser ablaufen konnte. Dann sprangen wir in die leeren Becken, schrubbten die grüne Schlacke mit den Besen weg und spritzten sie dann mit einem Schlauch ab, was für gewöhnlich in einer Wasserschlacht endete, woraufhin Nanny Gertrude in der Terrassentür erschien und uns strenge Mahnungen zurief, uns ja nicht zu erkälten.

Dann, wenn die Becken sauber waren, tauchte Howard auf, um die Propfen einzusetzen, füllte die Teiche mit einem Schlauch und kippte die Fische wieder hinein.

Für uns war das Einfangen der Fische der absolute Höhepunkt, und Michelangelo, der fetteste und älteste Karpfen, die größte Auszeichnung dabei. Wir hatten ihm diesen Namen nicht etwa wegen des Künstlers verliehen, obwohl im Salon des Herrenhauses eine waschechte Michelangelo-Zeichnung hing. Vielmehr hatte der Fisch diesen Spitznamen zu Ehren unseres liebsten Teenage Mutant Ninja Turtles verliehen bekommen. Denn Michelangelo war die orangene Schildkröte, und das schien für einen Karpfen mit orangenen Schuppen passend.

An jenem schönen Morgen im Jahr 1996 fing Art ihn und schrie meinen Namen. »Nell, schau, ich hab Michelangelo!«

Ich habe diesen Moment noch so detailliert vor Augen, als würde ich ein Foto betrachten: Art, der über mir steht, ein Schattenriss vor der hellen Frühlingssonnen. Dass er mir überhaupt Beachtung schenkte, war etwas Neues; bisher hatten normalerweise er und Jack miteinander gequatscht, und obwohl ich versuchte, bei ihnen mitzumachen, waren sie doch zwei Jahre älter, was mir damals wie eine galaktische Kluft vorkam. Aber da Jack gerade den anderen Teich umkreiste, blieb nur ich.

Art sprang auf den gekiesten Boden und ließ Michelangelo aus seinem Kescher in die Kupferbadewanne gleiten. Ich ging neben ihm in die Hocke und spürte, wie mein nacktes Knie das seine berührte, während wir eingehend den Fisch betrachteten. Er schien völlig baff über seinen plötzlichen, unsanften Umzug zu sein.

»Glaubst du, es geht ihm gut?« Art sah mich verkniffen an, sodass sich eine Sorgenfalte zwischen seinen Augen bildete.

»Ja, bestimmt«, erwiderte ich und hatte da schon das Gefühl, dass ich ihn beruhigen musste, obwohl Michelangelo in Wahrheit keineswegs gut aussah. Die anderen Fische um ihn herum schwammen putzmunter hintereinander her, wobei ihre Schwanzflossen durchs Wasser schnellten. Michelangelo hingegen rührte sich nicht, und sein Maul stand weit offen, so als sei er mitten im Gähnen erstarrt. »Ich glaube, er ruht sich bloß aus.«

Art stand auf und lächelte breit zu mir runter. Hinter uns schrie Jack, dass sein Kescher gerissen wäre, aber ausnahmsweise einmal schaffte er es nicht, den Augenblick kaputtzumachen. Art streckte mir seine Hand hin, damit ich mich daran hochziehen konnte, und in jenem Moment war es um mich geschehen; Art wurde für mich zu mehr als nur einem Freund von Jack oder einem Nachbarsjungen.

Als seine Hand an jenem Tag die meine berührte, sorgte das für ein seltsam flatteriges Gefühl in meiner Brust; und von da an wurde ich immer ganz verlegen, wenn ich bemerkte, dass er mich ansah. Ich war mir ziemlich sicher, dass es dieses Gefühl war, das mit Verliebtsein gemeint war, denn ungefähr zur gleichen Zeit hatte ich auch damit angefangen, Mums Liebesromane zu lesen. Ich würde ihn heiraten, so beschloss ich in jenem Frühjahr, und dann mit ihm in seinem großen Schloss leben, genau wie all die Dianas und Arabellas in den Büchern.

Diese Überzeugung hielt sich länger, als es dem armen Michelangelo beschieden war, der, wie wir später erfuhren, an besagtem Tag in der Wanne gestorben war. Howard hielt am nächsten Morgen eine Beerdigungszeremonie ab und sprach das Vaterunser, während Art, Jack und ich feierlich vor dem Rosenstrauch standen; dabei konnte ich noch nicht mal weinen, da ich voll und ganz von der Vorstellung eingenommen war, in Art verliebt zu sein.

Nachdem ich nun Sandra in ein altes Geschirrtuch gewickelt hatte, ließ ich sie in die kleine Grube unter dem Brombeergestrüpp hinab und füllte sie vorsichtig mit Erde auf.

»Wilma, sollen wir vielleicht ein Gebet sprechen?«

Sie schaute zu mir auf und fiepte leise.

»Okay, dann ein kurzes: Gott segne Sandra«, sagte ich und klopfte mit dem Schaufelblatt die Erde glatt. Das musste reichen; ich hatte noch viel zu tun.

Ich brachte die Schaufel in den mit Spinnweben verhangenen Schuppen und schloss mich dann in mein altes Kinderzimmer ein. Noch nie zuvor hatte ich so spät mit der Arbeit angefangen.

Aber gerade, als ich den auf einem Kissen vor mir balancierenden Laptop aufklappte, klingelte mein Handy: Gus.

»Guten Morgen, *mon petit nez de hérisson*, wie lebt es sich jenseits der Mauer?«

»Das ist neu.«

»Willst du wissen, was es bedeutet?«

»Habe ich eine Wahl?«

»*Hérisson* bedeutet Igel, und *nez* bedeutet, na ja, Nase. Oder eben Schnäuzchen.«

»Ich bin also ein kleines Igelschnäuzchen?«

»Genau.«

»Gut zu wissen. Und es läuft ganz okay hier, auch wenn ich gerade erst ein Huhn beerdigt und außerdem erfahren habe, dass Mum eine Affäre mit dem Italiener hat, der das neue Café betreibt.«

»Entschuldigung, wie bitte?«

»Ganz genau.«

»Wie lange geht das schon?«

»Keine Ahnung.«

»Was hat dein Vater dazu gesagt?«

»Er reißt Witze, das Übliche eben.«

»Um Himmels willen. Hast du mit deiner Mutter gesprochen?«

»Nein, noch nicht«, sagte ich und betrachtete dabei ein Poster von Gary Barlow über meinem Bett, das ich mit vierzehn aus einer Teenie-Zeitschrift ausgerissen hatte. Ich hatte ihn Lucy zuliebe aufgehängt, als sie meinte, ich müsse mein Lieblingsmitglied von Take That auswählen, nur nicht Mark, denn der gehörte bereits ihr. »Ich rufe sie später an.«

Gus seufzte ins Telefon. »Klingt ziemlich aufregend da oben. Und was hat es mit diesem Huhn auf sich?«

»Der Fuchs hat sich gestern Nacht eins geholt. Es waren bisher also ziemlich ereignisreiche vierundzwanzig Stunden. Und bei dir, alles klar?«

»Alles gut, es tut mir nur leid, dass du das allein stemmen musst. Ich wünschte, ich könnte mich irgendwie nützlich machen.«

»Ist schon okay. Sind nur zwei Wochen, dann geht's wieder nach Hause.«

»Hat der Arzt irgendetwas gesagt, wie lange dein Vater auf Hilfe angewiesen bleibt?«

»Nicht wirklich, aber in den nächsten Tagen kommt der Ergotherapeut vorbei, dann werde ich mehr wissen.«

»Okay, du fehlst mir.«

»Du mir auch.«

Nachdem wir aufgelegt hatten, machte ich mich an meine Mails. Ganz oben in meinem Posteingang entdeckte ich eine von Prinz Rudolf. Sie war lediglich an mich adressiert; er hatte Gideon nicht hinzugefügt.

Guten Morgen Eleanor,
ich hoffe, es geht Ihnen gut. Ich hätte da ein paar Fragen zu meiner schriftlichen Erklärung, die ich gerne mit Ihnen besprechen würde – sagen wir, bei einem Abendessen im Delaunay, am Donnerstag, 20 Uhr?
R

Ich antwortete umgehend, dass ich die nächsten zwei Wochen nicht in London sei, aber jederzeit für ein Telefonat zur Verfügung stünde.

Fünf Sekunden später klingelte mein Handy.

»Eleanor Mason, hallo«, meldete ich mich in meinem professionellsten Tonfall.

»Wie schade. Ich hatte mich auf ein Wiedersehen gefreut. Dann hoffe ich zumindest, dass Sie einen angemessen romantischen Aufenthalt mit Ihrem Freund genießen?«

Ich errötete. Hätte es sich bei ihm um einen weniger attraktiven Kerl gehandelt, einen feisten Glatzkopf, dem die Wampe über den Hosenbund hing, so wie viele unserer Mandanten, hätte ich besser damit umgehen können. Doch Prinz Rudolfs Forschheit, seine gelassene Selbstsicherheit brachten mich in Verlegenheit.

»Äh, nein, nicht wirklich, ich bin bei meinen Eltern in Northumberland. Aber wie gesagt, ich beantworte gern alle Ihre Fragen am Telefon.«

»Es ist ein Jammer.«

»Haben Sie denn, ähm, irgendwelche Fragen?«

»Ich habe sogar viele Fragen.«

»Beziehen die sich auf den Zustellungsnachweis für das Gericht?«

Er hielt inne, und ich konnte bloß seinen schweren Atem in der Leitung hören. »Auch«, bestätigte er schließlich. »In Teil sieben, wo ich gebeten werde, die Schuld einzugestehen, räume ich da den Ehebruch ein?«

»Sie akzeptieren damit die Behauptung der Gegenseite, dass der Ehebruch zum Scheitern der Ehe geführt hat, genau.«

»Und muss ich da jeden einzelnen Fall aufführen?«

Beinahe entfuhr mir ein Schnauben. »Nein, Sie müssen nur dort unterschreiben, wo steht, dass Sie den Punkt bestätigen.«

»In Ordnung«, sagte er sanft, »wird erledigt. Wann genau sind Sie wieder zurück, Eleanor?«

»Ähm, wahrscheinlich in zwei Wochen?« Warum hatte ich das als Frage formuliert? Und dann in so einem piepsigen Tonfall?

»Dann werden wir bei Ihrer Rückkehr zusammen zu Mittag essen«, verkündete er und legte auf.

Ich lehnte mich, unter Gary Barlow, an die Wand und atmete schwer aus. Was für ein Morgen: Zuerst wird Sandra massakriert, dann brennt meine Mutter durch, und jetzt stöhnt mir auch noch Prinz Perverso ins Ohr.

Den Rest des Tages verbrachte ich damit, die Treppe hoch- und runterzurennen – mal machte ich Dad was zu Mittag, dann ließ ich Wilma raus, brühte einen weiteren Tee auf, ließ Wilma wieder vor die Tür, schüttelte Dads Kissen auf, machte ihm nochmals Tee, um ihm danach einen Teller Kekse zu bringen – oder aber mit Gideon zu telefonieren, der mich alle zwei Minute anrief, um mich Dinge zu fragen, die er mit etwas Hirnschmalz auch allein hätte beantworten können. Außerdem wollte er, dass ich für einen unserer ältesten Mandanten einen Vaterschaftstest organisierte.

Lord Bedfordshire war ein sechsundfünfzigjähriger britischer Playboy, der ein Bergbauvermögen in Südafrika geerbt hatte und bereits viermal verheiratet gewesen und ebenso oft geschieden worden war, wobei jede Frau jünger war als ihre Vorgängerin (daher sein Spitzname: Lord Betthüpfer). Es war gerade mal drei Monate her, dass wir ihm seine letzte Scheidungsurkunde hatten zukommen lassen, doch laut Gideon hatte seine neueste Affäre soeben bekannt gegeben, dass sie von ihm schwanger sei. Lord Betthüpfer wiederum bestritt dies. Ich musste mich also mit ihrem Anwalt zusammenschließen, um einen Test in die Wege zu leiten. Wieder einmal kam ich mir vor wie eine Erzieherin im Kindergarten. Glücklicherweise hatte Spinks für derartige Fälle ein Labor in der Harley Street an der Hand.

Als ich gegen siebzehn Uhr nach unten wetzte, um mir meine dreiundsechzigste Tasse Tee aufzubrühen, rief Dad aus dem Wohnzimmer nach mir.

»Was hältst du von einem Ausflug in den Pub, Kleines.«

»Dad, ernsthaft? Du kannst dich doch kaum bewegen.«

»Klar kann ich mich bewegen. Komm schon, ein, zwei Bierchen sind jetzt genau das Richtige.«

Ich warf einen Blick auf meine Uhr. Ich war ja nicht davon ausgegangen, dass mein Aufenthalt hier ein Ponyhof würde, aber nach nur einem Tag war meine Geduld fast völlig aufgebraucht. Als Handyakku wäre ich irgendwo bei vier Prozent gewesen. Gideon vertraute eindeutig nicht darauf, dass ich hier oben meiner Arbeit nachging, und Dad benötigte mehr Aufmerksamkeit als ein Zweijähriger. Ich musste noch einen Stapel Finanzunterlagen durchsehen, die Prinz Rudolfs Sekretärin geschickt hatte, dann Gus anrufen, eine Gassirunde mit Wilma drehen und die Küche aufräumen. Auf der Arbeitsfläche tummelten sich mittlerweile so viele Teetassen, dass es aussah, als würden sie sich paaren. Die eine Hälfte von mir wurde abermals von einer Woge des Mitgefühls für Mum heimgesucht, die diesen Haushalt so lange geschmissen hatte; ein anderer Teil hingegen wollte am liebsten Muttermord begehen, weil sie mich all dem ausgeliefert hatte.

»Also gut«, sagte ich zu Dad, »wenn du mich noch eine Stunde arbeiten lässt, bringe ich dich hin.«

»Eine ganze *Stunde*?«

Er klang wie ein Kleinkind, dem gerade gesagt worden war, dass es seine Hausaufgaben fertig machen müsse, bevor es zum Spielen nach draußen durfte.

»Ja«, erwiderte ich in festem Tonfall. »Dad, ich habe einen Job! Außerdem sind die nächsten Monate entscheidend für mich. Also, noch eine Stunde, dann gehen wir. Schau fern oder so.«

7

Dad wurde im Duck wie ein heimkehrender Kriegsheld begrüßt.

»Er war doch nur drei Tage weg!«, bemerkte ich über den lautstarken Jubel von Terence, Roy und seinen Söhnen hinweg.

»Drei verdammt lange Tage«, verkündete Terence und griff nach einem Bierglas. »Bruce, das geht aufs Haus. Nell, was bekommst du?«

»Ein Mineralwasser mit Zitrone, bitte.« Es war Mittwochabend, und ich war fest entschlossen, mich unter der Woche an die Trinkverbotsregel zu halten. Ich hatte heute nicht die Zeit zum Joggen gefunden und es auch nicht geschafft, alles zu lesen, was ich musste, aber abstinent zu bleiben erschien mir als winzige Möglichkeit, doch noch etwas Kontrolle über mein Leben zu bewahren.

»Ach, komm schon, trink was Richtiges, es gibt was zu feiern.«

»Ihr habt hier jeden Tag was zu feiern.«

Terence grinste. »Ganz genau.«

»Nein danke, alles bestens, ich bleibe bei Mineralwasser mit Zitrone.«

Wir nahmen unsere Gläser entgegen, bevor wir uns zu den anderen in die Ecke begaben. Dad winkte mit ausgestrecktem Gipsbein von seinem Rollstuhl aus den anderen Stammgästen zu, als wäre er die Queen höchstpersönlich. Auf der Heimfahrt vom Krankenhaus hatte er wegen des Rollstuhls noch gemurrt und geknurrt, doch einen Tag später schien er sich bestens damit arrangiert zu haben.

»Dann passt also alles wieder, Bruce?«, erkundigte sich Roy, als hätte Dad sich bloß den Zeh gestoßen.

»Ja, ja, ist nichts Wildes«, erwiderte Dad mit einem Schmatzgeräusch und hob sein Glas.

Männer sind schon ganz speziell. Ich saß schweigend da, während die vier sich über das am Nachmittag stattgefundene Rennen in Catterick ausließen, dann überlegten, ob Douglas und Jamie auf Dads Gips unterschreiben dürften (ein barsches »Nein«), und sich über einen Ausbruch von Klauenfäule bei den Kühen eines benachbarten Bauern unterhielten.

In den vergangenen Tagen hatte Dad sich das Bein gebrochen, zwei Nächte im Krankenhaus verbracht und war in der gleichen Zeit von seiner Frau wegen eines anderen Mannes verlassen worden. Und gab es irgendein Anzeichen dafür, dass sie über diese Dinge mit ihm reden würden? Nein.

Das Gespräch nahm erst eine ernsthafte Wendung, als das Thema auf Drummond Hall kam.

»Habt ihr's schon gehört?«, fragte Roy und sah Dad und mich über sein Glas hinweg an.

Wir schüttelten die Köpfe.

»Alles verkauft«, sagte Roy mit der Genugtuung eines Mannes, der zwei ahnungslosen Menschen eine wichtige Neuigkeit überbrachte.

»Wie bitte?«, platzte ich heraus.

»Das ganze Anwesen?«, schob Dad hinterher. »Das Haus und das Land?«

Nun klinkte sich Douglas ein. »Wissen wir nicht. Aber irgendein schnöseliger Lump aus Glasgow war mit seinem Range Rover hier und will den Kasten in jede Menge Wohnungen umbauen.«

»Douglas, Douglas«, sagte Roy und bewegte seine ausgestreckten Hände beschwichtigend vor ihm auf und ab. »Beruhige dich.« Er wandte sich wieder Dad und mir zu. »Ein Bauunternehmer war hier und will es anscheinend kaufen, aber sicher wissen wir es nicht.«

»Er heißt Cameron Stewart«, fügte Douglas hinzu. »Ich hab ihn gegoogelt. Er baut lauter so Klötze in die Landschaft, die bloß aus Glas und Balkon bestehen. Der Glasgower Hafen geht angeblich auf sein Konto, hat damit richtig viel Geld gemacht.«

»Aber Art ist doch gar nicht hier«, platzte ich heraus. »Wie kann er ein solches Geschäft abschließen, wenn er noch nicht mal hier ist? Und was ist mit der amtlichen Testamentseröffnung?«

»Um etwas zu unterschreiben, muss er doch nicht hier sein, oder?«, meinte Dad und stieß dann einen Seufzer aus. »Meine Güte, das sind wirklich keine guten Neuigkeiten.«

»Ich hab's doch gesagt«, fuhr Roy fort. »Der Bursche hatte nie vor, das Anwesen zu übernehmen. Im Leben nicht. Er hat kein Interesse daran. Er wird das Ding jetzt los und kann dann weiter in New York sein Luxusleben führen.« Er schnalzte verächtlich mit der Zunge und hob abermals sein Bierglas.

»Fairerweise muss ich zugeben, dass ich auch dort drüben bleiben würde, wenn meine Frau so aussehen würde. Habt ihr bei der Beerdigung diese Beine gesehen?«, fragte Douglas in die Runde.

»Waren ja kaum zu übersehen«, meinte Jamie.

»Jungs ...«, mahnte Roy.

»Ich hätte nichts dagegen, sie von meinem Hotdog abbeißen zu lassen«, fuhr Douglas mit einem verschmitzten Grinsen an seinen Bruder gewandt fort.

»Jungs! Haltet die Klappe. Sonst nimmt Nell gleich den nächsten Zug zurück nach London, stimmt's?«

Ich schüttelte lächelnd den Kopf, aber ich musste zugeben, dass die Vorstellung, wieder in meiner Wohnung zu sein, auf meinem Sofa zu liegen und Gus dabei zuzuhören, wie er zu Puccini, oder was auch immer er gerade laufen ließ, mitsummte, mir ein Gefühl von Heimweh bescherte.

»'tschuldigung, Nell«, nuschelte Douglas in sein Glas.

»Was schätzt ihr, wie oft war er in den letzten Jahren hier?«, kam Dad wieder auf das eigentliche Thema zurück.

»Du meinst, seit er nach Amerika ist?« Roy zog ein nachdenkliches Gesicht. »Keine Ahnung. Vielleicht zweimal?«

Dad nickte bedächtig.

»Er kam nicht her, als das Anwesen für Besucher geschlossen wurde. Und vor Lord Drummonds Tod war er – wie lang? – bestimmt zwei Jahre nicht mehr da. Hat er überhaupt schon mal seinen Sohn mit hergebracht? Wie heißt er noch gleich?«

»Felix«, sagte ich leise.

»Genau, der. Aber hat er Felix schon mal hergebracht? Ich glaub nicht. Er interessiert sich nicht dafür, das sag ich euch.«

»Deswegen hat auch dieser Cameron-Typ hier herumgeschnüffelt«, brummte Douglas.

Ein bedrücktes Schweigen legte sich über den Tisch, während mir der Kopf vor lauter Fragen schwirrte. Natürlich musste Art nicht vor Ort sein, um irgendwelche Papiere zu unterschreiben. Große Deals ließen sich, genau wie Scheidungen, problemlos auch rund um den halben Globus organisieren. Wir hatten Mandanten auf der ganzen Welt. Trotzdem, jetzt schon verkauft? An einen Bauunternehmer aus Glasgow? Sich einfach so seines Erbes entledigen und für immer nach Amerika ziehen? Allein die Vorstellung, dass das Herrenhaus wie eine Makrele ausgeweidet werden sollte, sein Inneres herausgerissen und durch seelenlose Einbauküchen und Badezimmer ersetzt, war mir zuwider.

»Wie viel – was schätzt ihr?«, fragte Dad in die Runde.

Roy plusterte seine Wangen auf. »Das ganze Land mitsamt dem Haus? Müssten so um die … fünfzehn Millionen sein?«

Dad nickte abermals bedächtig.

»Aber was will der Bauunternehmer mit dem Land machen?« warf ich ein. »Er kann das Haus kernsanieren, ja, aber was nützen ihm die Felder?«

»Er kann sie zubauen«, sagte Roy. »Zumindest ist es das, was ich glaube. Ich schätze mal, er wird versuchen, neue Wohnkomplexe zu errichten. Das wird das Anwesen ruinieren.«

»Überlegt doch mal«, mischte sich nun Jamie ein. »Es geht sicher darum, neuen Wohnraum für Pendler zu bauen, weil der Zug von hier nach Newcastle nicht besonders lang braucht, oder?«

»Zwanzig Minuten«, bestätigte Douglas »Das ist ein Klacks. Und man hat ein hübsches neues Haus direkt am Meer.«

»Ganz genau«, knurrte Roy.

Ich stellte mir die Felder rund um das Dorf bedeckt mit Dutzenden identischer Baukastenhäuser aus rotem Backstein vor, alle mit den gleichen Türen, den gleichen Fenstern sowie der gleichen asphaltierten Einfahrt davor. Einfach unerträglich. Die Wildheit war das, was Northcliffe ausmachte, der unverbaute Blick über die Küste. Und die Otter und die Hasen! Was würde mit ihnen geschehen? Art war weggezogen, schön, aber ich konnte nicht glauben, dass er wirklich wollte, dass alles hier niedergemäht wurde.

»Wie sieht es mit den Bebauungsplänen aus?«, fragte ich in einem Anflug von Verzweiflung. »Er wird doch sicher nicht alles zupflastern dürfen?«

»So wie ich das sehe, ist ein gutes Geschäft immer drin – je nachdem, wie viel Geld den Besitzer wechselt«, sagte Roy. »Was ein Elend. Das ganze Land, mit all seiner Geschichte. Einfach so verkauft, in ein paar Wochen.«

»Ist Lady de Vil denn noch da?«, wollte Dad wissen.

»Nee, die ist nach dem Begräbnis direkt wieder zurück nach London. Das Haus ist verriegelt und verlassen.« Roy leerte sein Glas. »Also gut, Jungs – und Entschuldigung, die Dame –, wer trinkt noch einen mit?«

Sie murmelten beifällig. Ich schüttelte den Kopf.

»Danke, für mich nichts. Dad, denk an deine Tabletten.« Doch es war eine schwache Mahnung. Nach den Neuigkeiten bezüglich des Anwesens hatte ich nicht mehr die Kraft für einen Streit.

Ich ließ Dad noch drei weitere Pints kippen, bevor ich ihn nach Hause schob. Er hielt mein Handy vor sich und benutzte die Taschenlampe als Scheinwerfer, während wir den Schotterweg entlangholperten.

Aus reiner Nostalgie zog ich an jenem Abend die Kiste unter meinem Bett hervor. Das Gespräch im Pub hatte in mir die Sehnsucht nach einer Zeit wachgerufen, als das Dorf lebendiger war und das Anwesen noch für Besucher geöffnet, als nicht über Art geschimpft wurde und, zu guter Letzt, einer Zeit, in der Mütter noch nicht mit italienischen Baristas durchbrannten.

Ich hatte diese Kiste über fünfzehn Jahren gemieden, nachdem ich sie, im Sommer nach Arts Party, so weit wie nur möglich nach hinten geschoben hatte. Doch nachdem

Dad in seinem Bett lag, schloss ich ab, knipste die Lichter im Erdgeschoss aus und zog mich in mein Zimmer zurück, wo ich beschloss, dass heute der Abend gekommen sei, sie durchzusehen und mich an fröhlichere Zeiten zu erinnern.

Der Teppich unter meinem Bett war widerlich. Während ich unter dem Lattenrost herumtastete, stieß ich auf Hundehaare, uralte Flaschen mit Bodylotion, Staubmäuse, lang verschollene Bücher und, wie ich mir gut vorstellen konnte, auch tote Spinnen.

Ich wuchtete die Plastikkiste hervor und wedelte die Staubwolken aus meinem Gesicht.

Dieses Mal handelte es sich nicht um Brautzeitschriften. Stattdessen befand sich ganz oben auf dem Stapel der erste Brief, den Art mir mit dreizehn aus dem Internat geschickt hatte, noch immer zusammengefaltet in seinem Originalumschlag. Ich hatte ihn so sorgfältig aufbewahrt wie ein Archivar, dem man die mit Sepiatinte beschriebenen Schriftrollen alter Könige anvertraut hatte. Vorsichtig zog ich den Brief hervor und musste beim Anblick seiner kleinen, jungenhaften Handschrift lächeln. Ich hatte ihn noch genau im Kopf, Zeile für Zeile. Er war vom Oktober 1996, und Art schrieb von seiner Hoffnung, es ins Rugbyteam zu schaffen, und dass in seinem Schlafsaal auch ein afrikanischer Prinz war, außerdem erkundigte er sich nach unserer neuen Welpendame, Luna.

Sie war im Frühsommer eines Nachts in unserer Küche zur Welt gekommen. Jack, Art und ich hatten tagelang auf die Welpen gewartet (»Ist es schon so weit? Ist es schon so weit?«, waren wir Mum auf den Wecker gegangen);

doch als der entscheidende Abend schließlich kam und Jack erkannte, dass es nicht so viel Blut und Drama geben würde, wie er gehofft hatte, verlor er das Interesse und ging ins Bett. Es war das erste Mal, dass Art bei uns übernachtete.

Nachdem Nanny Gertrude ihm telefonisch ihr Einverständnis gegeben hatte, erlaubte Mum uns, dass wir in der Küche auf einem provisorischen Bettenlager aus Schlafsäcken und Kissen campieren durften. Wir legten uns bäuchlings auf den harten Boden, die Köpfe auf die Hände gestützt, sodass wir in das Hundebett schauen konnten, wo Minnie keuchend in den Wehen lag. Keiner von uns beiden wollte das faszinierende Wunder der Geburt verpassen, und dieses Ereignis, kombiniert mit dem Abenteuer, eine ganze Nacht neben Art zu liegen, war das Aufregendste, was ich bis dahin erlebt hatte.

Auch wenn wir dann doch einschliefen, dadurch das ganze Prozedere verpassten, und erst aufwachten, als es bereits hell wurde und uns der Anblick von sechs großen, pelzigen Maden erwartete, die an Minnies Bauch nuckelten. Art wollte einen Welpen behalten, doch Lady Drummond verbot es ihm, sodass schließlich fünf Welpen verkauft wurden und wir bloß eine kleine Hundedame behielten, die wir Luna tauften. Art vergötterte Luna und kam die ganzen Ferien über zu uns, weil er zu Hause nicht mit den Hunden seiner Mutter spielen durfte. Die beiden hießen Cleo und Julius und sahen aus wie große Pompons, aber Lady Drummond ermahnte uns ständig, dass es sich bei ihnen um eine überaus teure, sehr alte Rasse handelte, die aus Japan stammte und zum Schutz der dortigen Kaiser eingesetzt worden waren. Sie ließ ihnen mehr Liebe zuteilwerden als Art, und Howard musste sie eigenhändig mit frischem Rindfleisch vom Gutshof füttern.

Ich drückte seinen Brief an meine Brust und lächelte bei der Erinnerung an mein elfjähriges Ich. Mir wurde weh ums Herz bei dem Gedanken, dass ich damals geglaubt hatte, ein Brief, in dem er die Bettenanordnung in seinem Schlafsaal beschrieb, würde bedeuten, dass wir füreinander bestimmt waren – aber so ist sie nun mal, die bemerkenswerte Einbildungskraft eines Mädchens, das zum ersten Mal bis über beide Ohren verknallt ist. Würde man einen ganzen Raum mit diesen Mädchen füllen und diese Kraft kanalisieren, so könnte man damit wahrscheinlich den ganzen Planeten mit Energie versorgen.

Ich schob den Brief in seinen vergilbten Umschlag zurück und ging weiter die Kiste durch.

Als Nächstes kam die CD-Hülle. Das war die Mix-CD mit Coldplay-Songs, die Art mir zu Weihnachten gebrannt hatte, als ich siebzehn war. Ich hatte sie in den darauffolgenden Monaten schätzungsweise dreiundvierzig Millionen Mal angehört, während Art wegen seiner Pilotenausbildung auf der Basis der Royal Air Force in Anglesey war.

Wegen seines Großvaters, der im zweiten Weltkrieg nach einer Schlacht um Malta mit der Tapferkeitsmedaille ausgezeichnet worden war, hatte Art schon immer fliegerische Ambitionen gehegt. Die Tapete seines Kinderzimmers war mit kleinen Flugzeugen bedruckt gewesen; später hatte er selbst Bilder von Flugzeugen, die er aus Zeitschriften herausriss, an die Wände geklebt. Sein liebstes Flugzeug trug den Namen Cody 1 (diesen ungemein wichtigen Fakt hatte ich mir damals natürlich eingeprägt), das erste britische Flugzeug, das jemals geflogen ist. Und jedes Mal, wenn in Northcliffe ein Jet über uns hinwegdüste, was oft geschah, da nur zwanzig Meilen entfernt eine Basis der Royal Air Force lag, schrie Art seinen Namen gen Himmel: »Taifun!« oder »Blitz!«

Aber sein Traum vom Fliegen schien eine weitere Sache zu sein, die er recht schnell aufgegeben hatte, überlegte ich, bevor ich mich daranmachte, die Rückseite der CD-Hülle zu betrachten. Sie war mit der gleichen kleinen sauberen Handschrift bedeckt, mit der er auch seinen Brief verfasst hatte, und listete Songs, die ich seit Ewigkeiten nicht mehr gehört hatte: »Clocks«, »A Rush Of Blood To The Head«, »Fix You«. Geflüsterte Textzeilen fielen mir wieder ein: *Tell me you love me, come back and haunt me*, hatte ich monatelang, berauscht vom Glück meiner jugendlichen Liebe wie ein Pirat von seinem Rum, leise vor mich hingesungen. Irgendwann hatte sogar der Hund die Schnauze voll von Coldplay gehabt.

Ich konnte mir die Band nicht mehr anhören. Gus hatte einmal vorgeschlagen, Tickets für einen Coldplay-Gig im Wembley zu besorgen, weil er wusste, dass sie mir mal gefallen hatten. Aber ich hatte sofort abgelehnt, mit der Begründung, dass ich »allergisch« auf Chris Martins Stimme reagierte. Armer Chris. Das klang ziemlich melodramatisch, aber die Vorstellung, dort in der Menge zu stehen, während Gus sich neben mir hin- und herwiegte, behagte mir gar nicht.

Unter der Coldplay-CD befand sich ein Stapel gefalteter Blätter: sämtliche E-Mails, die Art mir je geschickt hatte, einzeln ausgedruckt, damit ich sie mir immer wieder in meinem Zimmer durchlesen konnte, da ich mich damals noch mit Jack darum streiten musste, wer an den Computer durfte. Es war ein ewiges Hin und Her aus jugendlicher Sehnsucht und Aufregung gewesen; und immer, wenn mir in fetter Schrift eine ungelesene E-Mail von Art in meinem Postfach angezeigt wurde, wurde mir so warm ums Herz, als sei es eine kleine Sonne. Lächelnd blätterte ich sie durch. Wie konnte es sein, dass ich mich an kein einziges Detail aus meiner Dissertation über das Rechtssystem der Tudorzeit erinnern konnte, dafür aber an *jedes* Wort aus einer E-Mail, die mir Art im Frühjahr 2004 geschickt hatte? Dabei waren die Mails noch nicht mal besonders spannend. Meistens schrieb er vom Fliegen, über dieses und jenes Flugzeug oder den Pub in Anglesey, wo er seine freien Abende verbrachte und sie als Snack Herzmuscheln in kleinen Pfannen servierten. Aber die Sätze kamen einfach so wieder wie auch die Coldplay-Lyrics davor: *Ich vermisse dich, der Juni kann nicht früh genug kommen*, hatte er am Ende einer Mail geschrieben, und ich konnte mich noch lebhaft erinnern, was für einen Auftrieb mir diese zehn Wörtchen beschert hatten – und das nicht nur für einen, sondern gleich mehrere Tage.

Auf dem Boden der Kiste klapperte ein herzförmiger Stein umher, den er einmal am Strand gefunden und mir geschenkt hatte; außerdem all die Schneekugeln und Postkarten von ihm. Damit fing er an, als er einmal über Weihnachten mit seinen Eltern nach New York geflogen war. Die Drummonds verbrachten ihre Urlaube immer an exotischen Orten: in Amerika, auf den Seychellen, in Kenia … Art wusste, dass ich damals unbedingt nach New York wollte – vor allem wegen *Friends* –, und so kam es, dass eines Nachmittags nach der Schule ein kleines Päckchen zu Hause auf mich wartete, in dem sich eine New-York-Schneekugel mitsamt einer Postkarte vom Empire State Building befand. *Lass uns eines Tages zusammen hierherkommen!*, stand drauf.

Danach schickte Art mir aus allen seinen Urlauben Postkarten und Schneekugeln, bis meine Sammlung fast den ganzen Schreibtisch einnahm: aus Rom, Melbourne, Kapstadt, Singapur, San Francisco, Wien und St. Petersburg. Aber am meisten liebte ich die Schneekugel aus New York, da sie die erste gewesen war. In ihrem Inneren befand sich eine Miniatur-Ausgabe der Freiheitsstatue, umgeben von Wolkenkratzern, und auf dem Boden winzige gelbe Taxis. Ich lag im Bett und, während ich sie immer wieder schüttelte, stellte ich mir vor, mit Art dort zu sein.

Schließlich kamen die Karte und das Geschenk zu seinem einundzwanzigsten Geburtstag.

Bei ihrem Anblick versteinerte meine Miene. Beides war ungeöffnet. Die Karte hatte ich am Abend seiner Party in der kleinen Samt-Clutch, die ich von Mum geborgt hatte, wieder mit nach Hause genommen, und die Fotocollage war immer noch in das gelbe, mit kleinen Comic-Flugzeugen verzierte Papier eingewickelt, das ich im Woolworths von Morpeth gefunden hatte.

Meine Hand schwebte über beidem. Sollte ich sie öffnen? Oder war das eine schlechte Idee?

Nell, das ist ein Geschenk aus Teenagertagen, nicht das versiegelte Grab eines verfluchten Pharaos. Also, bring's hinter dich.

Ich riss das Papier auf und hielt den Rahmen in die Höhe. Die Bilder machten mich gleichzeitig glücklicher und trauriger als all die anderen Schätze, die ich aufbewahrt hatte. Nach der eher flüchtigen Begegnung mit Art bei der Beerdigung seines Vaters kam es mir fast schon vor, als hätte ich mir unsere ganze Beziehung nur eingebildet. Wie konnten wir uns je nahegestanden haben, wenn man bedachte, wie fremd er mir jetzt war?

Und doch war hier der schlagende Beweis: wir, im Sommer am Strand, mit vor Lachen weit aufgerissenen Mündern, sodass man unsere Milchzähne sah; wir, beim Picknicken auf dem Rasen des Herrenhauses; wir, am Eingang zum Heckenlabyrinth.

Und da das Foto von der Weihnachtsfeier auf Drummond Hall, auf dem ich Art aus großen Augen anschmachte wie ein hungriger Spaniel.

Dann ein anderes im Frühling, mit Netzen auf dem Rand des Fischteichs balancierend, wo wir mit zusammengekniffenen Augen das gleißende Wasser nach Michelangelo absuchen.

Ich hatte mich nicht geirrt: Es war tatsächlich eine süße,

perfekte, allumfassende erste Liebe gewesen. Für mich jedenfalls. Und die Fotos bewiesen, dass er diesen Ort auch geliebt hatte, ganz gleich, was Roy im Pub behauptete. Er war nicht der Art von den Hochglanzfotos aus New York, oder zumindest war er das nicht immer *gewesen*.

Als Nächstes öffnete ich die Karte und schlug mir unwillkürlich die Hand vor den Mund. Das hatte ich ganz vergessen.

Als ich in der Woche von Arts einundzwanzigstem Geburtstag mit dem Bus nach Morpeth gefahren war, hatte ich zweimal die gleiche Glückwunschkarte gekauft und beide mit demselben Text versehen – abgesehen vom Schluss.

Auf der einen hatte ich geschrieben: *Alles Liebe, Nell*; auf der anderen: *Ich liebe dich, Nell.*

Tagelang hatte ich mir vor der Party den Kopf zerbrochen und mich gefragt, ob ich mutig genug wäre, ihm zu sagen, dass ich ihn liebte. Würde ich es wagen? Könnte ich es wagen? War es übertrieben? Aber ich war davon ausgegangen, dass wir in dieser Nacht, der Nacht seiner Party, vielleicht zum ersten Mal miteinander schlafen würden, daher erschien es mir angemessen – so ein dramatisches Geständnis hätte es auch in einem von Mums Liebesromanen geben können. Am Ende hatte ich die Karte, in der stand, dass ich Art liebte, in meine Clutch gesteckt und die andere weggeworfen.

Nur dass Art die Karte niemals bekommen hatte; und nun lag sie hier vor mir. Schmerzhaft kniff ich die Augen zusammen, litt mit meinem achtzehnjährigen Ich und wünschte mir, ich könnte in der Zeit zurückreisen, um ihm zu versichern, dass alles gut werden würde. Dass ich mir zwar ein, zwei Jahre die Augen ausheulen, irgendwann aber über ihn hinwegkommen und nach London ziehen würde, wo ich mit jemand anderem zusammenleben und Aesop-Flüssigseife in meinem Bad haben würde. Und außerdem, dass ich unbedingt Amazon-Aktien kaufen sollte.

Aber für diese Weisheiten war es zu spät, dachte ich, als auch schon mein Handy auf dem Teppich neben meinem Knie losvibrierte. Eine Gute-Nacht-WhatsApp von Gus: *Schlaf gut, Lämmchen, ich liebe dich.*

Mein Blick huschte von meinem Handydisplay zu der Geburtstagskarte, und ich hatte das Gefühl, als wäre ich bei etwas ertappt worden. Warum saß ich hier, auf dem Teppich meines Kinderzimmers, und kramte wie eine Besessene in Erinnerungen? Das war Gus gegenüber nicht fair. Wenn ich ihn so gefunden hätte, wäre ich stinksauer.

Glücklicherweise hatte Gus keine Freundinnen von früher, weil er in der Schule so ein Oberstreber gewesen war, aber trotzdem.

Morgen früh würde ich die Kiste nach unten bringen, sie in einen Müllsack stopfen, und damit hätte es sich erledigt. Es gab für mich keinen Grund mehr, die Sachen aufzubewahren, oder?

Am darauffolgenden Morgen stand ich früh auf und beschloss, eine ausgiebige Runde zu joggen, um mich wieder mehr wie ich selbst zu fühlen. Ich musste wieder die vernünftige dreiunddreißigjährige Anwältin Eleanor sein, nicht die trübselige Teenie-Nell, die sich in uralten romantischen Erinnerungen suhlt. Leise, damit ich Dad im Wohnzimmer unter mir nicht aufweckte, schlüpfte ich in meine Leggins und meinen alten Fleece-Pulli und schnappte mir meine Turnschuhe.

Es hatte mich schon immer geärgert, dass Laufklamotten so hässlich und doch zugleich so teuer sind. Mein aktuelles Paar Turnschuhe ließ meine Füße wie Krokodilköpfe aussehen – zwei riesige, schwarz-grüne Ungetüme, die mir im Lauffachgeschäft in der Nähe der Kanzlei empfohlen worden waren. Kurz nachdem ich damals mit dem Joggen angefangen hatte, machte sich ein stechender Schmerz bemerkbar, der von meiner rechten Hüfte bis zu meinem Knie ausstrahlte. Also ging ich zu einem Osteopathen, der mir für hundert Kröten eröffnete, dass ich »die plattesten Füße« hätte, die er je zu Gesicht bekommen hätte, und mich daraufhin zum Lauffachgeschäft schickte, wo ich barfuß auf einem Laufband rennen musste, damit sie meine »Gangart« genau unter die Lupe nehmen konnten. Für weitere zweihundert Kröten statteten sie mich dann mit korrigierenden orthopädischen Innensohlen sowie einem Paar »stabilisierender« Laufschuhe aus, die anscheinend verhindern würden, dass ich mit meinen Watschelfüßen über den Asphalt klatschte wie Pingu übers Eis.

Meine Hüftschmerzen verschwanden zwar, und ich konnte wieder laufen, aber jedes Paar Schuhe, das ich seither besessen habe, war einfach nur abartig hässlich. Auch das war ein Grund, warum ich um 6:10 Uhr aufstand, um zur Arbeit zu joggen; wenn ich vor sieben in der Kanzlei eintraf, schaffte ich es unter die Dusche und mich umzuziehen, bevor mich irgendjemand in der Montur einer Grunge-Band sehen konnte, samt verschwitzter Oberlippe und quer über der Stirn klebenden Haarsträhnen.

Ich schlich auf Zehenspitzen nach unten und schnürte meine Schuhe, während Wilma aufgeregt um mich herumtänzelte. »Schhhhhh. Komm, lass uns gehen.« Ich öffnete die Küchentür, bevor ein »Machst du mir nen Tee, Kleines!« aus dem Nebenzimmer ertönen konnte.

Manchmal hörte ich beim Joggen Musik oder Podcasts, manchmal auch nichts. Das hing von meiner Stimmung ab; aber der heutige Morgen war einer ohne Musik. Ich wollte die emotionalen Trümmer aus meinem Kopf räumen, ohne dass mir jemand dabei ins Ohr trällerte.

Ich folgte dem Schotterweg und steuerte dann den schmalen Pfad an, der zum Strand führte. Ich hatte das Laufen in der Nähe eines Gewässers schon immer als beruhigend, ja fast schon meditativ empfunden. Egal, ob es die Themse oder das Meer war, ich lief und blickte dabei auf die sich zurückziehende Flut hinaus, um mir in Erinnerung zu rufen, dass all das, was mir gerade zu schaffen machte, im Grunde nicht von Bedeutung war.

Das galt so auch für die Trennung meiner Eltern, sagte ich mir, während Wilma und ich zu dem Pfad hinabtrabten. Genauso wie für den Verkauf des Anwesens und meine unterschwellige Angst, meine Abwesenheit im Büro könnte meine Beförderung noch mal verzögern. Die

Wellen würden heranbranden und sich wieder zurückziehen; das Leben ging weiter.

Sei mehr wie Wilma, ermahnte ich mich, als ich sie dabei beobachtete, wie sie vor mir herumsprang, sichtlich erfreut über die Richtung, die dieser Ausflug nahm. Da war sie, einfach nur glücklich, draußen zu sein, mit keiner weiteren Sorge als jener, ob sie wohl eine Möwe erhaschen würde oder nicht. Sie würde es nicht schaffen, denn bisher war es ihr noch nie gelungen, aber das hielt sie nicht davon ab, es zu versuchen. Sei mehr wie ein Hund, riet ich mir erneut, während meine Sohlen über den harten, dunklen Sand trommelten und Wilma von einer flachen Pfütze zur nächsten hüpfte.

Auf der heutigen To-do-Liste stand ein erneutes Telefonat mit dem Anwalt des Personal Trainers, um nachzuhaken, ob Darren bereits Mr. Jalals Ehevertrag gelesen, verstanden und unterschrieben hatte; dann Prinz Rudolfs Sekretärin anrufen und mich vergewissern, dass seine Unterlagen unterwegs waren (es war einfacher, mich an die Sekretärin zu wenden als an Prinz Perverso selbst); danach bestätigen, dass Lord Betthüpfer seinen Termin zum Vaterschaftstest in der Harley-Street-Klinik wahrgenommen hatte.

Ich blieb stehen, um den Sonnenaufgang zu fotografieren. Das gelbe und orangefarbene Licht sah aus wie eine atomare Explosion am Horizont. Ich hatte zwar schon so ungefähr fünf Millionen Sonnenaufgangsbilder in meiner Handy-Galerie, aber warum nicht noch eins mehr? Ich wollte es Gus schicken, wenn ich nach Hause kam, um mein schlechtes Gewissen zu beruhigen, weil ich am

Vorabend meine Kiste mit Art-Devotionalien durchwühlt hatte. Der liebe, süße Gus, zu dem ich schon bald zurückkehren würde, um dann mein normales Leben wieder aufzunehmen. Mein normales Leben, mit meinem normalen Bett und meinen normalen Wochentagen, von Gideon mal abgesehen, der offenbar alles andere als normal war, aber sonst würde wieder alles so werden, wie es sein sollte.

Beruhigt von meiner eigenen motivierenden Ansprache, preschte ich weiter und genoss die vertraute einsetzende Müdigkeit in meinen Beinen und das kräftige Schlagen in meiner Brust. Ich erreichte das Ende des Strandes, rief Wilma und wollte schon kehrtmachen, doch dann beschloss ich, den gewundenen Pfad zum Herrenhaus hochzulaufen. Es war zwar der steilere Rückweg, doch die Anstrengung sorgte dafür, dass meine Angst verpuffte, und außerdem konnte ein Teil von mir nicht widerstehen, einen Blick auf das Herrenhaus zu werfen und es, nach der Diskussion am Vorabend im Pub, noch mal mit eigenen Augen zu sehen.

Als ich oben ankam, schrien meine Lungen vor Schmerz, doch ab hier wurde der Weg flacher und schlängelte sich um die Rhododendrensträucher herum zur Auffahrt und dann bis zum Haus selbst.

Wilma rannte voraus, während ich innehielt, um den Anblick auf mich wirken zu lassen. Wie Roy gesagt hatte waren die Fensterläden des Herrenhauses verriegelt, und vielleicht wirkte die Fassade etwas matter, das Mauerwerk nicht ganz so hell wie in meiner Jugend. Aber davon abgesehen, war es noch immer das Haus aus meiner Erinnerung, das Haus, das ich fast so gut kannte wie mein eigenes, das Haus, von dem ich so viele Stunden – tausende? Auf jeden Fall eine peinlich hohe Zahl – geträumt hatte, dass es meins wäre. Und doch gehörte es nun jemand ganz anderem, oder würde es zumindest bald tun.

Ich lief wieder los, und während ich um die Büsche bog, hoffte ich, dass der Bauunternehmer wenigstens die Fischteiche und das Heckenlabyrinth nicht anrühren würde. Womöglich war es am Ende gar nicht so verkehrt, dass das Anwesen verkauft und in Wohnung umgewandelt wurde, damit es wieder von jemandem geliebt werden konnte. Wenn Art sich nichts mehr daraus machte, dann war es allemal besser, wenn es verkauft und von anderen Menschen bezogen wurde, als dass gar niemand darin wohnte. Dieses Anwesen war viel zu einzigartig, um leer zu stehen. Klar, es war zugig, aber bestimmt um Klassen besser als in einem Reihenhaus im Südlondon zu leben.

O Gott, Wilma, echt jetzt?

Ein Stück vor mir, inmitten einer Rasenfläche, hielt sie inne und senkte ihren Hintern in das Gras hinab. Ich drosselte mein Tempo und griff in die Taschen meines Fleecepullis, um zu sehen, ob ich irgendwas dabeihatte, was als Hundekotbeutel verwendbar wäre. Aber nichts, noch nicht einmal ein zerknautschtes altes Taschentuch.

Ich sah mich um, als ob mich hier jemand beobachten könnte. Eigentlich könnte ich es einfach liegen lassen, oder? Wir befanden uns hier auf dem Land, nicht in einem Londoner Stadtpark. Hier war keine Menschenseele. Als sie mit ihrem Geschäft fertig war, trat ich näher. Meine Güte, der Haufen war riesig.

»Herrje, Wilma, das könnte auch von einem Dinosaurier stammen«, murmelte ich, als sie glücklich und zufrieden wieder davonsprang.

Ich würde ihn wegkicken, beschloss ich. Mit einem Tritt meines gigantischen Schuhs würde ich ihn in die Büsche befördern, dann hätte ich es zumindest versucht, ihre Hinterlassenschaften zu beseitigen. Ich rümpfte die Nase, zog meinen Fuß zurück und trat beherzt zu wie ein Fußballer beim Elfmeter.

Nein. Nein, nein, nein! Während die Hälfte des dampfenden Haufens in das Blumenbeet segelte, blieb der Rest an meiner Schuhspitze kleben.

Ich winkelte den Fuß ab und schleifte ihn durch das Gras, als mir eine penetrante Duftwolke in die Nase stieg. Würg! Gus hatte recht, Hunde konnten echt eklig sein. Ich liebte Wilma, aber das hier war nicht schön. Wenn man ein Baby bekam und es so einen Haufen machte, liebte man es dann immer noch?

»Igitt, igitt, igitt«, murmelte ich, während ich weiter den Schuh durchs Gras zog, um ihn sauber zu kriegen. Ich würde ihn zu Hause desinfizieren müssen. Als ob meine Turnschuhe nicht so schon abstoßend genug gewesen wären, jetzt rochen sie auch noch verboten.

»Nell?«

Ich blieb wie angewurzelt stehen, mein Bein komisch verrenkt im Gras verharrend. Dann, ganz langsam, drehte ich mich um, nur um Art zu sehen, der mich stirnrunzelnd betrachtete.

8

»Hi!«, quietschte ich und wischte meinen Turnschuh schnell noch einmal ab.

»Was tust du da?«

»Ich … nichts. Rein gar nichts. Ich gehe nur mit dem Hund Gassi.«

»Ja, das sehe ich.«

Er grinste, während ich versuchte, vor Scham nicht im Boden zu versinken. Er hatte mich in meiner hässlichen Laufmontur erwischt, mit hochrotem Gesicht, schweißglänzend, keuchend und nach Hundekot stinkend.

Gott, falls du da oben bist, dachte ich und hob die Augen gen Himmel, *dann werden wir uns später ernsthaft über das hier unterhalten müssen*.

»Wie kommt es, dass du noch da bist? Ich dachte, du wärst schon zu Hause? Wolltest du nicht am Freitag fliegen?« Ich bereute mein Geplapper, kaum dass es mir über die Lippen kam, da ich damit verriet, dass ich den Tag seiner Abreise im Kopf gehabt hatte. Als würde ich ihn stalken. Mittlerweile sollte ich mich doch besser im Griff haben.

Art schüttelte den Kopf. »Das wollte ich auch, aber dann, äh, kam etwas dazwischen, also hab ich beschlossen zu bleiben.«

»Mit …?«

»Nein«, unterbrach er und kam damit meiner Frage zuvor, »die beiden sind nach Hause geflogen. Zurück in die Staaten, meine ich.«

»Oh. Und wie lange bist du dann noch hier?«

Er zuckte mit den Schultern. »Weiß nicht genau, wahrscheinlich eine Woche oder so. Es gibt einfach noch einiges zu klären. Eigentlich hätte ich ja wissen müssen, dass Dad die Dinge nicht gerade … tipptopp hinterlassen hat.«

»Ja, hab schon gehört.«

»Was hast du gehört?«, wollte er wissen und runzelte die Stirn.

Es war mir so rausgerutscht, weil ich gerade mehr mit der Tatsache beschäftigt war, dass ich vor Art stand und dabei schwitzte wie ein Sumoringer und nach Wilmas Hintern roch. »Ach. Nicht viel. Ehrlich, nur so Gerede im Pub … über das Haus und das Anwesen und …« Ich verstummte, weil er so defensiv geklungen hatte, konnte aber nicht anders als fragen. »Stimmt es, dass du es verkauft hast?«

Er ließ das Kinn auf die Brust sinken, und ich dachte sofort wieder an den Mief, der von meinen Schuhen emporwehte.

»Art?«, hakte ich nach ein paar Sekunden vorsichtig nach.

Er hob den Kopf, und da wurde mir bewusst, wie müde er sein musste; der Blick seiner grünen Augen war trüb, sein Kinn von einem Dreitagebart bedeckt. Plötzlich überkam mich das Verlangen, ihn zu umarmen, ich hielt mich aber davon ab. Es wäre auf grob geschätzt sechsundachtzig verschiedenen Ebenen unangebracht; und davon mal abgesehen, war da noch mein Schuhproblem.

Er atmete geräuschvoll aus und richtete den Blick über meine Schulter hinweg aufs Meer. »Dieser Ort hier ändert sich nie.«

»Nein. Nein, das tut er nicht.«

Es folgte eine unangenehme Stille.

»Hast du schon das von meiner Mum gehört?«, sagte ich nach einer Weile, wie um zu beweisen, dass Art nicht das einzige Gesprächsthema im Pub war.

Er runzelte wieder die Stirn. »Nein, was denn?«

»Sie hat Dad verlassen und ist jetzt mit dem Besitzer des neuen Cafés zusammen.«

»Im Ernst? Der Laden mit dem schrecklichen Namen?«

Ich konnte nicht anders, als zu lachen. »Ja! Ganz genau, der.«

»Bist du deswegen hier?«

Ich stieß prustend die Luft aus. »Sozusagen, ist eine lange Geschichte.«

Art öffnete den Mund, wie um etwas zu sagen, entschied sich dann aber offenbar anders.

»Was?«

Er legte den Kopf zur Seite und blinzelte mich an. »Willst du es mir vielleicht bei einer Tasse Tee erzählen?

Falls du Zeit hast. Es gibt da etwas, das ich dir gerne zeigen würde.«

Ich lauschte dem Klopfen eines Spechtes in einem der Bäume über uns und musste an Dad denken, der zu Hause auf mich wartete. Und an meine E-Mails. Und an Gus. Und an meine Turnschuhe.

»Klar«, antwortete ich, bevor ich nach Wilma rief, die in den Büschen verschwunden war.

Wir wandten uns dem Haus zu. Mein Kopf war voller Fragen, und ich war mir nicht sicher, welche davon ich zuerst stellen sollte, zumal die meisten von ihnen viel zu gewichtig waren. Ich wollte wissen, wie es ihm ging, aber damit meinte ich nicht, wie es ihm jetzt gerade ging, an diesem sonnigen Morgen. Sondern vielmehr in einem weiteren Sinne, nun, da sein Vater nicht mehr da war, mit den Verpflichtungen hier; wie es ihm die vergangenen fünfzehn Jahre ergangen war, wie es ihm ganz allgemein im Leben ging. Es schien mir zu heftig, so was anzusprechen, bevor er nicht das Teewasser aufgesetzt hatte, aber andererseits hatte ich mit Art schon immer freier reden können als mit irgendwem sonst.

Als wir noch Teenager waren und Art über die Ferien vom Internat nach Hause zurückkehrte, kam er manchmal noch spät zu mir, stellte sich vor mein Fenster und legte die Hände zusammen, um den Ruf eines Uhus nachzuahmen. Zumindest behauptete er, dass es ein Uhu wäre. Ich fand ja eher, dass es sich anhörte wie eine verwirrte Kuh, die um Hilfe muhte. Trotzdem, es war unser Geheimcode, und wenn ich ihn hörte, schlich ich ins Erdgeschoss, um ihn durch das Wohnzimmerfenster hereinzulassen und auf leisen Sohlen nach oben zu führen.

Wir saßen dann in meinem Zimmer und redeten über alles Mögliche, angefangen bei unseren Eltern bis zu Van Morrison (Arts Lieblingssänger) und der Frage, was wir am liebsten essen würden, wenn wir uns für den Rest unseres Lebens für die Küche eines Landes entscheiden müssten (Art: Amerikanisch, ich zweifelte jedoch an, ob es sich dabei wirklich um eine eigene *Küche* handelte, lenkte aber nach einer langen Diskussion ein; ich: Italienisch, weil man da immer Nudeln und Pizza bekam, die Leute aber vergaßen, dass man auch Sachen wie Fleischbällchen essen durfte); von dort aus ging es weiter zu Nanny Gertrude und wie sehr wir sie liebten sowie Arts Begeisterung für das Fliegen. Wir wechselten das Niveau der Themen in einem geradezu irrwitzigen Tempo, von der Frage, ob wir an Geister glaubten (angeblich spukte der Geist eines viktorianischen Hausmädchens durch die Flure von Drummond Hall, aber Art hatte ihn nie zu Gesicht bekommen) zu Tony Blair und dem Irakkrieg, der gerade begonnen hatte; von der Frage, ob ich Anwältin werden wollte – etwas, worüber ich damals angefangen hatte nachzudenken –, zu jener, ob Chips oder Pommes besser wären.

Das einzige Thema, über das wir nie sprachen, dem wir nie auch nur nahekamen, war unser jeweiliges Liebesleben. Aus irgendeinem Grund war es verbotenes Terrain, aber das ging für mich in Ordnung. War ja auch nicht so, als ob ich irgendwas zu erzählen gehabt hätte.

Ich hatte immer den Verdacht, dass Art zu mir rüberkam, um zu vergessen, dass Lord und Lady Drummond sich mehr für ihre Pferde, Hunde und Autos interessierten als für ihn. Aber für mich war es mehr als das. Wenn Art in meinem Zimmer saß, gab es auf der ganzen Welt keinen anderen Ort, an dem ich lieber gewesen wäre. Diese Zeit mit ihm bedeutete mir die ganze Welt. Als junges Mädchen war ich mir bei so vielen Dingen unsicher gewesen, aber eben nicht, wenn ich mit Art zusammen war. In seiner Gegenwart fühlte ich mich immer am ehesten wie mein wahres Selbst.

Während wir über die gekieste Auffahrt liefen, versuchte ich, mir eine passende Eröffnungsfrage einfallen zu lassen. »Wie fühlt es sich an, der neue Lord Drummond zu sein?«

»Fang bloß nicht damit an«, warnte er mich, als wir den Nebeneingang erreichten und er stehen blieb, um mir den Vortritt zu lassen.

»Wie meinst du das?« Ich kickte meine verseuchten Schuhe von den Füßen und folgte ihm, mit Wilma auf den Fersen, den steinernen Flur entlang. Eine Wendeltreppe am anderen Ende führte in seinen Flügel hoch, doch Art duckte sich stattdessen unter einer Tür zur linken hindurch und betrat die alte Küche, in der uns einst Frank, der französische Koch der Drummonds, Picknickkörbe für die langen Sommerferien zusammengepackt hatte, die Art, Jack und ich damit verbrachten, den lieben langen Tag auf dem Anwesen herumzurennen. Jeden Morgen stellte er einen Korb auf der Hintertreppe ab, bis oben hin gefüllt mit Käse- und Salami-Sandwiches oder kleinen Quiches sowie ein paar dicken Scheiben Biskuitkuchen und Apfelsaftpäckchen. Und wenn wir hungrig waren, kamen wir herbeigeschwirrt, wie Schwalben an den Futterplatz, um ihn zu holen.

Art griff nach dem Teekessel und hielt ihn unter den Wasserhahn. »Nur dass alle anderen sich anscheinend mehr für den Titel begeistern können als ich. Nicole ist aus dem Häuschen. Sie hat sich schon Schreibpapier mit dem neuen Briefkopf bestellt.« Er schenkte mir ein müdes Grinsen und stellte den Kessel schwungvoll auf dem alten Herd ab. »Aber ich komme mir einfach nur alt vor. Mein Vater war Lord Drummond, nicht ich. Außerdem leben wir im 21. Jahrhundert. Wie kann es sein, dass Menschen immer noch Titel vererbt bekommen? Das gehört zu den wenigen Dingen, die mir an Amerika gefallen.«

»Was?«

»Dass es keine Titel gibt. Man beschäftigt sich nicht obsessiv mit der eigenen Klasse oder der Privatschule, zu der man gegangen ist, oder ob man nun Klo oder Toilette sagt. Es ist einfach nur ein *bathroom*«, sagte er mit breitem amerikanischem Akzent.

Ich lächelte und sah mich in der Küche um. Ein schwindelerregendes Gefühl von Nostalgie überkam mich. Hier hatte ich mich immer am wohlsten gefühlt. Der Rest des Herrenhauses war mit vergoldeten Möbeln, Marmorbüsten und Holztäfelungen ausstaffiert, doch die Küche war, einem Kokon gleich, davon verschont geblieben. Die cremefarbenen Schränke waren immer noch dieselben, der Küchentisch aus Kiefernholz war der Alte, es hingen immer noch dieselben verblichenen Poster mit Auberginen und Ananas an den Wänden, auch wenn mir die Küche als Kind wärmer und gemütlicher vorgekommen war und für gewöhnlich nach Franks Vanille-Madeleines oder Honigkuchen gerochen hatte. Heute hing ein Muff in der Luft, der verriet, dass hier schon seit Jahren nichts mehr zubereitet worden war.

»Kaffee oder Tee?«, fragte Art und öffnete eine Schranktür.

»Tee wäre toll, danke.«

»Ein anständiger Teebeutel gehört zu den Dingen, die ich am meisten vermisse. Der Tee in New York ist offen gesagt ungenießbar.«

Ich antwortete nicht, weil ich, gebannt vom Anblick draußen, zur Terrassentür hinübergegangen war: Die Fischteiche waren leer, ihr steinerner Rand von Flechten bedeckt, der gepflasterte Boden drum herum mit Unkraut übersät.

»Traurig, was?«, sagte Art hinter mir. »Kannst du dich noch an die gute alte Zeit erinnern, als wir die Fische da rausgeholt haben? Und an Michelangelo?«

Ich drehte mich um und sah ihn an. »Ja. Was ist passiert?«

Er angelte zwei Becher aus dem Regal über dem Herd. Selbst an diese zwei Becher konnte ich mich erinnern, ein mit verschiedenen Blumen bemaltes Porzellanset. »Dad hat das ganze Geld verprasst«, erklärte er schließlich.

»Und deswegen musst du es verkaufen?«

»Das ist nicht der einzige Grund.«

»Also ist es verkauft?«

Art legte den Kopf schief und lächelte mich durch die Küche hinweg an.

»Was?«

Er öffnete den Mund, hielt dann aber wieder inne.

»Was ist los?«

»Ich kann mir vorstellen, dass du eine gute Anwältin bist.«

Ich runzelte die Stirn. »Woher willst du das wissen?«

»Vielleicht habe ich dich ja gegoogelt«, gab er verlegen grinsend zu.

»Ach ja?« Ich erwiderte sein Lächeln und spürte ein Aufwallen von Freude, bevor der Schreck einsetzte: Mein Konterfei auf der Spinks-Webseite war furchtbar, kein bisschen schmeichelhaft. Ich hatte darauf mehr als nur ein Doppelkinn plus Zahnfleischlächeln.

»Ab und an, nur um zu sehen, was du so treibst. Und ja, wahrscheinlich ist es verkauft«, fuhr er fort, »es gibt da nur noch ein paar Sachen zu klären.«

Ich drehte mich wieder zu den Türen, um durch die Scheiben hinauszuschauen.

»Ich weiß einfach nicht, was ich sonst tun kann«, fügte Art hinzu. »Ich habe ein schlechtes Gewissen, so als würde ich meine Familie und das Dorf im Stich lassen, und es fühlt sich an, als würde ich etwas unglaublich Kostbares hergeben. Ich meine, mir ist klar, dass ich das auch tue. Aber ich bin die Zahlen ewig oft durchgegangen.«

Ich drehte mich wieder um, da der Anblick der heruntergekommenen Fischteiche zu deprimierend war. »Es gibt keine Möglichkeit, das Anwesen zu behalten? Es ist immerhin dein Zuhause.«

»Es war mein Zuhause. Hier, nimm mal und komm mit, das hier wollte ich dir zeigen.« Er reichte mir meinen Becher Tee und nickte Richtung Küchentür.

Ich folgte ihm durch den steinernen Flur zu der mit grünem Stoff bespannten Tür, der Grenze zwischen den Dienstbotenräumen und dem herrschaftlichen Speisesaal. Art schob sie auf, doch im ersten Moment konnte ich nichts sehen, da die verriegelten Fensterläden kein Tageslicht hereinließen.

Erst als er einen Laden aufzog, sah ich, dass das Zimmer vollkommen leer war: Die Stühle wie auch der Mahagonitisch waren fort. Auch die Ölporträts waren verschwunden und hatten blasse Rechtecke an ihren ehemaligen Plätzen hinterlassen. Es roch nach Staub und Schimmel, doch noch schlimmer war der Anblick. Der Raum sah aus wie die Kulisse für einen Horrorfilm. Sollte auf dem Anwesen *tatsächlich* ein viktorianisches Hausmädchen spuken, so würde es hier jedenfalls nicht fehl am Platz wirken.

Er führte mich durch die restlichen Prunkräume, öffnete die Fensterläden, und wabernde Wolken aus Staub und toten Fliegen begleiteten unsere Schritte. Wir durchquerten das Zimmer mit der seidenen Tapisserie, in dem es keine seidene Tapisserie mehr gab; betraten das Gesellschaftszimmer, aus dem Sofas und Sessel verschwunden und die Teppiche zurückgerollt waren, sodass nun die nackten Dielen zu sehen waren. In der Gemäldegalerie hingen keine Gemälde mehr, und die Kristallkronleuchter waren von den Decken entfernt worden.

Jeder Raum schien nur noch leerer als der vorherige, da die Beistelltische aus Marmor verschwunden und sämtliche Vasen, goldene Uhren und vergoldeten Spiegel weggeräumt worden waren. Während Art und ich durch die Zimmer gingen, schnupperte Wilma geräuschvoll in den Ecken.

»Mäuse«, erklärte er.

Wir erreichten die große Eingangshalle, den einzigen Raum, dessen Fensterläden nicht verriegelt waren. Neben dem Kamin stand ein einsamer antiker Teebereiter, ein Überbleibsel der gerade mal eine Woche zurückliegenden Trauerfeierlichkeiten.

»Das hätte er auch noch verkauft, wenn er gewusst hätte, wie«, bemerkte Art und ließ seine Hand das silberne Treppengeländer emporgleiten. Er hockte sich auf eine der Stufen nieder. »Ich wünschte, ich müsste es nicht tun, aber am Ende ist es wahrscheinlich das Beste.«

»An diesen Bauunternehmer?«

Er seufzte. »Nell, ich weiß nicht, was mir sonst übrig bleibt.«

Ich nahm auf der Stufe unter ihm Platz und schloss die Hände um meinen Teebecher. »Wie wäre es, wenn du es, weiß auch nicht … an einen russischen Oligarchen vermietest, oder … nein, jetzt weiß ich's! Mach doch ein schickes Spa daraus? Oder du veranstaltest ein Festival? Oder du bringst es im Rahmen einer TV-Serie wieder in Schuss? Du könntest Howard dafür einspannen – als lustigen Gärtner. Und Nanny Gertrude. Die beiden würden sich großartig in so einem Format machen. So was machen die Leute doch ständig im Fernsehen.«

»Was für Leute?«

»Na, Leute, die nach Frankreich ziehen und ein Schloss kaufen und dann Monate damit verbringen, es mit Hilfe der Einheimischen wieder auf Vordermann zu bringen.«

Er grinste über seinen Becher hinweg. »Leider glaube ich nicht, dass das mit dem Haus hier noch möglich ist. Das Dach ist einsturzgefährdet, und die Elektrik uralt. Außerdem braucht es neue Sanitäranlagen und eine komplette Rundumerneuerung. Und Möbel. Ich habe einfach …«

Ich wartete darauf, dass er fortfuhr, aber er schwieg und starrte in seinen Tee.

»Was?«

»Ich habe das Geld dafür nicht.«

»Was ist mit deiner Mum?«, fragte ich und musste an die bei der Beerdigung in schwarzen Pelz gehüllte Lady de Vil denken.

»Wie meinst du das?«

»Wenn kein Geld mehr da ist …«, begann ich mit einem Blick auf den abgewetzten Treppenteppich zwischen meinen Füßen, »… wie wird sie da klarkommen?«

Art stieß ein belustigtes Brummen aus. »Es gibt einen Fond, in dem sich noch ein guter Batzen Kohle befindet. Genug, damit sie sich angemessen kleiden und in London wohnen kann, aber leider nicht genug für dieses Anwesen.«

Mir kam der Zeitungsartikel über Nicoles Familie in den Sinn. »Besteht nicht die Möglichkeit, dass du dir was von …?«

»Sprich es nicht mal aus.«

Ich presste meine Lippen aufeinander, und es trat wieder Stille ein, während Wilma weiter an den Sockelleisten herumschnüffelte.

»Wie ist …?«, begann ich, da ich mich nach seinem Leben in New York erkundigen wollte. Doch wie ich die Frage formulierte, verließ mich der Mut. Es erschien mir zu persönlich.

»Wie ist was …?«, hakte Art nach

»New York. Wie ist es dort? Wie ist es, da zu leben, meine ich«, quasselte ich drauflos. »Ich meine nicht die Kriminalitätsrate, oder, keine Ahnung, die Wirtschaft, sondern einfach, na ja … Wie ist es, da zu Hause zu sein?«

Art rückte auf seiner Stufe vor und beugte sich über seine Knie. »Es ist wie ein anderes Leben.«

»Im Vergleich zu hier?«

»Ja. Es ist echt anders.«

»Inwiefern?«

»Anders als ich angenommen hatte, dass das Leben einmal aussehen würde, als wir noch da draußen herumgerannt sind.« Er nickte durch das Fenster der Eingangshalle zum Rasen und der dahinter liegenden Nordsee. »Auch wenn nicht alles schlecht ist«, fügte er hinzu und sah dabei wieder grinsend zu mir. »Der Tee mag ekelhaft sein, aber das machen sie mit ihren wirklich herausragenden Sandwiches wieder wett.«

»Was ist so gut an denen?«

»Du meinst, was ist *nicht* gut an denen? Nell, in der Nähe von meinem Büro gibt es einen Laden, der ein Clubsandwich mit Truthahn, Schinken *und* Bacon macht – so groß –, außerdem noch mit Schweizer Käse und Mayonnaise drauf und …« Art hielt inne und stöhnte. »Ich liebe dieses Sandwich.«

»Schneidest du mittlerweile auch die Rinde von deinem Toastbrot weg?«

Er lachte und lehnte sich gegen das silberne Geländer. »Nein, ich lasse sie dran. Felix aber nicht. Außerdem benutzt er komische Wörter. Er sagt *trash* statt *rubbish*. Kannst du dir vorstellen, dass ich einen Sohn habe, der jeden zweiten Satz *like* sagt?«

»Du hast einen Sohn«, murmelte ich.

»Ich habe einen Sohn«, wiederholte er.

»Wie alt ist er?«

»Dreizehn.«

»Dreizehn, wow«, sagte ich dümmlich, als hätte ich noch nie zuvor von jemandem gehört, der das Alter von dreizehn Jahren erreicht hatte. »Er sah süß aus, neulich, bei der Beerdigung von deinem Dad. Er sieht aus wie du.«

Arts Lächeln wurde breiter. »Findest du? Das freut mich. Er, na ja, er bedeutet mir so viel. Er macht wirklich alles wieder we… Oh, Mist, warte mal …« Er warf einen Blick auf seine Armbanduhr. »Nein, alles gut, ich muss ihn nur später anskypen. Heute steht ein Spiel der Junior League an – Baseball«, fügte er angesichts meines verwirrten Gesichtsausdrucks hinzu.

Zwischen uns war ein Abstand von nicht mal einem Meter, aber wie wir dort saßen und uns über Arts Sohn unterhielten, fühlte es sich an, als würden lauter unsichtbare Fragen in der Luft zwischen uns schweben. Oder war das nur ich, die die Situation falsch interpretierte? Es wäre ja nicht das erste Mal, dass ich etwas zwischen uns missverstand.

»Also, was ist das für eine Geschichte mit deiner Mum?«, wechselte er das Thema.

Ich senkte den Blick auf meine Füße und zog eine Grimasse. »Ich weiß es selbst nicht so genau. Ich muss mich mit ihr treffen. Mit ihr reden. Ich weiß nur, dass sie plötzlich beschlossen hat, Dad zu verlassen, und das Nächste, was ich höre, ist, dass sie bei diesem Italiener eingezogen ist, der das neue Café betreibt.«

»Ojeeeee«, sagte Art mit einem langen Seufzer. »Geht das nur mir so, oder ist heute alles viel komplizierter als früher? Das ist ja fast so, als würde man in einer griechischen Tragödie leben.«

Ich lachte leise. »Oder vielleicht liegt es daran, dass wir keine acht Jahre mehr sind.«

»Vielleicht. Und du bist also nicht verheiratet?«, fragte er, während sein Blick von meiner Hand zu meinem Gesicht huschte.

Das Gespräch über Sandwiches und Baseball hatte geholfen, mich zu entspannen, aber diese Direktheit sorgte dafür, dass ich mich wieder verkrampfte. »Verheiratet? Äh, nein, nein. Ich bin zwar, äh, mit jemandem zusammen, aber geheiratet haben wir nicht.«

»Wer ist er?«

»Er heißt Gus, ist ebenfalls Anwalt.«

»Ein richtig erfolgreiches Paar, ja?«, neckte er.

»Wohl kaum. Nicht so wie du und Nicole«, erwiderte ich und dachte dabei an die schicken Party-Fotos, die ich online von den beiden gesehen hatte. Dann schlug ich mir die Hand vor den Mund, als mir klar wurde, dass ich mich verplappert hatte.

»Oh, ich sehe schon. Da hat also noch jemand ein bisschen gegoogelt, was?«

Meine Wangen wurden glühend heiß. »Äh, na ja, nicht unbedingt gegoogelt. Aber, ja, ich … habe im Internet ein paar Bilder gesehen.« Ich wagte ein zaghaftes Lächeln. »Ihr habt es also in die Top-100-Liste der *Vanity Fair* geschafft?«

Jetzt war Art, derjenige, der verlegen wirkte. Er kniff die Augen zu und zog die Schultern zu den Ohren hoch, als würde er sich auf eine Kollision vorbereiten. »O Gott, du hast das gesehen.« Dann schüttelte er sich, als würde er schaudern. »Komm schon, du kennst mich. Das ist alles Nicoles Ding, sie … na ja, das ist eher ihr Terrain, um es mal so zu formulieren.«

»Schon gut, schon gut, ich glaube dir«, zog ich ihn auf und erwiderte seinen betretenen Blick mit einem Grinsen.

Über die Jahre, trotz der Distanz, die zwischen uns gewachsen war, hatte ich mich doch gelegentlich der Fantasie hingegeben, dass zwischen Art und mir immer noch eine Verbindung bestünde. Das passierte jedes Mal, wenn ich etwas sah, das mich an ihn erinnerte – zum Beispiel einen Jet, der über mich hinwegflog, oder eine Schneekugel in einem Geschenkeladen –, und mich das Gefühl überkam, als gäbe es da ein unsichtbares energetisches Band, das sich von mir in London bis zu ihm nach New York erstreckte. Ich fragte mich dann immer, ob er es auch fühlte, so, als ob wir telepathische Kräfte hätten. Wenn ich nur fest genug an diesem unsichtbaren Band zog, könnte er es dann auch spüren? Würde er dann an mich denken?

In dieser schmerzhaften, dramatischen Fantasie schwelgte ich hin und wieder, bis ich mir in Erinnerung rief, dass ich eine erwachsene Anwältin mit einer Hypothek auf eine Eigentumswohnung war, die es nicht nötig hatte, sich romantischen Selbstquälereien hinzugeben. Außerdem war ich mit Gus zusammen, und ich liebte Gus, auch wenn ich noch immer jeden Tag mindestens einmal an Art dachte. Vielleicht auch mehrmals. Oder nein, es war nicht einmal so, dass ich bewusst an ihn dachte; mehr dass er immer bei mir war, wie so ein illegaler Hausbesetzer in meinem Kopf, der sich weigerte zu gehen.

Natürlich hatte ich diese Fantasie auch gegoogelt. Wenn auch nicht bei der Arbeit, für den Fall, dass Liam aus der IT-Abteilung die verrückten Wortkombinationen sehen könnte, nach denen ich gesucht hatte: »übersinnliche Verbindung erste Liebe« oder »Anzeichen, dass man jemanden immer noch richtig liebt???« Dafür aber von zu Hause aus, wenn ich wieder einmal das Ziehen jenes unsichtbaren Bandes verspürte.

Die Leute im Internet meinten zum Großteil, es sei normal, dass solche Gefühle Jahre oder sogar Jahrzehnte anhalten konnten. Und ich war wieder beruhigt, zumindest bis es erneut passierte – wenn ich einen Coldplay-Song im Radio hörte oder in den Nachrichten kam, dass etwas Dramatisches in New York geschehen sei. Dann fragte ich mich, von Neuem verunsichert, wieder, wie Art es schaffte, immer noch diesen Raum in meinen Gedanken einzunehmen, wo wir uns doch seit Jahren nicht mehr gesehen hatten.

Einmal, in einem besonders paranoiden Moment, hatte ich die Webseite einer Liebes-Coachin und Energieheilerin namens Gwendolyn Glossop angeklickt, die eine Praxis in der Harley Street hatte und behauptete, derartige Verbindungen würde es geben, wenn die Seelen zweier Menschen auf »romantische Weise ineinander verstrickt« blieben. Für eine Gebühr von zweihundert Pfund würde Gwendolyn eine »Trennungszeremonie« durchführen, um die Bindung zu lösen, damit beide Beteiligten die Vergangenheit hinter sich lassen könnten.

Das erschien mir dann doch sehr hoch gegriffen. Und teuer. Und um ganz ehrlich zu sein wollte ich die Verbindung auch gar nicht verlieren. Etwas daran tröstete mich, selbst nach allem, was sich Art geleistet hatte. Aber war das wirklich noch ganz normal? Und hatte er jemals dasselbe gespürt?

Wenn ich daran dachte, wie er mich auf der Treppe angesehen hatte – als könne er hinter mein Gesicht blicken und dabei meine Gedanken lesen –, hatte er das vielleicht tatsächlich.

Doch dann kam ich mir albern vor und rappelte mich auf. »Ich gehe dann mal besser«, sagte ich und zog mich am Geländer hoch. »Die Arbeit wartet, mein Dad und … so Zeug.«

Er nickte bedächtig, bevor er von der Stufe zu mir aufsah. »Das freut mich für dich, Nell. Klingt so, als hättest du dein Leben im Griff.«

»Jetzt lass uns mal nicht übermütig werden, okay? Ich glaube nicht, dass überhaupt irgendwer das Gefühl hat, er hätte sein Leben voll im Griff, oder?«

Arts Mund verzog sich zu einem schiefen Lächeln. »Wahrscheinlich nicht. Hey, wie lange bleibst du noch hier?«

»Weiß noch nicht, eine Woche oder so.«

»Gut, ich schätze, ich werde auch etwa eine Woche brauchen, um alles in trockene Tücher zu bringen. Hast du Lust, dass wir uns noch mal treffen, um der alten Zeiten willen?«

»Ja, gern, lass uns das machen.«

Art notierte sich meine Nummer, dann streckte er seine Hände nach mir aus, und obwohl ich vermutlich nach trockenem Schweiß, dieser an Frankfurter Würstchen erinnernden Note, roch, beugte ich mich zu ihm vor.

»Ich wollte eigentlich deine Tasse, aber klar, ich nehme auch eine Umarmung«, sagte er und schloss seine Arme um meinen Rücken.

Ich löste mich von ihm und trank meinen Tee aus. »Natürlich, entschuldige, hier ist sie.«

Art begleitete mich bis zur Küchentür, wo ich mich, mit so viel Abstand wie möglich, bückte, um meine Turnschuhe zu schnüren.

Dann rannten Wilma und ich die Auffahrt entlang, während ich unser Gespräch wieder und wieder Revue passieren ließ und versuchte, mir jeden einzelnen Satz ins Gedächtnis zu rufen – ganz so wie früher. Da war dieser kleine Teil von mir, der jene extreme Freude verspürte, die einen überkommt, nachdem man sich mit jemandem unterhalten hat, in den man total verknallt ist, ein regelrechter Rausch.

Aber du bist nicht mehr in ihn verknallt, erinnerte ich mich. Wegen dem, was er getan hat.

Während ich so lief, kam ich zu dem Schluss, dass ein Tag mit der Sichtung stinklangweiliger juristischer Dokumente sicher dabei helfen würde, mir den Kopf zurechtzurücken.

9

Wieder zu Hause bereitete ich Dads Frühstück zu, gab Wilma ihren Napf mit Hundekeksen und ging dann, mit einer Kanne Kaffee bewaffnet, in mein Zimmer hoch, wo ich meinen Laptop aufklappte und den Timer auf dem Dashboard startete, der die Zeit maß, die ich aufwendete. Jedes Mal, wenn ich eine E-Mail verfasste oder an mein Telefon ging, klickte ich sie an, und die Software berechnete automatische für jeden Mandanten die anfallenden Kosten. Die Dienste von Spinks in Anspruch zu nehmen, um sich scheiden zu lassen, rangierten etwa bei neunhundertfünfzig Pfund die Stunde; und die Endabrechnung unserer Mandanten belief sich für gewöhnlich auf einen hohen sechsstelligen Betrag. Am Anfang war ich darüber regelrecht schockiert gewesen, fassungslos, dass es Mandanten gab, die forderten, dass ich einen ganzen Tag damit verbrachte, mit dem Anwalt ihres Partners darüber zu verhandeln, wer das Wedgwood-Porzellanservice bekommen würde, das auf ihrem Hochzeitstisch gestanden hatte. Oftmals überstieg die Rechnung für die Zeit, die ich benötigte, um ihre Querelen zu klären, den ursprünglichen Preis der Teller deutlich.

Mittlerweile konnte mich kaum mehr etwas aus der Fassung bringen. Und so fand ich auch an diesem Morgen nichts dabei, in Lord Bedfordshires Büro anzurufen, um bestätigt zu bekommen, dass er seinen Termin für den Vaterschaftstest wahrgenommen hatte. Oder eine Mail an Prinz Rudolf Büro zu schicken, um zu checken, ob er sein Formular korrekt ausgefüllt und keine weiteren Fragen zu seinen diversen Seitensprüngen hatte.

Und wieder klingelte mein Telefon nur Sekunden, nachdem ich auf »Senden« geklickt hatte.

»Guten Morgen, Eleanor, ich hoffe, Sie haben gut geschlafen?«

Er hatte einen sehr intimen Tonfall am Telefon, sprach leise und sanft, als läge sein Kopf auf einem Kissen neben meinem. Wenn er kein Prinz gewesen wäre, hätte er mit Telefonsex gutes Geld verdienen können.

»Guten Morgen, Rudolf«, grüßte ich mit meiner strengsten, professionellsten Stimme. »Ja, vielen Dank. Kann ich Ihnen bei irgendetwas behilflich sei…?«

»Wie ist es da oben im Norden?«

»Ganz nett«, erwiderte ich knapp. »Kann ich Ihnen mit dem Formular helfen? Haben Sie irgendwelche Fragen?«

Er kicherte leise ins Telefon. »Sie klingen heute sehr angespannt, Eleanor. Was ist passiert? Ist alles in Ordnung?«

»Nichts ist passiert. Alles in bester Ordnung«, erwiderte ich stoisch. »Haben Sie das Schreiben fertig ausgefü…?«

»Und wie geht es Ihrem Freund? So grausam, ihn in London zurückzulassen; er muss untröstlich sein.«

»Es geht ihm ganz wunderbar.«

»Ich werde Ihnen etwas schicken, das Ihnen dabei hilft zu entspannen. Wie lautet Ihre Adresse?«

»Was? Nein!«

»Eleanor, es wird mir ein Vergnügen sein.«

Ich setzte mich aufrecht auf meinem Bett hin und bemühte mich, autoritär zu klingen. »Prinz Rudolf, wir haben, was Geschenke angeht, Unternehmensrichtlinien, und es ist mir untersagt, irgendetwas anzunehmen. Aber dennoch, vielen Dank.«

»Wie lautet Ihre Adresse?«

»Wie ich schon sagte, wir haben da eine Regelung, und ich darf Ihnen meine Privatadresse nicht geben. Aber haben Sie dennoch vielen Dank. Und wenn Sie keine Fragen bezüglich des Formulars haben, dann denke …«

»Ich habe eine Frage.«

»Ja, bitte.« Beinahe seufzte ich vor Dankbarkeit auf, dass wir uns wieder auf sicheres Terrain zurückbegeben hatten.

»Da, wo gefragt wird, ob ich der Erklärung der elterlichen Sorge zustimme – was bedeutet das?«

»Das bezieht sich auf das Sorgerecht für Ihre Kinder. Antworten Sie an dieser Stelle also mit Nein, denn wir fechten den Anspruch Ihrer Frau an. Ich bereite gerade zudem eine schriftliche Erklärung bezüglich der gemeinschaftlichen Wohnsitze vor, die Sie noch heute erhalten sollten.«

»Eleanor, Sie sind mein Engel.«

»Keineswegs, dafür bin ich da.«

Er lachte erneut, bevor er verkündete, dass er auflegen müsse.

Mit einem schweren Seufzer ließ ich mein Handy aufs Bett fallen. Ja, ich wurde für meinen Job gut bezahlt, aber an manchen Tagen, an Tagen, an denen ich den Launen verrückter Millionäre ausgeliefert war, fragte ich mich schon, ob es das wirklich wert war.

Der gleiche Gedanke kam mir eine Stunde später erneut, als ich Gideon anrief, um ihn auf den neuesten Stand zu bringen, und er mich fragte, ob ich meinen »Urlaub« genießen würde. Danach musste ich mir zur Beruhigung erst mal einen stärkenden Butterkeks genehmigen. Aber immerhin, die kniffligen Details der verschiedenen Fälle, die ich an diesem Morgen durcharbeiten musste – die Kontoauszüge von Linzi sowie der Sorgerechtsantrag für die drei Kinder von Prinz Rudolf – erforderten so viel Konzentration, dass es mir tatsächlich gelang, sämtliche Gedanken an Art zu vertreiben.

In der Mittagspause machte ich mir und Dad ein Sandwich und brachte ihm auch die morgendliche Post.

»Wie geht es dir, Kleines, läuft es gut mit den E-Mails und dem ganzen Kram?«

Meine Augen glupschten hervor, als wäre ihm soeben ein zweiter Kopf gewachsen.

»Was denn?«

»Du hast mich noch nie etwas über die Arbeit gefragt.«

»Darf ein Vater nicht ein bisschen Interesse zeigen?«

»Doch, klar darfst du, und es läuft ganz gut, danke.« Ich

hielt inne und seufzte. »Ich meine, mein Chef treibt mich in den Wahn…«

»Verdammt noch mal«,unterbrach mich Dad und starrte dabei auf den Brief, den er gerade geöffnet hatte.

»Was ist los?«

»Die Verlängerung unseres Pachtvertrags vom Makler. Ich brauche deine Mutter, damit sie das mitunterschreibt – oder auch nicht unterschreibt.« Er seufzte, den Blick weiterhin auf den Brief gerichtet. »Ich weiß nicht. Ich hab keinen Schimmer, was wir tun werden, ob ich überhaupt in dem Haus wohnen bleiben darf.« Sein Blick schweifte durch das Wohnzimmer, von dem durchgesessenen blauen Sofa zu den verblichenen geblümten Vorhängen und dem alten Fernseher in der Ecke, den wir schon seit ungefähr zwanzig Jahren hatten und der nur Antennen-Sender empfing. Früher musste ich immer zu Lucy rüber, um MTV zu schauen.

Dad wirkte völlig niedergeschlagen in seinen Kissen.

»Ich werde bei ihr vorbeischauen«, bot ich an. »Überlass das mir; ich spreche mit ihr.«

Während der letzten Tage hatte Mum sich kommunikationstechnisch auffällig zurückgehalten. Ihr musste klar sein, dass ich das mit Luigi erfahren hatte, denn in Northcliffe konnte man, wie Dad es immer ausdrückte, noch nicht einmal seine Unterhose wechseln, ohne dass der Rest des Dorfes sich darüber das Maul zerriss; trotzdem hatte ich keinen Mucks gehört. Ich selbst wiederum hatte ihr nicht mal eine Nachricht wegen Sandra, dem Huhn, geschrieben, weil ich zu sauer war. Doch mir war klar, dass ich sie irgendwann würde sehen müssen, sei es auch aus rein praktischen Erwägungen. Da ich für meine Mandanten deren Wohnungsstreitigkeiten löste, konnte ich dasselbe wohl auch für meine Eltern tun.

Seine Miene hellte sich auf. »Würdest du das tun, Kleines?«

»Ja, wie immer werde ich die Kommunikationsprobleme in dieser Familie lösen«, murmelte ich.

Dad sah mich stirnrunzelnd an. »Hä?«

»Egal, schieb den Brief rüber. Besser, wir bringen es gleich hinter uns.«

Das Schild des Cafés war unfassbar kitschig, dachte ich, als ich darunter stehen blieb. *Thanks A Latte* stand dort in braunen, wirbelnden Lettern, die den aufsteigenden Dampf der darunter gemalten Kaffeetasse darstellen sollten.

»Tut mir leid, aber draußen hängt ein Schild, keine Hunde hier drinnen«, meldete sich ein kleiner untersetzter Mann mit italienischem Akzent hinter der Theke, als ich die Tür aufstieß und mich mit Wilma an der Leine hineinwagte.

»Luigi?«

Er fuhr fort, an der silbernen Kaffeemaschine herumzufummeln. »Ja, aber wie gesagt, bitte keine Hunde. Draußen ist ein Haken für die Leine.«

»Ist meine Mutter hier?« Ich kam mir lächerlich vor, wie ein Kind, das auf dem Schulhof vergessen wurde.

Er drehte sich um und sah mich mit einem breiten Lächeln an. »Ah, dann du musst Elly-anor sein?«

Kurz war ich überrumpelt von seiner Freundlichkeit, bevor ich mich ermahnte, hart zu bleiben. »Ja, aber wo ist meine Mutter?«

Er wackelte neckisch mit dem Zeigefinger. »Warte ein bisschen, ich rufe sie gleich. Und dann ich mache dir den besten Kaffee, den du je in deinem Leben probiert hast.«

Was war los mit dem Typen? Ich wollte keinen Kaffee. Ich wollte mit meiner Mutter sprechen.

Luigi verschwand durch eine Tür hinter der Kasse, und ich sah mich um. Als ich klein war, war der Laden eine Apotheke gewesen, geführt von einem netten Mann namens Brian und seiner Frau Mary. Dort hatte Mum Fiebersaft und Entwurmungspillen für mich und Jack geholt; und für sich Pond's Nachtcreme. Doch dann eröffnete der Spar mit seiner Drogerieabteilung, und das Geschäft des Apothekers knickte ein, bis es schließlich schloss. Brian und Mary zogen sich in den Ruhestand in der Nähe von Alnwick zurück, und die Räumlichkeiten standen, mit einem verblassenden »Zu vermieten«-Plakat im Fenster, jahrelang leer.

Nun war die Ladentheke völlig umgestaltet worden. Die Päckchen mit Hustenbonbons und Taschentüchern waren verschwunden; an ihrer Stelle thronte nun eine riesige Glasvitrine, gefüllt mit Cantuccini, Obsttörtchen, Florentinern, kleinen runden, mit Puderzucker bestäubten Krapfen, in Schokolade getunkten Keksen und Cannoli, bei denen an beiden Enden die mit gehackten Pistazien bestreute Vanillecreme hervorquoll.

Der hölzerne Dielenboden war mit kleinen Teppichen

bedeckt, darauf waren geblümte Sofas und Sessel mit wild durcheinandergewürfelten Tischen angeordnet worden, die meisten davon besetzt. Ein Mann mit Schiebermütze; zwei Frauen etwa in meinem Alter, die glucksende Babys auf ihren Knien auf und ab hüpfen ließen ... und Terence.

»Terence! Was machst du denn hier? Ich dachte, du hältst nichts von dem Laden?«

Er sah mich verlegen über seinen Kaffee hinweg an. »Ich habe eine ziemliche Schwäche für den Zimt-Latte. Du solltest ihn probieren. Er ist gar nicht übel. Wie geht es deinem Dad?«

»Gut, obwohl ich mir momentan mehr Sorgen um meine Mutter mache«, sagte ich, als ich Luigi wieder durch die Tür schlüpfen sah.

»Ich habe ihr gesagt Bescheid, sie kommt gleich. Jetzt mache ich dir einen Kaffee.«

»Ich will keinen Kaffee.« Das war gelogen. Eigentlich hätte ich sogar wirklich gern einen Kaffee gehabt, aber von diesem Mutterdieb wollte ich keinen annehmen. Den Liebhaber meiner Mum hätte ich mir ganz anders vorgestellt. Aber andererseits hatte ich nie versucht, mir Mums Typ Mann vorzustellen. Mums Typ Mann – zumindest war ich davon ausgegangen – war ein Kerl in ausgebeulter Jeans und alter Daunenweste, die nach Pferd roch.

Stattdessen stand hier ein Mann, der so italienisch aussah, dass er auch als Comicfigur auf einer Nudelpackung hätte durchgehen können: untersetzt, Arme wie ein Metzger und ein fußballrunder Kugelbauch, der sich unter seinem weißen T-Shirt wölbte und über seine schwarz-weiß-karierte Schürze ragte. Dazu noch ein schmaler Schnurrbart.

Als ich Schritte hörte, sah ich von ihm zur Tür, wo Mum im Raum erschien. Wilma, die verzückt war, sie zu sehen, machte einen Satz nach vorne.

»Wilma, bei Fuß.« Ich zog an ihrer Leine. »Hi, Mum, ich dachte, ich schau mal vorbei, um dir und Luigi Hallo zu sagen.«

Luigi, der meinen spitzen Tonfall nicht zu bemerken schien, quasselte fröhlich drauflos. »*Bellissima*, ich habe Ellyanor gesagt, dass ich ihr mache einen Kaffee. Für dich auch?«

»Ich möchte keinen Kaffee«, warf ich erneut ein.

»Ja bitte, Luigi«, sagte Mum und lächelte ihn an wie ein liebeskranker Backfisch. »*Grazie*.«

Ich starrte sie an. Meine Mutter sprach Italienisch? Das konnte nur ein Traum sein. Ja, das musste ein Traum sein. In einer Minute würde ich in meinem Bett in London aufwachen und lachen bei der Vorstellung, dass meine Mum was mit einem Typen laufen hatte, der aussah wie das Bialetti-Männchen.

»Wollen wir uns setzen, Nell?« Mum deutete mit dem Kopf zu einem freien Tisch neben den Müttern mit ihren quäkenden Babys.

»Von mir aus, aber ich trinke keinen Kaffee.«

»Das solltest du aber, ganz ehrlich. Er ist sehr gut«, sagte sie, als wir Platz nahmen. »Er kommt aus einer Rösterei in York.«

»Mum! Warum redest du über Röstereien, als ob das alles hier ganz normal wäre? Dad liegt in einem Krankenbett im Wohnzimmer und macht sich Sorgen, wo er in Zukunft wohnen soll. Außerdem ist Sandra gestorben. Tut mir leid.«

Sie presste sich die Hand an die Brust. »Was?«

»Ein Fuchs hat sie sich vorgestern Nacht geholt.«

Mum verzog bekümmert das Gesicht. »O Liebes, ich hab dich doch gebeten, sie einzusperren.«

»Ich weiß, ich weiß, tut mir leid, hab's vergessen. Ist einfach alles viel im Moment.« Ich sah zu Wilma, die es sich unter Mums Stuhl gemütlich gemacht hatte. »Den anderen geht es aber gut, oder zumindest erwecken sie den Eindruck.«

»Wahrscheinlich werden sie eine Weile keine Eier mehr legen, nach so einem Schock.«

Luigi erschien mit einem Tablett an unserem Tisch und servierte wortlos zwei Tassen, eine metallene Kaffeekanne und einen Teller mit kleinen puderzuckerbestäubten Keksen.

»*Grazie*«, bedankte sich Mum strahlend.

Luigis Mund öffnete sich unter dem Schnurrbart zu einem breiten Lächeln und enthüllte eine Reihe extrem weißer Zähne, bevor er zurück zur Theke eilte.

»Die musst du unbedingt probieren. Das sind italienische Kekse namens *genovesi*. Luigi backt sie selbst.« Sie goss Kaffee in die Tassen und schob mir eine zu.

Ich ignorierte sie. »Mum! Das ist nicht zu fassen. Warum redest du hier wie eine Touristin in Venedig, während Dad zu Hause ans Bett gefesselt ist?«

Sie nippte an ihrem Kaffee. »Nell, wie ich im Auto

schon gesagt habe, dein Vater und ich waren schon seit Jahren nicht mehr glücklich miteinander.«

Ich öffnete den Mund, um irgendwas zu entgegnen, obwohl ich selbst wusste, dass es die Wahrheit war, aber sie hob eine Hand.

»Darf ich es erklären?« Ich nickte, und sie fuhr fort: »Dein Vater und ich waren nicht glücklich. Und wie ich letzte Woche bereits sagte, hatte ich es satt. Aber was ich dir auch hätte sagen sollen, ist, dass es Luigi war, der mir dabei geholfen hat, das zu erkennen.« Sie drehte sich um und warf einen Blick zur Theke, wo Luigi einem Kunden gerade das Gebäck erklärte und dabei mit den Armen wild vor der Vitrine herumgestikulierte. »In den letzten Monaten hat er dafür gesorgt, dass ich mich so glücklich gefühlt habe wie seit Jahrzehnten nicht mehr«, fuhr sie fort und wandte sich wieder mit diesem liebeskranken Lächeln zu mir.

»Monate? So lang geht das also schon?« Ich lehnte mich auf meinem Stuhl zurück und versuchte mir nicht vorzustellen, wie sie sich mit ihrem neuen italienischen Lover im Bett herumwälzte.

Ein Schatten huschte über ihr Gesicht. »Wochen, Monate. Ist doch egal. Ich habe nicht mitgezählt.«

»Wann hast du es Dad gesagt?«

»Gleich an dem Abend, Sonntagabend, als du mich darum gebeten hast. Dann ist er ins Duck gestürmt und dort gestürzt. Wie geht es ihm?«

»Besser als Sandra. Aber ich glaube, er fühlt sich ein bisschen … verloren. Weiß nicht so recht, was er tun soll.«

Mum seufzte. »Dein Vater ist ein wunderbarer Mann. Wir sind einfach nur sehr verschieden.«

Die Mandanten bei Spinks benutzten oft diese Formulierung. Dass sie im Laufe ihrer Ehe erkannt hätten, wie sehr sie sich von ihrem Ehepartner »unterschieden«.

Natürlich änderten sich Menschen mit der Zeit, aber ich war zu der Überzeugung gelangt, dass diese Unterschiede in den meisten Fällen von Anfang da waren: die eine Hälfte des Pärchens stand auf Flohhüpfen, die andere auf Thrash-Metal; einer war kontaktfreudiger und verließ jede Party als Letzter, der andere dagegen schüchtern und blieb abends lieber daheim. Vielleicht waren die Unterschiede nicht immer so offensichtlich, aber worin auch immer sie bestanden, sie existierten wahrscheinlich schon beim ersten Date. Es war nur einfach so, dass man sie zu Beginn einer Beziehung gerne übersah. Oder wenn man sie doch sah, tat man so, als wäre nichts und redete sich ein, dass es all die anderen Anteile waren – all die kleine Dinge, die dafür sorgten, dass uns eine Person vertraut erschien –, die eigentlich ins Gewicht fielen.

Nur dass im Lauf einer Beziehung, während sie alterte und sich abnutzte, einige dieser Unterschiede an Gewicht zunahmen. In manchen Fällen mochte es ein paar Monate dauern, in anderen Jahre; und einige Beziehungen kamen wohl auch ganz drum herum. Aber durch meine Arbeit wusste ich, dass es vielen nicht gelang. Und wenn es dann irgendwann darum ging, sich von seinem Partner zu trennen, war es nun mal weniger schmerzhaft, sich einzureden, dass der andere sich »verändert« habe und dass dies der Grund für das traurige Ende von etwas sei, dass einst so perfekt geschienen hatte.

»Wir sind so verschieden«, bekräftige Mum erneut. »Und Luigi ist …« Sie hielt inne und warf einen raschen Blick zur Kasse, wo Luigi vor der Kaffeemaschine umherhüpfte. »Er ist so aufmerksam. Es stimmt schon, was man über italienische Männer sagt. Weißt du, erst neulich Abend, als ich gerade dabei war, meine Nachtcreme aufzutragen, da spürte ich, wie er …«

Rasch hob ich meine Hand wie ein Verkehrspolizist an der Ampel. »Mum, bis hierher und nicht weiter.« Ich schüttelte den Kopf. »Ich fasse es einfach nicht, dass du mir erzählt hast, du würdest bei Elsbeth unterkommen.«

Sie rutschte unbehaglich auf ihrem Sitz hin und her, als hätte sie Blähungen. »Das tut mir leid, und das mit dem Bein deines Vaters tut mir auch leid, und auch, dass du nach Hause kommen musstest.« Dann hielt sie inne und seufzte. »Ich bin in all dem nicht besonders gut.«

»Worin?«

»Über solche Sachen zu reden.«

»Im Kommunizieren, nein, bist du nicht, ich weiß. Aber da bist du nicht die Einzige, die ganze Familie ist so.«

Wir sahen einander blinzelnd an, bis Mum das Schweigen brach. »Ich konnte es einfach keinen Tag länger ertragen, Liebes. Es fühlte sich an, als würde ich das falsche Leben führen, nur noch vor mich hin existieren und mich durch die Tage quälen. Dabei bleibt keinem von uns ewig Zeit.«

»Ich weiß«, murmelte ich, senkte den Blick und zupfte an meinem Daumennagel herum.

»Wenn dir etwas Gutes über den Weg läuft«, fuhr sie fort, »dann musst du springen, Schatz. Es hat seinen Grund, warum es Hals über Kopf heißt, wenn man sich verliebt.«

Ich sah sie aus zusammengekniffenen Augen an. »Das klingt verdächtig nach einem Spruch aus einem deiner Bücher.«

»Nell, ich meine es ernst. Man darf sich nicht einfach mit einer Beziehung abfinden, nur weil sie schon da ist, nur weil es sich sicher anfühlt. Ich muss es wissen, schließlich habe ich das fast vierzig Jahre getan. Und wie ich schon sagte, Liebes, ich mag deinen Vater sehr, aber im Leben gibt es mehr, als es nur irgendwie hinter sich zu bringen. Man muss den Sprung wagen. Wer weiß, vielleicht wird das mit Luigi nichts, aber zumindest lebe ich wieder.«

Ich spürte, wie mir heiße Tränen in die Augen schossen, obwohl ich nicht einmal sagen konnte, dass das nur an der Trennung meiner Eltern lag. Vielleicht hing es auch damit zusammen, dass meine Mutter mit einer Nintendo-Figur zusammenlebte, oder daran, dass dies die offenste Unterhaltung war, die ich je mit ihr geführt hatte. Möglicherweise gab es auch einen ganz anderen Grund.

»Ich werde mal besser zu Dad zurückkehren«, sagte ich und stand auf. »Oh, warte mal, das hätte ich fast vergessen: Das ist der Pachtvertrag für das Haus. Du und Dad müsst ihn beide unterschreiben, damit er um ein weiteres Jahr verlängert wird. Aber ich weiß nicht, ob Dad sich das Haus noch leisten kann, wenn du nicht mehr da bist? Keine Ahnung, ob …« Ich verstummte. Wenn ich in der Kanzlei über die Wohnsituation fremder Menschen sprach, war das wesentlich einfacher.

Mum nahm den Umschlag entgegen. »Danke, Liebes, den kannst du hierlassen. Aber ich weiß nicht, ob wir gerade was überstürzen müssen.«

»Gut. Und kannst du Jack anrufen und ihm alles erklären? Er muss es von dir hören.«

»Ich werde ihn diese Woche anrufen.«

»Heute, Mum, im Ernst. Könntest du es bitte einfach mal mit Kommunikation versuchen?«

»Versprochen«, sagte sie, bevor sie in einen Keks biss, der einen weißen Zuckerschnurrbart auf ihrer Oberlippe hinterließ, passend zu dem ihres Lovers.

Ich beugte mich zu einer schnellen Umarmung hinab, ignorierte demonstrativ Luigis fröhlichen Wink – »Auf Wiedersehen, Elly-anor!« –, verließ das Café und trat ins Freie. Ich beschloss, mit Wilma an den Strand runterzugehen, um meine Lungen mit frischer Nordseeluft zu füllen. Arts Bemerkung, hier ginge es zu wie in einer griechischen Tragödie, kam mir in den Sinn, während wir zu den Dünen spazierten. Wenn im Northcliffe meiner Jugend genauso viel los gewesen wäre, dann hätte es mir hier vielleicht besser gefallen.

10

Im Verlauf der nächsten Tage verfielen Dad und ich in eine Art Routine. Ich stand auf und nahm Wilma mit zum Joggen an den Strand (achtete aber darauf, den Pfad zum Herrenhaus zu meiden); wenn ich zurück war, bereitete ich das Frühstück zu, bevor ich mich für ein paar Stunden auf dem Bett hinter meinen Laptop klemmte. Dann Mittagessen. Und noch mehr Arbeit. Zwar gab es an diesem Wochenende nichts, das dringend erledigt werden musste, aber ich hatte nichts anderes zu tun, und in Hinblick auf meine Beförderung war mir bewusst, dass es gut aussehen würde, wenn ich Gideon sonntags Mails schickte.

Jeden Abend um sechs klappte ich meinen Laptop zu und schob Dad in den Pub, wo er und Roy sich wahlweise über das Wetter oder Pferderennen ausließen und fortwährend über den Verkauf des Anwesens schimpften. Roy war zu Ohren gekommen, dass Cameron, der Bauunternehmer aus Glasgow, Drummond Hall nicht nur in schicke, moderne Wohnungen verwandeln, sondern auch einen Golfplatz auf dem Grundstück anlegen wollte. Roy schien davon so angewidert, dass es klang, als wäre es ihm lieber gewesen, auf dem Anwesen einen öffentlichen Sextreff einzurichten.

Schließlich war es mir gelungen, auch zu Wort zu kommen, und ich hatte ihn informiert, dass Art immer noch hier war, nicht in Amerika, dass ich ihm über den Weg gelaufen sei und den desolaten Zustand des Herrenhauses mit eigenen Augen gesehen hatte.

»Hat er was vom Golfplatz gesagt?«, wollte Roy wissen und schlug mit der flachen Hand auf die Tischplatte.

Nein, antwortete ich, doch das löste bloß eine heftige Debatte aus, was dieser Cameron ihrer Meinung nach sonst noch alles geplant hatte. Windräder im Meer? Sonnenkollektoren auf den Feldern, damit der Bauunternehmer staatliche Subventionen abschöpfen konnte? Jamie kam sogar mit einem Hochhaus an, was von den anderen mit einem düsteren Nicken quittiert wurde.

»Art ist doch egal, was die damit anstellen, oder?«, schob Jamie hinterher. »Er wird sich einfach wieder mit seinen Millionen ein schönes Leben in den Staaten machen.«

Ich erzählte ihnen nicht, dass Art dem Verkauf widerwillig gegenüberzustehen schien und mir gestanden hatte, dass ihm keine andere Wahl blieb. Ich war mir nicht sicher, wie sie es aufnehmen würden, wenn ich ihn verteidigte.

Dann ging Roy zur Bar, um eine weitere Runde zu bestellen, und das Thema wurde zugunsten der Frage fallen gelassen, ob er sich einen neuen Land Rover zulegen solle.

Eines Abends beschloss ich, Dad und Roy diese wichtige Angelegenheit allein ausdiskutieren zu lassen, und ging stattdessen an die Bar rüber, wo ich meinen alten Schulfreund Colin erblickt hatte, der mit einem Buch dasaß.

»Hey, Col.«

Er drehte sich auf seinem Hocker um und strahlte mich hinter seiner Brille hervor an. »Nell! Hab schon gehört, dass du wieder da bist. Wie läuft's? Willst du noch was trinken?«

»Ich bin versorgt, danke«, sagte ich, mein Glas in die Höhe haltend, während ich mich auf den Hocker neben ihm niederließ. »Und ja, es läuft. Na ja, meinen Eltern geht es gerade nicht so blendend, aber bei mir ist alles gut. Wie geht es dir?«

»Mir? Mir geht es sehr gut, danke, ja doch, wirklich sehr gut«, erwiderte er, als wäre er überrascht, dass ich gefragt hatte. »Es gibt nicht viel Neues, außer dass ich kürzlich umgezogen bin.«

»Hm, ja, Luce hat es mir erzählt. In Richtung Saltwick?«

»Stimmt, sie hat erwähnt, dass sie dich getroffen hat. Ja, die Richtung. Mehr Platz, größerer Garten. Am Wochenende habe ich die Tomaten für dieses Jahr gepflanzt.«

Colin, das wusste ich von Mum, war zu einem eifrigen Teilnehmer beim Riesengemüse-Wettbewerb in Northcliffe geworden, der jeden Sommer im Zuge des jährlichen Dorffests stattfand, eine vordergründig sehr gesittete Veranstaltung, bei der Leute aus der Gegend riesige Gurken,

Lauchstangen, Kohlköpfe und dergleichen einreichten. Roy gewann normalerweise mit einem seiner Kürbisse, obwohl im Pub gemunkelt wurde, dass er ihnen Wachstumshormone spritzte.

»Wie läuft es mit der Arbeit?«, fragte ich weiter.

Wenn Colin früher nicht gerade Lucy und mir hinterhergetrottet war, war er in seiner Computerspielwelt abgetaucht. Ich meinte mich zu erinnern, dass er von einem namens *Civilization* besonders besessen gewesen war; es klang nach einer historischen Version von *Sims*, und Col ließ sich endlos über den Bau von Straßen und Aquädukten aus. Doch am Ende hatte Colin es allen gezeigt. Er leitete zwar nicht gerade Amazon, besaß aber mittlerweile seine eigene Firma, die Webseiten für regionale Unternehmen erstellte.

»Nicht übel. Hab gerade ein paar Aufträge am Laufen, aktuell arbeite ich an der Seite für dieses neue Caf...« Er stoppte sich und blinzelte langsam wie eine Eule. »Sorry, Nell, das hätte ich nicht erwähnen sollen.«

Ich sah ihn aus zusammengekniffenen Augen an und erwiderte im Scherz: »Warum? Hast du auch eine Affäre mit ihm?« Da Colin daraufhin knallrot anlief, winkte ich rasch ab. »Mensch, Col, mach dir keinen Kopf, das passt schon. Ich bin ein großes Mädchen.«

Wir wechselten das Thema zu meinem Job, bevor er mich über ein paar Leute aus unserer Jahrgangsstufe auf den neuesten Stand brachte; dann schwelgten wir in Erinnerungen daran, wie Lucy, er und ich im Sommer nach dem Schulabschluss zusammen auf Reisen gegangen waren. Ich hatte einen Großteil des Trips damit verbracht, mir wegen Art die Augen auszuheulen, mir dabei CDs anzuhören, die ich auf zwielichtigen Märkten in Bangkok erstanden hatte, während Lucy und Col ihr Bestes gaben, mich auf andere Gedanken zu bringen. Wir gingen im Norden Thailands wandern, machten in Südvietnam eine Bootstour auf dem Mekong, besuchten die Kriegsschauplätze, ließen uns auf einer Full Moon Party auf einer thailändischen Insel volllaufen und probierten einen Shake mit Magic Mushrooms aus, der Luce und mich fünf Stunden lang zum Lachen brachte, während Colin einen Affen imitierte. Mir war klar, dass ich in jenem Sommer nicht die angenehmste und pflegeleichteste Urlaubsbegleitung gewesen war, aber sie hatten mir das nie vorgeworfen. Jedenfalls hatten sie es mich nicht spüren lassen.

»Ein paar von den Fotos habe ich in meinem neuen Haus aufgehängt«, erklärte er stolz, was meinem Herzen einen kleinen Stich verpasste. Ich wusste, dass ich die Bilder von unserer Reise irgendwo in der Wohnung vergraben hatte, aber ich hatte definitiv keine davon aufgehängt. Die einzigen Fotos, die in unserer Wohnung zu sehen waren, waren Schwarz-Weiß-Aufnahmen von Orten, an denen Gus und ich Urlaub gemacht hatten. Schnappschüsse von Col, Luce und mir mit Neon-Gesichtsbemalung, wie wir an Strohhalmen über Eimern voller Thai-Whiskey hängen, hätten da irgendwie fehl am Platz gewirkt.

»Was macht die Liebe, Col?«, fragte ich, um das Thema zu wechseln. »Irgendwelche großen Romanzen am Laufen?«

Er verlagerte sein Gewicht auf dem Hocker und kicherte nervös. »Nein, nein, nichts dergleichen.«

»Ich schätze mal, es ist nicht gerade einfach, hier oben neue Leute kennenzulernen.« Beinahe hätte ich hinzugefügt, dass es meiner Mutter trotzdem gelungen war, aber ich beschloss, dass das Colins Selbstvertrauen nicht gerade zuträglich wäre.

»Du kennst mich doch«, sagte er und fummelte an der Ecke seines Bierdeckels herum. »Wenn ich könnte, würde ich meinen Computer heiraten.«

Ich lachte, und er hob dankbar seinen Blick und blinzelte mich hinter seiner Brille hervor an. Der gute Col. Meines Wissens hatte er nie eine Freundin oder einen Freund gehabt. Vielleicht war er ja asexuell?

»Hast du das mit dem Herrenhaus gehört?«, fragte er auf einmal, wobei sich der Zug um seinen Mund verdüsterte.

Ich deutete mit dem Daumen über meine Schulter auf Dad und Roy. »Ja, das ist das einzige Gesprächsthema, das die beiden noch haben.«

»Die Gemeinde sollte dem nicht zustimmen. Ich befasse mich gerade mit den Bebauungsvorschriften.« Er drehte sein Buch so um, dass ich den Titel lesen konnte: *Bauplanungsrecht für Laien: ein praktischer Leitfaden für die Bauleitplanung*.

»Ah, gut«, erwiderte ich höflich. »Das ist, äh, sehr offiziell.«

»Hast du mal was von ihm gehört?«

»Von Art? Äh, nein, nicht wirklich. Ich bin ihm zwar letzte Woche über den Weg gelaufen, aber nein, ich würde nicht sagen, dass wir Freunde sind. Nicht wirklich, nicht nach alldem …« Ich verstummte, und kurz war es still, bevor ich von meinem Hocker runterhopste. »Ich bringe mal besser Dad nach Hause. Aber es war schön, dich zu sehen.«

»Ja, hat mich auch gefreut.« Er schob seine Brille höher die Nase hinauf. »Wenn du noch in der Gegend bist, dann komm doch Freitag wieder vorbei. Da ist Quizabend.«

»Oh, cool, ja, vielleicht.«

»Ich bin der Quizmaster.«

»Was gibt's zu gewinnen?«

»Nichts Wildes. Kommt drauf an, wie großzügig Terence gestimmt ist. Normalerweise eine Flasche Prosecco.« Er wirkte verlegen. »Du musst nicht kommen oder so. Deine Freitagabende in London sind wahrscheinlich um einiges aufregender, aber wir haben unseren Spaß hier.«

»Nein, nein, ich komme gern. Plan mich mit ein«, sagte ich, wobei ich Colin ein wenig bemitleidete für seine Begeisterung, die er für einen Quizabend in der Dorfkaschemme aufbrachte.

Jeden Abend, nach seinen zwei Bier, schob ich Dad in seinem Rollstuhl zum Essen heim, und wir sahen uns einem Film an. Es hatte mich schon immer amüsiert, dass ein Kerl, der so ruppig war wie Dad, ein Faible für Liebesfilme hatte; alte Klassiker wie *Casablanca* und *Vom Winde verweht*, aber auch modernere Schnulzen wie *Notting Hill* und *Wie ein einziger Tag*.

Liebesfilme, insbesondere Filme mit Hochzeiten, waren genau mein Ding, aber ich schaute sie mir nie mit Gus an.

Er bevorzugte italienische Epen aus den Siebzigern, die Stunden dauerten und bei denen ich irgendwann immer auf dem Sofa eindöste. Außerdem musste ich immer weinen, wenn die Braut vor den Altar trat, und ich war mir nicht sicher, wie Gus das finden würde. Mir kamen ja schon die Tränen, wenn ich nur an die Stelle in *Meine Lieder – meine Träume* dachte, in der Maria den Mittelgang der Kirche entlangschwebt.

Diese Filme mit Dad anzusehen hatte hingegen etwas Verbindendes. Er tat immer so, als wäre er nicht zu Tränen gerührt, wenn wir uns zusammen *Drei Männer und eine kleine Lady* anschauten – »Das ist nur die Schärfe vom Curry, Kleines« –, obwohl ich das eher unglaubwürdig fand, da er sein Curry bereits vor einer Stunde gegessen hatte.

Nachdem ich mich an jenem Abend mit Colin unterhalten und Dad in der rosa Dämmerung von Northumberland nach Hause geschoben hatte, erblickte ich zwei große Kisten vor unserer Tür.

»Erwartest du eine Lieferung?«

»Nein, bestimmt nicht.«

Ich parkte den Rollstuhl daneben und ging in die Hocke. »Die sind ja für mich«, stellte ich verwirrt fest. Es waren ziemlich große braune Kartons. Außerdem schwer. Um sie anzuheben, musste ich die Finger drunterschieben und sie dann unter die Arme packen.

Ich wankte in die Küche und ließ die Kisten vorsichtig auf den Küchentisch gleiten, bevor ich Dad ins Haus schob.

Dann griff ich mir die nächstbeste Kiste, fuhr mit einem Messer durchs Klebeband und kämpfte mich durch mehrere Fingerbreit Styropor, um darunter sechs Flaschen Weißwein zu entdecken.

»Das ist Wein. Muss von Gus sein.«

»Ooo wie schön«, meinte Dad händereibend. »Lass uns gleich eine aufmachen.«

Die zweite Kiste enthielt ebenfalls sechs Flaschen, nur dass es sich dabei um Rotwein handelte. Erst als ich eine von ihnen herauszog, bemerkte ich das Etikett. *LIECHTENSTEIN* prangte in goldenen Lettern unter einer Art königlichem Wappen. *Cabernet Sauvignon 2012*.

Ich fuhr mit den Fingern über die Rotweinkiste und fand unter dem Adressetikett eine aufgeklebte Notiz.

Liebe Eleanor. Bitte lassen Sie sich diese Flaschen von meinem Weingut munden. Sie dürften Ihnen beim Entspannen helfen. R

»Was ist los?«, erkundigte sich Dad, als ich einfach nur dastand und die Notiz anglotzte.

»Das ist Wein aus Liechtenstein, von einem Mandanten.«

»Ist ja bombig. Der Korkenzieher liegt in der Schublade, Kleines.«

»Wir werden nichts davon trinken.«

Dad fiel das Lächeln aus dem Gesicht wie einem Kind, das gerade ins Bett geschickt worden war.

»Was? Warum denn nicht?«

»Weil ich bei der Arbeit keine Geschenke annehmen darf, darum. Und du solltest heute Abend sowieso nichts mehr trinken.«

Strenggenommen war die Ausrede mit der Arbeit nicht korrekt. Die Richtlinien von Spinks besagten lediglich, dass wir Geschenke im Wert von über einhundert Pfund *angeben* mussten, auch wenn Gideon das geflissentlich überging. Neben seiner diamantenen Rolex hatte er in den letzten Monaten zudem einen Satz Golfschläger angenommen und versäumt zu melden, sowie riesige Bose-Kopfhörer von einem texanischen Ölmagnaten, von denen er glaubte, sie würden ihn cool wirken lassen, obwohl er, meiner bescheidenen Meinung nach, ziemlich albern damit aussah. Dazu ein paar erlesene Portweine und ein marmornes Schachspiel (obwohl ich mir ziemlich sicher war, dass er nicht wusste, wie man Schach spielt.)

Aber das brauchte Dad nicht zu wissen, da ich nicht vorhatte, Prinz Perversos Wein zu trinken, um in irgendeiner Weise in seiner Schuld zu stehen. Wenigstens war ich in Northumberland, dreihundert Meilen von London entfernt, und somit vor seinen streichelfreudigen Daumen in Sicherheit.

Ich schob die Kartons ans andere Ende des Küchentischs, zu dem Stapel alter Zeitungen von Dad, und öffnete den Kühlschrank.

»Also gut, was darf es zum Abendessen sein? Spar-Nudelauflauf oder Spar-Hähnchen süßsauer?«

Am nächsten Morgen schickte ich dem Prinzen eine Mail, um mich für den Wein zu bedanken, worauf er antwortete, dass er hoffe, ich würde beim Trinken an ihn denken. Eher unwahrscheinlich. Dann rief ich Rosemary bei der Arbeit an und erfuhr, dass sie ihm die Adresse meiner Eltern gegeben hatte.

»Entschuldige, Nell. Seine Sekretärin meinte, er müsse dir dringend einige Formulare per FedEx zukommen lassen.«

Ich seufzte. »Mach dir keinen Kopf, alles gut. Vielen Dank.«

Ich überlegte, ob ich Gideon anrufen sollte, um ihm die Situation zu schildern, aber er würde es doch nur abtun und behaupten, ich würde aus einer Mücke einen Elefanten machen, und mir dann in Erinnerung rufen, dass Prinz Rudolf ein wichtiger Mandant sei. Wenn ich eine Beförderung wollte, müsste ich wohl in den sauren Apfel beißen, und so weiter und so fort.

Stattdessen rief ich Jack an, der bei meinem dritten Versuch ranging.

»Wir haben doch erst darüber gesprochen«, sagte ich. »Was, wenn es ein Notfall wäre? Was, wenn Dad wieder gestürzt wäre?«

»Ist er das?«

»Nein.«

»Na also. Was ist los, Schwesterchen? Ich bin mitten bei der Arbeit.«

»An was?«

»Wie meinst du das?«

»An was du gerade arbeitest?«

»Ich bin beim Mittagessen.«

»Es tut mir ja so leid, dich bei deinem ach so geschäftigen und wichtigen Termin zu stören, aber ich rufe nur an, um zu fragen, ob du dir freigenommen hast. Ich bin jetzt seit einer Woche hier, und ich muss wissen, wann ich wieder nach Hause kann. Was bitte *isst* du da?«

Er knabberte weiter ins Telefon hinein, dann schluckte er und rülpste. »Scharfe Nic-Nacs. Und ja, Schwesterchen, ich arbeite dran.«

»Jack, ich kann hier nicht ewig bleiben. Noch eine Woche, und dann bist du dran.«

»Schon gut, schon gut.«

»Ach ja, hat Mum dich angerufen?«

»Mum?«

»Ja, du weißt schon. Die Blondine, bei der wir als Kinder gewohnt haben und die uns über WhatsApp immer mit Verschwörungstheorien beglückt.«

»Nein, hat sie nicht. Wieso sollte sie?«

»Nein«, wiederholte ich resigniert. »Nicht so wichtig.«

Ich legte auf und schrieb ihr in großen fetten Buchstaben: *RUF DEINEN SOHN AN.*

Als ich abends im Bett lag und eine Ausgabe von *Bridalicious* durchblätterte – ich hatte sie mir heute früh im Spar besorgt und sie ich in einer Plastiktüte nach Hause geschmuggelt –, bekam ich eine Nachricht von Art.

Zuerst kapierte ich nicht, dass die Nachricht von ihm kam, da sie von einer unbekannten ausländischen Nummer stammte.

Ist es zu schräg, wenn wir uns morgen in dem neuen Café treffen? Hätte eigentlich Lust, es auszuprobieren. A

Einige Sekunden lang starrte ich bloß mein Handydisplay an. Ja, es wäre schon ein bisschen schräg, aber andererseits wusste ich auch nicht so recht, was ich als Alternative vorschlagen könnte. Sich wieder auf Drummond Hall zu treffen oder hier zu Hause, erschien mir zu freundschaftlich und erinnerte zu sehr an alte Zeiten. Und ich wollte auf keinen Fall mit ihm am Strand entlangspazieren, weil wir das früher immer getan hatten. Als Teenagerin war das meine Lieblingsbeschäftigung mit ihm gewesen, weil es etwas Romantisches an sich hatte – egal ob in den Sommerferien, wenn wir uns zum Sonnen in den Sand legten, oder im Winter, wenn wir uns in mehrere Schichten packten und lachend und gebückt gegen den Wind anliefen. Der Pub? Nein, Alkohol war eine ganz schlechte Idee.

Ich kam zu dem Schluss, dass das Café die beste Option war.

Klar, um 15 Uhr?

Er antwortete umgehend mit einem Daumen-Hoch-Emoji, woraufhin ich mein Handy auf die Bettdecke fallen ließ und versuchte, mein schlechtes Gewissen zu ignorieren. Es war nur ein Kaffee. Nichts weiter als ein Kaffee mit einem alten Freund. Der Schlussstrich, der mir immer gefehlt hatte.

Ich wandte mich wieder dem *Bridalicious*-Artikel mit der Überschrift »Die 25 hübschesten Hochzeits-Canapés« zu, doch nur wenige Sekunden später summte mein Handy erneut.

Es war Gus.

»*Coucou, chérie*, wie war dein Tag?«

»Ganz okay.« Ich schob die Zeitschrift vom Bett auf den Boden und balancierte das Handy auf meiner Brust, damit ich es nicht ans Ohr klemmen musste. »Und deiner?«

Gus setzte lang und breit zu einer Anekdote von einem Meeting an, bei der der Laserstift seines Kollegen nicht funktioniert hatte. »Ist alles in Ordnung mit dir?«, fragte er nach einigen Minuten.

»Hm.«

»Du bist so still.«

»Tut mir leid, es … gibt nur nicht viel zu berichten.«

»Hast du deine Mutter noch mal getroffen?«

»Nein, ich, ähm, versuche das Café zu meiden.«

Vermutlich würde ich dafür in die Hölle kommen, aber Menschen in Beziehungen flunkerten, was solche Dinge anging, ständig. Außerdem war zusammen Kaffee trinken ja kein Fremdgehen. Ein Kaffee gehörte zu jener Sorte steriler sozialer Interaktionen, zu denen man sich sogar mit Kollegen verabredete, die man gar nicht leiden konnte.

»Das ist sehr weise von dir. Deine Mutter will wahrscheinlich die verlorenen Jahre nachholen, indem sie sich mit ihrem italienischen Hengst verlustiert.«

»Okay, danke, aber lassen wir das.«

»Ich mein ja nur.« Gus hielt inne, um zu gähnen. »Das ist ein weiterer Grund, warum man niemals heiraten sollte.«

»Wie meinst du das?«

»Damit wir nicht in einer faden, leidenschaftslosen Beziehung enden wie deine Eltern.«

»He, mach mal langsam. Ich kann mir vorstellen, dass die meisten Beziehungen nach beinahe vierzig Jahren ein bisschen fad werden, egal ob verheiratet oder nicht.«

»Das werden wir nicht«, erwiderte Gus empört. »Ich kann mir nicht vorstellen, nur zweimal im Jahr mit dir Liebe zu machen.«

»Würg, Gus, dieser Spruch.« Ich hatte ihm schon mal gesagt, wie megapeinlich ich diese Formulierung fand, und jetzt benutzte er sie absichtlich.

»Apropos, wo bist du gerade?«

»Ich liege im Bett, warum?«

»Das trifft sich gut, denn ich habe darüber nachgedacht, wie sehr ich mein kleines Lämmchen vermisse.«

Oh-oh. Ich kannte diesen Tonfall. Gus hatte seine ganz spezielle sexy Stimme aufgesetzt.

Wir hatten es zuvor schon mit Telefonsex versucht, wenn Gus auf Geschäftsreisen war. Um ehrlich zu sein hätte ich meinen kleinen lila Vibrator lieber allein benutzt, aber mir war schon klar, dass das eher unter Individualsport lief, also hatte ich peinlich berührt mitgemacht, obwohl ich die Telefonsex-Performance eher blamabel fand. Ich war keine Schauspielerin, sondern Anwältin, und ich hatte nie das Gefühl gehabt, dass mein Stöhnen besonders überzeugend rübergekommen war.

Außerdem hatte eine von Gus' Reisen ihn nach Hongkong geführt, sodass es bei ihm acht Stunden später gewesen war; und als er an einem Samstagabend betrunken von seinem Hotelzimmer aus angerufen hatte, als es in London gerade mal fünfzehn Uhr war, da hatte ich auf dem Sofa gelegen und in der Samstagsbeilage Kochrezepte durchgeblättert. Es ist schon extrem schwierig, bei der Lektüre eines Rezepts für geräucherte Schellfischsuppe erotische Schwingungen zu verspüren, doch ich hatte es versucht, ich hatte mir wirklich Mühe gegeben, aber am Ende hatte ich es eben doch nur vorgetäuscht, indem ich besorgniserregende Laute von mir gegeben und dabei gehofft hatte, dass unsere Nachbarn nicht zu Hause waren.

»Bist du in Stimmung? Mach mit, tu's für mich. Bitte, bitte, Lämmchen, ja?«

Ich war nicht wirklich in Stimmung. Ich lag auf meinem Bett aus Kindertagen, in dem Zimmer direkt über meinem Dad, unter Beobachtung eines eingestaubten Furby auf meinem Nachttisch und Gary Barlow, der von der Wand herabgrinste. Aber mir war klar, dass Gus gekränkt wäre, wenn ich Nein sagte, daher war es allemal leichter und unkomplizierter, einfach darauf einzusteigen.

»Ähm, okay.« Ich nahm mein Handy und schaltete den Lautsprechermodus aus, damit Dad unter mir nichts von dem hier mitbekam.

»Ich öffne meine Anzughose«, begann er.

»Denk aber dran, sie in deinen Hosenbügler zu tun«, neckte ich ihn.

»Nell, wirst du das ernst nehmen?«

»Ja, ja, tut mir leid. Ich verspreche es. Du ziehst deine Anzugshose aus und ich, ähm …« Ich sah mich in meinem Schlafzimmer um, als könnte ich da was Inspirierendes finden. »Ich, ähm, schiebe mir eine Hand unter mein T-Shirt.«

»Um was zu tun?«

Das war echt unangenehm. »Um, ähm, mich selbst zu berühren?«, schlug ich vor, als wäre das ein Quiz und ich würde versuchen, die richtige Antwort zu erraten.

»Um was anzufassen?«, wollte Gus wissen.

Warum war das nur so peinlich?

»Ähm, einen Nippel?«

»Nur einen?«

»Ich glaube, ich werde … beide Nippel berühren?«

»So ist's gut. Bis sie hart sind? Oh, Lämmchen, ich wünschte, ich hätte sie jetzt in meinem Mund.«

O nein, nicht schon wieder das Lämmchen.

»Ich *auch*«, erwiderte ich um einen enthusiastischen Tonfall bemüht, obwohl mir bei einem Blick in den Ausschnitt meines T-Shirts klar wurde, dass ich dringend meine Nippelhärchen zupfen musste.

Gus hatte mal eine abfällige Bemerkung über Haare an den Nippeln gemacht und gemeint, er sei nicht »besonders scharf« darauf, mit seiner Zunge Haare zu spüren, wenn wir Sex hatten.

Daraufhin hatte ich eigentlich erwidern wollen, dass ich auch nicht »besonders scharf« darauf war, mir Schamhaare von der Zunge zu zupfen, nachdem ich ihm einen geblasen hatte, doch dann hatte ich gekniffen. Stattdessen war ich einfach dazu übergegangen, penibler mit meiner Pinzette zu sein.

»Ich wünschte, du wärst hier«, sagte Gus, heftiger ins Telefon keuchend.

»Ach ja? Was würdest du dann wollen, dass ich tue?«

Ich hatte festgestellt, dass es weniger unangenehm war, Fragen zu stellen, statt mir selbst verführerische Sätze abzuringen.

»Ich würde wollen, dass du dich nackt ausziehst und mir von deinem besonderen Örtchen erzählst.«

»Was?«, quietschte ich.

»Deinem besonderen Örtchen, deiner geheimen Stelle«, verlangte Gus atemlos. Es war nicht ungewöhnlich, dass er beim Sex in Sachen Terminologie manchmal über die Stränge schlug. Einmal, das war wenige Monate, nachdem wir zusammengekommen waren, hatte er ein Sonett von Lord Byron zitiert, während wir es trieben. *»Sie naht in Schönheit wie die Nacht, gewölklos, rein und sternenlicht …«*, hatte er zwischen den Stößen gestöhnt.

»Hm«, murmelte ich zur Antwort. Bitte, mach, dass Dad nichts davon mitbekommt, flehte ich innerlich. Die Schallisolierung in diesem Haus war, aufgrund seines Alters, praktisch nicht existent; und falls Dad morgen früh irgendwelche Hinweise darauf geben sollte, dass er unser Telefonat mitverfolgt hatte, dann würde ich dieses Leben hinter mir lassen und mich in ein Zeugenschutzprogramm begeben müssen.

»Was willst du mit mir anstellen?«, drängte Gus weiter.

Was ich am liebsten von ihm wollte, war, dass er aufhörte zu reden wie ein unzüchtiger Shakespeareliebhaber, damit ich mich wieder in meine Zeitschrift vertiefen konnte.

»Äh, ich möchte, dass du mich aufs Bett wirfst und dass wir … es dann machen?«

Gus schnaubte durch die Leitung. »Nell, bist du wirklich bei der Sache?«

»Ja, ja! Bin ich!«

»Nun ja, du greifst vor«, konstatierte er verärgert. »Wir können nicht einfach davon, dass du dich nackt ausziehst, dazu übergehen, plötzlich Liebe zu machen. Das ergibt überhaupt keinen Sinn. Was willst du davor machen?«

»Oh, entschuldige. Okay, ich überlege, ich konzentriere mich wirklich, und übrigens ist meine Hand immer noch auf meinem Nippel.« (Das stimmte zwar nicht, aber ich dachte, es könnte ihn versöhnlich stimmen.)

»Gut.«

»Okay, also, was ich davor mit dir anstellen will, ist …« Ich schaute mich in dem Zimmer um, und mein Blick fiel auf Gary, der seine Daumen in seine ausgebeulte weiße Jeans eingehakt hatte. »Ich, äh, will mich vor dich hinknien und, ähm, dir einen blasen?«

Gus stöhnte lauter, während ich betete, dass Dad schon schlief. Bitte, bitte GOTT, mach, dass er schläft, ja?

»Ich wünschte, du wärst hier«, fuhr er fort. »Ich glaube nicht, dass ich noch lange brauche. Ich will dich vor mir haben wie eine französische Bauernmagd, auf deinen Knien. Berührst du dich auch für mich?«

»Mmmhmmm«, flunkerte ich, während ich nach meinem Wasserglas griff. Ich war zu müde, um zu masturbieren, und ich hatte mein lila Spielzeug nicht eingepackt. Wer packt schon einen Vibrator ein, wenn er zu seinen Eltern fährt?

»Darf ich dich jetzt aufs Bett werfen? Lass es mich tun, lass es mich tun«, bettelte Gus.

»Mach es«, feuerte ich ihn an und nahm einen Schluck Wasser. »Wirf mich aufs Bett.«

»Okay, okay, ich tu es. Ich habe dich aufs Bett geworfen und stoße in deine Lustgrotte hinein. O mein Gott, Nell. O mein Gott. Omeingott, omeingott, omeingott. Ich komme, ich komme, ich komme!«

Ich lag still da und schaute mit gerunzelter Stirn zu den Plastiksternen empor, während Gus am anderen Ende der Leitung laut nach Luft schnappte. Dann kam der Huster. Das tat er immer nach dem Sex. Ein kurzer Huster, um seine Brust nach der körperlichen Strapaze wieder freizubekommen. »Das war exquisit. Bist du gekommen?«

»Natürlich«, flunkerte ich erneut, »ich musste nur leise sein wegen Dad.«

»Okay, nun, ich springe dann mal unter die Dusche, aber ich liebe dich.«

»Ich dich auch.«

Wir legten auf, und ich widmete mich wieder dem Canapé-Artikel in der *Bridalicious*. Die winzigen schottischen Wachteleier sahen köstlich aus.

11

Am nächsten Morgen erwachte ich und fand fünf verpasste Anrufe von Jack vor. Nette Abwechslung. Ich rief ihn zurück und murmelte, als er abhob, ein »Guten Morgen.«

»Guten Morgen?«, schrie er. »Guten Morgen? Wie kannst du nur so gechillt bleiben?«

»Jack, es ist gerade mal kurz nach …« Ich hielt das Handy von meinem Gesicht weg und blinzelte. »… sieben, und ich liege noch im Bett. Was ist los? Warum schläfst du nicht?«

»Warum ich nicht *schlafe*?«, fragte er, als hätte er noch nie vom Schlafen gehört.

Ich streckte mich unter meiner Daunendecke. »Hm.«

»Nell, ich schlafe *deswegen* nicht, weil Mum mich gestern Abend angerufen und mir verkündet hat, dass sie bei einem Barista eingezogen ist.« Er spie das Wort aus, als sei ein Barista dasselbe wie ein Bettler.

»Sie hat dich angerufen? Das ist doch mal ein Fortschritt.«

»Was meinst du mit Fortschritt? Wie, bitte, soll das ein Fortschritt sein? Was ist so fortschrittlich daran, wenn unsere Mutter mit einem anderen Mann durchbrennt? Ich kann nicht glauben, dass *sie* es ist, die eine Affäre hat.«

»Jack, regst du dich deswegen so auf? Weil es Mum ist, die etwas mit jemandem laufen hat, und nicht Dad? Und übrigens ist es keine Affäre, wenn sie sich getrennt haben.«

Ich hörte durchs Telefon, wie er tief Luft holte, als würde er gleich wieder losschreien, doch er bremste sich und antwortete ruhiger: »Nein, nein, natürlich nicht. So meine ich das nicht. Es ist nur … in ihrem Alter? Mit einem Typen namens Luigi? Abartig.«

»Sie ist neunundfünfzig! Vermutlich will man auch mit neunundfünfzig noch Sex haben? Oder sogar mit neunundneunzig, man mag es kaum glauben.«

Jack gab ein angewidertes Geräusch von sich. »Darüber will ich gar nicht erst nachdenken. Hast du ihn schon getroffen?«

»Wen?«

»Wen? Na, diesen Luigi.«

»Hm. Vor ein paar Tagen war ich im Café, um Mum den Pachtvertrag für das Haus zu geben.«

»Und wie ist er?«

»Ich hab kaum mit ihm gesprochen. Aber er hat mich *Elly-anor* genannt, also wirst du zweifellos *Giacomo* sein.«

Jack stöhnte.

»Du benimmst dich echt kindisch. Was, wenn er sie glücklich macht?«

Er stöhnte erneut. »Das ist einfach schräg. Für dich ist das einfacher.«

»Warum das denn?«

»Na, wegen deiner Arbeit, du bist so was gewöhnt.«

»Jack, komm schon. Meine Mandanten sind was anderes als unsere Eltern. Und wo wir gerade bei der Arbeit sind, hast du schon mit deinem Chef gesprochen?«

»Nell, ich kann nicht kommen. Ich kann nicht zusehen, wie unsere Mutter einem anderen Mann schöne Augen macht.«

Wut machte sich in mir breit, und ich setzte mich im Bett auf. Das sah Jack so was von ähnlich, die Trennung unserer Eltern auf sich zu beziehen und sich in den Mittelpunkt des Dramas zu stellen.

»Jack, reiß dich zusammen. Du bist ein fünfunddreißigjähriger Mann. Ich bin schon über eine Woche hier.«

»Ach, Schwesterchen …«

»Im Ernst, du bist jetzt dran.«

»Okay, okay, mach dir nicht gleich in die Hose. Ich werd's tun. War gerade alles nur ziemlich stressig.« Dann nahm seine Stimme einen betont lockeren Tonfall an. »Hast, äh, hast du schon herausgefunden, was mit Drummond Hall passieren wird?«

»Jepp, das hat irgendein Bauunternehmer gekauft.«

»Was? Schon? Hast du ein gutes Wort für mich eingelegt?«

»Nein! Komischerweise nicht, weil ich nämlich mit unserem hinkenden Vater und unserer durchgebrannten Mutter beschäftigt bin, und auch deswegen nicht, weil sich nicht alles auf diesem verdammten Planeten um dich dreht. Vielleicht könntest du ja herkommen und es selbst erledigen, wenn du mit deinem Chef sprechen und dir ein paar Tage freinehmen würdest.« Ich legte eine Pause ein, um Luft zu holen. »Kannst du ihm nicht sagen, dass du zu Hause dringend gebraucht wirst?«

»Weil unsere Mum mit einem Typen bumst, der nicht unser Dad ist? Ich schätze nicht.«

»Egal. Sprich einfach mit ihm.«

»Mach ich, mach ich. Hör auf zu nerven«, murmelte er, bevor ich hörte, wie er etwas flüsterte.

»Hä?«

»Nichts, das ist Emma. Okay, ich muss los, tschüss.«

»Okay, Jack, kannst du bitte …« Aber er hatte schon aufgelegt.

Ich ließ mich aufs Bett zurückfallen, schaute zu Gary Barlow hoch und schüttelte den Kopf. »Männer, was?«

Gary auf seinem Poster sah aus, als würde er verstehen.

Am gleichen Vormittag landete eine E-Mail in meinem Posteingang, die bestätigte, dass Liebe wirklich blind machen konnte: Linzi zog ihren Scheidungsantrag zurück. Sie und Larry hätten »beschlossen, es noch einmal zu versuchen«, schrieb sie. »Er ist kein schlechter Mann, und wir sind es den Kindern schuldig.«

Das kam nicht völlig überraschend. Sie hatte meine letzten beiden E-Mails bereits nicht beantwortet; außerdem geschah dies bei neuen Mandanten mindestens einmal. Am Anfang ist da die Wut, wenn einer der Partner herausfindet, dass der andere betrogen, gelogen oder Spielchen gespielt hat – in Linzis Fall die Gurken-Affäre –, und getrieben von Zorn wird die Scheidung eingereicht. Doch nach ein paar Wochen ist es dem anderen gelungen, den wutentbrannten Partner wieder zu beschwichtigen. Vielleicht würde Linzi sich ja in ein paar Monaten wieder melden, vielleicht aber auch nicht.

Gideon war erwartungsgemäß wütend, einen hochkarätigen Fall verloren zu haben, was zur Folge hatte, dass er den ganzen Vormittag damit verbrachte, mir E-Mails über Prinz Rudolfs Finanzen zu schicken. »Ich muss mich darauf verlassen können, dass du an ihm dran bist, Nell. Wir dürfen ihn nicht verlieren. Das würde im Vorfeld der anstehenden Beförderungen ganz schlecht aussehen.«

Beinahe hätte ich geantwortet, dass »an Prinz Perverso dran zu sein«, so ziemlich das Letzte war, was ich wollte. Er war dazu übergegangen, seine Mails mit einer Reihe von Küsschen zu beenden, was ich geflissentlich ignorierte und unbeirrt mit meinem üblichen Schlusssatz antwortete: *Mit freundlichen Grüßen, Eleanor.* Aber Gideon würden den Witz wahrscheinlich nicht verstehen, oder, noch schlimmer, mir raten, darauf einzusteigen. Sobald es um die Arbeit ging, waren ihm alle Mittel recht. Die Rechnung, die ich Linzi etwas später für unser einziges Treffen und ein paar Stunden Arbeit zukommen ließ, belief sich auf 4 750 Pfund.

Ich war gerade in Prinz Perversos Kontoauszüge vertieft, als es am Nachmittag an der Tür klingelte: Das musste Dads Ergotherapeut sein. Als ich ihn beim Mittagessen an den Termin erinnert hatte, hatte er zur Bestätigung nur gebrummt.

Ich öffnete die Küchentür und stand einer großen blonden Dame gegenüber, deren körperbetonter Krankenpflegekittel über ihrer Brust spannte.

»Hallöchen, ich bin Bev.« Sie verzog ihren kräftig geschminkten Mund zu einem Lächeln.

Wilma sprang an Bev hoch und legte ihr die Pfoten auf den Kittel.

»Wilma, Platz! Das tut mir ja so leid«, sagte ich, während ich Wilma von ihr wegzog. »Ich bin Nell, die Tochter von Bruce. Oh, es tut mir echt leid«, entschuldigte ich mich erneut, als ich zwei Pfotenabdrücke auf Bevs weißem Kittel bemerkte, die wie große braune Brustwarzen aussahen.

»Kein Thema. An so was bin ich gewöhnt«, erwiderte sie fröhlich. »Glauben Sie mir, Hunde sind mein geringstes Problem.«

»Das trifft sich gut. Kann ich Ihnen einen Tee anbieten oder einen Kaffee?«

»Ein Tee wäre ganz toll.«

»Gerne. Kommen Sie, ich bringe Sie zum Patienten.«

Ich klopfte an der Wohnzimmertür nur für den Fall, dass Dad in seiner Nase bohrte.

»Dad? Zeit für deine Ergotherapie.« Ich schob den Kopf durch die Tür und sah, wie er nach der Fernbedienung griff.

»Jetzt? Gleich beginnt das Rennen in Chepstow.«

»Das stört mich nicht im Geringsten, Schätzchen«, sagte

Bev und rauschte ins Zimmer. »Lass einfach an. Ich kann auch so arbeiten. Hallöchen übrigens, ich bin Bev.«

Sie streckte ihm ihre Hand hin, und ich registrierte, dass Dad Bev auf eine Weise anstarrte, wie er es sonst nur bei Pferden tat.

Sie musste Ende fünfzig sein und hatte den Körperbau einer Galionsfigur: hochgewachsen, gigantische Brüste, auf denen man ein Bier hätte abstellen können, und auf ihrem Kopf ein üppiger Dutt aus weißblondem Haar.

Sie schien Dads Glupschaugen nicht zu bemerken, sondern wuselte um sein Bett herum und schob die Zeitungen von dem Sessel daneben, um sich Platz zu machen.

»Dann wollen wir mal«, sagte sie und senkte wackelnd ihren Hintern aufs Polster wie ein brütender Vogel. »Ooo, tut das gut, mal die Füße auszustrecken.«

»Dad, willst du auch eine Tasse Tee?«, fragte ich in dem Versuch, ihn aus seiner Trance zu reißen. »Dad? … DAD?«

Er wandte sich mit verwirrter Miene zu mir. »Tee?«

»Ja, du weißt schon, diese braune heiße Flüssigkeit, die du so magst?«

»Ach, TEE! Ja, Tee. Tee wäre großartig. Danke, Kleines.«

Ich ließ die beiden allein und begab mich in die Küche, von wo aus ich Bevs schallendes Lachen vernehmen konnte.

Dann brachte ich ihnen das Tablett und stellte es auf dem Sofatisch ab. »Hier ist er, der Tee, und, Bev, ich war mir nicht sicher, ob Sie Milch oder Zucker nehmen, aber hier ist beides, falls Sie wollen.«

»Danke, Schätzchen, Milch reicht mir vollkommen.«

»Ist so schon süß genug«, sagte Dad kichernd, woraufhin ich ihm am liebsten den Tee in den Schritt gegossen hätte. Einerseits hatte Mum ihn verlassen, und er hatte jedes Recht, mit der Ergotherapeutin zu flirten. Andererseits wünschte ich mir gerade nichts sehnlicher, als dass meine Ohren abfallen würden.

Ich verkündete, dass ich nach oben gehen würde. »Kommt ihr beide klar?«

»Ja, Schätzchen, mach dir keine Sorgen. Wir plaudern ein wenig, und ich werde mir unseren Patienten hier vorknöpfen, um zu klären, ob er einen Handlauf oder Ähnliches benötigt«, erklärte Bev. Dann beugte sie sich vor, um einen Schuss Milch in ihre Tasse zu gießen, sodass sich die Knöpfe an ihrem Kittel noch stärker spannten.

Dads Augen traten aus ihren Höhlen. Von wegen Beinbruch, wahrscheinlicher war, dass er noch vor Ende des Nachmittags einem Herzinfarkt erlag.

»Kein Problem«, sagte ich, bevor ich mich in mein Zimmer verzog. Ich musste mich für meinen Kaffee mit Art fertig machen.

Zum ersten Mal seit einer Woche schälte ich mich aus Leggins und Kapuzenpulli, um sie gegen eine Jeans und einen rosa Pullover von Maje einzutauschen; dann trug ich ein wenig Make-up auf. Nicht viel. Nur einen Hauch Foundation und ein bisschen Mascara. Okay, und auch ein bisschen Rouge. Und Highlighter. Und Augenbrauengel.

Ich würde dasselbe tun, wenn ich mich mit einer alten Freundin treffen würde, überlegte ich. Lucy zum Beispiel.

Wenn ich mich mit Luce verabreden würde, würde ich mir definitiv genauso viel Mühe geben. Ein Treffen mit Art war nicht anders. Er war einfach nur größer und stoppeliger.

Als ich eine halbe Stunde später die Küche durchquerte, konnte ich immer noch Dad und Bev durch die Tür lachen hören.

Die ersten drei Minuten im Café waren kaum zu ertragen.

Zuerst grüßte mich Mum hinter der Theke mit einem lauten »*Ciao!*«. Dann wollte sie wissen, warum ich mich so »aufgebrezelt« hatte.

»Ich bin nicht aufgebrezelt. Ich treffe mich nur auf einen Kaffee mit Art. Er wollte sich den Laden hier mal anschauen.«

Sekunden später, als Art in seiner alten Fliegerjacke mit hochgeschlagenem Schaffellkragen zur Tür hereinkam, verwechselte Luigi ihn prompt mit Gus und erklärte mir, wie »*bello*« mein Freund sei.

Am liebsten hätte ich sie beide umgebracht, obwohl Art tatsächlich gut aussah. Besser als beim letzten Mal. Nicht mehr so müde. Die Jacke hatte er sich zugelegt, als er mit seiner Fliegerausbildung bei der Royal Air Force begonnen hatte; und schon damals fand ich, dass sie ihm was Schneidiges, was Heroisches verlieh, so als könnte er jeden Moment gerufen werden, um loszufliegen und eine Jungfer aus einem brennenden Gebäude zu retten. Sein Haar (von dem ich als Teenagerin besessen war, da er es wie ein Highschool-Filmstar zu einer Tolle frisiert hatte) war nach wie vor voll und üppig. Zwar trug er es, glücklicherweise, nicht mehr in einer Tolle, aber er hätte definitiv heute noch als Shampoo-Model durchgehen können.

Nell, verlier jetzt nicht die Kontrolle.

Entschlossen, mein Embargo aufrechtzuerhalten, lehnte ich einen Kaffee ab, also bestellte nur Art einen, dazu ein Sandwich, woraufhin ich ihn zu einem freien Tisch möglichst weit weg von der Theke führte.

Als wir uns gesetzt hatten, musterte er die Drucke und die bunt zusammengewürfelten Möbel. »Ist hübsch hier.«

Ich sah ihn finster an.

»Tut mir leid.« Er schüttelte den Kopf, bevor er sich über den Tisch nach vorne beugte. »Was ich eigentlich sagen wollte, ist, dass es ganz furchtbar ist und ich nie wieder herkommen werde. Ich wollte es mir einfach nur anschauen.«

»Findest du das nicht komisch?«, fragte ich leise, während meine Augen zur Kasse huschten, wo Mum gerade Luigi anlächelte.

Art folgte meinem Blick. »Nein. Vor ein paar Jahren vielleicht, aber heute denke ich einfach, jeder, wie es ihm gefällt. Schau dir meine Eltern an. Ein einziges Elend, sie haben einander gehasst – und glücklich waren sie, so wie ich das mitbekommen haben, eigentlich erst die letzten Jahre wieder, als sie getrennt voneinander lebten. Solche Geschichten musst du doch bei deiner Arbeit ständig mitbekommen?«

»Ja, aber es ist anders, wenn es die eigenen Eltern sind.«

»Deine Mutter scheint glücklich«, sagte er, erneut einen Blick zur Kasse werfend. »Glücklicher, als ich sie aus meiner Kindheit in Erinnerung habe.«

»Du glaubst, dass sie unglücklich war?«

Er kniff die Augen zusammen. »Ich bin mir nicht sicher. Aber wenn ich jetzt zurückblicke, ist mir klar, dass meine Eltern nur zusammengeblieben sind, weil sie das Gefühl hatten, dass ihnen keine andere Wahl blieb – also galt für deine vielleicht das Gleiche?«

Die Sache mit unseren Eltern hatte Art und mich als Teenager verbunden, da wir gespürt hatten, dass der jeweils andere sich in einer ähnlichen Situation befand. Es hatte schon immer Gerüchte über die Ehe von Lord und Lady Drummond gegeben, hauptsächlich über seine Affären. Mum und Dad glaubten, sie wären diskret, wenn sie sich zu Hause darüber ausließen, aber Jack und ich wussten schon damals, wovon sie sprachen. Das ganze Dorf hatte es gewusst. Die Ehe meiner Eltern war zwar nicht so offensichtlich lieblos gewesen, hätte es aber auch nicht auf die Titelseite einer Brautzeitschrift geschafft.

»Ich weiß nicht, ob meine todunglücklich waren. Nur … eben auch nicht total hin und weg.«

Art nickte. »Ganz genau. Man ist nur noch zusammen, weil man vor Jahrzehnten mal eine Entscheidung getroffen hat, die man längst bereut. Ich bin mir nicht sicher, ob das ein Erfolg versprechendes Rezept fürs Glück ist, oder?«

»Nein, nicht unbedingt«, erwiderte ich. Art klang seltsamerweise so, als würde er Gus' Ansichten über die Ehe wiedergeben, obwohl er selbst verheiratet war.

»Hast du noch viele Erinnerungen an früher?«

»Aus unserer Jugend? Na klar.« Ich hob meinen Blick und sah ihm in die Augen. »Ich erinnere mich an alles. An die Sommerferien, deine Geburtstagspartys, wie wir die Fischteiche gesäubert haben, wie du aufs Internat bist, wie wir im Meer geschwommen sind und Nanny Gertrude jedes Mal, wenn wir aus zurückkamen, dachte, wir hätten uns den Tod geholt.«

Er lachte. »Erinnerst du dich auch noch an das eine Mal, als du dich im Labyrinth verlaufen hast?«

Das war an Arts dreizehntem Geburtstag gewesen, ein paar Monate, bevor er nach Eton gegangen war. Lady Drummond hatte eine schicke Firma aus Edinburgh damit beauftragt, eine Schatzsuche in den Gärten des Anwesens zu organisieren, doch ich hatte in dem riesigen Eibenlabyrinth die Orientierung verloren und war in Panik geraten, als ich den Weg hinaus nicht finden konnte.

»Als ich Rotz und Wasser geheult habe und du mich gerettet hast?«

Art zuckte mit den Schultern. »Was soll ich sagen? Es war mir eine Ehre.«

Oha. Ganz gefährliches Terrain, Nell. Schnell, Themenwechsel. Sag was. Sag einfach irgendwas. »Was macht Frank eigentlich?«, platzte ich heraus.

»Weiß nicht so genau, wahrscheinlich ist er wieder in Paris. Gott, wie ich diese Picknicks vermisse.«

»Ich auch. Und kannst du dich auch noch an die Kartoffel-Smileys erinnern?« Die gingen nicht auf das Konto von Frank. Es gab sie bei uns zu Hause, und für Art waren es die größten Leckerbissen, weil er auf Drummond Hall, wo es nur feine französische Schmorgerichte und Ratatouille gab, so etwas nie essen durfte.

»Und ob, die waren das Beste überhaupt.«

Ich lächelte. »Ja, das waren sie. Und wenn wir schon bei Erinnerungen sind, ich habe neulich Abend ein paar alte Sachen gefunden.«

»Was für Sachen?«, fragte Art, als Luigi gerade mit einem Tablett zu uns kam. »Das sieht unglaublich aus, vielen Dank.«

Luigi servierte nicht nur einen, sondern zwei Tassen Kaffee, dazu ein Schinkensandwich von der Größe eines Ziegelsteins. »*Prego, prego*«, sagte er und strahlte uns an, bevor er wieder zur Kasse zurückeilte.

Art umfasste das Ciabatta mit beiden Händen, und ich bedachte ihn mit einem tadelnden Blick. »Verräter.«

»Tut mir leid, aber ich bin am Verhungern. Ich habe nichts zu Mittag gegessen, weil ich ein Meeting hatte mit dem Typen aus Glasgow. Ein furchteinflößender Kerl, sieht aus wie ein Türsteher aus einem Guy-Ritchie-Film.«

»Wie läuft es denn?«

Er runzelte fragend die Stirn.

»Der Verkauf.«

»Oh, das ist in die Gänge geleitet. Es gibt noch ein paar Details bezüglich des Grundstücks zu klären, aber das bekommen wir auch noch hin.«

»Was hat er denn mit dem Anwesen vor? Ich frage, weil es Gerüchte gibt, dass er das Haus abreißen will, um einen Golfplatz zu bauen.«

Er verzog finster das Gesicht, bevor er schluckte. »Einen Golfplatz?«

»Hm. Das wurde behauptet. Und Windräder.«

»Windräder?«

Ich nickte, während er einen weiteren großen Happen vom Sandwich abbiss. »Das ist zumindest das Gerede aus dem Pub. Aber stimmt es auch?«

Art schluckte und tippte mit dem Zeigefinger auf seinen Teller. »Das ist ein wirklich ausgezeichnetes Sandwich. Nicht ganz so gut wie mein Truthahn-Bacon-Club-Sandwich, aber nicht weit davon entfernt.«

»Art?«

Er legte das Ciabatta ab und lehnte sich auf seinem Stuhl zurück. »Es wird keine Windräder geben.«

»Was ist mit dem Golfplatz?«

»Es wird auch keinen Golfplatz geben. Ich hasse Golf. Wenn auch nicht so sehr wie Baseball.«

»Ich meine es ernst.«

»Ich auch! Du musstest noch nie ein ganzes Spiel durchstehen. Das geht zig Stunden … im Grunde schon fast Tage.«

»Art!«

»Schon gut, okay.« Er holte vernehmbar Luft und wölbte seine Brust, bevor er antwortete. »Es wird nicht abgerissen. Kein Golfplatz und auch keine Windräder. Laut Cameron will er sich um eine Baugenehmigung bemühen, um daraus Wohnungen zu machen.«

»Macht dich das nicht traurig?«, hakte ich nach.

»Ja, natürlich. Aber wie ich schon sagte, bleibt mir nicht

viel anderes übrig. Wie auch immer, lass uns nicht darüber sprechen, das ist zu deprimierend. Was waren das für Sachen, die du neulich Abend gefunden hast?«

Er griff wieder nach seinem Sandwich, und ich zuckte kurz mit den Schultern. »Nur so Zeug, das ich aufgehoben habe. Wie die Coldplay-CD und alle meine Schneekugeln.«

Art legte den Kopf in den Nacken und lachte zur Decke des Cafés empor. »Die Schneekugeln! Du hast sie behalten?«

»Natürlich«, sagte ich, gekränkt von seiner überraschten Reaktion – so als hätten sie ihm praktisch nichts bedeutet, wohingegen sie für mich alles gewesen waren. »Und erinnerst du dich noch an den Stein, den du mir am Strand geschenkt hast?«

Mit vollen Wangen schüttelte er den Kopf.

»An dem Tag, an dem du mich weinend am Strand gefunden hast?«, schob ich beschämt hinterher, da die Sachen nur für mich so einen Wert zu haben schienen, für ihn jedoch nicht. »Der Stein, der wie ein Herz geformt war?«

Ich war sechzehn gewesen, womit Art neunzehn gewesen sein musste, und zu der Tränen-am-Strand-Situation war es nach der Abschlussfeier zur Mittleren Reife in der Turnhalle gekommen.

Mr. Forbes, der Hausmeister, hatte sich tapfer bemüht, die Turnhalle für dieses große Event etwas aufzuhübschen: in jeder Ecke hingen Trauben bunter Luftballons, die Lichter waren gedimmt und die Tische zu einer Bar aufgereiht, auf der sich Plastikbecher mit »Punch« befanden. Jennifer Taggart hatte so getan, als wäre sie unglaublich betrunken von dem Zeug, obwohl er in Wahrheit nichts anderes enthielt als Lilt-Limonade und Tropicana-Fruchtsaft. Sollte sie von irgendetwas high geworden sein, dann vom Zucker.

Luce und ich wollten ursprünglich gar nicht hingehen, da uns klar war, dass wir eh mit niemandem herumknutschen würden, was aber für alle anderen Schüler die wesentliche Sache an der Party war. Doch sowohl Lucys Mum als auch meine hatten gemeint, wir sollten uns wenigstens »kurz dort blicken lassen«, also saßen wir, zusammen mit Colin, auf einer Bank an der Seite und schauten uns das Geknutsche vor uns an. Ich weiß noch, wie ich mich fragte, warum irgendjemand Iain Duffy so nahekommen wollte, während Gemma Pritchard ihre Arme um ihn schlang, als versuche sie, ein Feuer zu löschen. Meine vorrangige Erinnerung von der Turnhalle an besagtem Abend war der Geruch des Schuldesinfektionsmittels gemischt mit Teenager-Geilheit.

Es war Gemma, die mich dazu provoziert hatte. Sie war kurz nach ihrem Geknutsche an uns vorbeispaziert und hatte »Lesben« in meine und Luce' Richtung gemurmelt, bevor sie in hämisches Gelächter ausgebrochen war. Darum schnappte ich mir Colin, der sich immer noch über seine neue PlayStation ausließ, bei der Hand und verkündete, dass wir nun tanzen würden. Er hatte keine Zeit, etwas zu erwidern, und nach nur dreißig Sekunden auf der Tanzfläche, in denen wir im Takt der Musik hin- und hergeschwankt waren, stürzte ich mich auf ihn. Sein Mund fühlte sich starr und roboterhaft an, nicht viel anders als meine Hand, an der ich so eifrig geübt hatte, und unsere Zungen stießen aneinander wie kämpfende Schlangen. Knutschen fühlte sich nicht an, wie ich es mir vorgestellt hatte, also entschied ich, nach weiteren dreißig Sekunden, dass das wahrscheinlich reichte. Wir setzten uns wieder auf die Bank, und nach einem kurzen, verblüfften Schweigen, nahm Colin wieder seinen Vortrag über Computerspiele auf, während der Rest des Jahrgangs in unsere Richtung glotzte.

Mir ging es eigentlich gut, bis zum nächsten Morgen, als Jack, der von meinen romantischen Bestrebungen erfahren hatte, mich beim Frühstück auslachte. »Colin Cruickshank! Das ist voll eklig! Sein Mundgeruch ist eklig! Du bist eklig!«

Wie üblich schaffte es Mum nicht, ihm einen Rüffel zu verpassen, also rannte ich Richtung Strand davon. Ich war wütend auf Jack, wütend auf Mum, wütend auf alle aus meiner Klasse, weil sie sich über mich lustig gemacht hatten, und auch wütend auf den armen, unschuldigen Colin, weil er tatsächlich einen ziemlich heftigen Mundgeruch hatte.

Und so fand Art mich, einige Minuten später, weinend neben dem riesigen Felsen am nördlichen Ende des Strandes.

Obwohl ich in Gedanken andauernd bei Art war und sich mein Leben wie ein langes Warten auf seine Rückkehr nach Northcliffe anfühlte, war bis zu jenem Zeitpunkt nie etwas Körperliches zwischen uns geschehen. Gelegentlich, wenn er zu Hause war und zu mir rüberkam, lehnten unsere Beine aneinander oder unsere Unterarme streiften sich; und es war, als wüssten wir beide, dass wir uns berührten, wären aber entweder zu nervös oder nicht dazu in der Lage, etwas daraus zu machen. Einmal dachte ich, dass er mich gleich küssen würde, weil er sich mit seinem Gesicht ganz nah zu meinem vorgebeugt hatte, doch das war nur, um mir zu sagen, dass ich etwas zwischen den Zähnen hatte – ein schwarzes Pfefferkrümelchen. Danach machte ich wochenlang keinen Pfeffer mehr auf mein Essen.

Ich hatte auch davon fantasiert, dass ich ihm am Strand über den Weg lief, wo er mich in den Sand werfen und wir es endlich tun würden, während die Wellen um unsere Füße schwappten, so wie bei Danny und Sandy in *Grease*. Dass der Sand feucht und hart und das Meer schweinekalt wäre, spielte dabei keine Rolle. Das war schließlich meine Fantasie. In meinem Kopf konnte ich es mit Art treiben, wo und wie auch immer ich wollte.

Doch keine meiner jugendlichen Fantasien sah vor, dass er mich heulend in meinem schlabbrigen Schul-Jogginganzug am Strand vorfand.

Art riss die Augen auf und nickte. »Oh, ja. Was war noch mal der Grund, warum du geheult hast?«

»Nicht so wichtig.«

Ich hatte es ihm nie verraten, weil ich mich zu sehr geschämt hatte. Wir saßen einfach eine Zeit lang neben dem Felsen, während Art versuchte herauszufinden, was los war, bis ich irgendwann zugab, dass ich »Stress mit Leuten von der Schule« hatte.

»Wen juckt's?«, hatte Art zu mir gesagt.

Ich hatte mir jeden einzelnen Satz aus diesem wichtigen Gespräch eingeprägt und sie danach monatelang immer wieder hervorgekramt.

»Wie meinst du das?«

»Nell, das sind Idioten. Wen kümmert es, was irgendein Typ von der Morpeth High denkt? Du bist besser als die.«

»Bin ich das?«

»Ja, natürlich.«

»Was meinst du mit ›natürlich‹? Woher willst du das wissen?«

»Ich weiß es einfach. Du bist anders. Du warst schon immer anders. Auf die gute Weise.«

Er war rot geworden, und mein Magen hatte einen kleinen Satz getan. Es war nur ein linkischer Flirt zwischen Teenagern, und doch fühlte es sich schon viel eher wie meine Strandfantasie an – auch wenn ich die Befürchtung hatte, dass meine Nase rot und fleckig war.

Damals hatte er mir auch geraten, meine Flucht aus Northcliffe zu planen, ganz so, wie er es getan hatte.

Es war der Sommer nach seinem Schulabschluss, als er sich darauf vorbereitete, nach Cranwell zu gehen, dem Luftwaffenstützpunkt, in dem alle Auszubildenden der Royal Air Force ihre Laufbahn beginnen. Ich hatte den Ort auf Dads Landkarte ausfindig gemacht und voller Bestürzung festgestellt, wie weit weg er von Morpeth war.

»Kampfflieger, ich komme«, hatte er zu mir gesagt und dabei die Arme von sich gestreckt, als wären es Flügel.

Ich hatte eine seltsame Mischung aus Ehrfurcht und Stolz verspürt, dass er endlich das tat, wovon er so lange gesprochen hatte.

Dann hatte er einen Stein im Sand entdeckt und ihn mir entgegengestreckt – grau und glatt gespült und geformt wie ein Herz. »Der ist für dich.«

»Wofür?«

Für genau jetzt, hatte er geantwortet, als Erinnerung an ihn.

Art lächelte mich über den Café-Tisch hinweg an. »Das war, als ich dir geraten habe herauszufinden, was du mit deinem Leben anstellen sollst, um von hier wegzukommen, richtig?«

»Hm«, erwiderte ich. Dann legte ich den Kopf schräg und sah ihn an. »Du hast einen amerikanischen Akzent, weißt du das?«

»Ja, nach fünfzehn Jahren lassen sich gewisse Dinge wohl nicht vermeiden.«

Er grinste und kaute auf dem letzten Bissen seines Sandwichs, während ich an den Schwur zurückdachte, den ich mir damals gegeben hatte. Ich wollte Northcliffe so bald wie möglich verlassen und eine Berufung für mich finden, so wie Art. Zwei Jahre später hatte ich die Schule mit einer glatten Eins abgeschlossen und wurde zum Jurastudium in York zugelassen; von dort ging es weiter an die juristische Fakultät in London und dann zu Spinks. Ich hatte ihm ganz sicher nicht meine gesamte Karriere anzurechnen, aber unser Gespräch an jenem Tag war mir immer in Erinnerung geblieben.

Fast hatte ich vorhin die Fotocollage und die Glückwunschkarte erwähnt, aber hätte ich das getan, hätte ich auch seine Party ansprechen müssen. Und das wollte ich nicht; ich wollte keinen verletzlichen Teil von mir offenbaren, der durch die Erinnerung wieder aufgerissen werden könnte. Ich hatte zu lange gebraucht, um über Art hinwegzukommen, und im Moment fühlte es sich an, als würden wir beide auf Zehenspitzen um die Geister der Vergangenheit herumschleichen.

»Fliegst du eigentlich noch selbst?«

Seine Augenbrauen zogen sich zusammen. »Hab im Grunde keine Zeit. Die Arbeit ist heftig, und als ich aufgehört habe, habe ich beschlossen, dass es das war. Es ist leichter, es ganz bleiben zu lassen.«

»Musstest du denn?«

»Es aufgeben?« Er klopfte etwas Mehl von seinen Händen und legte seine Unterarme auf dem Tisch ab. »Ja, schon. Nicole war schwanger, und Robert … Du erinnerst dich an meinen Patenonkel Robert?«

Ich nickte. Als wir klein waren, hatte Art oft von seinem Patenonkel aus Amerika erzählt. Robert Cargill lebte in New York, besaß eine Bank und schickte ihm teure Geburtstags- und Weihnachtsgeschenke: ein ferngesteuertes Flugzeug, ein Nintendo 64, einmal sogar einen kleinen Elektro-Jeep. Art und seine Eltern verbrachten früher regelmäßig die Ferien mit ihm. Robert besaß ein Privatflugzeug mit eingebauten Betten, was

Art am meisten an den gemeinsamen Urlauben beeindruckte, und sie flogen von New York zu einem seiner anderen Häuser in den Staaten, wo sie dann auf Pferden ritten, in Seen schwammen und jeden Abend irgendwo Burger aßen.

Da ich nie in Amerika gewesen war, waren Arts Ferienberichte wie Märchen für mich. Amerika klang genau so, wie es im Fernsehen aussah – anscheinend gab es dort wirklich Wolkenkratzer und gelbe Taxis, riesige Gebirge und Cowboys, und eine Schoko-Sorte namens Reese's, die nach Erdnussbutter schmeckte und die Art immer von da mitbrachte. Aber mein positiver Eindruck von Arts reichem Patenonkel ließ nach, als er zu seinem reichen Schwiegervater wurde.

»Robert hat ziemlich hartnäckig darauf bestanden, dass ich mir einen, wie er es nannte, ›richtigen Job‹ zulege«, fuhr Art fort. »Und meine Eltern nicht gerade unglücklich darüber, dass ich das Fliegen aufgab. Schon früher hat Dad mich wegen des Geldes gewarnt und mir in den Ohren gelegen, mir eine ordentliche Arbeit zu suchen, da das Anwesen kostspielig sei und ich als Pilot niemals viel verdienen würde. Also ja, ich habe es aufgegeben.« Er seufzte. »Mir blieb kaum eine Wahl.«

»Oh, ich verstehe, du sagst also, du wurdest *gezwungen*, bei einer Wall-Street-Bank ein Bombengehalt zu verdienen?«

Art lachte. »Ja, okay, zugegeben, es ist Jammern auf hohem Niveau. Aber ich vermisse es eben.« Dann verblasste sein Lächeln. »Ich vermisse eine Menge Dinge.«

Ich warf einen Blick zur Tür, die mit einem Klingeln aufging, und sah Colin eintreten.

Er kam direkt auf unseren Tisch zu und verströmte dabei eine Aura von Zielstrebigkeit und eine Axe-Duftwolke, die ihn seit unseren Teenie-Tagen begleitete. Lucy und ich hatten ihn deswegen immer aufgezogen, aber das hatte seine Hingabe an das Zeug nur noch verstärkt.

»Hi, Col, wie geht's?«

»Mir geht es sehr gut«, antwortete er, bevor er sich mit dem Blick eines Rektors, der einem enttäuschenden Schüler die Leviten lesen will, an Art wandte. »Hallo, Art.«

Art erhob sich, um seine Hand zu schütteln. »Colin. Wie geht's? Es ist lange her.«

»Stimmt es, dass du das Anwesen an einen Bauunternehmer verkaufst?«, erwiderte Colin, ohne auf Arts Frage einzugehen.

»Nun, zunächst einmal muss der Nachlass geklärt werden.«

»Aber du verkaufst?«

»Ja, wahrscheinlich.«

Colin schob seine Brille die Nase weiter hinauf, bevor er die Arme verschränkte. »Das finde ich sehr traurig.«

»Das ist auch traurig, aber mir bleiben kaum Alternativen.«

»Ein Bauunternehmer wird das Dorf ruinieren.«

»Das ist genau das, was ich aktuell versuche zu klären. Einen Plan zu erstellen, der garantiert, dass alle zufrieden sind.«

»Also wird das Dorf in einer Art Konsultationsprozess

mit eingebunden?«, wollte Colin wissen und schob abermals seine Brille hoch.

»Das weiß ich nicht, aber ich kann dir versichern, dass ich das Anwesen nicht an den Erstbesten verhökere. Und auch, dass es keinen Golfplatz geben wird, sollte es das sein, was du befürchtest. Hat mich gefreut, dich zu sehen.« Art richtete seinen Blick auf mich, als er wieder Platz nahm.

Doch Colin rührte sich nicht vom Fleck. »Laut Paragraf 106 des Stadt- und Landesplanungsgesetzes muss eine Konsultation stattfinden.«

»Wie ich schon sagte, ich versichere dir, dass das Haus nicht abgerissen und neu bebaut wird«, erwiderte Art. »Das ist das Letzte, was ich will. Aber jetzt würde ich mich gerne wieder mit Nell unterhalten, wenn es dir nichts ausmacht.«

Col wandte sich an mich. »Hast du immer noch vor, am Freitagabend zu kommen?«

»Zum Pub-Quiz?«, sagte ich, um für Art klarzustellen, dass ich nicht zu irgendeiner Privatveranstaltung bei Colin ging. »Klar, Dad und ich werden da sein.«

»Dann bis dahin«, sagte er, bevor er sich umdrehte und auf direktem Weg das Café verließ.

Art atmete hörbar auf, als die Glocke erneut bimmelte und die Tür sich hinter ihm schloss. »Der Typ ist noch seltsamer geworden.«

»Er ist in Ordnung.«

»Das sagst du so.«

Ich runzelte die Stirn. »Wie meinst du das?«

»Ach nichts. Übrigens, wie geht es deinem Bruder? Was treibt er so?«

Wir wechselten das Thema, redeten erst über Jack und seinen zahlreichen Freundinnen, dann über unsere jeweiligen Jobs. Ich riss einen Witz über albtraumhafte Mandanten und erwähnte auch Prinz Rudolf.

»Warte, der aus Liechtenstein? Den kenne ich.«

»Was? Woher?«

»Aus New York. Er ist ein alter Freund von Nicole, ich glaube, sie waren zusammen am College.«

Ich zog eine Grimasse. »Oje, du wirst aber nichts davon erzählen, oder? Wegen Schweigepflicht und so.«

»Pfadfinderehrenwort«, sagte Art und salutierte über den Tisch hinweg. »Aber der Kerl ist echt schmierig. Seine Frau hat mir immer schon leidgetan.«

»Ja, mir auch.«

Danach überlegten wir uns die absurdesten Ideen, um das Anwesen zu retten – wie wäre es, Drummond Hall in einen Freizeitpark zu verwandeln? Oder in einen weiteren Außenposten des Soho Farmhouse, wo die Gäste mit dem Fahrrad zwischen ihren Hütten und dem Außenpool herumradeln können? Oder doch in einen dieser schicken Zoos, wo die Besucher direkt durch das Affengehege fahren?

»Ich bin mir nicht sicher, ob die Affen mit dem Wetter hier klarkämen«, scherzte Art.

Es war wie eines dieser Gespräche in unseren Teenagerjahren, bei denen wir uns gegenseitig alles sagten, was uns in den Sinn kam, und über alles Mögliche diskutierten, ganz gleich, ob ernst oder weniger ernst. Erst als ich mich zwei Stunden später auf dem Heimweg befand, wurde mir bewusst, dass keiner von uns über seine Beziehungen gesprochen hatte – genauso wie früher.

Dad hingegen schien nichts anbrennen zu lassen. »Ich habe Bev gesagt, dass sie am Freitag auch in den Pub kommen soll. Das ist doch okay, oder?«, berichtet er, kaum dass ich zur Tür herein war.

»Absolut«, erwiderte ich, fragte mich jedoch, ob das eher Staunen oder Erschöpfung war, was ich da angesichts der neuen romantischen Abenteuer meiner Eltern verspürte. »Die Frage ist nur, was ziehst du an?«

Dads Lächeln verschwand im Nu, stattdessen wirkte er nun panisch. »Ich weiß nicht. Daran habe ich nicht gedacht. Würdest du mir oben ein Hemd aussuchen?«

»Ja, natürlich, aber nicht jetzt, Dad. Wir haben noch drei Tage, um uns um Hemden zu kümmern.«

Ich stapfte nach oben und kam mir ein wenig so vor wie der Moderator einer Dating-Show. Dabei war ich doch eher daran gewöhnt, Beziehungen zu beenden, als neue befeuern – und schon gar nicht bei meinen Eltern.

12

Es geschah nicht sofort, doch so ungefähr um Tag zehn meiner pflegerischen Verpflichtungen und des Teekochens herum bemerkte ich, dass ich mich an das häusliche Leben gewöhnt hatte. Das Gleiche galt für Dad. Er kam besser mit seinen Krücken zurecht und schaffte es ohne Gebrüll ins Bad und zurück. Abends nahm er wie ein Kaiser in seinem Rollstuhl Platz, und ab ging es in den Pub.

Als wir noch klein waren, nahm Dad Jack und mich samstagabends auf eine große Brauselimonade und eine Packung Chips mit. Als Teenagerin jobbte ich, nachdem ich die Schule beendet hatte, ein paar Monate dort, um Geld für meine Reise mit Luce und Colin zu verdienen. Aber bis jetzt war mir die Bedeutung des Pubs für Dad, Roy und etliche andere, die allabendlich hereingestolpert kamen und sich gegenseitig zunickten oder zuwinkten, nie vollends bewusst gewesen.

Seit ich in London wohnte, hatte ich mich an schicke Pubs gewöhnt, die Wasabi-Erbsen servierten, die mir in der Nase brannten; aber dadurch, dass ich nun eine längere Zeit am Stück hier verbracht hatte, lernte ich die Vertrautheit des Duck ganz neu zu schätzen. Die Kneipe war nicht schick, das Essen nach wie vor ungenießbar (ja, möglicherweise sogar gefährlich), und wenn man Terence um ein Schälchen Wasabi-Erbsen gebeten hätte, hätte er einen wahrscheinlich vor die Tür gesetzt. Aber den Bewohnern von Northcliffe war das egal. Für sie war sie gewissermaßen heilig.

Mir war unwohl bei dem Gedanken, Lucy und Mikes Pärchenabend zu stören und Small Talk zu führen, zumal ich ihn nicht besonders gut kannte; aber Luce winkte mich über die Stammtische hinweg lächelnd rüber.

»Ich hab Mum mit den Kids daheim gelassen, das reinste Tollhaus. Die zwei brüllen die Bude zusammen, aber egal. Ich kann dir gar nicht sagen, wie dringend ich ausgehen musste«, sagte sie, als ich mich zu ihnen an den Tisch setzte.

Die Londoner Nell hätte bei der Vorstellung, ein Abend im Duck könnte unter »ausgehen« laufen, bloß geschnaubt. Aber stattdessen lächelte ich und fragte, ob es Jimbo und Bonnie gut ging.

Luce winkte ab und nippte an ihrem Wein. »Den beiden geht's gut, sie sind am Leben. Lass uns nicht über sie reden, sondern über dich. Ich habe nie die Gelegenheit, dich mal in Ruhe zu treffen. Mike, geh doch mal an die Bar und besorg uns eine Flasche Wein. Ich glaub, die werden wir brauchen.«

»Danke, ich hab schon«, warf ich rasch ein und hob mein Glas Mineralwasser. »Unter der Woche trinke ich nie. Gus und ich haben da so … eine Regel.«

»Wie bitte?«, kreischte Lucy. »Ich bekomme dich sonst nie zu Gesicht, und ich möchte feiern. Ein, zwei Gläschen werden dich schon nicht umbringen, außerdem ist morgen Freitag.«

Ich blickte über meine Schulter zu Dad, der sich gerade mit hochrotem Gesicht über einen Witz von Roy totlachte. Zumindest hoffte ich, dass es an einem Witz lag und nicht an seinem Bluthochdruck. »Wenn das so ist, dann gerne.«

»Supi. Mike, die Bar ruft.«

Mike erhob sich und salutierte. Der Größenunterschied zwischen den beiden brachte mich zum Grinsen: Lucy war klein wie ein Kobold, wodurch er nur noch riesiger wirkte, mit einem Bauch wie ein Fass und einem wilden Hagrid-Bart. Ich war zu ihrer Hochzeit vor ein paar Jahren eingeladen gewesen, hatte jedoch nicht kommen können. Ich stand damals kurz vor meiner Beförderung zum Senior Associate und hatte das Wochenende durchackern müssen.

Heute bereute ich es. Lucy und Mike waren beide anständige, unprätentiöse Menschen. Ich hatte so viele Hochzeiten über mich ergehen lassen, von Freunden aus York, die ich kaum noch sah, von Jura-Kommilitonen in London oder auch Gus' Cambridge-Freunden. Warum hatte ich mir dann nicht die Mühe machen gemacht, zu ihrer zu fahren?

Bei der Hochzeit von einem von Gus' Kollegen erst letzten Monat hatte ich an einem runden Tisch in einem der Veranstaltungsräume des Savoy gesessen, während meine Sitznachbarn sich darüber austauschten, in welche Kita ihre Kinder gingen und welche Schule sie danach besuchen würden.

»Privat nach acht«, hatte ein Gast verkündet.

»Was meinst du damit?«, hatte ich verwirrt gefragt.

»Staatliche Erziehung bis zum achten Lebensjahr, dann ab auf die Privatschule«, hatte er erklärt. »Danach ist das öffentliche System einfach viel zu riskant.«

Am liebsten hätte ich laut losgelacht, aber ich wusste, dass sonst niemand am Tisch mit eingestimmt hätte. Luce hätte es getan, wenn sie dort gewesen wäre. Schon an der Schule war sie einer dieser Menschen gewesen, die polarisierten. Die meisten fanden ihr quirliges Geplapper und ihre Art, sich für alles und jeden zu begeistern, nervig und kein bisschen cool. Aber ich hatte mir immer gewünscht, mehr zu sein wie sie, entspannter, was das Leben anging, optimistischer, in der Lage, sich selbst und auch sonst vieles nicht allzu ernst zu nehmen. Was, bitte, war so uncool daran?

»Erzähl mir alles«, forderte sie mich auf.

Ich holte tief Luft. »Luce, ich weiß gar nicht, wo ich anfangen soll. Mir geht es gut.«

»Also hast du immer noch deinen tollen Traumjob? Wie läuft's da?«

»Ganz gut. Teilweise ziemlich stressig. Und mein Chef ist eine richtige Nervensäge. Ich arbeite von sieben Uhr morgens bis sieben oder acht Uhr abends. Aber gerade geht es einfach nicht anders.«

»Warum denn das?«

»Wegen meiner Beförderung.«

»*Noch* eine?«

Ich verzog verlegen das Gesicht. Luce erinnerte sich immer an alles, was ich ihr bei früheren Kurzbesuchen erzählt hatte, wohingegen ich mir kaum die Namen ihrer Babys merken konnte. »Ja, hoffentlich, aber ob ich sie bekomme, erfahre ich erst in einigen Monaten.«

»Nell, du bist ein Superstar. Und was kommt danach? Kannst du es dann ein bisschen langsamer angehen lassen?«

»Ähm, nein. Danach muss ich mich noch mehr reinhängen. Wahrscheinlich werde ich längere Arbeitszeiten haben, aber auch mehr Geld bekommen, was ja ganz gut ist …«

»Cool! Und wie geht es Gus?«

»Ihm geht's gut, er arbeitet ebenfalls viel.«

Lucy nickte mir aufmunternd über den Tisch hinweg zu, lächelte und wartete, dass ich fortfuhr, aber mir fiel nichts mehr ein, was ich noch erzählen könnte. »Wie läuft's bei dir mit der Arbeit?«

Früher war sie immer die Kreativere von uns beiden gewesen und hatte die Wände ihres Schlafzimmers mit Fotocollagen gepflastert, die sie aus der *Just Seventeen* und *More!* ausgerissen hatte: Schnappschüsse von Take That wild gemischt mit den Modeanzeigen der junge Kate Moss. Luce hatte davon geträumt, für die *Vogue* zu arbeiten, und wir hatten uns ausgemalt, wie wir, wenn wir dann nach London zogen, zusammen in einer WG wohnen würden. Aber dann schrieb sie sich an einem College hier oben ein, lernte Mike kennen und nahm eine Stelle in der Tierarztpraxis an. Danach folgten die Hochzeit, dann ein Baby, dann noch eins. Zwischen den beiden Schwangerschaften hatte sie versucht, sich als Fotografin für Geburtstagsfeiern und Taufen in der Region zu etablieren, allerdings wusste ich nicht, wie erfolgreich sie damit gewesen war.

»Im Moment mache ich nicht viel, wegen Bonnie, aber hoffentlich kann ich in ein paar Monaten wieder loslegen. Mike ist dabei, die Fischerei von Dan zu übernehmen, damit hält er uns also momentan über Wasser, stimmt's nicht, Schatz?« Sie sah strahlend zu Mike auf, der gerade ein Glas vor mir abstellte und mir ein Drittel der Flasche eingoss.

»Jepp, ich versorge die Sippe«, erwiderte er grinsend.

»Meinen Glückwunsch!« Ich hob mein Glas hoch. »Und Prost, Leute, echt schön, euch zu sehen.«

Wir stießen an, bevor Luce betont beiläufig die nächste Frage stellte: »Hast du Art getroffen, seit du wieder hier bist?«

Ich spürte, wie ich mich unwillkürlich versteifte. Nach unserer Reise damals hatten sie und ich nie wieder über ihn gesprochen. Wann immer ich sie seither getroffen hatte, schien es da zwischen uns dieses unausgesprochene Einvernehmen zu geben, das Thema nicht anzurühren. Ein verbales Sperrgebiet. »Hm. Ich hab mich mit ihm auf einen Kaffee getroffen.«

»Geht's ihm gut?«

»Ich glaube schon.«

»Wie lange bleibt er noch hier?«

»Weiß nicht genau. Noch ein paar Tage vielleicht. Er meinte, es gäbe noch viel zu regeln. Papierkram und so.«

Seit unserem Kaffee vor zwei Tagen hatte ich nichts mehr von ihm gehört, aber andererseits war ich mir auch nicht sicher, was ich erwartete – wenn ich überhaupt etwas erwartete. Einen weiteren Kaffee? Einen Spaziergang? Welchen Sinn hätte das? Wir hatten uns gesehen. Wir hatten uns unterhalten. Das war's.

Und doch hatte seine Präsenz in meinem Kopf wieder zugenommen, war das unsichtbare Band zwischen uns stärker geworden. Ich stellte mir vor, ihm über den Weg zu laufen, wenn ich Dads Zeitung holte oder Wilma am Strand Gassi führte oder abends den Pub betrat.

Oder aber das waren Anzeichen psychopathischer Züge, und ich musste dringend damit aufhören. Überhaupt sollte ich nicht mit einer Trauermiene durch Northcliffe latschen wie eine deprimierte Teenagerin; ich war eine Frau von dreiunddreißig Jahren, in einer langjährigen Beziehung mit einem Mann, der mir gestern Abend am Telefon einen zehnminütigen Vortrag über einen neuen Saugroboter gehalten hatte, von dem er meinte, dass wir ihn für die Wohnung anschaffen sollten.

Gus liebte technische Spielereien, weil er selbst so wenig praktisch veranlagt war. Vor ein paar Monaten erst hatten wir eine lange Debatte darüber geführt, ob wir uns einen Heißwasserhahn zulegen sollten. Er wollte einen; ich hielt dagegen, dass es Geldverschwendung sei, da ein Wasserkocher es genauso gut tat. Am Ende gewann er, und wir einigten uns darauf, dass es unser gemeinsames Weihnachtsgeschenk füreinander sein würde. Tausend Pfund für einen kochend heißen Wasserhahn. Völliger Irrsinn. Im Erwachsenenleben verbrachte man wesentlich mehr Zeit damit, die Optimierung des Haushalts zu diskutieren, als ich mir als Jugendliche vorgestellt hatte.

In jedem Fall sah das Erwachsenenleben nicht vor, darüber zu grübeln, oder gar vage zu hoffen, ob man beim morgendlichen Milcheinkauf seiner ersten großen Liebe über den Weg laufen könnte.

Mike wischte sich Bierschaum von der Oberlippe und sah mich an. »Wegen was habt du und Art euch gleich noch mal verstritten?« Er hätte genauso gut fragen können, wie mein Nachmittag war, oder ob ich lieber Kaffee oder Tee trank. »Autsch! Was denn?«

Lucy hatte ihm nicht gerade unauffällig mit dem Ellbogen einen Stoß in den Bauch verpasst. »Ich hab's dir doch gesagt«, murmelte sie.

»Schon gut«, sagte ich und konnte mir bei Mikes belämmerter Miene ein Grinsen nicht verkneifen. »Wir sind eigentlich nicht zerstritten. Oder, na ja, zumindest ist das extrem lange her. Wir … sind nach seinem einundzwanzigsten Geburtstag einfach getrennter Wege gegangen.«

»Jetzt erinnere ich mich wieder!«, antwortete er und nickte. »War das nicht, als du ihm endlich deine …«

»Nein, vielen Dank, darauf müssen wir nicht weiter eingehen«, unterbrach Lucy ihn, als würde sie mit einem ihrer Kinder sprechen.

»Zusammen mit euch hier zu sitzen, erinnert mich tatsächlich an damals«, fuhr ich fort und ließ den Blick über das Gebälk mit Marjories Lichterketten sowie dem ganzen anderen Krimskrams schweifen, den Terence im Lauf der Jahre aufgehängt hatte: alte Hufeisen, Guinness-Schilder, Schwarz-Weiß-Aufnahmen vom Dorf.

»An die Zeit, als du hier gearbeitet hast?«

Ich nickte. »Ich war die weltschlechteste Kellnerin«, erklärte ich an Mike gewandt.

»Ja, das warst du«, bestätigte Lucy.

»Und Luce und Cole kamen immer mit Landkarten und Lonely-Planet-Reiseführern bewaffnet vorbei, um unseren Trip zu planen.«

»O Gott ja, Col und seine ganzen Karten.« Seufzend fuhr sie sich mit der Hand durchs Haar.

»Das war, bevor ihr drei nach Asien seid?«

»Genau, und Colin hatte ziemlich genaue Vorstellungen davon, welche Busstrecken wir nehmen sollten«, schob ich hinterher

»Verdammt ja, die Busstrecken und die ganzen Schlachtfelder!« Luce schüttelte den Kopf, dann sah sie zu Mike. »Du würdest nicht glauben, zu wie vielen Schlachtfeldern er uns geschleift hat. Ich glaube nicht, dass es in Vietnam auch nur ein einziges Schlachtfeld gibt, auf das ich mich nicht übergeben habe, weil wir normalerweise noch einen Kater vom Vorabend hatten. Nell, weißt du noch, der krasse Drink mit der Schlange drin?«

Ich nickte. Das war in Südvietnam; eine Flasche Reiswein, an deren Boden eine zusammengerollte Mini-Kobra lag.

Luce schüttelte sich. »Sollte das nicht so eine Art Aphrodisiakum sein?«

»Jepp.«

Sie öffnete den Mund und tat, als müsse sie würgen. »Hat bei mir nicht viel bewirkt. Ich kann mich nur noch daran erinnern, wie ich am nächsten Tag das ganze Mekongdelta vollgekotzt habe.«

»Ich kann mich als Mann wirklich glücklich schätzen«, witzelte Mike und hob die Augenbrauen über dem Rand seines Bierglases.

»Armer Col«, fuhr Luce fort. »Unser schräger Vogel. Hey, erinnerst du dich noch an das Silvester, als er die ganze Nacht an der Bar saß und in seinem Buch gelesen hat?«

Die Erwähnung dieses Abends brannte wie Papierschnitt in der Brust. Das war der Abend gewesen, an dem Art und ich uns endlich geküsst hatten. »Jepp«, sagte ich erneut und lächelte, um mein Unbehagen zu verbergen.

Luce wandte sich an Mike: »Col hatte da diesen superdicken Schmöker, in dem er las. Es ging um den Vietnamkrieg, und auf dem Umschlag war eine Reihe toter Soldaten abgebildet.«

»Sehr passend.«

»Eben«, pflichtete Luce ihm bei. »Es war Silvester, und … Welches Jahr, Nell?«

»2003.«

»Ja, wir hatten 2003«, quasselte sie weiter, »und am Abend kamen wir alle hierher. Du hast hinter der Bar gearbeitet, stimmt's?«

Ich nickte, und sie fuhr mit der Geschichte fort, während Mike grinsend seiner Frau lauschte, lachte, wo es nötig war, und hin und wieder an seinem Bier nippte.

Ich war an jenem Abend im Pub eingesprungen, da Terence einen Zuschlag versprochen hatte; aber auch, weil ich hoffte, dass Art vorbeischneien würde. Er war zwischen zwei Trainingseinsätzen der Air Force für ein paar Wochen nach Hause gekommen und schaute an den meisten Abenden im Pub vorbei. Immer wenn er an einem Ende der Theke einen Hocker zurechtrückte, verließ ich Colin, Luce und unsere Lonely-Planet-Reiseführer sofort und rauschte zu Art rüber, wo er mir dann von Fluggeschwindigkeiten und Manövern erzählte.

Wir hingen nie zu viert ab, da Art mit niemandem aus dem Dorf richtig befreundet war. Ich fand das nicht sonderlich seltsam. Jack und ich waren mit ihm aufgewachsen und auf Drummond Hall herumgerannt, weil unser Dad für seinen Vater arbeitete. Falls Luce und Colin es mir jemals übel genommen hatten, dass ich mit dem feinen jungen Herrn aus gutem Haus befreundet war oder dass ich sie fallen ließ, sobald er im Pub auftauchte, so ließen sie es mich zumindest nie wissen. Terence gefiel es zwar auch nicht, dass ich über der Theke hing und meine ganze Aufmerksamkeit Art schenkte, aber er konnte nicht viel sagen, da Art nun mal Lord Drummonds Sohn war.

Jedenfalls kam Colin an besagtem Silvesterabend schon früh in den Pub und setzte sich, sein deprimierendes Vietnambuch unter den Arm geklemmt, auf einen Hocker an der Bar.

»Das war ein irrer Abend, was?«, sagte Luce und wandte sich wieder mir zu. »Das ganze Dorf war da. Und alle waren am Feiern und Saufen, aber Colin saß die ganze Nacht nur da und las sein Buch.«

»Bis Art kam.«

»O stimmt, ja, natürlich.«

»Was ist dann passiert?«, hakte Mike nach.

»Na ja, er war immer ein bisschen eifersüchtig auf Art.«

»Warum?«

Luce plusterte die Wangen auf und seufzte. »Weil Col glaubte, dass er es leicht hatte. Wegen dem ganzen Schotter und der Riesenbude. Außerdem sah er extrem gut aus. Also, Art, meine ich. Einfach so …« Sie formte mit ihren Händen Klauen vor ihrem Gesicht und machte ein knurrendes Geräusch. »Ein echter Mann, du weißt schon?«

»Du meinst, so wie ich?«, erwiderte Mike mit aufgesetztem Ernst.

»Fast genauso.« Sie lehnte sich zur Seite und knuffte ihn neckisch mit der Schulter. »Col ist in vielerlei Hinsicht ein wirklich toller Mensch, aber er nicht unbedingt Clark Kent. Wie auch immer«, fuhr sie fort, »an jenem Abend saß Col die ganze Zeit an der Bar, wo Art versuchte, sich mit Nell zu unterhalten …«

»Ja, und Art musste am nächsten Tag wegen seiner Fliegerausbildung nach Anglesey zurück, was bedeutete, dass ich ihn ewig nicht sehen würde«, erklärte ich.

»Ja, richtig! Musstest du dich am Ende nicht sogar mit ihm rausschleichen?«

Ich nickte. Während des Countdowns hatte Colin seine

Arme über den Tresen gestreckt, sie mir um den Hals gelegt und mir »Frohes neues Jahr« ins Ohr gemurmelt, aber ich war Arts Blick hinter ihm begegnet, der mit dem Kopf zur Tür gedeutet hatte.

Ich fand ihn draußen in der Dunkelheit, wo er in der Eiseskälte dastand, während der gedämpfte Klang von »Auld Lang Syne« durch die Mauern des Pubs drang. Ich hatte so lange auf diesen Moment gewartet, dass es sich wie der dramatische Höhepunkt einer Weihnachtsserie anfühlte.

Das war die Nacht, in der er mir die Coldplay-CD nachträglich zu Weihnachten schenkte. Er hatte sie mir gebrannt, nachdem er mitbekommen hatte, wie Jack mich ein paar Tage zuvor im Pub aufgezogen hatte, weil ich keinen der Texte kannte.

Dann legte er seine Schaffell-Fliegerjacke um mich, zog mich an seine Brust und presste seinen Mund auf meinen. Ich erinnere mich noch, wie ich dachte, dass das *genau* so etwas war, das auch in einem von Mums Büchern passieren würde.

Es schien wie ein Wunder: Art, der Junge, der mein Hirn okkupiert hatte, der so viele Jahre unablässig meine Gedanken beherrscht hatte, küsste mich. Und ich küsste ihn. Wir küssten einander, küssten uns so richtig, wie ich es in amerikanischen Highschoolfilmen gesehen hatte. Unsere Münder schienen zueinander zu passen, und seine Zunge kollidierte nicht hektisch mit meiner wie die von Colin auf der Schulparty. Obwohl wir draußen vor dem Pub standen und in der winterlichen Kälte Northumberlands froren, war dies der erotischste Moment meines Lebens.

Man sollte sich niemals wünschen, das Leben zurückdrehen zu können. Nicht wirklich. Ich fand die Vorstellung lange total absurd. Wenn man die Zeit zurückdrehte, müsste man neben all den guten Dingen auch das Schlechte ertragen, und ich wollte ganz sicher nicht noch einmal mein Jurastudium mit all den höllischen Prüfungen durchmachen müssen. Aber wie ich dort im Pub saß und abwechselnd mit Luce diese Geschichte zum Besten gab wie ein eingespieltes Komikerduo, da wurde mir klar, dass dieser Kuss mit Art der Moment in meinem Leben war, zu dem ich immer und immer wieder zurückkehren würde.

Ich würde alle folgenden Ereignisse in meinem Leben hundertmal durchmachen, nur um jene Gewissheit, die ich damals verspürte, erneut zu erleben; jene Explosion schieren Glücks sowie die Überzeugung, dass er zu mir gehörte und ich zu ihm und nichts weiter zählte. Mein junges unbeflecktes Herz hatte ihn mit einer solchen Intensität geliebt. Vielleicht erwarten wir ja einfach zu viel, wenn wir glauben, je wieder diese schwindelerregende, fieberhafte Hingabe wie beim ersten Mal spüren zu können?

»Aber während ihr beide miteinander beschäftigt wart, habt ihr da nicht auch Schritte gehört?«, fragte Luce und unterbrach meiner Träumereien.

»Hm, doch, hinter uns.«

»Bühne frei für Colin!«, sagte sie und wedelte mit den gespreizten Händen.

Mikes Mund verzog sich zu einem breiten Grinsen, bevor er in dröhnendes Gelächter ausbrach. »Auch eine Art die Stimmung zu ruinieren.«

»Sozusagen«, stimmte ich ihm zu. »Ich glaube, er war auf dem Heimweg, aber er meinte auch, Terence habe nach mir gesucht.«

»Und was ist dann passiert?«

Ich zuckte mit den Schultern. »Wir sind alle nach Hause gegangen. Nein, das stimmt nicht ganz – ich bin wieder in den Pub, um tausend Milliarden Konfetti aufzusammeln.«

»Und das nächste Mal, dass du Art gesehen hast, war auf seiner Party, oder?«, vergewisserte sich Luce.

»Ja, er ist zur Flugbasis zurückgekehrt und erst im Juli wiedergekommen. Und das, wie man so schön sagt, war's dann.« Ich hob mein Glas und nahm einen so großen Schluck von meinem Wein, dass es in der Kehle schmerzte.

Luce atmete laut aus. »Verrückt, das kommt mir vor, als wären Jahrzehnte vergangen.«

»Na ja, *ein* Jahrzehnt ist es definitiv schon her.«

»Col ist schon ein komischer Kauz«, fügte Mike hinzu. »Hat er dir von seiner Protestaktion erzählt?«

Ich schüttelte den Kopf.

Lucy lachte. »Am Sonntag. Er möchte alle im Dorf mobilisieren, um den Bauunternehmer daran zu hindern, hier einzufallen. Er meint, er habe ein Banner entworfen und so.«

»Was hat dein alter Herr denn vor, wenn das Anwesen verkauft wird? Darf er im Haus wohnen bleiben?«, fragte Mike, als ihn Luce auch schon wieder in den Bauch knuffte.

»Autsch! Was ist denn jetzt schon wieder?«

»Nell hat schon genug um die Ohren, belästige sie nicht auch noch damit – *das* ist wieder. Tut mir leid, Süße.«

»Alles gut«, sagte ich. »Abgesehen davon weiß ich es auch noch nicht. Hängt alles ein bisschen in der Schwebe.«

»Und deiner Mum geht's gut?«

»Scheint so.«

»Kommt Jack denn auch mal hoch, um zu helfen?«

»Oh, schau einer an, jetzt erkundigt sie sich wieder nach ihrer Sandkastenliebe«, scherzte Mike und legte eine Hand auf das Knie seiner Frau.

Mit sechzehn hatte Lucy einmal mit Jack am Strand herumgeknutscht und ihm anschließend monatelang hinterhergeweint. Jack war schon damals nicht anders.

»Er meint zwar, er wird kommen, aber du weißt, dass er sich gern vor so was drückt.«

»Würdest du eigentlich je wieder hierherziehen, Nell?« wollte Mike wissen. »Autsch! Luce, kannst du das bleiben lassen?«

»Kannst du aufhören, so neugierige Fragen zu stellen? Ach ja, Nell, hast du schon das von Tash Blackburn gehört?«

Ich schüttelte den Kopf, woraufhin sie in aller Ausführlichkeit schilderte, wie Tash, eine der Coolsten von der coolen Clique an der Schule, die ständig gemein zu Lucy und mir gewesen war, in ihrem Schönheitssalon mit einem Mann erwischt worden war, der gekommen war, um sich dort den Rücken zu wachsen.

»Wie bitte, sie haben es wirklich dort getrieben?«

»Ja«, antwortet Lucy mit Nachdruck. »Auf dem Massagebett.«

»Meine Güte, ich hätte ja nie gedacht, dass so ein Massagebett zwei Leute aushält.«

»Siehst du? Genau deswegen vermisse ich dich«, erwiderte sie, bevor sie damit fortfuhr, mich bei allen möglichen Leuten aus der Morpeth High auf den neuesten Stand zu bringen.

Während ich so dasaß und ihrem Geplapper lauschte, verspürte ich jenes Erstaunen, das mich immer mal wieder überkam: Wir befanden uns bereits in unseren Dreißigern, obwohl es sich so anfühlte, als hätte ich erst gestern schwitzend über meinen Abiturprüfungen gesessen. Ging es Neunzigjährigen genauso? War es das, worauf das Leben letzten Endes hinauslief – eine zunehmende Verwunderung, dass man bereits dreißig, dann vierzig, fünfzig und sechzig geworden war, bis man eines Tages mit runzligen Händen und der gleichen Anzahl an Zähnen, die man als Baby hatte, aufwacht und feststellt, dass es das gewesen ist?

Diesen morbiden Gedanken behielt ich allerdings für mich, sie wären ganz sicher ein Stimmungskiller. Außerdem genoss ich es, mit Luce zu plaudern, so wie früher – gemeinsam in Erinnerungen zu schwelgen, zu tratschen und Tränen zu lachen, als ich Mike noch einmal schilderte, wie ich Colin in der Schulturnhalle abgeknutscht hatte, auch wenn er die Story sicher schon fünfundneunzigmal gehört hatte.

Irgendwann rollte Roy Dad zu mir rüber, um mich aufzusammeln, statt umgekehrt, und ich schob ihn, vor mich hin lächelnd, über die Dorfwiese heim. Ein verwirrend angenehmes Gefühl legte sich über mich, das meine üblichen Sorgen und Ängste vor E-Mails, der Arbeit und dem Stellen des Weckers für den nächsten Morgen verdrängte.

Dieses warme, wohlige Gefühl hielt sich, während ich eine Spar-Lasagne in der Mikrowelle aufwärmte, und auch, als ich neben Dads Bett Platz nahm und wir gemeinsam aßen, während wir *Schlaflos in Seattle* sahen. Dads Wahl.

Ich glaube, was ich da verspürte, war ein Gefühl der Zufriedenheit, ja vielleicht sogar Erleichterung, weil ich endlich offen über Art gesprochen hatte, nachdem ich meine Erinnerungen an ihn so lange wegsperren musste – aber vielleicht war es auch nur Terence' Hauswein.

»Ich habe gute Nachrichten!«, verkündete Gus, als wir nach dem Abendessen telefonierten.

»Hast du den Saugroboter gekauft?«

»Eigentlich sind es zwei gute Nachrichten. Ja, ich habe den Saugroboter bestellt, aber außerdem komme ich dich dieses Wochenende besuchen.«

»Was?«

»Ich habe die Termine für morgen Nachmittag abgesagt und den Zug um 13:01 Uhr gebucht.«

»Nicht wirklich!«

»Doch, wirklich. Warum? Das ist doch kein Problem? Du hast morgen keine Pläne, oder?«

»Das hängt davon ab, ob es als Plan zählt, meinen betagten Vater zu einem Date ins Pub und wieder zurück zu schieben, aber davon mal abgesehen, nein. Ich gehöre ganz dir.«

»Großartig. Dann wäre das geklärt. Ich bin um kurz nach fünf da.«

»Ich hole dich ab. Aber bist du dir wirklich sicher? Du hasst es hier oben.«

»Ich hasse es nicht. In kleinen Dosen verkrafte ich es.«

»Danke, das ist wirklich toll von dir.«

»Du fehlst mir einfach, das ist alles.«

»Du mir auch.«

»Ich weiß gerade nicht, ob wir je so lange voneinander getrennt waren, oder?«

Ich überlegte. »Auch nicht bei einer deiner Geschäftsreisen?«

»Normalerweise dauern die höchstens eine Woche?«

»Stimmt. Wenn das so ist, dann schulde ich dir ein noch größeres Dankeschön, dass du herkommst.«

»Du kannst dich revanchieren, sobald ich da bin. Brauchst du irgendwas aus der Zivilisation? Ich dachte, ich könnte Wein mitbringen, gibt es sonst noch was?«

»Nope, wir sind gut versorgt. Vergiss nur nicht, ein paar Antihistaminika einzupacken, damit du nicht das ganze Wochenende herumschnupfen musst.«

»Ich habe mir drei Packungen besorgt, weil ich so eine Sexmaschine bin.«

»Hm«, murmelte ich und hob mein T-Shirt an, um meine Nippel zu checken. Ich musste dringend meine Pinzette finden, bevor sein Zug ankam.

13

Als ich am folgenden Nachmittag zum Bahnhof fuhr, um Gus abzuholen, fiel mir ein, dass ich vergessen hatte, ihm vom Quizabend zu erzählen.

»Hallo«, grüßte er, stellte eine große Kiste auf dem Bahnsteig ab und breitete die Arme für eine Umarmung aus. »Hast du mich vermisst?«

»Ja«, murmelte ich in seinen Mantelkragen. »Danke fürs Kommen.«

»Ach was, und schau, ich bin mit so vielen Vorräten nach Norden marschiert, als wäre ich Kaiser Hadrian.« Er ließ mich los und deutete auf die Kiste.

»Was ist das?«, fragte ich, während mir in den Sinn kam, wie deplatziert sein grauer Anzug und die Krawatte auf dem stürmischen Bahnsteig von Morpeth wirkten.

»Gaumenfreuden von Whole Foods. Frische Nudeln, diverser Käse, etwas Salami, eine Flasche Trüffelöl, zwei Flaschen Ale, von denen ich dachte, dass sie deinen Dad interessieren könnten, und so ein aberwitzig teures Steak, zu dessen Kauf mich der Metzger überredet hat. Außerdem noch die Oliven, die du so gern magst.«

Einen Moment war ich sprachlos, dass mein Freund jemand war, der das Wort »Gaumenfreuden« verwendete, aber dann fasste ich mich wieder. »Wunderbar, vielen Dank.«

»Im Grunde ist es purer Eigennutz, da ich keine grottigen Fertigmahlzeiten aus dem Co-op wollte.«

»Spar«, korrigierte ich ihn mit einem Anflug unwillkürlicher Loyalität. Die Spar-Lasagne, die Dad und ich am Abend zuvor gegessen hatten, war so lecker gewesen, dass ich danach über der Küchenspüle gestanden und mit meiner Gabel die knusprigen dunklen Käsekringel aus der Plastikschale gekratzt hatte.

»Wie auch immer der Laden heißt«, fuhr Gus fort. »Ich dachte, wir könnten heute Abend die Pasta kochen und mit etwas Parmesan und dem Öl anmachen. Parmesan habe ich auch mitgebracht, weil ich mir nicht sicher war, ob man den hier oben im Norden kriegt.«

»Überraschenderweise kriegt man den tatsächlich hier. Wir haben mittlerweile sogar Strom.«

»Aber die Leute sehen schon merkwürdig aus. In meinem Waggon saß eine Frau, die nur ein Produkt von Inzucht gewesen sein kann.«

»Gus …«

»Ich sage dir, sie hatte die gewaltigste Nase, die ich je gesehen habe, und Augen, die in entgegengesetzte Richtungen schauten. Und überhaupt, was hast du da an? Hast du dich den Eingeborenen angepasst?«

Ich trug meine Laufleggins und einen von Dads Pullovern, weil er größer und bequemer war als alle Klamotten, die ich aus London mitgebracht hatte. Außerdem war ich spät dran gewesen, weil ich noch einen Vertragsentwurf für Gideon fertigstellen musste, also hatte ich mir auf dem Weg zum Auto schnell ein altes Paar Gummistiefel neben der Küchentür gekrallt.

Ich verzog das Gesicht. »Ja, tut mir leid, obwohl es befreiend ist, nicht jeden Tag ein Kostüm anziehen zu müssen.«

»Als Nächstes wirst du mir erzählen, dass du angefangen hast, dein Achselhaar zu flechten.«

»Gus Bickerton, das ist nicht besonders woke. Komm, lass uns gehen. Ich sollte Dad nicht zu lang allein lassen.«

Er bückte sich, um die Kisten hochzuheben.

»Ich hoffe, es macht dir nichts aus«, sagte ich, während wir zum Parkplatz liefen, »aber ich habe versprochen, dass wir heute Abend zum Quiz in den Pub gehen.«

»Wem versprochen?«, antwortete er etwas unwillig.

»Meinem Freund Colin.«

»Wer ist das?«

»Hast du ihn nie kennengelernt? Er und Lucy waren früher meine zwei einzigen Freunde hier.«

»Wer ist Lucy?«

Ich seufzte. »Gus, das weißt du doch. Du hast sie getroffen.«

»Habe ich das?«

»Ja, bereits mehrfach. Klein, dunkelhaarig, redet viel.«

»O Gott, ja, die Gute hört nicht auf zu quasseln, wenn

ich mich recht erinnere. Ist mit diesem Fischer verheiratet, richtig?«

»Mike, ja. Er ist kein richtiger Fischer, aber er arbeitet in der Fischerei.«

»Ich erinnere mich an den Geruch«, sagte Gus mit hörbarem Ekel. »Also, wer ist der andere?«

»Der andere was?«

»Der andere Freund.«

»Oh. Colin. Der größte Nerd im Dorf, aber sehr lieb.«

»Nichts gegen Nerds, wir sind nicht alle schlecht.«

»Das habe ich auch nicht gesagt. Wie man sieht, bin ich ein großer Fan von Nerds. Das Auto steht da drüben.«

»Und was ist mit *ihm*?«, fragte Gus, als wir im Wagen saßen und er nach seinem Gurt griff. »Du hast immer behauptet, du hättest hier oben keine Freunde gehabt, aber das hört sich an, als wärt ihr ein richtiger Haufen gewesen.«

»Mit ihm? Meinst du Art?«, erwiderte ich so locker wie möglich.

Gus nickte.

»Ähm, ja, er war mein … Freund. Aber er war ziemlich oft weg, im Internat. Tatsächlich ist er aber gerade auch hier.«

»Was? Ich dachte, er lebt in Amerika?«

Ich spähte durch die Windschutzscheibe und beschwor die Ampel an der Parkplatzausfahrt, auf Grün zu schalten. »Tut er auch, aber da sein Dad gestorben ist und er alles geerbt hat, ist er aktuell hier und regelt den Verkauf und den ganzen Papierkram.«

»Du hast ihn getroffen?«, fragte Gus. Seine Stimme war vor Überraschung höhergerutscht. Das gehörte zu den Nachteilen, wenn man mit einem Unternehmensanwalt zusammen war – man kam einfach mit nichts durch. Nicht die kleinste Kleinigkeit blieb unbemerkt, sei es nun ein liegen gelassener Slip auf dem Badezimmerboden oder eine versehentliche Begegnung mit der Jugendliebe.

»Jepp«, erwiderte ich, als wäre nichts dabei. »Ich bin ihm diese Woche ein paarmal über den Weg gelaufen. Beim Joggen und im Café. Apropos Café, da gibt es auch einiges zu berichten«, sagte ich, darauf erpicht, das Thema zu wechseln. Ich erzählte ihm lang und breit von Mum und Luigi, von Prinz Perverso und seinem Wein und hörte nicht auf zu reden, bis wir zu Hause angekommen waren.

Als ich die Küchentür öffnete, sprang Wilma auf und stupste Gus mit ihrer Schnauze in den Schritt.

»Geh weg, Hund«, befahl Gus und schob Wilma ungehalten beiseite.

»Wilma, komm zu mir. Hast du deine Antihistamin-Tabletten dabei?«

»Habe ich in der Kanzlei vergessen«, murmelte er, während er sich vornüberbeugte, um seinen Schritt zu inspizieren. »Sie hat mich vollgesabbert, schau.« Er deutete auf einen briefmarkengroßen Fleck auf seiner Anzughose.

Ich schnappte mir einen feuchten Lappen aus der Spüle und warf ihn ihm zu. Gus schrubbte an der Stelle herum, wodurch sie aber nur noch größer und dunkler wurde.

»Egal. Macht nichts, wird schon trocknen. Komm, wir

gehen Dad Hallo sagen.« Ich neigte den Kopf Richtung Wohnzimmertür.

»So wie ich aussehe?«

»Es ist nur Dad.«

Missmutig folgte Gus mir zu Dad, der sich gerade einen Zusammenschnitt der Rennhighlights anschaute.

»Bruce, hallo, wie geht es dir?«, grüßte er steif.

»Gus, Junge, schön dich zu sehen. Ist uns ein kleines Malheur passiert, was?«

Gus hatte keine Zeit, ihn zu berichtigen, da Dad sich schon an mich wandte. »Nell, Kleines, packen wir es bald in den Pub? Ich bin am Verdursten, und ich habe Bev gesagt, wir wären um sechs da.«

»Ja, ich muss nur kurz Wilma ihr Abendbrot geben, dann können wir los.«

»Muss ich mich umziehen?«, wollte Gus wissen.

Erneut musterte ich seinen Anzug und seine glänzenden Schnürschuhe. »Es wird dort nicht gerade vor Anzügen wimmeln, es ist mehr so ein Fleece-Pulli- und Schiebermützen-Abend. Aber ganz, wie du willst.«

»Ich muss jetzt erst mal strullen«, verkündete Dad.

»Na schön. Gus, könntest du Dad in seinen Rollstuhl helfen?«

Gus sah mich entsetzt an. »Und ihn dann auf die Toilette bringen?«

»Aus dem Weg, Riesenbaby«, sagte Dad kichernd. »Den Teil krieg ich mit den Krücken schon allein hin. Ich brauche nur ein Händchen, um danach da reinzukommen.« Er nickte zum Rollstuhl.

Ich zog in die Küche ab, und überließ die beiden ihrem Glück.

Eine halbe Stunde später hatten wir es uns an unserem Stammtisch bequem gemacht, in Gesellschaft von Roy und Bev, die auf der Bank neben Dad saß und ein tief ausgeschnittenes Oberteil trug. Dad versuchte erfolglos so zu tun, als würde er nicht andauernd hineinglotzen.

Colin saß in geblümtem Hemd und mit Fliege an der Bar und ging einen Stapel Karteikarten durch. Neben ihm lagen ein Mikrofon und ein Klemmbrett, auf dem er die Namen der teilnehmenden Teams notiert hatte. Da Dad und Roy Stammgäste bei diesen Quizabenden waren, benutzten wir ihren üblichen Namen »Dick und Doof«, der daher kam, dass Roy klein und dünn und Dad keins von beidem war.

So gut wie alle Tische um uns herum waren voll besetzt. Ich erkannte nur ein paar von den Leuten wieder: an einem Tisch saßen Howard und seine Frau; an einem anderen Colins Eltern; Mike saß mit ein paar Kollegen beieinander, aber Luce war nicht dabei. Beim Rest handelte es sich um unbekannte Gäste unterschiedlichen Alters, die ihre Blicke umherschweifen ließen, um die Konkurrenz in Augenschein zu nehmen, während sie sich zugleich die erste Runde Bier genehmigten und Chips-Packungen öffneten.

Ich war, was unsere Chancen betraf, optimistisch, da Gus der ehrgeizigste Spieler war, den ich kannte, und – den Antwortbogen vor sich, den Stift in der Hand – bereits in den Startlöchern hockte wie ein Olympiasprinter. Sein

Wetteifer war aber auch der Grund, warum wir beide kein *Scrabble* mehr miteinander spielen konnten. Einmal, während eines Wochenendtrips in die Cotswolds, hatte ich »Quiz« auf Felder mit dreifachem Wortwert gelegt, woraufhin Gus das Spielbrett »versehentlich« mit dem Boden seines Weinglases umgeworfen und das Spiel »leider« für beendet erklärt hatte. Es war zudem der Grund, warum er so gut in seinem Job war; er konnte es schlicht nicht hinnehmen, einen Fall zu verlieren.

»Meine Damen und Herren, wären wir dann so weit?«, fragte Colin in sein Mikrofon. »Hat jeder was zu trinken? Ihr werdet einen Drink brauchen, denn ich habe ein paar teuflisch fiese Fragen für euch.« Er grinste in die Runde, bevor er den Kopf wieder zum Mikro hinabbeugte. »Falls Sie heute Abend zum ersten Mal bei un…«

Die Tür ging auf, und Mum und Luigi traten ein. Sie hatte für den Anlass Lippenstift aufgetragen, und Luigi kam offenbar als Hells Angel verkleidet: in Lederjacke, Jeans und schwarzen Stiefeletten.

»Roy. Schau dir das an, der Kerl kommt als Mafioso.«

»Dad«, ermahnte ich ihn über das dröhnende Lachen von Roy hinweg.

Er hielt beschwichtigend seine Hände in die Höhe. »Ach, Kleines, ich sage doch nur, dass ich nicht wusste, dass heute eine Kostümparty steigt.«

Zum Glück schien Bev nicht mitzubekommen, worum es ging.

»Mrs. Mason!«, rief Colin von seinem Hocker, als er Mum erblickte. »Treten Sie ein, treten Sie ein, und nehmen Sie Platz. Dahinten ist noch ein Platz frei.« Er deutete auf einen Tisch, der sich glücklicherweise ganz in der gegenüberliegenden Ecke befand.

»Der da? Ernsthaft?«, sagte Gus, durch den Raum starrend. »Das kann doch unmöglich der neue Freund deiner Mutter sein?«

»Hm, doch, warum?«, murmelte ich und hob meine Hand, um Mum zuzuwinken. Ich war jetzt schon fix und fertig von dem Abend, dabei hatte das Quiz noch gar nicht begonnen.

»Wie *außergewöhnlich*. Er sieht aus wie Tony, der Mann, der in unserer Kanzlei die Sandwiches ausliefert.

»Pssst, ist gut«, zischte ich, um Gus' Standesdünkeln einen Riegel vorzuschieben.

»Je mehr, desto besser«, trällerte Colin in sein Mikrofon, bevor er zu einer komplizierten Erklärung des Spiels ansetzte, der niemand zuhörte.

»Meine Güte, das hier ist ein Quiz, nicht das Geheimnis ewigen Lebens«, kommentierte Gus eindeutig zu laut, als Colin gerade verkündete, dass es sich bei der fünften und letzten Runde um Geschichtsfragen handeln würde.

Ich machte wieder »Pssst« und legte eine Hand auf sein Knie. Zugegebenermaßen hatten wir hier eine Situation, die im Nachklang so manchem eine ausgiebige Therapie abverlangen dürfte: Ich hockte mit meinem Vater und dessen Verabredung an einem Tisch, während, auf der anderen Seite des Raums, meine Mutter mit ihrem italienischen Liebhaber saß. Aber im Pub herrschte eine muntere, kameradschaftliche Atmosphäre, die mir gefiel. An einem gewöhnlichen Freitagabend in London würde ich nach einer Achtzig-Stunden-Woche entweder auf dem Sofa liegen, oder Gus und ich würden in einem schicken neuen Restaurant sitzen, an einem eichigen Wein in der Farbe von Morgenurin nippen und ein winziges, mit Schaum angerichtetes Fischfilet goutieren. Heute Abend jedoch war ich mit einer Schale Chips und einem Glas vom roten Hauswein vollauf zufrieden. (Gus hatte bei unserer Ankunft die Weinkarte verlangt, woraufhin Terence in Gelächter ausgebrochen war; im Duck hatte es noch nie eine Weinkarte gegeben.)

»Also gut«, schloss Colin, »dann werde ich euch mit der Allgemeinwissensrunde sanft in das Spiel einführen.«

Er hielt inne, als erneut die Tür aufging und Art mit Nanny Gertrude am Arm hereinspazierte. Vor dem Hintergrund bärtiger, rotgesichtiger Farmer war es, als wäre ein römischer Gladiator eingelaufen. Er überragte sie alle und lächelte in die Runde, während sich das Stimmengewirr im Pub legte. Art war zwar an den meisten Abenden als Gesprächsthema präsent gewesen, während die Gerüchte über den Verkauf des Anwesens kursierten, bisher aber nie persönlich im Pub aufgetaucht.

Colin bedachte ihn mit einem finsteren Blick. »Oh, schau einer an, Nachzügler. Ich weiß nicht, ob für euch noch genug Platz zum Mitmachen ist«, sagte er. Seine Meinung von gerade eben hatte er anscheinend geändert.

»Art! Gertrude! Kommt und setzt euch zu uns«, rief Mum und winkte sie rüber. Art führte Nanny Gertrude behutsam zu ihrem Tisch, bevor er sich an die Theke begab. Er sah sich um, und als sein Blick dem meinen begegnete, grinste er.

Ich antwortete mit einem matten Wink und konnte dabei spüren, wie Gus sich neben mir versteifte.

»Ist er das etwa?«

Während ich nach meinem Weinglas griff, kam mir der Gedanke, dass ich nach dem hier vielleicht wirklich eine Therapie bräuchte. »Hm.«

»Frage Nummer eins!«, rief Colin. »Welches ist der kleinste Planet in unserem Sonnensystem?«

»Ur-anus«, sagte Roy, gefolgt von Dads prustendem Lachen. Bev stimmte johlend mit ein, sodass ihr Dekolleté erbebte.

»Wirklich kindisch«, murmelte Gus. »Die Antwort lautet natürlich Merkur.«

»Nächste Frage: Was macht ein durchschnittlicher Mensch dreizehn Mal am Tag?«

Leider brachte auch diese Frage Dad und Roy voll in Fahrt, also wandte sich Gus an mich: »Sich entschuldigen?«

Ich runzelte die Stirn. »Weiß nicht so recht. Gähnen? Lachen?«

»Lachen – das ist gut«, beschloss Gus. Sein Stift kratzte hektisch über den Antwortbogen.

Colin beendete die erste Runde und machte dann mit den Hauptstädten weiter, was zu einer kurzen Debatte zwischen Gus und Roy über Australien führte.

»Sydney, ich war dort«, verkündete Roy.

»Ooh, wie schön«, sagte Bev. »Ich hatte schon immer große Lust, mir das da unten mal anzusehen.«

Dad grinste und öffnete bereits den Mund, um seinen Senf dazuzugeben, aber ich hob sofort die Hand, um ihm Einhalt zu gebieten. Alles hatte seine Grenzen.

Gus neben mir murmelte: »Und ich sage dir, es ist Canberra. Die Leute glauben zwar immer, es sei Sydney, aber damit liegen sie falsch.« Er senkte den Kopf, um die Antwort zu notieren, ohne den Rest von uns miteinzubeziehen.

Als Nächstes folgte die »Errate das Jahr«-Runde, bevor Colin eine Pause verkündete. »Holt euch noch was zu trinken, bestellt was zu essen, wir fahren fort mit der Musikrunde in genau …« Er sah auf seine Armbanduhr. »… zwanzig Minuten.«

»Noch 'ne Runde?«, fragte Roy, der sich bereits erhob.

»Jawoll, Meister«, sagte Dad.

Gus hob die Rotweinflasche an. »Ich glaube, wir haben no… O nein, er ist schon alle.« Er sah mein Glas an. »Nell, hast du den ganzen Wein getrunken?«

»He, es ist Wochenende, und du hattest auch ein, zwei Gläser.«

»Nicht so viele wie du.«

»Kinder, Kinder, ich hol euch einfach noch eine Flasche«, beschwichtigte Roy.

»Und vielleicht noch ein paar Chips?«, rief ich ihm hinterher.

»Sollte ich rübergehen und deiner Mum Hallo sagen?« fragte Gus.

Ich folgte seinem Blick zu ihrem Tisch. Art war wieder zur Bar gegangen, also schien der Moment günstig. »Ja, sicher. Kommst du einen Moment allein zurecht, Dad?«

»Na klar. Richte ihr und Freddy Mercury da drüben meine besten Grüße aus.«

»Dad, es reicht.«

»Ich werde ihm Gesellschaft leisten«, ging Bev dazwischen.

Mum erhob sich, als wir näher kamen, und streckte freudig die Arme aus. Sie war echt gut darin vorzugeben, sie würde Gus mehr mögen, als sie es tat. »Komm her, ich wusste gar nicht, dass du zu Besuch kommst.«

»War eine Last-Minute-Entscheidung.«

»Konntest in London wohl nicht ohne sie überleben?«

»Ich wollte wohl eher sichergehen, dass sie auch wieder zurückkommt.«

»Das ist übrigens Luigi«, sagte Mum, ließ Gus wieder los und trat beiseite.

Luigi beugte sich vor und packte Gus' Hand beherzt in seine beiden. »Aah, dann ist das dein Freund, Elly-anor. Jetzt ich sehe, er schaut wirklich *ganz* anders aus.«

»Im Vergleich zu wem?«, fragte Gus verwirrt.

»Nur eine kleine Verwechslung im Caf…«, versuchte ich Luigi zuvorzukommen, doch unglücklicherweise unterbrach er mich.

»Ich habe sie mit Arthur gesehen, und ich dachte, das bist du. Aber jetzt ich verstehe. Er war der alte Freund, und du bist der neue. Bravo!«

»Und das ist Nanny Gertrude«, sagte ich rasch. Art könnte jeden Moment von der Bar zurückkehren, und allmählich bestand die Gefahr, dass mein Hirn explodierte und sich an der ganzen Decke verteilte – so anstrengend war es, diesen Abend unter Kontrolle zu behalten. »Colin legt bestimmt gleich los, also sollten wir schauen, dass wir an unseren Tisch zurückkommen.«

»Wie läuft's bei euch mit den Fragen?«, erkundigte sich Gus und reckte den Kopf über den Tisch, um einen Blick auf ihren Antwortbogen zu erhaschen.

Ich stieß ihn mit dem Ellbogen an. »He.«

»Wir kommen klar. Aber Musik ist nicht unsere Stärke, nicht wahr, *bellissima*?«

Ich hatte nicht die Zeit, mich über diese öffentliche Zuneigungsbekundung zu ärgern. »Komm, Gus, lass uns zurückge…«

»Schatz, wer ist denn das dort neben deinem Dad?«, fragte Mum, an mir vorbeispähend.

»Das? Das ist Bev, die Ergotherapeutin, von der ich dir erzählt habe. Komm schon, Gus.«

»Was um alles in der Welt hat die Gute da an? Da hätte sie auch gleich in einem Bikini kommen können.«

»Mum …«

»Wahrscheinlich haben sie das Oberteil nicht in ihrer Größe gehabt.«

»Mum! Kümmere dich nicht um sie. Ich glaube, Colin wird jeden Augenblick anfan…«

»Das Aussehen kann täuschen«, warf Gus ein. »Ich hoffe, sie versteht sich auf Musik.«

»Tja, so wie *das* aussieht, glaube ich jedenfalls nicht, dass sie sich in Geschichte auskennen wird.«

»Mum, hör jetzt auf, das kannst du nicht wissen. Gus, jetzt komm schon, wir sollten ge…«

»Guten Abend allerseits«, erklang Arts Stimme.

Na, großartig.

Ich drehte mich um und sah ihn mit einem Tablett voller Getränke vor mir stehen.

»Hallo, wie geht's?«, fragte ich schwach.

»Gut. Nanny Gertrude und ich dachten uns, wir schauen vorbei und schließen uns dem Spaß an.«

»Cool, apropos Spaß, wir sollten jetzt wirklich zurü…«

»Hallo, ich bin Art«, sprach er weiter, stellte das Tablett ab und streckte Gus die Hand hin.

»Gus«, antwortete er und nahm sie.

Vor einem Boxmatch reichen sich die Gegner im Ring die Hand. Was hier geschah, sah ganz ähnlich aus, obwohl es kein besonders fairer Kampf gewesen wäre. Art war einen Kopf größer als Gus und hatte die Schultern eines ehemaligen Rugby-Kapitäns, der immer noch so aussah, als würde er jeden Morgen vor dem Frühstück einen Zehn-Kilometer-Lauf absolvieren. Gus spielte gelegentlich Squash mit einem Kollegen oder Golf bei einem Firmenausflug, verbrachte aber die restliche Zeit über seinen Schreibtisch gebeugt. In den letzten Monaten hatte ich den Ansatz eines kleinen Waschbärbauchs über seinem Hosenbund bemerkt, aber ich wollte nicht für Unmut sorgen, indem ich einen lustigen Kommentar darüber abgab. Außerdem steckte Gus immer noch in seinem Anzug, wohingegen Art Jeans und ein verblasstes T-Shirt trug, das über seiner Brust spannte. Es hätte also ausgesehen, als würde der Streber vom Schulrowdy vermöbelt.

»Wie lange bleibst du hier oben?«, erkundigte sich Art.

Gus hatte auf mich noch nie den Eindruck einer Kämpfernatur gemacht. Wäre er in eine Prügelei verwickelt, würde er vielleicht versuchen, einem die Finger in die Auge zu stoßen oder die Unterhose hochzureißen, aber ich konnte mir nicht vorstellen, dass er über einen strammen rechten Haken verfügte; und doch starrte er Art so finster an, als wollte er seine Nase pulverisieren. »Bis Sonntag. Und du?«

»Wahrscheinlich noch eine Woche oder so. Es gibt hier noch einiges zu klären.«

»Ja, mein Beileid wegen deines Vaters. Nell hat mir davon erzählt. Und auch von allem anderen – eurer Kindheit, wie ihr zusammen aufgewachsen seid, und auch von deiner Party.«

»Party?«

»Gus, komm schon«, versuchte ich es erneut und bemerkte dabei, wie verzweifelt ich klang. »Es sieht so aus, als ob es gleich weitergeht.«

Er ignorierte mich. »Ja, zu deinem Einundzwanzigsten, wenn ich mich recht entsinne.«

»O ja, richtig, fühlt sich mittlerweile an, als wär es hundert Jahre her, oder?« Art blickte grinsend von Gus zu mir.

»Im Ernst, lass uns gehen.« Ich packte Gus am Ellbogen und zog ihn fort.

»Möge das beste Team gewinnen«, sagte Gus über seine Schulter hinweg, bevor er mir zurück an unseren Platz folgte.

»Alles in Ordnung?«, erkundigte sich Dad, als wir uns

hinsetzten. »Hat dir Elvis Presley ein Liedchen vorgeträllert oder so was?«

»Alles gut«, erwiderte ich und griff gierig nach meinem Weinglas. »Spar dir das besser für die Musikrunde.«

Bev und ich waren darin nicht besonders gut, aber immerhin gelang es Dad und Roy, ein paar obskure Pink-Floyd-Songs aus den Siebzigern anhand von drei Akkorden zu identifizieren.

In Anschluss daran gingen wir die historischen Fragen durch, bevor Colin alle anwies, die Bögen zur gegenseitigen Korrektur zu tauschen.

Das Drama ereignete sich, als wir zu den Antworten der Geschichtsrunde kamen.

»Frage Nummer sechs: Wann wurde Georg V. König?«, fragte Colin.

»1910!«, rief Art.

»Was?«, murmelte Gus, stirnrunzelnd das Blatt Papier vor sich musternd. »Das stimmt nicht. Das war 1911.«

»Richtig, 1910«, bestätigte Colin durch sein Mikrofon. »Nächste Frage: 1870 erfand der britische Ingenieur James Starley, was?«

»Das stimmt nicht, 1910 ist falsch«, wiederholte Gus, mit seinem Stift auf das Blatt stochernd. »Seine Krönung war 1911. Solche Dinge weiß ich.«

»Macht doch nichts, das klären wir gleich. Was haben sie hier eingetragen?« Ich deutete auf die nächste Frage, zu der wir übergegangen waren.

»Aber das ist falsch.« Er hob den Kopf und rief zur Bar rüber: »Tut mir leid, Entschuldigung, Colin, richtig?

Die Antwort, die du auf die letzte Frage gegeben hast, ist falsch.«

Colin sah verdutzt auf die Karteikarte in seiner Hand. »In welchem Jahr Georg V. König wurde?«

»Ja, du sagtest 1910, aber er wurde 1911 gekrönt.«

»Ich bin mir nicht sicher, ob das so wichtig ist«, antwortete Col.

»Ich denke doch, das ist es sehr wohl«, erwiderte Gus laut. »Man ist erst dann offiziell Monarch, wenn man gekrönt wurde.«

»Gus, lass gut sein«, flüsterte ich, da alle Anwesenden im Pub ihre Gespräche unterbrochen und sich zu uns umgewandt hatten.

»Das werde ich nicht«, zischte er, »weil es nun mal falsch ist.«

»Weißt du, was, ich google mal«, rief Art rüber und zog sein Handy aus der Jeans.

Ich griff nach meinem Glas, obwohl ich bezweifelte, dass es für dieses Szenario genug Wein auf der Welt gab.

»Es ist falsch. Ich weiß, dass es falsch ist«, murmelte Gus.

Es folgte ein Augenblick der Stille, während Art scrollte und alle Augen auf ihn gerichtet waren. Es war, als würde man auf die Punktevergabe bei *Let's Dance* warten.

Er schüttelte den Kopf. »Nein, ich fürchte nicht – dem Artikel zufolge kann ein Thron niemals unbesetzt bleiben; die Souveränität wird mit der *Thronbesteigung* und nicht mit der Krönung weitergegeben.« Art sah von seinem Handy auf. »1910 ist richtig.«

Gus neben mir erstarrte vor Wut.

»Also gut, dann 1910. Schön, dass wir das geklärt haben. Und weiter geht's. Jetzt zu Frage Nummer sieben: 1872 erfand James Starley das Hochrad.« Colin rasselte die restlichen Antworten herunter, während Gus schweigend korrigierte.

»Du bist wirklich schlau«, sagte Bev und beugte sich zu ihm vor. »Ich kann mir Daten gar nicht gut merken; bin froh, wenn mir mein eigener Geburtstag einfällt.«

Ich lächelte dankbar, aber ihre Bemühungen fruchteten nicht. Gus antwortete noch nicht einmal.

»Tut mir leid«, formte Art mit den Lippen, als ich es wagte, in seine Richtung zu schauen.

»Schon okay«, gab ich stumm zurück.

Aber es war nicht okay. Gus verhielt sich extrem kindisch; außerdem ist es immer furchtbar unangenehm, von seinem Partner so in Verlegenheit gebracht zu werden. Als die Korrekturen beendet waren, sammelte Colin die Blätter ein; Gus saß stumm da, während der Rest von uns sich über die Wettervorhersage fürs Wochenende unterhielt. Ich gab hin und wieder einen Kommentar ab, war mir dabei aber nur allzu bewusst darüber, wie es in Gus brodeln musste. Das war bloß ein Quiz, kein mittelalterliches Duell, wollte ich sagen, stellte mich innerlich jedoch auf einen angespannten Abend ein, sobald wir zu Hause wären.

»Gut, meine Damen und Herren, jetzt kommt der Moment, auf den alle gewartet haben!«, rief Colin, nachdem er die Blätter durchgesehen hatte. »Wie immer verlese ich die Platzierungen von unten nach oben –

also los geht's. Auf dem letzten Platz gelandet sind: Die Superspackos.«

Stöhnen erklang von einem Tisch neben der Bar.

»Dann kommt das Agatha-Quizteam«, fuhr Colin fort, »und etwas drüber die Northcliffe-Dorfdeppen …« Noch mehr Stöhnen. »Dann meine Eltern – Mum, Dad, für das nächste Mal wünsche ich euch mehr Glück. Auf dem dritten Platz tummeln sich die Eierköpfe – gut gemacht, Howard und Betty.«

Howard hob sein Glas in die Höhe.

»An der Spitze ging es knapp zu, mit nur zwei Punkten Abstand; trotzdem, den zweiten Platz belegen Dick und Doof, und damit geht der erste Platz an …« Colin hielt inne und beäugte den Namen. »Pisa-Schreck.« Er hob den Blick und schaute zu Mums Tisch. »Wirklich originell. Also, herzlichen Glückwunsch! Dann kommt bitte nach vorne, um euren Sieger-Schampus entgegenzunehmen.«

Mum und Luigi warfen jubelnd die Arme in die Luft, und ich sah, wie Nanny Gertrude kurz einen verwirrten Eindruck machte, bevor Art sich vorbeugte, um ihr die Situation zu erklären, worauf sich ihr Gesicht zu einem breiten Lächeln verzog.

»Zweiter Platz, damit kann ich leben«, verkündete Roy und leerte sein Bier so schwungvoll, dass der Boden des Glases zur Decke zeigte. »Aber jetzt sollte ich los.«

»Ich muss dann auch mal«, sagte Bev, bückte sich, um ihre Tasche aufzuheben, und gewährte dabei noch einen letzten tiefen Einblick auf die weichen Hügel ihrer Brüste.

Kurz befürchtete ich schon, dass Dad die Augen komplett aus den Höhlen fallen könnten.

»Wir auch, komm, alter Mann.« Ich stand auf und streckte mich.

»Das verbitte ich mir. *Mann* ist nur so alt wie die Frau, die er befühlt, stimmt's nicht, Bev?«

»Jetzt hör aber auf, du Frechdachs«, erwiderte sie mit einem schallenden Lachen.

Es war *allerhöchste* Zeit aufzubrechen.

Ich winkte Colin zu und schaute zu Mums Tisch, wo Art Gläser mit Prosecco füllte.

Gus sprach kein Wort, als wir über die Dorfwiese nach Hause gingen, und auch dann nicht, als wir oben im Bett meiner Eltern lagen. Ich hatte gesaugt, Staub gewischt, Dads rostigen Nagelknipser von seinem Nachttisch entfernt, und war für die Dauer des Wochenendes hier eingezogen, da in meinem Zimmer nur das schmale Einzelbett stand.

»Alles klar bei dir?«, erkundigte ich mich zum neunzehnten Mal, seit wir aus dem Pub nach Hause gekommen waren. Ich drehte mich zu ihm um und ließ eine Hand über seine Brust gleiten.

»Ja, bin nur müde«, antwortete er, bevor er sich von mir wegrollte, mit dem Gesicht zur Wand.

Beinahe hätte ich ihm erzählt, dass ich mir extra für ihn die Nippelhaare gezupft hatte, aber ich war mir nicht sicher, ob es was bringen würde. Das konnte bis morgen warten.

14

Zum Glück hatte sich Gus' düstere Stimmung am nächsten Tag wieder gelegt, und ich erwachte davon, dass er mein Ohr küsste.

»Hi«, sagte ich schläfrig.

»Hallo.« Er fuhr mit einer Hand unter mein T-Shirt. »Möchtest du das ausziehen?«

Ich zog es mir über den Kopf und schlängelte mich aus meinem Höschen. Dann fiel mir wieder ein, dass ich im Bett meiner Eltern lag, auf der Seite meiner Mutter, und dass auf ihrem Nachttisch ein Familienfoto von uns allen stand, das vor Jahren am Strand aufgenommen worden war. Ich streckte meine Hand danach aus und legte es mit der Vorderseite nach unten hin.

Gus bedeckte meinen Hals mit Küssen, während ich mit meinen Fingern durch sein Haar fuhr und mit der Rückseite meiner Nägel über seine Schulterblätter strich. Dann drehte er sich auf den Rücken und zog mich auf sich drauf. So wie es schien, war mir verziehen worden. Er streckte eine Hand zwischen meine Beine und versuchte, mich mit seinen Fingern zum Höhepunkt zu bringen, während ich mich vor und zurück bewegte. Allerdings war es mir ziemlich unangenehm, auf Gus zu hocken, während ich dabei das Kopfteil meiner Eltern ansah. Es war hellblau bezogen, mit einem Blümchenmuster, das mir so vertraut war wie das Geräusch der sich schließenden Küchentür oder das von Schritten auf der knarzenden Treppe. Ich kannte es seit meiner Kindheit, besonders von vergangenen Weihnachtstagen, an denen Jack und ich ins Schlafzimmer gestürmt kamen, um unsere Strümpfe mit Geschenken zu öffnen. Auf Dads Seite war ein vergilbter Fleck, der von seinem Haaröl stammte.

Fairerweise musste ich sagen, dass Gus sich wirklich Mühe gab. Ich schob ihm die Hüften entgegen und wölbte den Rücken, damit er an meine Klitoris rankam, blickte dabei aber immer wieder zu der verblichenen Stelle; und es ist nun mal extrem schwierig, zum Orgasmus zu kommen, wenn man gleichzeitig einen Fleck am Kopfende des elterlichen Ehebetts anglotzt.

Schließlich ließ ich mich nach vorne auf ihn sinken und legte meine Hand auf seine Schulter. »Ist schon gut, keine Sorge«, keuchte ich.

Befreit von dem Druck, mich zum Höhepunkt zu befördern, beschleunigte Gus unter mir sein Tempo, bewegte dabei seine Hüften auf und ab, auf und ab, auf und ab, während ich versuchte, alles, nur nicht das Kopfteil anzuschauen. Sein Stöhnen wurde lauter, sodass ich schließlich meine Hand über seinen Mund legte, da ich befürchtete, dass Dad unten was mitbekommen könnte.

Das schien Gus den Rest zu geben – er röhrte in meine Hand, bis er schließlich verstummte.

Ich rutschte von ihm runter, legte mich neben ihn auf die Matratze und starrte schwer atmend zur Decke.

»Was gibt's zum Frühstück?«, fragte er.

»Ich habe nichts gehört«, begrüßte mich Dad, als ich fünfzehn Minuten später ins Wohnzimmer kam.

»Ich werde mal so tun, als hättest du das nicht gesagt. Toast?«

»Ja, bitte, Kleines.«

»Dann mache ich zuerst Toast und gehe danach deine Zeitung holen.«

»Mit Gus ist alles in Ordnung?«

»Hm, er duscht gerade.«

»Kann ich mir gut vorstellen, dass er die jetzt nötig hat.«

»Dad! Im Ernst!«, rief ich und flüchtete in die Küche, um Wilma die Küchentür zu öffnen, damit sie ins Freie und dort die Spatzen terrorisieren konnte.

Gus kam gerade herunter, als der Wasserkocher pfiff.

»In der Badewanne war eine Spinne so groß wie eine Ratte«, berichtete er schaudernd.

Gus kam nicht klar mit Spinnen. Wenn er in meiner Abwesenheit eine zu Hause vorfand, ließ er entweder einen dicken Jura-Schmöker drauf fallen oder stülpte ein Glas drüber. In jedem Fall ließ er sie so dort, bis ich nach Hause kam und mich darum kümmern konnte.

»Entschuldigung.«

»Schon gut, ich habe sie den Abfluss runtergespült.«

»Mein mutiger Liebhaber, vielen Dank«, sagte ich und küsste ihn auf die Wange, bevor ich den Tee aufbrühte, Dads Toast mit Butter bestrich und Gus bat, ihm beides zu bringen.

Er kehrte mit einem Gesicht wie eine Gewitterwolke wieder.

»Was?«

»Dein Dad hat gerade gefragt, wann ich dich zu einer ›ehrbaren Frau‹ mache.«

»Ignorier ihn, er macht nur Witze, du kennst ihn doch.«

»Er klang nicht so, als würde er scherzen.«

»Ich verspreche dir, das hat er – Witze sind buchstäblich seine einzige Art zu kommunizieren«, beruhigte ich ihn. »Na, hast du Lust auf ein Ei? Leider handelt es sich nicht um unsere eigenen Eier, da die Hühner noch zu traumatisiert sind von dem Zwischenfall mit dem Fuchs, aber ich glaube, wir haben noch ein paar vom Spar.« Ich öffnete den Kühlschrank und spähte hinein. »Und danach könnten wir vielleicht einen Spaziergang machen?«

»Bei dem Wetter?« Gus spähte mit zusammengekniffenen Augen zum Küchenfenster hinaus. Über Nacht war vom Meer her Nebel aufgezogen, der den Garten wie ein weißer Umhang einhüllte und alles, was hinter dem Auto in der Auffahrt lag, verbarg.

»Das wird wieder aufklaren. Rührei?«

»Ist mir egal«, erwiderte Gus achselzuckend.

Er begann zu niesen, als ich gerade die Eier über einem Becher aufschlug. Ein Nieser, zwei Nieser, drei, vier, fünf Explosionen hintereinander weg. Beim letzten

Nieser hatte er sich weit vornübergebeugt und nieste direkt in sein Knie.

»Hast du die Antihistamin-Pillen oben gefunden?«

»Ja!« Er sah mit scharlachrotem Gesicht zu mir auf. »Wo steckt der Hund?«

»Draußen. Geh doch auch raus und schnapp ein bisschen frische Luft.«

»Draußen ist es sicher eiskalt.«

»Es ist bloß nebelig, geh schon. Im Freien wird es besser sein als hier.«

Gus öffnete die Küchentür, bekam aber auf der Wiese den nächsten Niesanfall. Unglücklicherweise kam Wilma, die das gehört hatte, durch den Garten auf ihn zugetrabt.

»Hau ab! Geh weg, Hund. Nell, nimm diese Kreatur von mir.«

»In Ordnung, beruhige dich. Wilma, komm rein, aufs Bettchen.« Sie zog den Schwanz ein und schlich ins Hausinnere, als hätte sie einen Rüffel bekommen.

Ich goss ein Glas Wasser ein und brachte es Gus, der mittlerweile vornübergebeugt im Gras stand. »Geht es dir gut?«

»Nein! Ich wurde gerade erst von deinem Vater verhört und von deinem Hund angegriffen und musste mich mit einem Monster in der Badewanne auseinandersetzen, und ich … ich bin einfach lieber in London als auf dem Land.« Er sagte das mit einem mitleiderregenden Lächeln, um zu zeigen, dass er halb im Scherz sprach, aber mir war klar, dass die andere Hälfte ernst war.

»Das tut mir leid. Lass uns frühstücken und dann eine Runde spazieren, das wird helfen.«

Drinnen zog er langsam einen Stuhl unter dem Küchentisch hervor, als könnte jeden Moment eine Schlange von ihm herunterspringen. »Das sollte eigentlich ein schönes Wochenende werden.«

»Das ist es, und das wird es auch weiterhin sein. Lass uns jetzt essen und danach etwas unternehmen wie einen schönen Strandspaziergang.«

»Wenn du darauf bestehst«, antwortete er.

Ich wollte eigentlich nicht ins Thanks A Latte, aber Gus brummte, dass ihm sein täglicher Macchiato fehle, also schlug ich vor, auf dem Weg zum Strand im Café vorbeizuschauen.

Das Rührei hatte seine Laune kurzzeitig gehoben, aber dann überlegte er ewig hin und her, welche Gummistiefel er sich für den Spaziergang ausleihen sollte, und erklärte, dass er seinen Wollmantel von Massimo Dutti auf keinen Fall anziehen könne, da er nicht wolle, dass er »nass wird«.

»Es wird nicht regnen.«

»Aber was, wenn doch?«

»Das ist ein Mantel! Der ist buchstäblich dafür gedacht, nass zu werden.«

»So eine Art von Mantel ist das nicht«, hatte er schnaubend dagegengehalten.

Als Gus dann schließlich in einer alten Barbour-Jacke und einem Paar Stiefel, die allerdings eine Nummer zu groß für ihn waren (was einen weiteren Gang nach oben erforderte, um ein zusätzliches Paar Socken von Dad zu holen) steckte, machten wir uns mit Wilma an der kurzen Leine, die von mir gehalten wurde, auf den Weg.

Erster Halt: Thanks A Latte. Ich band Wilma draußen am Haken fest, dann öffneten wir die Tür.

»Morgen!«

Mum lehnte am Tresen und hielt eine Hand hoch. »Nell, bitte nicht ganz so laut.«

Ich sah sie an, dann Luigi. Beide hatten die bleichen Wangen und hängenden Lider, die auf einen Kater hindeuteten.

»Ist wohl spät geworden, was?«

Mum erschauerte.

»Art hat uns zu ein paar Kurzen überredet – und Nanny Gertrude! Einer von uns sollte heute nachsehen, ob sie noch lebt«, sagte Mum und stupste Luigi mit ihrem Ellbogen an.

Ich lachte. »Nicht im Ernst! Was für Kurze?«

Nun war es an Luigi, zu erschauern.

»Keinen Schimmer«, erwiderte Mum. »Was ist das für Zeug, das wie Lakritze schmeckt?«

»Sambuca«, klärte ich sie auf. Vor Jahren, als ich noch in York wohnte, hatte ich es auf einer Kostümparty mit dem Sambuca übertrieben und war, als Pocahontas verkleidet und dezent nach Kebap riechend, auf meinem Badezimmerboden aufgewacht. Seither hatte ich das Zeug nicht mehr angerührt.

Gus bedachte Mum mit einem missbilligenden Blick. Er hielt nicht viel von Spirituosen. Hier und da genehmigte er sich einen Whisky, wenn wir in einem schicken Lokal zu Abend aßen, aber meist hielt er sich doch an teure italienische Weine.

»Wir werden es überleben, wenn auch knapp«, sagte Mum. »Gus, wie geht's dir? In der Verkleidung könnte man dich glatt für Bruce halten.«

Ich sah sie zur Warnung mit geweiteten Augen an.

»Mir geht's gut«, erwiderte er verdrießlich. »Könnte ich einen Macchiato bekommen?«

»*Certo*!«, sagte Luigi und wandte sich seiner silbernen Maschine zu.

»Für mich nichts«, fügte ich hinzu.

»Jedenfalls war es ein schöner Abend«, fuhr Mum fort. »Und nett, Zeit mit Art zu verbringen. Er hat sich kein bisschen verändert, nicht wahr? Er war immer so ein netter Junge, bis … nun ja, Schwamm drüber. Aber er scheint ganz der Alte.«

»Hm«, machte ich vage und tat so, als würde ich mich für die Müsliriegel vor der Kasse interessieren. »Sollen wir so einen für den Spaziergang mitnehmen?«, fragte ich Gus. »Hast du auch Lust? Hafer-Cranberry oder lieber Honig-Rosine?« Eigentlich wollte ich gar keinen. Ich wollte einfach nur, dass Mum aufhörte, über Art zu reden.

»Ich wünschte, er würde das Anwesen nicht verkaufen«, fuhr sie ahnungslos fort. »Es gab deswegen noch ein bisschen Ärger gestern Abend, nachdem ihr fort wart.«

Ich hob meinen Kopf. »Ach ja? Wer hat Ärger gemacht?«

»Nur Terence und ein paar andere; sie haben Art wegen des Verkaufs angepflaumt, und irgendwann hat er dann gemeint, er müsse Gertrude nach Hause bringen, und ist verschwunden. Danach fing Colin an mit seiner Protestaktion und irgendwelchem Paragrafen-Blabla. Armer Art.«

Jedes Mal, wenn sie seinen Namen sagte, spürte ich förmlich, wie Gus neben mir zusammenzuckte.

Luigi schien heute für den Kaffee furchtbar lang zu brauchen.

»Jedenfalls meinte er, dass es gar keinen Golfplatz geben wird«, plapperte Mum weiter. Anscheinend hatte ihr Kater sie vollkommen vergessen lassen, dass dieses Thema für wenigstens einen von uns hier vor der Theke etwas heikel war.

»Hm, ich weiß.«

»Also, ich verstehe wirklich nicht, warum das irgendwen was angehen sollte. Es ist schade, dass er nicht heimkommt und sich um das Anwesen kümmert, aber sein Leben spielt sich jetzt nun mal in New York ab. Warum sollte er einem Ort verpflichtet sein, nur weil er dort zur Welt gekommen ist?«

»Hm, ja, genau.«

»Obwohl ich mir nicht sicher bin, ob seine Eh… Nun ja, vielleicht müssen wir uns da gerade nicht weiter mit befassen«, stoppte sie sich, als habe sie plötzlich bemerkt, dass Gus und ich kein Wort zu dem Thema hören wollten. »Schaut, da ist ja der Macchiato. Gus, du bist sehr ruhig heute Morgen. Bist du etwa immer noch verärgert über den zweiten Platz gestern Abend?«

»Nein! Wie kommst du darauf?«

»Du siehst aus wie ein Mann, der gerade seinen Sechser im Lotto verloren hat, das ist alles. Was habt ihr zwei denn Schönes vor heute?«

»Am Strand spazieren«, antwortete ich, »und danach mal schauen. Etwas kochen, am Nachmittag vielleicht einen Film gucken oder so. Ich muss noch ein bisschen arbeiten.«

»Musst du?«, sagte Gus und drehte sich mit gerunzelter Stirn zu mir. »Ich dachte, wir wollten den Nachmittag gemeinsam verbringen.«

»Ja, tut mir leid, diese Liechtenstein-Geschichte, aber es wird nicht lange dauern, versprochen.« Dann wandte ich mich wieder an Mum. »Hast du die letzten Tage mit Jack gesprochen?«

Sie verzog das Gesicht. »Nein, Spatz, tut mir leid. Ich habe nichts mehr gehört, seit ich ihn angerufen und ihm, nun ja, davon erzählt habe, dass ich jetzt hier lebe. Ich glaube, er ist sauer auf mich.«

»Kannst du ihn bitte heute anrufen? Nur um sicherzugehen, dass ihm klar ist, dass er nächste Woche kommen muss?«

»Mach ich, versprochen«, erwiderte sie wie ein kleines Kind, das gelobt, vor dem Mittagessen die Hände zu waschen.

Gus machte Anstalten, seinen Kaffee zu bezahlen, aber Luigi winkte ab, und wir machten uns auf den Weg zur Bucht.

»Da wären wir«, sagte ich, als wir unten angelangt waren und sich vor uns der breite Streifen Sand erstreckte.

Obwohl der Nebel immer noch dicht wie Holzqualm über dem Meer hing, hatte er sich doch vom Strand zurückgezogen, sodass wir die Dünen und die Böschungen aus Strandhafer zu unserer Linken sowie die Ebbe zu unserer Rechten sehen konnten. »Ich glaube, das ist meine liebste Aussicht auf der ganzen Welt«, verkündete ich in dem Versuch, die Stimmung aufzuheitern, während zwei Möwen vor uns davonwatschelten.

Gus atmete tief die salzige Luft ein und seufzte. »Ja, nicht schlecht«, gestand er widerwillig, und wir spazierten entlang der Hochwassermarke los.

Ich überlegte, was ich sagen könnte, ob ich Art beziehungsweise das Gespräch im Café überhaupt erwähnen sollte, aber ich wollte die Situation nicht verschlimmern.

»Tut mir leid, dass ich heute Nachmittag arbeiten muss«, begann ich, nachdem wir einige Minuten, begleitet vom gedämpften Rhythmus unserer Schritte, auf dem harten, feuchten Sand dahingestapft waren. »Es ist nur, weil doch die Beförderung ansteht, und, na ja, du weißt doch, unser gemeinsamer Lebensplan …« Ich hielt inne und lächelte ihn von der Seite an, in der Hoffnung, dass die Erwähnung unseres Plans einen Moment des Einverständnisses zwischen uns wecken könnte.

»Ich verstehe schon«, antwortete Gus, hielt den Blick aber auf seine Stiefel gesenkt. »Hab mir gestern am Bahnhof ein neues Buch über Caligula gekauft, damit kann ich mich beschäftigen.«

»War das der, der sein Pferd geheiratet hat?«, fragte ich in dem Versuch, Gus aus seiner schlechten Laune hervorzulocken, auch wenn dies bedeutete, dass ich mich über römische Kaiser unterhalten musste.

»Er hat es nicht geheiratet.«

»Oh.«

»Er hat es nur zum Konsul ernannt.«

»Auch gut.«

Wir stapften noch ein paar Minuten schweigend weiter, als es unglücklicherweise zu tröpfeln begann.

Gus bedachte mich mit einem vorwurfsvollen Blick. »Zum Glück habe ich meinen Mantel nicht angezogen.«

»Das ist schön erfrischend«, beharrte ich. »Setz deine Kapuze auf.«

Aber nach etwa einer weiteren Minute blieb er plötzlich ruckartig stehen.

»Was ist?«

»Wie hältst du das nur aus, Nell?«

»Wie halte ich was aus?«

»Das alles hier«, sagte er und vollführte eine weitläufige Geste. »Es ist so … provinziell!«

»Gus …«

»Und das Wetter! Und die Tiere! Und die Menschen hier!« Er schauderte. »Die Hälfte der Leute gestern im Pub sah aus, als hätten *die* ihre Pferde geheiratet.«

»Gus …«

»Und deine Mutter kann das doch nicht ernst meinen mit diesem Mann mit seinem lächerlichen kleinen Schnauzer!«

»Gus …«

»Und dann diese Frau!«

»Welche Frau?«

»Dieses riesige blonde Ding, das gestern Abend bei deinem Vater im Pub saß«, kreischte Gus und fuchtelte mit den Armen in der Luft herum. Bisher hatte ich noch nie miterlebt, dass Gus ausrastete. Er schien immer viel zu verkopft, viel zu bedächtig dafür. Aber gerade war er vollkommen außer sich. »Die sieht aus wie eine Schweizer Bardame!«

»Bev, so heißt sie. Und das ist nicht nett, sie hilft Dad mit seinem Bein.«

Er schnaubte. »Bev!«

»Gus! Es reicht. Du verhältst dich albern. Das ist mein Zuhause.«

»Das ist nicht dein Zuhause«, sagte er und stampfte mit dem Fuß im Sand auf. »London ist dein Zuhause. Das schöne London, in dem es Ausstellungen und anständige Restaurants und zivilisierte Menschen gibt, die sich über andere Dinge unterhalten können als ihre Milchkuhherde!«

»Gus, bist du fertig?«

Der Regen fiel jetzt in fetten, schweren Tropfen. Gus blickte finster unter seiner Kapuze hervor, seine Brust hob und senkte sich schwer von der Anstrengung, die ihn die Schreierei gekostet hatte. »Ja, bin ich«, stieß er schmollend zwischen zwei Atemzügen hervor. »Aber wann kommst du wieder nach Hause, Nell?«

»Das habe ich dir doch gesagt, nächste Woche. Sobald Jack hier ist. Es tut mir leid, dass es dir hier oben nicht gefällt. Aber ich habe keine andere Wahl, oder? Und hast du bei all dem vielleicht mal innegehalten und an mich gedacht, oder geht es hier nur um dich?«

Gus runzelte die Stirn. »Ich verstehe nicht.«

Jetzt war ich an der Reihe mit Schreien. »Nein, natürlich nicht, weil du nämlich immer nur dich siehst! Aber hast du schon mal darüber nachgedacht, dass ich von der ganzen Sache hier ziemlich erschöpft sein könnte? Davon, mich tagtäglich um Dad zu kümmern? Davon, hier oben gleichzeitig die Arbeit für einen gestörten Chef gebacken zu bekommen?«

»Ich ha…«

»Und hast du darüber nachgedacht, dass ich womöglich völlig durch den Wind bin, weil meine Mutter meinen Vater wegen eines anderen verlassen hat? Und weil ich einen Bruder habe, der über weniger Hirnzellen verfügt als Wilma? Hast du an irgendwas davon gedacht, Gus?«

Er hielt den Blick auf den Sand gerichtet und stieß seine Stiefelspitze hinein. »Nein, habe ich wohl nicht.« Dann sah er auf. »Es tut mir leid.«

Ich seufzte. »Schon in Ordnung.«

»Nein, es tut mir leid, dass ich herumgebrüllt habe. Und dass ich mich unhöflich über deine Eltern geäußert habe.«

»Ist schon okay.«

»Der Kaffee ist übrigens ziemlich gut.« Er hielt seinen kleinen Pappbecher in die Höhe. »Obwohl der Schnauzer wirklich lächerlich ist.«

»Ich weiß.«

»Wie kann deine Mutter ihn überhaupt küssen? Das

sieht aus, als würde er eine kleine Nacktschnecke auf der Oberlippe balancieren.«

»Ich weiß.« Dann lachte ich los, und dann lachte auch Gus, und wir lachten so lange, bis wir uns schüttelnd über den Sand beugten.

Meine Jeans hatte sich mit Wasser vollgesogen, aber das trübe Wetter und der Nebel über unseren Köpfen schienen die Situation nur noch lustiger zu machen. Es war eine regelrechte Erleichterung nach der passiv-aggressiven Stimmung der vergangenen Stunden. Irgendwie würde sich alles wieder einrenken.

»Das Gute ist«, begann Gus, nachdem wir uns wieder gefangen hatten, und nahm meine Hand, »dass dieses Wochenende bisher so miserabel verlaufen ist, dass es nur noch besser werden kann. Richtig?«

»Ja, richtig«, erwiderte ich. »Sollen wir zurück? Ich bin pitschnass. Ich könnte ein heißes Bad gut vertragen.«

»Halleluja. Ja, sollen wir? Und dann koche ich uns was zu Mittag.«

»Perfekt«, sagte ich, dann rief ich Wilma, und wir liefen mit schmatzenden Schritten nach Hause.

Wir hatten uns getäuscht. Es konnte schlimmer werden.

Der Nachmittag verlief noch vergleichsweise ruhig. Gus bereitete uns frische Pasta zu, obwohl er über den Zustand unserer Pfannen schimpfte. Danach verzog ich mich nach oben, um mir Gideons Vorschläge zu Prinz Rudolfs Wohnsitzerklärung anzuschauen, während Gus unten blieb und Dads Erörterungen zu den Wettquoten des Rennens in Chepstow über sich ergehen ließ. Hin und wieder hörte ich ein Niesen und zuckte zusammen, aber zumindest hatte sich seine Laune gebessert.

Erst als wir in der Küche das Abendessen zubereiteten, Gus eine Flasche Wein öffnete und ich die Frühlingszwiebeln klein schnitt, kippte die Stimmung endgültig.

Es begann damit, dass mein Handy auf dem Küchentisch vibrierte. Gus griff danach, um es mir zu reichen, aber ich sah, wie er dabei einen Blick auf das Display warf und sein Kiefer verkrampfte.

»Danke.« Ich wischte mir die Hände an einem Geschirrtuch ab und nahm das Telefon entgegen.

Ich war davon ausgegangen, dass es Jack wäre, da ich ihn zuvor angerufen und ihm eine Nachricht auf der Mailbox hinterlassen hatte. Aber es war nicht Jack. Es war Art.

Wie es aussieht, habe ich dich vorhin im Café verpasst. Hoffe, nach dem Quiz-Abend gestern war alles gut. Es war nett, Russ kennenzulernen. Wollen wir vor meiner Abreise noch spazieren gehen?

Ich legte das Handy auf die Arbeitsplatte und widmete mich wieder den Frühlingszwiebeln.

»Nell?«

»Hm?« Ich sah zu Gus auf, der mit einer offenen Weinflasche in der Hand dastand.

»Wer war das?«

»Nur Art. Er meint, wir hätten ihn vorhin im Thanks A Latte verpasst. Und auch, dass es nett war, dich kennenzulernen. Obwohl er dich Russ genannt hat.« Ich lachte und verdrehte die Augen. Ich erzählte das Gus nur, weil ich dachte, dass es die Spannung rausnehmen würde, doch er antwortete nicht; also fuhr ich damit fort, die Zwiebeln klein zu hacken.

In der Küche machte sich eine unangenehme Stille breit; nur das Geräusch meines Messers auf dem Holzbrett und die Geräuschkulisse einer Spielshow, die, begleitet von Dads gelegentlichem Lachen, aus dem Wohnzimmer herüberschwappte, war zu hören.

»Was ist das für eine Geschichte mit ihm?«, fragte Gus.

»Geschichte?«

»Ja, *Geschichte*. Bedeutet er dir was?«

»Bedeuten?«

Gus knallte die Flasche auf den Küchentisch, sodass eine Rotweinfontäne aus ihrem Hals schoss und sich über Wilmas Kopf ergoss. »Hör auf, alles, was ich sage, so zu wiederholen.«

»Was meinst du mit ›so‹?« Ich legte das Messer weg und nahm mir ein feuchtes Tuch. »Wilma, meine Süße, komm her.«

Sie tapste zu mir. Ein rotes Rinnsal tropfte ihre Schnauze hinab, und ich ging in die Hocke, um es wegzuwischen. Ein mit Malbec begossener Wolfshund ist wirklich kein schöner Anblick.

»Als ob du nicht wüsstest, wovon ich rede. Nell, ich habe doch gesehen, wie er dich gestern Abend angeschaut hat. Ununterbrochen hat er sich von seinem Tisch zu uns umgedreht.«

»Er ist verheiratet.«

Gus schnaubte und schüttelte den Kopf. »Und? Du weißt ganz genau, dass das nichts zu bedeuten hat.«

Ich hörte auf, Wilmas Kopf abzutupfen, und stand auf. »Gus, das ist doch absurd. Wirklich. Er ist ein alter Freund, der …«

Er unterbrach mich mit einem weiteren Schnauben. »Oh, ein alter Freund also? Tut mir leid, Nell, verzeih meine Verwirrung, aber ich dachte, er wäre der Bösewicht, der dir vor Jahren das Herz gebrochen hat.«

Ich stieß die Luft aus. »Bösewicht. Gus, ganz ehrlich, seitdem ich hier oben bin, habe ich ihn ein paarmal gesehen, und …«

»Ein paarmal?«

»Ja, ein paarmal. Das habe ich dir erzählt! Ich bin ihm am Strand begegnet, und dann waren wir zusammen einen Kaffee trinken. Außerdem macht er mit dem Tod seines Vaters und dem Verkauf des Anwesens gerade eine schwere Zeit durch, also …«

»Also was?«

»Also wollte ich nett sein.«

»Ich mag das Ganze nicht«, sagte Gus und öffnete den Gläserschrank. »Ich mag ihn nicht, ich mag es nicht, dass du hier bist und dass er hier ist und … ACH DU LIEBE GÜTE!« Er machte einen Satz zurück und ließ ein Glas fallen, dessen Scherben wie Granatsplitter über das Linoleum schossen.

»Was ist?«

»Da ist eine Spinne im Schrank.«

»Alles in Ordnung?«, brüllte Dad.

»Alles gut, wir machen nur das Abendessen!« Ich sah Gus an. »Okay, ich glaube wir brauchen jetzt beide ein Glas Wein. Nimm die hier …« Ich griff in den Schrank, ignorierte die Spinne von der Größe meines kleinen Fingernagels, angelte zwei Gläser heraus und reichte sie ihm. »Ich hole den Handfeger und die Schaufel. Wilma, sitz, bleib in deinem Bettchen. Du willst keine Splitter in deinen Pfoten.«

Gus setzte sich mit seinem Wein an den Tisch, während ich um ihn herumfegte. Keiner von uns sprach, doch erneut konnte ich spüren, wie eine Kombination aus Wut uns Frust in Wellen von ihm ausströmte. Und während ein Teil von mir etwas Tröstliches und Aufmunterndes sagen wollte, hatte ein anderer Teil von mir seine ständige Gereiztheit satt.

Und ein ganz anderer Teil wiederum dachte darüber nach, was Gus gerade behauptet hatte – insbesondere aber über die Frage, *wie* genau mich Art gestern Abend angesehen hatte.

Den Rest des Abends redeten wir nicht mehr, zumindest nicht richtig. Es hieß bloß »Kann ich bitte das Salz haben« und »Möchtest du noch was?«, so als wären wir Kollegen, während wir auf dem Sofa hockten und uns *Besser geht's nicht* mit Dad ansahen, der den gesamten Film über vor Vergnügen gluckste.

Sex war definitiv abgehakt.

Auch als wir am nächsten Morgen aufwachten, hatte

sich die schwarze Wolke nicht verzogen; also vermieden wir es, einander anzusehen, während wir aufstanden.

»Ich peile den Zug um 11:43 Uhr an«, sagte Gus in der Küche und schaute auf sein Handy. »Dann komme ich nicht allzu spät in London an. Könntest du mich zum Bahnhof fahren?«

»Natürlich«, sagte ich. Und dann rang ich mir, obwohl es unmöglich schien und mein Herz in der Brust hämmerte, doch die Worte ab: »Hör mal, es tut mir leid, dass du den ganzen Weg auf dich genommen hast und dann keine schöne Zeit hattest.« Na bitte, ich hatte es gesagt – was war so schwer daran? Ich lehnte mich gegen den Küchentisch und sah ihn mit betretener Miene an.

Gus seufzte. »Nein, mir tut es leid. Ich wollte nicht herumschreien und Gläser zerbrechen und Wilma mit Wein übergießen. Ich vermisse dich einfach, und ich vermisse, dass alles normal ist.«

»Alles wird wieder normal«, antwortete ich und machte einen Schritt auf ihn zu, als er die Arme ausbreitete. »Diese Woche oder morgen oder vielleicht sogar schon heute Abend werde ich Jack ans Telefon bekommen und ihm sagen, dass er umgehend seinen Hintern herbewegen soll, damit ich wieder nach Hause kann.«

»Du kennst deinen Bruder. Er wird heute nicht kommen.«

»Okay, aber bis zum nächsten Wochenende. Abgemacht?«

»Abgemacht.« Er küsste mich auf den Kopf, bevor er in meine Haare nieste.

»Nimm noch ein Antihistaminikum, ich mache in der Zeit den Toast. Danach können wir los.«

Ich verspürte eine seltsame Melancholie, als ich ihm auf dem Bahnsteig zum Abschied winkte. Es war fast so, als würde ich in zwei Hälften geteilt. Gus reiste ab, rauschte mit dem Zug nach London zurück; aber ich war noch hier und stand in meinen Gummistiefeln auf einem zugigen Bahnsteig. Einen Moment lang wollte ich gegen die Zugtüren hämmern und aufspringen. Doch es war nur ein Moment, dann überkam mich eine irritierende Woge der Erleichterung, dass er fort war. Ich musste nicht mehr darauf achten, dass Wilma die ganze Zeit in ihrem Körbchen blieb, und mich wegen unserer alten, fleckigen Badewanne oder der sich von der Wand lösenden Tapete schämen. Dad konnte seine abgeschmackten Witze reißen, und ich müsste mir keine Sorgen mehr machen, was Gus davon hielt.

So aus der Ferne betrachtet hatte mein Leben in London doch etwas Unerbittliches an sich. Ich stand jeden Wochentag um Punkt 6:10 Uhr auf, damit ich um Punkt 7:15 Uhr an meinem Schreibtisch saß; bis Freitag hieß es kein Alkohol; die Wochenenden waren mit Ausstellungen und Restaurantbesuchen straff durchorganisiert, bis auch schon wieder drohend der Montag heranrückte und mit ihm eine weitere Woche begann. In Northcliffe gab es weniger Regeln; eigentlich fast gar keine. Sicher, ich konnte nicht auf ewig ausschließlich Kleidung tragen, die zu neunzig Prozent aus Elasthan bestand und jeden Abend

Lasagne vom Spar essen; aber hier oben war ich freier in meiner Wahl und wurde zugleich nicht so beurteilt. In London, so wurde mir bewusst, wäre das ein Ding der Unmöglichkeit.

Nachdem ich zum Studium nach York und später nach London gezogen war, hatte ich Northcliffe lange Zeit als einen Käfig betrachtet, der mich von einem aufregenderen Leben abgehalten hatte. Aber nun, da ich wieder hier war, kam es mir eher umgekehrt vor. London fühlte sich an wie der Käfig. Oder lag das einfach in der Natur des Menschen, ständig unzufrieden zu sein mit dem, was man hatte, immer wieder die Zukunft zu beschwören, sie möge sich doch bitte beeilen, da dann alles viel besser werden würde? Es klang zumindest wie etwas, das auch meine Meditations-App sagen würde.

Mein Kopf war ein einziger Wirrwarr, als ich mit schlurfenden Absätzen über den Asphalt zum Auto zurückging. Obwohl mein Trübsinn vielleicht auch daher rührte, dass Sonntag war, denn in der Geschichte der Menschheit dürfte es noch nie jemanden gegeben haben, der an einem grauen Sonntagnachmittag fröhlich gewesen wäre. Ich glaube, das war wissenschaftlich betrachtet schlicht eine Unmöglichkeit.

15

Schließlich wurde die Frage, wie lange ich noch im Norden bleiben würde, durch Gideon entschieden, der mich die Woche anrief, um mich wissen zu lassen, dass ein persönliches Treffen zwischen uns und dem Anwaltsteam rund um Gräfin Wilhelmina für den folgenden Montag anberaumt worden war und er fest mit meiner Anwesenheit rechnete.

Ich rief Jack an, um ihm mitzuteilen, dass er am Wochenende herfahren und mich ablösen müsse.

»Jack, bis dahin werde ich fast drei Wochen hier gewesen sein. Du bist dran.«

»Mach dich locker«, erwiderte er gedehnt. »Ich buche ja schon mein Ticket. Was muss ich dann machen? Ich muss ihn doch nicht waschen und so, oder?«

»Nein, er kommt mittlerweile gut mit seinen Krücken zurecht, aber du wirst ihn trotzdem noch jeden Abend in den Pub schieben müssen. Und Tee kochen. Und Mittagessen. Und Abendessen. Aber ich lasse jede Menge Zeug im Kühlschrank – zumindest, wenn du dir zutraust, Fertiggerichte in der Mikrowelle zu erwärmen?«

»Kein Stress, Schwesterchen, darin bin ich praktisch ein Profi.«

Als Nächstes informierte ich Gus darüber, dass ich am Sonntag zu Hause sein würde. »O *doudou!* Da werde ich doch glatt einen meiner besten Italiener öffnen, vielleicht sogar den Sassicaia.«

Ich hatte zwar keinen Schimmer, welcher das war, antwortete aber, dass sich das ganz wunderbar anhöre.

Dad nahm, wie nicht anders zu erwarten, die Nachricht meiner Abreise recht entspannt auf. »Ist doch schön für dich, Kleines; wahrscheinlich wird es auch Zeit, dass du wieder nach London kommst. Und Bev meinte eh, dass sie vorbeischauen kann. Schau mal, was bedeuten diese kleinen Bilder, die sie mir geschickt hat?« Er hielt sein Handy in die Höhe.

Du wirst ruckzuck wieder auf den Beinen sein, lautete ihre Nachricht, gefolgt von einer Reihe Tänzerin-Emojis.

»Das bedeutet, dass sie, sobald es dir besser geht, in einem roten Kleid einen Striptease für dich hinlegen wird.«

Dads Mund klappte auf wie der eines hungrigen Nilpferds. »Du machst Witze?«

»Ja, ein Pech aber auch. Ich glaube, sie will damit einfach nur sagen, dass du deinen Gips schon bald wieder los bist und dann ungebremst durch Northcliffe tanzen kannst.«

Dad blickte wieder verwirrt auf sein Handy. »Aber das da sind Frauen in roten Kleidern. Ich bin keine Frau in einem Kleid.«

»Ich weiß, das ist mehr symbolisch gemeint.«

»Aber was antworte ich darauf?«

Ich holte tief Luft und dachte daran, wie oben die

Arbeitsmails meinen Posteingang fluteten, während ich meinem achtundsechzigjährigen Vater beibrachte, wie man mit Emojis flirtet. »Wie wäre es mit dem lachenden Smiley?«

»Nicht eher die Aubergine? Weil Roy sagt, dass die Au…«

»Dad, bitte nimm auf keinen Fall Flirt-Ratschläge von Roy an. Die Aubergine geht überhaupt nicht. Schick ihr den lachenden Smiley. Hast du noch genug Tee? Ich muss arbeiten.«

»Ja, ja, alles bestens, danke, Kleines.«

Zurück auf meinem Zimmer versuchte ich, mich auf Gräfin Wilhelminas Liste mit Forderungen zu konzentrieren. Laut ihrer Anwältin bei Farrers wollte sie das Haus in Kensington, die Apartments in New York und Paris, das Chalet in Verbier, dazu all ihren Schmuck, eine monatliche Zulage von hunderttausend Pfund für die Kinder sowie eine persönliche Zuwendung von hunderttausend Pfund für »Kultur, Reisen, Kleidung, Haushaltsführung, Blumen, Personal Trainer sowie Alan, den Zwergdackel«.

»Das ist doch absurd!«, explodierte Prinz Rudolf wenige Minuten, nachdem ich ihm ihre Forderungen per Mail geschickt hatte. »Eleanor, die Frau ist verrückt. Es ist doch ausgeschlossen, dass sie das alles bekommt, oder?«

»Letztlich ist das Ermessenssache des Gerichts, aber lassen Sie uns erst mal damit beginnen, was Sie ihr von sich aus zu geben bereit sind.«

»Völlig verrückt«, fuhr er fort. »Eleanor, Sie selbst würden doch niemals das alles verlangen, oder? Je länger ich darüber nachdenke, desto mehr komme ich zu der Überzeugung, dass es richtig von Ihnen ist, nicht zu heiraten. Pfffft! Die Ehe. Das ist doch nur eine Falle. Eine miese Falle!«

Wir verbrachten über eine Stunde am Telefon. »Warum braucht sie so viel Geld für Blumen? Will sie Floristin werden? Und wenn sie sich weigert, über das Sorgerecht für meine Kinder zu sprechen, dann werde ich eben darauf bestehen, dass Alan bei mir bleibt. Ich war es, der ihn gekauft hat!«

Bis auf das Haus in Kensington weigerte sich Prinz Rudolf, ihr sonst etwas anzubieten. Das persönliche Treffen nächste Woche hatte angeblich zum Ziel, eine außergerichtliche Einigung zu finden und die ungeklärte Wohnsituation für die Kinder zu regeln, doch als wir endlich auflegten, hegte ich den starken Verdacht, dass rein gar nichts geklärt werden würde.

Der zunehmende Stress sowie die Vorstellung, dass meine Beförderung zum Partner letztlich davon abhängen könnte, wer den Zwergdackel zugesprochen bekam, weckte in mir ein tiefes Bedürfnis nach frischer Luft und einer Runde Joggen; daher zog ich meine Laufschuhe an und rief Wilma. Mittlerweile hatte sie sich an unsere Route gewöhnt: die Schotterpiste entlang und direkt zum Strand. Es war einer dieser perfekten Frühlingstage, die Sonne stand hoch am wolkenlosen Himmel, aber die Brise in meinem Gesicht war immer noch kühl genug, um zu erfrischen. Ich tippte eine meiner peinlicheren Playlists an, trabte den Strand entlang und ließ auf voller Lautstärke Little Mix in meine Ohren dröhnen, sang zwischen den

Atemzügen immer wieder Teile des Texts mit und sah den Wellen dabei zu, wie sie eine über die nächste heranglitten.

»*I've triiiiiiied to find someb*… Jesus … was zur HÖLLE?«

Zu meiner Linken, direkt neben mir, war ein Schatten aufgetaucht, sodass ich wie ein Zirkuspferd in die Luft gesprungen war.

Es war Art. Er rannte, um mich einzuholen.

»Soll das ein Witz sein?«, fragte ich und nahm meine EarPods heraus. »Ich dachte, du wärst ein Straßenräuber.«

»Du hast definitiv zu lange in London gewohnt.«

Ich grinste zur Bestätigung. »Ja, vielleicht.«

»Tut mir leid, ich hab dich von da oben gesehen und dachte, ich sag Hallo. Guter Lauf heute?«

Ich nickte, beugte mich vor und stützte die Hände auf die Knie, um wieder zu Atem zu kommen, während Wilma an ihm hochsprang.

»Hallo, Wilma, wie geht's dir?« Art ging in die Hocke, um über den grauen Flaum ihres Rückens zu streicheln, dann sah er mich an. »Alles klar bei dir? Du hast nicht auf meine Nachricht geantwortet.«

»Ja, tut mir leid, es ist nur …« Ich verstummte.

Die Wahrheit war, dass ich, nachdem ich Gus am Sonntagmorgen in den Zug gesetzt hatte, beschlossen hatte, Art nicht zurückzuschreiben. Dieses Chamäleon-Dasein war einfach zu anstrengend. Mit Art schien ich eine vollkommen andere Person zu sein als mit Gus. Außerdem würde ich in wenigen Tagen nach London zurückkehren. Es machte einfach keinen Sinn, weiter alte Gefühl anzufachen.

»Wann fliegst du zurück nach New York?«, fragte ich und richtete mich auf.

Art sah mich ein paar Sekunden lang stirnrunzelnd an, bevor er antwortete, als würde er versuchen, die passende Antwort auf eine weitaus ernstere Frage zu finden. »Vielleicht nächste Woche. Das kommt ganz darauf an. Hast du von dieser Protestaktion am Sonntag gehört, die dein Kumpel Colin kurzfristig aus dem Boden gestampft hat?«

»Hm.«

»Darum muss ich mich zuerst kümmern und den Leuten versichern, dass die Glasgower nicht einfach alles dem Erdboden gleichmachen werden.«

»Nicht?«

»Nein!« Er richtete sich hinter Wilma wieder auf und warf die Hände in die Luft. »Was ist nur los mit allen? Ich hab dir doch gesagt, dass mir das Anwesen zu viel bedeutet, um das zuzulassen. Hast du Lust, ein Stück zu gehen?« Er deutete zum Ende der Bucht.

Ich verdrängte mein schlechtes Gewissen und verfiel neben ihm in Gleichschritt.

»Das ist wohl kaum, was ich mir erträumt habe, Nell«, fuhr er fort. »Alles verramschen zu müssen, was meine Familie aufgebaut hat, nur weil meine Eltern das ganze Geld für Autos und Faceliftings ausgegeben haben.«

»Wie bitte? Faceliftings?«

»Jepp. Mum fährt mittlerweile für alle erdenklichen Behandlungen regelmäßig nach Paris. Hast du nicht bemerkt, dass ihr Gesicht bei Dads Beerdigung ein bisschen sehr …«

»… straff aussah?«

»Genau.«

»Schon möglich.«

Art seufzte und blickte mich von der Seite an. »Ist ja auch egal. Wie geht's dir? Russ hat einen netten Eindruck gemacht.«

»Gus.«

»Was?«

»Er heißt Gus.«

»Entschuldigung.«

»Er hat deine Nachricht gesehen, und das hat mich in Teufels Küche gebracht.«

»Was war denn so schlimm daran?«

»Nichts, nur dass sie von dir war.«

»Was ist so schlimm an mir?«

Ich warf meinen Kopf in den Nacken und schrie zum wolkenlosen Himmel empor: »Nichts!«

Männer konnten so schwer von Begriff sein. Ja, Frauen wurde vorgeworfen, kompliziert zu sein, aber wenigstens stellten wir uns nicht ganz so dämlich an.

Man lasse nur mal die romantischen Helden Revue passieren – es ist immer der Mann, der alles vermasselt.

Romeo: merkt nicht, dass Julia nur schläft (warum überprüft er nicht ihre Atmung?) und bringt sich um.

Willoughby: muss einfach alles bespringen, versäumt es darum, Marianne Dashwood zu heiraten, und fristet fortan ein unglückliches Dasein mit seiner reichen Gemahlin.

Laurie in *Little Women*: heiratet die völlig falsche Schwester.

Edward Rochester: hält seine frühere Frau auf dem Dachboden gefangen; da ist die Katastrophe doch vorprogrammiert.

Jack in *Titanic*: schnallt nicht, dass auf der dahintreibenden Holztür neben Rose noch genug Platz ist, unterkühlt und stirbt.

»Nell? Ich kapier's nicht, was ist das Problem?«

Ich seufzte. »Dass wir alte Freunde sind und er sich wohl bedroht fühlt.«

Wir trotteten schweigend weiter, während Wilma mit einem an einem Felsen festklebenden Stück Seetang ein Tauziehen veranstaltete.

»Sollte er sich denn von mir bedroht fühlen?«, fragte Art schließlich.

Das war eine Frage, auf dich ich entweder eine sehr lange, verschwurbelte Antwort geben konnte, oder aber eine kurze und knappe. »Nein«, sagte ich, ohne ihn anzusehen.

»Darf ich dich was fragen? Wie kommt es, dass ihr nicht verheiratet seid? Wenn ihr doch schon so lange zusammen seid?«

Die Antwort darauf war einfacher; ich konnte sie in aller Breite vortragen wie eine Schauspielerin ihren Text. »Wir haben uns dagegen entschieden. Gus findet Heiraten zu kommerzialisiert und meint außerdem, dass er Amok läuft, wenn er noch mal auf einen Junggesellenabschied muss, von seinem eigenen ganz zu schweigen. Davon abgesehen sind wir nicht religiös. Dazu kommt, dass seine Eltern eine schlimme Scheidung hatten, als er acht Jahre alt war. Daher wollen wir nicht heiraten.«

»Er will es nicht, oder du nicht?«

Art klang so ernst, dass ich ihn überrascht ansah. »Es war seine Idee, aber ich stimme ihm zu. Heiraten ist zu einer Industrie verkommen. Fun Fact am Rande: Wusstest du, dass das Konzept diamantener Verlobungsringe erst durch eine Werbekampagne entstanden ist?«

Den Blick auf den Sand gerichtet, schüttelte er den Kopf.

»Tja, ist es aber«, plapperte ich weiter, darum bemüht, das Gespräch von meiner eigenen Beziehung wegzuführen, weil es sich echt seltsam anfühlte, mich mit Art darüber zu unterhalten. »Es war eine Kampagne von De Beers nach dem Krieg, als sie ihr Diamantverkäufe ankurbeln wollten, also haben sie sich den Slogan ›Ein Diamant ist für immer‹ einfallen lassen. Und jetzt sind die Leute besessen von Diamantringen. Ist das nicht verrückt?«

Er schaute mich von der Seite an, und seine Augen blickten suchend in die meinen.

»Ich erinnere mich da an eine romantischere Nell.«

»Ja, und sieh nur, was ihr das gebracht hat.«

»Wie meinst du das?«

»Egal«, sagte ich rasch und richtete den Blick wieder auf meine Füße. »Aber es ist auch so, dass ich bei meiner Arbeit tagtäglich mit miesen Ehen konfrontiert werde; eine endlose Parade unglücklicher Menschen, die verzweifelt versuchen, von anderen Menschen loszukommen, denen sie einst gelobt haben, bis ans Lebensende an ihrer Seite zu bleiben.«

»Wahrscheinlich haben sie es damals so gemeint.«

»Ich weiß.«

»Und indem du Russ nicht heiratest …«

»Gus!«

»Entschuldige. Aber Gus nicht zu heiraten, bedeutet doch nicht, dass du niemals mit ihm Schluss machen wirst. Darüber kannst du dir nie sicher sein.«

»Das ist mir auch klar.«

»Schon schade, wo du doch alles so akribisch geplant hattest: die große Hochzeit, das Kleid, das Festzelt, die Blumen …«

»Hey, das kannst du doch gar nicht wissen!«

»Doch, kann ich!«, erwiderte Art, und sein Gesicht verzog sich zu einem Lächeln, das darauf hindeutete, dass er ein Geheimnis hatte. »Ich habe dich damals gehört, als du es Nanny Gertrude erzählt hast.«

»WAS? Hör auf!« Ich blieb wie angewurzelt stehen und starrte ihn an.

Er lachte. »Doch, du hattest geplant, dass wir auf dem Rasen vor dem Herrenhaus getraut werden, und Luna sollte die Ringe für uns tragen.«

»O mein Gott«, murmelte ich in meine Hände.

»Und du wolltest ein Kleid wie das von Prinzessin Jasmin in *Aladdin*, dazu eine zehnstöckige Torte, und du hattest auch geplant, dass wir auf einem von Dads Pferden davonreiten würden. Ich kann mich noch an alles erinnern.«

»Lach nicht!« Ich streckte die Hand aus, um ihn auf den Arm zu schlagen. »Das ist so was von peinlich. Ich kann nicht glauben, dass du es gewusst hast.«

»Und ob ich es wusste«, sagte er, bevor sein Lächeln

schmaler wurde. »Ich habe es immer schon gewusst«, wiederholte er leiser.

Ich räusperte mich und ging weiter. »Ist ja auch egal. Und wie ist es bei dir und Nicole?«

»Wie ist was?«, fragte er und setzte sich ebenfalls in Bewegung.

»Läuft eure Ehe so toll, dass du sie deswegen weiterempfiehlst?«

Er antwortete nicht.

»Art?«

»Ich habe dich gehört. Ich hab nur überlegt, was ich dir darauf antworten soll.« Es entstand eine kurze Pause. »Es ist so viel komplizierter, als ich es mir als Teenager vorgestellt habe. Ich liebe Felix über alles, und er fehlt mir, aber … ich weiß nicht.« Er kickte mit seinem Stiefel einen Kieselstein weg und blickte zum Horizont auf. »Ich bin wahrscheinlich nicht die beste Werbung für die Ehe. Meine Eltern ebenso wenig. Und deine Eltern eigentlich auch nicht, wenn wir schon dabei sind. Übrigens finde ich ihn nett, Luciano, meine ich.«

»Luigi. Ganz ehrlich, Art, du und Namen.«

»Genau, der. Ich mochte ihn. Allerdings kann ich mir vorstellen, dass es mit der richtigen Person ziemlich toll sein könnte. Die Ehe, meine ich.« Er drehte sich um und musterte mich wie ein Arzt auf der Suche nach Symptomen. »Aber ich bin mir nicht sicher, ob er der Richtige für dich ist.«

»Wie bitte?«

»Und deshalb bist du auch einverstanden, weil du ihn

tief in deinem Inneren gar nicht heiraten *willst*. Aber das liegt nicht daran, dass du nicht an die Ehe glaubst.«

»Stopp! Art, es reicht, das ist mein Ernst. Warum erzählst du mir das?«

»Weil du sonst Jahre deines Lebens verschwenden wirst, Nell. Wie geht der Spruch noch mal? Das Leben ist keine Generalprobe. Gus scheint ja ganz nett zu sein, und ich bin mir sicher, dass er sehr erfolgreich ist, außerdem kann er sich bei Kneipen-Quiz-Abenden ganz schön reinhängen. Aber du wirkst nicht gerade so, als wärst du über beide Ohren verliebt.«

»Und das kannst du nach einem Treffen beurteilen?«

»Ich habe genug gesehen.«

»Hör jetzt auf, Art.« Erneut blieb ich im Sand stehen, da ich weder den Spaziergang noch das Gespräch fortführen wollte.

Einen Schritt vor mir drehte er sich um. »Du weißt, dass man jemanden lieben kann, ohne in ihn verliebt zu sein?«

»Darin bist du Experte, was?«

»Ich will es nicht schlechtreden; ich sage ja nur, dass ich mir nicht sicher bin, ob er der Richtige für dich ist. Vertrau mir, ich muss es wissen.«

»Dir vertrauen? *Dir* vertrauen? Das soll wohl ein Witz sein.«

»Was? Was willst du damit sagen?«

»Nichts«, fauchte ich, »es spielt keine Rolle. Nichts von alldem spielt noch eine Rolle, Art. Allerdings werde ich ganz sicher keine Beziehungsratschläge von dir annehmen. Ausgerechnet von dir.«

»Autsch, Nell.« Art griff sich an Brust. »Ich will einfach nur nicht, dass du dich aufgibst! Dass du dich mit weniger zufrieden gibst, als du verdienst.«

Das brachte mich nur noch mehr in Rage. »Als ich verdient habe! Wie kannst du überhaupt davon sprechen, was ich verdient habe, nach dem, was du getan hast?«

»Dem, was ich getan habe? Nell, ich ha…«

»Hör auf, hör einfach auf! Tut mir leid, aber ich möchte von dir nichts mehr dazu hören. Warte, nein, vergiss es.« Ich stand wie festgewachsen im Sand und schüttelte mit wütend zusammengekniffenen Augen langsam den Kopf. »Es tut mir nicht leid. Ich liebe Gus, er ist ein guter, netter Mann, der sich um mich kümmert und bei dem ich mich sicher fühle. Und du weißt nichts, buchstäblich *gar* nichts darüber. Wir leben unterschiedliche Leben, Art, und du kannst nicht … Ich werde nicht … Du kannst nicht einfach zurückkommen und auf alldem herumtrampeln.« Meine Stimme war gepresst von der Heftigkeit meiner Worte, und ich schnappte nach Luft, als hätte ich gerade einen Sprint beendet.

»Hast du jemals an mich gedacht?«

Ich erwiderte nichts, weil auch das eine Frage war, die viel zu gewichtig war, um sie zu beantworten. Ich konnte ihn bloß anstarren.

»Hast du die letzten fünfzehn Jahre jemals an mich gedacht?«, beharrte er weiter. »Hast du mich vermisst?«

»Art! Im Ernst, warum fragst du mich das ausgerechnet jetzt?«

Er sah zum Himmel auf. »Weil …«, sagte er, bevor er

den Blick wieder zu mir senkte. »Vergiss es. Aber du solltest nicht mit ihm zusammen sein.«

»Du hast sie doch geheiratet! Du hast Nicole geheiratet!«, schrie ich ihn an und vergaß in diesem Moment alles um uns herum. Ich vergaß, dass wir uns auf einem Strand befanden und da noch andere Spaziergänger mit ihren Hunden unterwegs sein könnten, die sich darüber unterhielten, was sie gestern Abend im Fernsehen geschaut hatten, und kein Interesse hatten, Zeugen des peinlichen Schauspiels von zwei sich anbrüllenden Erwachsenen zu werden.

»Ich weiß«, schrie Art zurück und warf die Hände mit gespreizten Fingern in die Luft. »Deswegen erzähle ich dir ja das alles.« Er bewegte sich auf mich zu, also machte ich zwei Schritte zurück. »Triff keine falsche Entscheidung, Nell, bitte nicht. Es stimmt, was ich dir an jenem Tag hier unten am Strand gesagt habe, du bist so viel besser als die alle.«

Ich hielt nach Wilma Ausschau, die ein Stück Treibholz gefunden hatte und freudig mit ihrem Schatz durch das seichte Wasser tollte. »Wilma, komm her!«, rief ich, da ich nur noch nach Hause wollte.

»Nell, warte, lass mich nicht so stehen.«

»Wilma! Komm, wir gehen.« Ich tätschelte meinen Oberschenkel, um ihr zu bedeuten, mir zu folgen; dann drehte ich mich um und lief los.

»Nell!«

Ich griff in meine Tasche nach meinen EarPods. Zwar war ich kaum noch in der Stimmung für Little Mix, aber es war allemal besser als zu hören, wie Art meinen Namen rief.

16

Wir alle haben einen Ort in uns, an dem wir vergangenes Leid ablegen. Wir alle laufen tagein, tagaus mit den Spuren einst erlittenen Kummers und tiefer Wunden umher. Der am weitesten zurückliegende Schmerz ist wahrscheinlich in einem viel kleineren Behälter verstaut als kürzlich erlittener, was nicht heißt, dass er nicht da wäre. Wem danach ist, der kann jederzeit einen dieser alten Behälter hervorkramen, ihn öffnen, den Kummer herausnehmen und ihn unter die Lupe nehmen, ihn daraufhin abtasten, was diesen Schmerz einst verursacht hat. Aber meist tun wir das nicht; schließlich müssen wir aufstehen, uns anziehen und unser Leben auf die Reihe kriegen. Aus welchem Grund sollte ein Mensch auch Interesse daran haben, mit seinem Finger in einer Steckdose herumzustochern?

Aber eine ganze Weile lang, im Grunde über Jahre hinweg, hatte ich genau das mit meinem Liebeskummer getan. Jeden Tag hatte ich mich aufs Neue darin gesuhlt, war das Ganze immer wieder in meinem Kopf durchgegangen, um dahinterzukommen, warum er mir das angetan hatte.

Denn wenn es mir gelänge, das Geschehene zu verstehen, so dachte ich, würde ich vielleicht auch darüber hinwegkommen.

Doch am Ende waren es einfach der zeitliche Abstand und der Umstand, dass ich Gus kennengelernt hatte, die den Schmerz so weit schrumpfen ließen, dass ich ihn über längere Perioden wegsperren konnte. Ich hörte auf damit, ihn immer wieder hervorzukramen, da mir klar wurde, dass dafür keine Notwendigkeit bestand, dass sich nicht alle Erfahrungen im Leben vernünftig erklären lassen; was zur Folge hatte, dass der Behälter immer kleiner wurde und nach hintern rückte. Doch dieses eine Gespräch mit Art hatte ihn ruckartig wieder aufgerissen, und plötzlich kam es mir so vor, als müsste ich alles noch einmal durchleben, und zwar so eindrücklich, dass mir speiübel wurde.

Das Ganze hatte sich im Juli 2004 zugetragen. An Arts einundzwanzigstem Geburtstag. Ich hatte seine Geburtstage immer geliebt, weil sie so viel spektakulärer waren als die von mir oder Jack. Es war der eine Tag im Jahr, an dem den Drummonds wieder einzufallen schien, dass sie einen Sohn hatten.

In einem Jahr organisierte Lady Drummond eine Hüpfburg, die eine exakte Miniaturversion des Familiensitzes war; in einem anderen heuerte sie ein Unternehmen an, einen Kletterparcours im Wald einschließlich einer zwischen den Linden gespannten Seilrutsche aufzubauen. Zu seinem dreizehnten Geburtstag gab es eine Schatzsuche. Zu seinem Sechzehnten wurde auf dem Anwesen ein Freiluftkino für eine Preview von *Men in Black a*ufgebaut. Das Publikum bestand aus Art und einigen seiner Schulfreunde plus Jack und mir. Wir lümmelten auf gigantischen Sitzsäcken herum und bedienten uns nach Herzenslust bei den eigens neben der Leinwand aufgebauten Popcorn- und Zuckerwatteständen.

Aber die größte Party von allen war die zu seinem einundzwanzigsten Geburtstag.

Den ersten Hinweis darauf, dass es ein ganz besonderes Ereignis werden würde, erhielten wir schon ein paar Monate im Voraus in Form zweier dicker cremefarbener Briefumschläge, die auf unserer Fußmatte landeten: einer an Jack, der andere an mich adressiert.

Miss Eleanor Mason, stand in schwarzer schnörkeliger Schönschrift auf meinem.

Ich öffnete ihn und fand darin eine Einladungskarte aus so kräftigem, steifem Karton, dass man Brot damit hätte schneiden können; dazu noch mehrere Beilagen, die allerdings auf den Küchenboden segelten.

Lord und Lady Drummond, zu Drummond Hall, im Auftrag ihres Sohnes, Arthur, stand da in golden geprägten Lettern.

Ich bückte mich, um die beigelegten Blätter vom Linoleum aufzuklauben, bevor sie noch schmutzig wurden. Sie beinhalteten Fragen nach Nahrungsmittelunverträglichkeiten, detaillierte Informationen zu lokalen Hotels und Taxiunternehmen sowie eine wirklich hübsche Aquarell-Karte des Dorfes.

»Ein bisschen großkotzig, wenn ihr mich fragt«, bemerkte Jack, als er seine Einladung öffnete. »Und warum steht da was von ›Kutschen‹ um zwei? Wer, bitte schön, hat schon Kutschen?«

Mum spähte über seine Schulter. »Da endet die Party, und niemand sagt, dass du hingehen musst, wenn es dir zu großkotzig ist, Jack Mason. Ich persönlich würde jedenfalls gern zu so einer Party.«

»Natürlich gehe ich«, erwiderte Jack schnell, »ich meine ja nur, dass das eine ziemlich schicke Veranstaltung ist, oder?«

Ich sagte gar nichts, weil ich zu beschäftigt damit war, die rechte untere Ecke der Karte anzustarren: *Dresscode: Wir gehen in den Zirkus!*

»Mum, was bedeutet das?«

Jack antwortete, bevor sie dazu kam. »Das ist das Verkleidungsmotto, du Dumpfbacke.«

»Ja, aber als was geht man da?«

»Keine Ahnung. Als Löwenbändiger? Du könntest mein Löwe sein.«

»Weil ich rote Haare habe? Leck mich.«

»Eleanor Mason, also wirklich!«, tadelte Mum.

»Was denn? Warum schimpfst du nie mit ihm?«

»Das ist kein schöner Ausdruck.«

»Mum, ich bin siebzehn.«

»Das ist mir egal.«

Ich stürmte mit meiner Einladung nach oben, wo ich mich, die Karte an meine Brust gepresst, aufs Bett warf und die nächsten zwei Monate damit verbrachte, mir Gedanken über mein Kostüm zu machen. Da ich noch nie auf einer Mottoparty gewesen war, war ich wild entschlossen, mir etwas Geniales einfallen zu lassen, etwas, das Art, den ich, seit wir uns vor dem Pub geküsst hatten und er nach Anglesey aufgebrochen war, nicht mehr gesehen hatte, völlig umhauen würde. Zwar hatten wir uns gemailt und mit unseren Nokia-Handys telefoniert und uns viel zu lange SMS geschrieben, die in drei Teilen zugestellt wurden, aber ansonsten war nichts geschehen. Umso mehr Zeit verstrich, desto mehr gelangte ich zu der Überzeugung – dramatisch, wie man als Teenager nun mal ist –, dass der gesamte weitere Verlauf unserer Beziehung von diesem einen Abend abhing.

Letztlich gelang es mir auch, mein Kostüm fertigzustellen. Es nahm mehrere Wochen in Anspruch, in denen ich hochkonzentriert über Mums Nähmaschine hockte und bunte Baumwollfäden in meinem Zimmer verteilte, aber zu guter Letzt war es vollendet.

Ich ging als Clown. *Sollte* ich jemals die Chance bekommen, die Zeit zu jenem ersten Kuss mit Art zurückzudrehen, so würde ich meine Kostümwahl für die Party definitiv noch einmal überdenken. Aber dafür war es nun etwas zu spät.

Im Wohltätigkeitsladen in Morpeth hatte ich acht der flippigsten, glänzendsten Hemden gekauft, die ich finden konnte, dazu eine neonblaue Weste aus hochentzündlichem Material, ein Paar roter Hosenträger und die größten schwarzen Schnürschuhe, die sie dahatten. Ich zerschnitt die Hemden und nähte mir, mithilfe von Mums Nähmaschine, eine ballonartige Hose, die sich um meine Beine aufplusterte und von den Hosenträgern oben gehalten wurde. Die Schuhe malte ich rot-gelb an und stopfte sie an den Fersen sowie Spitzen mit Stoffresten aus, damit meine Füße nicht darin herumschwammen. Die Weste zog ich über ein schlichtes weißes T-Shirt; und als der große Tag dann gekommen war, toupierte ich meine roten Locken auf, damit sie mir fluffig um den Kopf herum abstanden. Im Anschluss daran verbrachte ich noch über eine Stunde damit, mir ein Clownsgesicht zu schminken, für das ich die Vorlage aus dem Internet ausgedruckt hatte. Zum Schluss setzte ich mir eine rote Nase auf, die ich im Partyzubehörladen gekauft hatte.

An besagtem Abend ging ich vorsichtig die Treppe hinunter, da meine Schuhspitzen über die Kanten der Stufen hinausragten. Mum und Dad applaudierten, als ich in die Küche gewatschelt kam; Luna sprang von ihrem Bettchen auf und knurrte, bis ich auf sie einsprach, um ihr zu versichern, dass ich kein Eindringling war.

Jack ging als Zirkusdirektor; in einem Vintage-Laden in Newcastle hatte er einen alten Anzug erstanden. Der Zylinder dazu war zwar ein wenig zu klein, er zerrte ihn sich dennoch über den Kopf. Außerdem hatte er eine Peitsche, die er sich aus den Stallungen von Drummond Hall ausgeborgt hatte, um den Hals gehängt.

Bevor wir loszogen, schoss Mum ein Foto von uns: ich mit einem nervösen Lächeln, während Jack einen Arm um meine Schulter gelegt hat und mit der anderen Hand seinen Zylinder lupft. Das Bild hing noch etliche Jahre an unserem Kühlschrank, obwohl ich den Anblick kaum ertragen konnte.

Da ich in meinen Riesenlatschen nicht besonders gut laufen konnte, brachte Dad uns mit dem Auto bis zum Tor des Anwesens; dann gingen Jack und ich ganz langsam die Auffahrt entlang, sodass wir erst ankamen, als die Party bereits in vollem Gange war.

Da es Juli in Northumberland war, würde die Sonne erst spät hinter dem Horizont verschwinden. In den warmen Monaten wird es erst kurz vor Mitternacht richtig dunkel, doch dafür auch sehr früh morgens wieder hell. Mittsommer. Das lange Abendlicht hatte immer so was Romantisches an sich. Ich erinnere mich, wie ich fest das kleine Samttäschchen umklammerte, das ich mir von Mum geborgt hatte und in dem sich die Karte befand, in der ich Art meine Liebe gestand. Außerdem hatte ich darin einen roten Lippenstift und zwei Blasenpflaster gebunkert, falls meine Schuhe reiben sollten.

Nachdem wir um die Kurve gebogen waren und die Baumallee hinter uns gelassen hatten, blieb ich bei der Szenerie, die sich mir bot, unwillkürlich stehen. Das Anwesen bot schon immer einen beeindruckenden Anblick, aber an jenem Abend sah es aus wie eine Filmkulisse.

Auf dem Rasen zwischen dem Herrenhaus und den Klippen war ein riesiges blaues Zirkuszelt gespannt worden, das zu beiden Seiten mit zwei kleineren Zelten verbunden war. Davor erhob sich ein bunt erleuchtetes Riesenrad, in dem die ersten Gäste bereits ihre Runden drehten. Daneben stand eine Scooterbahn, von der ich lautes Gekreische hören konnte, während die kleinen Autos über den Boden sausten. Das Geschrei vermengte sich mit

Saxofonklängen, die zu uns hinübergetragen wurden und von einer Live-Band kamen, die auf der anderen Seite des Rasens spielte. Bunte Scheinwerfer auf dem Dach des Herrenhauses schwangen über die Zeltspitzen hinweg. Und im Hintergrund warf die untergehende Sonne ihr weißes, gleißendes Licht auf die Wellen.

»Vorsicht, sonst bleibt dein Gesicht noch so hässlich stehen«, sagte Jack, als ich mit zusammengekniffenen Augen aufs Meer spähte.

»Halt die Klappe.« Ich wollte nicht so eingeschüchtert klingen, aber die Szenerie vor uns hatte mich nervös gemacht. Noch nervöser, als ich es eh schon war.

»Schau dir das an!« Er deutete zu einem Helikopter, der vor den Rhododendronbüschen stand und dessen Rotorblätter zum Boden hin abgesenkt waren.

Obwohl nicht mal ein auf dem Rasen geparkter Helikopter den Anblick des knallroten Heißluftballons überbieten konnte, der über Drummond Hall schwebte. Die Worte, die sich über den Stoff zogen, waren zwar nur teilweise sichtbar, aber den Rest konnte ich mir zusammenreimen: *HAPPY BIRTHDAY, ARTHUR!* Ein Grüppchen Leute winkte aus dem Korb des Ballons, von dem ein Seil zu drei Männern auf einer kleinen Plattform darunter gespannt war; davor war ein roter Teppich ausgerollt, auf dem schon die nächsten Passagiere Schlange standen.

Die Zelte. Das Riesenrad. Die Scooterbahn und der Heißluftballon. Das war keine Party. Das war ein gigantisches Spektakel.

»Da kommt eine Hüpfburg nicht ran, oder?«, kommentierte Jack mit einem anerkennenden Pfeifen; dann rückte er seine weiße Krawatte zurecht, obwohl er schon vor unserem Aufbruch vor dem Küchenspiegel die ganze Zeit daran rumgezupft hatte. »Also los, auf geht's.«

Jack setzte sich in Bewegung, doch ich rührte mich nicht vom Fleck. Auch dann nicht, als er sich zu mir umdrehte und mich zur Eile antrieb, damit wir noch etwas zu trinken ergattern konnten.

Das brachte mich dann doch zum Lachen. »Jack, ich glaube, sie haben genug von allem da.« Ich machte eine ausladende Armbewegung. »Schau es dir doch an. Das ist einfach nur …«

»Was?«

Mir fiel keine Antwort ein. Seit Wochen fieberte ich der Party entgegen, aufgeregt, aber auch verängstigt. Die Angst hatte in letzter Zeit jedoch überhandgenommen. Ich erinnere mich noch, wie ich mir wünschte, ich könnte einfach dort stehen bleiben, dem Partytreiben von außen zusehen und Art danach, ganz ohne all die Menschen, treffen. Mir hätte das völlig genügt.

Aber Jack drängte mich weiterzugehen, und ich folgte ihm, da mir klar war, dass ich ohnehin nicht nach Hause könnte. Dad hätte mich doch nur umgehend wieder zurückgeschickt.

Kurz darauf erblickte ich eine Reihe von Kellnern, die mit Champagner beladene Tabletts in ihren Händen hielten.

Das war der erste Moment an diesem Abend, als mir das Herz in die Hose rutschte, da sie ebenfalls als Clowns verkleidet waren – und zwar alle. Ein wenig anders sahen sie zwar aus – sie steckten in rot-weiß gepunkteten Overalls, hatten regenbogenbunte Perücken auf dem Kopf und waren nicht geschminkt, sondern hatten nur rote Schaumstoffnasen aufgesetzt –, aber trotzdem lief ich unter meiner dicken Schicht Schminke knallrot an. Ich war der clownigste Clown von allen.

Jack fiel es noch nicht mal auf. Er schnappte sich ein Glas, verkündete, dass er Art suchen würde, und weg war er, noch bevor ich Gelegenheit hatte zu sagen, dass ich mit ihm kommen wollte. Also nahm ich mit einem solidarischen Grinsen eine Champagnerflöte von einem der Clowns entgegen und begab mich an den Rand des Getümmels, wo ich mit dem Rücken zum Meer Stellung bezog.

Um mich herum schwirrten die anderen Gäste in ihren Kostümen umher. Keines davon sah selbst gemacht aus. Im Gegenteil: Sie wirkten alle sehr exklusiv und teuer. Eine Blondine in einem paillettenbesetzten Korsett und Netzstrumpfhose unterhielt sich vollkommen unbefangen mit einem Mann in rotem Frack, als würden die beiden so etwas jeden Tag tragen. Ein Pantomime, der so echt rüberkam, dass er tatsächlich ein Pantomime hätte sein können, lachte schallend über den Witz eines Typen mit Narrenmütze, an deren Spitzen kleine Glöckchen bimmelten. Um ehrlich zu sein gab es Dutzende weiterer Clowns auf der Party – es waren nicht nur ich und die Kellner. Aber irgendwie wirkten ihre Hosen, ihre Perücken, ja sogar ihre Gesichter einfach professioneller.

Dann fielen mir die anderen Mädchen in meinem Alter auf. Die meisten von ihnen sahen hübsch aus, kein bisschen albern. Sie hatten zwar das Motto beherzigt – glitzerndes Augen-Make-up, funkelnde Stirnbänder, aus denen schillernde Federn emporragten, paillettenbesetzte Zylinder –, trugen dazu jedoch Korsetts, die ihre schmalen Taillen zur Geltung brachten und ihren Busen Richtung Kinn drückten. So wie bestimmte Leute heutzutage darauf aus sind, Halloween sexyer zu machen (sexy Katze, sexy Hexe, sexy Besenstiel), hatten diese Mädchen das Zirkusmotto entsprechend aufgepimpt. Und ich sah einfach vollkommen lächerlich aus.

Ich kam mir so albern vor, als ich auf mein weißes T-Shirt hinabblickte. Zwar hatte ich meinen besten gepolsterten BH angezogen, da heute womöglich die Nacht war, in der Art und ich es endlich tun würden, aber ich sah damit nicht mal annähernd attraktiv aus.

»Willst du eins?«, fragte eine bekannte Stimme, als direkt vor meinem Gesicht plötzlich ein Tablett auftauchte.

Und da prustete ich laut los – es war Colin, der traurigste Clown, den ich je gesehen hatte.

»Ich weiß nicht, was so lustig sein soll«, sagte er beleidigt. »Schau dich doch mal an!«

»Tut mir leid«, entschuldigte ich mich, als ich wieder zu Atem gekommen war. »Aber warum hast du nichts gesagt? Warum hast du mir nicht erzählt, dass ihr auch als Clowns verkleidet seid?«

Er und Luce waren vom ortsansässigen Catering-Unternehmen als Aushilfen für den Abend eingestellt worden, genau wie alle anderen aus der Gegend in unserem Alter. Mir war es jedes Mal unangenehm gewesen, wenn im Pub die Sprache auf Arts Party gekommen war; es war mir peinlich, dass ich als Gast und sie als Personal hingehen würden, also hatte ich versucht, das Thema zu meiden.

Luce trat mit einem Tablett Mini-Burger hinter ihm hervor. »Das wussten wir bis heute auch nicht. Als wir hier angekommen sind, wollten sie unsere Kleidergrößen wissen und haben uns diese bekloppten Perücken verpasst. Aber egal, mach dir mal keinen Kopf, du siehst toll aus«, versicherte sie.

Ich packte den Stoff meiner Hose zwischen zwei Finger und hielt ihn von meinen Beinen weg wie einen Rock. »Findest du wirklich?«

Sie nickte.

»Ich habe Art noch gar nicht entdeckt«, sagte ich, an ihnen vorbeispähend. »Habt ihr ihn vielleicht gesehen?«

»Ähm, ja, er ist irgendwo da drüben.«

»Nell, kannst du das mal kurz halten?«, bat Colin und streckte mir sein Tablett entgegen. »Meine Kopfhaut juckt wie die Hölle.«

Ich hielt das Tablett mit den Häppchen, während er unter seine Perücke griff und sich kratzte wie ein Hund mit Flöhen.

»Was soll das überhaupt sein?« Ich beäugte mit gerümpfter Nase die kleinen braunen Kugeln. Sie sahen aus wie eingelegte Zwiebeln, rochen aber nach Knoblauch.

Colin schüttelte resigniert den Kopf. »Schneckenbonbons. Weinbergschnecken mit Knoblauch, in Zwiebeln gewickelt.«

»Igitt, darauf kann ich verzichten.«

»Ja, die Dinger sind übel. Ich habe vorhin eins probiert.«

»Dürft ihr euch auch beim Champagner bedienen?«

Colin schüttelte den Kopf, während Lucy einen Blick über die Schulter warf. »Leider nein, und wir sollten auch besser wieder los. Die Chefin ist ein richtiges Biest. Aber wir sehen uns später?«

»Also ich hoffe ja, dass ich später mit Art zusammen bin – falls ich ihn denn jemals finde.«

Luce verdrehte die Augen. »Schon gut, schon gut, komm, Col.« Sie ging davon, rief mir aber noch über die Schulter zu: »Viel Glück dabei, deine Jungfräulichkeit zu verlieren, Nell!«

»Schhhh«, zischte ich, während Col sich sein Tablett wieder nahm und ihr folgte.

Luce hatte gut reden. Vor fast zwei Jahren hatte sie es mit Andrew Lewis getan, auch wenn es eine Busfahrt zu einem uns unbekannten Apotheker in Bedlington zur Folge hatte, um dort die Pille danach zu kaufen, da sie befürchtete, sie könnte schwanger sein, obwohl sie *zwei* Kondome benutzt hatten. Jetzt trieb sie es ständig, da sie und Andrew immer noch zusammen waren und er nur ein Dorf weiter wohnte.

Mittlerweile war mir meine Jungfräulichkeit richtig peinlich geworden. Ich verstand nicht, was Gott und die Welt so besonders daran fand. Einmal hatte Lucy versucht, mich am Strand mit Andrews Kumpel Ewan zu verkuppeln, aber ich wollte auf Art warten; also hatte ich behauptet, ich hätte Kopfschmerzen, und war nach Hause gegangen.

Ich sah Luce und Colin nach, die auf einen Gast in Löwenkostüm zugingen, und wünschte mir kurz, ich hätte mit den beiden gekellnert, statt hier allein am Rand des Geschehens herumzustehen. Wenigstens hätte ich dann etwas zu tun gehabt.

In diesem Augenblick sah ich ihn.

Er stand inmitten einer Schar von Gästen. Ich erkannte einen seiner besten Schulfreunde, Jasper, außerdem auch Jack, der es natürlich schon geschafft hatte, sich zu ihrem Kreis Zutritt zu verschaffen.

Wie Jack hatte auch Art eine weiße Krawatte umgebunden, allerdings hatte er dazu auch noch einen weißen Seidenschal um den Hals geschlungen und eine Ledermütze auf dem Kopf, auf der eine Fliegerbrille saß. Vermutlich stellte er irgendeinen berühmten Piloten dar, mutmaßte ich. Ich hatte ihn seit seiner Rückkehr aus Wales vor paar Tagen noch nicht getroffen. Das Haus wimmle nur so vor lauter Verwandten und Freunden, hatte er mir entschuldigend per SMS geschrieben; außerdem hatte er ausweichend geantwortet, wenn ich gefragt hatte, als was er kommen würde. »Lass dich überraschen …«

Es war auch das erste Mal, dass ich Nicole sah – in einem fließenden himbeerrosa Seidenkleid, dessen Saum bis ins Gras hinabfiel. Sie sah unglaublich aus, als habe man ihr das Kleid auf den Leib geschneidert. Allerdings fragte ich mich, ob es in Wahrheit ein Negligé war, da sie darunter keine Unterwäsche zu tragen schien. Wie ich später erfuhr, war sie zwar so alt wie ich, jedoch wesentlich besser entwickelt. Wie konnte es sein, dass ein Mädchen in meinem Alter Brüste wie eine Hollywood-Diva hatte? Es sollte verboten sein, so groß und schlank zu sein und dann auch noch den Busen eines Wonderbra-Models zu haben. Und ihr Haar! In blonden Wellen fiel es ihr über die geschmeidigen gebräunten Schultern bis auf den Rücken hinab. Eine solche Frau hatte ich in Northumberland noch nie gesehen. Ich war mir nicht mal sicher, ob es in Northumberland eine solche Frau je gegeben hatte. Ein derartiger Anblick hätte auf der Hauptstraße von Morpeth eine Massenkarambolage verursacht. Sie stand neben Art und lachte ihn auf eine Art an, dass ich am liebsten rübergegangen wäre und mich zwischen die beiden geschoben hätte. Und überhaupt – was, bitte, hatte ein rosa Seidenkleid mit einem Zirkus-Outfit zu tun?

Ich sah auf meine Schuhe hinab, die wie Bowlingschuhe unter meiner Flickenhose hervorlugten, und beschloss, dass ich einfach rübermarschieren und Art seine Karte in die Hand drücken würde.

Doch gerade, als ich mich in Bewegung setzte, schob sich eine opulente Gestalt wie eine Sonnenfinsternis vor mich und versperrte mir die Sicht auf Art und Nicole.

»Nanny Gertrude, hallo. Bist du ein … Pirat?«

Die pastellfarbene Strickjacke war durch ein lila glänzendes Taftkleid ersetzt worden, samt einem passenden lila Tuch, das sie sich um den Kopf geknotet hatte. Sie bot einen bemerkenswerten Anblick.

»Nein, Spätzchen, ich bin eine Wahrsagerin«, erklärte sie und hielt mir ein paar Spielkarten unter die Nase. »Aber du siehst ja auch wirklich entzückend aus. Hast du die Hose selbst gemacht?«

»Hm«, antwortete ich beschämt, weil das so offensichtlich war.

»Amüsierst du dich auch gut?«

Ich lehnte mich zur Seite, um einen Blick hinter sie zu werfen. Art stand noch immer in dem Grüppchen, das blonde Mädchen neben ihm.

»Ich habe Art noch gar nicht getroffen. Wer ist das da bei ihm?«

Nanny Gertrude folgte meinem Blick, und ihr Gesicht verzog sich, als hätte sie in eine Zitrone gebissen.

»Das ist Nicole Cargill, die Tochter von Arthurs Patenonkel. Dem Amerikaner. Sie sind in diesem schrecklichen Ding da angekommen«, sagte sie mit einem finsteren Blick zum Helikopter, »und es waren seither drei lange Tage. ›Könnten Sie das waschen?‹ hier, und ›Könnten Sie das bügeln?‹ da. Du solltest mal den Zustand ihres Schlafzimmers sehen. Sie logiert im Ostflügel, und ich habe vorhin ihr Kleid gebügelt und es ihr dann, wie gewünscht, nach oben gebracht, und …«, sie beugte sich verschwörerisch vor, »… überall auf dem Teppich lag ihre Unterwäsche herum. Aber gut, morgen brechen sie nach London auf, dann können wir uns alle wieder entspannen und zur Normalität zurückkehren. Weißt du schon, wo du sitzt?«

»Sitzen, wozu?«

Ich hörte nur mit halbem Ohr zu, da ich nach wie vor Nicole angaffte. Sie ähnelte den Pin-ups, die Jack an seinen Wänden hängen hatte – perfektes Haar, Zähne, die weißer waren als Kreide, und ein Körper, von dem ich wusste, dass ich ihn niemals haben würde – egal, an wie vielen Tagen ich versuchte, mir das Frühstück zu verkneifen. Vom ersten Moment an hasste und bewunderte ich sie zugleich.

Nanny Gertrude nahm mich am Arm und führte mich zum Zelt. »Komm, ich zeig's dir.«

Auf einer Staffelei vor dem Haupteingang befand sich ein großes Plakat: der Tischplan. Jeder Tisch war nach einem anderen Flugzeugtyp benannt worden – Spitfire, Falcon, Cessna, Osprey und so weiter.

»Da sitzt du, am gleichen wie ich«, verkündete Nanny Gertrude und tippte auf die Namensliste auf dem Airbus-Tisch. Ich überflog die anderen Namen, um zu sehen, ob Art bei uns saß. Aber nein. Abgesehen von Nanny Gertrude sagte mir keiner der anderen Namen etwas. Und so sehr ich Nanny Gertrude auch mochte, aber bei ihr zu sitzen entsprach nicht ganz dem, wie ich mir den Abend vorgestellt hatte.

»Und wo sitzt Art?«

»Bei seinen Eltern«, sagte sie und deutete mit einem runzligen Finger auf den ersten Tisch. Ich ging die Namen von oben nach unten durch: *Der ehrenwerter Arthur Drummond; Lord und Lady Drummond; Jasper, Marquess von Milton …* gefolgt von einigen anderen, die mir nichts sagten, bis ich zu guter Letzt ganz unten ihren Namen entdeckte:

Nicole Cargill. Sie saß also am Tisch mit ihm. Und ich nicht. Getroffen von einem plötzlichen Gefühl der Minderwertigkeit krallte ich meine Finger fester in meine Clutch. Es war ein Gefühl, das mir von der Schule nur allzu vertraut war, da Luce und ich schon früh hatten lernen müssen, dass es eine starre soziale Hierarchie gab: ganz oben an der Spitze die hübschesten, schlankesten Mädchen, dann, in absteigender Reihenfolge, wir anderen, je nachdem, ob die Jungs auf einen standen oder nicht. Aber bei Art hatte ich dieses Gefühl noch nie zu spüren bekommen. Bis jetzt.

Mir blieb nicht viel Zeit, darüber zu grübeln, da ein als Pinguin verkleideter Mann aus dem Festzelt ins Freie trat und ein Mikrofon an seinen Mund hob. »Verehrte Lordschaften, Ladys und Gentlemen, das Essen ist angerichtet. Wenn Sie sich also bitte ins Innere begeben würden.«

»Wollen wir reingehen?« Ohne eine Antwort abzuwarten, nahm Nanny Gertrude mich am Ellbogen und schob, wie ein kleiner lila Bulldozer, die Leute aus dem Weg. »Verzeihung, Verzeihung, vielen Dank.« Ich errötete, während sie mich durch den Eingang zog, und mir kam ein hässlicher Gedanke: Das hier war megapeinlich, ich wollte nicht mit einer Achtundsiebzigjährigen gesehen werden; ich wollte ein Teil von Arts Clique sein, mit ihnen lachen und plaudern.

Kurz brachte mich das Innere des Zelts von diesen gemeinen Gedanken ab. Der schwarze Stoff über uns war mit winzigen weißen Lichtern gespickt, um den nächtlichen Himmel nachzahmen. Weiße Rosen und Efeuranken quollen aus mannshohen Steinvasen hervor, als wären wir in einen wilden, verwunschenen Garten hineingeraten. Zwischen diesen Vasen hatte man Dutzende runder Tische arrangiert, die mit flackernden Kerzen in Glaslaternen geschmückt waren. Aber am atemberaubendsten war der Anblick eines Flugzeugs, das, mit dem Cockpit voran und dem Heck nach oben, an Kabeln unter der Zeltkuppel hing, als würde es gerade einen Looping über unseren Köpfen vollführen. Und zu beiden Seiten des Flugzeugs befand sich jeweils ein Akrobat, der an Seilen, welche von den Streben des Zeltes herabhingen, auf und ab wirbelte.

Mein Erstaunen wich allerdings schon bald der Erkenntnis, dass unser Tisch ein ganzes Stück von Arts entfernt war; und mein Elend wurde nur noch größer, als ich die zwei Gestalten erblickte, neben denen ich sitzen sollte: Schulkameraden von Art, die ich nie getroffen hatte. Mungo Ponsonby war ein großer, dunkelhaariger Kerl, der vom Aussehen her an einen Bluthund erinnerte: langes Gesicht, schlaffe, traurige Augen. Barnaby Baldwin war ebenfalls groß (was gaben sie den Typen aus gutem Haus eigentlich zu essen? Warum waren sie alle so riesig wie Eichen?), allerdings attraktiver. Er hatte rotblonde Bartstoppeln, und ich meine mich zu erinnern, dass ich fand, dass er wie Ryan Philippe aussah, der damals vor ein paar Jahren in *Eiskalte Engel* die Rolle des Sebastian spielte und meine zweite große Liebe war.

»Und woher kennst du Art?«, erkundigte sich Barnaby bei mir.

»Ich, ähm …« Ich hielt inne, da ich kaum sagen konnte, dass ich seit meinem zehnten Lebensjahr in Art verschossen war und dass er der Mensch war, an den ich mit Abstand am allerhäufigsten dachte, nämlich so ungefähr alle paar Sekunden. Ich konnte das Arts piekfeinen Freunden nicht sagen, weil sie mich auslachen würden, also verlegte ich mich auf die einfachere Antwort: »Mein Vater arbeitet für seinen Vater; er ist der Stallmeister.«

»Also gehörst du zum Personal«, erwiderte der Bluthund mit einem spöttischen Lächeln.

Barnaby tat dies mit einem Lachen ab und riet mir, ihn zu ignorieren; aber genau genommen waren sie es, die mich ignorierten und sich über meinen Kopf hinweg über gemeinsame Freunde mit so seltsamen Namen wie Bongo und Raisin unterhielten. Mir wurde immer elender zumute. Während sie weiter fröhlich über Bongos Praktikum bei Goldman Sachs und Raisins neuen Labrador sprachen, wanderte mein Blick auf der Suche nach Art von Tisch zu Tisch.

Als Erstes entdeckte ich Jack, der sich voll und ganz auf seine blonden Sitznachbarin konzentrierte. Doch dann fand ich Art am Tisch hinter ihm. Er saß in der Mitte des Festzelts, so nahe neben Nicole, dass ihre Ellbogen sich beinahe berührten. Gelegentlich legte sie ihre Hand auf seine Schulter, was in mir den Wunsch weckte, ein Stück von meinem Brötchen nach ihnen zu werfen. Das Flugzeug hing direkt über ihrem Tisch, und ich erinnere mich daran, wie ich mich vor lauter Wut der vagen Hoffnung hingab, es möge sich lösen und Nicole unter sich begraben, ihn aber verschonen.

Ich war komplett am Boden zerstört. In meinem Kopf

war diese Party völlig anders verlaufen. In meinem Kopf hatte Art mich nach meiner Ankunft sofort ausfindig gemacht, mich seinen Freunden vorgestellt und mir den Platz neben sich zugewiesen. In meinem Kopf sollte diese Party die schillerndste, die aufregendste Nacht meines Lebens werden.

Doch in Wirklichkeit fühlte ich mich noch erbärmlicher als in der Schule. Es war, als wäre ich nun, da Arts piekfeine Freunde in Northcliffe eingetroffen waren, herabgestuft worden. Hin und wieder erhaschte ich einen Blick auf Lucy und Colin, die den Gästen Teller mit Räucherlachs und Wildbret servierten, und bemühte mich, mir ein Lächeln abzuringen, um ihnen zu zeigen, dass ich mich amüsierte. Aber das tat ich nicht. Außerdem musste ich zur Toilette, doch niemand sonst schien Anstalten zu machen aufzustehen. Auf das klirrende *Ting, ting, ting*! eines Messers an einem Glas folgten diverse Reden. Zuerst von Jasper, der Lord und Lady Drummond für »die Party des Jahrhunderts« dankte, was mit lautem Jubel und Applaus quittiert wurde, bevor er zu einer Anekdote ansetzte, wie er und Art vom Hausmeister des Internats dabei erwischt worden waren, wie sie heimlich nach London ausbüxen wollten. Das hatte noch mehr Gelächter zur Folge, und ich beobachtete, wie Nicole kichernd mit einer Hand durch ihr blondes Haar fuhr und dabei Art mit ihrem abscheulichen amerikanischen Zahnpastalächeln anstrahlte.

Dann übernahm Lord Drummond das Mikrofon und setzte zu einem endlosen Vortrag über die Leistungen seines Sohnes an – Schulsprecher im Internat, Mannschaftskapitän im Rugby und nun Ausbildung zum Kampfpilot. Die Rede enthielt nicht gerade viele Scherze, doch während er redete, sah Art seinen Vater mit einem verblüfften Grinsen an, bei dem sich mir das Herz zusammenzog. Ich wollte zu ihm eilen und sagen: »Siehst du? Natürlich ist er stolz auf dich«; aber stattdessen erhoben wir uns zu einem weiteren Toast, bevor Art das Mikrofon übernahm.

Er bedankte sich zuerst bei seinen Eltern, dann, mit einer ausholenden Geste durch das Festzelt, bei allen Anwesenden. Komm schon, Art, beschwor ich ihn, finde mich. Schau mich nur einmal an, damit ich wieder Gewissheit habe. Aber das tat er nicht. Stattdessen bedankte er sich noch bei allen Gästen, die eigens aus dem Ausland angereist waren, und riss im Anschluss daran einen Witz, dass sein Patenonkel allen einen Heimflug in seinem Helikopter –«das Teil, das da draußen auf dem Rasen parkt« – anbot, bevor er verkündete, dass nun die Party weiterging.

Wie aufs Stichwort fiel hinter ihm ein riesiger schwarzer Vorhang und enthüllte einen neuen, mit einem karierten Boden und Neonlichtern ausgestatteten Bereich samt Band, die eine beschwingte Version von »Happy Birthday« anstimmte. Art schüttelte verlegen den Kopf, als dreihundert Gäste das Lied aus vollem Hals mitkrakeelten.

»War das nicht herrlich?«, kreischte Nanny Gertrude im Anschluss daran über unseren Tisch. »Ich glaube, ich war seit 1953 nicht mehr so beschwipst.« Sie griff nach ihrem Weinglas, und ich fragte mich, ob ich sie, falls nötig, allein auf ihr Zimmer schleifen könnte. Eine ziemlich deprimierende Vorstellung; schließlich hatte ich gehofft, an jenem Abend Art aus seinen Klamotten zu schälen, nicht eine alte Dame.

Ich beschloss, den Moment zu nutzen und endlich auf die Toilette zu gehen.

Ich entschuldigte mich und ging zum Zeltausgang. Draußen war die Sonne untergegangen und hatte einen rosastichigen Streifen am Horizont hinterlassen, aber ich wollte nicht hier herumstehen und den Himmel betrachten, sondern aufs Klo. Automatisch steuerte ich die Eingangstür des Herrenhauses an, wurde aber von einem Wachmann, dessen Hals so dick wie ein Elefantenbein war, angehalten.

»Nur für Gäste des Hauses«.

»Dürfte ich kurz auf Toilette? Ich bin eine Freundin, ich wohne gleich da unten …« Ich drehte mich um und deutete in Richtung der Bäume, als ob eine Wegbeschreibung helfen könnte. »Ich muss dringend pinkeln.«

Er wiederholte seinen Spruch – »nur für Gäste des Hauses« – und zeigte dann auf eine Reihe mobiler Toilettenhäuschen. »Alle anderen dort drüben.«

»Schon gut, wenn ich mir in die Hose mache, dann ist das Ihre Schuld, aber schon okay«, brummte ich. Selbst die Toilettenhäuschen waren schick hergerichtet, mit Körbchen voller Tampons und Haarspraydosen neben den Waschbecken. Ich riss eine Kabinentür auf, um mich zu vergewissern, dass sie nicht besetzt war; dann ließ ich mich erleichtert nieder, dankbar, mich an einem Ort verbarrikadieren zu können, an dem mich niemand sehen konnte und an dem ich kein falsches Lächeln aufsetzen musste, sondern einfach ein paar Minuten für mich allein hätte, um den bisherigen Abend zu verarbeiten.

Ich saß noch nicht lange dort, als ich das Klappern von Absätzen auf Metallstufen sowie einen vornehmen englischen Akzent vernahm. Ich werde mich wohl für alle Zeiten an jeden einzelnen Satz dieses Gesprächs erinnern, da es mich dermaßen erschütterte.

»Wie war dein Tisch so?«, wollte die vornehme britische Stimme wissen.

»Wunderbar«, erwiderte eine amerikanische Stimme. »Ich habe Eloise seit Jahren nicht gesehen. Aber ihr Mann ist eine Schlaftablette. Ich verstehe wirklich nicht, warum sie ihn geheiratet hat.«

»Mir fällt wenigstens ein Grund ein«, quietschte ihre englische Begleiterin, bevor sie wie zwei böse Hexen losgackerten.

Ich sah auf mein Höschen hinab, das zwischen meinen Knöcheln gespannt war, und fragte mich, ob ich husten oder anderweitig darauf hinweisen sollte, dass sie nicht allein waren. Doch bevor ich mich trauen konnte, meldete sich die vornehme britische Stimme wieder zu Wort.

»Wie es scheint, ist deine Tochter heute Abend ziemlich eingespannt.«

»Ja, nicht wahr? Das ist genau das, worauf Robert und ich gehofft haben. Die beiden haben sich seit zwei Jahren nicht gesehen, weil sie in Princeton war, aber ich muss schon sagen, das sieht sehr vielversprechend aus.«

»Wie lange bleibt ihr noch?«

»Ich fahre morgen nach London, weil Robert Karten für Wimbledon hat, aber ich hoffe, Nicole kann noch ein paar Tage bleiben.«

»Und ich hoffe, dass es klappt«, schnatterte die andere. »Dann hätten wir einen guten Grund für die nächste Party auf Drummond Hall. Oder würdest du lieber in den Hamptons feiern?«

Das Klicken einer Puderdose. »Wer weiß. Wir wollen nichts überstürzen, Cynthia. Aber ich werde dir rechtzeitig Bescheid geben, wenn es an der Zeit ist, dir einen neuen Hut zu kaufen.«

Sie brachen in klirrendes Gelächter aus; dann hörte ich, wie ihre Absätze die Stufen wieder hinunterklackerten.

Als ich ausatmete, fiel mein Blick auf meine Clutch, die an der Tür lehnte, und ich spürte, wie mein Selbstmitleid etwas anderem wich.

Das war's. Ich hatte genug davon, mir auf dieser Veranstaltung wie der letzte Mensch vorzukommen. Ich würde da rausgehen, Art finden und ihm meine Karte in die Hand drücken. Wie konnte er es wagen, mich den ganzen Abend zu ignorieren? Wie konnte er es wagen, seine ganze Zeit mit diesem BH-losen Supermodel zu verbringen? Wie konnte ihre Mutter es wagen, seine Hochzeit zu planen, wo er doch mich heiraten sollte?

Ich würde ihn finden und ihm meine Karte geben; er würde sich entschuldigen und mir sagen, dass er sich unmöglich verhalten hätte, und ich würde endlich meine Jungfräulichkeit verlieren.

Es konnte nichts schiefgehen.

Schwungvoll zog ich mein Höschen hoch und betätigte die Spülung, was leider zur Folge hatte, dass neonblaue Wassertropfen hochspritzten und vorne auf meiner Hose landeten.

Nach einem kurzen Gerangel mit der Tür verließ ich die Kabine, um den Schaden bei besserem Licht zu inspizieren. Es war eine Vollkatastrophe. Ich hätte nicht geglaubt, dass ich noch übler aussehen könnte, und doch war genau das passiert, und nun stand ich da in meiner blau gesprenkelten Flickenhose.

Außerdem weichte mein Clown-Make-up allmählich auf, sodass einzelne Hautstellen durch die Schminke schimmerten und ich aussah, als würde ich an einem fleischfressenden Bakterium leiden. Aber ich hatte keine Zeit zu verlieren. Ich wusch mir die Hände und fletschte die Zähne vor dem Spiegel, um mich zu vergewissern, dass ich kein Grünzeug dazwischen kleben hatte; dann begab ich mich auf die Suche nach Art.

Als Erstes ging ich zu seinem Tisch. Art war nicht da, dafür aber seine Eltern, die mit einem Grüppchen anderer Leute dasaßen und bei meinem Näherkommen verstummten. Lady Drummond sah mich entsetzt an und fragte, was mit meinem Gesicht passiert sei, bevor sie den anderen, mit deutlicher Geringschätzung, erklärte, dass ich die Tochter ihres Stallmeisters sei. Mit zunehmendem Alter, als wir uns von Kindern zu Teenagern entwickelten und das Verhältnis zwischen Art und mir zugleich enger wurde, war sie mir gegenüber immer frostiger geworden.

Schließlich winkte sie, wenn auch widerstrebend, Richtung Tanzfläche.

Eilig ging ich auf das Meer wogender Körper unter den blinkenden Lichtern zu und blieb spähend am Rand der Tanzfläche stehen. Ich kann mich noch an einen Mann mit riesigem falschem Schnurrbart erinnern, der immer wieder mit dem Finger in die Luft und dann zurück auf den Boden zeigte, als wäre er John Travolta.

Art war auch da nicht, also steuerte ich die hölzerne Bar an, die rund um eine echte Palme herum aufgebaut worden war. Hinter der Theke händigten Barkeeper in Hawaiihemden Drinks aus, so schnell, wie sie mixen konnten: rosa Cocktails, blaue Cocktails, braune Cocktails in Martini-Gläsern.

Doch auch hier sah ich ihn nicht; dafür aber Jasper. Ich kannte Arts besten Freund nicht besonders gut, nur von gelegentlichen Besuchen auf dem Anwesen während der Sommerferien oder zu Arts Geburtstagen, aber dennoch hatte er eine seltsam einschüchternde Wirkung auf mich. Was mich in Jaspers Gegenwart so verlegen machte, war allerdings nicht seine vornehme Abstammung (er war der Sohn eines Herzogs und besaß ein Schloss in Yorkshire), sondern vielmehr sein Auftreten generell. Er sah so gut aus, dass man ihn kaum anschauen konnte, ohne rot zu werden, was ihm ein an Arroganz grenzendes Selbstbewusstsein verlieh.

An besagtem Abend nannte er mich mit einem belustigten Lächeln »Arts kleine Freundin«, und fragte, ob ich als Kellnerin da sei.

»Nein, ich bin einfach nur so als Clown gekommen. Hast du Art gesehen? Es ist ziemlich dringend.«

»Unser Geburtstagskind?«

Ich nickte.

»Heute wollen irgendwie alle was von ihm, nicht wahr?«, erwiderte Jasper gedehnt. »Aber nein, ich fürchte nicht. Ich war aber auch ziemlich beschäftigt mit meiner Freundin Candida hier.« Er lächelte zu einer zierlichen Brünetten neben sich hinunter, die als Einhorn verkleidet war.

»Okay, vielen Dank«, murmelte ich und ging wieder nach draußen, um eine Runde um die Zelte zu drehen.

Es fühlte sich an wie eine reale Version von *Wo ist Walter?* Noch immer stiegen Gäste mit dem Heißluftballon in den Himmel auf, und von der Scooterbahn war lautes Kreischen zu hören. Zu meiner Linken hob sich bunt leuchtend das Riesenrad vor dem dunklen Himmel ab, und ich konnte mehrere Paar Füße sehen, die von oben herabbaumelten, während es sich langsam drehte. War er dort oben? Ich musterte jeden einzelnen Sitz, während das Rad sich wieder Richtung Rasen hinabbewegte. Von Art keine Spur.

Als Nächstes begab ich mich zu den Herrentoiletten und drückte mich verlegen ein paar Minuten davor herum, aber auch da hatte ich kein Glück.

Es blieb nur noch eine Möglichkeit, beschloss ich. Ich musste ins Haus gelangen. Wenn ich einen Weg hineinfand, könnte ich kurz nach oben rennen, in seinem Zimmer nachsehen und wäre in fünf Minuten wieder unten.

Ich musste ihn finden, ich musste ihn sehen. Ich hatte so viele Monate auf die heutige Nacht gesetzt, und die Vorstellung, jetzt dermaßen enttäuscht und niedergeschlagen nach Hause zu gehen, gab mir das Gefühl, als wäre damit der Rest meines Lebens für immer ruiniert.

»Nell!«, ertönte ein Ruf über das Dröhnen der Generatoren hinweg, was meiner Hoffnung einen kurzen Aufschwung bescherte, bis ich begriff, dass es Colin war.

»Hi, Col. Ich gehe nur kurz ins Haus.«

»Warum?« Seine Augenbrauen zogen sich misstrauisch zusammen.

Ich flunkerte. »Weil ich zur Toilette muss, falls du es unbedingt wissen willst.«

»Aber die Gästeklos sind da drüben«, sagte er und zeigte zu den Häuschen.

»Ähm, da ist eine ewig lange Schlange. Und da ich weiß, wo sie drinnen sind, dachte ich, ich gehe schnell rein.«

Das schien ihn zufriedenzustellen. »Amüsierst du dich?«

»Äh, ja, schon. Sorry, Col, ich hab's nur gerade ein bisschen ei…«

»Hast du Lust, mit mir und Luce eine Runde auf dem Riesenrad zu drehen? Anscheinend dürfen wir ab elf. Sie haben genug Personal an der Bar.«

»Ja, vielleicht, ich muss nur wirklich …«

»Du musst nicht, wenn es dir peinlich ist, mit uns gesehen zu werden. Wir dachten nur, es könnte ganz nett sein. Ich wette, die Aussicht von dort oben ist fantastisch, ich schätze mal, dass man von dort …«

»Col, es tut mir echt leid, ich muss dringend pinkeln.

Aber ja, sicher, lass uns eine Runde drehen. Ich bin gleich wieder da, dann treffen wir uns hier, okay?«

»Okay«, erwiderte er fröhlich, »bis gleich.«

Ich machte mich auf den Weg zum Seiteneingang des Herrenhauses, bevor ich mich noch mal umdrehte. »Oh, Col, noch was. Hast du Art irgendwo gesehen?«

»Art?«

»Ja, Art, du weißt schon, der, für den diese Party hier steigt.«

»Warum suchst du ihn?«

»Weil es sein Geburtstag ist! Und ich hab noch nicht mit ihm gesprochen. Bitte, Col, weißt du, wo er ist?«

»Nee, tut mir leid.«

Ich wandte mich ab und eilte zum Seiteneingang, bevor noch irgendwer mich aufhalten konnte. Bingo! Sie war nicht abgeschlossen. Ich zog meine Riesenlatschen aus und lief auf Zehenspitzen den steinernen Korridor entlang zur Hintertreppe. Es war ein Weg, den ich auch mit verbundenen Augen gefunden hätte, da ich mich hier so gut auskannte wie in meinem eigenen Haus, jede Fliese glatt und wohlvertraut unter meinen nackten Sohlen. Es ging drei Stockwerke hoch, dann nach rechts einen weiteren Flur entlang zum Ostflügel, wo Arts weitläufiges Eckzimmer mit Blick über das Meer lag.

Wie ich so den Flur entlanghuschte, hatte ich keine Ahnung, was mich erwartete. Alles, was ich wollte, war, ihn zu sehen, ihm meine Karte zu überreichen und ihm zu sagen, dass ich zu Hause noch ein Geschenk für ihn hatte. Mir war klar, dass er von den Gästen unten bergeweise teure Geschenke bekommen würde: Uhren, Manschettenknöpfe und, wie ich später von Dad erfuhr, einen Range Rover von Lord und Lady Drummond. Ich hatte nichts Vergleichbares zu bieten, aber immerhin meine Fotocollage.

Ein paar Schritte von seinem Schlafzimmer entfernt hörte ich dann die Geräusche: ein Keuchen und Stöhnen.

Wenn man so eine Katastrophe in einem Film anbahnen sieht, wünscht man sich doch einfach nur, dass die Person, die im Begriff steht, da hineinzuplatzen, verschwindet. »Schnell, renn weg, mach die Tür nicht auf, du arme Irre! Das willst du nicht sehen!« Aber natürlich geht die Person weiter – so wie ich in jener Nacht, als ich von Arts Zimmertür immer weiter angezogen wurde wie von einem Magneten.

Bei dem Anblick, der sich mir bot, blieb ich wie angewurzelt an der Tür stehen – es war nicht viel, aber es war genug. Arts Tür stand einen Spaltbreit offen, und ein Streifen gelben Lichts fiel vom Flur ins Innere des abgedunkelten Raums und quer über das Bett.

Das Erste, was ich bemerkte, war sein nackter Hintern. Aus heutiger Sicht wirkte es komisch, dass er zwar offenbar die Zeit gefunden hatte, seine Hose runterzuziehen, das Hemd aber anbehalten hatte. Nicht gerade ein Gentleman. Unter dem Hemd hüpfte sein nackter Hintern auf und ab.

Und obwohl ich ihr Gesicht nicht sehen konnte, so wallte doch ihr himbeerrosa Kleid seitlich über die Matratze zu Boden, während sie die Beine über dem Hemd um seine Taille geschlungen hatte.

Ich öffnete den Mund, aber es kam kein Ton heraus – es war, wie wenn man in einem Albtraum schreien will und nicht kann. Aber was hätte ich auch sagen sollen? »Art, entschuldige bitte, aber ich habe hier eine Karte, die dir das Geburtstagsgeschenk erklärt, das ich für dich gemacht habe, aber lass dich von mir nicht stören, ich lege sie einfach nur kurz auf deinen Nachttisch. Macht ihr mal schön weiter.«

Stattdessen drehte ich mich um und floh den gleichen Weg zurück – den Flur entlang, die Wendeltreppe runter, nach draußen und die von Linden gesäumte Auffahrt hinab, während der Lärm der Tanzfläche langsam hinter mir verhallte.

Die Verabredung mit Colin und Luce zum Riesenradfahren hatte ich vollkommen vergessen, aber sie vergaben mir auf der Stelle, nachdem ich ihnen die Situation geschildert hatte. Ich vergaß auch vollkommen, Jack Bescheid zu geben, dass ich nach Hause ging. Der Krampf, den ich in meiner Brust verspürte, drängte alles andere in den Hintergrund.

Später fragte ich mich dann, ob ich mir die Verbindung zwischen uns nur eingebildet hatte, ob meine jahrelangen Fantasien das, was tatsächlich zwischen uns gewesen war, verzerrt und mit mehr Bedeutung aufgeladen hatte, als wirklich existierte. Vielleicht war ihm ja einfach langweilig gewesen, wenn er nach Northcliff kam, und er hatte gewusst, dass er sich immer darauf verlassen konnte, dass ich da war und alle anderen für ihn fallen lassen würde.

Denn letztlich – trotz der Jahre, die wir zusammen

aufgewachsen waren, trotz all der Zeit, die wir in seinen Ferien gemeinsam verbracht hatten – belief sich alles auf nur einen Kuss vor einem Pub an einem Silvesterabend.

Und vielleicht war es eben nicht mehr als ein Kuss. Art war damals zwanzig und ein Junge, ich eine verliebte Teenagerin. Nutzen Jungs in dem Alter nicht jede Gelegenheit, die sich ihnen bietet? Und interpretieren Mädchen das nicht allzu häufig fälschlicherweise als Beweis dafür, dass der Junge sie heiraten will, nur um viel später zu erkennen, dass Beziehungen deutlich komplizierter sind?

Doch dann fielen mir seine Briefe und E-Mails wieder ein, seine Schneekugeln und unsere gemeinsamen Ferientage am Strand, die Nachmittage, die wir auf dem Rasen des Anwesens im Schatten der gewaltigen Zeder lagen, die endlosen Stunden, die wir uns unterhielten, und die unzähligen Male, da sich unsere Blicke kreuzten und ich das Gefühl hatte, dass er mein wahres Ich sah; und schon begann ich wieder an meiner geistigen Gesundheit zu zweifeln. Wie hatte ich mir nur ein so bedeutungsvolles Universum zusammenspinnen können, wo es ihm doch offenbar so wenig bedeutete? Das erschien mir geradezu wie die Definition von Wahnsinn.

Doch als ich in jener Nacht in meinen übergroßen Schuhen nach Hause rannte, da wusste ich nur eins, nämlich dass ich Art nie mehr wiedersehen wollte.

17

Am nächsten Tag nagte immer noch den Streit mit Art an mir. Ich war stinksauer, weil er es gewagt hatte, das Thema Gus anzusprechen; aufgebracht, weil wir uns angeschrien hatten. Darüber hinaus war ich gestresst, weil ich mich mit den zunehmend gestörten Forderungen eines unbedeutenden europäischen Adelssprosses herumschlagen musste (Prinz Rudolf hatte mir um 2:21 Uhr nachts eine E-Mail geschickt, in der er schrieb, er würde das Hochzeitssilber dazupacken, vorausgesetzt, Gräfin Wilhelmina rückte ihrerseits das diamantene Diadem heraus). Aber da war noch etwas anderes, eine Verunsicherung – denn was, wenn Art recht hatte und ich mich tatsächlich bloß mit einem Leben abfand, das sicher und bequem schien?

Als ich an jenem Morgen die Dorfwiese überquerte, kam mir Mums Ratschlag wieder in den Sinn: dass man im Leben ab und zu einen Sprung wagen muss. Ich war auf dem Weg zum Thanks a Latte, um ihr Bescheid zu geben, dass Jack endlich sein Zugticket gebucht hatte.

»Hat er wirklich?«, fragte sie mit einem so breiten Lächeln, als hätte ich ihr mitgeteilt, der Dalai Lama würde Northcliffe einen Besuch abstatten. »Das ist aber lieb von ihm.«

»Er hat sich auch lang genug bitten lassen«, fauchte ich. Ich war mir nicht sicher, ob es an dem Streit lag oder an dem Stress mit Prinz Rudolf bzw. Gideon, der mir wegen ihm dreiundneunzig Mails pro Tag schickte, oder doch eher an der Müdigkeit, da ich mich seit bald drei Wochen um Dad kümmerte und in meinem schmalen Kinderbett schlafen musste, aber ich war in der Laune eines Bären, der sein Frühstück verpasst hatte.

Mum stieß tadelnd die Luft auf. »Jetzt hack doch nicht auf deinem Bruder herum. Er hat eben sehr viel um die Ohren bei der Arbeit … Hallo, Colin.«

Ich drehte mich um. Colin stand so dicht bei mir, dass mir nicht entging, dass er erst kürzlich Zwiebeln gegessen hatte.

»Colin, ich hätte dich so wenige Millimeter vor meinem Gesicht fast nicht gesehen«, bemerkte ich trocken und machte einen Schritt zurück.

»Guten Tag allerseits.« Er zog eine gelbe Mappe unter seinem Arm hervor. »Kath, das sind die Plakate, von denen ich sprach. Kann ich eines davon in euer Fenster kleben? Wir haben bereits eines in der Post nebenan aufgehängt, und Terence hat gesagt, dass ich im Pub ebenfalls eins anbringen darf; nur die im Spar meinten, es ginge nicht, weil sie angeblich nicht politisch sein dürften.«

»Das muss ich mit Luigi abklären.« Mum streckte den

Kopf durch die Tür hinter der Theke und rief. »Luigi! Colin ist mit den Plakaten hier, von denen er erzählt hat. Kommt, wir schauen sie uns mal an«, fügte sie hinzu, als sie sich wieder zu uns gedreht hatte.

Colin legte die Mappe auf den Kassentresen und zog schwungvoll, wie ein Magier, der ein Kaninchen aus dem Hut zaubert, ein rotes Stück Papier hervor, auf dem ihn fetten, schwarzen Großbuchstaben *STOPPT DIE BAUUNTERNEHMER, RETTET DRUMMOND HALL* stand. In dem »O« bei »STOPPT« befand sich das Bild eines kleinen, von einem roten Strich durchkreuzten Bulldozers. Darunter stand in kleineren Buchstaben: *Kommt alle diesen Sonntag, um 9 Uhr, zum Protest auf die Dorfwiese. Plakate willkommen! Veranstalter: Colin Cruickshank.*

Luigi erschien in seinem üblichen Aufzug – weißes T-Shirt, karierte Schürze – und zuckte mit den Schultern. »Geht klar für mich.«

»Großartig«, sagte Colin, klopfte seine Taschen ab und holte dann ein Päckchen Tesa hervor. »Dann werde ich sie jetzt gleich aufhängen. Nell, bist du Sonntag auch am Start?«

»Bei deinem Treffen?«

»Das ist eine Protestkundgebung.«

»Col, ich finde, das hat mittlerweile etwas alberne Züge angenommen. Außerdem fahre ich am Sonntag nach London zurück.«

»Das ist schade. Und es ist nicht albern, sondern extrem wichtig. Art hat vor, die Zukunft dieses Dorfes zu zerstören. Ich glaube, wenn du dort auftauchen würdest, würde er eher zuhören und das Ganze ernster nehmen.«

»Er hat nicht vor, das Dorf zu zerstören«, erwiderte ich müde. Ich war gerade nicht in der Stimmung, Art zu verteidigen, aber zumindest in diesem Punkt war ich überzeugt davon, dass Colin falschlag. »Ich glaube, nicht einmal der Bauunternehmer hat vor, das Haus abzureißen.«

»Das sagen sie jetzt, und ehe man sich's versieht, gibt es einen Bauantrag, das Ganze *doch* abzureißen und zweihundert neue Hütten hinzustellen. Wo sollen dann all die Vögel hin?«

»Was?«

»Die Möwen, die Krickenten und die Brachvögel. Und die Otter! Nell, willst du etwa, dass all die Otter ermordet werden?« Hinter den Gläsern seiner Brille traten Colins Augen aus den Höhlen.

»Nein, natürlich will ich nicht, dass die Otter ermordet werden. Genauso wenig übrigens wie Art. Er versucht schlicht zu verhindern, dass das Dach seines ehemaligen Familiensitzes einstürzt. Ihm bleibt kaum eine andere Wahl.«

Colin riss ein Stück Tesa ab. »Wahl? Klar hat er eine Wahl! Alles, was ich verlange, ist, dass es ein ordentliches Verfahren gibt und auch die Anwohner gehört werden.«

Er klebte ein Stück Tesa in jede Ecke seines Plakats und drückte es an die Scheibe, bevor er einen Schritt zurücktrat und es musterte. »So! Hängt das auch gerade?«

»Ich bin dann mal weg«, sagte ich und drehte mich zur

Theke um. »Bis bald, Mum. Tschüss, Luigi«, schob ich etwas leiser hinterher.

Sie winkten, und ich ließ Colin am Fenster stehen, wo er versonnen sein Werk betrachtete.

Als ich nach Hause kam, entdeckte ich auf meinem Handy eine Nachricht von Lucy.

Col meint, dass du am Sonntag wieder weg bist.
Kleiner Abschiedswein morgen im Pub? Xxx

JA, UNBEDINGT, schrieb ich zurück und verspürte plötzlich ein dringendes Bedürfnis nach ihrer beruhigenden Gesellschaft, nach einem normalen, gesunden Menschen, mit dem ich reden konnte. Bin ab 18 Uhr mit Dad da.

Als Dad und ich am folgenden Abend angerollt kamen, konnte ich Lucy noch nirgendwo entdecken, daher setzte ich mich eine Weile zu ihm, Roy und seinen Söhnen und lauschte ihrer Unterhaltung über die Protestaktion.

»Er hat sogar jemanden vom *Echo* herbeordert, um darüber zu berichten«, erzählte Roy.

Mir tat der Journalist leid, der den Auftrag bekommen hatte, über Colins Veranstaltung auf der Dorfwiese zu berichten. Es handelte sich ja wohl kaum um den Fall der Berliner Mauer. Terence und Roy hatten schon verkündet, dass sie mit Jamie und Douglas hingehen würden; Dad schien weniger motiviert.

»Art ist kein schlechter Junge. Er hat bloß ein heilloses

Chaos hinterlassen bekommen, mit dem er sich jetzt rumschlagen darf.«

Roy zog ein finsteres Gesicht. »Bruce, das sagst du jetzt; aber was passiert in ein paar Monaten, wenn du aus deinem Haus geworfen wirst?«

Ich setzte zum Protest an. »Ich glaube wirklich nicht, dass Art vorhat, irgendwen aus dem Haus zu …«

»Also, ich bastle ein Plakat«, unterbrach mich Douglas. Er hob seine Hand, um unsichtbare Worte in die Luft zu schreiben. »Darauf wird stehen … *Schiebt euch euren Tee in den Hintern!*«

Dad und ich sahen ihn fragend an.

»Na, wegen Golftee … weil sie doch einen Golfplatz bauen wollen, versteht ihr?«

»Nell fährt morgen, also wird sie nicht da sein, um dein Werk zu bewundern«, erwiderte Dad trocken, während er sein Bierglas an die Lippen führte.

»Das heißt, du bist dann wieder in London?«, fragte Jamie.

»Hm, ja, wird Zeit, mich wieder im Büro blicken zu lassen. Jack kommt aber her, um die Seniorenbetreuung zu übernehmen.«

»Vorsicht«, brummte Dad.

»Es war nett, dich hier oben zu haben«, fuhr Roy fort. »Was treibt Jack so?«

»Unsinn. Aber das wird du selbst noch sehen.«

»Noch ein Kind von mir, das sich weigert, seinem armen alten Herrn Enkel zu schenken«, verkündete Dad mit einem traurigen Blick in meine Richtung.

»Dad, das hatten wir doch schon.«

»Ich hab ja immer gedacht, dass du mal mit Art zusammenkommen würdest«, mischte sich nun auch noch Douglas ein. »Weißt du noch die Silvesterfeier hier? Wir müssen um die siebzehn oder achtzehn gewesen sein.«

Ich runzelte die Stirn und tat so, als wüsste ich nicht ganz genau, von welcher Nacht er sprach.

»Doch, du weißt es. Das war in dem Jahr, als du hier hinter der Bar gejobbt und dann draußen mit Art rumgemacht hast.«

»Was? Nein, haben wir nicht!« Jede Zelle in meinem Körper zog sich vor Scham zusammen; es war zu peinlich, dass das überhaupt hier offen am Tisch diskutiert wurde, aber auch, dass sie offenbar alle von der Sache wussten, die ich bisher für eine superprivate Erinnerung gehalten hatte.

Jamie und Douglas lachten beide. »Und ob ihr habt«, bekräftigte Letzterer. »Wir haben euch durchs Fenster gesehen!«

»Da hat uns Jack auch erzählt, dass du mit seinen E-Mails unterm Kissen schläfst!«, fügte Jamie hinzu.

»Jungs, lasst das arme Mädchen in Ruhe. Schaut doch nur, wie rot sie geworden ist.«

Ich lächelte Roy dankbar an.

»Zum Glück bist du nicht mit ihm zusammengekommen«, fuhr er fort. »Du bist viel zu gut für diese Halunken. Haut bei der erstbesten Gelegenheit nach Amerika ab und lässt uns im Stich. Der hat doch nicht mehr alle Tassen im Schrank. Sein Vater wür…«

»Dad«, warnte Douglas.

Roy ignorierte ihn und schlug mit der Faust auf den Tisch, sodass das Bier aus den Gläsern schwappte. »Sein Vater würde sich im Grab umdrehen.«

»Alles klar, Roy, wir haben's kapiert«, sagte Dad. »Lass uns das Thema wechseln. Also, wer ist beim Rennen morgen in Doncaster euer Favorit?«

Nur wenige Minuten später trudelte Luce ein. Ich überließ die Männer ihren Pferdegesprächen und nahm auf einem Barhocker neben ihr Platz.

»Hallo, Süße, Glas oder Flasche?«

Ich plusterte meine Wangen auf, während ich abwog. »Flasche, aber die geht auf mich.«

»Sicher? Prost. Außerdem habe ich gehofft, du würdest Flasche sagen.« Sie seufzte. »Ich wollte vorhin Mike ermorden.«

»Wo ist er?«

»Ich hab ihm gesagt, dass er mit Babysitten dran ist und ich den Abend mit dir verbringe.«

Ich musterte sie. »Alles okay bei dir?«

»Schon. Aber da bitte ich ihn ein einziges Mal, Jimbo das Abendbrot zu machen, und er tut so, als hätte ich ihm befohlen, sich nackt auszuziehen und eine Runde durchs Dorf zu drehen. Was ein Theater! Die Küche sah aus wie ein Schlachtfeld, und am Ende hatte Jimbo ein Stück Wurst im Ohr. Ehrlich gesagt wäre es einfacher gewesen, ihn selbst zu füttern und gleichzeitig Bonnie ins Bett zu bringen.«

Ich fing Terence' Blick auf und bat ihn um eine Flasche Weißwein.

»Das weckt Erinnerungen, wie ihr beide so dasitzt«, meinte er und schob uns die Flasche in einem Eiskübel rüber. »Wie in alten Zeiten.«

»Danke, und ich wünschte, dem wäre so«, sagte ich und schraubte den Verschluss ab.

Luce runzelte die Stirn. »Ach echt?«

Meine Hand verharrte am Flaschenhals. »Nein, ich weiß auch nicht so genau, warum ich das gesagt habe. Ich meine, manches war früher schon einfacher, oder? Aber die Pubertät muss ich nicht noch mal durchmachen.«

»Schade, dass ich Gus neulich verpasst habe«, fuhr sie fort. »Mike meinte, er sei hier gewesen.«

Ich nahm einen großen Schluck Wein. »Hm, ja, nur übers Wochenende.«

Lucy beugte sich vor und dämpfte die Stimme. »Gab es zwischen ihm und Art irgendwie … Stress?«

»Stress?«

»Ach, achte nicht auf mich«, erwiderte sie, sich zurücklehnend, »bin bloß neugierig. Mike hat etwas von einem Streit während dem Quiz erwähnt.«

»Oh, stimmt. Ja, Gus nimmt so was sehr ernst. Dabei ging es bloß um irgendeine Krönung.«

»Kannte Gus ihn?«, fragte sie etwas zaghafter.

»Nein, schließlich habe ich ihn bis zur Beerdigung neulich selbst nicht mehr gesehen, oder?«

»Oh, ja, natürlich, seit …«

»… der Party.«

Ich drehte den Stiel meines Weinglases zwischen Daumen und Zeigefinger, unschlüssig, ob ich fortfahren sollte.

Dann sprachen wir beide gleichzeitig los.

»Gestern habe ich ihn am Strand getrof…«, begann ich gerade, als Lucy sich gleichzeitig entschuldigte.

»Was tut dir leid?«, fragte ich verwirrt.

»Nein, nein, sprich weiter. Du hast ihn also getroffen?«

Ich nahm noch einen Schluck von meinem Wein. »Ich bin ihm am Strand über den Weg gelaufen, und er begann damit, mir einen Vortrag über Beziehungen und über Gus und mich zu halten.«

»Warum, was soll mit euch sein?«

Ich starrte in mein Glas.

»Wir müssen nicht darüber reden, wenn du nicht willst.«

»Nein, alles gut. Im Grunde meinte er, dass er nicht glaubt, dass Gus der Richtige für mich sei. Und da habe ich ihm gesagt, dass er sich wohl kaum als Experte für solche Sachen aufspielen sollte, und …« Ich seufzte. »Und dann bin ich gegangen.«

Luce nickte langsam.

»Ich frage mich bloß … Was will er eigentlich von mir?«

Luce legte den Kopf zur Seite, während sie über diese Frage nachdachte, dann zuckte sie mit den Schultern.

»Was bitte erwartet er? Nach allem, was passiert ist? Wie, bitte, kommt er auf die Idee, mir Beziehungsratschläge zu geben?«

»Tut mir leid, Süße. Ich weiß auch ni…«

»Das ist so was von ärgerlich! Und verwirrend!«

»Verwirrend?«

»Nun, es ist einfach nicht hilfreich. Ich liebe Gus, und ja, er hat seine Fehler. Er verwendet ziemlich eigentümliche Kosenamen und hat klare Vorstellungen davon, welcher Kunststoff in die Wertstofftonne gehört und welcher nicht. Und seine Hundeallergie ist manchmal auch ziemlich anstrengend«, fügte ich mit Rückblick auf das vergangene Wochenende hinzu. »Außerdem habe ich noch nie einen Mann kennengelernt, der so Panik vor Spinnen hat. Aber davon abgesehen führen wir eine tolle Beziehung! Und Art versucht wieder mal, alles zu ruinieren.« Ich hielt inne und stieß einen gefrusteten Laut aus. »Warum kümmert ihn das überhaupt? Warum haben manche Männer so einen Radar für solche Sachen? ›Oh, schau, sie wirkt ganz glücklich und zufriedenen – warum funke ich nicht dazwischen und sorge für ein bisschen schlechte Stimmung?‹«

»Vielleicht will er ja gar nichts ruinieren?«, gab Luce zu bedenken. »Vielleicht möchte er nur …«

»Was?«

»Keine Ahnung. Etwas wiedergutmachen? Süße, wir haben damals alle Sachen gemacht, die wir lieber vergessen würden.«

»Das ist mir egal! Dafür ist es jetzt zu spät, es ist zu …« Ich atmete aus. »Denkst du nie darüber nach?«

»Über was?«

»Denkst du nie darüber nach, wie dein Leben aussehen würde, wenn du mit Andrew Lewis zusammengeblieben wärst?«

Luce warf den Kopf in den Nacken und lachte glucksend zu den Holzbalken an der Decke empor. »Nein! O Gott, nein. Er ist mittlerweile Ranger, oben in den Highlands, Richtung Fort William. Ich kann mir nichts Schlimmeres vorstellen, als mein Leben dort oben im Dunkeln zu verbringen. Wusstest du, dass Fort William der feuchteste Ort Schottlands ist?«

»Nein.«

Ihr Gesicht wurde wieder ernst. »Warum willst du das wissen? Weil du dich immer noch fragst, was mit Art hätte sein können?«

Wie lautete die ehrliche Antwort auf diese Frage? Ja, manchmal schon, weil er sich wie ein Hausbesetzer in meinem Kopf einquartiert hat? Nein, ich habe mir Mühe gegeben, nie mehr an diesem Thema zu rühren, weil es mir wie ein anderes Leben vorkommt?

»Nicht wirklich«, antwortete ich. »Er hat sein Leben, und ich habe meins. Und es war alles in bester Ordnung, bis er meinte, seine große Nase hineinstecken zu müssen.«

»Das tut mir leid«, sagte Luce mit einem solchen Ernst, als hätte sie gerade erfahren, dass ich an einer unheilbaren Krankheit litt. »Es tut mir ja so leid, wie die Sache zwischen euch gelaufen ist.«

»Was? Nein! Sei nicht albern.« Ich neigte mich auf dem Hocker zur Seite und knuffte sie mit meiner Schulter an. »Das war nicht deine Schuld.«

»Das war so eine schlimme Zeit. Für dich, meine ich. Und auf unserer Reise, da wollte ich immer viel mehr tun, um dir zu helfen. Aber mir war ja nicht klar, wie …«

»Luce, ihr zwei seid unglaublich gewesen. Wirklich. Und du warst mir immer eine viel bessere Freundin, als ich es für dich gewesen bin.« Das war etwas, das ich mir selbst schon oft eingestanden, aber nie ausgesprochen hatte. Bis jetzt.

Sie schüttelte nachdrücklich den Kopf. »Das stimmt nicht.«

»Doch, es stimmt! Aber egal, Schnee von gestern. Wir sollten uns nicht weiter über ihn ärgern. Es ist einfach schön, dich zu sehen und wieder Zeit mit dir zu verbringen. Das war mit das Beste an den Wochen, die ich hier oben verbracht habe.«

»Ja, das ist wahr. Wirst du denn jetzt wieder öfter herkommen?«

Ich lachte. »Vielleicht. Ich bin mir nicht sicher, ob ich Gus überzeugen kann, aber ich werden den da drüben wahrscheinlich noch eine Weile im Auge behalten müssen.« Ich deutete über die Schulter hinweg Richtung Dad. »Obwohl er auch schon dabei ist, sich neu zu orientieren.«

Sie riss verblüfft die Augen auf. »Was? Nicht im Ernst!«

»O doch. Hast du schon mal von dieser Ergotherapeutin namens Bev gehört, die am anderen Ende der Bucht wohnt?«

Luce schüttelte den Kopf, und ich erzählte ihr alles. In Anschluss daran unterhielten wir uns über Jimbo, Lucys Arbeit als Fotografin, ob wir bei Colins Protestkundgebung aufschlagen sollten (ich sagte, ich müsse packen; Luce meinte, sie würde mal den Kinderwagen dran vorbeischieben) und über die letzte Staffel von *Grey's Anatomy*. Sie bestellte noch eine Flasche, während Dad, Roy und die Jungs hinter uns bei ihrem dritten oder vielleicht schon vierten Bier waren. Es war *wirklich* wie in alten Zeiten.

»Wann wollen du und Gus eigentlich Kinder bekommen?«, fragte sie leicht lallend, als sie den letzten Rest der zweiten Flasche in mein Glas tröpfeln ließ.

Bei jedem anderen hätte mich diese Frage geärgert. Aber Luce meinte es nicht böse; sie war meine älteste und ehrlichste Freundin, kein bisschen neugierig oder zudringlich wie andere. Mir war klar, dass sie fragte, weil sie aufrichtig glaubte, Kinder würden mein Leben bereichern, und nicht, um mich auszuquetschen, weil sie fand, dass jede Frau Anfang dreißig sich auf der gleichen Zeitachse befinden sollte in diesem riesigen Wettrennen, das darin bestand, wer zuerst heiratete und Kinder bekam.

»Bald. Hoffentlich. Ich muss einfach nur diese Beförderung hinter mich bringen und dann … na ja, wir müssen eine größere Wohnung finden, aber dann …«

»Babys sin' doch winzig«, lallte Luce. »Die brauch'n nicht viel Platz. Und sie sin' total niedlich.« Sie hielt kurz inne und stieß auf. »Ich weiß, vorhin wollt ich Mike noch umbring'n, aber ich lieb ihn echt.«

Ich leerte mein Glas und grinste. »Er ist ein guter Mann. Darum solltest du jetzt auch zu ihm nach Hause gehen, und ich muss meinen Dad heimbringen.«

Sie schmollte. »Na gut. Un' dich hab ich auch lieb. Komm bald ma' wieder her.«

»Abgemacht. Lass dich drücken.« Ich beugte mich vor und legte meine Arme über ihre Schultern, doch statt mich auch zu umarmen, schwankte Luce vor mir hin und her, während sie versuchte, meine Augen zu fokussieren. »Un' ich hab das ernst gemeint, was ich vorhin gesagt hab.«

»Hä?«

»Das mit Art. Tut mir leid.«

»Sei nicht albern.« Ich zog sie an mich. »Alles ist gut. Wie schon gesagt, Schnee von gestern.«

Während ich Dad nach Hause schob, der so laut einen Waterboys-Song vor sich hin krakelte, dass der ganze Dorfplatz hätte mit einstimmen können, überlegte ich, ob ich mich vor meiner Rückkehr nach London von Art verabschieden sollte. Obwohl ich immer noch angefressen war wegen unseres Streits, schien mir eine wortlose Abreise ein zu kleinlicher Seitenhieb. Aber falls ich mich verabschiedete – wie genau sollte ich das tun? Ihm eine Reihe winkender Hände auf WhatsApp schicken? An das Tor von Drummond Hall klopfen?

Das Beste wäre wahrscheinlich, es bleiben zu lassen, beschloss ich, als ich in jener Nacht mit meiner Wohlfühllektüre ins Bett krabbelte: die neueste Ausgabe der *Brides*. Ich hatte sie am Morgen im Spar entdeckt. Eine Braut in trägerlosem Kleid schien hinter der Plastikhülle nach mir zu rufen; außerdem war ein Gratis-Päckchen mit Öko-Konfetti beigelegt. Außerdem hatte mich eine der Titelschlagzeilen neugierig gemacht: *Traust du dich HEIMLICH?*

Wer würde das nicht lesen wollen?

Etwa eine Stunde später hörte ich ein merkwürdiges Geräusch. Ich hatte gerade meine Leselampe ausgeschaltet, lag auf dem Rücken und überlegte, ob Prinz Rudolf wohl das Pariser Apartment an Gräfin Wilhelmina rausrücken würde, wenn er sein New Yorker Penthouse behalten konnte. Ich setzte mich auf und blickte irritiert zu meinen Gardinen – da war doch ein seltsames Geräusch, das klang, als würde eine Kuh unter meinem Schlafzimmerfenster muhen.

Auf Zehenspitzen schlich ich zum Fenster, spähte hinaus und konnte nicht anders als lachen, wobei mein Atem einen dunstigen Kreis auf dem Glas hinterließ.

Im Dunkeln, hinter den Brombeersträuchern, stand Art und ahmte mit an den Mund gelegten Händen den Ruf eines Uhus nach.

Ich deutete auf den Boden, um ihm zu signalisieren, dass ich runterkommen und ihn hereinlassen würde, bevor mir einfiel, was ich anhatte: ein altes Sport-T-Shirt und einen Schlüpfer. Wenn er früher so unangekündigt vorbeigekommen war, hatte ich mich jedes Mal schnell mit Vanilla Kisses eingesprüht und mir eine Schicht orangestichiger Foundation ins Gesicht geschmiert. Art musste sich gefühlt haben, als würde er einem Oompa Loompa gegenübertreten.

Dieses Mal machte ich mir nicht die Mühe mit dem Make-up. Ich schlüpfte einfach in eine graue Leggins, ging runter und öffnete die Küchentür, um zu hören, was mein später Besucher wollte.

18

»Art?«, wisperte ich in die Dunkelheit. »Art?«

Er trat in das gelbe Rechteck aus Licht, das durch die offene Tür fiel. »Guten Abend.«

»Du hättest auch eine Nachricht schicken können.«

»Stimmt«, bestätigte er grinsend. »Aber dann dachte ich, warum nicht einen auf Uhu machen, um der alten Zeiten willen. Darf ich reinkommen?«

Ich trat beiseite, um ihm hereinzulassen, und hoffte inständig, dass er keinen neuen Vortrag für mich vorbereitet hatte. »Willst du ein Bier? Eine Tasse Tee?«

»Ich nehme ein Bier, wenn du auch eins nimmst.«

Da ich mit Lucy im Pub zwei Flaschen Wein vernichtet hatte, brauchte ich wohl kaum noch mehr Alkohol. Aber nach Arts unerwartetem Auftauchen fühlte sich meine Kehle furchtbar trocken an. Ein kühles Bier konnte nicht schaden.

»Na dann«, sagte ich und holte zwei Flaschen aus dem Kühlschrank. Ich öffnete sie, reichte ihm eine und lehnte mich gegen den Küchentresen.

Er nahm einen beherzten Zug. »Es tut mir leid. Es tut mir wirklich leid, dass ich mich eingemischt habe. Was ich …«

Ich wartete darauf, dass er fortfuhr, doch er stand nur neben dem Küchentisch und umklammerte sein Bier mit beiden Händen.

»Art?«

»Was ich eigentlich hasse – nein, das ist zu drastisch …« Er seufzte frustriert, dann hob er den Kopf und lächelte. »Mich mit dir zu unterhalten war früher mal das Einfachste der Welt.«

»Ich bin's nur. Also, was ist los?«

»Darf ich mich setzen?«

»Klar.«

Ich hatte angenommen, dass er sich auf den Stuhl setzen wollte, doch stattdessen ließ er sich neben Wilmas Schlafplatz zu Boden gleiten und lehnte sich mit dem Rücken an die Wand, so wie wir es als Kinder getan hatten, wenn wir mit den Welpen spielten.

Ich tat es ihm gleich und ließ mich auf der anderen Seite des Hundebetts nieder. »Okay, komm schon, du erfolgreicher Wall-Street-Händler, das schaffst du. Rück raus mit der Sprache.«

Der Blick, den er mir zuwarf, presste mir die Luft aus den Lungen. So traurig hatte ich Art noch nie zuvor gesehen.

»Hey«, sagte ich sanfter, »was ist los?«

»Was los ist«, antwortete er, »ist, dass ich die Vorstellung nicht ertrage, dass du mit einem anderen zusammen bist.«

»*Wie bitte*?«

»Entschuldige. Mir ist klar, dass das absolut egoistisch ist, aber wenn ich dich so über ihn reden höre … die Vorstellung, dass du mit jemandem zusammen bist, der dich nicht am liebsten gleich morgen heiraten würde, um dich für immer an sich zu binden … Ich glaube einfach nicht, dass er gut genug ist, Nell.«

Die kleine Zornesflamme, die ich seit unserer Begegnung am Strand mit mir herumtrug, flammte erneut auf. »Nur damit ich das richtig verstehe: Obwohl du verheiratet bist, willst du nicht, dass ich mit einem anderen zusammen bin?«

»Ja! Nein!« Art nahm einen Schluck aus seiner Flasche. »So einfach ist das nicht.«

»Ich verstehe nicht ganz.« Ich beugte mich vor und stützte die Ellbogen auf meinen Knien ab. »Ich dachte, du würdest vorbeikommen, um dich zu entschuldigen, aber jetzt sagst du, dass ich nicht mit Gus zusammen sein sollte, weil du nicht willst, dass ich mit *egal wem* zusammen bin? Bist du high?«

Er ging nicht darauf ein, sondern stellte stattdessen eine Frage: »Warum bist du damals mit Colin gegangen?«

Ich lachte und schlug mir schnell die Hand vor den Mund, als mir Dad einfiel, obwohl ich mir bei dem kaum Sorgen machen brauchte. In der angespannten Stille, die sich zwischen Art und mir einstellte, klang es, als würden wir im Wohnzimmer nebenan ein preisgekröntes Schwein beherbergen. Nach den Mengen, die er sich im Pub hinter die Binde gekippt hatte, dürfte er nicht mal von unseren lauten Stimmen aus der Küche wach werden.

»Was? Ich bin niemals mit Colin gegangen. Wie, bitte, kommst du darauf?«

»Weil es stimmt.«

»Nein, tut es nicht! Machst du Witze?«

»Und was war, als ihr zusammen verreist seid?«

Ich schüttelte den Kopf. »Nein! Wirklich nicht. Luce und ich haben uns auf dem Trip zwar das Zimmer mit ihm geteilt, aber mehr auch nicht. Ich meine, er hat seine Socken und Unterhosen im Waschbecken gewaschen, weil er nicht für die Maschinen im Salon bezahlen wollte.« Ich schauderte, als ich mich an den Anblick von Colins Unterhosen erinnerte, die die Balkongeländer diverser asiatischer Gästehäuser geziert hatten.

»Wie kommst du überhaupt auf die Idee?«

»Weil Lucy es mir gesagt hat.«

»Was? Wann?«

»Vor Jahren.«

»Wann? Wann genau?«, fragte ich eindringlicher.

»Bei meiner Party zu meinem einundzwanzigsten Geburtstag. Ich war auf der Suche nach dir, bin aber stattdessen ihr über den Weg gelaufen.«

Ich musterte ihn verkniffen, als würde ich eine Sehtafel ablesen. »Hä?«

»Ich wollte wissen, ob sie dich gesehen hat, aber sie meinte, nein. Ich kann mich noch genau an ihre Worte erinnern.«

Das, was er sagte, wollte keinen Sinn ergeben. Ich schnallte es nicht. »Wie meinst du das? Was hat sie gesagt?«

»Lucy sagte, sie wisse nicht, wo du steckst, aber dass ich

wahrscheinlich erfahren sollte, dass du mit Colin zusammen seist, und dich darum besser in Ruhe lassen.«

»O mein Gott«, murmelte ich entsetzt. Vor Schock hämmerte mein Herz regelrecht gegen den Brustkorb. Ich stemmte die Hände in die Hüften und beugte mich nach vorne, um tief Luft zu holen. »O mein Gott.«

»Ich hatte nach dir gesucht, aber nachdem sie mir das gesagt hatte, beschloss ich, dass ich es, na ja … bleiben lassen sollte.«

Ich schloss die Augen, während mein Gehirn versuchte dahinterzukommen, was das bedeutete. Es war zu verwirrend. Art hatte nach mir gesucht, und ich hatte nach ihm gesucht – aber warum sollte Lucy ihm erzählen, dass ich mit Colin zusammen sei?

»Sie hat gelogen«, sagte ich, als ich meine Augen nach einigen Sekunden wieder öffnete. »Wir waren nie zusammen. Sind es nie gewesen. Ja, wir sind zusammen verreist, aber nur als gute Freunde.«

»Aber, warum hat sie mir dann gesa…«

»Ich weiß es nicht«, unterbrach ich ihn und ließ mich wieder gegen die Wand sinken. »Keine Ahnung. Aber … wie hast du nach mir suchen können, wenn ich dich doch an dem Abend in deinem Zimmer gesehen habe?« Als ich mich dazu durchrang, diese Worte auszusprechen, veränderte sich meine Stimme. Sie wurde ganz leise und zaghaft, sodass nun Art derjenige war, der verwirrt wirkte.

»In meinem Zimmer? Wie denn das?«

»Ich habe dich gesucht. Und dann …« Meine Kehle schnürte sich zu. Ich ertrug es nicht, offen über diese

Nacht zu sprechen. Während meines ersten Jahres in York, als ich mich noch immer damit quälte, über Art hinwegzukommen, hatte ich Dutzende von Selbsthilfebüchern verschlungen, in denen stand, dass man über Probleme reden sollte, so lange reden, reden und reden, bis sie ihren Schrecken verloren; aber ich hatte schon vor langer Zeit entschieden, dass die Selbsthilfeexperten damit falschlagen, dass es einfacher war, den Schmerz totzuschweigen.

Ich hob meine Bierflasche und stellte fest, dass sie leer war. »Noch eins?«

»Klar.«

Ich stand auf und schaute in den Kühlschrank, aber es war keins mehr da. »Oder ein Glas Wein aus Liechtenstein?« fragte ich, als mein Blick auf die Kisten neben dem Kühlschrank fiel. Bisher war es mir gelungen, ihnen zu widerstehen, doch die aktuelle Situation war ein Notfall.

Art zuckte mit den Schultern. »Klar, aber hör auf damit.«

Ich warf einen fragenden Blick zu ihm. »Womit?«

»Damit, Themen auszuweichen, über die du nicht sprechen willst. Ich kenne dich.«

Schweigend entkorkte ich eine Flasche Rotwein und goss uns zwei Gläser ein, während ich überlegte, was ich sagen sollte. Ich reichte ihm eines, ließ mich wieder zu Boden gleiten und schnupperte an meinem Glas. »Riecht ganz okay.«

»Nell! Was war an dem Abend?«

Ich holte tief Luft. »Der Abend, schon gut, der Abend. Ich habe dich auch gesucht.«

»Wann?«

»Nach dem Abendessen. Ich hatte eine Geburtstagskarte für dich, in der … Vergiss es, die Karte spielt keine Rolle. Jedenfalls habe ich überall gesucht und – o mein Gott, ja! – ich habe sogar Colin gefragt, ob er dich gesehen hätte, und er hat Nein gesagt.« Ich hob mein Glas, um mir Zeit zu verschaffen, um abzuschätzen, was ich ihm sagen musste. »Ich hab's im Festzelt versucht, auf der Tanzfläche, bei den Außentoiletten. Und ich habe auch deine Eltern gefragt, aber sie haben nicht …« Ich hielt inne, da sich meine Augen mit Tränen gefüllt hatten und meine Sicht verschwamm. Es war jämmerlich, hier auf dem Küchenboden zu sitzen und über ein Ereignis zu reden, das Jahre zurücklag und es trotzdem immer noch schaffte, mich aus der Fassung zu bringen. »Und da bin ich eben ins Haus. Eure Security war übrigens nicht gerade hilfreich. Und dann bin hoch zu deinem Zimmer und …«

»Und was, Nell?«

»Da warst du«, sagte ich noch einmal leiser. »Du und Nicole, zusammen in deinem Zimmer. Und ich konnte nicht … Ich war nicht … Ich wusste nicht, was ich tun sollte. Also bin ich abgehauen. Ich bin einfach nach Hause gerannt.« Eine Träne tropfte auf mein Knie und hinterließ einen kleinen dunklen Kreis auf meiner Leggins.

Die Stirn in Falten gelegt, beugte sich Art vor. »Und was sollen wir da getan haben?«

Ich legte den Kopf in den Nacken und stieß die Luft zur Decke hin aus. »Na, was wohl?«

»Hä? Nell, das war ich nicht.«

Ich drehte den Kopf zu ihm und kniff die Augen zusammen.

»Ich schwöre es.« Er schüttelte den Kopf. »Das da in meinem Zimmer, das war ich nicht. Ich habe nicht mit … An dem Abend ist zwischen uns nichts passiert.«

Begleitet von Dads Schnarchen nebenan, saßen wir nur da und starrten einander an.

»Das verstehe ich nicht«, sagte ich schließlich. »Das musst du gewesen sein. Wer sonst hätte es sein sollen? Es war schließlich dein Zimmer.«

Art griff nach meinen Fingern. »Nell, ich schwöre dir, das war ich nicht. Ich bin an dem Abend noch nicht mal ins Haus gegangen. Jedenfalls nicht, bevor ich Gertrude ins Bett schleppen musste. Und das war Schwerstarbeit.«

Ich lächelte, als mir einfiel, wie beschwipst sie gewesen war; dann zog ich meine Hand weg. Ich wusste nicht, was ich glauben sollte.

»Das warst nicht du?«, flüsterte ich gepresst, fassungslos über die Vorstellung, dass ich mich so lange geirrt haben könnte. Es war, als würde das gesamte Mobiliar in meinem Kopf umgestellt werden.

»Nein, und ich weiß auch nicht, wer das gewesen sein könnte. Nicole hat nie etwas davon erwähnt.«

»Und du hast mich gesucht?«

»Ja. Obwohl ich nach dem Gespräch mit Lucy aufgegeben habe, weil ich glaubte, dass du doch mit Colin zusammen warst.« Er zuckte mit den Schultern. »Es war ziemlich heftig für mich, wegen Colin Cruickshank abserviert zu werden. Aber Lucy war so überzeugend … Und da dachte ich mir, dass ich vielleicht zu oft zu lange weg gewesen war, dass ich mich womöglich geirrt hatte, was dich, was uns anging.«

»Uns? Du denkst, es hat ein *uns* gegeben?« Ich hatte so viel Zeit damit verbracht, mir das Gegenteil einzureden, damit, an mir selbst zu zweifeln, dass diese Worte von Art für mich so etwas waren, als hätte er bestätigt, dass die Erde *doch* rund sei.

»Natürlich. Mir ist klar, dass ich nicht oft hier war, aber wenn ich fort war, habe ich ständig an dich gedacht. Immer wenn ich wieder ins Internat oder vom Fliegen zurückgekehrt bin, habe ich versucht, mir jedes unserer Treffen in Erinnerung zu rufen, um gegen mein Heimweh anzukommen. Zu wissen, dass du hier auf mich wartest, war immer ein Trost für mich.« Er senkte den Kopf, doch seine Augen sahen auf, und er lächelte verlegen. »Ziemlich *cringe*, wie Felix sagen würde.«

»Nur, dass du Nicole dann trotzdem geheiratet hast?«

Traurig lächelnd nickte er. »Ja, wir haben geheiratet, aber aus den völlig falschen Gründen. Nein, nicht nur aus den falschen Gründen – das kann ich alleine wegen Felix schon nicht sagen. Für ihn würde ich alles tun, auch wenn …«

»Auch wenn was?«

»Vergiss es. Aber es war … Ich habe versucht, dich zu erreichen, weißt du? Um mit dir zu reden. Nach der Party muss ich hundertmal bei dir angerufen haben. Wenn nicht öfter. Ich bin sogar hergekommen, um persönlich mit dir zu sprechen, aber deine Mum meinte, du wärst mit Colin und Lucy verreist, als habe ich aufgegeben. Und dann zog ich in jenem Sommer nach London, und, na ja, ich ließ mich ziemlich gehen, trank zu viel. Du hast mir gefehlt, Nell, und ich konnte nicht verstehen, was passiert war, aber du warst fort. Also fing ich an, mich mit Nicole zu treffen, da sie ebenfalls in London war, und ich wusste, dass unsere Eltern sich wünschten, dass wir zusammenkämen.« Er hielt inne und stieß die Luft aus. »Und dann erfuhr sie, dass sie schwanger war, also beschlossen wir zu heiraten. Ich weiß nicht so recht, ob wir wirklich vorhatten, einander zu heiraten. Es war eher … ein Unfall.«

»Ein *Unfall*? Weil sie schwanger war?«

»Nein, so meine ich das nicht. Ich meine, wir haben unbeabsichtigt geheiratet, in dem Sinne, dass keiner von uns beiden es wirklich vorhatte. Beinahe wie … aus Höflichkeit.«

»Aus Höflichkeit? Art, du kannst doch nicht jemanden aus Höflichkeit heiraten.«

»Das ist mir klar. Aber damals fühlte es sich richtig an. Ich glaube, viele Leute tun es aus ähnlichen Gründen. Sie gestehen es sich nur nicht ein.«

»Und dann seid ihr nach New York gezogen.«

»Und dann sind wir nach New York gezogen«, wiederholte er, »weil Nicole meinte, dass sie nie im Leben hier wohnen könnte; und da ich zu jener Zeit auch nicht mehr hier sein wollte …«

»O Gott«, sagte ich seufzend, »das ist so was von schräg. Tut mir leid, dass ich das jetzt noch mal sagen muss, aber ich habe an dem Abend nach dir gesucht, und du hast nach mir gesucht, und dann … war's das? Wir haben alles komplett falsch verstanden? All die Jahre?«

»Sieht so aus.«

Mir entfuhr ein leises Prusten, und Art riss verdutzt die Augen auf, bevor er ebenfalls losprustete. Dann gab Dad einen extralauten Schnarcher von sich, so als wolle er mit einstimmen, woraufhin Art zur Seite kippte und sich vor Lachen auf dem Linoleumboden kringelte, bis Wilma von ihrem Bettchen aufsprang und damit begann, sein Gesicht abzuschlecken.

»Gehst du?«, fragte ich, als wir uns schließlich beruhigt hatten und er nach dem Küchentresen griff, um sich auf die Füße zu ziehen.

»Nein, ich gehe nirgendwo hin. Ich schenke uns nur nach. Der Wein ist gar nicht übel. Dein Glas?«

Ich hielt es hoch, doch da kam mir eine Idee. »Hey, warte mal, ich gehe nur kurz was holen.«

So leise wie möglich, rannte ich hoch auf mein Zimmer und griff unter das Bett, um die Fotocollage hervorzukramen. Unter meinem T-Shirt konnte ich mein Herz heftig klopfen spüren. Nicht wegen der Treppe und auch nicht wegen des Lachkrampfs, sondern wegen der Aufregung über unsere Enthüllungen.

Ich hakte die Fingerspitzen um den Rahmen und zog es hervor, dann wischte ich mit einem Zipfel meines T-Shirts den Staub von den Kanten und trug es in die Küche runter.

»Hier, schau, das habe ich dir an dem Abend damals nicht mehr geben können.«

»Das hast du gemacht?«

Ich nickte.

Art hob es vor sich hoch. »Sieh uns an. Mein Geburtstag! An den kann ich mich noch erinnern. Und das ist Luna als Welpe, richtig?«

Ich beugte mich über ihn. »Ja.«

»Und wir beim Putzen an den Fischteichen. Gott, wie ich das geliebt habe.«

»Ich auch. Das war das Jahr, in dem Michelangelo gestorben ist, weißt du noch?«

»Ja! Und Howard hat ihn begraben?«

»Genau, am nächsten Tag.«

»Wie alt waren wir damals?«

»Ich war zehn, und du bist ein paar Monate später dreizehn geworden und ins Internat gegangen. Da begann meine Schwärmerei.« Verlegen von meinem Geständnis ließ ich mich erneut an der Küchenwand zu Boden gleiten und überkreuzte die Beine, während Art vorsichtig den Rahmen ablegte.

»Ich glaube, bei mir ging es los, als ich hörte, wie du Gertrude von unserer Hochzeit erzählt hast.«

Wir lächelten einander an, bis Art den Blick auf seine Stiefel richtete und seufzte. »Nell, ich bin alt.«

»Du bist fünfunddreißig! Fünfunddreißig ist nicht alt. Komm schon, Selbstmitleid steht dir nicht.«

»Ich weiß. Aber hast du dir jemals gewünscht, in diese Zeit zurückzukehren?«

Ich presste die Lippen zusammen. »Nein. Man kann aber auch nicht zurückkehren, welchen Sinn hätte das?«

»Schaust du dir nie alte Fotos wie die hier an« – er deutete auf die Collage – »und denkst, dass du damals glücklicher warst?«

»Du bist nicht glücklich?«

Art starrte den Boden vor sich an. »Ich weiß nicht. Ich weiß nicht, ob es wegen Dad ist oder dem Haus oder weil ich wieder hier bin. Ich habe einfach das Gefühl, dass es nicht viel gibt, worauf ich mich freuen kann. Ich will nicht jämmerlich klingen, denn … Mein Gott, ich weiß, wie gut ich es eigentlich habe, aber es ist, als hätte ich meine Entscheidungen bereits getroffen, verstehst du? Ich habe Nicole geheiratet, wir wohnen in New York, Felix geht dort zur Schule, und ich werde bis zum Ruhestand in der Bank arbeiten. Und das war's, das ist mein Leben.« Er hob sein Weinglas. »Oder vielleicht ist das Zeug hier ein seltsamer liechtensteinische Wahrheitstrunk?«

»Art, wenn du unglücklich bist, kannst du das ändern. Das sage ich meinen Mandanten ständig.«

»Kann sein.« Seine Augen zuckten zu mir. »Aber genau aus dem Grund bin ich ursprünglich hergekommen. Ich wollte dir sagen: Wenn Gus der Richtige für dich ist, dann tu es, verbring den Rest deines Lebens mit ihm. Aber wenn er es nicht ist, dann pass auf, dass du dich nicht … in eine Falle begibst.«

Es war, als würde die Erwähnung seines Namens einen Bann von mir nehmen. Ich saß hier in meinen Schlafklamotten auf dem Küchenboden, trank Wein und schwelgte mit Art in alten Erinnerungen – wenn Gus das wüsste, hätte er allen Grund, sich bedroht zu fühlen.

»Ich sollte ins Bett«, sagte ich plötzlich und leerte mein Glas. »Morgen geht's für mich zurück nach London.«

Art sah mich erschrocken an. »Für länger?«

»Jepp. Jack kommt her und übernimmt.« Ich rappelte mich auf, streckte mich und hoffte, den nächsten Teil kurz und schmerzlos hinter mich zu bringen.

»Oh, okay«, erwiderte Art, bevor er sich ebenfalls auf die Füße zog. »Ich wollte noch sagen, es tut mir leid – das alles.«

»Schon gut«, sagte ich mit einem matten Lächeln. »Ich weiß gar nicht mehr, wer sich jetzt noch wofür entschuldigen sollte. Das Ganze ist so lange her, lass es uns einfach … vergessen, würde ich sagen.«

Er zog mich in eine Umarmung. »Abgemacht. Und es hat mich wirklich gefreut, dich zu sehen, Nell.«

»Mich auch«, murmelte ich in seine Schulter.

Er trat ein kleines Stück zurück und sah mich an. »Führt dich deine Arbeit hin und wieder nach New York?«

»Nicht wirklich. Bist du manchmal in London?«

»Selten, ein-, zweimal im Jahr. Ich melde mich, wenn ich da bin. Und bringe dir eine neue Schneekugel mit.«

»Abgemacht«, antwortete ich lächelnd und verspürte dabei sowohl den Wunsch, dass er ging, als auch, dass er bei mir blieb. Diese Situation war viel zu aufgeladen, um ohne BH dazustehen.

Zwischen unseren Gesichtern waren nur Zentimeter, und für einen kurzen Moment dachte ich, er würde mich an sich ziehen und seine Lippen auf meine pressen. Ich wünschte es mir sogar. Es war, als wären wir tatsächlich in der Zeit zurückgesprungen, als wäre ich wieder siebzehn und würde mit Art vor dem Pub in der dunklen Silvesternacht stehen, in meiner jugendlichen Überzeugung, dass sein nächster Schritt mein gesamtes weiteres Leben bestimmten würde.

»Gute Heimreise«, brach er das Schweigen und trat nach hinten, um nach der Klinke der Küchentür zu greifen.

»Danke. Dir auch«, erwiderte ich um einen ruhigen Tonfall bemüht, der keinerlei Emotion verriet. Ich wagte es nicht mal, den Blick zu senken, da ich mir ziemlich sicher war, dass ich harte Nippel hatte.

Da ich bis weit nach Mitternacht in der Küche gesessen hatte, wachte ich am nächsten Morgen entsprechend spät auf. Fast neun! Ich musste packen, aber auch noch ein ernstes Wörtchen mit Luce reden, der Verräterin.

Als ich mich mit Wilma der Dorfwiese näherte, konnte ich Colin hören, noch bevor ich ihn sah.

»STOPPT DIE BULLDOZER, RETTET DRUMMOND HALL!«, brüllte er durch sein Megafon.

Er stand, umgeben von einem kleinen Grüppchen Demonstrierender, mitten auf der Wiese. Es waren insgesamt sieben. Eine von ihnen musste die Journalistin vom *Northumberland Echo* sein, da sie sich eifrig Notizen in einem Block machte. Unter den Anwesenden war auch Colins Vater. Ich winkte Roy, Jamie und Douglas zu, der stolz mit seinem Plakat posierte. Von Lucy keine Spur. Die beiden anderen – eine Dame mittleren Alters, die eine Mütze mit dem Logo des Vogelschutzbundes trug, sowie ein drahtiger Herr Anfang siebzig mit einem Yorkshire Terrier an der Leine – wirkten auch nicht besonders einschüchternd. Ich war mir nicht sicher, ob diese Versammlung ernstlich ein Megafon rechtfertigte. Vermutlich half das Wetter auch nicht gerade: Es war ein grauer, diesiger Tag, dichter Nebel hing in der Luft und hüllte uns alle ein.

In der anderen Hand hielt Colin ein Plakat mit dem Slogan: *STOPPT DEN VERKAUF*, aber die Buchstaben waren durch die Luftfeuchtigkeit aufgeweicht.

»Colin, kann ich kurz mit dir sprechen?«

Er senkte sein Megafon. »Guten Morgen Nell, und ja – was gibt's?«

»Es geht um den Abend von Arts Party.«

»Welche Party?« Er hob erneut das Megafon. »STOPPT DIE BULLDOZER, RETTET DRUMMOND HALL!«

»Colin, könntest du das bitte kurz lassen? Die Party zu seinem einundzwanzigsten Geburtstag. Du weißt ganz genau, wovon ich spreche.«

Colin warf einen nervösen Blick zu den anderen und beugte sich dann zu mir. »Können wir später darüber reden?«

»Nein, wir können genau jetzt darüber reden. He, Colin! Co…«

Er brüllte erneut drauflos. »RETTET DIE BULLDOZER, STOPPT DRUMMOND HALL …« Er hielt verwirrt inne. »Ich meine: STOPPT DIE BULLDOZER, RETTET DRUMMOND HALL.«

»Entschuldigen Sie, sind Sie von der Zeitung?«, wandte ich mich an die Frau mit dem Notizblock. Sie sah jung aus und wirkte ungemein gelangweilt von dieser Veranstaltung. Die Arbeit als Journalistin hatte sie sich bestimmt anders vorgestellt, als über sechs Demonstranten auf einer feuchten Dorfwiese zu berichten.

»Ja«, erwiderte sie lustlos. »Haben Sie damit zu tun?«

»Sozusagen. Dürfte ich Ihnen die Gegenseite zu dieser Geschi…«

»Hör sofort damit auf«, kreischte Colin und schob seine Arme zwischen mich und die Journalistin, als würde er bei einer Prügelei dazwischengehen. »Wir können uns dort drüben unterhalten, Nell.« Er führte mich zu einem Baum am Rande der Grünfläche, gerade, als ich sah, wie Lucy einen Kinderwagen auf uns zuschob, während Jimbo, mit einem Stock winkend, hinter ihr her trottete.

»Morgen, Leute!«, rief sie. »Wie geht's? Tut mir leid, dass wir so spät dran sind, Col. Jimbo ist heute Nacht ein Malheur passiert, und er hat sein Bett komplett vollgeka…!«

»Das interessiert mich nicht«, fiel ich ihr scharf ins Wort. Ich hatte selbst stundenlang wach gelegen und war die Abfolge der Ereignisse immer wieder durchgegangen, wie Agatha Christie, die einen Mordfall aufklärt. Hatte Art die Wahrheit gesagt? Warum hätte Lucy lügen sollen? Und wenn Art die Wahrheit gesagt hatte, wen hatte ich dann dort oben in seinem Zimmer gesehen?

Lucy schien mein Tonfall zu entgehen. »In Ordnung, aber warte nur, bis du selbst Kinder hast, denn ich sage dir, es gibt nichts Schlimmeres als …«

Ich stemmte die Hände in die Hüften. »*Was* mich interessiert, ist, warum du Art damals erzählt hast, dass ich und Colin miteinander gehen würden?«

Wilma, die nichts für derartige Dramen übrig hatte, gähnte und ließ sich zu meinen Füßen nieder.

»Oh«, machte Luce und biss sich auf die Unterlippe.

»Warum hast du das getan? Warum hast du behauptet, dass ich was mit Colin hätte? Ausgerechnet mit Colin!«

»Tu dir keinen Zwang an«, murmelte Colin.

Lucy sah von ihm zu mir und holte tief Luft. »Es tut mir leid, Nell, aber du warst *besessen*.«

»Das stimmt, du warst besessen«, warf Colin ein.

»Du hast über nichts anderes mehr gesprochen«, fuhr Lucy fort. »Art dies, Art das. Dabei wollten wir drei zusammen auf Backpacker-Tour gehen und die Welt sehen, und ich konnte es einfach nicht mehr ertragen, dir zuzuhören, wie du ständig immer nur über ihn redest.«

Sie wirbelte herum, als Jimbo einen quakenden Schrei von sich gab; er war in eine Pfütze gesprungen und schien überrascht, dass da auf einmal Wasser in seinem Stiefel war. »Komm her, du, raus aus der Pfütze.« Sie streckte ihm ihre Hand hin und sah dann wieder zu mir. »Es tut mir leid, Nell, aber ich dachte, ich tue das Richtige.«

»Wie bitte? Wie kann Lügen das Richtige sein? Du hast doch gesehen, in was für einem Zustand ich nach dieser Scheißparty war.«

Jimbo hörte auf, wegen seines Stiefels rumzuquengeln, und zeigte mit seinem Stock freudig glucksend auf mich. »Scheiß!«

»Entschuldige.«

Lucy seufzte. »Schon gut, zu Hause kriegt er Schlimmeres zu hören. Und ja, ich hätte das nicht tun sollen. Aber damals war ich eben der Meinung, dass Art nicht gut genug für dich war, Nell. Er war doch nie hier! Und wenn er mal kam, hast du uns links liegen lassen und bist ihm hinterhergelaufen. So sollte eine Beziehung nicht sein. Und du wolltest an diesem Abend so unbedingt mit ihm schlafen, also habe ich … Ich habe versucht, dich zu beschützen.«

»Mich zu beschützen?«, erwiderte ich schrill. Ich konnte sehen, wie die Journalistin auf der Wiese interessiert zu uns rüberspähte.

»Ja. Ich dachte, wenn ich ihm das erzähle und er dich in Ruhe lässt, dann wirst du vielleicht aufhören, ihm hinterherzulaufen. Und, okay, vielleicht würden ein paar Tränen fließen, aber danach könnten wie vielleicht verreisen und du würdest dich, keine Ahnung, in einen australischen Backpacker verknallen und drüber hinwegkommen. Es tut mir ja so leid, Nell. Aus heutiger Sicht kommt es mir so dämlich vor. Mehr als nur dämlich, und ich hatte jahrelang ein schlechtes Gewissen deswegen. Aber ich habe wirklich versucht zu helfen.«

»Warte mal. Hast du dich deshalb gestern Abend im Pub entschuldigt?«, fragte ich, während die einzelnen Komponenten dieser verwirrenden Ereigniskette sich in meinem Kopf langsam zu einem schlüssigen Ganzen fügten.

»Quasi. Ich habe mich seit damals schuldig gefühlt, Nell. Es war, als hättest du die ganze Reise über getrauert.«

»Mir tut es auch leid«, fügte Colin hinzu.

»Was? Du warst eingeweiht?«

»Es war Lucys Idee«, protestierte er und wedelte mit dem Megafon in ihre Richtung.

»Oh, schönen Dank auch, Col, wirf mich ruhig den Wölfen zum Fraß vor. Ja, es war meine Idee, aber wir waren beide der Meinung, dass es die beste Lösung sei, oder etwa nicht?« Sie funkelte ihn erbost an, bevor sie weitersprach. »Und überhaupt, du warst doch derjenige, der gesehen hat, wie er die Treppe runterkam.«

»Wen hast du die Treppe runterkommen sehen?«, wollte ich wissen.

»Na los«, sagte Lucy und nickte ihm zu, »sag es ihr.«

Colins Gesicht verzog sich, als würde er unter üblen Verstopfungen leiden. »Ich dachte auf den ersten Blick auch, es sei Art, der mit ihr die Treppe runterkam. Erst später, nachdem wir kapiert hatten, was du meintest, gesehen zu haben, beschlossen wir, beschloss Luce …«

»Col! Das ist nicht fair, das waren wir beide.«

»Scheiß!«, gab Jimbo erneut zum Besten.

Wir beachteten ihn nicht.

Colin starrte angestrengt auf das struppige Gras, bevor er wieder aufsah. »Na gut, wir haben es beide beschlossen, aber wie Lucy bereits sagte, nur weil wir dachten, es wäre das Beste.«

»Was habt ihr beschlossen? Col, würdest du damit rausrücken, bevor wir alle an Altersschwäche sterben?«

»Also, es war so«, begann er und sah nun so gequält aus, als würden seine Eingeweide jeden Moment explodieren, »sie hatten beide dasselbe Outfit an, diese Pinguinanzüge.

Darum sahen sie aus der Ferne auch gleich aus. Aber ich habe es selbst erst kapiert, nachdem du Lucy erzählt hast, was passiert war, und sie es dann mir erzählt hat. Und wir dachten …«

»Was? WAS habt ihr gedacht?«

»Wir dachten, es wäre besser, es dir nicht zu sagen, und dich in dem Glauben zu lassen, das wären Art und Nicole in dem Zimmer gewesen.«

»Wenn es nicht Art war, wer dann? Leute, kommt schon.« Ich schwenkte den Kopf von ihm zur ihr und wieder zurück. »Wer?«

Col verzog das Gesicht. »Es war Jack. Es war dein Bruder.«

Getrieben von einer schwindelerregenden Kombination aus Adrenalin und Schock rannte ich, Wilma hinter mir herziehend, los und steuerte die Auffahrt zum Herrenhaus an. Ich musste Art sehen, ich musste ihm sagen, dass ich ihm glaubte und dass diese ganze traurige Geschichte nichts weiter als ein tragisches Missverständnis war, das längst hätte aus der Welt geschafft werden müssen.

Jack! Das hätte ich mir denken können. Nach der Partynacht war er mit lose um den Hals hängender Krawatte und nach Whisky stinkend erst nach Hause gekommen, als es draußen schon hell war. Mum und Dad hatten das mit einem Lachen abgetan, und Mum hatte ihm sogar ein Frühstück gemacht, bevor sie ihn zum Duschen und Schlafen nach oben schickte. Ich hatte den ganzen Tag damit verbracht, in verschiedenen Räumen des Hauses zu weinen: erst in meinem Zimmer, dann in der Küche, dann im Wohnzimmer, bis Mum mir am Abend ein paar beruhigende Kräutertropfen verabreichte und mir riet, ich solle ins Bett gehen, da »morgen alles besser aussehen« würde. Colin, Luce und ich flogen zwei Tage später nach Bangkok, und ich heulte immer noch, weil am Morgen eben gar nichts besser geworden war, und das galt noch für viele Tage danach. Jack und ich sprachen praktisch nie wieder über die Party.

»Auf geht's, Wilma, komm«, trieb ich sie an, als wir die Lindenallee entlangjoggten und dann um die Kurve bogen, von der aus das Anwesen in den Blick kam. Ich hatte weder die passenden Schuhe an noch einen Sport-BH, sodass meine Brüste wie Orangen in einem Einkaufsnetz herumhüpften; außerdem hatte ich mich in eine Leggins gezwängt, die seit meiner Ankunft vor drei Wochen in Northumberland definitiv enger geworden war (all diese Fertiggerichte); und ständig wehten mir Haarsträhnen in den Mund. Hätte Art gerade aus einem seiner vielen Fenster geschaut, hätte er wohl meinen können, dass da eine Irre seine Auffahrt hochgekeucht kam. Doch zum Glück waren die Läden verriegelt.

Schnaufend erreichte ich den Seiteneingang und stieß die Tür auf.

»Art? Art?«, schrie ich, wenn ich gerade nicht nach Luft schnappte, während ich den Korridor entlang in Richtung Küche ging. Die Tür schwang auf, und Art trat verwirrt heraus. »Was zum Henker …? Nell, alles in Ordnung?«

Als ich ihn sah, blieb ich stehen und stützte mich

schwer atmend an der Mauer ab. Ich spürte einen dünnen Schweißfilm auf meiner Oberlippe. »Ja, alles gut, bloß meine Fitness hat die letzten Wochen etwas gelitten.«

»Willst du ein Glas Wasser? Warte, komm, setz dich erst mal hin.« Er trat beiseite, um mich hereinzulassen, dann griff er in einen Schrank. »Was ist los? Wo brennt's denn?«

»Danke.« Ich nahm das Glas entgegen und lehnte mich gegen die Spüle.

»Verdammt, die Protestkundgebung! Was ist passiert?«

Ich lächelte bei der Vorstellung, dass die triste Zusammenkunft auf der Wiese eine Bedrohung darstellen könnte. »Nein, nein, ich glaube nicht, dass du dir deswegen Sorgen machen musst. Colin brüllt bloß vier Leute durch ein Megafon an, abgesehen davon sind da nur sein Vater, Lucy und eine arme Journalistin, die extrem gelangweilt wirkt.«

»Da bin ich erleichtert. Also, warum bist du dann mit einem halben Herzinfarkt hier eingelaufen?«

»Es war Jack.«

»Was?«

»Der in der Nacht was mit Nicole hatte. Es war Jack, den ich mit ihr in deinem Zimmer gesehen habe.«

Noch während ich es sagte, wurde mir flau im Magen. Bisher hatte ich noch gar nicht darüber nachgedacht, dass es der Hintern meines Bruders war, denn ich da hatte auf und ab hüpfen sehen. Dabei hatte ich mir diesen Hintern seither schätzungsweise tausendmal in Erinnerung gerufen, wenn ich wieder mal die Ereignisse jener Nacht hatte Revue passieren lassen. Abartig!

»Woher weißt du das?«

»Colin hat mir gestanden, dass er gesehen hat, wie die beiden die Treppe heruntergekommen sind.« Ich nahm noch einen Schluck Wasser, während Art den Blick auf den Boden richtete. »Tut mir leid«, fügte ich hinzu. »Hätte ich es dir besser nicht sagen sollen?«

Er schaute wieder auf. »Nein, nein, du hättest es mir definitiv sagen sollen. Im Großen und Ganzen, wenn man den Zustand meiner Ehe betrachtet, fällt es ohnehin nicht mehr besonders ins Gewicht. Und bitte entschuldige dich nicht. Du bist in dieser ganzen Sache wohl die unschuldigste Person.«

Ich kräuselte die Nase.

»Was?«

»Ganz so unschuldig bin ich nicht. Lucy meinte, ich sei eine schlechte Freundin gewesen und dass sie dir nur erzählt habe, dass ich was mit Colin hätte, weil ...«

Verlegen hielt ich inne; es war zu peinlich. Gestern Nacht hatte der Alkohol meine Zunge gelöst – Leitungswasser hatte nicht den gleichen Effekt.

»Weil was?«

»Ach, nichts, vergiss es, das ist jetzt auch egal.«

»Nell, was? Sag es mir.«

»Ach, verdammt, das ist alles viel zu viel Drama, dafür dass wir noch nicht mal ...«, ich warf einen Blick auf mein Handy, »... zehn Uhr morgens haben. Na gut, sie meinte, weil ich ständig nur über dich gesprochen hätte und weil ich so besessen von dir war.«

Er grinste. »Besessen, ja?«

»Hör auf«, murmelte ich. »Ich hab letzte Nacht kaum geschlafen, gerade habe ich meine beiden ältesten Freunde hier im Dorf zusammengebrüllt, dabei muss ich noch mein ganzes Zeug packen und es auf zum Zug schaffen, und morgen habe ich eine Besprechung mit Prinz Perverso …«

»Nell, wovon redest du …?«

»Egal.«

»Kannst du dich noch erinnern, was ich dich am Strand gefragt habe?«, wollte er nach einigen Sekunden wissen, in denen nur das Ticken der Uhr über dem Ofen zu hören war.

»Was genau?«, erwiderte ich und bedachte ihn mit einem warnenden Blick. »Du hast an dem Tag ziemlich viel von dir gegeben.«

»Ob du jemals an mich gedacht hast? Während der letzten Jahre, meine ich. Hast du mich vermisst?«

Mein Mund formte ein O, und ich stieß den Atem aus, als hätte ich Schmerzen. »Manchmal«, antwortete ich, nachdem die Uhr einige weitere Male getickt hatte, und musste dabei an die unsichtbare Verbindung denken, die ich mir so lange vorgestellt hatte.

»Ich dich auch.«

Ich drehte mich zum Waschbecken und spürte, wie sich die Hitze in meinen Wangen über meine Kehle und Brust ausbreitete. »Kann ich noch ein Wasser haben?«

»Klar.« Art trat im selben Moment wie ich nach vorn, um den Wasserhahn aufzudrehen, und seine Hand legte sich über meine.

»Entschuldige.« Ich wich rasch zurück und ließ beinahe das Glas in die Spüle fallen.

»Nell, hör auf«, sagte er, und seine Finger griffen nach meinen.

»Womit?«

»Hör auf mit allem. Hör auf zu reden. Hör auf, dir Sorgen zu machen. Hör auf zu analysieren und alles zehnmal zu überdenken. Dieses Gehirn«, er hob seine Hände und umfasste mit ihnen mein Gesicht, »dieses Gehirn muss völlig erschöpft sein.«

Da entglitt mir das Glas doch, und das Splittern hallte durch die ganze Küche.

»Kümmere dich nicht darum«, sagte Art.

Er senkte den Kopf und legte seine Stirn an meine; er war so nahe, dass ich seinen Atem auf meinen Lippen spüren konnte, und ich sprach im Geiste ein kleines Dankgebet an die Zahnpasta-Götter, weil ich daran gedacht hatte, mir die Zähne zu putzen, bevor ich das Haus verlassen hatte. Dann löste er eine Hand von meiner Wange, ließ sie auf meinen unteren Rücken sinken und zog mich an sich, sodass unsere Körper sich an mehreren Stellen aneinanderschmiegten – Brust, Oberkörper, meine Hüften an seinen.

Mich immer noch festhaltend, ließ er auch seine andere Hand sinken, fuhr damit meinen Arm hinab, strich mit seinen Fingern über die Rückseite meines Handgelenks und meinen Handrücken, bis sie die meinen erreichten und sich ineinander verschränkten.

Unsere Blicke trafen sich, und ich wölbte meinen Rücken, presste mich an ihn, in dem verzweifelten Verlangen, seine

Lippen auf meinen zu spüren. Das bedächtige Tempo seiner Bewegungen, das neckende Zögern gaben mir das Gefühl, innerlich zu schmelzen.

Seine Mundwinkel zuckten amüsiert, und er löste seine Stirn von meiner, um sie zu schütteln, während er seinen Arm fester um meinen Rücken legte, damit ich mich nicht herauswinden konnte.

»Art …«, flüsterte ich. Oder vielleicht war es auch mehr ein Stöhnen. Ich bin mir nicht sicher. Zu diesem Zeitpunkt war ich bereits dabei, mein Sprachvermögen zu verlieren. Ich wäre imstande gewesen zu schwören, dass mein Name Margarete oder ich Mitglied der Kommunistischen Partei sei, ohne zu kapieren, was ich da von mir gab.

Und dann küsste er mich, sodass ich mein Denken komplett einstellte, und ich erwiderte seinen Kuss.

Ich erinnerte mich noch an seinen Mund, wie er sich auf meinem anfühlte. Als unsere Zungen sich berührten, spürte ich, wie eine schmelzende Hitze sich meinen Körper hinab ausbreitete, und ich ließ mich gegen ihn sinken. Das hier fühlte sich so vertraut an. Nur dass es mehr als nur Vertrautheit war; vielmehr so, als würde ich mich mit einem verlorenen Teil meiner selbst wiedervereinen.

Er gab meine Finger frei und umfasste stattdessen mit beiden Händen meinen Hintern, bevor er mich auf den Küchentresen hob (ganz kurz, ganz vage fürchtete ich, dass ich zu schwer dafür sei, aber das behielt ich für mich); dann schob er mit einem Fuß die knirschenden Glasscherben beiseite, die auf dem Boden lagen.

Bei dem Geräusch entfuhr mir ein leises, nuschelndes Kichern an seinem Mund.

»Schhhhh, bitte, Nell. Kümmere dich nicht darum.«

Ich fuhr mit meinen Händen durch sein Haar, während wir uns wilder küssten, und Arts Hände glitten unter meinen Pulli und umspannten meinen Brustkorb.

Als ich den Druck seiner Finger auf meiner Haut spürte, musste ich nach Luft schnappen. So lange hatte ich mir als Teenagerin seinen Mund auf noch ganz anderen Stellen vorgestellt, hatte darüber fantasiert, wie seine Finger meinen Körper erforschten, wie wir uns aneinanderdrängten, doch meine Vorstellungskraft war beschränkt gewesen, da sich mein sexuelles Wissen bloß auf das erstreckte, was ich in der *More!* und *Just Seventeen* gelesen hatte.

Dieses Gefühl, Art so nahe zu sein, dass ich jedes Stoppelhärchen auf seinem Kiefer sehen konnte, ließ mich erschauern, obwohl seine Berührungen mich versengten. Er zog mir den Pulli über den Kopf und nahm dabei gleichzeitig mein T-Shirt mit, und während er beides achtlos beiseite warf, fiel mein Blick durch die Terrassentür auf die Fischteiche. Auch damals, vor genau dreiundzwanzig Jahren, war es Anfang April gewesen, in jenem Jahr, in dem ich mich in ihn verliebt hatte, als wir mit unseren Keschern neben eben diesen Teichen gestanden hatten.

Bei der Erinnerung wurde ich auf einmal schüchtern, als ich nach dem Saum seines T-Shirts griff. Ich war stocknüchtern und stand kurz davor, mit jemandem das erste Mal Sex zu haben. Ich war mir nicht sicher, ob das jemals zuvor passiert war. Und davon abgesehen war das nicht irgendjemand – es war Art.

»Was ist?«, fragte er.

»Du bist es«, antwortete ich, während sich unsere Nasen beinahe berührten.

Er nickte. »Ja, ich bin es. Alles gut bei dir?«

»Ja«, flüsterte ich, bevor ich ihm sein T-Shirt auszog und meine Finger zart über seine Brust hinabgleiten ließ. Mir entging nicht, wie anders sich Arts Körper unter meinen Händen anfühlte.

Ich war dabei, meinen Freund zu betrügen, und doch war da ein kleiner Teil von *mir*, der sich ebenfalls betrogen fühlte. Das hier hätte schon vor Jahren passieren können, aber das war es nicht, weil andere es verhindert hatten.

Es machte das, was wir hier taten, deswegen noch lange nicht akzeptabel, aber ich war schon zu weit gegangen, um jetzt aufzuhören. Ich fuhr mit meinen Nägeln über Arts Brust, über seine Schulterblätter und seinen Rücken hinab, woraufhin er seufzte und meinen Namen an meinem Hals raunte, während er meinen BH öffnete – der dann ebenfalls beiseite flog.

Als Nächstes beugte er den Kopf zu meinen Nippeln hinab und saugte erst an einem, dann am anderen, sodass ich den Kopf in den Nacken warf und unwillkürlich nach Luft schnappte. Als sein Mund sich wegbewegte, wurden sie in der brennend kalten Küchenluft nur umso härter, also drängte ich mich gegen seine Brust, Haut an Haut, damit wir uns wieder küssten. Ich hätte vor Lust schreien können.

Überwältigt von dem plötzlichen Bedürfnis, ihn in mir zu spüren, fummelte ich an seiner Gürtelschnalle und öffnete sie. Es war, als verstünde mein Körper, nachdem er so lange darauf gewartet hatte, ganz genau, was wir da taten, und dass es jetzt geschehen musste. Auf der Stelle.

Ich knöpfte seine Jeans auf, bevor er wieder übernahm und sie sich auszog. Dann legte er einen Arm um meinen Rücken und hob mich an, sodass ich meine Leggins und meinen Slip abstreifen konnte, bevor er mich auf sich draufzog.

O verdammt. Das hier war es. Meine Augen füllten sich mit Tränen, traurig bei dem Gedanken, was wir verpasst hatten. Wir hatten als Teenager so viel Zeit verschwendet. Zu schüchtern, um einander auch nur zu berühren.

Ich hob meine Arme über seine Schultern, damit ich seinen Kopf halten konnte, und schlang meine Beine um ihn, während er mit den Händen meine Hüften umfasst hielt, um mich wieder und wieder an sich zu ziehen.

Dann begann sich die Hitze vom anderen Ende meines Körpers aus auszubreiten. Erst sorgte sie dafür, dass sich meine Füße spannten und ich meine Fersen in seinen Rücken drückte, bevor sie durch meine Beine emporschoss bis in meinen Unterleib, wo sie ungehemmt und heftig explodierte. Schmelzende Wellen fuhren durch meinen Körper, während Arts Stöhnen an meinem Hals immer lauter wurde.

Er schrie ein letztes Mal auf, bevor er die Luft an meinem Schlüsselbein ausstieß. Danach verharrten wir eine Weile reglos und lauschten dem Atem des anderen, während ich immer noch seinen Kopf in meinen Händen hielt.

Dann warf Art einen Blick zum Fenster: »Glaubst du, sie hat das Ganze beobachtet?«

»Was? Wer?«, fragte ich schnell, bevor ich mich umdrehte und Wilma mit wedelndem Schwanz an der Terrassentür stehen sah, wo ihre Schnauze weiße Flecken auf dem Glas hinterließ.

19

Das schlechte Gewissen kam, als wir anfingen, schweigend unsere Klamotten vom Boden aufzuklauben und uns anzuziehen. Was hatte ich getan? Was hatten wir getan? Ich kam mir vor wie das wandelnde Klischee aus einem Fernsehdrama. Sex in Arts Küche zu haben, und zwar auf der Arbeitsplatte, auf der Frank früher seine Biskuitkuchen zum Tee anrichtete, hatte heute Morgen beim Aufstehen nicht auf meinem Programm gestanden. Und auch nicht, dass die arme Wilma das alles mitansehen musste.

Ich griff nach meinem Handy und schrak innerlich noch mehr zusammen, als ich eine Nachricht von Gus sah.

> Guten Morgen, Lämmchen. Ich habe für heute Abend einen Tisch im La Delizia für uns besorgt. Da Sonntag ist, habe ich recht früh reserviert. Ich dachte einfach, wir sollten deine Heimkehr gebührend feiern. Ich kann es kaum erwarten, dich wieder bei mir zu haben. X

Das La Delizia war ein winziges italienisches Restaurant in Chelsea, wo wir jeden Oktober unseren Jahrestag und hier und da auch einen Geburtstag feierten. Die Servicekräfte hätten Luigis Cousins sein können und servierten einem quasi ununterbrochen Schüsseln mit frischer italienischer Pasta. Man gab keine Bestellung auf, sondern bekam einfach aufgetischt, was sie an dem Tag zubereitet hatten, und zwar so lange, bis man den Hosenknopf öffnen musste und nur noch nach Hause rollen konnte. Die Weinkarte kam in einer eigenen Mappe daher, und es wäre wohl billiger gewesen, übers Wochenende nach Rom zu fliegen und sich dort den Bauch mit Pasta vollzuschlagen. Aber es war eben auch ein sehr besonderes Lokal – und romantisch dazu.

»Alles in Ordnung?«, fragte Art.

Ich sah von meinem Handy auf und nickte schweigend.

Was hätte ich auch sagen sollen? Wir alle haben Träume, denen wir nachhängen, wenn wir auf dem Weg zur Arbeit sind oder im Bett liegen und nicht einschlafen können. Und Art war so lange meine Fantasie gewesen, auch wenn ich versucht hatte, sie zu begraben, und kurz war es berauschend gewesen, sie im wirklichen Leben umzusetzen, aber niemand kann ewig in einem Traum festhängen. Es war vorbei; ich musste ins echte Leben nach London zurück.

»Sicher?«

Ich nickte erneut.

»Sieh mal, ich weiß, dass es kompliziert ist …« begann er.

»Art, es ist nicht kompliziert. Tatsächlich ist es ziemlich einfach.«

Er runzelte die Stirn. »Inwiefern?«

»Ich muss nach Hause.«

»Klar, aber wann geht dein Zug? Hast du noch Zeit für einen Spaziergang? Wollen wir darüber reden?«

»Nein, ich muss los. Und du musst zurück nach New York. Also bringen wir es einfach hinter uns. Schnell. Komm her und umarme mich.«

»Nell …«

»Nein, im Ernst, es ist besser so. Komm her, ich muss gehen.«

»Warum tust du das?«, fragte er und trat auf mich zu. »Du bist schon einmal weggerannt, und jetzt tust du es wieder.«

»Art, ich renne nicht weg! Aber ich bin leider keine siebzehn mehr. Nein, nicht leider, denn ich habe es gehasst, siebzehn zu sein, und mein Haar war eine Katastrophe. Aber ich muss nach Hause. Das müssen wir beide.«

Ich breitete meine Arme aus, legte sie um seinen Hals und schloss die Augen.

Was hatten wir getan?

Art drückte mich an seine Brust. Ich war hin- und hergerissen zwischen dem Wunsch, für immer dort zu bleiben oder aber aus der Küche zu stürzen, als wäre sie ein Ort des Verbrechens.

Ich machte mich los. Das war genug.

»Ich liebe dich«, sagte er leise, ließ seine Hände an meinen Armen hinabgleiten und umfasste meine Finger.

»O Art, du musst echt an deinem Timing arbeiten.«

Er lachte. »Ich bin doch nur fünfzehn Jahre zu spät.«

Ich fühlte mich, als hätte man alle Luft aus mir gepresst. »Uff, okay, im Ernst, ich muss los.« Es war mir nicht möglich, etwas zu erwidern. Das wäre ein Verrat zu viel gewesen. »Ich muss los«, wiederholte ich, ließ seine Hände los und ging in Richtung Tür. »Tschüss«, fügte ich hinzu, ohne mich umzusehen.

Draußen rief ich nach Wilma, die von dem, was sie durch das Küchenfenster hindurch beobachtet hatte, vollkommen unbeeindruckt schien, und wir liefen die Auffahrt hinab.

Ich rannte auch noch, als ich die Dorfwiese erreichte, wo die Protestkundgebung mittlerweile auf Colin, seinen Vater und die Frau mit dem Vogelschutz-Logo zusammengeschrumpft war. Selbst die Journalistin war fort. Ich schaute auf meine Uhr. Kurz vor elf. Roy und die Jungs hatten sich vermutlich in den Pub verzogen.

»Fast daheim«, keuchte ich in Wilmas Richtung, als wir auf die Schotterpiste zu unserem Haus bogen, blieb aber stehen, als ich ein unbekanntes Auto davor halten sah.

Die Beifahrertür ging auf, und eine mir umso bekanntere Gestalt stieg aus.

»Hi, Schwesterchen«, grüßte Jack und streckte sich. »Ich dachte, ich komme einen Tag früher, damit du mich nicht wieder volljammerst. Hast du zwanzig Kröten, die du mir leihen kann? Ich hab vergessen abzuheben.«

»Du!«, brüllte ich und stapfte auf ihn zu.

Jack kräuselte die Brauen. »Was denn? Chill mal. Ich kann Dad fragen, wenn du gerade nichts da hast.«

»Du!«, rief ich erneut.

»Was ist dein Problem?« Er trat einen Schritt zurück.

»Was mein Problem ist? WAS MEIN PROBLEM IST? Du bist ein egoistischer, verwöhnter, fauler, verlogener WICHSER, das ist mein Problem!«, sagte ich und stocherte dabei mit dem Finger auf ihn ein. »Nein, du kannst dir keine zwanzig Kröten leihen, weil du mir bereits ZEHNTAUSEND PFUND schuldest. BEZAHL MIT DEINEM EIGENEN GELD. Entschuldigung«, fügte ich leiser an den Taxifahrer gerichtet hinzu, der sich rasch anschnallte. Dann beugte ich mich zu seinem heruntergelassenen Fenster vor. »Ach ja, wäre es wohl möglich, dass sie noch zehn Minuten warten und mich zum Bahnhof fahren?«

Er nickte. »Das Taxameter läuft aber.«

»Schon gut, schon gut, ich zahle«, versicherte ich ihm über die Schulter hinweg und ging ins Haus, um zu packen.

Ich musste dringend nach London zurück.

Die Zugfahrt von Morpeth nach London dauert exakt drei Stunden und vierundfünfzig Minuten, und obwohl ich fünf Minuten davon nutzte, um in den Speisewagen zu gehen und mir einen wässrigen Kaffee sowie eine Packung Ingwerkekse zu holen, blieben mir damit noch drei Stunden und neunundvierzig Minuten, um mir selbst eine strenge Moralpredigt zu halten.

Ich fuhr gerade nach London, in mein vernünftig eingerichtetes Leben zurück. Zu Gus, unserer Wohnung und zu meinem Job, bei dem ich schon bald zur Partnerin befördert werden würde. Wir hatten elf Jahre damit verbracht, uns ein gemeinsames Leben aufzubauen, und das konnte ich nicht einfach so wegwerfen. Ich war nicht bereit, all diese Anstrengungen und Mühen zu opfern. Und wofür würde ich sie überhaupt opfern? Für eine Teenagerfantasie? Okay, zugegeben, das aufregende Knistern zwischen uns gab es nicht mehr, doch dafür hatten wir etwas anderes, viel Wichtigeres: Stabilität.

Die letzten drei Wochen hatten bewiesen, dass Art mir noch immer das Gefühl bescheren konnte, als würde ich fliegen, so als wäre ich ein junges Mädchen, das zum ersten Mal Hals über Kopf verliebt war, und selbst heute gab es niemanden auf der Welt, mit dem ich lieber meine Zeit verbringen würde. Aber wenn wir zusammen wären, würde auch das nach ein paar Monaten verschwinden. Letzten Endes lief es doch in allen Beziehungen darauf hinaus, dass man den anderen bat, auf dem Heimweg eine Packung Klopapier mitzubringen. Es ging also praktisch nur noch darum, für *wen* man Klopapier besorgte.

Was auch immer das mit Art gewesen war, es würde mich wohl noch eine Weile beschäftigen. Aber durch meine Arbeit wusste ich, dass man diese kurzen Eruptionen im Leben hinter sich lassen konnte. Sicher, das war schon eine ziemlich heftige Eruption gewesen, räumte ich ein, als ich mich an die Hitze seines schweren Atems an meinem Hals erinnerte, an seine Hände, die meine Hüften umfassten. Aber es war vorbei und es würde nie wieder passieren. Ich biss mir auf die Unterlippe, als mir der panische Gedanke kam, dass mich das zu einem so rücksichtslosen, verdorbenen Menschen wie Gideon machte. War dem so? Nein, bitte nicht. So schlimm konnte ich gar nicht sein.

Die gesamte Fahrt über wurde ich von brennend heißen Wogen der Scham überrollt; in dem einen Moment war mir übel; drei Sekunden später versicherte ich mir schon wieder, dass nichts gewesen war, dass es nichts zu bedeuten hatte – es war bloß ein Akt, den wir schon vor Jahren hätten vollziehen sollen. Lediglich der Abschluss eines sehr langen Theaterstücks oder vielleicht sogar einer von Gus' extrem dramatischen italienischen Opern. Der heutige Morgen hatte den Schlussakt dargestellt, und jetzt war alles vorbei, alle konnten nach Hause gehen.

Sekunden später wurde mir wieder übel.

Ich ignorierte mehrere WhatsApp-Nachrichten von Jack.

Nell, alles in Ordnung?

Das war echt krass.

Ich hatte vor, es dir zurückzuzahlen.

Du hättest mich nicht so anbrüllen müssen.

Weißt du, ob noch Leckerlis für Wilma im Haus sind?

Ich las und ignorierte auch eine längere Nachricht von Luce, die sich abermals entschuldigte und bekräftigte, dass sie damals geglaubt hatte, mir einen Gefallen zu tun.

Ich dachte, dass er dich nicht verdient, aber das war ein Irrtum, und ich wünschte, ich könnte das Ganze ungeschehen machen. Es tut mir so leid.

Ich legte das Handy mit dem Display nach unten auf den Tisch und biss in einen Ingwerkeks.

Am Bahnhof King's Cross angekommen nahm ich mir ein Taxi, weil es Sonntagnachmittag war und ich keine Lust hatte, in der U-Bahn mit Touristen und Familien auf Museumstour herumzutuckern. Ich hatte so überstürzt gepackt, dass ich nicht einmal dazu gekommen war, Gus Bescheid zu geben, dass ich früher da sein würde, und daher beschlossen, ihn zu überraschen. Noch im Zug hatte ich mir den Plan zurechtgelegt, durch die Tür zu platzen, laut meine Ankunft zu verkünden und in seine Arme zu fallen. Bei dieser Vorstellung fühlte ich mich gleich (ein klitzekleines bisschen) weniger schlecht wegen dem, was ich mit Art getan hatte.

Als mein Uber vor der Wohnung hielt, versicherte ich mir selbst noch einmal, dass es besser war, Gus nichts von meinem Seitensprung zu erzählen. Es würde ja nichts bringen. Unzählige Paare hatten so etwas hinter sich. Manchmal gab es einer Beziehung sogar neuen Aufschwung.

Himmelherrgott, Nell, du bist ein Mensch, kein wandelndes Selbsthilfebuch.

Ich schleppte meinen Koffer die Treppe hoch und öffnete die Wohnungstür.

»Gus? Ich bin zurück!,« rief ich, bevor ich mein Gepäck auf den Wohnzimmerboden fallen ließ.

»Nell?« Ich hörte Schritte über mir, dann tauchte er am oberen Ende der Treppe auf.

Ich lächelte. »Hi! Überraschung! Jack ist früher gekommen, also hab ich beschlossen, früher zu fahren. Soll ich heute Abend kochen? Oder wir bestellen was und schauen uns einen Film an? Einen deiner Filme? Oder wir gehen aus? Oh, nein, natürlich, du hast ja im La Delizia reserviert. Das wird schön. Ich frage mich, ob sie wieder diese Burrata dahaben?« Was quasselte ich da über italienischen Käse? Meine Nerven lagen echt blank.

Gus machte keinerlei Anstalten, nach unten zu kommen. Stattdessen blieb er mit düsterer Miene auf dem Treppenabsatz stehen.

»Alles klar bei dir?«, fragte ich. Dann sah ich, dass er etwas in der Hand hielt.

»Was ist das?« fragte er und hielt eine Ausgabe von *Be More Bride* in die Höhe.

Ah.

»Nur eine Zeitschrift«, erklärte ich heiter.

»Nell, das sehe ich, denn ich bin mit der magischen Gabe des Sehvermögens gesegnet, aber warum liegen sechshundert davon in unserem Gästezimmer?«

»Was hast du da drinnen gemacht?«, fragte ich, um Zeit zu schinden.

Wie sollte ich das erklären? Könnte ich es einer frisch verheirateten Freundin in die Schuhe schieben? Es als Recherche für einen Mandanten ausgeben? Oder als so eine Art sexuellen Fetisch?

Gus' Miene blieb finster. »Ich dachte, ich bringe das

Zimmer vor deiner Rückkehr in Ordnung und verwandle es endlich in ein richtiges Büro; aber als ich diese Schublade öffnen wollte, war sie so schwer, dass ich sie fast nur mit Gewalt aufbekommen habe; und dann habe ich sie entdeckt, Nell. Sie *alle*.«

Ich zuckte mit den Schultern. »Ja und? Das ist doch keine große Sache. Ich lese sie einfach nur gern.«

»Keine große Sache? Nell, da drinnen sieht es aus wie in einer Hochzeitsboutique. Und dann hältst du es auch noch vor mir geheim? Um Himmels willen, was hast du sonst noch so alles gebunkert? Hast du ein Brautkleid im Kleiderschrank versteckt? Oder eine Tiara in deiner Sockenschublade?«

Ich schnaubte. »Gus, komm schon, du machst dich lächerlich.«

»Ich mache mich lächerlich? Nell, ich bin nicht derjenige, der sich heimlich im Gästezimmer verkriecht und Artikel liest wie …« Er hielt inne und öffnete die Zeitschrift in seiner Hand. »›Zwanzig Arten, das perfekte Cheeseboard für Ihre Hochzeit anzurichten‹!«

»Das ist tatsächlich gar nicht so einfach, wie man meint, weil man den Weichkäse nicht so lange liegen lassen darf, und …«

»Nell, Cheeseboards sind mir völlig egal! Und dir auch. Weißt du, was mir sonst noch egal ist?« Er blätterte weiter. »Ob die Torte eher aus Windbeuteln oder Macarons bestehen soll. Oder wo man am besten einen Smoking ausleihen kann. Oder, oh, schau, das hier ist gut: ›Siebenunddreißig stylische Sockenmodelle für jeden Bräutigam.‹

Wozu zur Hölle braucht der Kerl siebenunddreißig Paar Socken? Er heiratet und unternimmt nicht eine Wanderung an den Südpol. Und was um Himmels willen ist ein Minimoon?«

»Das sind Flitterwochen, aber eben die Kurzversion, Miniflitterwochen sozusagen …«

»Nell, das ist mir egal! Ich will von alldem nichts wissen. Das ist genau das, was ich hasse – dieser verrückte Hochzeitszirkus, der darin besteht, sich den Kopf zu zerbrechen, welche Farbe die Servietten haben sollen. Das ist total gestört.« Zum Zeichen seines Protests schleuderte er die Zeitschrift auf den Teppich. »Nell, ich liebe dich, aber mein Gott, das hier ist, als hätte ich herausgefunden, dass du mich betrogen hast. Ernsthaft, warum liest du diesen Mist?«

»Weil ich es will!«, schrie ich zurück, da ich plötzlich die Kraft fand zu kontern. »Weil es mir gefällt. Weil ich gern über Hochzeiten und Kleider und Cheeseboards und, ja, sogar über Socken lesen möchte! Was ist daran verkehrt, Gus? Es ist doch nicht verboten, über Minimoons zu lesen.«

Ich hielt inne, um nach Luft zu schnappen; ich musste zu Atem kommen für das, was ich ihm, wie mir soeben klar geworden war, zu sagen hatte.

»Weil ich heiraten möchte«, fuhr ich fort. »Es tut mir leid, ich weiß, dass du das nicht willst. Ich weiß auch, dass wir uns einig waren, aber ich will es dennoch. Ich möchte, dass sich jemand für mich entscheidet. Ich möchte, dass ein Mann, der mich liebt, vor dem Altar einer Kirche steht, während ich mit meinem Dad den Mittelgang entlangschreite. Nicht jetzt natürlich, weil er mit dem Gips nicht laufen kann. Aber ich wünsche es mir so, *so* sehr.« Ich hielt erneut inne, um tief Luft zu holen. »Ich will jemanden, der mich für immer an sich binden will.«

Er schüttelte den Kopf. »Die Ehe hält nicht unbedingt für immer. Das weißt du, darüber haben wir uns schon unterhalten.«

Wieder dachte ich an das, was mir Mum neulich im Café gesagt hatte, dass man manchmal einfach springen muss.

»Zu Beginn kann das niemand wissen, Gus. Man muss einen Sprung wagen, und … und … und ich möchte jemanden, der mit mir springt!«

Er stand oben auf der Treppe und sah mich eine Weile einfach nur an. »Ich weiß nicht, ob ich springen kann.«

»Nein, ich …« Eigentlich wollte ich sagen, dass nicht er es sei, mit dem ich springen wollte, aber das erschien mir zu grausam. »Nein, das weiß ich.«

Ich griff nach der Rückenlehne des Sofas, weil mir bei den Implikationen dieser Worte schwindlig wurde. Ich hatte nicht vorgehabt, irgendwas davon zu sagen; aber es auszusprechen, es herauszulassen weckte in mir den Drang, vor Erleichterung aufzuschreien und gleichzeitig zu weinen; erheitert von diesem Geständnis, nachdem ich jahrelang das Gegenteil behauptet hatte; traurig wegen dem, was es für mich und ihn bedeutete.

»Warum habe ich nichts davon gewusst?«, fuhr er fort. »Warum hast du mir nichts davon erzählt?«

»Weil wir uns über nichts Wichtiges mehr unterhalten, Gus. Wir sprechen nur noch über Restaurants und Weinkarten und ob wir uns einen Heißwasserhahn besorgen sollen!«

»So ein Hahn ist ziemlich energieeffizient.«

»Ich weiß. Aber ich bin mir nicht sicher, ob ich den Rest meines Lebens damit verbringen kann, über energieeffiziente Wasserhähne zu reden.«

Gus runzelte die Stirn. »Was, wenn ich sagen würde, dass ich es könnte? Also diese Heiratsgeschichte durchzuziehen. Dass ich es womöglich in Erwägung ziehen würde?«

Ich lächelte traurig zu ihm hinauf. »Ich glaube, das entspricht nicht ganz dem Traum – dass jemand sagt, er zieht es in ›Erwägung‹ einen zu heiraten, weil man ihn dazu gezwungen hat.«

Wir verstummten, und obwohl nur wenige Sekunden verstrichen, so spürte ich doch, wie wir rasend schnell auseinanderdrifteten. Die Geschwindigkeit war schwindelerregend. Das hier hatte ich im Zug so nicht geplant. Es war vielmehr das Gegenteil meines Plans.

»Also, was sollen wir jetzt tun?«, fragte er schließlich.

»Ich weiß nicht, ob es viel gibt, was wir tun können. Aber vermutlich bedeutet das … Ich schätze, das bedeutet … Ich den…« Ich brachte die Worte nicht hervor, da ich zu weinen anfing, woraufhin Gus die Treppe runterkam und mich in die Arme schloss.

Was ich sagen wollte, war: Ich denke, das bedeutet, dass es vorbei ist mit uns. Aber ich musste es gar nicht sagen, da er zu dem gleichen Schluss gekommen war.

So ist das eben, wenn man elf Jahre mit jemandem zusammen ist: Es gibt vieles, worüber man reden sollte; aber nicht alles muss ausgesprochen werden, damit der andere versteht.

Meine Tränen versickerten an seiner Schulter, während er mich hielt; minutenlang standen wir nur so da und sagten nichts. Wir liebten einander, aber eben nicht genug. Art hatte recht gehabt, so wurde mir klar: Ich liebte Gus, aber ich war nicht in ihn *verliebt*.

Noch als ich dastand und, überwältigt von dem, was das hier nach sich ziehen würde, Rotz und Wasser auf sein Hemd heulte, spürte ich doch auch noch etwas anderes in mir: ein kaum merkliches Aufflackern der Freude darüber, dass ich nie wieder das Wort »Lämmchen« würde hören müssen.

20

In jener Nacht schlief ich im Gästezimmer, auch wenn man es eigentlich nicht als »schlafen« bezeichnen konnte, da ich zwischen zwei und fünf Uhr morgens wach lag und mich fragte, was ich nun kurz-, aber auch langfristig tun sollte. Es war das gleiche Gefühl von Trostlosigkeit, das mich auch damals nach Arts Party befallen hatte. Dieses Mal war ich zwar nicht ganz fertig, dennoch spürte ich, dass ich etwas unwiederbringlich verloren hatte. Wenn man so schnell den Boden unter den Füßen verliert – wie übersteht man da nicht nur den morgigen Tag, sondern auch den Rest des Lebens?

Ein Teil von mir wollte die Schublade unter dem Gästebett aufziehen und zu einer trostspendenden Lektüre über Schleier und Hochzeitsgeschenke greifen; ein anderer Teil von mir war besorgt, Gus könne im Schlafzimmer nebenan das Gerumpel hören und wissen, was ich da tat.

Der kurzfristige Plan sah vor aufzustehen, ins Büro zu joggen, dort so zu tun, als wäre alles in bester Ordnung, und mich für das Treffen zwischen Prinz Perverso und Gräfin Wilhelmina wappnen.

Auf lange Sicht musste ich alles Weitere klären: nicht nur, was mit der Wohnung und den Möbeln geschehen würde, sondern ganz generell, wie das Leben ohne Gus aussehen sollte. Bei der Angst, die mich dabei beschlich, wollte ich am liebsten nach nebenan schleichen, unter die Bettdecke schlüpfen, meinen Arm über Gus' Brust legen und so tun, als wäre alles wieder gut, so wie vor meiner Zeit in Northcliffe.

Doch mir war klar, dass ich nicht nachgeben durfte, dass dies die richtige Entscheidung war. Noch im Zug hatte ich mir eingeredet, dass ich für immer ein ruhiges, stabiles Leben führen, dass ich Komfort und Sicherheit über irgendwelche aufregenderen Dinge stellen könnte. Aber das stimmte nicht. Ironischerweise hatten ausgerechnet die Wochen in meinem Heimatdorf, das ich einst so provinziell und langweilig gefunden hatte, mir gezeigt, dass ich mehr wollte.

Sobald das erste Licht hinter der Gardinenstange hervorkroch, gab ich den Versuch zu schlafen auf und beschloss, früher ins Büro aufzubrechen. Es war das erste Mal seit drei Wochen, dass ich durch London joggte, und außer mir und den Müllmännern war sonst niemand auf den Straßen unterwegs.

Ich duschte und nahm dann mit einer Kanne von Carmelitas Kaffee an meinem Schreibtisch Platz. Na also. Schon viel besser. Ich fing damit an, meine E-Mails durchzugehen. Der Vaterschaftstest von Lord Betthüpfer war positiv ausgefallen *(Ich werde für einen weiteren kleinen Quälgeist aufkommen müssen!*, hatte er in einer an Gideon und mich adressierten Mail geschrieben), und er wünschte, dass wir ein finanzielles Angebot für die werdende Mutter aufsetzten. Die Tochter von Mr. Jalal wiederum wollte eine Haustier-Klausel in ihren Ehevertrag aufnehmen, die festlegte, dass ihr im Falle einer Trennung die gemeinsame Burma-Katze zugeschrieben würde. Die Arbeit vermittelte mir eine gewisse Normalität und war zudem eine willkommene Ablenkung von meinem eigenen Privatleben. Mich mit diesen Forderungen auseinanderzusetzen hatte dennoch auch etwas Deprimierendes, so als würde ich nur zum Elend der Situation beitragen, anstatt es zu lösen.

Stunden später lief Gideon ein, als ich mir gerade zum letzten Mal das Angebot von Prinz Rudolf durchlas.

»Grundgütiger, wer sind Sie denn?«, fragte er und tat so, als würde er zurückschrecken, als er mich hinter meinem Schreibtisch erblickte. »Hilfe, Polizei, da ist eine Fremde in meinem Büro!«

»Morgen«, grüßte ich und ignorierte seinen dürftigen Versuch, einen Scherz zu reißen. »Ich gehe gerade die Punkte für das heutige Treffen durch.«

»Hattest du auch gutes Wetter in deinem kleinen Urlaub?«, fuhr er fort. »Und wie war das Frühstück im Hotel? Ich hoffe, die Pooltemperatur war nach Madams Geschmack?«

»Das Wetter war größtenteils schrecklich, wie es in Northumberland nun mal so ist, aber danke der Nachfrage,« antwortete ich und widerstand der Versuchung »DU ABSOLUTER VOLLPFOSTEN« hinterherzuschieben.

Während meiner Abwesenheit hatte ich Dutzende, nein, Hunderte von Stunden hinter meinem Laptop verbracht und dabei so lange im Schneidersitz auf meinem Bett gesessen, dass mein Kreuz sich ungefähr so agil anfühlte wie das von Nanny Gertrude. Aber ich weigerte mich, mich schon so früh am Tag von Gideon auf die Palme bringen zu lassen, und kehrte darum zum eigentlichen Thema zurück. »Ich habe mir noch einmal Prinz Rudolfs Erklärung angesehen und glaube …«

Gideon grunzte und warf seine Aktentasche auf den Schreibtisch. »So wie ich Veronica kenne, wird sie sich auf den Ehebruch einschießen, also lass mich das machen.«

»Ich denke, wenn wir Gräfin Wilhelmina dazu bringen könnten, den Wochenenden zuzustimmen, könnte er wiederum nachgiebiger sein, was die Wohn…«

Gideon hob die Hand wie ein Schullotse. »Nell! Papperlapapp. Ich habe alles im Griff und werde auch das Reden übernehmen.«

Ich wandte mich zu meinem Bildschirm und dachte dabei an all die Zeit, die ich damit verbracht hatte, mich auf dieses Treffen vorzubereiten, zu recherchieren und die Vorarbeit zu leisten, E-Mails zu irgendwelchen Chalets und Dackeln zu beantworten, nur damit mir am großen Tag der Mund verboten wurde, weil mein Chef Frauen im Wesentlichen als schmückendes Beiwerk betrachtete.

»Was ein Saftsack«, murmelte ich leise.

»Wie bitte?«

»Das wird ein Kraftakt«, sagte ich, hob rasch den Kopf und verzog den Mund zu einem falschen Lächeln.

Schweigend tippten wir an unseren Computern, bis zehn Minuten später mein Handy auf dem Schreibtisch vibrierte und ich ein fledermausartiges Quietschen von mir gab.

Es war Art.

Ich hoffe, du bist gut nach Hause gekommen. Heute unterschreibe ich die letzten Papiere, und morgen geht es zurück. Ich melde mich, wenn ich das nächste Mal in London bin. War echt schön, dich gesehen zu haben.

»Alles in Ordnung?«, fragte Gideon und blickte von seinem Schreibtisch auf.

»Jepp, nur, ähm, eine Nachricht von Gus«, flunkerte ich.

Er musterte mich aus zusammengekniffenen Schweinsäuglein. »Ich hoffe, es steht alles zum Besten?«

»Ja, ja, alles super.«

»Und dein Vater hat sich von seinem Leiden erholt?«

»Es war ein Beinbruch. Und ja, so gut wie. Mein Bruder ist jetzt bei ihm, auch wenn er meistens nichts auf die Reihe bekommt, sollte er das die nächsten Wochen auch alleine schaffen.«

»Gut«, sagte Gideon ernst, »denn nach dieser langen Auszeit, musst du mir schon beweisen, dass du es mit dieser Kanzlei ernst meinst, Nell. Vorausgesetzt, du hast immer noch Interesse an einer Partnerschaft?«

Ich nickte schnell. »Ja, absolut. Ich bin zurück und kann es kaum erwarten. Aber nur um das klarzustellen, Gideon, ich habe, während ich weg war, jeden Tag gearbeitet, und ich denke nicht, dass ich irgendwas dabei habe schleifen lassen, *oder*?«

Er kniff die Augen zusammen und schien innerlich zu ringen. »Nein, wahrscheinlich nicht«, räumte er widerwillig ein. »Könntest du jetzt bitte bei Queenie durchklingeln, damit sie mir mein Frühstück bringt, aber pronto. Sie scheint mittlerweile immer länger zu brauchen. Ich weiß auch nicht, was sie da tut – legt sie die Eier etwa selber?«

Wir hatten Prinz Rudolf gebeten, eine halbe Stunde vor dem anberaumten Treffen zu kommen, um mit uns die Details durchzugehen.

»Guten Morgen, Eleanor«, grüßte er, als wir im Vorstandszimmer standen, und ließ den Blick an mir auf und ab wandern. »Ich hoffe, Ihrem Vater geht es besser?«

»Ja, danke«, antwortete ich knapp.

Nell, sei auf der Hut, der Mann ist definitiv pervers. Ja, er mag zwar extrem attraktiv sein und in dem marineblauen Anzug über dem hellen Hemd und der Krawatte an ein Model aus einem Männermodemagazin erinnern. Und ja, er hat einen Kiefer, der Marmor zerschneiden könnte, und riecht so unfassbar gut, dass du am liebsten seinen Hals ablecken möchtest. Aber du musst das alles ignorieren und dich auf die geschäftliche Seite konzentrieren.

Ich räusperte mich. »Wer möchte einen Kaffee?«

»Nein, Danke, Eleanor, ich hatte meinen bereits.«

»Cappuccino für mich, bitte«, bellte Gideon, bevor er Prinz Rudolf einen Stuhl anbot. »Jetzt gilt es, uns gut zu rüsten. Veronica Wallop wird hier hereinspaziert kommen und ihren Charme spielen lassen, aber lassen Sie sich nicht täuschen. Die Frau ist wie ein Heckenschütze im Rock. Sie würde nicht zögern, sich Ihren gesamten Besitz unter die Krallen zu reißen. Aber das werden wir nicht zulassen. Wir sollten vorab also noch ein paar Punkte durchgehen.«

Gideon umriss in groben Zügen die Erklärung, die ich aufgesetzt hatte, und listete dabei auf, was Prinz Rudolf seiner Frau zugesagt hatte: in erster Linie das Haus in London sowie das Apartment in Paris, dazu ein Großteil des Schmucks, eine monatliche Unterhaltszahlung von dreißigtausend Pfund plus Alan, den Dackel, vorausgesetzt, Gräfin Wilhelmina ließ sich auf ein geteiltes Sorgerecht ein.

»Das ist eine starke Ausgangsposition«, verkündete Gideon. »Ich muss Sie jedoch warnen, dass die Dinge persönlich werden könnten, da Veronica gern mal den Finger in die Wunde legt, doch es ist niemandem geholfen, wenn sich die Gemüter erhitzen. Betrachten Sie das Ganze als eine Art Geschäftsmeeting und überlassen Sie mir die Verhandlung.«

Prinz Rudolf zuckte die Schultern. »Ich mache mir keine Sorgen. Sie kann gerne sagen, was sie will. Ich möchte die Angelegenheit bloß hinter mich bringen.« Er sah zu mir und lächelte. »Und dann werde ich vielleicht nie wieder heiraten, so wie Ihre kluge Kollegin hier. Wie geht es Ihrem Freund, Eleanor?«

»Ihm geht es gut«, presste ich hervor. »Alles gut. Alles in bester Ordnung.«

Zum Glück klingelte da das Telefon; es war Rosemary, die uns mitteilte, dass Veronica und Gräfin Wilhelmina eingetroffen seien.

Ich bat sie, die beiden nach oben zu schicken, und kurz darauf flog die Tür zum Vorstandszimmer auf.

Ich kannte Veronica beruflich, da sie in vielen unserer Fälle die Gegenseite vertrat. Sie war groß, hatte eine Höckernase und kleidete sich, als befände sie sich noch mitten in den Achtzigern: Sie trug strenge Hosenanzüge mit Schulterpolstern, dazu Perlenohrringe sowie eine Prinzessin-Diana-Frisur, die ihren Kopf wie ein Helm umgab, außerdem Diamantringe mit Klunkern so groß wie Wachteleier. Gerüchten zufolge kaufte sie sich jedes Mal, wenn sie einen Fall gewann, einen neuen Ring in der Bond Street.

Gräfin Wilhelmina betrat nach ihr den Raum. Sie war kleiner und rundlicher, aber hübsch, mit freundlichen Augen und rosigen Wangen. Während sie sich im Sitzungssaal umsah, bemerkte ich, wie sie am Riemen ihrer Handtasche herumfummelte wie ein Kind bei der Einschulung an seinem Schulranzen.

»Veronica, wie schön Sie zu sehen«, begrüßte Gideon sie.

»Ersparen Sie mir die Floskeln«, fauchte Veronica. »Wo können wir Platz nehmen?«

»Bitte setzen Sie sich doch hierher.« Ich deutete auf zwei Stühle am anderen Ende des Tisches, allerdings nicht am Kopfende. Gideon bestand darauf, bei dieser Art von Treffen am Kopf des Tisches zu sitzen, weil er dachte, dass wir dadurch die Oberhand hätten. Es war ein Tipp, den er in einem Managementratgeber gelesen hatte.

»Gräfin Wilhelmina, schön, Sie kennenzulernen«, fuhr Gideon galant fort. »Ich bin Gideon Fotheringham, Senior-Partner dieser Kanzlei, und das ist meine Kollegin Eleanor Mason.«

»Hallo«, antwortete sie mit flatternder Stimme.

»Möchte jemand einen Kaffee?«, fragte ich.

»Ja, schwarz, ohne Zucker«, sagte Veronica. »Wilhelmina?«

Die Gräfin sah mich unsicher an. Sie hatte die langen Wimpern einer Milchkuh. »Könnte ich vielleicht einen Tee haben? Ginge das?«

»Natürlich. Was für einen Tee?«

Die Frage schien sie zu verblüffen. »Äh, haben Sie vielleicht einen English Breakfast?«

»Da bin ich sicher.«

Sie lächelte dankbar, und ich griff zum Telefon, um Queenie ihre Bestellungen einschließlich einer weiteren Runde Kaffee für Gideon und mich durchzugeben.

»Wir haben keine Zeit zu verlieren, fangen wir also an«, sagte Veronica, die mehrere Mappen sowie einen Notizblock vor sich ausgebreitet hatte. »Das Angebot Ihres Mandanten ist in seiner jetzigen Fassung völlig inakzeptabel für uns.«

»Ach herrje, das tut mir aber leid, Veronica«, sagte Gideon und stützte sich mit den Ellbogen auf den Tisch.

»Wären Sie so gut, uns aufzuklären, was genau daran so inakzeptabel ist?«

»Alles«, antwortete sie abfällig. »Die angebotenen Immobilien, die dürftige Unterhaltszahlung, aber allem voran der Sorgerechtsvorschlag. Ich glaube kaum, dass Ihr Mandant, angesichts des Lebenswandels, für den er sich entschieden und den er tatsächlich schon die gesamte Ehe über geführt hat, in der Lage ist, mit einem geteilten Sorgerecht zurechtzukommen.«

Neben mir schnaubte Prinz Rudolf.

»Rudy, bitte«, warf Gräfin Wilhelmina ein, »sei ehrlich. Du hast die Kinder noch nicht ein einziges Mal von der Schule abgeholt.«

Er schnaubte erneut. »Doch, habe ich.«

»Vlad zu schicken zählt nicht«, erwiderte sie sanft, bevor sie von Gideon zu mir blickte. »Vlad ist der Chauffeur.«

»Verlieren wir uns nicht in Details«, fuhr Veronica fort. »Meine Mandantin und ich haben uns eine alternative Regelung überlegt, die ein Besuchsrecht für jedes zweite Wochenende vorsieht, und ich schlage vor, wir besprechen das, bevor wir zu anderen Themen übergehen. Einverstanden?«

»Das ist doch absurd«, erwiderte Gideon. »Jedes zweite Wochenende sind gerade mal fünfzehn Prozent der Zeit. Darauf werden wie uns nicht einigen können.«

Wie üblich bestand meine Aufgabe darin zuzuhören und alles schriftlich festzuhalten; doch während ich Veronicas neuen Sorgerechtsvorschlag notierte, spürte ich etwas auf meinem Knie. Prinz Rudolf Hand.

Es war kein zufälliges Streifen oder so, als hätte er sich am Knöchel kratzen wollen und sei dabei versehentlich an meinem Bein hängen geblieben. Nein, das hier war ein richtiger Griff.

Ich war so überrumpelt, dass ich mein Knie hochriss und damit gegen die Unterseite des Tisches stieß.

Gideon runzelte die Stirn. »Sitzt du auch bequem, Nell?«

»Tut mir leid, nur ein kleiner Krampf«, antwortete ich, bevor ich mein linkes Bein über das rechte schlug und es so aus der Griffweite von Prinz Rudolf brachte.

Prinz Perverso wohl eher. Was dachte der Kerl sich dabei, mich zu betatschen, während wir hier die Umgangsregelungen für seine Kinder aushandelten? Das hier war ein Besprechungsraum, kein Nachtklub. Mir war durchaus bewusst, dass der Mann aussah wie der attraktive Hauptdarsteller in einer romantischen Liebeskomödie, aber das gab ihm noch lange nicht die Erlaubnis herumzuspazieren und Frauenbeine zu begrapschen. Wir hatten nicht 1953.

Nur Minuten später, als die Diskussion zwischen Gideon und Veronica zunehmend hitziger wurde, kehrte seine Hand wieder zu meinem Knie zurück. Ich versuchte, auf meinem Stuhl auszuweichen, während ich mir Notizen machte, aber Prinz Rudolf schien das als Ermutigung aufzufassen und ließ die Hand meinen Oberschenkel höher hinaufgleiten.

Ich quietschte auf, als seine Finger meinen Rocksaum erreichten.

»Nell«, blaffte Gideon. Sein finsterer Blick zuckte von

Veronica zu mir. »Ist alles in Ordnung? Musst du dich kurz entschuldigen?«

»Nein! Nein, tut mir leid, macht einfach weiter.« Mit übereinandergeschlagenen Beinen drehte ich meinen Stuhl von ihm weg zu Veronica und Gräfin Wilhelmina am anderen Tischende.

»Ich denke wirklich nicht, dass Ihr Mandant angesichts seiner zahlreichen Fälle von Ehebruch seit Anbeginn der Ehe sowie seines unveränderten Verhaltens meiner Mandantin gegenüber, ein geteiltes Sorgerecht erwarten kann«, fuhr Veronica fort. Sie warf einen Blick auf ihren Notizblock. »Ich bin mir nicht sicher, ob ein Mann, der eine Affäre mit dem Kindermädchen *und* der Personal Trainerin und …« Sie hielt inne, um einen erneuten Blick auf ihre Notizen zu werfen, »… der Floristin hat, jemand ist, der sich angemessen um seine drei Kinder kümmern kann.«

Prinz Rudolf stieß einen abfälligen Laut aus. »Das mit der Floristin war eine einmalige Sache.«

»Ja, nun, wenn Sie das nicht akzeptieren wollen, dann gibt es, so fürchte ich, aus meiner Sicht heute nicht mehr viel zu besprechen.«

Während ich das soeben Gesagte notierte, spürte ich, wie sich ein Fuß an meinem Knöchel rieb.

Füßeln, echt jetzt? Wie alt war der Typ, fünfzehn?

Gideon zu meiner Linken lachte herzhaft und lehnte sich auf seinem Stuhl zurück. »Veronica, ehrlich gesagt habe ich Sie für eine geschicktere Verhandlungsführerin gehalten. Da es ein ordentlicher Batzen vom Vermögen meines Mandanten ist, auf den Ihre Mandantin aus ist –

und nicht umgekehrt –, schlage ich vor, dass sie unser Angebot eines geteilten Sorgerechtes etwas ernster nehmen.«

Veronica zog mit ihm gleich, in dem sie kurz in schallendes Gelächter ausbrach. »Gideon, Gideon, Gideon, wollen Sie die Angelegenheit, angesichts der Beweislage zu Ungunsten Ihres Mandanten, wirklich an einen Richter übergeben?«

Gerade als ich spürte, wie Prinz Rudolfs Schuhspitze an meiner Wade emporglitt, fiel mein Blick auf Gräfin Wilhelmina. Sie zog ein Taschentuch hervor, da ihre Tränen überzuquellen drohten, und erneut überkam mich das Mitleid. Sie war bei ihrer Hochzeit gerade mal zweiundzwanzig gewesen; vermutlich war sie auf Prinz Rudolfs lässige Cowboymasche hereingefallen, ohne zu ahnen, dass sie eine gut getarnte Sexbestie ehelichte.

Als sein Zeh meine Kniekehle erreichte, hob ich mein Bein erneut und versuchte, meinen Absatz in seinen anderen Fuß zu rammen.

Leider war das Einzige, das ich dabei aufspießte, der antike Teppich.

»Nell!«, blaffte Gideon. »Was ist *los* mit dir? Langsam glaube ich, du hast aus dem Norden Flöhe mitgebracht.«

»Keine Flöhe«, erwiderte ich, »nur … zu viel Kaffee. Verzeihen Sie, Veronica, Gräfin Wilhelmina.«

Die Gräfin blinzelte weitere Tränen weg und lächelte mir über den Tisch hinweg zu.

»Veronica, ich werde nicht hier sitzen und mir anhören, wie Sie mit dem Gericht drohen«, kehrte Gideon zur Diskussion zurück. »Wenn Sie nicht bereit sind, unsere Forderung zu akzeptieren, können wir dieses Treffen genauso gut auch beenden.«

»Gut«, sagte Veronica kaltblütig, während sie ihre Unterlagen zusammensuchte. »Ich glaube zwar nicht, dass es das Beste für die Beteiligten ist, aber das ist eben die feine Art bei Spinks, nicht wahr? Wir melden uns.«

Sie stand auf und rauschte hinaus, gefolgt von Gräfin Wilhelmina, die ein feuchtes Papiertaschentuch in der Hand zerknüllte.

Gideon wippte auf seinen Stuhlbeinen nach hinten und schenkte Prinz Rudolf ein breites Grinsen. »Ich liebe es, wenn sie wütend werden, Sie nicht auch?«

Ich schob meinen Stuhl zurück und stand auf.

»Entschuldigung«, murmelte ich und schlüpfte hinaus, bevor Prinz Rudolf antworten konnte.

Da ich dringend von den beiden wegmusste, steuerte ich auf direktem Weg die Damentoilette an und stieß, kaum dass ich die Tür hinter mir zugeworfen hatte, ein genervtes Knurren aus.

Gräfin Wilhelmina blickte vom Waschbecken auf.

»Oh, Verzeihung.« Da bei Spinks hauptsächlich Männer arbeiteten, war ich es nicht gewohnt, andere Frauen hier anzutreffen. Abgesehen von einer gelegentlichen Mandantin, war ich normalerweise für mich. Als erschöpfte Referendarin hatte ich mich manchmal für einen zwanzigminütigen Powernap in eine Kabine zurückgezogen, mir eine Rolle Klopapier als Kissen unters Ohr geklemmt und mich auf dem Marmorboden zusammengekauert. Jetzt war es der Ort, an den ich mich immer dann flüchtete, wenn mich das Bedürfnis überkam, Gideon einen Stift ins Ohr zu rammen.

Sie antwortete nicht, und ihre Augen waren schlimm gerötet, also tat ich, als müsste ich pinkeln und schloss mich in eine der Kabinen ein. Eigentlich musste ich gar nicht, ich wollte nur ein paar Momente meine Ruhe haben. Ich fühlte mich, als ob man mir eine Schicht meiner Haut abgeschält hätte.

Während ich dort hockte, die Ellbogen auf die Knie, den Kopf in die Hände gestützt, konnte ich Gräfin Wilhelmina immer noch leise schniefen hören. Ich versuchte zu pinkeln, damit es nicht zu unangenehm wurde. Komm schon, komm schon, komm schon.

Aber sie hörte nicht auf zu schniefen, und ich konnte nicht aufhören, mich zu drücken. Schließlich schaffte ich es, mir ein winziges Rinnsal abzuringen, bevor ich beschloss aufzugeben, sonst würde diese ganze Szene nur noch peinlicher werden.

Am Waschbecken hielt ich den Blick auf meine Hände gerichtet, bis sie das Wort ergriff.

»Wie können Sie diesen Job nur machen?«

Ich begegnete ihrem Blick im Spiegel. »Wie bitte?«

»Dieser Job. Wie können Sie den machen?«

Ich verzog das Gesicht. »Manche Tage sind besser als andere.«

»Das ist alles so kalt, so steril. Er bekommt dies, sie das. Wie käme ein Mensch je auf die Idee zu heiraten, wenn er wüsste, dass es auf das hier hinaus…« Sie begann wieder zu schluchzen und drückte sich ein zerknülltes Papierhandtuch ans Gesicht.

»Gräfin Wilhelmina, ich entschuldige mich für das Treffen eben. Aber es wird sich alles klären, versprochen. Das ist der schlimmste Teil.«

»Ist es das?«, fragte sie, ließ das Papiertuch sinken und sah mich hoffnungsvoll an.

Ich nickte.

Es folgte ein weiterer Schluchzer. »Tut mir leid, ich will nicht unhöflich sein. Aber ich fände es zu schmerzhaft, Kinder zwischen ihren Eltern aufteilen zu müssen.«

»Wir versuchen nur herauszufinden, was das Beste ist.«

»Für wen, meine Kinder oder ihn?«

»Für alle«, erwiderte ich mit einem weiteren mitfühlenden Lächeln.

Sie nickte und schob ihre Tasche über die Schulter. »Das hoffe ich.«

Dann ging sie, und ich stützte mich seufzend auf den Waschbeckenrand. In dieser Position blieb ich mehrere Minuten. Mit Prinz Rudolf würde ich schon zurechtkommen, redete ich mir gut zu. Ja, okay, bisher war ich noch nie von einem Mandanten begrapscht worden, aber nach meiner langen Abwesenheit konnte ich den Zwischenfall, Gideon gegenüber nicht erwähnen. Er würde es als Zeichen von Schwäche sehen. Nein, ich würde nichts sagen. Ich würde mich an meinen Schreibtisch setzen, noch einen Kaffee trinken und mir vielleicht ein Stück von Queenies Shortbread genehmigen. Das würde mir helfen, den Kopf frei zu bekommen. Heute lief zwar nichts wie geplant, aber andererseits war der erste Tag im Büro immer etwas knifflig, und ich musste erst wieder in die Routine zurückfinden.

»Ah, Nell, da bist du ja«, sagte Gideon, als ich ins Büro kam. »Was zum Teufel war denn vorhin los mit dir?«

»Nichts, alles bestens. Soll ich schon mal den Antrag fürs Gericht aufsetzen?«

»Ja, das ist wahrscheinlich eine gute Idee. Schauen wir mal, was Veronica zu bieten hat. Meine Güte, stell dir vor, mit so einer Frau verheiratet zu sein! Oh, und auf dem Weg nach draußen erwähnte Prinz Rudolf eine Freundin von ihm, die ihren Mann verlassen möchte und unsere Hilfe benötigt. Sie ist wohl ein kleines Vermögen wert, und er anscheinend ebenfalls.« Er hielt inne und rieb sich über dem Schreibtisch die Hände. »*Money, money, money*. Solche Mandanten sind mir die liebsten. Also behalte die E-Mails im Auge.«

»Sicher«, erwiderte ich und ließ mich schwerfällig auf meinem Stuhl nieder. Als Partnerin bei Spinks würde es zu meinen Aufgaben gehören, neue Geschäfte wie diese an Land zu ziehen, indem ich unglücklich verheiratete reiche Leute ermunterte, zu uns zu kommen, statt zu einer konkurrierenden Kanzlei. Der Teil, den ich am meisten fürchtete, war, potenzielle Mandanten bei kostspieligen Mittagessen zu beschwatzen, um ihr Leid in abrechenbare Honorarstunden zu verwandeln. Kaum überraschend, dass Gideon diesen Part regelrecht zu genießen schien.

Ich klingelte unten durch und bat Carmelita, einen Kaffee und ein Stück Shortbread hochzubringen, dann klemmte ich mich hinter den Antrag. Dabei handelte es sich um ein ewig langes Formular, in dem etliche Fragen zur familiären Situation und zu den Kindern gestellt wurden, die ein Richter dann auszuwerten hatte. Während ich mir Notizen machte und sämtliche Informationen durchging, die wir über seine Familie zusammengetragen hatten, versuchte ich, abzuwägen, was das Beste für den kleinen Ludwig, für Karl und Theodora wäre, und nicht für ihren Vater. Ich versuchte, das Bild der weinenden Gräfin Wilhelmina zu verdrängen. Ihre Handyhülle war, wie mir in der Toilette aufgefallen war, ein Bild ihrer drei lächelnden Kinder.

Ich beugte meinen Kopf über den Schreibtisch und redete mir ein, dass ich nicht mehr tun konnte, als einem Richter die Fakten darzulegen, damit der dann entschied.

Es war eine Wohltat, etwas zu tun zu haben, in dem ich völlig abtauchen konnte, deshalb bemerkte ich die E-Mail in meinem Posteingang auch erst am Nachmittag.

Als ich den Namen sah, klingelte es nicht sofort. *Nicole Cargill*. Das klang zwar vertraut, da aber jeder Kontext fehlte, war es, wie einen Eisbären am Strand zu sehen. Erst als ich die E-Mail öffnete und zu lesen begann, dämmerte es mir – das war *die* Nicole. Nicole, die Frau von Art. Sie sei diejenige, die aufgrund Prinz Rudolfs Empfehlung auf uns gekommen war, erklärte sie zu Beginn der E-Mail.

Er ist ein ehemaliger Kommilitone und hat mir geraten, mich bezüglich meiner ehelichen Situation an Sie zu wenden, schrieb sie. *Mein Mann und ich leben in New York, jedoch ist mein Mann britischer Staatsbürger, und ich gehe davon aus, dass die*

Scheidungsgerichte in London, was bestimmte Urteile angeht, mehr Verständnis an den Tag legen. Da wäre auch eine Vaterschaftsfrage, die es zu klären gilt, daher wäre es mir lieb, wenn wir innerhalb der kommenden zwei Tage einen Termin finden könnten, um das Ganze durchzugehen.

Ich starrte immer noch wie gebannt auf den Bildschirm, als Gideon von seinem Mittagessen mit einem der anderen Partner zurückkam.

Nicoles Vorgehen ergab durchaus Sinn, es war ein cleverer Zug von ihr. In den USA waren Erbschaften von Scheidungsvereinbarungen ausgeschlossen, weil sie nicht zum ehelichen Vermögen gezählt wurden. Das Gegenteil galt in Großbritannien, wo sämtliche Vermögenswerte als gemeinsames Eigentum betrachtet wurden. Das bedeutete, dass, obwohl Nicoles Familie bereits in Millionen schwamm, es so aussah, als ob sie auf ihren Anteil am Verkauf von Drummond Hall aus war.

Aber was meinte sie mit »Vaterschaftsfrage«?

»Die Dame, die von Prinz Rudolf an uns weiterempfohlen wurde, hat sich gemeldet«, informierte ich Gideon.

»Ach, wirklich? Dann wollen wir uns das mal anschauen.« Er strich schwungvoll sein Jackett nach hinten und ließ sich auf seinen Sessel plumpsen.

»Es ist die Mail von Nicole Cargill«, sagte ich roboterhaft.

»Nicole Cargill, Nicole Cargill, Nic… Hab's gefunden, da ist sie.« Er murmelte vor sich hin, während er las. »Hört sich gut an«, beschloss Gideon. »Moment mal, Cargill – ist das nicht die amerikanische Bankiersfamilie?«

»Ja«, bestätigte ich leise, während er auf seine Tastatur eintippte.

»Grundgütiger. Die sind über zweihundert Millionen schwer! Wer ist der Ehemann?«

»Er heißt Arthur, Arthur Drummond.«

Gideon tippte weiter und betrachtete mit zusammengekniffenen Augen seinen Bildschirm. »Ah, ich verstehe, ja, Lord Drummond. Ich frage mich, warum sie ausgerechnet vor ein britisches Gericht möchte.«

»Weil er das Familienanwesen verkauft. Glaube ich zumindest«, fügte ich rasch hinzu.

»Nun, das sind doch ganz hervorragende Neuigkeiten – sieht so aus, als hätten wir gleich den nächsten großen Fall an der Hand. Herzlichen Dank, Prinz Rudolf. Würdest du ihr auf der Stelle antworten und einen Termin für eine Telefonkonferenz morgen vereinbaren? Und hast du dir schon Rudolfs Mail bezüglich der Sorgerechtsfrage angeschaut?«

»Was? Nein.« Ich war zu benommen von Nicoles Mail gewesen, um irgendetwas anderes mitzubekommen.

Gideon schnaubte tadelnd. »Meine Güte, Nell, scheint, als wärst du immer noch im Urlaubsmodus und würdest von Piña Coladas träumen. Bitte *versuch* doch wenigstens, wieder auf Touren zu kommen.«

Ich klickte zu Outlook zurück und sah zwei E-Mails von Prince Perverso ganz oben in meinem Posteingang. Die eine an Gideon und mich, in der er bekräftigte, dass er beim Sorgerecht keinen Deut nachgeben würde; eine weitere nur an mich. Als ich Letztere öffnete, fragte ich mich – ganz kurz –, ob es sich um eine Entschuldigung für sein Verhalten vorhin handelte. Aber natürlich war dem nicht so. Stattdessen wollte er wissen, wann ich diese Woche Zeit für ein gemeinsames Abendessen hätte.

»Ja, das mache ich gleich, ich muss nur, äh, kurz ums Eck«, sagte ich, schob meinen Stuhl zurück und flüchtete mich zum zweiten Mal an diesem Tag in die Sicherheit der Damentoilette.

Bisher hatte ich im Büro noch nie geweint. Ich wollte auf keinen Fall, dass Gideon sah, wie mir das Arbeitspensum (oder zudringliche Mandanten, die ihre Finger nicht im Griff hatten) zu schaffen machte, aber der heutige Tag hatte mich beinahe so weit gebracht.

Ich schloss mich in einer Kabine ein, klappte den Sitz nach unten, hockte mich hin und lehnte mich gegen die Marmorfliesen. Ich war komplett ausgelaugt, eine leere Hülle, die genug hatte von den Ansprüchen anderer Menschen. Doch einen Menschen gab es, den ich kontaktieren musste.

Ich rief Arts Nummer auf und starrte einige Sekunden lang das Display an. Ihn zu warnen, wäre ein Kündigungsgrund, aber plötzlich war es mir egal.

Ich hatte genug von reichen, verwöhnten Mandanten und ihren überzogenen Forderungen.

Ich hatte genug von Milliardären, die sich um ihre Kronleuchter zankten, und Grafen, die ihren Schwanz nicht in der Hose behalten konnten und zum Schutz ihrer Treuhandfonds auf Vaterschaftstests bestanden.

Ich war es leid, Eheverträge für Leute zu erstellen, die

glaubten, ihr Reichtum sei wichtiger als das Glück ihrer Kinder.

Ich wollte nie wieder einer weinenden Mutter gegenübersitzen, die versuchte, den Umgang des verrohten Vaters mit ihren Kindern einzuschränken, während besagter Vater mich mit seinem Schuh befummelte.

Und außerdem hatte ich es satt, mir tagtäglich das Büro mit einem Schwein in Anzug und Krawatte zu teilen.

Ich hatte so was von genug. Von allem.

Ich drückte auf »Anruf«.

»Nell?«

»Art, ich bin's.«

»Nell, wo bist du? Die Verbindung ist ziemlich schlecht.«

»Art? Art! Verdammt.« Die Damentoilette war ein fensterloser Kasten am Ende des Flurs, und der Handyempfang miserabel. Ich presste mich gegen die Tür und schrie. »Art? Kannst du mich hören? Ich bin auf dem Klo.«

Seine Antwort war gedämpft. »Gut zu wissen. Warum rufst du mich von da an?«

»Lange Geschichte. Hör zu.«

»Kannst du lauter sprechen?«

»OKAY, KANNST DU MICH HÖREN?« Mittlerweile brüllte ich schon beinahe in mein Handy.

»Ja, alles okay bei dir?«

»JA, ALLES GUT, HÖR ZU – ICH HAB GERADE EINE MAIL BEKOMMEN.«

»Okay.«

»VON NICOLE.«

»Hä? Du meinst, meine Nicole?«

»NEIN, NICOLE SCHERZINGER. JA, DEINE NICOLE.«

»Weswegen?«

»WEIL SIE SICH SCHEIDEN LASSEN WILL.«

»Was?«

»ES TUT MIR LEID, ICH WOLLTE DICH WARNEN. SIE VERSUCHT, DIE SCHEIDUNG HIER IN ENGLAND DURCHZUZIEHEN.«

»Was? Warum? Nell, was ist los?«

»WENN SIE SICH HIER VON DIR SCHEIDEN LÄSST, DANN STEHT IHR DIE HÄLFTE DES ANWESENS ZU.«

»Meines Besens?«

»DEINES ANWESENS!« Meine Kehle schmerzte allmählich. »UND AUSSERDEM HAT SIE AUCH IRGENDWAS VON WEGEN KLÄRUNG DER VATERSCHAFT ERWÄHNT. ART? ART?«

Art antwortete nicht sofort.

»ART?«

»Ja, ich bin hier. Ich habe nur … Nell, es tut mir leid, ich muss los. Bitte entschuldige mich. Ich rufe dich zurück.«

Er legte in dem Moment auf, als es an der Toilettentür klopfte.

Ich ließ das Handy sinken und betrachtete mich im Spiegel. Meine Wangen waren gerötet, und über der Stirn, wo ich mit den Fingern hineingefahren war, kräuselte sich mein Haar wild zu allen Seiten. »Einen Moment, ich komme gleich.«

Ich band meinen Zopf neu und wappnete mich innerlich für ein höfliches Lächeln, um wem auch immer zu öffnen.

Es war Gideon, der mit in die Hüften gestemmten Händen vor der Tür stand und so sauer wirkte, als hätte ich ihm soeben sein letztes Stück Speck vor der Nase weggeschnappt.

»Nell, hättest du die Güte zu erklären, warum du wie ein Hooligan in der Toilette herumbrüllst?«

»Ähm, nun ja, die Sache ist die …«

»Ich konnte dich von unserem Büro aus hören; ich nehme an, die gesamte Kanzlei konnte dich hören. Nell, dieses impulsive Verhalten ist äußerst besorgniserregend. Es tut mir leid, das sagen zu müssen, aber ich hege momentan ernste Zweifel, ob du bereit bist, auf die Ebene eines Partners aufzusteigen.«

»Gideon, dürfte ich einfa…«

»Könntest du jetzt bitte wieder zurück an deinen Schreibtisch gehen und mit dem Gerichtsantrag weitermachen? Ich möchte ihn gern noch vor dem Feierabend durchgehen.«

»Nein.«

»Wie bitte?« Gideons Augen traten so weit hervor, dass ich schon dachte, ihm würde eine Ader platzen.

»Ich sagte: Nein, das werde ich nicht. Ich werde nicht an meinen Schreibtisch zurückkehren, und ich werde auch nicht den Antrag fertigstellen.«

»Und darf ich auch fragen, warum nicht?« Nun wölbten sich auch seine bebenden Nasenflügel.

»Ja, du darfst: Weil ich kündige. Mach deinen Gerichtsantrag selbst. Ich bin hier fertig.«

»Nell, bist du verrückt geworden? Hast du zum Mittagessen getrunken? Ich möchte dich bitten, dir ganz genau zu überlegen, was du da sagst.«

»Ich bin nicht verrückt geworden. Und ich bin hier nicht diejenige, die jeden Mittag säuft wie ein dehydriertes Kamel, Gideon. Es ist im Grunde ziemlich einfach: Mir reicht's. Ich habe die Schnauze voll von unseren Mandanten, von dieser Kanzlei und, um ehrlich zu sein, auch von dir. Wenn du mir jetzt also bitte aus dem Weg gehen würdest, damit ich gehen kann. Wobei, nein, warte, da wäre noch eine Sache.«

Ich nahm mein Handy und fing an, eine E-Mail zu schreiben.

Ich fürchte, ich habe weder diese Woche Zeit noch sonst irgendwann, und das bis in alle Ewigkeit, tippte ich an Prinz Rudolf, *da würde ich lieber noch von Captain Hook betatscht werden.*

Senden.

»Das hätten wir«, sagte ich und sah zu Gideon auf, der immer noch im Flur stand, Gesicht und Hals puterrot angelaufen, während er jämmerlich irgendwas von wegen letzter Warnung brüllte. »*Jetzt* bin ich weg.«

21

Ich lud den Inhalt meiner Schreibtischschubladen in drei Plastiktüten (warum sind es im Fernsehen, wenn jemand kündigt, immer Kartons? Wo haben sie die Kartons her?) und fuhr mit der U-Bahn nach Hause.

In der Wohnung war es seltsam still. Da ich es nicht gewohnt war, nachmittags unter der Woche hier zu sein, kam ich mir vor wie eine Schulschwänzerin.

Ich bin bei Hector und Harriet, stand auf einer ordentlich verfassten Notiz neben dem Herd. *Denk dran, Donnerstag früh den Plastikmüll rauszubringen.*

Als ich nach oben ins Schlafzimmer ging, stellte ich fest, dass Gus seinen Hosenbügler mitgenommen hatte, was mich dann doch zum Lachen brachte. Die Vorstellung, wie er, bevor er zu Hector und Harriet nach Fulham aufgebrochen war, sein kostbares Gerät die Treppe runtergeschleift und in einen Uber gewuchtet hatte, war tragisch *und* komisch zugleich.

Ich zog mich aus, ließ Rock, Blazer und Bluse auf den Schlafzimmerboden fallen, bevor ich in Leggins und einen alten Kapuzenpulli aus dem Koffer schlüpfte, den ich seit meiner Rückkehr aus Northcliffe noch nicht ausgepackt hatte. Also ging ich vor dem Koffer in die Hocke und begann, die schmutzige Wäsche auf einen bunten und einen weißen Haufen zu werfen; dann schmiss ich die erste Maschine an, beschloss, das Bett abzuziehen (es war zu traurig, in Laken zu schlafen, die nach Gus rochen), staubsaugte, putzte das Bad, wischte den Badspiegel ab, schrubbte die Spüle in der Küche, hängte die erste Wäscheladung auf, schmiss die zweite an, bezog das Bett neu und ließ mich schließlich, seltsam befriedigt vom Geruch nach Bleichmittel und frischer Wäsche, der in der Luft hing, aufs Sofa fallen.

Trotzdem fühlte es sich merkwürdig an, zurück in der Wohnung zu sein, so als hätte ich Heimweh, obwohl ich zu Hause war. Ich schaute auf meine Uhr. Genau jetzt würde ich Dad in den Pub bringen und mir Neuigkeiten über Roys Kühe anhören, bevor ich ihn wieder nach Hause schieben würde, wo wir uns überlegten, was es zum Abendessen gab, bevor wir uns auf einen Film einigten. Ich vermisste es. Beinahe wünschte ich mich drei Wochen zurück, als ich gerade für meine Reise in den Norden gepackt hatte. Nicht dass ich wollte, dass Dad zurück ins Krankenhaus müsste. Aber wenn ich könnte, würde ich das alles noch mal mitmachen. Ich würde in meinem kalten Zimmer schlafen und in unserem arktischen Bad duschen; ich wäre sogar bereit, ein zweites Mal das mit Mum und Luigi zu erfahren; ich würde wieder neunzig Milliarden Tassen Tee aufbrühen und mit Wilma am Strand spazieren gehen; ich würde Dad bei seinen Flirtstrategien behilflich sein; ich würde noch einmal den Quiz-Abend im Pub durchsitzen; und ich würde jeden Moment mit Art wieder erleben wollen.

Seit er heute Nachmittag aufgelegt hatte, hatte ich das Handy nicht mehr aus den Augen gelassen. Er hatte gesagt, er würde zurückrufen, und ich hatte angenommen, das bedeutete, bald. So in einer Stunde. Oder vielleicht in zwei. Maximal drei. Immerhin hatte ich ihm ziemlich wichtige Neuigkeiten überbracht. Irgendwann heute Abend würde er anrufen. Das musste er. Auch wenn ich nicht so genau wusste, was ich von ihm hören wollte. »Vielen Dank, dass du mich auf das Ende meiner Ehe und die Zerstörung meines kompletten Lebens aufmerksam gemacht hast, Nell. Wie ist es, wieder in London zu sein?«

Während der Nachmittag verstrich, gelang es mir nicht, die Furcht abzuschütteln, dass ich ihn verärgert hatte. Dass Nicole die Scheidung wollte, war sicherlich ein Schock – aber die Sache mit der Vaterschaft? Das war ein ganz anderes Kaliber.

Bei Spinks hatte ich mit einigen solchen Fällen zu tun gehabt – für gewöhnlich, wenn es Streit wegen eines Testaments gab –, und ganz gleich, wie reich ein Mandant war und über was für ein finanzielles Polster er verfügte: Die Feststellung, dass ein Kind, das man für sein eigenes gehalten hatte, in Wahrheit nicht von einem selbst war, traf einen Mann so sehr, und zwar auf einer so tiefen, ursprünglichen Ebene, dass dieses Trauma manche unserer Mandanten in unserem Büro regelrecht als Schatten ihrer selbst zurückgelassen hatte. Erst vor einigen Jahren war eine dänische Studie veröffentlicht worden, die davon ausging, dass bis zu zehn Prozent der Bevölkerung in Industriestaaten den falschen Vater als ihren leiblichen betrachteten. Galt das auch für Felix? Was hatte Nicole getan? Ahnte Art etwas?

Diese Gedanken gingen mir an jenem Nachmittag unablässig durch den Kopf. Was, wenn ich meine Nase ungebeten in seine Angelegenheiten gesteckt hatte und er nun wütend auf mich war, weil ich mich eingemischt hatte? Was, wenn er Nicole angerufen und sie geweint und sich entschuldigt und ihm versichert hatte, dass es sich um ein schreckliches Missverständnis handelte und dass ich ihn überhaupt nie hätte anrufen dürfen, und …

Nell, du bist hysterisch. Du hast nicht zu Mittag gegessen, und du bist gefährlich unterzuckert.

Um neunzehn Uhr beschloss ich, mir ein Glas Wein zu gönnen, auch wenn es Montag war. Die Vereinbarung war mittlerweile ohnehin hinfällig.

Ich hockte mich vor Gus' Weinregal und holte eine Flasche heraus, die nicht allzu teuer aussah. Sie musste nicht teuer sein, es reichte völlig, wenn sie mich betrunken machte.

Dann griff ich nach dem Korkenzieher – oh, Herrgott noch mal! Gus hatte nicht nur seinen Hosenbügler, sondern auch diesen superspeziellen Korkenzieher mitgenommen.

Ich riss die Besteckschublade auf, konnte mich aber nicht mehr erinnern, ob wir überhaupt noch einen anderen hatten. Komm schon, bitte. Was für Großstadtdeppen besaßen spezielle Druckluft-Korkenzieher für zweihundertfünfzig Pfund, aber kein einfaches Schraubdingsda aus Metall?

Ich kramte hektisch durch Messer und Gabeln, als wäre ein Einbrecher hinter mir her und ich auf der Suche nach einer Waffe, um mich zu verteidigen.

Kein Korkenzieher.

Na schön. Ich schob die Flasche zurück an ihren Platz und suchte stattdessen nach einer mit Schraubverschluss. Nope, nope, nope, nope. Nicht eine einzige Flasche in diesem Regal hatte einen Schraubverschluss.

Das war doch ein schlechter Witz. Es blieb mir nichts anderes übrig, als zum Sainsbury runterzugehen.

Im Supermarkt angekommen, wuselten Pendler in Radlermontur oder Anzügen routiniert durch die Gänge und schnappten sich Tüten mit Salat und Süßkartoffeln.

Mir stand der Sinn weder nach Salat noch nach Süßkartoffeln.

Stattdessen entschied ich mich für zwei Packungen Käse-Flips, eine Salami-Tiefkühlpizza, eine Dose Fertig-Milchreis, eine Tüte Haribo Tangfastics und drei Flaschen Sauvignon Blanc mit Schraubverschluss, die ich aus keinem anderen Grund auswählte als dem, dass ein Pinguin auf dem Etikett zu sehen war. Mein Einkaufskorb war absolut nährstofffreie Zone.

Zurück in der Wohnung leerte ich eine der Flaschen und verputzte auch alles andere, während ich mir eine Reality-Serie über Crews von Superjachten anschaute.

Ich löffelte den Milchreis direkt aus der Dose, schleckte die Zuckerkruste von jedem einzelnen Haribo und ließ die Pizzaschachtel neben dem Papiereimer liegen, statt ihn zu plätten und zu falten, wie Gus es getan hätte.

Dann döste ich auf dem Sofa ein.

KANNST DU MICH ANRUFEN, ES IST DRINGEND, lautete eine Nachricht von Jack, als ich am nächsten Morgen vorsichtig ein Auge öffnete, um einen Blick auf mein Handy zu werfen.

Seit meiner Abreise aus Northcliffe hatte ich keine seiner Nachrichten beantwortet. Mir war schon klar, dass ich das eigentlich tun sollte, aber das würde auch bedeuten, dass ich die Sache mit Nicole und Arts Party ansprechen müsste.

Trotzdem konnte ich ihn nicht länger ignorieren. Was, wenn irgendwas mit Dad war?

»Eeeeeeeeendlich«, seufzte Jack ins Telefon.

»Was ist denn so dringend? Ist mit Dad alles in Ordnung?«

»Dad? Dem geht's gut. Ich wollte nur wissen, was das beste Programm für Handtücher ist.«

»Was?«

»Na, bei der Waschmaschine. Dad und ich waren gestern lange auf, und ich bin um drei im Wohnzimmer aufgewacht, und das Licht war noch an und überhaupt. Ich bin ernsthaft im Sessel eingeschlafen! Und ich hatte Bier verschüttet. Also habe ich es aufgewischt, muss deswegen aber jetzt eine Ladung waschen.«

»Du hast mir eine Nachricht geschickt, in der du behauptet hast, es wäre dringend, obwohl es eigentlich um die Waschmaschine geht?«

»Auf meine anderen Nachrichten hast du nicht reagiert, also dachte ich, das könnte vielleicht funktionieren. Und hat es ja auch, oder?«

Ich verspüre das allzu vertraute Verlangen, mein Handy gegen die Wand zu schmettern. »Du weißt aber schon, dass Dad mit seinen Herztabletten nicht so viel trinken soll?«

»Das hat er zwar erwähnt, aber was sollen ein paar Dosen schon anrichten?«

»Er könnte einen Herzinfarkt bekommen.«

»Schwesterchen, du machst dir zu viele Sorgen. Ihm wird schon nichts passieren.«

»JACK!«, schrie ich, als meine letzten Geduldsfäden rissen. »Du musst endlich erwachsen werden!

»Alles kl…«

»Das ist mein Ernst! Du kannst so nicht weitermachen.«

»Wie denn?«

»Dich benehmen wie ein Teenager.«

»Ich benehme mich gar ni…«

»Du lässt dich durchs Leben treiben, von einer Arbeit und einer Freundin zur nächsten, als wäre das alles ein großer Scherz.«

»Nein, das tue ich nicht.«

»Doch, tust du! Das hast du schon immer, seit wir klein waren, als ob nichts irgendwelche Konsequenzen hätte. Aber die gibt es, Jack! Du hast ja keine Ahnung …

aber Konsequenzen gibt es!« Als ich meinen Satz zu Ende gebracht hatte, war ich heiser, meine Lungen komplett leer.

»Schwesterchen, alles klar bei dir? Du klingst, als würdest du durchdrehen.«

Ich holte tief Luft und zählte bis drei, bevor ich antwortete. »Nein, Jack, ich drehe nicht durch.«

»Du klingst aber so. Ich sag's ja nur. Ich weiß, ich war nicht imm…«

»Warum hast du mir nie erzählt, dass du auf Arts Party mit Nicole geschlafen hast?«

»Wer ist Nic… Oh.« Jack verfiel einige Sekunden in Schweigen. »Arts Frau?«

»Ja, Arts Frau.«

Selbst aus dreihundert Meilen Entfernung konnte ich spüren, wie sein Hirn arbeitete. »Schwesterchen, sie waren damals doch noch gar nicht verheiratet.«

»Das weiß ich. Aber darum geht es nicht. *Worum* es geht, ist, dass ich dachte, ich würde vor Liebeskummer sterben. Das ist es, was ich mit Konsequenzen meine.«

»Ich wusste doch gar nicht, dass du deswegen so fertig warst!«, versuchte er, sich mit schriller Stimme zu verteidigen. »Ehrlich, ich hatte keine Ahnung, bis Mum an Weihnachten mal was angedeutet hat. Und da war es eh schon zu spät, um noch was zu sagen.«

Das Handy an mein Ohr gedrückt, senkte ich den Kopf und kreiste ihn von Schulter zu Schulter, um meinen Nacken zu dehnen: ein Boxer, der sich auf einen Kampf vorbereitet. »Jack, du hast mich jahrelang in dem Glauben gelassen, dass ich Art mit Nicole im Bett gesehen hätte und nicht …«

Da hielt ich inne. Wieder kam mir das Bild von Jacks nacktem, auf und ab hüpfendem Hintern in den Sinn. Ich hatte hierfür einfach nicht die nötige Kraft. Mit einem Mal war die Wut, die ich fünfzehn Jahre lang mit mir herumgetragen hatte, verpufft. Jack war nicht der Einzige, der mich in meinem Irrglauben gelassen hatte, und die ganze Geschichte – wer hatte was, wann, mit wem gemacht – erschien nur noch absurd. Von wem stammte noch mal der Spruch, Groll sei wie Gift trinken und hoffen, dass der andere stirbt? Irgendein Papst? Nelson Mandela? Elvis? Jedenfalls einer von ihnen.

»Es tut mir leid, Schwesterchen. Ich weiß, dass ich ein schlechter Bruder bin. Wenn ich es irgendwie wiedergutmachen könnte, würde ich es tun, aber ich weiß ni…«

»Doch, das kannst du. Zahl mir das Geld zurück.«

»Hä?«

»Das Darlehen. Du kannst mir das Geld zurückzahlen, denn ich bin ab sofort arbeitslos.«

»Was?«

»Lange Geschichte, aber ich habe gekündigt, und Gus und ich haben Schluss gemacht, und er ist ausgezogen, also brauche ich die Kohle.«

»Mist, das ist ganz schön viel auf einmal. Geht es dir so weit gut?«

»Ähm, ja, ich denke schon … Ich glaube …« Ich hielt inne, als mich ein Gefühl von Einsamkeit überkam. Dass ausgerechnet Jack es war, der danach fragte, ob es mir gut ging, schien einen Knoten in mir zu lösen, und meine Worte gerieten ins Schlingern. »Ähm, ehrlich gesagt, weiß ich auch nicht. Ich dachte, schon, aber ich …« Ich verstummte erneut und sagte dann mit belegter Stimme: »Ich bin nur ein bisschen traurig.«

»Ach, Schwesterchen, das wird schon wieder. Keine Sorge, alles klärt sich. Trennungen sind kein Spaß, glaub mir, das weiß ich. Was du jetzt unbedingt tun solltest, ist, in den nächsten Pub zu gehen und dich gnadenlos volllaufen zu lassen. Ich sage dir, besauf dich dermaßen, dass du kaum noch aus den Augen sehen kannst, danach wird alles besser.«

Ich konnte mich zwar nicht erinnern, das in einem meiner Selbsthilfebücher gelesen zu haben, aber ich nahm an, das war Jacks Art, seinen Beitrag zu leisten. »Nein, schon gut,« erwiderte ich ins Telefon schniefend. »Ich hatte nicht vor, dich vollzuheulen.«

»Ich bin froh, dass du es getan hast«, sagte er fröhlich. »Das gibt mir das Gefühl, nützlich zu sein. Aber, ja, klar kann ich dir die Kohle zurückzahlen. Tut mir leid, das hatte ich eigentlich auch vor, aber, äh, ich hab's einfach vergessen. Und die ganzen anderen Sachen, die tun mir auch leid. Ich versuche nicht absichtlich, mich, na ja, so durchs Leben treiben zu lassen, wie du es genannt hast. Ich gebe mir echt Mühe, aber es ist … Ich weiß auch nicht … Das Leben ist einfach schwerer, als ich es mir in unserer Jugend vorgestellt habe.«

Seine altkluge Ernsthaftigkeit brachte mich beinahe zum Lachen, aber ich wollte den Moment nicht kaputt machen. »Ja, das ist es.«

»Also, ähm … weißt du jetzt, was das beste Programm ist?«

»Hä?«

»Für die Handtücher.«

Resigniert schloss ich die Augen. »Wasch sie bei sechzig Grad, Baumwolle.«

»Baumwolle, sechzig Grad. Alles klar, Schwesterchen, danke, dann lege ich mal besser los. Aber pass auf dich auf. Und ab in den Pub mit dir.«

»Jack, es ist 8:37 Uhr.«

»Genau deswegen. Das Wetherspoons an der Clapham Junction dürfte aufhaben, die machen ein wirklich ordentliches Frühstück.«

»Gut, okay.«

»Welche Temperatur war das gleich noch mal?«

»Sechzig passt.«

»Ciao, Schwesterchen.«

Er legte auf, und ich schwang meine Beine aus dem Bett; dann starrte ich auf den Teppich. Was tun?

Ich entschied, eine Runde um den Musikpavillon vom Clapham Common zu joggen. Dann kam ich nach Hause, machte mir einen Kaffee und ein Toastbrot und setzte mich vor meinen Laptop, um eine Excel-Tabelle unter dem Namen *Nells Karriereoptionen* einzurichten. Neben sämtlichen Vor- und Nachteilen einer weiteren Laufbahn als Anwältin listete ich einige weitere Jobs auf, die unter Umständen ebenfalls infrage kämen. So etwas wie Rechtskundelehrerin oder Professorin für Jura? Dafür würde ich wohl wieder an die Uni müssen.

Professionelle Hundeausführerin? Vielleicht. Allerdings befürchtete ich heimlich, still und leise, dass Hunde ein bisschen wie die Kinder anderer Leute waren. Ich liebte Wilma, weil sie zu uns gehörte, aber die Hunde anderer Leute konnte ich vielleicht nicht ganz so gut leiden.

Unternehmerin? Was könnte ich erfinden? Manchmal kam es mir vor, als wären alle nützlichen Dinge schon erfunden worden, dass es für den Rest von uns nichts mehr auszutüfteln gab. Doch dann las ich in der Zeitung, dass jemand sich ein wasserdichtes Telefon, den Cronut oder eine Sonnencremepille ausgedacht hatte, und ärgerte mich, dass ich mich nicht mehr reingehängt hatte.

Am Nachmittag überkam mich wieder die Einsamkeit. Ich war es nicht gewohnt, nichts zu tun, und ich war nicht sehr gut darin.

Ich scrollte durch mein Handy und sah, dass Gus bereits sein WhatsApp-Profilbild von einem gemeinsamen Urlaubsfoto in der Toskana zu einem von ihm auf dem Squashplatz geändert hatte, auf dem er einen gereckten Daumen in die Kamera hielt.

Ein Nachmittag vor der Glotze? Ich schaltete den Fernseher ein, nur um zu sehen, wie eine Frau Tipps gab, wie man das Klo mittels Gebissreiniger-Tabs sauber bekam, und schaltete ihn wieder aus.

Ein Buch? Es fühlte sich echt schräg an, um fünfzehn Uhr tatenlos auf dem Sofa zu liegen wie so eine Schwindsüchtige.

Also fing ich an zu weinen. Anstatt meinen Atem anzuhalten, um zu verhindern, dass die Tränen überquollen, ließ ich es zu. Ich weinte, bis mein Gesicht ganz aufgequollen war und meine Nase sich wie ein Betonklotz anfühlte. Ich beweinte nicht nur die vergangenen elf Jahre, sondern auch die merkwürdige Situation jetzt. Wenn meine Nachbarn da gewesen wären, hätten sie vielleicht die Polizei gerufen, aber sie arbeiteten beide in der City, waren also sicherlich noch Stunden fort. Ich könnte mich also bis 18:30 Uhr ungestört im Selbstmitleid suhlen, und niemand würde davon Notiz nehmen. Der Gedanke ließ mich gleich noch mehr heulen.

Nachdem zwanzig Minuten vibrierte mein Handy auf dem Teppich. Es war Luce.

»Nell? Ich habe gerade Jack im Laden getroffen, und er mein… Nell? Nell? Hörst du mich?«

»Bir beht es but!«

»Nell? Nell, alles klar bei dir?«

»Bir beht es but, borry.«

»Nell, ich verstehe nicht. Wo bist du gerade?«

Ich erhob mich, riss ein Stück von der Küchenrolle ab und schnäuzte mich. »Sorry, Luce, mir geht es gut, und ich bin zu Hause. Es ist einfach nur … alles ein bisschen aus dem Ruder gelaufen.«

»O Süße. Jack hat es mir erzählt, es tut mir leid. JIMBO, HÖR BITTE AUF, DEINE SCHWESTER ZU QUÄLEN! Ist jemand bei dir?«

»Nein, aber das macht nichts, es ist einfach nur schön, deine Stimme zu hören.«

»Geht mir genauso. Nell, ich fühl mich so schlecht seit Sonntag. Ich kann an nichts anderes mehr denken. Wenn ich zurückkehren und alles anders machen könnte, würde ich es tun. Wenn ich dir nur diesen Kummer ersparen könnte.«

»Ich weiß.« Ich empfand dieselbe Müdigkeit wie bei meinem Telefonat mit Jack, das gleiche Abflauen von Wut. Abgesehen von Art war sie meine älteste Freundin, und sie war gerade da für mich. »Ehrlich, es ist in Ordnung. Können wir die ganze Sache vergessen?«

»Natürlich, aber möchtest du, dass ich zu dir kommen? Ich könnte ein paar Tage bleiben, und wir lassen uns zusammen volllaufen und schauen uns Filme an? Mir gefällt die Vorstellung nicht, dass du allein bist.«

»Was ist mit den Kindern?«

»Mach dir wegen denen keinen Kopf. Mum und Mike können übernehmen. JIMBO OLIVER, ICH MEINE ES ERNST, BONNIE WILL DAS NICHT IN IHRER NASE HABEN.«

»Nein, keine Sorge«, sagte ich, als ich das hörte. »Es geht schon. Mir geht es gut. Ich habe eine To-do-Liste geschrieben.«

Sie lachte. »Klar hast du das. Aber, sag mal, wie wäre es, wenn du stattdessen eine Weile wieder herkommst?«

»Und mit Jack und meinem Dad zusammenwohne? Ich glaube nicht, dass das eine gute Idee ist, Luce.«

»Hast du genug Wein?«

»Ich ha…«

»O mein Gott, JIMBO, IST DAS BLUT ODER TINTE VOM STIFT? Entschuldige bitte, Nell, ich glaub, ich muss auflegen, aber du kannst mich jederzeit anrufen, ja?

Jederzeit. Ich bin wegen Bonnie sowieso die halbe Nacht wach.«

»Das mache ich.«

»Versprochen?«

»Versprochen.«

Wir legten auf, und ich sah aufs Display: 15:44 Uhr.

War wohl Zeit für das nächste Toastbrot.

Bis zum folgenden Nachmittag sah die Wohnung aus wie eine dieser Buden, die man auch in TV-Reihen wie *Messies – Wege aus dem Chaos* präsentiert bekam.

Neben dem Papierkorb lag ein weiterer leerer Pizzakarton.

Eingetrocknete, milchige Müslischalen, angenagte Toastscheiben und mit Marmelade verklebte Messer sammelten sich auf dem Küchentresen.

Der Sofatisch war voller Tassen und Weingläser, die mit fettigen Fingerabdrücken verschmiert waren.

Um Jacks Rückzahlung des Kredits zu feiern, die am Vormittag auf meinem Konto eingegangen war, hatte ich Sainsbury gleich noch einen Besuch abgestattet, um mich mit extra Käseflips, Haribos, einer Packung Schoko-Cookies sowie noch mehr Toastbrot und noch mehr Wein einzudecken. In Reichweite des Sofas lagen mehrere geöffnete Packungen herum. Jedes Mal, wenn ich meine Position änderte, piksten mich Krümel und Zuckerkörnchen in meine Handflächen.

Ich selbst gab, wenn überhaupt möglich, einen noch schlimmeren Anblick ab als die Wohnung. Am Saum meines grauen T-Shirts prangte ein dunkler Fleck, das Überbleibsel eines dicken Tomatensoßetropfens, der sich am Vorabend von meiner Pizza verirrt hatte; der Ärmel meines Bademantels war braun eingefärbt, da ich ihn am Morgen durch eine Kaffeepfütze geschleift hatte. Ich hatte mir noch nicht mal das Gesicht gewaschen, dabei ging es schon auf vierzehn Uhr zu. Wäre ich in der Lage gewesen aufzustehen und in den Spiegel zu schauen, so hätte ich wohl festgestellt, dass mein Haar aussah wie ein Vogelnest.

Zu allem Überfluss hatte ich auch noch stapelweise Hochzeitszeitschriften aus dem Gästezimmer nach unten geschleppt und sie ums Sofa herum verteilt, sodass ich bei Bedarf gleich das nächste Exemplar zur Hand hätte. Bloß, dass es sich jetzt noch erbärmlicher anfühlte, sie zu lesen; die breit grinsenden Bräute schienen mich auszulachen, und die Artikel waren die reinste Provokation. Denn spätestens jetzt war klar, dass ich garantiert niemals eine vegane Hochzeitstorte brauchen und auch nie in die Verlegenheit kommen würde, den vorteilhaftesten Schnitt für die Kleider meiner Brautjungfern auszuwählen. Niemand würde mir je einen Antrag machen, noch nicht einmal in Disneyland Paris.

Ich hatte beschlossen, mich bis zum Ende des Wochenendes wie ein frisch verwaistes Nashorn in Selbstmitleid zu suhlen. Diese sehr strukturierte, sehr zielorientierte Herangehensweise passte zu mir. Es war nicht so, als ob das Ende meiner Beziehung mit Gus mir das Herz gebrochen hätte – eher hatte es ein paar Schrammen davongetragen –, aber ich wollte mir ein paar Tage Zeit geben, um die Trennung mit der Inbrunst einer texanischen Country-Sängerin zu verarbeiten, bevor ich wieder zu meinen normalen Verhaltensmustern zurückkehrte. Tatsächlich war es so, dass die Möglichkeit, mich gehen zu lassen, anzuziehen und zu essen, was ich wollte, zu Bett zu gehen, ohne erst die Küche in einen makellosen Zustand zu bringen, mir bewusst machte, wie viele Dinge in meinem bisherigen Leben von Gus diktiert worden waren. Alles war durchreglementiert gewesen: Die Wochentage gingen dafür drauf, auf unseren Plan hinzuarbeiten, der in Wahrheit *sein* Plan war; die Wochenenden wiederum für Museumsausstellungen, wo wir irgendwelche ollen Steinbrocken inspizierten.

Okay, das war übertrieben, aber ich hatte mit der Zeit definitiv mein Gespür für mich selbst verloren und musste es nun erst wiederfinden.

Am Montag würde ich damit loslegen, Headhunter zu kontaktieren; ich würde Gus wegen der Wohnung schreiben und das Joggen sowie ein gewisses Niveau an Körperhygiene wiederaufnehmen. Außerdem würde ich mir Gedanken über einen Umzug machen. Doch bis dahin war ich mit Zeitschriften versorgt, während im Hintergrund der Fernseher lief, damit es in der Wohnung nicht ganz so still war, und hatte einen kontinuierlichen Nachschub kurzkettiger Kohlenhydrate zur Verfügung.

Ich ignorierte mein Handy, da ich immer noch nichts von Art gehört hatte und wusste, dass er inzwischen nach Hause geflogen sein musste. Na ja, zumindest ignorierte ich es weitestgehend. Ich hatte es extra unter das Sofa geschoben, damit ich es nicht sehen konnte und auch nicht alle viereinhalb Sekunden zur Hand nahm. Und trotzdem tasteten meine Finger immer wieder nach dem vertrauten Gehäuse. Luce hatte mir einen Link zu irgendeinem Artikel über Meditation geschickt; Jack hatte mir gesimst, um mich wissen zu lassen, dass Tinder mit Abstand die beste Dating-App sei; und Dad hatte mir zur Aufmunterung eine Reihe tanzender Mädchen-Emojis geschickt. Die diversen Sprachnachrichten meiner Mum waren allerdings die süßesten Nachrichten von allen:

»Hallo, Schatz.«

»Ich rufe nur an, um dir zu sagen, dass ich Lucy getroffen habe. Sie kam heute früh im Café vorbei und …«

»Ich habe den falschen Knopf gedrückt … Aber ich wollte dir nur sagen, dass ich wirklich sehr stolz auf dich bin. Das habe ich vielleicht nicht immer so ganz klar ausgedrückt …«

»Aber ich *bin* stolz auf dich. Tapferes Mädchen, das kann keine einfache Entscheidung gewesen sein.«

»Ruf mich an, wenn dir danach ist.«

»Ich hab dich lieb.«

»Ach, übrigens, ich bin's, Mum.«

Das brachte mich erneut zum Weinen, und zwar direkt über einem aufgeschlagenen Artikel über die instagramtauglichsten Swimmingpool-Destinationen für die Flitterwochen. So wie es aussah, ging der erste Platz an einen kinderfreien Rooftop-Pool auf dem Dach eines Wolkenkratzers in Miami.

Nach einem Feinschmeckermittagessen, bestehend aus Cookies und einem großen Stück Käse, das ich ganz hinten im Kühlschrank gefunden hatte, klingelte es an der Tür. Das mussten dann wohl die teuren Multivitaminpräparate sein, die ich auf Amazon bestellt hatte, um die Defizite meiner mehrtägigen nährstoffarmen Diät auszugleichen.

Ich band meinen Morgenmantel zusammen und fragte mich, ob es wohl der Mantel war, der nach Cheddar müffelte, oder doch nur mein Atem. Dann klemmte ich einen Turnschuh zwischen Wohnungstür und Rahmen und schlurfte nach unten.

»Vielen Dan…«, begann ich, während ich eine Hand durch die Haustür schob, um die Vitamine entgegenzunehmen.

Es war nicht Amazon.

»Ähm, hi«, sagte ich und wischte mir schnell mit den Fingern unter den Augen entlang. »Wie hast du …? Was machst du …? Warum bist du in London?«

Art grinste und hielt mir eine kleine Schachtel hin. »Ich musste dir etwas geben. Genau genommen sind es zwei Sachen.«

Da stand er in seiner alten Fliegerjacke vor meiner Tür und strahlte mich aus seinen grünen Augen an; und für ein paar Sekunden war es, als befänden wir uns wieder vor dem Pub, in jener Silvesternacht, und es gäbe außer uns niemanden auf der Welt.

»Was ist das?«, fragte ich schließlich und sah zu dem Päckchen hinab, wobei mir der Kaffeefleck auf meinem Ärmel auffiel. Vielleicht war das gerade einer dieser

Träume, in dem ich halb wusste, dass es nur ein Traum war. Sollte ich einfach mitmachen und mich ganz normal verhalten? Jedenfalls sollte ich damit rechnen, dass jede Sekunde ein Mörder hinter den Mülleimern auftauchen könnte, und dann würde ich an mir herabschauen und feststellen, dass ich schwanger war, woraufhin mir alle Zähne ausfielen …

»Mach es auf«, antwortete er.

Aber Art kam mir ziemlich real vor; und ich war immer noch im Besitz aller meiner Zähne, obwohl sie sich unter meiner Zunge pelzig anfühlten; und unter dem Gürtel meines Morgenmantels wölbte sich zwar mein Bauch, doch der kam wohl eher daher, dass ich an diesem Vormittag eine Schachtel Kekse und eine halbe Packung Toastbrot in mich hineingestopft hatte.

»Es ist kein Verlobungsring«, fügte er mit einem breiten Grinsen hinzu. »Keine Sorge, ich weiß, was du von denen hältst.«

Ich löste den kleinen Aufkleber oben an der Schachtel und faltete die Klappen auseinander.

Es war eine Schneekugel von London.

»Ich dachte, die fehlt dir noch für deine Sammlung«, erklärte Art, während ich sie vor mein Gesicht hob. Winzige weiße Flöckchen rieselten auf einen roten Miniaturbus, Big Ben und einen winzigen Soldaten in scharlachrotem Mantel und Bärenfellmütze hinab.

»Danke«, sagte ich gerührt, während ich die Schneekugel wieder in der Schachtel verstaute. »Aber ich kapiere immer noch nicht – was machst du hier?«

Art vor meiner Haustür stehen zu sehen, vor dem Hintergrund des rauschenden Verkehrs auf der Clapham High Street und dem Hupen der Autos, schien eher wie eine Szene, die sich in einer meiner Teenagerfantasien hätte ereignen können.

»Lucy kam gestern bei mir vorbei und erwähnte, dass du gerade, ähm, eine ziemlich heftige Woche durchmachst, und ich war eigentlich auf dem Weg zum Flughafen, aber dann ist mir aufgefallen, dass ich mich nicht von dir verabschiedet hatte.«

»Oh, ach so«, sagte ich und kam mir dämlich vor. Er war hier, um sich zu verabschieden, während ich aussah wie die Vogelfrau aus *Mary Poppins*; aber es war ja nur ein Abschied, kein Grund also, dass mein Herz wie eine Kriegstrommel in meiner Brust schlug.

»Aber woher hast du meine Adresse?«, fragte ich verwirrt. »Und was ist mit deinem Flug? Konntest du ihn umbuchen?«

Art schüttelte grinsend den Kopf. »Nell, dein Gehirn ist echt …«

»Und was ist mit Nicole?«

»Alles in Ordnung, ich werde dir alles in Ruhe erklären, aber darf ich dazu reinkommen?«

»Äh, sicher«, stammelte ich, immer noch verwirrt darüber, dass er dreihundertzwanzig Meilen zurückgelegt hatte, nur um sich zu verabschieden. War das auch wirklich kein Traum?

Und dann, kurz bevor ich mich umdrehte, um ihm den Weg nach oben zu deuten, fiel mir ein, was er gesagt hatte, als er mir die Schachtel überreichte. »Was war denn die andere Sache, die du mir geben wolltest?«

Art lächelte erneut und beugte sich vor, um mich zu küssen; und als ich spürte, wie sich seine Lippen auf meine pressten, reagierte mein gesamter Körper, indem er sich ihm entgegenwölbte. Ich muss gestehen, dass in diesem Moment sämtliche Befürchtungen hinsichtlich meines Atems, des Kaffeeflecks auf meinem Bademantel und der leichten Cheddar-Note, die von meinem T-Shirt ausging, wie weggeblasen waren.

»Darf ich jetzt reinkommen?«, fragte er einige Sekunden später, als er sich wieder von mir löste.

»Ähm …« Ich dachte an das Wohnzimmer, an die Tassen und Teller und leeren Käseflips-Packungen, die den Boden zierten. Und an die ganzen Brautzeitschriften.

»Sicher«, erwiderte ich lächelnd und griff nach seiner Hand, um in nach oben zu führen.

Manchmal muss man einfach springen.

Sechs Monate später …

»Eine der Herrentoiletten ist verstopft«, verkündete Art, als er die Küche betrat. »Überall auf dem Boden schwimmt Klopapier herum.«

Ich wandte mich von der Terrassentür ab, wo ich nach draußen gespäht und mich gefragt hatte, ob irgendwer in der Menschheitsgeschichte je bei einem so katastrophalen Wetter geheiratet hatte. Das Wasser lief in Bächen die Glasscheiben hinab, als würde jemand einen Feuerwehrschlauch draufhalten.

»Regen am Hochzeitstag bringt Glück«, hatte Nanny Gertrude beim Frühstück verkündet. »Er steht für die letzten Tränen, die eine Frau je in ihrem Leben vergießen wird. Felix, iss deinen Haferbrei.«

Ich hatte mir verkniffen, Nanny Gertrude darauf hinzuweisen, dass sie, da sie selbst nie verheiratet gewesen war, wahrscheinlich nicht die geeignete Person war, solche Weisheiten von sich zu geben.

»Echt jetzt?«, sagte ich und sah Art resigniert an. »Wir haben sie doch gerade erst einbauen lassen!«

»Ich schätze, genau das ist das Problem. Neue Sanitäranlagen, da sind Pannen vorprogrammiert. Haben wir so einen …« Art hob die Faust und bewegte sie im Kreis, als würde er eine Uhr aufziehen.

»Hä?«

»Du weißt schon, das, womit du Rührei machst.«

»Einen Schneebesen?«

»Ja! Einen Schneebesen. Genau den meine ich.«

»Art, man verwendet im Klo keinen Schneebesen.«

»Warum nicht?«

Ich warf die Hände in die Luft. »Weil du keine Eier verquirlst, darum. Wenn das Ding verstopft ist und überall Klopapier herumschwimmt, wirst du mehr als ein Küchenutensil benötigen. Ich rufe Nigel an.«

»Nein, bitte, Nell, ruf auf gar keinen Fall Nigel an«, flehte Art und eilte schleunigst aus der Küche.

Nigel war unser Klempner, der im Verlauf der letzten Monate große Freude daran entwickelt hatte, Art in seine gesundheitlichen Probleme einzuweihen. Dazu gehörten unter anderem Sodbrennen, Verdauungsstörungen sowie ein jüngst aufgetretenes Erektionsproblem; ganz gleich was, Nigel ließ sich lang und breit bei Art darüber aus. Glücklicherweise wurde ich nie in diese Gespräche miteinbezogen. Nigel fand offensichtlich, das sei Männersache.

»Ich glaube, in der Stiefelkammer liegt noch ein Pömpel!«, rief ich Art hinterher. »In einer Kiste unter dem Waschbecken.« Dann dachte ich: Wie kommt es, dass man in Erwachsenenbeziehungen so viel Zeit damit verbringt, sich um Klempnerprobleme zu kümmern?

Drummond Hall Weddings war erst vor drei Wochen gestartet, und ehrlich gesagt gab es noch Luft nach oben.

Bei unserer ersten Hochzeit sollte jeder der sechzig Gäste eine Wachtel serviert bekommen. Doch als sie diese aufschnitten, waren die Wachteln innen noch ganz rosa und roh. Das Gas in den neuen Catering-Öfen war ausgegangen, also hatte ich auf dem Herd in unserer Küche einen Topf Pasta nach dem nächsten zubereiten und diese dann Kelle für Kelle im Festzelt austeilen müssen.

Bei unserer zweiten Hochzeit kam es während des ersten Tanzes zu einem Stromausfall, sodass die Frischvermählten bei ihrer einstudierten Darbietung von Savage Gardens »Truly Madly Deeply« plötzlich im Dunkeln standen. (Art meinte dazu bloß, der Verlust sei zu verschmerzen, die Gäste sollten sogar dankbar sein.)

Bei unserer dritten Hochzeit war der Vater der Braut so betrunken gewesen, dass er seine Rede nicht halten konnte und in Nanny Gertrudes Zimmer gebettet werden musste. Und jetzt das hier – irgendwer hatte es bei unserer vierten Hochzeit geschafft, das Klo zu verstopfen.

Ich drehte mich wieder zu den Terrassentüren und schob sinnierend den Daumennagel zwischen meine Schneidezähne. So ganz ohne Komplikationen wäre es wohl zu einfach gewesen.

Ironischerweise hatte sich die ungewisse Zukunft von Drummond Hall ausgerechnet dank Colin geklärt. Nach seiner Demonstration auf der Dorfwiese hatte die Journalistin des *Northumberland Echo* tatsächlich einen Artikel verfasst. Es war zwar bloß ein kurzer Text ganz unten auf Seite dreizehn, doch sehr zum Unglück des Glasgower Projektentwicklers Cameron Stewart erregte er die Aufmerksamkeit des leitendenden Gemeindeplanungsbeauftragen. Er zog Erkundigungen über Camerons Bauvorhaben ein, kam jedoch nach einigen Nachforschungen zu dem Schluss, dass das historische Anwesen mit seinem silbernen Treppengeländer »von unschätzbarem Wert« unter striktem Denkmalschutz stand, was bedeutete, dass man es nicht ohne Weiteres in Wohnungen umwandeln konnte, ohne dabei gleich gegen mehrere Bauvorschriften zu verstoßen. Cameron verlor das Interesse und zog sein Kaufangebot zurück.

Meine Idee wiederum war mir eines Nachmittags gekommen, als ich in London auf meinem Sofa herumlümmelte und mein drittes Yes-Törtchen verputzte, während ich mir eine Restaurierungs-Sendung auf Kanal 4 anschaute – aus Drummond Hall sollte eine Hochzeitslocation werden! Das ergab absolut Sinn. Das Anwesen verfügte über eine eigene kleine Kirche, und die Feiern konnte draußen auf dem Rasen mit Blick auf das Meer stattfinden. Oder drinnen, in den Prunkräumen, falls das den Gästen lieber war. Sie könnten sogar nach Wunsch im Herrenhaus übernachten, und Terence könnte sich um das Catering kümmern. Oder nein, vielleicht doch nicht Terence. Trotzdem war ich mir sicher, dass es in der Gegend einen anständigen Event-Caterer gab.

Ich hatte meinen Laptop aufgeklappt und eine PowerPoint-Präsentation erstellt. In besagtes nerdiges Dokument hatte ich mein komplettes Hochzeitswissen samt

Ideen für Drummond Hall sowie meine Recherchen über ähnliche herrschaftliche Anwesen in der nahen Umgebung einfließen lassen. Es gab zwar auch die Möglichkeit, in zwanzig Meilen Entfernung auf Alnwick Castle zu heiraten, wo *Harry Potter* gedreht worden war, aber nur, wenn man gerade fünfunddreißigtausend Pfund zusätzlich zur Verfügung hatte.

Drummond Hall wäre da wesentlich günstiger.

Ich hatte Angebote für Festzelte recherchiert und ein Unternehmen gefunden, das auch Rundzelte aufstellte, in denen die Gäste übernachten konnten; außerdem hatte ich eine Liste mit Musikern und DJs aus der Gegend zusammengestellt. Ich hatte sogar eine Excel-Tabelle mit Kostenvoranschlägen für die Renovierung des Anwesens sowie der Pro-Kopf-Gebühr, die man bei einer Hochzeit verlangen könnte, aufgesetzt.

Zum Teil handelte es sich um eine reine Ablenkungsmaßnahme. Nachdem Art vor meiner Tür aufgetaucht war und ich die Hochzeitszeitschriften unauffällig mit dem Fuß unter das Sofa geschoben hatte, unterhielten wir uns lange. Nichts von dem, was Nicole in ihrer E-Mail geschrieben hatte, hätte ihn schockiert, erklärte er. Es überraschte ihn nicht, dass sie eine Trennung wollte; und ihm war schon lange klar gewesen, dass Felix womöglich nicht sein leiblicher Sohn war.

Das alles hatte er mir ganz ruhig und sachlich erklärt.

Einige Monate vor ihrer Hochzeit hatte Nicole eine Affäre mit ihrem Schönheitschirurgen gehabt (offensichtlich hatte er nicht nur ihre Nase verarztet). Das hatte sie jedoch erst im Verlauf eines lautstarken Streites gestanden, ein paar Jahre nach Felix' Geburt. Vielleicht war er von Art; vielleicht war er von Dr. Kaminski. Da Art sofort Angst bekam, den kleinen Jungen, den er für seinen eigenen gehalten hatte, zu verlieren, nahm er Nicole das Versprechen ab, das Geheimnis vorerst für sich zu behalten. Es sollte keinen Vaterschaftstest geben, und auf keinen Fall sollte jemand anderes eingeweiht werden. Eines Tages würde er dieses Gespräch mit Felix führen müssen, sagte er mir, aber dieser Zeitpunkt war noch nicht gekommen.

Das war eine ganze Menge, was es an jenem Nachmittag zu verdauen galt. Immerhin war es hilfreich, dass ich kurz davor noch als Scheidungsanwältin gearbeitet hatte, wo es schon mal vorkam, dass eine Mandantin von »unüberbrückbaren Differenzen« sprach, nur weil sie es nicht mehr ertrug, beim allabendlichen Essen dem Kieferknacken ihres Gatten zu lauschen. Es gab nur wenig, das mich noch erschüttern konnte.

Als Nicole dann das Scheidungsverfahren in die Wege leitete, war Art vor allem anderen erleichtert, sich aus seiner unglücklichen Ehe befreien zu können. Seine einzige Sorge war, was das mit Felix anrichten könnte. Auf meine Empfehlung hin beauftragte er Veronica Wallop, ihn gegen Gideon zu vertreten. Nicole wollte – im Wesentlichen aus reiner Boshaftigkeit –, die Hälfte des Anwesens, doch als es nicht zum Verkauf kam, rückte sie von ihrem Anspruch auf Drummond Hall ab und konzentrierte sich stattdessen auf das Umgangsrecht für Felix. Art zerbrach sich wochenlang den Kopf, ob er sich eine eigene Wohnung in New York zulegen oder endgültig nach Northcliffe zurückkehren sollte.

Wenn er in New York bliebe, könnte er Felix weiterhin von dessen Schule in der Upper East Side abholen und seine Baseballspiele besuchen.

Wenn er nach Drummond Hall zurückkehrte, könnte er sich voll und ganz dem altehrwürdigen Familiensitz widmen – aber welche Auswirkungen hätte das auf seine Beziehung zu seinem Sohn? Seine Ehe hinter sich zu lassen fiel ihm nicht schwer, aber die Vorstellung, seinen Sohn aufzugeben, war für ihn unerträglich.

Ich selbst verhielt mich während dieser Verhandlungen neutral. Da ich oft genug mitbekommen hatte, wie Mandanten infolge jahrelanger Scheidungsverfahren innerlich ausgehöhlt wurden, wünschte ich mir das für niemanden, nicht einmal für Nicole. Außerdem wollte ich Art nicht beeinflussen. Er musste seine eigene Entscheidung treffen. Sollte er in New York bleiben, würde das unsere Beziehung natürlich verkomplizieren. Sollte er aber nach Drummond Hall zurückziehen – nun, dann sähe die Sache schon anders aus.

Ich hatte selbst genug Dinge, um die ich mich kümmern musste. Etwa zur selben Zeit wurde vor der Wohnung in Clapham ein *Zu-verkaufen*-Schild angebracht. Jack flehte und bettelte, sie für uns verkaufen zu dürfen, und bestand darauf, dass er »jede Menge« Privatkunden an der Hand hätte; aber Gus legte sein Veto ein, sodass wir eine andere Immobilienagentur beauftragten und einen kompletten Samstag damit verbrachten, durch die Wohnung zu gehen und unseren überaus detaillierten Partnerschaftsvertrag abzuhaken, in dem festgehalten war, wer welche Lampe bekam und Gus alle Kochbücher zusprach (ich überließ ihm außerdem den neuen Saugroboter). An diesem Tag erzählte er mir auch, dass er eine neue Freundin hätte, eine Unternehmensberaterin namens Charlotte, die vier Sprachen sprach und sich ziemlich gut mit italienischen Filmen aus den Siebzigern auskannte – worüber ich allerdings nur erleichtert war (trotzdem suchte ich sie später natürlich auf LinkedIn und ärgerte mich ein klein wenig darüber, dass sie wirklich hübsch war, auch wenn sie ein ziemlich großes Muttermal auf der Wange hatte).

Meine Idee, aus Drummond Hall eine Hochzeitslocation zu machen, behielt ich für mich, bis Art mir schließlich mitteilte, dass er und Nicole zu einer Einigung gekommen waren. Sie hatte zugestimmt, der Vaterschaftsfrage nicht weiter nachzugehen, solange Felix während der Schulzeit bei ihr in New York wohnte und lediglich die Ferien bei seinem Vater in Northumberland verbrachte; außerdem würde Art jedes zweite Wochenende von Newcastle nach New York fliegen, um seinen Sohn zu besuchen. Das bedeutete, er zog nach Northcliffe zurück.

»Wirklich?«, fragte ich ungläubig, als er mit der frohen Botschaft anrief. »Und es macht dir nichts aus, nicht in New York zu sein? Und Felix hat kein Problem damit?«

»Er findet es irgendwie cool; allerdings hat er anscheinend allen seinen Klassenkameraden erzählt, dass sein Vater ein Schloss in Schottland geerbt hätte, ich werde also wohl mal ein Wörtchen mit seinem Erdkundelehrer sprechen müssen. Ich werde zwar viel unterwegs sein, aber die Mühe ist es allemal wert, Nell.«

Von meiner PowerPoint-Präsentation war Art hingegen weniger überzeugt.

»Was ist mit den Bauvorschriften?«

»Die braucht es nicht. Das Einzige, was du tun musst, ist ein bisschen Geld für die Renovierungen lockerzumachen.«

»Eine *Menge* Geld, Nell – du hast gesehen, in welchem Zustand es ist.«

»Ja, okay, eine Menge Geld. Aber ich glaube trotzdem, dass es ein Erfolg werden könnte. Hast du dir die Folie angeschaut, auf der ich all die anderen Hochzeitslocations in Northumberland gelistet habe? Die sind furchtbar.«

»War das Folie Nummer 382 oder 383?«

Am Ende gewann ich, und er stimmte zu, dass wir es auf einen Versuch ankommen lassen könnten. Ich hatte nicht umsonst über ein Jahrzehnt damit verbracht, mit Anwälten zu verhandeln.

Ich zog nach Northcliffe, und wir verbrachten vier irre Monate damit, das Herrenhaus auszuräumen und neu zu streichen, das neue Sanitärgebäude mit den Toiletten sowie die ebenfalls neue Profiküche für das Catering zu bauen. In Morpeth fand ich tatsächlich ein anständiges Unternehmen, das sich um das Essen kümmern konnte; außerdem einen Weinhändler in Newcastle. Und schließlich, nach einer mehrmonatigen Werbekampagne, in der er uns immer wieder Kostproben seines Zitronenkuchens, seiner sizilianischen Obsttorte sowie seiner *torta caprese* vorbeibrachte, versprach ich Luigi, dass er sich um die Kuchen kümmern durfte. Colin wurde mit dem Aufbau der neuen Webseite – *Drummond Hall Weddings* – beauftragt. Nachdem ich den örtlichen Gesundheitsinspektor bei seinem Rundgang durch das Haus beinahe umgebracht hätte (er habe eine tödliche Nussallergie, hatte er erklärt, während er zugleich nach einem von Luigis Haselnuss-Cantuccini griff), bekamen wir die Erlaubnis zu eröffnen.

Als ich Schritte vernahm, warf ich einen Blick über die Schulter und sah, wie Luce ihren Kameragurt vom Hals löste. »Okay, ich brauch 'nen Drink. Im Festzelt ist eine ältere Dame, die aussieht, als wäre sie abgenippelt.«

»Was?«, quietschte ich.

»Es geht ihr gut. Sie hatte nur zu viel Champagner. Ich habe aber ein tolles Foto von ihr geschossen.« Zur Veranschaulichung ließ Luce den Kopf in den Nacken fallen und streckte die Zunge zur Decke.

»Ich bin mir nicht sicher, ob die Braut das so toll finden wird.«

Die Brautleute waren ein junges Paar aus Newcastle – Danny und Jessica –, und Jessica hatte gleich bei unserem ersten Treffen klargestellt, dass sie wollte, dass alles »perfekt für Instagram« aussähe. Sie wollte eine rosa Donut-Wand, rosafarbene Rosenblätter, die in der Mitte jeder Tafel verstreut werden sollten, Brautjungfern in lachsfarbenen Kleidern – ein Farbton, der exakt keiner von ihnen stand –, rosa Cocktails und eine rosa Torte, wegen der Luigi ein Riesentamtam veranstaltet hatte. An diesem Morgen hatte sich Jessica erkundigt, ob irgendwie die

Möglichkeit bestünde, »den Regen rosa zu färben«, und da hatte ich mich ernsthaft gefragt, ob sie überhaupt schon alt genug zum Heiraten war.

»Stimmt«, erwiderte Luce ungerührt. »Auch Lust auf einen Drink?«

Ich warf einen Blick auf die alte Uhr und dann auf mein Klemmbrett. In einer Minute würde ich auf Zehenspitzen zum Zelteingang schleichen, um mich zu vergewissern, ob die Reden bereits begonnen hatten, um dann den Caterern Bescheid zu geben, dass ihnen noch eine halbe Stunde blieb, bevor die Krabbencocktails (rosa Soße!) serviert werden mussten.

»Vielleicht, sobald die Gäste Platz genommen haben. Hast du Felix irgendwo gesehen?«

»Ja, er ist draußen bei deinem Dad.«

»Was? Bei dem Wetter?« Ich drehte mich um und deutete auf die Sintflut.

»Ja, das letzte Mal, als ich sie gesehen habe, hat dein Vater ihm gerade beigebracht, wie man mit der Achsel furzt.«

Ich kniff verzweifelt die Augen zusammen, da ich sofort Angst bekam, dies könnte eine weitere von Nicoles Droh-Mails nach sich ziehen, in der sie sich über meinen »schlechten Einfluss« beschwerte. Art hatte bereits eine erhalten, nachdem Dad Felix in den Pub mitgenommen hatte.

Er war noch ein paar Tage bei uns, bevor er zum Schulbeginn wieder in die Staaten zurückflog. Ich fürchtete den Moment. Niemals hätte ich erwartet, dass meine wiedererweckte Liebe zu Art mit sich brachte, dass ich auch seinen Sohn so sehr in mein Herz schließen würde. Außerdem war Felix im Verlauf des Sommers zu Dads kleinem Schatten geworden – einer Art lang ersehnter Enkel. Was auf Gegenseitigkeit beruhte, da Dad gleichzeitig zu jenem englischen Großvater wurde, den Felix so nie erlebt hatte, da er Lord Drummond nur wenige Male getroffen hatte. Immer wenn ich die beiden zusammen sah, zog sich mein Herz vor Rührung zusammen.

Es war auch darum ein Glücksfall, weil Dads Beziehung zu Bev im Sande verlaufen war (wie sich herausgestellt hatte, war sie eher ein Katzenmensch), obwohl er und Roy im Pub bereits nach Ersatz Ausschau hielten.

Luce kippte rasch ein Glas Wasser und schnappte sich wieder die Kamera. »Ich sollte lieber wieder zurück, aber wie wäre es mit einem Wein in … einer halben Stunde?«

»Wenn die Gäste Platz genommen haben«, wiederholte ich augenrollend.

»Sklaventreiberin!«, schimpfte sie, als sie nach draußen eilte.

Ich beugte mich über mein Klemmbrett: die nächste halbe Stunde standen Reden auf dem Programm; gefolgt von den Krabbencocktails; um neunzehn Uhr wurde das Rind serviert; gefolgt von einer Runde Champagner um 19:35 Uhr, um erneut anzustoßen; in direktem Anschluss daran wurde die Torte angeschnitten; der erste Tanz war für 19:55 Uhr angesetzt; danach spielte die Band bis dreiundzwanzig Uhr, legten aber um 21:30 Uhr eine halbstündige Kaffeepause ein, während der ein DJ einspringen würde. Ich hob den Blick und sah konzentriert in die Ferne, während ich versuchte, mich daran zu erinnern, ob ich den Caterern Bescheid gesagt hatte, den Kaffee und die Sandwiches für die Band in den Hauswirtschaftsraum zu stellen.

Aus dem Flur war ein seltsam schmatzendes Geräusch zu hören, als Art wieder auftauchte, die Füße in Gummistiefeln steckend, den Pömpel in die Luft gereckt wie die olympische Fackel.

Ich musste grinsen, bevor ich die Nase rümpfte und Richtung Pömpel nickte. »Ich danke dir, mein Held. Aber auch: voll eklig. Kannst du das Ding da bitte entsorgen?«

»Darf ich dich davor noch was fragen?«

»Hm?«

»Willst du mich heiraten?«

Ich sah von meiner Tabelle auf, die Augen vor Schock geweitet. »Art, wie bitte?«

Er machte einen Ausfallschritt nach vorn und ging, begleitet vom Quietschen seiner Gummistiefel, auf dem Küchenboden aufs Knie. »Ich habe mir nur gerade überlegt …«

»Während du dich um das herumschwimmende Klopapier gekümmert hast?«

»Ja. Nein! Eigentlich denke ich schon seit Ewigkeiten darüber nach, seit Jahren. Eleanor Mason, ich weiß, dass ich nicht gerade ein Musterbeispiel für die Ehe bin; und mir ist auch bewusst, wie wenig du von Hochzeiten und diamantenen Verlobungsringen hältst – was ganz gut ist, da ich aktuell noch gar keinen für dich habe –, aber würdest du mir dennoch die große Ehre erweisen, mich zu heiraten?«

Ich presste die Lippen aufeinander, um nicht laut loszulachen. Als Teenagerin hatte ich mir diesen Moment tausendmal ausgemalt – aber da hatte das Ganze draußen vor dem Herrenhaus stattgefunden, mit Blick aufs Meer, oder am Strand oder im Heckenlabyrinth mit dem rosa gefärbten Himmel dahinter; vielleicht sogar mit ein paar über uns hinwegfliegenden Tauben und irgendeiner klassischen Musik, die ganz zufällig irgendwo gespielt wurde. Gut, ich hatte zwar noch nie auch nur eine Taube in Northumberland gesehen, aber das war egal.

In all den Jahren, in denen ich mir das Unmöglichste vorgestellt hatte, gab es keinen einzigen Antrag, in dem Art so aussah wie ein Fischer, in der einen Hand einen Pömpel, während er mit der anderen meine Finger umfasste. Aber dieses Mal war der Antrag echt, und damit – trotz der leichten Note von Klostein in der Luft – umso schöner.

Danksagung

Während der Corona-Pandemie habe ich nicht gelernt, wie man Sauerteig macht. Ich habe auch keine neue Sprache gelernt oder abgenommen. Ich habe versucht, *Middlemarch. Eine Studie über das Leben in der Provinz* zu lesen (mein dritter Anlauf), und bin gescheitert. Ich habe zu viel Wein getrunken, zu viel Kuchen gegessen und zu viel Zeit auf Twitter verbracht.

Nichtsdestotrotz habe ich es geschafft, dieses Buch zu schreiben, und ich bin dem Lockdown für den Freiraum, den er mir dafür geboten hat, wirklich dankbar. Schon eine ganze Weile habe ich über das Thema »Erste Liebe und ihre Was-wäre-Wenns?« nachgedacht. Und ich glaube, viele von uns haben das schon getan. Wenn wir diesen Weg eingeschlagen hätten und mit unserer ersten großen Liebe zusammengeblieben wären – wie würde unser Leben dann aussehen? Besser? Schlechter? Mit Sicherheit anders. Aber was, wenn wir eine zweite Chance bekämen? Und so beschloss ich, die Geschichte von Nell und Art zu schreiben (und dem armen Gus, obwohl er es am Ende ja auch gut erwischt; schließlich hat er die nette Charlotte, die vier Sprachen spricht und sich um ihn kümmert).

Beim Schreiben wurde ich unterstützt durch zahlreiche Kuchen, Torten und liebe Menschen. Hauptsächlich aber durch meine Lektorin Katie Seaman, die mir über Zoom beistand, mir geniale, treffende Anmerkungen schickte und einen peinlichen Fehler in Bezug auf Mr. Rochester aus einem meiner ersten Entwürfe beseitigte. Katie, danke für alles, vor allem aber, dass du mich vor großer literarischer Schande bewahrt hast.

Wie immer bin ich auch allen anderen bei HQ zu äußerstem Dank verpflichtet. Ein besonders großes Dankeschön geht an den bestgekleideten Pressesprecher im Verlagswesen, Joe Thomas. Vielen Dank, Katrina Smedley, für die unermüdliche Arbeit und für die weit und breit beste Social-Media-Bilanz. Ebenso bedanke ich mich bei Mel Hayes, dafür, dass sie mir keinen Strick daraus gedreht hat, wenn ich ihr wieder mal eine E-Mail schrieb und sie darin um »nur noch einen einzigen Tag Aufschub« bat. Außerdem bei Charlotte Phillips, die das Cover entworfen hat – vielen Dank, dass du meine unglaublich pingeligen Wünsche, wie genau Wilma, die Wolfshunddame, aussehen sollte, beherzigt hast. Sie ist schlicht perfekt. Ein jubelndes Dankeschön an das Vertriebs- und Herstellungsteam bei HQ, die die ganze Arbeit hinter den Kulissen erledigen, sowie an Liz Hatherell für das Korrekturlesen und Aufspüren diverser anderer peinlicher Fehler. Abschließend meinen unsterblichen Dank an Lisa Milton, der Queen von HQ, dafür, dass sie den ganzen

Laden schmeißt. Ich bin ja so stolz, ein Teil des Teams zu sein, und kann es kaum erwarten, dem Büro mit der besten Aussicht von ganz London wieder einen Besuch abzustatten.

Anhaltender, hingebungsvoller Dank an meine Agentin Rebecca Ritchie für ihre Unterstützung und ihre ungetrübte Gelassenheit, selbst wenn sie vom Küchentisch aus arbeiten muss. Fortan muss ich keine Bedenken oder Sorgen mehr erklären, die mich beim Schreiben und Abliefern eines neuen Buches heimsuchen, denn Becky scheint ein geradezu telepathisches Gespür für meine Neurosen zu besitzen und weiß sie zu lösen. Ein Dankeschön reicht da kaum aus.

Danke an meine Freunde und Familie, und auch wenn wir uns im letzten Jahr ab und zu treffen durften, war das eindeutig zu selten. Ich vermisse euch und kann es kaum erwarten, bis wir uns wieder persönlich miteinander freuen können. Ich sehe normal schon ziemlich verwildert aus, wenn ich ein Buch beende, aber dieses Mal, nachdem ein weiterer Lockdown über Großbritannien verhängt wurde, erinnere ich höchstwahrscheinlich an eine Kreatur, die man auch auf dem Meeresgrund vorfinden könnte. Bitte wundert euch also nicht, wenn wir uns im echten Leben wiedersehen. Oder wenn ihr euch wundert, dann versucht es euch nicht anmerken zu lassen.

Ein besonderer Dank geht an Jules Perowne, die mir The Mouse House, den himmlischsten Zufluchtsort in North Norfolk zur Verfügung gestellt hat, wo ich ein paar Wochen verbringen durfte, als ich mit diesem Buch begann. Du bist so großzügig und lieb, und ich wünschte, ich hätte so tolles Haar wie du.

Und zum Schluss, danke an Deliveroo und Majestic. Leute, keine Ahnung, wie ich ohne euch über die Runden gekommen wäre. Auf euch!

Lesen Sie weiter >>

»Florence, mein Schatz, was um Himmels willen hast du da an deinen Füßen?«, fragte Patricia laut genug, damit mehrere andere Tische es hören konnten. Mia und Hugo waren bereits da.

»Tschuldigung«, murmelte ich und beugte mich nach unten, um meiner Stiefmutter einen Kuss auf die Wange zu drücken. »Hab die anderen Schuhe im Laden vergessen.«

»Nun, dann setz dich schnell hin, und niemand wird sie sehen«, fuhr Patricia fort und nickte zu einem leeren Stuhl. »Ich habe Champagner bestellt.«

Patricia war eine Frau mit vogelartigen Gesichtszügen – Hakennase, kleine perlenrunde Äugelchen –, der die richtigen Schuhe und Champagner sehr am Herzen lagen. Vor knapp dreißig Jahren war sie als Sekretärin namens Pat in den öffentlichen Dienst eingetreten und hatte dabei beobachtet, dass diejenigen, die sich am schnellsten hocharbeiteten, einer Art Geheimclub anzugehören schienen. Sie trugen ähnliche Anzüge und Kostüme und hatten den gleichen Akzent. Und sie sprachen über Tennis, als sei es eine Religion, nicht nur ein Sport. Patricia wollte unbedingt Teil dieses Clubs werden, also sparte sie, um sich einen Hosenanzug von Caroline Charles zu kaufen, stufte sich von »Pat« auf »Patricia« hoch und hörte von einem Tag auf den anderen damit auf, »Klo« zu sagen. Außerdem nahm sie meinen Vater ins Visier. Er war damals ein trauernder Witwer, dessen Frau vor nicht allzu langer Zeit bei einem Autounfall ums Leben gekommen war, und außerdem derjenige mit den vielversprechendsten Aufstiegschancen in der Abteilung. Bald darauf zog Patricia bei uns ein. Jemanden aus dem Club zu ehelichen würde ihr den Eintritt garantieren.

Innerhalb eines Jahres hatte Dad ihr einen Antrag gemacht, und von da an lebte sie als seine Ehefrau in unserem Haus in Kennington, in Südlondon. Ich war damals drei und schien diese Veränderungen in meinem Leben in einer Art verblüfftem Schweigen beobachtet zu haben. Mia kam ein Jahr später zur Welt, was bedeutete, dass ich aus meinem Kinderzimmer im ersten Stock flog und eine Treppe höher in ein Zimmer mit Blick auf die Straße umziehen musste. Ruby folgte im Jahr darauf, und ich wechselte auf den Dachboden.

»Hi, Leute«, sagte ich über Mia und Hugo stehend. Sie hatten beide die Köpfe über den Tisch gebeugt. Mia las in einer Broschüre, Hugo tippte auf seinem Smartphone herum.

»Oh, ich weiß nicht. Den Französischen Salon finde ich ganz hübsch, aber da ist nur Platz für hundertzwanzig Leute. Hi, Flo«, sagte Mia, blickte auf und wedelte kurz mit der Hand in der Luft, als würde sie eine Fliege verscheuchen, bevor sie sich wieder in ihre Broschüre vertiefte.

Ich hatte die Abkürzung »Flo« noch nie leiden können. Dabei musste ich immer an eine Tampon-Marke denken. Ich war Florence getauft worden, nach meiner Oma mütterlicherseits, einer schlanken, energischen Französin, die, umgeben von Dorfkatzen und Aprikosenbäumen, in einem alten Bauernhaus vor Bordeaux gelebt hatte. Als ich noch jünger war, verbrachte ich den Großteil meiner Sommerferien dort, wo ich die meiste Zeit damit beschäftigt war, heruntergefallene Früchte aufzuklauben. Wenn ich am Tag mehrere Körbe voll gesammelt hatte, schenkte meine *grand-mère* mir am Abend ein Glas Weinschorle ein. Das war immer unser kleines Geheimnis gewesen, und ich vergötterte sie dafür, dass sie mich wie eine Erwachsene behandelte, als es sonst niemand zu tun schien. Als niemand sonst mit mir über Mum sprach, wo ich doch solche Angst hatte, dass ich sie vergessen würde. Wenn irgendwer es gewagt hätte, meine *grand-mère* »Flo« zu nennen, hätte sie denjenigen mit einem Schwall französischer Schimpfwörter bedacht. Sie starb, als ich fünfzehn war, und seitdem hing ich an meinem Vornamen, als würde er mich immer noch mit jenen Sommertagen verbinden, auch wenn ich schon vor langer Zeit aufgegeben hatte, meine Schwestern zu korrigieren.

»Hugo, sag Hallo zu Flo«, schob Mia hinterher.

»Hallo, Flo«, sagte Hugo, hob kurz den Kopf von seinem Handy und lächelte matt, bevor er den Blick wieder zum Display senkte.

Ganz ehrlich, ich hatte in meinem Leben schon interessantere Sockelleisten getroffen. Wenn er wenigstens körperlich attraktiv gewesen wäre, hätte ich es ja verstehen können, aber er sah aus wie ein Bleistift in einem Anzug: groß und schlaksig, mit übertrieben zurückgegeltem Haaransatz, der sich zudem schon auf dem Rückzug befand und die Form eines großen *M* auf seiner kahlen Stirn formte.

Ich wandte den Blick von Hugos Kopf zum Tisch, bevor ich mich setzte. Fünf Gedecke, zwei Kerzenleuchter und eine Kugelvase mit acht Rosen, was gut war, weil es eine gerade Zahl war.

»Wo ist Ruby?«, erkundigte ich mich, als ein Kellner mit einer Flasche Champagner auftauchte und sie Patricia hinhielt.

Patricia nickte ihm zu. »Sehr gut. Sagtest du nicht, auf dem Weg von einem Casting, Mia?«

»Sie meinte, sie könnte sich verspäten, aber wir sollen ruhig schon mal ohne sie anfangen.« Mia hielt ihre Champagnerflöte hoch und sah zu, wie der Kellner ihr eingoss, dann erhob sie das Glas. »Alle bereit?«, fragte sie. »Also gut. Auf mich. Und auf Hugo«, fügte sie rasch hinzu. »Auf uns und die beste Hochzeit aller Zeiten.« Sie quietschte und kräuselte dabei ihr gesamtes Gesicht, so als würde die Vorstellung von ihr selbst in einem weißen Brautkleid sie in helle Verzückung versetzen.

»Mein Schatz, ich könnte nicht stolzer sein«, sagte Patricia.

»Wie aufregend!«, log ich, als wir anstießen.

Hugo verzog das Gesicht, tätschelte sich die Brust – er

hatte wirklich seltsam dürre Finger – und stellte sein Glas wieder auf dem Tisch ab. »Mia, hast du Rennies dabei? Du weißt doch, dass ich von Champagner immer Sodbrennen bekomme.«

Ruby traf eine Stunde später ein, als wir mit dem Hauptgang fast durch waren. »Entschuldigt, sie haben uns ewig warten lassen«, sagte sie und unterbrach damit eine bereits fünfzehn Minuten andauernde Diskussion darüber, ob die Hochzeitstorte von dem angesagten East-End-Konditor, der auch die Torte für Meghan und Prinz Harry gebacken hatte, aus einem Cheesecake oder einem sizilianischen Zitronenbiskuit bestehen sollte. »Hi, Leute, hi, Flo, hi, Mum«, schob sie hinterher und umrundete pflichtbewusst den Tisch, um jeden einzeln auf den Kopf zu küssen, bevor sie sich auf den Stuhl neben mir plumpsen ließ. »Ich könnte töten für einen Drink.«

»Wir haben gerade über meine Torte gesprochen«, sagte Mia, die Gabel mit einem Happen Fisch in der Luft haltend.

»Unsere Torte«, korrigierte Hugo sie.

»Wofür war denn das Casting?«, wollte Patricia wissen, die davon träumte, dass Ruby mal auf dem Cover der *Vogue* landen würde, damit sie bei ihren Freundinnen im Bridgeclub angeben konnte.

»Eine neue Kampagne für Herpessalbe.« Ruby blickte zu einem wartenden Kellner auf. »Könnte ich einen Wodka Tonic bekommen? Tonic light, bitte.« Sie wandte sich wieder dem Tisch zu. »Es war totaler Mist. Das mache ich nicht, selbst wenn sie mich anbetteln.«

Ruby schien kein Problem damit zu haben, ständig Jobs in den Wind zu schießen. Jede Woche ging sie zu irgendwelchen Castings und tat sie dann achselzuckend ab, überzeugt davon, dass ihr großer Cover-Moment eines Tages schon noch kommen würde. Dabei war es durchaus hilfreich, dass sie mit sechsundzwanzig Jahren immer noch über eine Kreditkarte verfügte, die von unserem Vater gesponsert wurde.

»Oh, na dann«, sagte Patricia bloß. »Was willst du essen?«

»Ähm …« Ruby schaute auf unsere Teller. Hugo kaute auf einem Rib-Eye-Steak herum; Patricia und Mia hatten sich nach einer mehrminütigen Diskussion, ob der Fisch wohl in Butter oder Öl zubereitet wurde, für den Wolfsbarsch an Thymiancreme entschieden; ich aß Hühnchen, hatte jedoch den Trüffel-Kartoffelstampf gegen Pommes eingetauscht, da ich fand, dass Trüffel wie der Schritt meiner Sportleggins müffelten, und nicht verstand, warum irgendwer so etwas essen sollte. Außerdem konnte ich die Pommes beim Essen zählen. Mit ganz kleinteiligem Essen wie Erbsen oder Reis kam ich nicht gut klar, da sie schwer zu zählen waren. Pommes gingen in Ordnung.

»Das, was Florence hat«, sagte Ruby. »Und ich hätte echt unfassbar Lust auf eine Kippe, aber …« Sie sah sich im Raum um, als würde sonst noch irgendwer rauchen wollen.

»Können wir wieder zur Hochzeit zurückkehren?«, verlangte Mia.

Ruby lehnte sich auf ihrem Stuhl zurück. »Ja, entschuldige. Wie ist der Plan?«

»Wir werden die Feier hier abhalten, aber ich mache mir Sorgen wegen der Gästezahl. Bringst du jemanden mit?« Mia kniff die Augen zusammen. »Wird Jasper dabei sein?«

Jasper Montgomery war Rubys neuester Freund, ein verwegener Playboy und Sohn eines Herzogs, der mal ein Schloss in Yorkshire und tausende Hektar Land erben würde. Patricia war begeistert; Mia war in letzter Zeit etwas weniger erfreut über die neue aristokratische Beziehung unserer Schwester, weil Jasper immer wieder unangekündigt und sturzbesoffen bei uns zu Hause aufschlug und sich gegen die Türklingel lehnte, bis irgendwer, meist Mia, öffnete, woraufhin Jasper in unseren Flur getorkelt kam.

»Woher um Himmels willen soll ich das wissen?«, erwiderte Ruby. »Die Hochzeit ist erst im Dezember. Das sind …«, sie zählte, indem sie mit den Fingern auf die Tischplatte klopfte, »… von jetzt an noch fast vier Monate. Ich kann nicht vorhersagen, wo ich da sein werde.« Sie pflegte, was ihre Beziehungen anging, einen genauso entspannten Umgang wie mit der Uhrzeit. Und diese Lässigkeit, gepaart mit ihren Sommersprossen und den langen kastanienbraunen Locken (sie hatte bei einer ihrer Porträtaufnahmen mal gesagt bekommen, sie sähe aus wie die »junge Julia Roberts«), bedeutete, dass die Männer reihum vor ihr umfielen wie Kegel.

»Flo, was ist mit dir?«, fragte Mia.

»Was meinst du?«

»Bringst du jemanden mit?«

»Zu deiner Hochzeit?«

»Ja, natürlich zu meiner Hochzeit. Worüber sonst sollten wir reden?«

»*Unsere* Hochzeit«, merkte Hugo an.

Die Frage brachte mich in die Defensive. »Na ja, ich meine, nein … Ich habe nicht … Ich kenne keinen … Ich kann mir nicht vorstellen, wer das sein sollte, also …«

»Florence, meine Süße, ich habe schon darüber nachgedacht«, unterbrach Patricia mich.

Mein Kiefer erstarrte mitten beim Kauen. Patricias Tonfall war schmeichelnd geworden – die Schwarze Witwe, die ihr Opfer einlullte, bevor sie es tötete.

»Ich denke, es ist höchste Zeit, dass du dir Gedanken über dein Liebesleben machst. Du bist zweiunddreißig, Schätzchen. Du hättest mittlerweile wirklich einen Freund haben sollen. Was werden denn sonst die Leute denken? Die Zeit wartet schließlich nicht auf uns. Oder in diesem Fall die Männer.«

Ich schluckte runter, bevor ich antwortete. »Vielleicht, Patricia, werden sie denken, dass ich lesbisch bin.«

»Grundgütiger. Bis du denn les…? Bist du eine von denen?«

Ich nahm eine Pommes und tunkte sie in das Silberschälchen mit Ketchup neben meinem Teller. »Nein, leider nicht.«

Obwohl ich Jahre damit verbracht hatte, so zu tun, als würde es mir nichts ausmachen, dass ich nie einen Freund hatte – Jahre, in denen ich mir sagte, dass es nicht sehr feministisch war, sich um solche Dinge Sorgen zu machen –, störte es mich insgeheim doch. Lag es an meiner flachen

Brust? Meinen Füßen, Schuhgröße einundvierzig? Meinem blassen Teint oder dem Muttermal auf der Stirn, das ich versuchte, unter meinem Haar zu verstecken? Merkten die Männer mir an, dass ich so unerfahren war? Verströmte ich eine Art abschreckenden Geruch?

Tief in meinem Inneren wollte ich mich natürlich verlieben. So ging es doch jedem, oder etwa nicht? Ich hatte meine Jugendjahre damit verbracht, Liebesromane zu verschlingen, und träumte davon, so verführerisch zu sein wie Scarlett O'Hara, gepaart mit der kecken Intelligenz einer Jo March und der porzellanartigen Zartheit von Daisy Buchanan. In Wirklichkeit jedoch fühlte ich mich allmählich mehr wie die vertrocknete alte Jungfer Miss Havisham. Und obwohl ich mir an trüben Sonntagabenden gestattete, darüber nachzugrübeln, hätte ich das öffentlich nie zugegeben – und schon gar nicht wollte ich das mit meiner Familie ausdiskutieren. Vor allem nicht, wo doch die Anziehungskraft meiner Schwestern so viel ausgeprägter war als meine.

Wir wohnten nun schon seit Jahren als Trio zusammen. Dad war nach Pakistan versetzt worden, als ich achtzehn war. Fünf Jahre später verlegte ihn das Außenministerium nach Argentinien. Das war der Zeitpunkt, als Patricia eine Wohnung in South Kensington bezog. Sie hatte unser Haus in Kennington noch nie gemocht, weil sie fand, dass die Postleitzahl nicht vornehm genug war, also überredete sie Dad, eine weitere Hypothek aufzunehmen und ihr woanders eine Bleibe zu kaufen. Patricia bestand darauf, dass sie damit nur dafür sorgen wollte, dass

Ruby, Mia und ich zu Hause wohnen bleiben könnten, doch die Wahrheit war, dass Patricia fand, dass sie es verdiente, in einem eleganten Apartment mit dicken Teppichen, teuren geblümten Tapeten in einer schicken Gegend zu wohnen. Immerhin war sie die Gattin eines Botschafters. Selbst wenn sie die meiste Zeit in London verbrachte. Sie besuchte Buenos Aires alle zwei Monate, und Dad flog hin und wieder zu einem Treffen nach Hause, aber sie waren so häufig getrennt, dass ich mich oft gefragt hatte, wie man ihre Beziehung als glücklich bezeichnen sollte. Über die Jahre jedoch war mir klar geworden, dass sie genau deswegen glücklich waren, *weil* sie so lange Zeit voneinander getrennt waren. Hätten sie rund um die Uhr zusammengelebt, hätte einer den anderen womöglich umgebracht. Patricia war eine überspannte Neurotikerin, die alle Besucher zwang, die Schuhe vor ihrer Tür auszuziehen; Dad hingegen war das stabile Steuerruder. Sie wollte einen Ehemann, der ihr die wöchentlichen Friseurbesuche und Abendessen in teuren Restaurants finanzieren konnte; er brauchte eine Frau, die gerne die Diplomatengattin mimte, wenn sie zu Besuch kam. Patricia wurde es nie müde, bei der Eröffnung einer neuen Textilfabrik das Band zu durchschneiden oder mit der Frau des Sojabohnenmagnaten zu plaudern. Die Wohnung in South Kensington war vollgestopft mit Fotos, die zu diesen offiziellen Anlässen geschossen wurden.

Jedenfalls kamen seit Patricias Auszug die Liebhaber und Freunde meiner Schwestern öfter zu uns nach Hause als der Briefträger. Sie gehörten meist zu Ruby, doch vor Hugo war Mias Abschussquote auch nicht ohne gewesen. Auf jeden Fall traf ich morgens, wenn ich in die Küche kam, regelmäßig auf irgendwelche Männer namens Rupert oder Jeremy, die in den Schränken nach Teebeuteln kramten. Der einzige Mann, der es in mein Zimmer schaffte, war rothaarig, hatte vier Beine und hieß Marmalade – mein treuer siebzehnjähriger Kater.

»Aber wir machen uns Sorgen um dich«, säuselte Patricia weiter, »daher habe ich also beschlossen, dass du bei dieser Frau vorbeischauen solltest, über die ich im *Posh!*-Magazin beim Friseur gelesen habe – sie hat einen lustigen Namen. Gwendolyn irgendwas. Sie ist eine Liebes-Coachin. Oder Guru. Weiß nicht mehr genau. Aber anscheinend ist sie brillant.«

Ich blinzelte sie über den Tisch hinweg an. »Eine Liebes-Coachin? Wie meinst du das?«

»Das muss dir überhaupt nicht peinlich sein, Schätzchen. Stell sie dir einfach als Therapeutin vor, aber für Beziehungen. Du gehst da hin, redest mit ihr über deine Situation und wonach du suchst, und sie hilft dir dabei, all deine kleinen seltsamen Problemchen zu lösen.«

»Wie. Meinst. Du. Das?«, wiederholte ich langsam und artikulierte dabei jedes Wort überdeutlich.

»Ich denke doch nur, dass es ein bisschen einsam sein muss, in deinem Alter noch allein zu sein, wo deine Schwestern jetzt heiraten. Irgendwie … unnatürlich.«

»Moment mal, Mum«, warf Ruby ein. »Ich heirate doch gar ni…«

Patricia hob eine Hand, um ihr zu bedeuten, dass sie

noch nicht fertig war. »Willst du denn nicht jemanden kennenlernen, Schätzchen?«, fragte sie und beugte sich zu mir vor. »Willst du nicht auch so einen netten Mann wie Hugo finden und dir mit ihm ein gemeinsames Leben aufbauen?«

Ich schaute zu Hugo, der zum wiederholten Mal mit dem Zeigefinger über den Teller fuhr, um den Steaksaft aufzuwischen, und ihn anschließend in den Mund steckte.

»Patricia«, begann ich, »wir haben das 21. Jahrhundert. Alleinstehende Frauen sind nicht illegal. Wir dürfen Auto fahren, wir dürfen wählen. Wir haben das Recht auf Grundbesitz. Wir können in der ersten Liga Fußball spielen und …« Ich hielte inne und suchte nach weiteren Argumenten. »… wir können mit unserer Körperbehaarung machen, was wir wollen. Wir können uns anziehen, wie wir wollen. Und wir können Sex mit uns selbst haben, wenn wir Lust drauf haben, kein Mann erforderlich …«

»Herrje, Florence, jetzt lass uns nicht in Obszönitäten abgleiten«, erwiderte Patricia und schürzte die Lippen, als hätte sie gerade eine Batterie durch den Mund gesogen.

Doch ich arbeitete auf meinen Höhepunkt zu und genoss es: »Im Grunde können wir machen, was immer wir wollen, und wir müssen ganz sicher keinen Freund haben, nur weil andere das von uns erwarten.«

Ich lehnte mich auf meinem Stuhl zurück und funkelte sie herausfordernd an, doch Patricia war wie ein Maulwurf, den man einfach nicht loswurde.

»Schätzchen«, erwiderte sie, den Kopf zur Seite neigend. »Immer so widerborstig. Was, wenn die Dame dir helfen kann?«

»Ich brauche keine Hilfe!«, entgegnete ich, klang dabei jedoch quietschiger als beabsichtigt, weshalb ich schluckte und noch mal neu ansetzte. »Was ich damit meine, ist, dass ich zufrieden mit meinem Leben bin und keine verrückte alte Schachtel mit einem Packen Tarotkarten brauche.«

»Es klingt alles sehr seriös. Sie hat ihre Praxis in der Harley Street.«

»Oh, in der Harley Street! Dann ist ja gut. Sie muss hochqualifiziert sein, wenn sie in der Harley Street sitzt.«

»Florence, komm schon, du benimmst dich ziemlich albern. Alles, was ich dir anbieten wollte, war eine Sitzung bei jemandem, der dir helfen könnte, die Dinge anders zu betrachten.« Patricia hielt inne und griff nach ihrem Weinglas. »Dein Vater findet auch, dass es eine gute Idee ist. Er macht sich ja *solche* Sorgen um dich.«

Ich wusste nicht, was demütigender war: gesagt zu bekommen, dass man zu einer Liebes-Coachin sollte, oder die Vorstellung, wie Dad meinen Beziehungsstatus mit Patricia diskutierte.

Ich ließ den Kopf hängen und murmelte etwas vor mich hin.

»Was war das?«, fragte Patricia.

»Nichts«, erwiderte ich und riss den Kopf hoch. »Na schön, wenn du und Dad denkt, dass das eine gute Idee ist, dann werde ich auf eine Sitzung vorbeischauen. Eine

Sitzung – wenn wir dann in dieser Familie nur nie wieder meinen Beziehungsstatus diskutieren müssen. Abgemacht?«

»Das ist die richtige Einstellung«, lobte meine Stiefmutter erfreut und streckte eine ihrer Klauen über den Tisch, um meine Hand zu tätscheln. »Ich mache einen Termin aus. Geht auf mich. Es wird deinen Vater ja so glücklich machen.«

»Ich finde das eine gute Idee«, fügte Mia hinzu. »Komm schon, Flo, du willst doch nicht für immer allein bleiben.«

»Ja, die Dame kann womöglich helfen«, echote Ruby und sah mich mitfühlend an. Es war diese Art von Blick, mit der man jemanden bedachte, der gerade gesagt bekommen hatte, dass er eine tödliche Krankheit und nur noch drei Tage zu leben hätte.

Hugo wischte immer noch Steaksaft mit seinem Finger auf.

Herrgott, diese Familie …

»Na schön«, wiederholte ich, schnappte mir noch eine Pommes und stocherte damit in ihre Richtung wie mit einem Messer. »Aber wenn ich hingehe, müsst ihr alle daran denken, was ich heute Abend gesagt habe: Wir werden nie wieder mein Liebesleben als Gruppenaktivität diskutieren.«

»Schon gut, schon gut, du Oberemanze«, sagte Mia, »mach dich mal locker. Und könnten wir dann jetzt den Termin festsetzen, wann wir die Kleider kaufen gehen? Da ihr beiden die Brautjungfern seid, will ich, dass ihr das Gleiche tragt. Farblich dachte ich da an Koralle?«

Also hatte ich recht gehabt – die Brautjungfern würden Kotzfarben tragen.